놀아주는
여자

놀아주는 여자 2

1판 1쇄 발행 2024년 9월 9일

지은이 박수정 | 펴낸이 윤혜준 | 편집장 구본근 | 디자인 오필민디자인

펴낸곳 도서출판 폭스코너 | 출판등록 제2018-000115호(2015년 3월 11일)
주소 서울시 마포구 대흥로 6길 23 3층 (우 04162) | 전화 02-3291-3397 | 팩스 02-3291-3338
이메일 foxcorner15@naver.com | 페이스북 /foxcorner15 | 인스타그램 /foxcorner15
종이 일문지업(주) | 인쇄·제본 수이북스

ⓒ 박수정, 2024 ISBN 979-11-93034-21-7 04810

놀아주는 여자

2

박수정 장편소설

폭스코너

차례

1

현우 오빠,
하고 불렀다

덧없이 떠들썩한 크리스마스가 지났다. 아무 의미 없이 새해가 밝고, 허무하게 한 살을 더 먹었다. 2월 중순, 강추위가 기승을 부리는 설날에 은하는 집에서 나온 후 처음으로 명절날 집에 오라는 소리를 들었다.

"떡국 먹으러 오렴."

지환과 헤어진 후 은하를 대하는 부모님의 태도는 꽤 누그러져 있었다. 단지 장태현 검사와 만나보라는 말을 듣지 않아서 많이 답답한 모양이었지만, 은하로서도 거기까지는 할 수가 없었다. 좋아하는 사람과 헤어진 것도 모자라서 좋아하지도 않는 사람과 만나야 한다니. 자꾸만 부모님이 원망스러워지는 마음을 은하는 애써 억누르고 있었다.

'아픈 아빠한테 그러는 거 아냐.'

생각 같아서는 떡국이고 뭐고 집에도 가고 싶지 않았지만, 편찮으신 아버지 마음을 불편하게 할까 걱정돼 은하는 내키지 않는 발걸음을 이끌고 집에서 나왔다. 그간 용케 버텨주던 낡은 경차는 슬슬 수명을 다해가는지 정비소 드나들기를 밥 먹듯 하고 있어서, 요즘은 버스를 타는 일이 더 잦아졌다.

살을 에는 듯한 추위 속에서 목을 잔뜩 움츠리고 버스를 기다리고 있었다. 그때 문득 맞은편 정류장에 검은 옷을 입은 커다란 몸집의 남자가 보여서 심장이 쾅음을 냈다. 얼른 눈을 비비고 자세히 보니 검정 롱패딩을 입은 고등학생이었다.

은하는 실망감에 어깨를 늘어뜨렸다. 조금이라도 키가 크거나 체격이 좋은 사람을 보면 이렇게 깜짝깜짝 놀라기를 하루에도 몇 번씩.

'언제쯤 괜찮아질 수 있을까.'

남의 속도 모르고 새파랗기만 한 겨울 하늘을 향해 뽀얗게 한숨을 내뱉어보았다. 지난 12월, 지환과 헤어진 후로 2년은 족히 지난 것 같은데, 이제 겨우 두 달이 지났을 뿐이라는 게 믿기지 않았다.

앙상한 팔을 뻗고 있는 가로수는 처음부터 잎이라곤 달렸던 적이 없는 것처럼 느껴졌다. 겨울은 끝없이 길고 봄은 영원히 오지 않을 것만 같았다.

♠ ♥ ♣

"저 왔어요."

현관에서 신발을 벗으며 말하자 어디선가 어머니의 목소리가 맞아주었다.

"오, 그래. 어서 오렴."

반가운 듯한 높은 톤의 목소리가 무척 생경했다. 기억하는 한 어머니는 단 한 번도 은하를 저렇게 반갑게 맞이한 적이 없었다. 하다못해 작년 연말 아버지 생신날, 집 나간 지 2년 만에 집에 왔을 때조차도.

뭐지, 하고 생각하며 집 안으로 들어서는데 오빠인 세훈의 방문이 열렸다. 안에서 나온 세훈이 웬일로 은하에게 먼저 알은체를 했다.

"왔구나."

그런 오빠 뒤를, 양복 차림의 웬 젊은 남자가 따라 나왔다. 본 기억이 있는 얼굴이다. …장태현 검사. 그를 알아본 동시에 은하는 왜 자신이 초대받았는지 깨달았다.

"여기는 우리 막내, 은하. 이쪽은 세훈이랑 연수원 동기인 장태현 검사님. 설이라고 우리 집에 세배를 왔지 뭐니?"

주방에서 나온 어머니가 호들갑스럽게 두 사람을 서로에게 소개하다 뒤늦게 떠올린 척을 했다.

"아 참, 그러고 보니 둘이 구면이었던가?"

"예."

태현이 싱긋 웃으며 은하를 바라보았다.

"오랜만입니다, 은하 씨."

"안녕하세요."

박차고 나가버리는 대신에 데면데면하게나마 마주 인사를 건

낸 것은 아픈 아버지를 생각해서였다. 지난 아버지 생신 때 같은 일은 두 번 다시 벌이고 싶지 않았다. 태현에게 고개를 숙여 보이고, 은하는 거실 소파에 앉아 있는 아버지에게로 향했다.

"아빠, 저 왔어요."

지환과 헤어졌기 때문일까, 아니면 태현이 보고 있기 때문일까. 아버지마저도 태도가 사뭇 달라져 있었다.

"어서 오너라. 추운데 오느라 고생했겠구나."

다행히도 아버지는 언니한테 상태가 안 좋다고 들은 것치고는 건강해 보여서 은하는 한숨 돌렸다. 겉으로 보기에는 아픈 사람인 줄도 모를 정도였다. 마침 언니도 집에 와 있어서, 은하는 언니의 팔을 잡아끌고 방으로 들어갔다.

"아빠 좀 어떠셔?"

목소리를 죽여 묻자 언니가 심드렁하게 대꾸했다.

"그저 그렇지, 뭐."

"얼굴 보니까 괜찮아 보이는데, 좋아지고 있는 건 아니고?"

"그렇게 쉽게 좋아질 병이면 걱정도 안 했지."

언니가 면박을 주었다. 혹시나 완치가 되면 그때는 지환과 다시 만날 수 있지 않을까 하고 내심 희망을 품고 있었던 은하는 실망하고 말았다.

"대체 무슨 병인데 그래? 나도 좀 알자."

"글쎄, 희귀질환이라 너는 말해줘도 모른다니까."

언니는 또다시 협박처럼 말했다.

"아직 갈 길이 머니까 괜히 아빠 심기 거스를 생각 마. 아빠 잘못

되면 다 네 책임이야."

잠시 후 상이 다 차려지고, 온 가족에 태현까지 모두 식탁에 둘러앉았다. 어머니는 태현을 대놓고 사위 대하듯 했다.

"차린 건 없지만 많이 들어요. 아줌마, 여기 장 검사 떡국 좀 더 가져다줘."

"태현이라고 불러주십시오, 어머님."

태현 역시 붙임성 좋게 말끝마다 어머님, 어머님 하고 있어서 은하는 속으로 기가 찼다. 제 의견은 아랑곳없이 둘이서 벌써 장모 사위 놀이를 하는 것 같아서.

"은하 너도 깨작대지 말고 많이 먹으렴. 혼자서 어디 밥이나 제대로 챙겨 먹겠니?"

어머니는 은하에게까지 살뜰하게 신경을 쓰는 척했다. 생전 처음 받아보는 대접에 씁쓸한 마음을 애써 감추며 건성으로 수저를 움직이는데 태현이 말을 걸었다.

"그런데 은하 씨. 한동안 채널에 새 영상이 안 올라오던데, 왜 그랬던 겁니까?"

은하는 그를 거들떠보지도 않은 채 대꾸했다.

"몸이 안 좋아서 좀 쉬었어요."

회사에서 받은 한 달간의 휴가는 진작 끝났고, 지금은 다시 정상적으로 영상이 업로드되고 있었다.

"참, 장 검사가 우리 은하 팬이라고 했었지?"

어머니가 반색했다.

"예. 퇴근 후에 은하 씨 새 영상 올라온 거 보는 게 제 낙이었는데,

채널 문 닫는 줄 알고 얼마나 놀랐는지 모릅니다."

"그래? 나도 한번 봐야겠네."

아버지도 거들었다.

"그 채널 이름이 뭐라고 했었지?"

태현이 은하 대신 대답했다.

"〈미니와 친구들〉입니다, 아버님."

처음으로 부모님이 제 일에 관심을 보였는데도 하나도 반갑지 않았다. 맞은편에 앉아 있는 남자의 존재가 거슬려서 체할 것 같았다. 금방이라도 뛰쳐나가고 싶은 것을, 오로지 편찮은 아버지의 신경을 거스르지 말자는 일념으로 꾹 눌러 참으며 은하는 세훈에게 말을 걸었다.

"오빠, 나 뭐 좀 물어볼게."

"뭔데?"

"17년 전에 살해당한 사람도 아직 살인사건으로 기소 가능한 거지?"

오빠인 세훈이 손을 꼽아보더니 대답했다.

"17년 전 일이면 태완이법• 적용 대상이라 공소시효가 없지."

다행한 일이지만 은하도 여기까지는 이미 알고 있는 사실이고, 정작 확인하고 싶은 건 따로 있었다.

"그럼 그 17년 전 사건에 대해 수사를 시작하려면 어떻게 해야 할까?"

"재수사를 얘기하는 거야?"

• 살인죄의 공소시효를 폐지하는 내용의 형사소송법 개정안.

"아니, 아예 세상에 알려지지도 않은 사건이니까 첫 수사야."

이번에는 태현이 끼어들었다.

"워낙 오래된 사건이라 증거가 있어야 할 것 같은데요. 뭔가 있습니까?"

하지만 은하는 태현에게는 눈길도 주지 않고, 대신에 아버지를 쳐다보았다.

"목격자 진술이면 증거가 되지 않을까요? 혹은 범인이 살인을 저질렀다고 말하는 걸 들은 사람이 있다면요?"

전직 판사인 아버지가 고개를 끄덕였다.

"증언에 신빙성이 있다면 수사해볼 수 있겠지."

마음이 조금은 편해졌다.

"고마워요, 아빠."

어머니가 눈을 흘겼다.

"애도 참, 새해부터 밥상머리에서 무슨 살벌한 얘길 하는 거니?"

떡국도 꾸역꾸역 다 비웠고, 궁금했던 것도 확인했으니 더 앉아 있을 이유가 없었다.

"엄마, 저 일이 있어서 이만 가볼게요."

은하가 일어서자 태현도 덩달아 몸을 일으켰다.

"제가 모셔다 드리겠습니다, 은하 씨."

됐다고 거절하려다가 은하는 생각을 바꿨다.

"그럼 같이 나가요."

"앉아서 과일도 먹고 좀 더 있다가 가지, 벌써 가니?"

어머니는 못내 아쉬운 얼굴을 하면서도 둘이 함께 나간다고 하자 말리지 않았다.

"자주 놀러 와요, 장 검사. 은하도 조심해서 가렴. 집에 좀 자주 들르고."

"네, 엄마."

집에서 나온 은하는 태현과 함께 엘리베이터를 탔다. 문이 닫히자마자 돌직구를 던졌다.

"혹시 저한테 관심 있으세요?"

태현은 얼굴을 붉히면서도 고개를 끄덕였다.

"전부터 은하 씨 팬이었습니다. 은하 씨만 허락해주신다면 진지하게 만나보고 싶습니다."

모범생처럼 생긴 남자는 수줍어하면서도 제 할 말은 다 했다.

"저 좋아하는 사람 있어요."

"예?"

"있다고요, 다른 남자."

태현의 얼굴이 굳어지는 것과 동시에 엘리베이터가 1층에 도착했다.

"그러니까 다신 이렇게 만나 뵙는 일 없었으면 좋겠네요."

은하는 뒤도 돌아보지 않고 내렸다.

♠ ♥ ♣

지환과 헤어진 후 은하는 다른 일에 매달리고 있었다. 바로 현우의 억울한 죽음을 밝혀서, 범인인 고양희와 혹시 있을지 모를 공범들에게 죗값을 치르게 하는 것이었다.

마음 같아선 당장이라도 경찰서에 가서 신고하고 싶었지만, 섣불리 그럴 수가 없었다. 벌써 17년 가까이 된 사건이니 확실한 증거 없이는 수사를 시작하기 힘들 거고, 시작한다 해도 그 능구렁이 같은 인간이 걸려들지도 않을 게 뻔했다. 지환이 카지노를 신고해서 문을 닫게 만들었을 때도, 정작 그 인간은 유치장에도 들어가지 않은 채 멀쩡히 거리를 활보하고 있지 않았던가.

그러니 확실한 증거, 하다못해 증언이라도 필요했다. 덩어리들이 구 불독파 출신이기는 하나 모두 나이가 어린 축들이라 17년 전 사건에 대해 알고 있을 것 같지 않았고, 지환은 설령 알고 있다 해도 끌어들이고 싶지 않았다.

그래서 은하가 생각해낸 것이 예전 불독파에 있던 사람을 찾는 것이었다. 다행히도 집요하게 수소문한 끝에 옛날 불독파 간부 출신이라는 사람을 한 명 찾아내기는 했다. 문제는 그 사람은 이미 손을 씻은 지 오래라 그런지, 은하를 상대조차 해주지 않는 것이었다. 불독파 시절에 대해 궁금한 점이 있다고 말하자마자 퉁명스러운 대답과 함께 전화가 끊겼다.

"딴 데 가서 알아보슈."

그 뒤로는 아무리 전화를 하고 문자를 보내도 묵묵부답이었다. 그래서 은하는 며칠째 휴대폰만 들여다보며 한숨을 짓고 있는 중이었다.

문득 문자 수신 알림음이 들려서 귀가 번쩍 뜨여 확인해보니, 크레파스로 서투르게 그림을 그려 만든 초대장이 도착해 있었다.

― 예인이의 생일에 초대합니다.

아빠, 할머니, 여자아이가 생일 케이크를 둘러싼 채 활짝 웃고 있는 그림을 보고 은하의 얼굴에도 오랜만에 웃음이 감돌았다.

'잘 지내고 있나 보네.'

아빠가 하루아침에 없어졌는데도 씩씩하게 생활하던 기특한 아이. 행복하게 잘 지내는 모습이 보고 싶어서, 은하는 잠시 생각한 끝에 답장을 보냈다.

― 그래, 예인아, 언니가 선물 사 갖고 갈게.

♤ ♥ ♧

이틀 후 예인이의 생일날, 은하는 일부러 집에서 한 시간쯤 일찍 나왔다. 다행히도 날씨는 한결 포근해져 있었고, 정비소에 다녀온 낡은 경차도 얌전하게 잘 굴러가주었다.

목적지에 거의 도착할 무렵 은하는 방향을 틀어 소양호로 향했다. 지난가을, 지환과 데이트 아닌 데이트를 했던 곳이다. 잔잔하게 물결치는 푸른 호수도, 그 위를 유유히 떠다니는 유람선도 몇 달 전에 와서 봤을 때와 다름이 없었다. 파란 하늘도, 하다못해 서늘한 바람마저도 그대로인데. 오로지 곁에서 바람을 막아주던 다정한 남자만이 옆에 없었다.

― 앞으로는 은하 씨가 소양호를, 어떤 사람한테서 이 말을 들은 곳으로 기억하셨으면 좋겠습니다.

진지한 목소리가 귓가에 되살아나서 눈물이 핑 돌았다.

— 당신을 사랑합니다.

그때는 그토록 설렜던 말이 지금 와서는 도리어 원망스러웠다. 왜 그런 말은 해서 잊지도 못하게 만들어. 지금도 어제 일처럼 이토록 생생하기만 한데, 대체 언제쯤이면 이 기억이 흐려지는 걸까. 언제가 되면 이 사랑이 조금 옅어질까.

그와 함께 보았던 호수를 혼자서 한참 바라보다 은하는 눈물을 훔치며 돌아섰다. 주차해둔 차를 향해 가려다 흠칫 놀라 멈췄다. 검은 양복에 코트를 입은 커다란 남자가 저만치서 이쪽을 바라보고 있었다. 내가 이제는 헛것을 보는구나, 싶어서 다시 눈을 깜빡인 순간. 지환이 떨리는 목소리로 그녀의 이름을 불렀다.

"…은하 씨."

헛것이 아니라는 것을 안 순간 은하는 심장이 멈추는 것만 같았다. 꿈에도 그렸던 얼굴, 넓은 어깨. 금방이라도 품에 뛰어들어 울음을 터뜨리고 싶은 걸 꾹 눌러 참는데….

"잘 지내셨습니까?"

지환이 먼저 입을 열었다. 마치 오랜만에 만난 친구가 안부를 묻는 듯한 말투에 마치 찬물이 끼얹어진 것 같은 기분이 들었다. 확실하게 전해져오는 온도 차에 눈물이 쏙 들어갔다.

"아, 네. 잘 지냈어요."

덕분에 울지 않고 대답할 수 있었지만, 물론 머릿속은 혼란스럽기 그지없었다. 이런 식으로 서로 안부를 물을 사이였던가, 우리가.

"저는 예인이 생일이라고 해서 이쪽에 왔다가 잠시 들렀습니다."

그제야 은하는 지환이 자신과 같은 이유로 춘천에 왔다는 것을 알았다.

"저도, 예인이 생일이라고 해서…."

더듬거리며 말하자 지환이 정중하게 고개를 숙였다.

"그럼 저는 이만 가보겠습니다. 은하 씨도 조심해서 가십시오."

은하는 깜짝 놀랐다. 모처럼 만났는데 설마 할 말이 이것뿐일 리가, 하고 생각했지만 진짜로 지환은 그대로 등을 돌렸다. 커다란 뒷모습이 멀어져가는 것에 조바심이 났다.

"저기요!"

따라가서 외쳐 부르자 지환이 걸음을 멈췄다.

"저 숨이 잘 안 쉬어져요."

은하는 그의 등 뒤에 서서 울먹이며 매달리듯 말했다.

"매일매일 보고 싶어서 미칠 것 같아요. 시간이 지나도 나아질 것 같지가 않아요."

어차피 방법이 없다는 건 알고 있지만, 도저히 말하지 않고는 견딜 수가 없었다.

"저만 이런 거예요? 네?"

돌아보지도 않은 채 대답만이 들려왔다.

"저는 이제 많이 괜찮아졌습니다."

목소리는 어디까지나 차분했다.

"…부디 은하 씨도 괜찮아지길 바랍니다."

♤ ♥ ♧

은하 누님과 헤어진 후 큰형님은 어딘가 달라졌다. 그다지 괴로운 모습은 보이지 않아서 겉으로는 예전과 다를 바 없는 듯했지만, 꼭 혼이 나간 사람 같았다. 뭐랄까, 외부의 자극에 대한 반응 자체가 무뎌졌다고 할까.

원래부터 웃는 일은 잘 없는 분이었지만, 화를 내는 법도 없어졌다. 덩어리들이 잘못을 해도 전처럼 기합을 주거나 야단을 치지도 않았다. 심지어 며칠 전에는 일부러 잘못을 저질렀는데도 큰형님은 이렇게만 말했다.

— 앞으로 조심해라.

호통을 치시는 큰형님이 그리울 지경이었다. 벌써 두 달이나 지났는데도 나아질 기미가 없으니 덩어리들도 슬슬 걱정되지 않을 수 없었다.

— 어떻게든 형수님을 다시 모셔와야겠다.

작당 모의를 한 끝에 춘천에 있는 예인이에게 부탁해서, 생일을 핑계로 두 사람을 만나게 하려고 계략을 짠 것이다. 문제는 큰형님께서 예상보다 훨씬 빨리 집에 돌아온 거였다. 잔뜩 굳어 있는 큰형님의 표정을 보고 덩어리들은 그만 간이 콩알만 해졌다. 아, 계획이 들켰구나!

그러나 지환은 호통을 치는 대신에 덩어리들을 향해 허리를 깊이 숙였다.

"제발 부탁한다."

덩어리들은 기겁해서 물러섰다. 조직 생활이라는 게 철저히 서열대로 돌아간다. 손을 씻은 지금도 큰형님은 어디까지나 큰형님인데 이렇게 자기들을 향해서 허리를 굽히다니, 상상조차 할 수 없는 일이었다.

"형님!"

"내가… 너무 괴롭다."

지환은 허리를 숙인 채로 말했다.

"은하 씨도 나만큼이나 괴로울 거야. 그러니까 제발, 다시는 이러지 마라."

목소리에서 고통이 생생하게 느껴져 덩어리들의 눈에 눈물이 고였다. 이렇게 괴로운 것을 여태 큰형님은 꼭꼭 감추고 있었던 것이다.

"잘못했습니다, 형님!"

"앞으로 안 그러겠습니다!"

결국은 눈물바다가 되고 말았다.

♠ ♥ ♣

지환과 은하가 헤어진 후, 과외는 미호가 대신해주고 있었다.

— 그 사람들 정말 열심히 공부한단 말이야. 옆에서 조금만 잡아주면 반드시 내년 봄에 검정고시 붙을 수 있어.

은하가 그렇게 간곡히 부탁했다고 들었다. 은하와 정이 많이 든 덩어리들은 크게 서운해했고 일영도 마찬가지였지만, 한편으로는 미호와 공부하는 게 즐거운 것도 사실이었다.

— 오빠, 이 문제는 이렇게 푸는 게 아니고요.

상냥하게 공부를 가르쳐주는 미호가 너무 예뻐서 가끔 일영은 수업이고 뭐고 잊어버리고 넋을 잃고 그녀를 쳐다보곤 했다.

— 왜 그렇게 쳐다보세요?

— 이뻐서요.

불쌍한 것은 괜히 옆에 있다가 배알이 꼴리는 동생들이었지만, 일영은 별로 개의치 않았다. 니미, 아니꼬우면 저희들도 연애를 하면 될 것 아닌가? 일주일에 두 번 있는 미호와의 과외 시간이 일영에게는 가장 즐거운 시간 중의 하나였다.

그런데 오늘은 왠지 미호의 태도가 평소와 달랐다. 무슨 일인지 수업 내내 웃지도 않고, 심지어 일영의 눈조차 쳐다보지 않는 거였다. 걱정이 되어서 일영은 수업이 끝나고 미호의 뒤를 따라 나갔다.

"무슨 일 있는 거요?"

"아무것도 아니에요."

여전히 미호는 시선을 피하며 얼버무리기만 했다.

"제가 나중에 연락할게요, 오빠."

데려다주겠다는 것도 끝내 마다하고 혼자 가버리는 미호의 뒷모습을 보며 일영은 어쩔 줄을 몰랐다. 대체 왜 저러지, 하고 초조하게 생각하다 문득 가슴이 철렁했다.

은하 누님과 큰형님이 헤어진 것은 결국 집안 차이를 극복하지 못해서라고 들었다. 혹시 미호도 그런 게 아닐까, 하는 생각이 들었다. 부모님에게 내 얘기를 했다가 헤어지라는 소리라도 들은 거라면…? 일영은 눈앞이 캄캄해지는 것을 느꼈다.

♠ ♥ ♣

미호에게서 만나자고 전화가 온 것은 그로부터 이틀 후였다. 혹시나 우리도 헤어지는 건가, 걱정이 되어 제대로 자지도 먹지도 못하고 있던 일영은 연락을 받자마자 헐레벌떡 뛰어나갔다.

약속 장소인 카페에 미호가 먼저 와서 앉아 있었다.

"대체 무슨 일이요?"

미호는 대답 대신 테이블 위에 까만 폴라로이드 사진 한 장을 올려놓았다.

"이거요."

이게 뭐더라, 하고 생각하는데 미호가 중얼거렸다.

"6주하고 며칠 더 됐대요. 어제 산부인과에 가서 심장 소리까지 듣고 왔어요."

일영은 눈을 크게 뜨고 초음파 사진을 들여다보았다. 원래 가정이 온전치 못했던 사람일수록 자기 핏줄에 집착하는 법이다. 부모에게 버림받고, 친척이라곤 없는 일영 역시 마찬가지였다.

꿈이 있다면 언젠가 사랑하는 여자와 결혼해서, 아이 많이 낳고 화목한 가정을 이루어 행복하게 사는 거였다. 물론 어디까지나 꿈은 꿈일 뿐, 그게 진짜로 이뤄질 거라고 생각한 적은 없었다. 가방끈도 짧은 전직 깡패 따위한테 어느 부모가 귀한 딸을 시집보내겠는가. 그런데 지금 이 순간, 눈앞에 상상도 못 했던 제 핏줄의 증거가 놓여 있었다.

'이게 바로 내…'

떨리는 손으로 사진을 어루만지는데, 미호가 다시 말했다.

"미안해요. 며칠 전에 알았는데 저도 생각을 정리할 시간이 필요했어요."

생각을 정리한다는 말에 심장이 멎는 것만 같았다. 아, 낳지 않을 생각이구나! 일영은 허둥지둥 소파에서 내려와 무릎을 꿇었다.

"내가 뭐든지 할 테니까, 제발 아기만은 건드리지 말아요."

그는 두 손을 모아 빌었다. 나 같은 놈이 감히 미호같이 멀쩡한 아가씨의 짝이 될 수 있으리라 생각하지 않았다. 아빠가 될 자격이 있는지도 잘 모르겠다. 그저 지금은 아기를, 내 아기를 살려야겠다는 일념뿐이었다.

"제발, 제발 죽이지 말아요. 우리 아기 아뇨."

일영은 미호의 바짓단을 붙잡고 애원했다. 다급한 나머지 남자답지 못하게 눈물이 찔끔 나오려는 순간, 미호의 목소리가 들렸다.

"제가 언제 안 낳는다고 했어요?"

무슨 영문인지 몰라 눈물 어린 눈을 깜빡이며 올려다보자, 미호가 일영의 손을 잡아 일으켜 제 옆에 앉혔다.

"그래서 말인데요."

미호가 핸드백을 열어서 무언가를 꺼냈다.

"요즘은 뭐 한부모가족도 많고 그렇다고 하지만, 아기한테는 그래도 엄마 아빠 다 있는 평범한 가정에서 자라는 게 좋을 것 같아서…."

말하던 미호가 문득 고개를 저었다.

"아니, 솔직히 아기는 핑계고요."

그녀는 심호흡을 하고 일영을 똑바로 바라보았다.

"저 오빠가 너무 좋아서 오빠한테 시집가고 싶어요. 그래서 하는 말이에요."

말 한 마디 한 마디가 마치 꿈속에서 들려오는 것만 같았다. 작은 상자에서 반지를 꺼내 내밀며, 미호는 수줍게 속삭였다.

"오빠, 저랑 결혼해주실래요?"

"미안합니다."

차마 손을 내밀지도 못하고 일영은 주먹으로 눈물을 훔쳤다.

"남자가 돼 갖고, 여자한테 먼저 프러포즈나 하게 만들고…."

세상에 어떻게 이런 일이 있을 수가 있을까. 미호 같은 여자가 나를 좋아해주는 것만도 충분히 기적 같은데. 그 여자가 내 아이를 가지고, 나하고 결혼하고 싶다고 말하고 있다니.

미호가 손을 잡아다 반지를 끼워주는 순간, 일영은 결국 소리 내어 울음을 터뜨리고 말았다. 태어나서 가장 남자답지 못한 순간이자, 동시에 가장 행복한 순간이었다.

♠ ♥ ♣

— 저는 이제 많이 괜찮아졌습니다.

지환의 말이 자꾸만 떠올라서 은하는 울음을 멈출 수가 없었다. 헤어졌을 때보다도 오히려 더 슬펐다. 자칫 아버지가 생명이 위독할 수 있다는 말에 어쩔 수 없이 헤어졌을 뿐, 결코 마음에서까지 그를 놓은 건 아니었다. 언니에게서 그 말을 듣기 전에 이미 가족과는 연을 끊을 결심까지 한 상태였으니까.

그래서 은하는 막연히 희망을 품고 있었다. 아버지만 좋아지면 다시 만날 수 있을 거라고, 지환도 기다려줄 거라고. 그런데 정작 지환은 벌써 자신을 잊어가고 있다지 않은가. 겨우겨우 매달려 있던 실낱같은 희망마저 사라진 기분이었다. 기분이 이러니 촬영이라고 제대로 이루어질 리 없었다.

"은하 씨, 요즘 왜 그래?"

카메라 감독이 녹화를 멈추고 한숨을 쉬었다.

"대체 무슨 일인지 모르겠지만, 한 달이나 쉬었으면 좀 괜찮아져서 왔어야지. 가서 거울 좀 봐, 자기 표정이 어떤가. 구독자들한테 미안하지도 않아?"

"죄송합니다."

은하는 그저 고개를 숙일 수밖에 없었다. 결국 촬영은 중단되고, 은하는 힘없이 스튜디오를 나왔다. 밖으로 나오자마자 애써 참고 있던 눈물이 또다시 차올랐다. 하필 이럴 때 복도 반대편에서 예나가 오는 게 보여서 황급히 눈물을 닦았지만 이미 들킨 후였다.

"왜 그래? 무슨 일 있어?"

"아무것도 아니야."

아무렇지 않은 척 대꾸했지만 예나가 그냥 지나칠 리 없었다.

"서지환 씨랑 헤어졌구나?"

은하는 예나를 똑바로 노려보았다.

"헤어졌으면 어쩔 건데? 뭐, 빼앗기라도 하려고?"

"뭘 빼앗고 말고 해. 그 사람이 언니 것도 아닌데."

픽 웃으며 하는 대꾸가 날카롭게 은하의 가슴을 파고들었다. 그래, 그는 더 이상 내 것이 아니지.

"제발 그러지 마, 예나야."

은하는 태도를 바꾸어 매달리듯 말했다.

"나 아직 그 사람 좋아해. 싫어서 헤어진 거 아니란 말이야."

그가 벌써 자신을 잊어가고 있다는 걸 알고 나자 더 두려웠다. 진짜로 예나가 그 사이에 지환의 마음을 가져가버리면, 그래서 내가 돌아갈 가능성조차 없어져버리면 어쩌지.

"언니 되게 이기적인 거 알아?"

그제야 예나도 화난 얼굴을 했다.

"언니 부모님 때문에 헤어진 거잖아, 아니야?"

어떻게 알았을까. 놀라서 쳐다보자 예나가 쏘아붙였다.

"제삼자인 나도 이렇게 될 거라고 예상했는데, 그쯤은 언니도 시작하기 전에 신중하게 생각했어야지. 앞뒤 안 보고 무작정 시작해놓고 이제 와서 부모님이 반대해서 안 되겠어요, 하면 그 사람은 뭐가 돼?"

'나도 가족이랑 연을 끊을 생각까지 했어. 하지만 아빠가…!'

울컥해서 반박하려다 은하는 결국 입술을 깨물었다. 뭐라고 하든 결국은 부모님 때문인 건 사실 아닌가. 아무 말도 못 하고 있는 은하에게 예나가 다시 말했다.

"서지환 씨, 행복해질 자격이 있는 사람이야. 정말 그 사람을 좋아한다면, 언니도 잘 생각해봐."

아까보다는 누그러진 목소리였지만, 내용은 변함없이 날카로웠다.

"언니가 진짜 그 사람을 행복하게 해줄 수 있는지 말이야."

♤ ♥ ♧

끈질기게 연락하던 구 불독파 조직원에게서 드디어 만나주겠다는 대답이 온 것은 며칠 후의 일이었다. 은하는 한달음에 창원까지 달려갔다. 나이 지긋한 사내는 지금은 조직 생활을 청산하고 창원에서 작은 포장마차를 운영하고 있다고 했다.

"만나주셔서 정말 감사합니다."

어렵게 나와준 상대에게 은하는 진심으로 고개를 숙였다.

"그래, 나한테 궁금한 게 뭐요?"

"야옹이파 보스, 고양희가 17년 전에 죽인 사람에 대해서 알고 싶어요."

사람을 죽였다는 말에도 상대는 눈 하나 깜짝하지 않았다.

"죽인 사람이 어디 한둘이어야지. 누굴 말하는 거요?"

"열세 살짜리 어린 남자아이예요. 어쩌면 아이의 엄마도 같이 살해당했을 수도 있고요."

"애랑 애엄마…?"

사내가 눈살을 찌푸렸다.

"글쎄, 금시초문인데? 아무리 야옹이라도 그런 짓까진 못했을 거요. 그랬다간 불독 형님이 가만히 안 있었을 거거든."

정말로 까맣게 모르는 눈치였다. 은하는 실망해서 한숨이 나오려는 걸 겨우 참았다.

"아이 이름이 서현우라고 하거든요. 고양희가 얘기한 적이 없는지, 한번 잘 생각해봐 주세요."

"서현우? 어디서 들은 이름 같은데…."

한참 고개를 갸웃거리다 겨우 생각났는지 사내는 말을 이었다.

"그건 돌아가신 불독 형님의 아들 이름인데, 뭘 잘못 알고 있는 거 아뇨?"

은하는 그의 착각을 정정해주었다.

"아니에요. 그분 아드님 이름은 서지환이라고 해요."

하지만 사내는 막무가내로 우겼다.

"그러니까 그 서지환이가 서현우라니까 그러네."

"네?"

은하가 이해하지 못하자 사내가 답답한 듯이 내뱉었다.

"아, 글쎄, 원래 현우라는 이름이었는데 제 아버지가 데려와서 지환이로 바꿨다니까?"

말의 의미를 이해하는 데 한참의 시간이 걸렸다. 아니, 실제로는 몇 초 안 걸렸는지도 모르지만 은하에게는 꽤 길게 느껴졌다.

"서지환 씨 본명이 서현우라고요?"

"아, 그렇다니까."

사내는 자신 있게 말했다.

"걔 어미가 원래 대단한 집안 딸이어서 부모가 정해준 약혼자가 있었다더라고. 근데 불독 형님 애를 낳아서는 그놈 이름으로 붙여놓은 거야. 아, 멀쩡한 내 아들인데 엉뚱한 놈 이름을 따서 지어놨으니 불독 형님의 눈깔이 안 돌아가? 그러니까 데려오자마자 이름부터 바꿨지."

당연히 동명이인이라고 생각하면서도 석연치 않았다. 왜 하필 지환의 옛날 이름이 현우, 그것도 서현우일까. 어떻게 이런 우연이….

"그 둘 찾는다고 아주 그냥 전국을 다 이 잡듯이 뒤졌던 걸 생각하면, 어휴. 결국은 춘천에서 찾았지, 아마?"

사내가 혼잣말처럼 중얼거리는 말에 은하는 커피잔을 내려놓았다.

"춘천이요?"

목소리가 떨렸다.

"그래, 그때 그 애가 열세 살이었나? 지 어미랑 둘이 춘천에 숨어 살고 있는 걸, 야옹이가 찾아 데려와서 그때부터 그놈이 불독 형님의 신임을 얻어 넘버 투가 된 거지."

온몸이 떨려오기 시작했다. 이 사람이 말하는 지환의 과거가 왜 현우가 죽은 그때와 맞닿아 있는 걸까.

"혹시 어떻게 찾았는지 얘기 들으신 적은 없나요?"

"없긴 왜 없어. 야옹이한테 귀가 닳도록 들었는데. 버려진 창고에 담배 피우러 들어갔는데 애가 마침 거기서 놀다가 숨어 있더라나?"

사내가 부럽다는 듯 입맛을 다셨다.

"그래서 될 놈은 뭘 해도 된다고 하는 거야."

은하는 비명이 새어 나올 것 같은 입을 겨우 손으로 가렸다.

♤ ♥ ♧

사내가 자리를 뜬 후에도 은하는 계속 멍하니 앉아 있었다. 억지로 마음을 가라앉히고, 지금까지 지환과 있었던 일을 하나씩 떠올려보았다.

— 전 꼭 현우 오빠한테 시집갈 거예요. 그러니까 지환 씨가 아무리 절 좋아해도 소용없어요.

딱 잘라 거절했는데도 상처를 받기는커녕 재미있다는 듯이 웃었던 것.

— 매를 맞았어도 현우 오빠는 무척 기뻤을 겁니다. 은하 씨를 지켜줄 수 있어서.

이상할 정도로 확신에 차 있던 말.

시도 때도 없이 현우와 닮아 보여서 자신으로 하여금 내가 대체 누구를 좋아하는 건가, 고민하게 만들었던 얼굴.

이제 와서 생각해보면 그는 내 이름을 말하기 전부터 알고 있었다.

생각할수록 의심의 여지가 없었다. 서지환이 바로 서현우다. 현우 오빠는 그때 죽은 게 아니라, 아버지에게 끌려가서 지금의 서지환이 된 것이다.

— 서현우는 내가 죽였거든.

이제는 고양희의 그 말이 무슨 뜻인지 알겠다. 자기가 서현우를 데려와서 서지환으로 만들었다는 걸 그런 식으로 이야기한 것이다. 정답을 알고 나니 오히려 너무 쉬워서 헛웃음이 날 정도였다. 대체 왜 오빠를 눈앞에 두고도 여태 몰랐던 걸까, 나는.

사건의 전말을 다 깨닫고 나서도 끝내 이해할 수 없는 부분이 남아 있었다.

'왜 나한테 사실대로 말하지 않았지?'

지환은 그녀의 마음을 얻기 위해서 무척이나 애를 썼다. 처음부터 자기가 바로 현우라고 말했다면 애쓸 필요조차 없었던 거 아닌가. 말만 했으면 나는 즉시 그와 사랑에 빠졌을 텐데. 내가 자기를 그렇게 애타게 찾고 있다는 걸 뻔히 알면서 왜 말하지 않았던 걸까.

'왜지? 대체 왜 숨겼던 거지?'

아무리 생각해도 알 수가 없어서, 은하는 일단 그 생각은 접어 놓고 아까 사내가 했던 얘기를 다시 떠올려보았다.

— 서지환이 그놈도 팔자 한번 기구하지. 어미를 닮아서 공부도 잘했다니까 그냥 그대로 살았으면 뭐라도 한자리했을걸. 세상에 그 어린애를 데려다가 두들겨 패서 싸움을 가르치고, 개 사료 먹여 가면서 강제로 몸을 키우고…. 불독 형님도 너무하셨지.

험하게 살아온 사람 눈에도 지환이 당했던 일이 얼마나 혹독해 보였으면 그렇게 말했을까. 새삼스레 마음이 찢어질 것 같아서 은하는 입술을 깨물었다.

'다 나 때문이야. 나만 아니었어도…!'

그 순간, 은하는 문득 벼락에 맞은 것처럼 깨달았다. 지환이 끝까지 자기가 서현우라는 말을 하지 않던 이유를.

'내가 죄책감에 괴로워할까 봐 그랬던 거야.'

그 사람은 나를 지켜주고 있었던 것이다. 그때도, 그리고 지금도 여전히….

마지막 의문이 풀리는 순간 눈시울이 왈칵 뜨거워졌다.

"오빠…!"

얼굴을 감싸고 울음을 터뜨리는 여자를, 카페 안의 다른 사람들이 힐끔거리며 쳐다보았다.

♤ ♥ ♧

"너무 긴장하지 마세요, 오빠. 괜찮을 거예요."

잔뜩 얼어붙어 있는 일영을 미호가 달랬다.

"우리 집은 은하네처럼 대단한 집안도 아닌데요, 뭐. 엄마는 맨날 저더러 넌 남자친구도 없느냐, 연애 안 하냐고 들들 볶거든요."

미호는 어떻게든 일영의 긴장을 풀어주려고 애썼다.

"금요일이면 퇴근한 저보고 불금에도 꼬박꼬박 집에 들어온다고 구박한단 말이에요. 남친 생겼다고 하니까 당장 데려오라고 성화였다니까요?"

하지만 일영의 긴장은 좀처럼 풀리지 않았다. 단순히 딸의 남자친구를 만나는 줄 아는 분들에게, 아이를 가졌으니 결혼을 허락해 달라고 말씀드리러 가는 길 아닌가. 흉기를 든 수십 명의 깡패와 붙을 때보다도 지금이 훨씬 더 떨렸다.

"아버님은 자영업자, 오빠는 대학교 때 운동을 하다가 지금은 회사원이라고 했죠?"

"맞아요."

"어머니는 보험 설계사 하다가 지금은 쉬고 계시고."

미리 미호에게서 들은 가족 사항을, 일영은 몇 번이나 다시 확인했다. 미호가 제 아이까지 갖고 있는데 손톱만큼이라도 부모님 앞에서 실수할 수 없었다. 그래서 옷도 단정하게 차려입고, 선물도 며칠 전부터 신경 써서 준비했다.

"어서 와요."

도착하자 미리 기다리고 있던 미호의 부모님이 맞아주셨다.

"처음 뵙겠습니다, 주일영입니다."

미호의 어머니는 일영의 얼굴을 보자마자 눈이 휘둥그레져서 중얼거렸다.

"굼벵이도 구르는 재주가 있다더니, 어디서 이런 남자를….."

"엄마!"

미호의 가족은 부모님과 오빠까지 네 명이 삼십 평대 아파트에서 소박하고 화목하게 살고 있었다. 첫눈에 이 평범한 사람들이 좋아져서 일영은 한층 더 긴장이 되었다. 나 같은 놈이 이런 가족의 일원이 될 수 있을까, 정말로.

"그래, 부모님은 뭘 하시고?"

"일찍 돌아가시고 안 계십니다. 형제나 일가친척도 없어서 천애고아나 마찬가집니다."

미호의 부모님은 조금 놀란 눈치였다.

"고생이 많았겠네. 지금은 무슨 일을 하나?"

"육가공회사에서 일하고 있습니다."

일영이 공손하게 내민 명함에 찍혀 있는 이사 직함을 보고 부모님은 또다시 놀란 얼굴을 했다.

"세상에, 젊은 나이에 이사님이라니. 무척 열심히 살았나 보네."

어두운 과거가 떠올라 양심이 찔렸지만 일영은 입을 다물었다. 사랑하는 여자와 아이를 지키기 위해서는 얼마든지 비겁해질 수 있었다.

미호의 부모님은 일영에게 대체로 호의적이었지만, 역시나 아이를 가졌다는 말에는 얼굴이 싹 굳어버리고 말았다. 그야 딸 가진 부모 입장에서는 청천벽력 같은 소리일 터였다.

"조심을 했어야지. 아무리 요즘 세상에 속도위반은 흉도 아니라고 하지만, 사귄 지도 얼마 안 됐다면서 이게 무슨 경우인가?"

벌컥 역정을 내는 미호의 아버지를 어머니가 말렸다.

"아유, 애는 어디 혼자 가져요? 쌍방 과실인데 그렇게 남의 자식 탓만 하면 안 되지."

다행히도 어머니는 일영이 무척 마음에 든 모양이었다.

"제발 받아만 주십시오. 제가 절대로 미호 고생시키지 않겠습니다."

일영이 소파에서 내려와 무릎을 꿇자 미호도 덩달아 졸랐다.

"나 미혼모 만들 거 아니잖아, 아빠. 허락해줘, 응?"

졸라도 대답이 없자 협박까지 동원했다.

"일영 오빠 아니면 나 평생 시집 안 가고 처녀 귀신으로 늙어 죽을 거야!"

한참 떨떠름한 얼굴을 하고 있던 미호의 아버지가 결국 한숨과 함께 중얼거렸다.

"이왕 이렇게 된 거 어쩌겠나. 우리 미호 잘 부탁하네."

"아버님!"

일영은 이게 꿈인가 생신가 싶었다. 따귀 정도는 얻어맞을 각오를 했었는데 이렇게 쉽게 허락이 떨어지다니.

"어려운 환경에서도 성실하게 살아온 친구 같아서 믿어보는 거야. 알겠나?"

"감사합니다, 아버님. 제가 목숨 걸고 잘하겠습니다."

일영이 눈물을 글썽이자 옆에서 미호가 눈을 흘겼다.

"글쎄, 그 목숨 좀 걸지 말라니까요?"

허락을 받고 나자 화기애애한 분위기에서 저녁식사를 했다. 일영의 미모에 반한 미호의 어머니는 벌써부터 사위 사랑이 지극했다.

"자네, 이거 더 먹게."

"엄마, 나 아기 가졌는데 나부터 챙겨야 하는 거 아냐?"

미호가 샘을 낼 정도였다.

친어머니에게 좋은 기억이라곤 없는 일영이었다. 어머니뻘 되는 사람한테 언제 이렇게 다정한 말을 들어봤을까. 자꾸만 눈물이 핑 도는 것을 꾹 참으며 밥을 먹는데, 현관문이 열리는 소리가 들렸다.

"어, 오빠 왔나 보다."

체대 출신이라는 미호의 오빠는 꽤 건장한 체격을 하고 있었다. 일영은 얼른 공손하게 고개를 숙였다.

"처음 뵙겠습니다, 형님. 주일영이라고 합니다."

그러나 미호의 오빠는 왠지 마주 인사하는 대신에 일영의 얼굴을 한참 빤히 쳐다보더니 불쑥 말했다.

“당신 불독파라고 알지?”

“예?”

제 귀를 의심하는 일영에게 미호의 오빠는 무섭게 다그쳤다.

“맞잖아, 불독파. 김혜정 기억 안 나?”

가슴이 철렁하는 순간, 눈앞에 별이 번쩍했다.

“이 깡패 새끼가 여기가 어디라고 감히 얼굴을 디밀어!”

♠ ♥ ♣

서지환이 바로 서현우다.

진실을 알고 나자마자 당장 그에게 달려가고 싶은 마음을, 은하는 일단 꾹 눌러 참았다. 집 안에 틀어박혀서 생각하고 생각하고 또 생각했다. 이번에야말로 섣불리 움직일 수 없었다. 마음 가는 대로 행동했다가 혹시 아버지가 충격을 받고 위독해지기라도 하면 그때는 또 지환과 헤어질 건가? 아니, 같은 짓을 두 번 할 수는 없었다.

여기서 지환을 선택한다면 가족은 물론이고 아픈 아버지까지 버리는 셈이 된다. 혹시나 아버지가 잘못되면 내가 견딜 수 있을까? 모든 아픔을 감수하고 그 사람 곁에 있을 수 있을까, 나는?

이틀 동안이나 집에 틀어박혀 꼬박 생각했는데도 다른 답은 나오지 않았다. 수백 번, 수천 번을 생각해도 마지막에 남는 것은 오로지 지환이었다. 딱히 가족과 연을 끊고 싶은 것도, 천륜을 저버리고 싶은 것도 아니다. 단지 지환을 포기할 수 없을 뿐.

마음을 결정한 은하는 가족들이 모일 저녁 시간을 골라서 본가로 향했다. 부모님 앞에 무릎을 꿇고 빌 생각이었다. 자식 된 도리를 저버려서 죄송하다고, 하지만 그 사람 없이는 도저히 안 되겠다고. 그러니 괜히 나 때문에 건강 해치지 마시고 그냥 없는 자식이라 생각해달라고.

집에 도착해서 현관 비밀번호를 누르고 들어가자 거실은 조용했다. 아무도 없나, 싶어서 둘러보자 식사 중인지 주방 쪽에서 두런두런 이야기 소리가 들려왔다.

"저 왔…."

주방으로 향하던 은하는 문득 들려온 언니의 목소리에 입을 다물었다.

"근데 아빠, 출마 준비는 잘돼가세요?"

"지금 한창 후원회 조직 중이고, 선거사무실도 곧 개소식을 가질 예정이다."

아버지의 대답에 심장이 마구 벌렁거렸다. 분명히 목숨이 위험할 정도로 병이 위중하다고 했는데 선거니 출마니, 이게 다 무슨 소릴까.

어머니가 못마땅하다는 듯이 말했다.

"하여튼 은하 걔도 참 도움이라곤 안 된다니까. 장 검사랑 만나는 척이라도 좀 하면 그 댁에서 힘을 실어줄 텐데. 이왕이면 국회의원 딸이랑 사돈 맺는 게 그쪽에서도 좋지 않겠니?"

"놔둬요, 엄마. 싫다는 거 억지로 만나게 해봐야 역효과만 나요."

"하긴 그 지지리 말 안 듣는 애가 헤어진 것만 해도 용하지. 세상에 조폭이라니, 자칫하면 선거 망칠 뻔했지 뭐니?"

"오죽하면 아빠 아프시다고 거짓말까지 했겠어요, 제가."

아버지가 점잖게 당부했다.

"은하 일은 해결이 되어 다행이지만, 모두들 더욱더 행실에 주의하도록 해. 선거 때는 별의별 사소한 걸로도 다 트집 잡히기 마련이야."

"네, 아빠."

은하는 금방이라도 쓰러질 것만 같은 것을 겨우 견뎠다. 심장이 너무 뛰어서 귀에서 북소리가 들리는 것 같았다. 새빨간 거짓말이었다. 가족들 전체가 짜고서 자신을 속인 것이다! 대체 어떻게 가족이란 사람들이 이럴 수가 있을까. 지환과 헤어져 아파했던 시간을 떠올리자 화가 나서 가슴이 터질 것만 같았다. 당장 뛰어들어 어떻게 이럴 수가 있느냐고, 당신들이 사람이냐고 외치고 싶은 것을 은하는 겨우 참았다.

어차피 나도 이 사람들을 버리기 위해서 여기 온 거 아닌가. 아버지가 자칫 충격을 받아 잘못될 수 있다는 걸 뻔히 알면서도 지환에게 갈 결심을 하지 않았나. 그러니까 비긴 거다. 미워할 것도 원망할 것도 없다. 최소한 아버지가 돌아가실 일은 없는 거니까 다행 아닌가. 애써 마음을 가라앉히고 나서 은하는 주방으로 들어섰다.

"저 왔어요."

언니는 깜짝 놀라 숟가락을 떨어뜨리고, 어머니와 아버지는 얼굴이 굳어졌다.

"아니, 애가 기척도 없이…. 그래, 밥은 먹었니? 와서 앉으렴."

어머니가 애써 당황을 감추며 말했다.

"아뇨, 저 금세 가봐야 해요. 마지막으로 인사드리러 왔어요."

"마지막이라니?"

"앞으로는 뵙지 못할 것 같아서요."

부모님이 놀란 눈으로 은하를 바라보았다.

"저 그 사람 없이는 못 살 것 같아요. 아무리 생각해도 안 되겠어요. 그런데 엄마 아빠는 그 사람을 용납 못 하실 테니까, 결국 둘중에 선택할 수밖에 없잖아요."

한참 만에야 아버지가 물었다.

"그러니까 너 지금, 낳아주고 키워준 부모를 버리고 남자한테가겠다는 거냐?"

"네."

지난 이틀 동안, 은하는 지환과 부모 사이에서 어느 쪽을 선택할까 고민한 게 아니었다. 단지 나중에도 결심이 흔들리지 않을지 스스로에게 확인하고 또 확인했을 뿐, 결론 자체는 처음부터 나 있었다. 한 번도 사랑해준 적 없는 부모와, 어릴 때부터 지금껏 자기 목숨까지 걸어가며 지켜준 남자 사이에서 고민할 이유가 없지 않은가. 아버지의 목숨이 위태롭다는 거짓말만 아니었어도 진작 지환의 손을 잡았을 텐데. 벌써 한참 전에 가야 했던 길이 조금 늦어진 것뿐이었다.

"앞으로는 없는 자식, 없는 동생이라고 생각해주세요."

그래서 은하의 말에는 망설임이라고는 한 점도 남아 있지 않았다.

"그동안 키워주셔서 고맙습니다. 건강하세요."

고개를 숙이는 은하를, 부모님과 언니가 입을 딱 벌린 채 바라보았다.

돌아서 나오는 길에는 눈물 한 방울 나오지 않았다. 슬프기는커녕 이상할 정도로 후련했다. 마치 오랜 족쇄에서 해방된 것 같은 기분이었다. 이제 더 이상 저 사람들의 높디높은 기준에 맞추려고 노력할 필요가 없다. 죄지은 것도 없이 주눅 들어 살 필요도 없다. 더는 명절이나 생일 때마다 울리지 않는 휴대폰을 보면서 한숨짓지 않아도 된다.

생각해보면 온통 좋은 일투성이였다. 이제는 현우를 찾아 헤매지 않아도, 죽었다고 슬퍼하지 않아도, 억울하게 죽은 그의 한을 풀겠다고 백방으로 뛰어다니지 않아도 된다. 앞으로는 그냥 서지환, 한 사람만 바라보고 사랑하기만 하면 된다. 얼마나 단순하고 좋은가.

— 저는 많이 괜찮아졌습니다.

지환이 했던 말이 떠올라서 잠시 가슴이 철렁했지만, 은하는 애써 마음을 가다듬었다. 많이 괜찮아졌다고 했지 이제 아무렇지 않다곤 안 하지 않았는가. 아직 마음이 다 사라진 건 아니잖은가. 그럼 다시 좋아하도록 내가 노력하면 되는 거 아닌가.

혹시 잘 안 되면? 그까짓 거, 짝사랑 좀 하지 뭐.

이미 해가 져서 형형색색으로 반짝이기 시작한 거리를, 은하는 날아갈 것 같은 발걸음으로 걸었다.

사랑하는 사람에게로.

♤ ♥ ♧

예비 처가댁에 인사를 간 일영을, 집에 남은 지환과 덩어리들은 바짝 긴장한 채로 기다리고 있었다. 과연 그 집에서 일영을 받아 줄까.

대부분 가족이 없거나, 있어도 온전치 못한 덩어리들에게 서로의 존재는 가족과 다름없었다. 미호가 임신했다는 소식에 덩어리들은 물론 지환도 무척 기뻐했었다. 우리에게 조카가 생기다니! 성질 급한 몇몇은 벌써부터 인터넷으로 아기 옷을 검색하며 싱글벙글할 정도였다.

그러니 결혼 허락을 받겠다고 간 일영이 걱정되지 않을 수 없었다. 혹시 깡패 새끼라고 반대하면 어쩌나, 초등학교밖에 못 나왔다고 사람 취급 못 받으면 어쩌나. 저녁도 거른 채 이제나저제나 기다린 끝에 드디어 일영이 돌아왔다. 얼굴이 엉망이 된 채로.

"일영이 형님!"

일영의 부어오른 눈가와 찢어져서 피가 흐르는 입술을 보고 지환은 심장이 쿵 하고 내려앉았다.

"올라가서 얘기하자."

눈물을 글썽이는 덩어리들을 뒤로하고, 지환은 일영을 직접 부축해 계단을 올랐다.

"대체 어떻게 된 일이냐?"

침대에 데려다 눕히고 묻자 일영이 힘없이 중얼거렸다.

"형님, 기억하십니까?"

"뭐?"

"옛날에 저희 생활할 때… 왜 200만 원 빌렸다가 목매고 죽었던 여자 대학생 있지 않습니까."

지환은 금세 기억해냈다. 당시 불독파에서 사채 쪽은 고양희가, 지환은 술집과 나이트클럽을 맡고 있었다. 고양희가 빚 독촉을 너무 악랄하게 하는 바람에 20대 초반의 여대생이 견디다 못해 자살한 적이 있었다. 신문 기사까지 날 정도로 꽤 화제가 되어서 한동안 조직이 위기를 맞기도 했었다. 부두목이자 넘버 투였던 고양희를 제치고, 지환이 본격적으로 조직의 실권을 장악하는 계기가 된 것도 바로 그 사건이었다.

그때 지환은 일영과 함께 조문을 갔었지만, 물론 유족들 눈에야 어차피 똑같은 불독파 조직원일 뿐이었으므로 감히 여기가 어딘 줄 알고 왔느냐고 입구에서 쫓겨났었다. 끝내 절 한번 하지 못했지만, 영정사진 안에서 싱그럽게 웃고 있던 젊은 여자의 얼굴만은 지금도 기억이 난다. 좀처럼 그 얼굴이 잊히지 않아서, 손을 씻은 후에도 꾸준히 야웅머니에 걸려드는 사람들을 구해왔던 것이다.

"그게 왜?"

"그때 죽은 여대생이 미호 오빠의 애인이었답니다."

지환은 할 말을 잃었다. 세상에 어떻게 이런 일이….

"그때 장례식장에서 본 제 얼굴을 여태 기억하고 있었나 봅니다. 보자마자 불독파 아느냐고 묻더라고요."

"그래서? 제수씨 부모님은 뭐라고 하셨는데?"

"차라리 미혼모를 만들고 말지, 깡패 새끼한테는 딸 못 주겠다고, 아버님께서….”

일영의 눈에서 굵은 눈물방울이 툭 떨어졌다.

“미호가 울면서 비는 걸 보며 그냥 쫓겨났습니다.”

“….”

“우리는 왜 인생을 이렇게밖에 못 살았을까요, 형님.”

결국 일영은 어깨를 들썩이며 울음을 터뜨렸다. 여태 생사를 함께해오면서도 지환은 일영이 눈물 한 방울 흘리는 것조차 본 적이 없었다. 그런 놈이 소리를 내어 울 정도면…. 가슴이 미어질 것만 같아서 지환은 방을 나왔다.

“담배 한 대만 줘봐라.”

정원으로 나와 평소에 피우지도 않는 담배에 불을 붙여 연기를 내뿜어보았지만, 답답한 가슴은 조금도 나아지지 않았다.

얼마 전까지 헛꿈을 꾸고 있었던 자신이 문득 우스웠다. 저렇게 평범한 집안에서도 깡패에게 시집보내느니 차라리 미혼모를 만들겠다고 할 정돈데, 언감생심 판검사 집안 딸을 내가 욕심을 냈구나. 겨우 한국대 합격증 따위로 그 가족에게 허락을 받겠다고 꿈꿨던 자신이 새삼 어처구니가 없었다.

어린 시절에 보았던 어머니의 모습이 떠올랐다.

— 집 잘 보고 있어. 엄마 외갓집에 다녀올게.

외할아버지 생신에 한껏 차려입고 친정에 찾아갔다가, 가져갔던 선물을 그대로 들고 와서는 울면서 자신을 때리던 어머니.

— 다 너 때문이야! 너 때문이라고!

뒤늦게 등골에 식은땀이 배어났다. 하마터면 은하를 내 어머니

같은 꼴로 만들 뻔했구나. 헤어진 후 처음으로, 지환은 마음 깊이 생각했다. 은하와 헤어지기를 잘했다고.

어느덧 담배도 다 타버렸다. 한숨을 내쉬며 들어가려는데 저만치 대문이 열리고 웬 여자가 들어오는 것이 보였다. 순간적으로 미호인가 하고 생각했다가 금세 은하라는 것을 알아보고 깜짝 놀랐다. 갑자기 은하가 왜 여기?

어찌 됐든 지금은 얼굴을 마주하고 싶지 않았다. 덩어리들을 시켜서 돌려보낼 생각으로 황급히 돌아서는데, 등 뒤에서 은하가 불렀다.

"오빠."

지환은 걸음을 멈췄다. 방금 뭐라고 불렀지? 내가 잘못 들었나, 하고 생각하는 순간, 그녀가 뒤에서 그를 끌어안았다.

"…현우 오빠."

지환은 얼어붙었다.

"내가 몰라봐서 그동안 많이 서운했지?"

지환의 등에 뺨을 기대고 은하는 울먹였다.

"진작 알아보지 못해서 미안해. 정말 미안해…."

뜨거운 눈물이 입고 있는 옷에 스며드는 것이 느껴졌지만, 지환은 그저 당황스러울 뿐이었다. 대체 어떻게 알았지? 누구에게서 들었지? 그토록 철저히 숨겼는데, 이제 와서 어떻게?

"무슨 말씀을 하시는 건지 모르겠습니다."

일단 발뺌을 해보았지만, 형편없이 떨리는 목소리는 제 귀에도 설득력이 전혀 없게 들렸다. 역시나 은하는 지환의 말 따위는 아랑곳도 하지 않았다. 오히려 그의 허리를 한층 더 세게 껴안으며 속삭이는 것이었다.

"있잖아, 오빠. 나 다 버리고 왔어. 이제 절대로 오빠한테서 안 떨어질 거야."

다 버리고 왔다는 말에 가슴이 철렁했다.

"뭘 버리고 왔다는 겁니까."

"엄마 아빠한테 마지막으로 인사드리고 오는 길이야. 오빠 곁으로 가겠다고, 없는 자식이라고 생각해달라고 했어."

그 순간 지환의 머릿속에 떠오른 것은 제 어머니였다. 조폭인 아버지와 사랑에 빠져서 가족과 연을 끊었다가, 두고두고 후회하며 괴로워했던 어머니. 형편없이 얻어맞은 채로 방에 누워 있는 일영도 떠올랐다. 끝난 것은 이미 끝난 것이고, 안 되는 것은 안 되는 것이었다. 지환은 이를 악물고 말했다.

"저는 당신의 현우 오빠가 아닙니다."

억지로 꾸며낸 차가운 목소리에 돌아온 것은 더없이 다정한 대답이었다.

"응, 지환 오빠."

은하는 지환을 안은 팔에 더욱더 힘을 주며 속삭였다.

"사랑해."

지환은 두려움에 휩싸였다. 이 와중에도 대책 없이 달콤한 기분에 빠져들 것 같은 자신이 무서웠다. 당장이라도 마주 껴안고 나도 사랑한다고, 제발 두 번 다시는 나를 버리지 말라고 애원하고 싶은 자신이.

지환은 있는 힘껏 은하의 팔을 뿌리쳤다.

"돌아가십시오."

떨리는 목소리로 중얼거리고 도망치듯 집 안으로 들어갔다.

♤ ♥ ♧

다음 날 아침, 지환은 혼자서 집을 나섰다. 일영에겐 집에서 쉬라고 당부하고, 오늘은 직접 운전해서 사무실로 향했다. 일영도 일영이지만, 은하 때문에도 마음이 복잡하기 그지없었다. 대체 어떻게 내가 서현우라는 걸 알았을까. 일영이 말했을 리도 없는데….

이 생각 저 생각으로 복잡한 마음을 안고 지환은 출근했다. 엘리베이터에서 내리는 순간 어디선가 발랄한 목소리가 들려와서 하마터면 심장이 멈출 뻔했다.

"오빠!"

청소부 유니폼을 입은 은하가 반가운 듯이 쪼르르 달려와서, 지환은 제 눈을 의심했다.

"여기서 뭐 하는 겁니까."

"기억 안 나? 나 원래 여기서 알바했던 거."

빗자루를 든 은하가 생글거렸다.

"전화해보니까 다행히 빈자리 있다길래 다시 일하게 해달라고 졸랐어."

그러더니 수줍게 작은 꾸러미를 내밀었다.

"이거 내가 오빠 주려고 만든 거야. 이따가 배고플 때 먹어."

안 되겠다, 하고 지환은 독하게 마음을 먹었다.

"말씀드렸지 않습니까, 저는 많이 괜찮아졌다고."

물론 새빨간 거짓말이었지만, 그렇게 말해두기를 얼마나 잘했는지 모른다고 생각했다.

"저는 더 이상 은하 씨를 사랑하지 않습니다."

힘들게 한 말이었는데 허무하게도 은하는 전혀 상처받은 기색이 없었다. 심지어 생긋 웃기까지 하는 거였다.

"괜찮아, 내가 사랑하니까."

지환은 이를 악물고 은하가 내민 꾸러미를 받아 들었다. 그대로 뚜벅뚜벅 발소리를 울리며 걸어가서 복도 구석의 쓰레기통에 통째로 던져버리자 그제야 은하의 얼굴에서 웃음기가 가셨다.

"…오빠."

"말했을 텐데요, 저는 은하 씨의 오빠가 아니라고."

할 수 있는 한 가장 차가운 목소리를 꾸며내 내뱉고, 지환은 등을 돌려 사무실로 들어갔다. 책상에 앉아서 일을 시작했지만, 물론 일이 제대로 될 리가 없었다. 바로 문 하나를 사이에 두고, 바깥에서 은하가 청소를 하고 있는데 집중이 될 리가.

아무래도 은하는 단단히 작정한 모양이지만, 지환은 절대 흔들릴 수 없었다. 내 어머니도 처음에는 은하처럼 생각했을 것이다. 사랑하는 사람과 함께할 수 있다면 가족 따위는 버릴 수 있다고. 그런데 그게 어디 생각처럼 되었던가. 어머니는 내내 처절하게 후회했다. 지환은 죽어도 은하를 어머니처럼 만들고 싶지 않았다. 그러느니 그냥 제가 아픈 게 나았다. 그렇게 생각했으니까 헤어진 거였고, 돌이킬 생각도 없었다.

하지만 결심은 결심이고, 지금 당장은 바깥에 있는 은하에게 온 신경이 다 쏠리는 걸 자신도 어쩔 수가 없었다. 제일 신경이 쓰이는 건 아까 은하가 줬던 그 꾸러미였다.

— 이거 내가 오빠 주려고 만든 거야. 이따가 배고플 때 먹어.

보란 듯이 쓰레기통에 처박아버리고는 뒤늦게 궁금하고 아까워서 견딜 수가 없었다. 대체 그 안에는 뭐가 들어 있었던 걸까. 날 위해서 뭘 만들었다는 걸까. 내내 안절부절못하다, 지환은 참지 못하고 살짝 문을 열고 복도를 내다보았다.

다행히 은하는 다른 층을 청소하고 있는지 보이지 않았다. 안도의 한숨을 쉬고, 지환은 살금살금 나와서 복도 구석에 놓인 쓰레기통으로 향했다. 슬쩍 안을 들여다보니 텅 비어 있어서 그만 어깨가 축 처졌다.

'그새 비워버렸단 말이야?'

쓸쓸하게 돌아서려는데 어디선가 목소리가 들려왔다.

"이거 찾아?"

너무나 놀라 돌아보니 은하가 보란 듯이 꾸러미를 흔들어 보였다.

"무슨 소립니까."

귀까지 확 뜨거워지는 것을 느끼고, 지환은 퉁명스럽게 대꾸했다.

"메모했던 게 어디 갔는지 없어졌길래 찾아봤을 뿐이니 착각하지 마십시오."

얼른 등을 돌려 사무실로 도망치는데, 뒤에서 은하가 부르다 말고 갑자기 비명을 질렀다.

"오빠… 꺅!"

깜짝 놀라 돌아보니 은하가 그새 바닥에 나동그라져서 아픈 듯이 얼굴을 잔뜩 찡그리고 있었다. 걸레질한 바닥의 물기에 미끄러진 모양이었다. 나도 저러다가 다쳐서 입원까지 했었는데!

"은하 씨!"

놀란 지환은 황급히 달려가서 은하를 안아 일으켰다.

"괜찮으십니까?"

다친 데가 없나 살피다 문득 눈이 마주쳤다.

"그거 알아? 오빠 거짓말 되게 못하는 거."

언제 아파했느냐는 듯 동그란 눈동자가 웃음기를 담뿍 머금고 있었다.

"내가 비명만 질러도 놀라 달려오면서."

속았다는 것을 깨닫는 동시에, 입술을 빼앗겼다.

"…!"

번개같이 지환의 입술을 훔쳐 간 도둑이 수줍게 고백했다.

"나 오빠가 너무 좋아."

애정이 뚝뚝 떨어지는 눈빛에 심장이 꿩음을 냈다. 지환은 불에 덴 사람처럼 황급히 은하를 밀쳐내고 몸을 일으켰다.

"꺅!"

이번에는 진짜로 바닥에 넘어질 뻔한 은하가 놀라서 소리를 질렀지만 돌아보지 않았다. 사무실로 들어와서 문을 쾅 닫고, 등을 기대고 선 채로 지환은 마음을 가라앉히려 애썼다. 끝이 어떨지 뻔히 알면서 다시 시작하는 건 멍청한 짓이다. 은하를 내 어머니같이 살게 만들 수는 없다.

스스로에게 몇 번이나 다짐하듯 말했지만, 날뛰는 심장은 조금
도 진정될 기미가 없었다.

♤ ♥ ♧

지환이 사무실로 들어가버리자 은하는 중얼거렸다.

"진짜 맘이 변했나 보네."

자기는 많이 괜찮아졌다는 말에 어느 정도는 각오하고 있었지
만, 저렇게까지 펄쩍 뛰고 싫어할 줄은 몰랐다. 겨우 상처가 나아
가는데, 혹시 또 상처받기 싫어서 그러는 게 아닐까.

물론 은하는 지환을 포기할 생각이 전혀 없었다. 내가 당신을
장장 17년 동안 찾아 헤맨 여자라, 이거야. 이 정도로 나가떨어질
줄 알았다면 커다란 오산이지!

'그나저나 오빠가 철벽이 장난 아닌데?'

앞으로 어떻게 해야 하나, 하고 머리를 굴리다 은하는 미호를
떠올렸다. 맞다, 이제 과외도 도로 내놓으라고 해야지! 냉큼 전화
를 걸었는데 왠지 전화기가 하루 종일 꺼져 있었다.

"미호 씨 아파서 당분간 못 나온대요."

미호가 일하는 숍으로 전화를 했더니 그렇게 알려주어서 은하
는 놀란 마음에 미호네 집으로 전화를 걸어보았다.

"어머니, 저 은하예요. 혹시 미호한테 무슨 일 있어요? 아프다면
서요."

미호의 어머니는 한숨부터 쉬었다.

"넌 몰랐구나. 세상에 이게 무슨 난리라니?"

"네? 왜요?"

얘기를 들은 은하는 깜짝 놀랐다.

"아기를 가졌다고요? 미호가요?"

"그래. 어제 결혼시켜달라고 인사를 왔는데, 세상에 그만….”

은하도 할 말을 잃었다.

"미호 아빠는 절대로 이 결혼 못 시킨다고 펄펄 뛰지, 상호는 제 눈앞에 나타나기만 하면 죽여버리겠다고 난리지. 대체 이 일을 어쩌면 좋으니?"

"일단 미호 좀 바꿔주세요, 어머니."

잠시 후 미호가 전화를 받았다.

"은하야…!"

울먹이는 목소리였다.

"어머니한테 얘기 들었어. 그래서 지금 집에 갇혀 있는 거야?"

"응. 아빠가 가게도 안 나가고 거실에 앉아서 계속 지키고 있어. 다시는 일영 오빠 못 만나게 하겠다고."

"그럼 아기는 어떡하고?"

"낳아서 구씨 성으로 키우겠대. 깡패 아빠는 차라리 없는 게 낫다면서."

미호가 기어이 울음을 터뜨렸다.

"지금 현관 앞에서 일영 오빠가 무릎 꿇고 있는데 아빠가 나가보지도 못하게 해. 날도 추운데 저러다가 잘못되면 어떡해?"

"울지 마."

은하는 짐짓 엄하게 말했다.

"강해져야지, 이제 아기도 있는데. 운다고 일이 해결되니?"

"그럼 어떡해? 부모님을 버리기라도 하란 말이야?"

"그건 안 되지."

왜냐하면 너희 부모님은 우리 부모님 같은 사람들이 아니니까, 하고 은하는 입속으로만 중얼거렸다.

"어떻게든 허락을 받을 방법을 찾아야지."

"어떻게?"

미호가 울음을 멈추고 은하의 말에 귀를 기울였다.

♤ ♥ ♧

2월 하순, 영하 10도 아래로 뚝 떨어지는 강추위가 매일같이 이어지는 가운데 일영은 아침부터 미호네 집 앞에서 무릎을 꿇고 있었다. 얼음처럼 차가운 돌바닥 위에서 종일 그러고 있자니 금방이라도 다리가 떨어져 나갈 것 같았지만 꿈쩍 않고 버텼다.

"지금은 그 양반이 역정이 많이 나서 무슨 말을 해도 소용이 없다니까, 글쎄."

미호는 얼굴조차 보이지 않고, 어머니만이 이따금 나와서는 발을 동동 굴렀다.

"일단 돌아가게, 응? 이러다 큰일 나겠어."

"허락해주실 때까지 여기서 한 발짝도 움직이지 않겠습니다."

그렇게 얼마나 버티고 있었을까. 다리가 너무 아파서 식은땀까지 나기 시작할 무렵, 옆에서 누군가가 툭 중얼거렸다.

"다리 없는 남자한테 시집가게 생겼네, 내 친구."

깜짝 놀라 쳐다보니 언제 왔는지 은하가 서 있었다.

"은하 누님!"

놀라서 부르자 은하가 눈을 흘겼다.

"내가 왜 누님이에요, 오빠?"

속았다는 듯한 눈빛이었다.

"나더러 누님, 누님 하길래 난 깜빡 속아서 연하인 줄 알았네."

그거야 처음에는 존경의 의미로 누님이라고 불렀고, 나중에는 형수님 되실 분이라 그렇게 불렀을 뿐인데….

"어쨌든 일어나요, 진짜로 다리 자르고 싶지 않으면."

은하가 손을 뻗었지만, 일영은 고개를 저었다.

"죽어도 여기서 죽겠습니다."

"죽으면 아기랑 미호는 어쩌라고요?"

냉정한 목소리에 가슴이 철렁했다.

"이제 아빠가 될 사람이, 자기 목숨이라고 맘대로 해도 되는 거예요?"

그제야 일영은 제 생각이 짧았다는 것을 깨달았다. 이제 자신에게는 지켜야 할 것들이 있는데.

"다 잘될 테니까 나 믿고 일어나요. 일단은 살고 봐야죠."

다시 뻗어오는 손을 붙잡고 일영은 힘겹게 몸을 일으켰다. 다리를 펴는 순간 통증이 너무 심해서 하마터면 비명이 나올 뻔했지만 이를 사리물고 참아냈다.

"걸을 수 있겠어요?"

일영은 은하에게 기대 간신히 한 걸음씩 걷기 시작했다. 피가 통하기 시작하자 다리 전체에 전기가 오르는 것처럼 아팠다.

"생각 같아서는 한 대 때려주고 싶은데, 그러지 않아도 많이 아파 보여서 참는 거예요."

절뚝거리는 일영을 부축하고 걸으며 은하가 화난 듯이 말했다. 미호와 속도위반한 걸 질책하는 줄 알고 일영은 사과했다.

"다 제 잘못입니다. 좀 더 조심했어야 하는데….'"

"그거야 둘이 알아서 할 일이고요."

은하가 걸음을 멈추고 일영을 흘겨보았다.

"지환 씨가 제가 찾고 있던 현우 오빠인 거, 알고 있었죠?"

일영은 깜짝 놀라서 은하를 마주 보았다.

"어떻게 아셨습니까?"

"와, 진짜 알고 있었네. 그럼 나한테 진작 말해줬어야 할 거 아녜요?"

"죄송합니다. 큰형님께서 절대 함구하라고 하셔서….'"

은하의 말이 너무 뜻밖이어서 일영은 다리의 아픔도 잠깐 잊어버렸다.

"앞으로 큰형님이랑 어쩌실 셈입니까?"

"저야 당연히 다시 만나고 싶죠. 원래부터 싫어서 헤어진 게 아니었는걸요."

은하가 시무룩하게 중얼거렸다.

"근데 오빠가 저 싫대요."

"예?"

"이제 사랑하지 않는대요. 진심일까요?"

은하가 눈물을 글썽여서 일영도 덩달아 마음이 아팠다. 진심이 아닐 거라는 건 확실히 알겠는데, 워낙 속 얘기를 잘 안 하시는 분이니 왜 그러는지 알 수가 있나.

"진짜로 제가 싫어진 거라면, 계속 쫓아다녀봐야 민폐만 끼치는 거잖아요."

이 말을 해야 하나, 말아야 하나. 일영은 잠시 갈등하다 마음을 결정했다.

"큰형님이 뭐라고 하시면 일단 귀로 들으시고."

일영은 은하의 귀를 손가락으로 살짝 건드리고, 이어서 머리를 톡톡 쳤다.

"머리로는 거꾸로 해석하시면 됩니다."

"네?"

"꺼지라고 하면 제발 곁에 있어달란 소리로, 싫다고 하면 좋아서 아주 미쳐버리겠다는 뜻으로 알아들으시면 된다는 겁니다."

은하의 얼굴에 서서히 홍조가 떠올랐다.

"고마워요."

일영은 다시 은하에게 기대어 절뚝이며 걷기 시작했다.

"근데 누님, 정말 누님 믿고 기다리면 해결이 되는 겁니까?"

"글쎄, 누가 누님이냐고요, 오빠."

♤ ♥ ♧

퇴근해 집에 돌아온 지환은 현관에 들어서면서 겨우 안도의 한숨을 내쉬었다. 정말이지 기나긴 하루였다. 복도에 나갔다가 은하와 마주칠까 봐 하루 종일 사무실 안에만 갇혀 있다시피 했다. 하다못해 화장실조차 제대로 갈 수가 없었다.

웬일로 거실 쪽이 떠들썩하다 싶어서 가봤다가 지환은 제 눈을 의심했다.

"그럼요. 피아노도 잘 쳤고, 공부도 잘했고….'

은하가 덩어리들과 둘러앉아서 즐거운 듯이 재잘대고 있지 않은가!

"오빠!"

자신을 본 은하가 반갑게 외치며 쪼르르 달려오는 바람에 지환은 움찔했다.

"뭐 하는 겁니까, 여기서.'

"과외하러 왔어. 미호가 못 오게 됐으니까 이제 내가 다시 맡으려고.'

눈을 크게 뜨고 쳐다보자 은하가 종알거렸다.

"설마 동생들 공부도 못 하게 하려는 건 아니지?'

"….'

"그럼 이따가 봐, 오빠!'

지환은 제 방에 올라가 틀어박혔다. 조금 이따 그녀가 오면 무슨 말로 밀어내야 할지, 생각하고 또 생각했다.

— 그거 알아? 오빠 거짓말 되게 못하는 거.

사랑하지 않는다고 해봐야 어차피 먹히지도 않을 터다. 그럼 다른 이유가 뭐가 있을까, 대체.

두 시간 후 노크 소리가 들리고, 문을 열자 은하가 생긋 웃었다.

"공부하자, 오빠!"

"제 말을 이해 못 하신 것 같으니 확실하게 말씀드리죠."

얼굴을 보자마자 조건반사처럼 빨라지는 심장 박동을 애써 무시하고, 지환은 할 수 있는 한 가장 차가운 표정을 지어 보였다.

"저는 은하 씨와 다시 만날 생각이 없습니다."

그제야 은하의 얼굴에서 웃음기가 사라졌다.

"가서 거울 좀 봐. 아직도 나 좋아한다고 얼굴에 쓰여 있는데, 대체 왜 그러는 거야?"

"싫어서가 아닙니다. 우리는 안 될 뿐입니다."

"왜 안 된다는 거야?"

지환은 필사적으로 생각해낸 이유를 입에 올렸다.

"헤어질 때 제가 말씀드렸지요. 은하 씨와 저는 너무 많이 다르다고 말입니다."

"뭐가 그렇게 다르다는 건데?"

"은하 씨는 살면서 한 번이라도 법을 어겨본 적이 있습니까? 아마 빨간불에 횡단보도를 건너본 적조차 없겠지요."

찔끔하는 은하를 보고, 지환은 제 말이 틀리지 않았다는 것을 알았다.

"저는 지금껏 많은 사람을 다치게 만들고, 불법을 수없이 저질렀습니다. 은하 씨와는 너무 다른 인생을 살아왔단 말입니다."

"다르면 왜 안 되는데?"

은하가 항변했다.

"오빠는 〈뽀로로〉도 못 봤어? 남극에 사는 펭귄하고 북극에 사는 북극곰도 친하게 지내는데 우리가 안 될 건 뭐야?"

"여태 그렇게 어린애처럼 동화 속에서 살고 있는 점이 싫다는 겁니다."

지환은 싸늘하게 대꾸했다.

"그건 애들 보는 만화 속에서나 가능한 얘기지, 실제로 둘이 만나면 어떨 것 같습니까? 만나자마자 북극곰이 펭귄을 잡아먹어버리겠죠."

끔찍한 말에 은하가 숨을 삼켰다.

"현실은 동화가 아니란 말입니다."

마음을 독하게 먹고 지환은 입에 칼을 물었다.

"저는 성숙한 여자와 사랑하고 싶지, 철없는 어린애와 사랑하고 싶은 게 아닙니다."

제발 이쯤 했으면 알아들어달라고 속으로 빌며 돌아서는데, 은하가 불쑥 물었다.

"어린애로 보여서 그랬어?"

무슨 소린가, 하고 쳐다보자 은하가 다시 말했다.

"우리 별장에서 함께 지냈을 때 말이야. 그때 오빠가 끝까지… 선 그랬잖아. 내가 어린애로 보여서 그랬던 거야?"

무슨 뜻인지 이해한 순간 속에서 무언가가 울컥 치밀었다. 그때 내가, 어떤 마음으로 너를…! 지환은 애써 심호흡을 하고, 마음과는 정반대의 말을 입에 담았다.

"아니라고는 못 하겠습니다."

은하의 얼굴에서 핏기가 가셨다.

"안으려고 할 때마다 아이들과 노는 모습이 자꾸 떠오르는 바람에 기분이 식더군요. 은하 씨를 좋아했던 건 사실이지만, 지금 생각하면 여자로서는 아니었던 것 같습니다."

새하얗게 질린 얼굴에 대고 지환은 싸늘하게 내뱉었다.

"어릴 때 알던 귀여운 여동생, 그저 그뿐입니다."

♤ ♥ ♧

다음 날 지환이 출근하자 은하는 하루 종일 보이지 않았다.

'하기야 내가 그렇게까지 말했는데.'

안도의 한숨을 내쉬면서도 마음 한구석은 텅 빈 것만 같았다. 일부러 상처를 줘서 쫓아 보낸 주제에, 조용하기만 한 복도를 자꾸 두리번거리게 되는 자신이 어이가 없었다. 평소보다 유난히 긴 하루를 마치고 오늘도 혼자 퇴근해서 나오는데, 회사 건물 앞에 웬 화려하게 차려입은 여자가 서 있었다.

'저러다 얼어 죽겠군.'

이 추운 날씨에 미니스커트를 입고 있어서 별 뜻 없이 그렇게 생각하며 스쳐 지나가려는데, 그 여자가 불렀다.

"오빠."

흠칫 놀라서 쳐다봤다가 지환은 눈이 튀어나올 뻔했다.

"이제 좀 어른처럼 보여?"

화려하게 차려입고 화장한 은하가 물었다.

지환은 기가 찼다. 대체 이 여자는 내 말을 어디로 들은 걸까. 내가 어제 그 말을 하느라 얼마나 힘들었는데! 이 와중에도 처음 보는 은하의 모습에 가슴이 설레기 시작하는 자신이 한심했다. 상대할 가치도 없다는 듯이 무시하고 돌아서서 가는데, 등 뒤에서 외치는 소리가 들렸다.

"나랑 결혼하기로 약속했잖아!"

지환은 그대로 얼어붙었다.

"이럴 거면 그런 말은 왜 했어? 책임도 못 질 거면서!"

맙소사, 하고 생각했을 때는 이미 시선이 집중된 후였다. 하필이면 퇴근 시간, 주위에 있는 오피스 건물에서 빠져나온 회사원들이 눈을 둥그렇게 뜨고 이쪽을 쳐다보았다.

"들었어, 방금?"

"나쁜 놈처럼 생겨서 진짜 나쁜 놈이네."

"세상에, 저렇게 예쁜 여자를."

수군거리는 소리가 귀에 들려와서 지환은 쥐구멍을 찾고 싶었다.

그래, 결혼하겠다고 약속했었지. 넌 그때 열 살, 나는 열세 살이었고! 저도 모르게 노려보자 은하가 혀를 쏙 내밀었다. 지환은 성큼성큼 다가가 은하의 팔을 붙잡았다.

"가죠."

그대로 은하를 데리고 주차장으로 이끌었다.

"어디 가는 거야?"

은하가 당황한 듯이 불렀지만, 지환은 대꾸하지 않았다. 차 문을 열자마자 그녀를 밀어넣고 뒤이어 운전석에 올라탔다. 시트를 뒤로 젖히자마자 은하를 쓰러뜨리고 옷자락을 확 젖히자 하얀 어깨가 눈앞에 드러났다.

"오빠, 잠깐만….."

놀란 은하가 피하려 했지만, 지환은 아랑곳하지 않았다.

"어른으로 대해주길 원했던 거 아닌가?"

목덜미에 성급하게 입술을 가져가서 물어뜯는 것처럼 강하게 입을 맞췄다. 제발 겁을 먹고 도망가주기를 빌면서. 하지만 은하는 지환을 밀쳐내기는커녕 기다렸다는 듯 그의 목에 팔을 감았다.

"이러면 내가 무서워할 거라고 생각하나 봐, 오빠는."

흠칫 놀라 쳐다보자 열기를 품은 눈동자와 시선이 마주쳤다.

"…근데 나 어린애 아니야, 오빠."

온몸에 힘이 빠져나갔다. 대체 너는, 어디까지….

도로 몸을 일으켜 앉자 은하가 따라 앉으며 말했다.

"왜 그만해, 난 좋은데."

웃음기까지 은은히 느껴지는 목소리에 지환은 이미 제 의도를 다 간파당했다는 것을 알았다. 하기야 은하처럼 똑똑한 여자를 속이려고 했던 자신이 바보였다.

"왜 이러는지 모르겠지만, 어디 오빠 하고 싶은 대로 다 해봐."

작은 손이 살며시 다가와 지환의 커다란 손을 꼭 쥐었다.

"밀어내든, 싫다고 하든, 나는 오빠 옆에 꼭 붙어 있을 거니까."

지환은 걷잡을 수 없는 두려움에 빠져들었다. 수십 명의 깡패에게 혼자 둘러싸였을 때조차도 겁먹어본 적이 없는데, 지금 제 손을 잡고 있는 이 작은 여자가 무서워 견딜 수가 없었다. 이 여자를 불행하게 만들까 봐, 그렇게 될 걸 뻔히 알면서도 결국은 견디지 못하고 이 손을 잡고 말까 봐.

"정말이지 사람을 질리게 만드는군요."

이를 악물고 손을 뿌리치자 은하가 놀란 눈을 했다.

"이 시간 이후로 은하 씨는 제게 없는 사람입니다."

"오빠."

"눈앞에 있어도 보이지 않을 거고, 뭐라고 말해도 들리지 않을 테니 그리 아십시오."

내뱉듯이 말하고 지환은 차에서 내렸다. 화난 듯이 차 문을 세게 닫은 것은, 사실은 무서워서 도망치고 있다는 걸 들키지 않기 위해서였다.

♠ ♥ ♣

"오빠!"

황급히 따라 내려서 불렀지만, 지환은 뒤도 돌아보지 않고 가버렸다. 멀어지는 뒷모습을 바라보며 은하는 한숨을 내쉬었다.

'일영 씨가 그랬잖아? 오빠가 하는 말은 거꾸로 알아들으면 된다고.'

애써 상처받지 말자고 생각했지만, 일껏 예쁘게 꾸미고 온 보람도 없이 차갑게 내쳐진 마음이 아무렇지 않을 수는 없었다. 아픈 마음을 안고 돌아서려는데 누군가가 옆에서 말했다.

"저 사람입니까? 은하 씨가 만난다던 남자가."

화들짝 놀라서 쳐다보자 태현이 서 있어서 은하는 제 눈을 의심했다. 이미 저만치 멀어져가는 지환을 노려보며 태현은 말했다.

"건실한 사회인처럼 보이진 않는데, 뭐 하는 놈이죠?"

"장 검사님이 여긴 어떻게 알고 오셨어요?"

하지만 태현은 대답하지 않고, 은하를 쳐다보고는 새삼 이맛살을 찌푸렸다.

"그 싸구려 같은 차림은 다 뭐죠?"

매우 불결한 것이라도 본 듯한 표정이었다.

"미니 언니가 그 꼴을 하고 있는 걸 보면 애들이 뭐라고 생각할 것 같습니까?"

전에 봤을 때 느꼈던 부드럽고 온화한 분위기는 온데간데없고, 눈빛이 이상하게 번뜩이고 있어서 은하는 직감적으로 생각했다. 아, 이 사람 정상이 아니구나.

"제가 생각이 짧았네요. 앞으로는 조심할게요. 장 검사님도 추운데 어서 들어가세요."

최대한 부드럽게 대꾸하고 얼른 돌아서려는데, 손목을 붙잡혔다.

"대답은 해야지."

붙잡힌 손목이 너무 아파서 은하는 하마터면 비명을 지를 뻔했다.

"이게 무슨 짓이에요?"

"저 자식하고 차 안에서 무슨 짓을 한 거지?"

아까부터 계속 보고 있었단 말인가. 은하는 등골에 소름이 쫙 끼치는 것을 느꼈다.

"이거 놔요!"

손을 빼려고 안간힘을 썼지만, 태현은 한층 더 으스러지게 잡아왔다.

"얼마나 만났지? 깊은 사인가?"

표정이 보기 흉할 정도로 일그러져 있었다.

"빨리 대답하지 못해? 무슨 사이냐고 묻잖아!"

싸늘하고도 무자비한 말투에 소름이 돋았다. 아마도 피의자를 취조할 때 이런 식으로 말하는 게 아닐까. 공포에 휩싸인 순간, 다행히도 지환의 회사 경비 아저씨가 은하를 알아보고 다가와서 참견을 했다.

"아가씨, 무슨 일 있어요?"

경비가 수상쩍은 얼굴로 쳐다보자 태현이 어쩔 수 없다는 듯이 손을 놓아주었다.

"아무것도 아니에요. 그냥 친구예요."

상대는 검사다. 경찰서에 가봤자 별수 없을 게 뻔했기 때문에, 은하는 억지로 웃어 보였다.

"그럼 장 검사님, 다음에 또 봬요. 저도 들어가볼게요."

은하는 몸을 돌려 걷기 시작했다. 금방이라도 머리채를 잡힐 것 같아서 두려웠지만, 보는 눈이 있어서인지 다행히 태현은 따라오지 않았다. 택시를 잡아타고 나서야 은하는 겨우 참았던 숨을 길게 내쉬었다.

'저런 사이코였을 줄이야.'

제 몸을 꽉 껴안았지만, 떨림은 쉬이 가라앉지 않았다.

♠ ♥ ♣

일영은 며칠째 출근도 못 하고 집에서 안절부절못하고 있었다. 은하가 믿고 기다려보라고 해서 일단 기다리고는 있지만, 1분 1초를 견디기가 힘들었다. 아무래도 안 되겠다, 의미 없이 이러고 있느니 다시 가서 무릎이라도 꿇자고 생각하고 집을 나서는데 마침 미호에게서 전화가 왔다.

"미호 씨?"

눈이 번쩍 뜨여 전화를 받았지만, 상대는 미호의 어머니였다.

"자네 지금 어딘가? 우리 미호가…!"

미호가 쓰러져서 근처 병원으로 실려 갔다는 말에 일영은 놀라 급히 달려갔다. 숨이 턱에 닿도록 뛰어와서 병실을 찾아 두리번거리는데 마침 복도에서 미호의 어머니가 바락바락 소리를 지르고 있는 게 보였다.

"딸자식이랑 손주를 한꺼번에 잡을 뻔하고 이제 속이 시원하슈? 예?"

그 앞에서 미호의 아버지가 착잡한 얼굴로 앉아 있었다.

"어머님, 대체 무슨 일입니까? 미호는요?"

일영을 본 미호의 어머니가 금세 눈물을 글썽였다.

"세상에 애까지 가진 것이, 나흘을 꼬박 굶었다네."

"예?"

"허락해줄 때까지 아무것도 안 먹겠다면서…. 근데 저 벽창호 같은 양반이, 굶어 죽든지 말든지 맘대로 하라고 버티다 그만."

어머니는 눈물 어린 눈으로 남편을 흘겨보았다.

"어서 들어가보게."

병실로 들어가자 수액을 맞고 누워 있던 미호가 반색을 하고 몸을 일으켰다.

"오빠!"

굶어서일까, 마음고생이 심해서일까. 며칠 전과 달리 몰라보게 야윈 얼굴에 일영은 그만 눈시울이 뜨거워졌다.

"죽고 싶어서 환장을 했어요? 이러다 잘못되면 어쩌려고!"

퉁명스럽게 대꾸한 것은 미호가 아니라 자신이 미워서였다. 미호가 혼자서 싸우고 있는 것도 까맣게 모르고, 그저 손 놓은 채 기다리고만 있었던 자신이. 자기를 믿고 기다려보라고 했던 은하에게도 화가 치밀었다.

"은하 누님도 알고 계셨던 겁니까?"

"은하한테 뭐라고 하지 마요. 오빠가 알면 절대로 못 하게 할 거 아니까 말 안 한 거예요."

그래도 일영은 분을 참지 못했다.

"의사 선생님이 아기는 괜찮다고 했어요, 걱정 말아요."

일영이 화가 난 이유를 잘못 이해했는지, 미호는 눈치를 보듯 말했다.

"인터넷으로 다 찾아보고 한 거예요. 엄마가 며칠 굶어도 아이한테는 영향이 없댔어요. 그러니까 산모가 몇 달씩 입덧 때문에 못 먹어서 다 죽어갈 지경이 돼도 애는 잘만 크는 거라고요."

"누가 애 걱정을 하는 줄 알아요?"

기어이 참지 못하고 일영은 목소리를 높였다.

"아이야 또 낳으면 되지만, 미호 씨가 잘못되면 나는 어쩌라고!"

"오빠…."

와락 껴안자 그제야 미호가 울먹였다.

"미안합니다. 내가 지켜줬어야 하는데."

흐느끼는 미호의 등을 쓰다듬으며 일영은 결심했다. 어차피 미호와 아이 없이 살아봐야 아무 의미가 없다. 끝까지 허락해주지 않으시면 차라리 죽자고 생각하고 병실을 나오는데, 힘없이 앉아 있던 미호의 아버지가 일영을 향해 말했다.

"자네, 나하고 어디 좀 가세."

♤ ♥ ♧

"어딜 가는 겁니까, 아버님?"

물어도 미호의 아버지는 대답이 없었다. 일영은 영문도 모른 채 미호의 아버지가 운전하는 차를 타고 어디론가 향했다. 30분쯤 걸려 도착한 곳은 낡은 아파트. 초인종을 누르자 50대 중반쯤 되어 보이는 초로의 여인이 나와서 놀란 얼굴을 했다.

"아니, 상호 아버님 아니세요?"

미호의 아버지가 고개를 숙였다.

"오랜만입니다. 혜정이 어머님."

그제야 상대가 누군지를 안 일영은 심장이 멈추는 것만 같았다.

"저희 집에는 웬일이세요, 갑자기?"

미호의 아버지가 일영을 가리켰다.

"이 친구, 기억하십니까?"

무슨 영문인지 모르겠다는 듯이 일영의 얼굴을 쳐다보던 여인이 갑자기 흠칫했다.

"당신, 혹시 우리 혜정이 장례식에 오지 않았었나요?"

일영은 뭐라고 대답해야 할지 알 수가 없었다.

"전에 불독파라는 조직에 있었다고 합니다."

일영 대신 대답하고 나서 미호의 아버지가 허리를 깊이 숙였다.

"제 딸 미호가 이 친구와 결혼을 하게 되었습니다."

여인은 입을 다물지 못했다.

"세상에, 어떻게 그런 일이…."

"미호가 아이까지 가졌으니 이 녀석도 이제 제 아들놈이나 마찬가집니다. 그래서 함께 사죄를 드리러 왔습니다."

먼저 무릎을 꿇은 미호의 아버지를 따라 일영도 무릎을 꿇었다.

"감히 용서를 바라지는 않겠습니다."

따지고 보면 김혜정은 사채를 담당하고 있던 고양희가 죽게 만들었지, 사실 지환이나 일영은 알지도 못했던 일이었다. 하지만 일영은 진심으로 제 잘못이라 생각하고 고개를 숙였다. 여태 살면서 잘못했던 모든 사람에게 속죄하는 기분으로.

"제가 잘못 살아온 탓입니다. 평생토록 사죄하며 살겠습니다."

두 사람을 망연한 눈으로 한참 바라보던 김혜정의 어머니가 불쑥 물었다.

"서지환이라는 사람, 혹시 알아요?"

일영은 놀랐다.

"제가 모시는 형님입니다."

"장례식장에 같이 왔었던 사람 맞죠?"

"예."

여인이 긴 한숨을 지었다.

"그때 우리 형편이 무척 어려웠어요. 혜정이가 사채를 쓸 정도 였으니까. 장례 끝나고 당장 장례비 낼 돈조차 없어서 걱정하는데 서지환이라는 사람이 이미 다 계산을 했더군요."

"…"

"납골당도 마련해주고, 지금껏 매년 혜정이 기일마다 꽃을 보내 주고 있어요, 그 사람이."

들을수록 놀라웠다. 명색이 비서 노릇을 하고 있는데도, 여태 지환이 그렇게 하고 있는 줄은 전혀 몰랐던 것이다.

"짐작은 했죠. 그때 장례식에 왔던 사람이겠구나, 하고."

조용한 시선이 일영을 향했다.

"그래, 댁들은 아직도 그 일을 하고 있나요?"

미호의 아버지가 대신 대답했다.

"아닙니다. 지금은 손 씻고 회사 차려서 열심히 살고 있답니다."

"우리 혜정이 괴롭혀서 죽게 한 사람들도요?"

일영은 내키지 않는 목소리로 겨우 중얼거렸다.

"아뇨."

그렇군요, 하고 여인은 고개를 끄덕였다.

"그땐 화가 나서 무작정 쫓아냈지만, 나중에 생각하니까 당신들 은 같은 조직에 있어도 좀 다른 사람들인가 싶더군요. 내 생각이 맞았나 보네요."

귀가 번쩍 뜨였다. 혹시나 용서해주는 걸까. 하지만 작은 희망 의 불씨도 오래가지 못했다.

"도저히 용서는 못 하겠네요. 같은 일을 했던 사람들이라는 것만으로도 나는 치가 떨려서.”

일영이 절망에 빠지려는 순간, 여인이 다시 중얼거렸다.

“…하지만 당신들이 불행하게 산다고 해서 혜정이가 돌아오지
는 않으니까.”

가슴이 철렁해서 고개를 들자 시선이 마주쳤다.

“가서 상호 동생이랑 행복하게 잘 살고, 서지환 씨란 사람한테
도 전해줘요.”

어머니뻘 되는 여인의 눈빛은 쓸쓸하게도, 어딘가 따뜻하게도
느껴졌다.

“이제 그만해도 되니까 지금까지 잘못 살아온 만큼 앞으로 제
대로 살라고요.”

일영의 눈에 눈물이 흘러넘쳤다.

“죄송합니다, 정말 죄송합니다….”

♠ ♥ ♣

아침에 출근하자 역시나 은하가 부르는 목소리가 들려왔다.

“오빠.”

지환은 돌아보지도 않고 사무실로 향했다. 어제 은하에게 말했
듯이 앞으로는 아예 투명인간 취급을 할 셈이었다. 하지만 은하는
끈질기게 따라붙었다.

“할 얘기가 있어. 잠깐이면 돼.”

역시 눈길조차 주지 않고 제 갈 길만 가자 은하의 목소리가 다
급해졌다.

"진짜 중요한 일이란 말이야. 왜 예전에 내 채널에 계속 댓글 달던 저스티스라는 사람 있잖아? 그 사람이⋯."

지환이 사무실로 들어가서 문을 닫아버리는 바람에, 은하의 말은 거기서 끊겼다.

오늘은 오전에만 청소하는지, 점심때 밖으로 나와보자 은하의 모습은 보이지 않았다. 대신 사무실 문 앞에 하얀 봉투가 놓여 있었다. 안에서 나온 것은 어린이를 대상으로 한 공연의 티켓이었다.

– 나 오늘 저녁에 공연해. 우리 회사 크리에이터들이 모여 작년부터
   했던 공연인데, 올해 또 하게 됐거든. 나는 많이 안 나오긴 하지만,
   오빠 시간 되면 꼭 와줬으면 좋겠어. 사랑해, 오빠.

예쁜 글씨체로 쓰인 쪽지를 읽어보다 지환은 한숨을 내쉬었다. 내가 여기 갈 거라고 생각하는 건가, 설마하니. 무대에 선 은하의 모습을 보고 싶지 않은 게 아니었지만, 가서는 안 된다는 것도 물론 잘 알고 있었다.

사랑한다는 말이 쓰인 쪽지는 도저히 버릴 수가 없어서 주머니에 넣고 티켓만 쓰레기통에 버리려는데, 문득 뇌리를 스치는 생각이 있었다. 지환은 한참 티켓을 들여다보다 도로 주머니에 넣었다.

♤ ♥ ♧

"큰일이네."

리허설을 마치고 들어오며 은하는 한숨을 푹 쉬었다. 이제 보니

장태현 그 인간이 이만저만한 사이코가 아닌데, 혹시 지환에게 앙심을 품고 해코지라도 하려 들까 봐 걱정이 되었다.

전직 조폭과 검사. 아무리 생각해도 지환이 유리할 리는 없을 것 같았다. 그래서 아침에 지환을 만났을 때 조심하라고 경고해주려던 건데, 안타깝게도 그는 은하를 아예 없는 사람 취급하며 들으려고도 하지 않았다.

쪽지와 함께 티켓을 놓고 오긴 했지만, 은하도 지환이 공연에 와줄 거라고 생각하지는 않았다. 단지 혹시나 그가 어딘가에서 보고 있지 않을까, 하는 기대감에 열심히 할 수 있을 것 같아서 그랬을 뿐.

잠시 후 본 공연이 시작되고, 오프닝 인사를 위해 출연자들이 모두 무대로 올라갔다. 맨 앞줄에 앉아 있는 커다란 몸집의 남자를 보고 은하는 제 눈을 의심했다.

'진짜로 왔잖아?'

틀림없는 지환이었다. 심지어 커다란 꽃다발까지 안고 있어서, 너무 기쁜 나머지 눈물이 났다. 가장 인기 있는 예나가 메인이고, 은하는 거의 엑스트라 수준의 비중에 불과했지만, 지환이 보고 있다는 생각에 은하는 열심히 공연했다.

관객들의 박수갈채가 쏟아지는 가운데 공연이 끝나고, 무대를 내려오자 꽃다발을 안은 지환이 밑에서 기다리고 있었다.

"오빠…!"

기뻐서 얼른 다가가는데, 지환이 꽃다발을 내밀었다.

"공연 잘 봤습니다."

은하가 아닌, 예나에게.

은하는 순간적으로 무슨 일이 벌어졌는지 잘 이해하지 못했다. 왜 지환이 예나에게 꽃다발을 주고 있는 걸까.

"어머나, 너무 예뻐요!"

활짝 웃으며 꽃다발을 받아 들고 향기를 맡는 예나를 보자 마음 한 조각이 칼로 베인 것처럼 선뜩해졌다. 조금도 놀란 기색이 없는 걸 보면, 전부터 만나고 있던 사이라는 뜻 아닌가.

"지환 씨, 저 금방 옷 갈아입고 나올 테니까 차에 가서 좀 기다려주실래요?"

예나의 말에 지환이 고개를 끄덕였다.

"그러죠."

심지어 이미 공연 후의 약속까지 되어 있는 눈치였다. 끝내 은하에게는 눈길 한 번 주지 않은 채 지환은 공연장을 나갔다. 은하는 그 자리에 못이 박힌 것처럼 서 있다가, 잠시 후에야 정신을 차리고 대기실로 들어갔다.

예나가 거울 앞에 앉아서 분장을 지우고 있었다.

"언제부터 오빠 만나고 있었던 거야?"

예나는 거울 너머로 은하를 힐끗 쳐다보고 대꾸했다.

"오해하지 마. 나 반칙한 거 없으니까. 언니랑 헤어진 후부터 만난 거야."

커다란 귀걸이를 떼면서 예나는 말했다.

"미리 얘기도 했잖아? 언니가 진짜 그 사람을 행복하게 해줄 수 있는지 생각해보라고."

얼마 전에 예나가 했던 말이 떠올라서 은하는 흠칫했다. 그럼 그때부터 이미 만나고 있었다는 걸까.

"…해줄 수 있었어, 행복하게."

답답한 나머지 목소리가 벌벌 떨렸다. 겨우 지환이 현우라는 걸 알았는데, 난 가족도 다 버리고 왔는데. 그러니까 이제 정말 서로 바라보고 사랑하기만 하면 되는데. 왜 엉뚱하게 방해꾼이 끼어들어서 다 망쳐놓는 걸까.

"난 이미 다 버리고 왔단 말이야, 오빠한테 가려고!"

높아진 목소리에 다른 사람들이 놀라서 이쪽을 쳐다봤지만, 은하는 신경 쓰지 않았다. 예나가 한숨을 짓고 일어나서 은하를 마주 보았다.

"제발 눈치 좀 챙겨, 언니."

안타깝다는 듯한 말투였다.

"모르겠어? 언니가 이러는 게 지환 씨를 얼마나 힘들게 하는지. 언니 상처받을까 봐 차마 나랑 만난다고 사실대로 말도 못 하고, 지환 씨가 얼마나 괴로웠겠어?"

무언가로 머리를 세게 얻어맞은 듯한 느낌이었다. 아니, 방해꾼은 나였던 건가. 내가 눈치도 없이 그를 괴롭히고 있었다는 건가.

은하는 새삼스레 눈을 들어 예나를 바라보았다. 늘 자신만만하고 당당한 분위기의 예나는, 두 살 아래인데도 확실히 자신에 비해 훨씬 성숙하게 느껴졌다. 이제야 알 것 같았다. 나더러 어린애 같아서 싫다고 했던 게 사실은 이런 뜻이었나.

"이제 지환 씨 좀 놔주라, 언니."

은하를 달래듯 예나는 말했다.

"정말 사랑한다면 배려해줄 줄도 알아야지. 막무가내로 자기 감정만 밀어붙이면 상대를 괴롭게만 할 뿐이잖아."

마치 스토커라도 대하는 것 같은 말에 은하는 문득 태현을 떠올렸다. 내가 태현에게 느끼는 감정과 똑같은 것을 오빠도 내게 느끼고 있을까. 오빠도 내가 귀찮고 무섭고 끔찍할까. 더 이상 사랑하지 않는다는 말을 들었을 때보다도 더 큰 충격이었다.

"언니 머리 좋은 사람이잖아. 알아들었으리라고 믿을게."

은하는 비틀거리며 의자에 털썩 주저앉았다. 머릿속이 하얗게 된 채 기계적으로 머리띠를 벗고, 옷을 갈아입었다. 터덜터덜 공연장을 나오는데 저만치서 환호성이 들렸다.

"예나 언니!"

추운 날씨에도 밖에서 기다리고 있던 꼬마 팬들과 부모들이 퇴근길의 예나를 둘러싸고 꽃다발과 선물을 건네며 좋아하고 있었다.

"고마워요, 친구들! 오늘 공연 재밌었나요?"

예나가 활짝 웃으며 아이들을 하나하나 안아주고 사진을 찍어주는 것을 은하는 하염없이 바라보았다. 예나에게만 환호가 쏟아지는 거야 하루 이틀 보는 광경이 아니었다. 늘 부럽기도 하고 씁쓸하기도 했지만, 오늘은 심장을 송곳으로 찌르는 것처럼 아팠다.

너는 다 가졌잖아. 왜 오빠까지 너를 좋아하게 된 거야.

한참 만에야 팬들에게서 놓여난 예나가 주차장을 향해 갔다. 잠시 후 주차장에서 눈에 익은 지환의 차가 나오더니 눈앞을 쌩하니 스쳐 지나갔다. 한참을 그 자리에 멍하니 서 있던 은하는, 누군가가 부르는 소리에 그제야 정신을 차렸다.

"은하 씨."

꽃다발을 든 태현이 서 있었다. 어젯밤에 난폭하게 손목을 붙잡고 다그치던 게 떠올라서 덜컥 겁부터 났다.

"…장 검사님."

황급히 주위를 둘러보았지만 이미 예나의 팬들도 다 떠나버리고, 어두운 공터에는 둘 이외에는 아무도 없었다.

"공연 정말 재미있었습니다."

태현이 내미는 꽃다발을, 은하는 떨지 않으려고 애를 쓰며 받아 들었다.

"고맙습니다."

"어제는 제가 실례가 많았습니다."

언제 그렇게 난폭하게 굴었느냐는 듯이 순하디순한 표정으로 사과를 하는 게 더욱더 소름이 끼쳤지만, 은하는 내색하지 않으려 노력했다. 태현이 상냥한 목소리로 말했다.

"저한테 많이 실망하셨죠?"

"실망이라뇨, 그런 거 없어요."

웃어 보이는 데는 공연 시간 내내 발휘했던 것보다 더 큰 연기력이 필요했다.

"다행입니다. 전 은하 씨가 저한테 화나셨을 줄 알고 얼마나 걱정했는지…."

태현이 그제야 마음이 놓인다는 듯 웃어 보여서 은하는 한층 더 무서웠다.

"댁까지 모셔다 드리겠습니다."

"아니에요. 저 택시 타고 가면 돼요."

"그러지 마시고 같이 가시죠. 긴히 드릴 말씀도 있고 해서요."

끈질기게 권한 끝에 태현은 목소리를 낮췄다.

"어제 봤던 그 사람, 알아보니 무척 질이 안 좋더군요."

은하는 가슴이 철렁해서 태현을 쳐다보았다.

"모르셨습니까?"

알고 있었다고 하면 좋을 게 없을 것 같아서 은하는 힘겹게 거짓말을 했다.

"네. 저는 전혀…."

"역시 그랬군요. 제가 아니었으면 하마터면 큰일 날 뻔했습니다."

태현은 자랑스러운 얼굴을 하더니 귓가에 속삭였다.

"…불독파라고, 거대 조직폭력단의 두목이었던 놈입니다."

은하는 얼어붙었다. 이미 지환에 대해서 다 알아버렸다니! 금방이라도 태현이 지환에게 해코지를 할 것 같은 두려움이 은하를 덮쳤다.

"걱정 마십시오, 제가 은하 씨를 지켜드릴 테니까요."

태현이 다정하게 은하의 어깨를 토닥였다.

"나머지는 자리를 옮겨서 천천히 이야기하시죠. 시간 괜찮으시죠?"

고개를 끄덕이는 것 말고는 은하가 할 수 있는 일은 없었다.

♤ ♥ ♧

예나가 모르는 번호로 걸려온 전화를 받은 것은 공연 당일 낮이었다.

"서지환입니다."

처음 목소리를 들었을 때는 정말로 깜짝 놀랐다. 전에 찾아갔을 때 명함을 건네고 오기는 했지만, 진짜로 연락이 올 줄은 몰랐으니까.

"얘기 들었어요. 은하 언니랑 헤어지셨다면서요."

예나는 떨리는 마음을 애써 감추고 침착하게 말했다.

"그렇다고 강예나 씨하고 만나볼 생각이 있어서 연락한 건 아닙니다. 단지 도움이 좀 필요해서."

잔인할 정도로 여지를 남기지 않는 말투였다.

"전에 내가 강예나 씨를 도와줬지요. 그러니까 이번에는 그쪽이 날 좀 도왔으면 합니다."

"뭘 도와드리면 될까요?"

"귀찮은 여자를 떼어버리고 싶습니다."

예나는 내심 놀랐다.

"혹시 은하 언니 말인가요?"

"그렇습니다."

"왜 그렇게 싫어졌는데요?"

예나는 똑똑히 기억하고 있었다. 발을 다쳐서 아파하고 있는 은하를 소중하게 안아 들고 가던 이 남자의 표정을. 분명 사랑에 푹 빠진 남자의 얼굴이었는데.

"그건 강예나 씨가 알 필요 없고. 도와줄 겁니까, 말 겁니까?"

물론 생각할 여지도 없었다.

"도와드려야죠."

♤ ♥ ♧

지환은 자기 차로 예나의 집 앞까지 데려다주었다.

"오늘은 고마웠습니다."

"아니에요. 저한테 해주셨던 일에 비하면 아무것도 아닌데요."

그렇게 대답하면서도 예나는 기분이 착잡했다. 지환의 일이 아니더라도 원래부터 은하를 좋아하지 않았지만, 아까 은하가 진심으로 상처받은 얼굴을 하는 걸 보니 기분이 좋을 수가 없었다. 무엇보다 오는 내내 단 한 마디도 하지 않는 지환을 보자 알 것 같았다. 이 사람, 역시 은하 언니가 싫어졌다는 게 진심이 아니구나.

차에서 내리기 전에 예나는 물었다.

"그런데 정말 은하 언니랑 다시 잘해볼 마음 없는 거예요?"

"없습니다."

단호한 대답은, 예나한테가 아니라 마치 스스로에게 하는 말 같았다.

"그러면 왜 저는 안 되는 거예요?"

태도로 보아서 자신에게 가능성이 없다는 건 잘 알겠다. 하지만 왜 그런 건지, 이유라도 알고 싶었다.

"강예나 씨가 나 같은 사람을 좋아해주는 건 무척 고맙게 생각합니다. 받아주지 못해서 미안하다고도 생각합니다."

차가운 목소리가 아니어서 예나는 내심 놀랐다.

"그 아까운 마음으로 나보다 좀 더 괜찮은 사람을 좋아하도록 하십시오."

중얼거리며 남자는 넓은 가슴에 가만히 손을 얹었다.

"…내 마음은 이미 여기 없으니까요."

그의 쓸쓸한 표정을 보고 예나는 가슴에 찌르는 듯한 통증을 느꼈다. 제 사랑이 이루어지지 않아서가 아니라, 저 사람의 사랑이 이루어지지 않는 게 마음이 아팠다. 그 순간 예나는 생각했다. 아, 내가 이 사람을 정말 많이 좋아하는구나.

"그렇게 좋아하면 잡아야지, 왜 일부러 떼어놓으려고까지 하는 건데요?"

저도 모르게 목소리가 높아졌다.

"은하 언니 나쁜 사람 아니에요. 너무 착한 척해서 재수는 없지만, 서지환 씨 상처 주고 그럴 사람은 아니라고요. 대체 뭘 그렇게 겁내는 거예요?"

살다 보니 그렇게 싫어하던 고은하의 역성을 다 들게 된다.

"내가 상처받는 건 두렵지 않습니다."

한참 만에야 지환은 괴로운 듯이 중얼거렸다.

"단지 은하가 상처받는 게 싫을 뿐입니다."

예나로서는 도대체가 이해가 가지 않았다.

"아까 언니 표정 못 봤어요? 그것보다 더 상처가 되는 일이 대체 어디 있는데요?"

하지만 지환은 입을 꾹 다물고 더 이상 대답하지 않았다.

"됐어요, 뭐 저하고는 상관없는 얘기니까. 그런데 이 말은 해야겠네요."

예나는 한숨을 쉬고 말했다.

"제가 언니라면, 서지환 씨가 이렇게 연극까지 해가면서 밀어내는 게 무엇보다 가장 큰 상처일 거예요."

"…."

"거꾸로 말하면, 서지환 씨만 곁에 있어주면 나머지는 뭐든 감당할 수 있을 거라고요."

눈시울이 뜨거워지는 것을 꾹 참고 예나는 차에서 내렸다. 좋아하는 여자 마음도 모르는 바보 같은 남자가 알아들을 리 없었다. 마지막으로 한 말이 사실은 제 마음의 고백이라는 걸.

♠ ♥ ♣

태현이 은하를 데려간 곳은 조용한 바였다.

"여기 칵테일이 맛있습니다. 은하 씨는 뭐로 드실까요?"

마주 앉아 있는 것도 싫은데 칵테일이라니, 치가 떨렸지만 은하는 고분고분 따랐다. 이 남자가 정상이 아니라는 건 이미 알았으니까 최대한 기분을 거스르고 싶지 않았다.

"저는 블루 하와이로 할게요."

지환에 대해서 어디까지 알고 있는지, 앞으로 어쩔 셈인지 알아내야 했다. 잠시 후 주문한 칵테일이 나오자 태현이 잔을 들었다.

"자, 우리 건배부터 할까요?"

은하는 태현이 내미는 잔에 살짝 제 잔을 부딪치고 단숨에 절반 가량을 마셔버렸다. 최대한 빨리 마셔 없애버리고 얼른 헤어지고 싶은 게 솔직한 심정이었다.

"저, 서지환 씨 말이에요…."

검사님이 어떻게 그 사람에 대해서 알았느냐고 물으려다 문득 눈앞이 빙글 도는 바람에 말이 끊겼다.

'한꺼번에 너무 많이 마셨나 보다.'

취기가 오르는 거라고 생각하고 은하는 정신을 바짝 차리려 노력했다. 이 인간 앞에서 취하는 것만큼 위험한 일이 세상에 또 있을까. 하지만 왠지 아무리 노력해도 제정신이 들기는커녕 점점 의식이 몽롱해졌다.

"저 손 좀 씻고 올게요."

세수라도 하고 와야겠다 싶어서 일어나려는데 이번에는 온 세상이 빙글 돌았다. 그 바람에 은하는 도로 비틀거리며 의자에 주저앉았다. 어, 왜 이러지. 다시 일어나려 했지만, 이번에는 다리에 힘이 들어가지 않았다. 동시에 눈꺼풀이 천근만근 무거워졌다.

"장 검사님…."

나 어떻게 된 거예요, 하고 말하려 했지만 혀가 움직이지 않았다. 싸늘한 눈빛으로 이쪽을 바라보며 칵테일 잔을 입으로 가져가는 태현이 눈에 들어왔다.

뭔가 잘못된 것 같은데. 그렇게 생각한 것을 마지막으로 눈앞이 캄캄해졌다.

2

기적처럼
그대가

예나를 데려다주고 나서 집으로 돌아가는 길에 지환은 골똘히
생각에 잠겼다.

예나에게 꽃다발을 건네는 자신을 은하는 믿을 수 없다는 듯한
눈으로 바라보았다. 상처받은 기색이 역력한 눈빛에 지환도 마음
이 찢어지는 것만 같았다. 그래도 이게 은하를 위한 길이라고 믿
고 억지로 한 일인데.

— 제가 언니라면, 서지환 씨가 이렇게 연극까지 해가면서 밀어
내는 게 무엇보다 가장 큰 상처일 거예요.

예나의 말에 마음이 크게 흔들렸다. 예나는 은하와 사이도 나쁜
데다, 누구보다 자신과 은하가 헤어지기를 바라는 입장일 텐데.
그런 예나가 그렇게까지 말할 정도라면….

'혹시 내가 잘못 생각하고 있는 걸까.'

복잡한 마음으로 운전하는데 일영에게서 전화가 왔다. 혹시 또 무슨 일이 있나, 가슴이 철렁해서 지환은 얼른 전화를 받았다.

"뭐, 병원이라고? 제수씨가?"

"예. 지금은 밥도 먹고 괜찮아졌으니 너무 걱정 마십쇼, 형님."

"기다려, 내가 지금 간다."

지환은 급히 차를 돌려 일영이 말한 병원으로 향했다. 병실에는 일영과 미호 단둘뿐이었다.

"오셨어요, 대표님."

침대에 앉아 있는 미호는 조금 수척해 보였지만, 다행히도 표정만은 밝아서 일단 한시름 놓았다.

"괜찮으십니까, 제수씨? …대체 어떻게 된 거냐?"

일영에게서 설명을 듣고 지환은 놀라는 동시에 감탄했다. 단식을 해서까지 사랑을 지켜낸 미호가 무척 용기 있다고 생각했다.

"고생 많으셨습니다. 일영이 형으로서 제수씨께 감사드립니다."

고개를 숙이자 미호가 얼른 손을 내저었다.

"아니에요. 대표님 덕분이에요."

"제 덕분이라니요?"

영문을 몰라 묻자 일영은 갑자기 눈물을 글썽였다.

"낮에 아버님께서 저를 데리고 돌아가신 김혜정 씨 어머니께 갔었습니다."

얘기를 들은 지환은 놀랐다. 여태 기일마다 꽃을 보내면서도 김혜정의 어머니가 자신이 누구인지 짐작하고 있었을 줄은 몰랐으니까.

"형님께도 전해달라 하셨습니다. 이제 그만해도 된다고, 지금껏 잘못 살아온 만큼 앞으로는 제대로 살라고 말입니다."

목멘 소리로 말한 끝에 일영은 덧붙였다.

"그러니까 형님, 이제 고집 그만 부리시고 은하 누님 좀 받아주십쇼."

"…."

"은하 누님 없이는 형님도 행복해질 수 없지 않습니까."

또 그 얘긴가. 지환은 가까스로 목소리를 쥐어짜냈다.

"나만 행복하면 다가 아니다. …내 옆에 있으면 은하가 불행해질 거야."

"무슨 소리를 하시는 거예요?"

눈을 동그랗게 뜨고 되물은 것은 미호였다.

"사랑하는 사람이랑 같이 있지 못하는 것보다 불행한 게 세상에 어디 있는데요?"

아까 예나가 했던 것과 같은 말에 가슴이 철렁했지만, 지환은 조용히 대답했다.

"저와 함께하게 되면 은하 씨는 영영 가족들과 연을 끊어야 합니다. 당장은 괜찮더라도 나중에는 분명 힘들어질 텐데, 어떻게 그런 일을 감당하라고 하겠습니까?"

하지만 미호는 더욱더 어이없다는 표정을 했다.

"나중에 불행해질까 봐 지금 미리 불행하게 만드시게요? 바보 아니에요?"

"미호 씨! 큰형님께 무슨 말을…!"

"바보 같은 짓을 하잖아요!"

일영이 사색이 돼서 말렸지만, 미호는 아랑곳하지 않았다.

"아니, 가족이라도 멀쩡하면 내가 말을 안 해. 걔네 집이 어떤 집인지 아세요? 상 차리다가 밥 모자라면 대놓고 은하더러 넌 나가서 친구랑 밥 먹고 오라는 집이에요. 그런 가족 때문에 사랑하는 사람이랑 억지로 헤어져서 은하가 퍽이나 행복하겠어요. 네?"

미호는 가차 없이 지환을 몰아붙였다.

"가족을 버리고 와서 가뜩이나 힘든 애를, 세상에 안아주지는 못할망정!"

순간 지환은 벼락에 맞은 것 같은 충격을 느꼈다. 내가 틀렸단 말인가. 그렇다면 대체 나는 여태 무슨 짓을 했던 걸까. 고맙다고, 평생 내가 지키고 사랑하겠다고 말해줘도 모자랄 너에게…!

혼란스러운 눈으로 물끄러미 바라보자 미호가 재촉했다.

"뭐 하세요? 빨리 은하한테 전화하지 않고요."

아까 예나에게 꽃다발을 줄 때의 은하의 표정이 떠올라서 초조해졌다. 제발 너무 늦지 않았기를. 속으로 빌면서 지환은 떨리는 손으로 통화 버튼을 눌렀다.

♤ ♥ ♧

눈을 뜨자 머리가 깨질 듯이 아팠다. 마치 숙취와도 같은 기분 나쁜 두통이었다. 어떻게 집에 왔지, 하고 생각하며 몸을 일으키다 은하는 낯선 방의 풍경에 숨을 멈췄다. 어느새 잠옷으로 갈아입혀져 있어서 온몸에 소름이 돋았다.

"정신이 들었어?"

화들짝 놀라 올려다보자 태현이 침대 곁에 서서 내려다보고 있었다.

"여기가 어디예요?"

"우리 집."

태현은 다시 한번 되풀이했다.

"앞으로 은하랑 내가 함께 살 우리 집이야."

미소 짓는 얼굴에 소름이 끼쳐서 은하는 태현을 노려보았다.

"미쳤어요?"

"말 예쁘게 해야지. 미니 언니가 그렇게 험한 말을 하면 되겠어?"

어느덧 그는 존댓말조차 쓰고 있지 않았다.

"네가 너무 예쁘니까 똥파리가 자꾸 달라붙잖아. 널 보호해주려고 데려온 거야."

예쁘다는 말이 이토록 섬뜩하게 들리는 것은 또 처음이어서 절로 몸서리가 쳐졌다.

"그러니까 결혼 준비 마칠 때까지는 얌전히 내 옆에 있어."

"누가 누구랑 결혼한다는 거예요?"

"당연히 우리 둘이지."

정상이 아니라는 건 눈치챘지만, 이 정도까지 미친놈일 줄이야. 정신병자와 더 상종하고 싶지 않아서 은하는 침대에서 벌떡 일어났다.

"두 번 다시 연락하지 말아요. 그랬다간 경찰에 신고할 거니까."

방을 나가려는 은하를, 태현은 제지하지 않았다. 그대로 문을 향해 걸어가는데, 갑자기 무언가가 발목을 확 잡아챘다.

"악!"

"저런, 조심해야지."

바닥에 쓰러진 은하를 보며 태현이 히죽거렸다. 그제야 은하는 발목에 족쇄가 채워져 있는 것을 깨달았다. 족쇄에 연결된 쇠사슬은 침대 기둥에 묶여 있었다. 현직 검사라는 인간이 납치, 감금이라니! 은하는 이를 악물고 태현을 노려보았다.

"미친 변태 자식."

태현이 은하 앞에 쭈그려 앉아 눈높이를 맞췄다. 다음 순간 눈앞에 불이 번쩍하면서 고개가 옆으로 돌아갔다.

"말 예쁘게 하라고 했지?"

아픈 것보다도 정신적 충격이 훨씬 더 컸다. 태어나서 누군가에게 맞은 건 처음이었다. 부모님도 야단은 쳤지만 은하에게 손을 댄 적은 없었다. 정신이 반쯤 나가 있는 은하를 보고, 태현은 금세 마음 아픈 얼굴을 했다.

"미안해. 내가 그만 욱하는 바람에."

화끈거리는 뺨에 손이 닿았다. 위로하듯 부드러운 손길에 온몸이 다 얼어붙어서, 고개를 돌려 피할 수조차 없었다. 방금 자기가 힘껏 후려친 뺨을 어루만지며 태현은 부드럽게 말했다.

"나도 이러고 싶지 않아. 그러니까 우리 사이좋게 지내자, 응?"

소름 끼치는 공포 가운데서도 은하는 침착함을 되찾으려 애썼다. 이 자식은 진짜배기 미친놈이다. 그러니까 최대한 자극하지 말고 설득해야 한다.

"이러지 말고 잘 생각해보세요. 나랑 연락이 안 되면 회사에서 먼저 알 거라고요. 경찰에 신고라도 들어가면 어떻게 하려고 그래요?"

하지만 태현은 아무렇지도 않게 대답했다.

"그러니까 회사에 미리 연락해둬야지. 그동안 일하느라 많이 지쳐서 당분간 재충전 삼아 여행을 다녀오겠다고 말하는 거야."

"내가 내 입으로 그렇게 말할 것 같아요?"

태현이 빙그레 웃어 보이고는 얼굴을 가까이했다.

"그렇게 해야 될 거야."

귓가에 훅 끼치는 더운 입김에 절로 몸서리가 쳐졌다.

"안 그러면 꼬마 친구들이 미니 언니의 야한 모습을 보게 될 거거든."

굳어버린 은하의 이마에 태현이 살짝 입을 맞췄다.

"나도 내 신부한테 그렇게까지 하고 싶진 않아. 그러니까 착하게 말 듣자, 응?"

♤ ♥ ♧

지환은 안절부절못하고 있었다. 빨리 전화해보라는 미호의 말을 듣고 전화를 걸었지만, 은하는 받지 않았다. 나중에라도 부재중 통화를 보면 전화해주지 않을까 싶어서 밤늦게까지 잠 못 이루고 기다렸지만 역시나 전화는 오지 않았다.

혹시 벌써 늦어버린 걸까. 다음 날까지도 울리지 않는 전화기를 들여다보며 지환은 뒤늦게 후회에 몸부림쳤다. 그렇게까지 하는 게 아니었는데. 도저히 안 되겠다 싶어서 찾아가 빌기라도 하자고 결심하고 자리에서 일어났을 때, 마침 은하로부터 메시지가 왔다.

– 멀리 여행을 다녀오려고 해요. 당분간 연락 안 될 거예요. 예나하고
　행복하길 바랄게요.

어느새 예전의 존댓말로 돌아가 있는 메시지를 보고 지환은 절
벽에서 추락하는 것 같은 기분을 느꼈다.
— 오빠!
사랑스럽게 불러주던 목소리가 아직도 귓가에 선한데. 바보 같
은 자신은 그만 그 여자를 놓치고 말았다.

♤ ♥ ♧

"이제 됐나요?"
지환에게 메시지를 보내고 나자 태현은 그다음 일을 지시했다.
"회사에도 전화해야지."
은하는 시키는 대로 회사에 전화해서 당분간 여행을 다녀오겠
다고 얘기했다.
"아니, 은하 씨. 저번에 한 달 쉰 지도 얼마 안 됐는데 또 어딜 가
겠다는 거야?"
"죄송해요, 실장님."
"그래, 얼마나 걸릴 것 같은데?"
그거야 은하도 알 수 없는 부분이었다. 이 미친놈이 대체 언제
풀어줄지 알 수가 없지 않은가.

"잘 모르겠어요. 어쩌면 꽤 길어질지도 모르겠고요. 대표님께도 잘 좀 전해주세요."

둘러대고 전화를 끊자 태현이 만족스러운 듯이 고개를 끄덕였다.

"잘했어."

"이젠 또 어디에 전화할까요? 우리 부모님?"

대놓고 비꼰 것인데, 태현은 아무렇지도 않게 웃었다.

"어머님께는 내가 벌써 연락드렸어. 은하는 당분간 일 쉬고 나랑 같이 지낼 테니까 걱정 마시라고. 무척 기뻐하시던데?"

몸에서 기운이 쭉 빠져나가는 것 같았다. 태현은 은하의 손에서 휴대폰을 빼앗아가며 말했다.

"이건 당분간 내가 맡아둘게. 괜히 은하랑 싸울 일 만들고 싶지 않으니까."

어차피 그럴 줄 알았기 때문에 은하는 저항하지 않았다. 납치 감금해놓고 휴대폰을 쓰게 해줄 리 없지 않은가.

상황은 절망적이었다. 지환은 그렇지 않아도 자신을 떼어놓고 싶어서 안달을 했던 사람이니 메시지를 보고는 잘됐다고 생각할 테고, 회사에도 제 입으로 쉬겠다고 말해놨으니 의심을 품을 리 없고. 가족들이야 어떻게든 은하를 태현과 엮고 싶어 했으니 지금쯤 만세를 부르고 있을 테고. 그나마 가능성이 있다면 미호인데, 하필 지금은 그쪽도 상황이 복잡하니 은하가 없어진 것 따위에 신경을 쓸 것 같지 않았다.

그럼 대체 언제까지 이 변태 사이코에게 붙들려 있어야 하는 걸까. 아무리 정신을 똑바로 차리려 노력해도 눈앞은 캄캄하기만 했다.

♠ ♥ ♣

정신병자의 집에 감금된 지 나흘이 흘렀다. 침대에 묶인 쇠사슬은 충분히 방에 딸린 화장실을 사용할 수 있을 정도의 길이였지만, 그게 전부였다. 방 안에서만 자유롭게 움직일 수 있을 뿐, 거실에조차 나갈 수가 없었다.

태현은 아침이면 은하의 식사를 차려주고, 점심 준비까지 해서 방에 넣어준 뒤 출근했다. 저녁에 퇴근해서 돌아오면 밖에서 사온 음식으로 저녁식사를 하고, 그 후에는 자기 전까지 같이 놀아주기를 강요했다. 트레이드마크인 머리띠까지 여러 개 사 와서 쓰게 만들면서.

그나마 다행인 것은 태현이 아직까지 은하를 어떻게 하려 들지는 않고 있다는 것이었다. 밤에도 태현은 그의 방에서, 은하는 갇혀 있는 방에서 따로 잤다. 딱히 은하를 존중해서라기보다 아마도 그가 품고 있는 환상 때문인 것 같았다.

쉽게 말해서 그가 보는 은하는 인간 고은하가 아니라 어린이들의 친구 미니 언니인 것이다. 완벽한 선의 결정체, 항상 방긋방긋 웃는 순백의 천사, 동화 속의 공주님. 아마 지환과 깊이 사랑하는 사이라는 걸 알았으면 격노해서 지환이나 은하 둘 중 하나는 죽이려 들었을지도 몰랐다.

― 자선 행사에서 알게 돼 몇 번 만났던 사이예요. 그 사람은 벌써 다른 여자랑 사귀고 있고요.

은하는 그렇게 거짓말을 했고, 지환과 휴대폰으로 주고받은 메시지에도 별 내용이 없어서 태현은 그대로 믿는 눈치였다. 지환이 원래 휴대폰과 그리 친한 사람이 아니었던 데다, 그가 늘 은하에게 정중하게 존댓말을 썼던 게 얼마나 다행인지 몰랐다.

태현은 은하가 조금이라도 자기의 환상과 어긋나는 행동을 하면 금세 버럭 화를 내곤 했다.

— 표정이 왜 그 모양이야? 웃어야지!

— 미니 언니가 편식을 하다니, 애들이 뭘 보고 배우겠어?

대들고 싶은 마음이 굴뚝같았지만, 그때마다 은하는 순순히 대답했다.

— 네, 주의할게요.

은하는 뭐든지 그가 하라는 대로 하기 시작했다. 웃으라면 웃고, 놀아달라면 놀아주었다. 그것도 이쪽에서 더 신난 척하면서. 누가 구해줄 가능성이 없다면 스스로 빠져나가야 한다. 그러려면 일단 납치범의 경계심을 풀고 신용을 얻어야 했다.

"오늘은 이걸로 놀자."

태현은 매일 저녁 은하에게 새 장난감을 사와서 내밀었다. 오늘의 장난감은 보드게임이었다. 주사위를 던지며 태현이 중얼거렸다.

"어릴 때부터 난 이 게임이 무척 좋았어. 그런데 부모님이 못 하게 해서 늘 숨겨놓았지. 결국은 들켜서 통째로 쓰레기통에 버려졌고, 그 벌로 수학 문제 백 개를 풀어야 했지만."

은하는 태현의 말을 주사위 눈 수만큼 이동시키며 한숨을 지었다.

"저랑 비슷한 어린 시절이었네요."

"은하도?"

흥미가 당겼는지 태현은 눈을 들어 은하를 쳐다보았다.

"네, 저는 인형이었어요. 공주 인형에 드레스 갈아입히는 거 말고, 양손에 인형 들고 이렇게 소꿉놀이처럼 떠들면서 노는 거요."

말을 양손에 들고 노는 시늉을 해 보이자 태현이 웃었다.

"우리 은하, 일찍부터 재능이 거기 있었구나?"

"그랬나 봐요."

따라 웃다가 은하는 문득 시무룩한 얼굴을 했다.

"부모님도 제가 인형놀이 하는 걸 무척 못마땅해하셨어요. 가뜩이나 언니랑 오빠처럼 공부도 못하는 애가, 툭하면 인형이나 붙들고 앉아 있으니 꼴 보기 싫으셨던 거죠. 아예 갖다 버린 적도 있어요."

"저런."

"그래서 태현 씨가 이렇게 장난감 좋아하는 거 이해해요. 나도 같았으니까."

반은 정말, 반은 거짓말이었다. 이 사람이 왜 이런 어린애 같은 놀이에 집착하는지는 알겠지만, 그렇다고 해서 지금 하는 짓이 용납되는 건 아니다.

"그러니까 앞으로도 우리 이렇게 같이 놀아요, 태현 씨."

살며시 손을 뻗어 태현의 손을 잡자 태현이 놀란 듯 은하를 쳐다보았다.

"날 이해해주는 거야?"

은하는 부끄러운 듯이 입술을 살짝 깨물었다.

"솔직히 처음에는 무섭기도 했지만, 이젠 알 것 같아요. 태현 씨는 진심으로 날 보호해주려고 하고 있다는 걸요."

태현의 얼굴이 감동에 젖어들었다.

"그 사람, 조폭 보스라면서요. 저는 그것도 모르고…!"

무서워 죽겠다는 듯 몸서리를 치자 태현은 커다랗게 고개를 끄덕였다.

"당연하지, 은하는 내 신부니까. 내가 지켜주지 않으면 누가 지켜주겠어?"

소름이 끼치는 것을 꾹 참고 은하는 혼신의 연기를 이어갔다.

"앞으로 태현 씨에 대해서 좀 더 많이 알고 싶어요."

태현은 감동한 듯한 눈빛으로 은하를 한참 쳐다보았다.

'방금 한 연기, 먹혔을까? 아니면 너무 뻔했나?'

수줍은 척 눈을 내리깐 채 조마조마해하는데, 태현이 불쑥 말했다.

"전화가 왔는데?"

놀라서 고개를 들어보니 태현의 손에 은하의 휴대폰이 들려 있었다. 당연히 끊어버릴 줄 알았는데, 놀랍게도 태현은 전화를 받아서 스피커폰으로 전환시키고는 은하에게 휴대폰을 건네주며 입 모양으로 말했다.

'받아봐.'

은하는 알았다. 태현이 자신을 시험하고 있다는 것을. 제발 미호이기를 속으로 빌며 은하는 휴대폰을 건네받았다. 미호라면 워낙 친한 사이니까, 조금만 낌새가 수상해도 눈치챌 게 틀림없었다.

하지만 휴대폰 액정 화면에는 예나 이름이 떠 있었다. 은하는 온몸에 힘이 빠져나가는 것을 느꼈다. 하필이면 왜 예나일까.

"여보세요?"

"언니."

"어, 예나야. 무슨 일이야?"

"지금 어디야? 잠깐 시간 되면 만나서 얘기 좀 하자."

"미안하지만 내가 좀 멀리 나와 있어서. 지금 여행 중이거든."

"무슨 여행? 혹시 서지환 씨랑 헤어져서 마음 정리라도 하러 간 거야?"

등골에 식은땀이 났다. 옆에서 태현이 뻔히 듣고 있는데!

"뭘 헤어지고 말고 해? 몇 번 만났을 뿐인데."

은하는 애써 발랄한 목소리를 꾸며냈다.

"지금은 너랑 사귀고 있으니까 잘된 거지, 뭐. 둘이 행복하길 바랄게."

"진심이야?"

예나는 무척 당황한 듯했다.

"당연하지, 애. 어쨌든 서울로 돌아가면 연락할게. 선물 사갈 테니까 기다려."

선물이라니? 하고 예나가 되묻기 전에 은하는 쪽 하고 전화에 대고 뽀뽀까지 날렸다.

"그럼 들어가, 예나야. 알러뷰!"

전화를 끊고 태현에게 휴대폰을 돌려주며 은하는 방긋 웃었다.

"고마워요, 태현 씨. 통화하게 해줘서."

예나가 과연 알아들었을까. 긴장한 나머지 입가가 미세하게 떨렸다.

"예나라면 혹시 〈예나와 놀아요〉의 그 강예나? 맞아?"

태현은 조금 흥분한 듯했다.

"맞아요, 그 예나. 예나가 지금 서지환 씨랑 만나고 있거든요."

말하면서도 이게 거짓말이 아니라는 게 새삼 슬펐다. 태현은 갑자기 불쾌한 얼굴을 했다.

"더러운 깡패 새끼 주제에 감히 미니에다 예나까지 넘봐…?"

괜히 지환에게 해코지를 하려 들까 봐, 그와는 더 이상 상관이 없다는 걸 강조하기 위해서 한 말인데 그만 역효과가 나버렸다. 가슴이 철렁해서 은하는 얼른 수습에 나섰다.

"태현 씨는 예나 팬이에요, 제 팬이에요?"

입술을 내밀고 눈을 살짝 흘기자 태현이 허둥지둥 대답했다.

"당연히 우리 은하 팬이지!"

"그럼 예나가 누굴 만나든 신경 쓰지 마세요. 저만 봐요."

애교 넘치는 말투에 태현이 홀린 듯이 고개를 끄덕였다.

"그래그래. 내가 잘못했어. 앞으로 예나 얘기는 꺼내지도 않을게."

은하는 금방이라도 토하고 싶은 것을 꾹 참았다.

♠ ♥ ♣

며칠 후, 퇴근해서 돌아온 태현이 주방놀이 세트를 내밀며 신혼부부 놀이를 하자고 했다.

"자기야, 나 회사 다녀왔어."

일부러 거실로 나갔다가 다시 돌아온 태현이 다정한 척 말을 걸었다. 원래 이런 인간이라는 걸 뻔히 알면서도 새삼스레 소름이 끼쳤다.

'집에 진짜 주방도 뻔히 있으면서 굳이 장난감 가지고 이래, 변태 자식이.'

물론 겉으로는 세상 반가운 척 함박웃음을 지었다.

"어머나, 여보, 다녀오셨어요?"

"오늘 저녁은 뭐야?"

"조금만 기다리세요. 맛있는 생선찌개 만들어 드릴게요."

은하는 장난감 싱크대 앞에서 요리를 시작하는 시늉을 했다.

"아, 이 세트엔 그게 안 들어 있구나⋯."

실망하는 척 조그맣게 흘린 혼잣말에, 태현은 귀신같이 예민하게 반응했다.

"왜? 뭐가 부족해?"

"아니에요, 아무것도."

"방금 뭐가 없다고 했잖아. 뭔데 그래?"

은하는 망설이는 척을 하다 말했다.

"이 주방놀이 세트, 별로인 것 같아요."

태현은 당황한 얼굴을 했다.

"그래? 어디가?"

"도마도 없고 식재료 종류도 너무 적어요. 요즘 주방놀이 세트, 진짜 좋은 제품들도 많이 나오거든요. 그런데 이건⋯."

잔뜩 실망한 표정으로 은하는 고개를 설레설레 저었다.

"⋯태현 씨랑 같이 직접 고르면 좋을 텐데."

혼잣말처럼 중얼거린 말은, 의도한 대로 정확히 태현의 귓가에 날아가 꽂혔다.

"사러 가자고? 밖에?"

"대형마트처럼 커다란 장난감 도매센터 같은 곳들이 있거든요? 그냥 구경만 해도 한두 시간은 훌쩍 지나가요. 태현 씨랑 가서 구경도 하고 같이 갖고 놀 장난감도 고르면 좋겠다 싶어서…."

말하다 말고 은하는 얼른 고개를 저었다.

"에이, 아니에요. 그냥 이렇게 집에서 태현 씨랑 노는 것도 즐거우니까 신경 쓰지 마세요."

뭔가 골똘히 생각에 잠긴 듯한 얼굴을 하다, 잠시 후 태현은 물었다.

"그 장난감 도매센터라는 곳, 손님 많아?"

걸려들었구나. 숨이 가빠지는 것을 애써 감추며 은하는 대답했다.

"밤늦게까지 영업하는 곳들도 더러 있어요. 늦은 시간에 가면 사람이 거의 없죠."

대답을 듣고도 잠시 더 생각하더니, 태현은 결국 고개를 끄덕였다.

"좋아. 그럼 조금 이따가 출발하자."

됐다! 은하는 하마터면 소리를 지를 뻔했다. 태현은 열쇠를 가져다가 은하의 족쇄를 풀어주었다.

"고마워요, 태현 씨. 나 믿어줘서."

연기를 하지 않고도 감격한 목소리가 절로 나왔다. 그동안 족쇄 때문에 얼마나 가렵고 불편했는지!

"착하게 잘 다녀오면, 집에서도 내가 있는 동안은 풀고 있게 해줄게."

태현은 더없이 큰 아량을 베푼다는 듯이 말했다.

"정말요?"

감동한 표정을 지어 보였지만 물론 속으로는 굳게 다짐하고 있었다. 저걸 두 번 다시 내 발목에 차나 봐라!

태현은 들뜬 표정으로 은하를 집에서 데리고 나왔다. 며칠 동안 방에만 갇혀 있다 보니 그새 근력이 퇴화한 건지 다리에 힘이 잘 들어가지 않았다. 그래서 자꾸만 걷다가 발을 헛디뎠다. 문득 지환이 떠올라서 은하는 그만 슬퍼졌다.

'오빠가 곁에 있었다면 바로 안아 들어줬을 텐데.'

매일 낮 동안 혼자 방에 갇혀 있으면서 은하는 이런저런 생각을 했다. 가장 많이 떠오르는 것은 지환이었다.

'싫은 사람이 나한테 집착하는 거, 정말 끔찍한 일이구나.'

이 상황이 되자 지환이 얼마나 곤혹스러웠을지 너무나 이해가 가서 미안하기 그지없었다. 만약 여기서 무사히 살아 나갈 수 있다면 지환에게 꼭 사과하고 싶었다. 그동안 미안했다고, 이제 귀찮게 굴지 않을 테니까 예나랑 행복하라고.

물론 사과든 뭐든 일단 이 변태 사이코에게서 탈출한 후의 일이었다. 절대 이 기회를 놓치지 않겠다고, 은하는 굳게 다짐했다.

태현은 은하를 차에 태우고 출발했다.

– 다음 뉴스입니다. 경기 남부지역을 장악해온 조직폭력배들이 무더기로 검거됐습니다. 일명 '잔나비파'로 불리는 이 조직은….

라디오에서 흘러나오는 뉴스에 심장이 자동으로 반응했다.

"왜, 무서워?"

운전하던 태현이 은하를 흘깃 쳐다보더니 달래듯 말했다.

"걱정할 거 없어. 저런 놈들, 우리가 다 잡아서 죄다 감방에 처넣어줄 테니까. …인간쓰레기 같은 새끼들."

약을 먹여 납치하고, 족쇄를 채워 감금하고 있는 주제에 누가 누구더러 인간쓰레기라는 거야. 은하는 진심으로 울컥했지만 애써 내색하지 않았다.

차는 30분 정도 달려 목표인 장난감 도매상에 도착했다. 벌써 저녁시간도 훌쩍 지나서, 예상한 대로 안에는 사람이 거의 없었지만, 은하는 실망하지 않았다. 사람이 많았으면 태현은 아예 안에도 들어가지 않고 도로 집으로 돌아갔을 테니까.

태현과 둘이 카트를 끌면서 사이좋게 장난감 구경을 시작했다.

"이 총 어때? 멋지지?"

태현은 물 만난 물고기처럼 신이 났다.

"그건 연속 발사가 안 돼서요. 그거 말고 이거 어때요?"

적당히 장단을 맞춰주면서 은하는 이제나저제나 하고 기회를 노렸다. 10초. 단 10초만 이 사람에게서 떨어질 수 있으면 되는데. 그러나 태현은 10초는커녕 단 1초도 은하 곁에서 떨어지려 하지 않았다.

"이건?"

"어머, 그거 엄청 재밌겠네요!"

카트에 하나둘씩 장난감이 늘어갈수록 은하는 점점 초조해졌다. 이대로 쇼핑을 끝내고 계산대로 향하게 되면 어쩌지. 계산원에게 도움을 요청해? 이 남자가 날 납치했으니까 도와달라고? 하지만 계산원이 자신의 말을 믿어줄지 알 수 없었다. 만약 태현이 그 자리에서 강제로 끌고 나가면? 과연 계산원이 태현과 몸싸움을 해서까지 나를 도와주려고 할까?

은하는 절대로 모험을 하고 싶지 않았다. 죽어도 그 집으로 다시 돌아갈 수는 없다. 어떻게든 태현 몰래 누군가에게 경찰을 불러달라고 부탁하는 방법뿐인데, 좀처럼 기회가 오지 않아서 초조해 죽을 지경이었다.

"어, 미니 언니?"

어디선가 들려온 어린아이 특유의 높은 목소리에 은하는 흠칫 놀랐다. 돌아보자 너덧 살쯤 되어 보이는 여자아이가 엄마 손을 잡고 있다가 좋아서 팔짝팔짝 뛰었다.

"와! 진짜 미니 언니다!"

심장이 마구 두근거렸다. 인지도도 별로 없는데, 딱 이럴 때 마침 알아보는 사람을 만나다니!

"꼬마 친구, 안녕?"

은하는 다가가서 반갑게 아이의 손을 잡았다.

"저희 아이가 〈미니와 친구들〉의 왕팬이거든요. 미니 언니 실제로 보니까 너무 예쁘시네요!"

아이의 엄마도 은하를 보고 무척이나 반가워했다.

"영상에 쓰실 장난감 사러 오셨나 봐요."

"네. 늘 장난감은 제가 직접 고르고 있어요."

"저, 사인 좀 부탁드려도 될까요?"

은하는 아이의 엄마가 내미는 펜과 수첩을 받아 들었다.

— 납치당했어요. 경찰에 신고해주세요.

사인 대신에 빠르게 휘갈겨 쓰고, 은하는 웃으며 아이 엄마에게
수첩을 돌려주었다.

"고마워요, 꼬마 친구. 앞으로도 〈미니와 친구들〉 많이 봐주는
거예요?"

아이 엄마는 수첩을 들여다보지도 않고 핸드백에 넣었다. 모녀
와 헤어져서 다시 장난감 쇼핑을 시작했지만, 태현은 오래지 않아
말했다.

"고를 만큼 고른 것 같은데, 슬슬 집에 갈까?"

"조금만 더 있다 가요. 아, 맞다. 우리 액체 괴물 만들어볼래요?"

아이 엄마가 은하의 메시지를 보고 경찰을 부를 때까지 어떻게
든 버텨야 한다. 은하는 필사적으로 시간을 끌었다.

"어? 이거 처음 보는 장난감인데. 이건 어때요?"

하지만 태현은 점점 흥미를 잃는 듯했다. 시간이 늦어서인지 피
곤한 기색이 역력했다.

"이만 가지."

결국 태현의 입에서 그 말이 나온 순간, 은하는 눈앞이 캄캄해
지는 것을 느꼈다. 다 틀렸다. 또다시 그 끔찍한 집으로 끌려가는
것이다! 하마터면 주저앉아버릴 뻔한 순간, 어디선가 목소리가

들려왔다.

"잠시만 실례하겠습니다."

경찰 두 명이 눈앞에 서 있는 것을 보고 은하는 하마터면 소리를 지를 뻔했다.

"여성분이 신고해달라고 요청했다는 신고가 들어와서요."

경찰은 은하를 정확히 보며 물었다.

"무슨 일 있으십니까?"

은하는 대답 대신에 경찰의 등 뒤로 숨었다.

"저, 저 사람이 저, 절 납치했어요. 사, 살려주세요."

목소리가 너무 떨려서 제대로 말이 되어 나오지 않았다.

"납치요?"

두 명의 경찰은 즉시 굳어진 표정으로 태현을 쳐다보았다. 그러나 태현은 조금도 당황하지 않고 품에서 신분증을 꺼내 내밀었다.

"중앙지검 장태현 검삽니다."

신분증을 본 경찰들의 안색이 변했다.

"검사님!"

뒤이어 태현은 번개같이 움직였다. 손목에 뭔가 차가운 감촉이 느껴졌을 때는 이미 철컥하는 소리와 함께 수갑이 채워진 후였다.

"사기죄로 지명수배 중인 용의잡니다. 내가 직접 추적 끝에 검거했으니 그렇게 알도록."

은하는 가슴이 철렁해서 외쳤다.

"아, 아니에요! 이 사람이 저를…!"

"시끄러워!"

태현이 벼락같이 소리쳤다.

"아직도 정신을 못 차렸어? 여기가 어디라고 또 사기를 치려고 들어!"

팔을 우악스럽게 끌고 나가는 바람에 은하는 필사적으로 외쳤다.

"아니에요! 제발요! 저는…!"

하지만 경찰들은 독한 여자를 다 봤다는 듯이 절레절레 고개만 저을 뿐이었다. 결국 경찰이 멀쩡히 보는 앞에서 은하는 수갑을 찬 채 태현의 손에 끌려 나갔다.

♠ ♥ ♣

집에 돌아오자마자 태현은 은하를 우악스럽게 침대로 끌고 가서 내동댕이쳤다. 발목에 다시 족쇄를 채우려 들어서 은하는 몸부림을 치며 격렬하게 저항했다.

"싫어!"

두 손이 수갑에 묶여 있으니 쓸 수 있는 것은 발뿐이었다. 다리를 마구 버둥거리다 은하는 태현의 배를 세게 걷어차버렸다.

"커헉!"

태현이 신음과 함께 침대 밑으로 나동그라졌다. 한참 콜록거리다 몸을 일으켜 다시 침대 위로 올라온 태현의 표정은 그야말로 악귀와도 같았다.

"오냐오냐 예뻐해주니까, 아주 사람이 우습게 보이지?"

태현은 은하의 목에 두 손을 가져가서 힘껏 졸랐다. 소리조차 내지 못하고 괴로움에 몸부림치는 은하의 목을 조르며 태현은 귓가에 속삭였다.

"그런 얄팍한 수에 내가 속아 넘어갈 줄 알았어? 응?"

숨이 막혀 정신이 오락가락하는 가운데서도 등골이 오싹했다. 이 작자는 처음부터 내 속셈을 다 알고 있었던 것이다. 알면서도 속는 척, 수갑까지 챙겨서는 날 데리고 장난감 도매상에 갔던 거였다! 고통보다도 더 지독한 절망이 은하를 덮쳤다. 이제는 끝이다. 무슨 짓을 해도 저 인간의 손아귀에서 벗어날 수 없다.

은하는 애써 눈을 똑바로 뜨고 태현을 노려보았다. 입술을 달싹거리자 태현이 겨우 목을 조르던 손을 놓았다.

"뭐라고?"

폐 안으로 공기가 한꺼번에 밀려들어오자 사레가 든 것처럼 기침이 터져 나왔다. 한참을 콜록거린 끝에 은하는 눈물 어린 눈으로 내뱉었다.

"더러운 변태 자식."

"뭐?"

태현의 눈썹이 치켜올라갔지만, 은하는 입을 다물지 않았다. 어차피 이 인간의 손에 죽게 될 거, 아까 하려다 못했던 말이라도 해주고 싶었다.

"넌 조폭보다 더 더러운 쓰레기야."

태현이 이를 악문 다음 순간, 가차 없는 폭행이 시작되었다.

"그 조폭 새끼랑 잤지? 응?"

"악!"

아픔에 비명을 지르는 은하를, 태현은 아랑곳없이 걷어차고 짓

밟으며 소리쳤다.

"더러운 년!"

쓰러진 은하에게 태현은 계속해서 발길질을 퍼부었다.

이대로 죽는구나. 은하의 정신이 가물가물해질 무렵 바깥에서 뭔가 소리가 들렸다. 쾅. 쾅. 뭔가 둔탁한 것이 현관문에 세게 부딪히는 듯한 소리였다. 폭행을 멈추고, 태현은 긴장한 듯한 표정으로 방을 나갔다.

픽, 쿵, 으악.

이어서 뭔가 이런저런 소음이 들려오는 것 같았다. 그러나 반쯤 사경을 헤매고 있던 은하에게는 그게 무슨 소리인지 생각할 만한 정신이 남아 있지 않았다.

"은하야!"

문득 벼락같은 고함 소리와 함께 누군가가 방 안으로 뛰어들어 왔다. 날카로운 눈매. 한쪽 뺨에 나 있는 길쭉한 흉터. 은하가 아는 사람 중에 가장 무섭게 생긴 사람. 그리고 가장 다정한 사람. 물론 현실일 리가 없었다. 지환이 자신을 '은하야' 하고 불러줄 리가 없었으니까.

하느님이 계시긴 한가 보다. 마지막이니까 보고 싶은 사람 보고 가라는 거구나. 가까스로 거기까지 생각하고 은하는 그대로 정신을 잃어버렸다.

♤ ♥ ♧

일요일, 지환은 모처럼 집에서 쉬고 있었다. 물론 말이 쉰다는 거지 머릿속은 전혀 쉬고 있지 못했다.

— 멀리 여행을 다녀오려고 해요. 당분간 연락 안 될 거예요. 예나하고
　행복하길 바랄게요.

어제 은하에게서 메시지가 온 후, 몇 번이나 다시 전화를 해보
았지만 계속 꺼져 있는 상태였다.
'정말 돌이킬 수 없는 건가.'
시간을 돌릴 수 있다면, 단 며칠 전으로만 돌아갈 수 있다면….
덧없는 상상을 하며 몇십 번째 한숨을 쉬는데, 예나에게서 전화가
왔다. 예나와 얘기할 기분도 아니고, 할 말도 없어서 지환은 일부
러 전화를 받지 않았다. 하지만 전화는 끈질기게도 계속 울렸다.
　지난번에 만났을 때, 예나는 은하 편을 들어 말해줬었다. 분명
은하가 미울 텐데도. 생각보다 괜찮은 여자구나, 하는 생각이 들
어서 마음을 받아주지 못하는 게 미안했는데. 뒤늦게 이토록 끈질
기게 연락을 해오니 실망스러웠다.
"뭡니까?"
　결국 전화를 받으며, 지환은 불편함을 숨기지 않았다.
"혹시 최근에 은하 언니한테 연락받은 적 있으세요? 전화라든
가요."
　하지만 예나는 다짜고짜 은하 얘기를 꺼냈다.
"어제 메시지가 왔었습니다. 당분간 여행을 다녀오겠다면서…."
　영문도 모르고 대답하자 심각한 목소리가 돌아왔다.

"언니 여행 간 거 아니에요."

"예?"

"여행 간 게 아니라 뭔가 일이 생긴 거라고요."

"이봐요. 좀 알아듣게 얘기를…."

"지금 어디 계세요?"

"일요일이라 집에 있습니다만."

"문자로 주소 찍어주세요. 지금 그쪽으로 출발할 테니까 만나서 얘기해요."

예나는 일방적으로 말하자마자 전화를 끊어버렸다. 대체 무슨 일일까. 불안해하면서 문자로 주소를 보내자 예나는 30분도 안 되어 집에 도착했다.

"대체 무슨 일입니까?"

예나는 거실 소파에 앉자마자 숨 가쁘게 본론을 꺼냈다.

"어제 은하 언니랑 통화했거든요. 근데 언니가 어딘가 이상했어요."

"이상하다는 뜻은?"

"전화 끊을 때, 저한테 선물 사갈 테니까 기다리라면서 '예나야 알러뷰, 쪽!' 하더라고요."

흉내를 내며 예나가 몸서리를 쳤다.

"이게 정상이라고 생각하세요?"

지환이 보기에도 확실히 이상했다. 원래부터 두 사람이 사이좋은 관계도 아닐뿐더러 며칠 전에 예나와 짜고 상처를 준 일까지 있었는데 은하가 그랬다고?

"틀림없이 뭔가 안 좋은 일이 있는 거예요. 그런데 그걸 말할 상황이 못 돼서 그런 식으로 저한테 알리고 싶었던 거고요."

그제야 지환은 가슴이 철렁했다.

"옆에서 누가 감시하고 있다는 말입니까?"

"맞아요. 딱 그런 눈치였어요."

예나가 힘주어 고개를 끄덕였다.

"회사에 연락해보니까 언니가 갑자기 당분간 쉬겠다면서 이유도 말 안 했다고 하더라고요. 전에도 한 달인가 쉰 적이 있긴 하지만, 이렇게 무책임하게 기약도 없이 쉴 사람은 아니에요."

지환은 심장이 불안하게 뛰는 것을 느꼈다. 그렇다면 누군가가 은하를 강제로 붙들어놓고 여행이라고 둘러대고 있다는 건가?

"경찰에는? 신고했습니까?"

"했는데 들어주지도 않았어요."

예나가 분한 표정을 했다.

"친구한테 뭔가 문제가 생긴 거 같으니까 좀 알아봐달라고 했거든요. 그랬더니 친구랑 연락이 안 되냐는 거예요. 연락은 된다고 했더니 그럼 뭐가 문제냐고 해서, 전화 끊을 때 알러뷰, 쪽! 한 게 문제라고 했죠. 그랬더니 피식피식 웃기만 하고, 신고도 안 받아주더라고요. 세금 도둑들!"

분통을 터뜨리고 나서 예나는 머뭇거리며 말했다.

"그래서 여기로 온 건데, 혹시 서지환 씨하고 관계가 있는 일은 아닐까요? 사실 언니나 저 같은 일을 하는 사람이 납치를 당할 일이 뭐가 있겠어요."

지환도 그렇게 생각했다. 제일 먼저 의심이 가는 것은 역시 야옹이파였다. 그들이라면 동기도 짐작이 갔다. 자신이 얼마 전에 고양희가 그토록 애지중지하는 카지노를 박살 내버렸으니까. 그렇다면 자칫 은하의 목숨이 위험할 수도 있다.

"알려줘서 고맙습니다. 할 수 있는 방법을 모두 동원해서 소재부터 파악하겠습니다."

그제야 예나는 조금 안심한 얼굴을 했다.

"진전이 있거든 저한테도 알려주세요. 도울 게 있으면 언제든 말씀하시고요."

"고맙습니다."

자리에서 일어나는 예나에게 지환은 한 박자 늦게 물었다.

"그런데 왜 이렇게까지 도와주는 겁니까?"

예나가 걸음을 멈췄다.

"나를 좋아한다면, 오히려 모른 척하는 게 맞지 않습니까?"

잠시 후에야 대답이 돌아왔다.

"제가 은하 언니를 싫어하는 건 사실이지만, 위험에 빠진 걸 알면서 놔둘 정도는 아니거든요."

♤ ♥ ♧

3월 초, 이제는 날씨도 제법 풀려서 얼마 전에 내린 눈도 다 녹아버렸다. 걸음을 옮길 때마다 신발에 질척하게 달라붙는 진흙이, 좀처럼 미련을 끊어내지 못하는 제 마음만 같다고 예나는 생각했다.

— 나를 좋아한다면, 오히려 모른 척하는 게 맞지 않습니까?

한 걸음 한 걸음 힘겹게 지환의 집 정원을 걸으며 예나는 중얼거렸다.

"…바보 같긴. 그걸 꼭 물어봐야 아나."

지환이 제게 관심이 없다는 건 알지만, 그래도 은하와 둘이 잘 되는 건 싫다. 두 사람의 다정한 모습만 떠올려도 질투가 활활 불타올라서 금방이라도 재가 될 것만 같았다. 단지 지환이 괴로워하는 게 더 싫을 뿐. 게다가 아무리 은하가 싫어도 위험에 빠졌다는 걸 뻔히 눈치채고도 모른 척할 순 없었다.

— 그럼 들어가, 예나야. 알러뷰! 쪽!

실제로 들었을 때의 그 불길한 느낌을 어떻게 설명할 수 있을까. 목숨이 위험할 지경이라는 생각이 자꾸만 들어서 가만히 있을 수가 없었다. 제 마음을 받아주지 않는 남자도 밉고, 그 남자의 마음을 다 가져가버린 여자도 밉고, 그 여자를 돕겠답시고 여기까지 온 자신도 짜증 나고.

"대체 이놈의 정원은 쓸데없이 왜 이렇게 넓은 거야? 관리나 똑바로 하든가!"

혼자 신경질을 내면서 걷는데 그만 커다란 물웅덩이가 앞을 가로막았다. 아까 올 때만 해도 얼음이었는데, 그새 햇볕이 들면서 녹아버린 것이다. 도저히 뛰어넘을 수 없는 물웅덩이 앞에서 예나는 이러지도 저러지도 못하고 발을 굴렀다. 우는 아이 뺨 때리는 격이라는 게 바로 이런 걸까.

"짜증 나, 진짜!"

하마터면 왈칵 울음을 터뜨릴 뻔했을 때, 조심스러운 목소리가 들렸다.

"제가 도와드릴까요?"

깜짝 놀라 돌아보니 보름달처럼 둥그런 얼굴에 순한 인상의 덩치가 서 있었다. 키도 크고 몸집도 크지만, 안타깝게도 지환과는 정반대의 의미였다. 즉 근육질이 아닌 순살이라는 뜻이다.

'뭐야, 이 돼지는?'

예나는 퉁명스럽게 대꾸했다.

"됐어요. 알아서 할 수 있어요."

좁디좁은 물웅덩이 가장자리로 조심조심 돌아가는데, 그만 구두 한 짝이 진흙에 푹 빠져서 벗겨지는 바람에 예나는 균형을 잃고 허우적거렸다.

"꺅!"

그대로 더러운 물웅덩이 속으로 빠져버릴 뻔한 순간. 어디선가 강한 힘이 예나를 확 잡아채더니 이어서 든든하고 폭신한 감촉이 몸 아래 느껴졌다. 예나 대신에 몸을 던져 진흙투성이가 된 남자가 걱정스러운 듯이 올려다보았다.

"괜찮으세요?"

♠ ♥ ♣

"은하야, 너 혹시 사람 날아가는 거 본 적 있냐?"

"아이언맨?"

"그거 말고, 그냥 멀쩡한 사람이 날아가는 거."

"사람이 어떻게 날아가?"

"날아가더라니까. 내가 어젯밤에 봤잖아!"

미호가 숨도 쉬지 않고 이야기했다.

"집 안에서 비명이 들리는데 딱 네 목소리인 거야. 그 순간 서지환 대표님 눈이 확 돌아가는데, 우와, 표정이 어찌나 살벌한지 오늘 누구 하나 죽어나가겠구나, 싶더라."

환자복 차림의 은하는 병실 침대에 앉아서 흥미진진하게 얘기를 들었다.

"하여튼 대표님이 갑자기 문을 미친 듯이 걷어차기 시작하는 거야. 아니, 내가 어이가 없어서, 철문을 아무리 발로 차봤자 그게 열리냐?"

미호는 어이없다는 듯이 말하고는, 다음 순간 외쳤다.

"아, 근데 열리더라고, 그게!"

아무리 지환이라도 발길질로 철문을 부쉈다니 믿을 수가 없다. 은하가 미심쩍은 표정으로 쳐다보자 미호가 부연 설명을 했다.

"두세 번인가 도어록을 차니까 그게 부서지면서 잠금이 풀려버리는 거 있지?"

아하, 그랬던 거구나. 은하는 이야기를 재촉했다.

"그래서 사람은 언제 날아가는데?"

"아, 좀 들어봐. 문을 열어보니까 그 사이코가 현관문 앞에 딱 버티고 서 가지고는 완전 겁먹은 표정으로 '다, 당신들 뭐야?' 이러는 거 있지?"

"그래서?"

"대표님이 대꾸도 안 하고 바로 가슴팍을 걷어차버리더라. 별로 세게 찬 거 같지도 않은데, 진짜 뻥 안 치고 거실 저편까지 날아가 더니 소파 모서리에 머리 박고 축 늘어지더라고!"

이걸 다른 사람이 들었으면 과장이라고 생각할 수도 있을 것이다. 하지만 이미 야옹머니에서 비슷한 광경을 목격한 적이 있는 은하로서는 충분히 상상이 가능했다.

"그 변태 새끼, 대표님이 너 안고 나올 때까지도 못 일어나더라. 지금쯤은 정신 차렸나 몰라."

못내 아깝다는 듯이 입맛을 다시는 미호에게 은하는 아까부터 궁금했던 것을 물었다.

"근데 내가 거기 갇혀 있다는 건 어떻게 안 거야?"

"걔 있지? 왜 너희 회사에 그, 밥맛 없는 애."

"예나?"

"그래, 걔. 걔가 며칠 전에 대표님 찾아와서 완전 심각하게 그러 더래. 아무래도 은하 언니가 납치당한 거 같다고."

은하는 하마터면 눈물을 흘릴 뻔했다. 도박하는 심정으로 평소 에 안 하던 짓을 해본 건데, 그걸 예나가 정확히 알아채주다니!

"경찰에 신고해도 들은 척도 안 해서 대표님한테 왔다고 했다 더라. 애가 재수는 없어도 영 나쁜 년은 아닌가 봐."

나쁜 년이 아닌 정도가 아니라 생명의 은인이다. 지환을 빼앗아 갔다고 너무 미워하지 말아야지, 하고 은하는 결심했다.

"그래서, 오빠 어떻게 날 찾은 건데?"

"이 바닥에서 최고 비싼 흥신소에 의뢰해서 네 휴대폰 위치추 적을 했단다. 그랬더니 뜨는 게 웬 고급 빌라인데, 대체 몇 호에 있는지 거기까지는 알 수가 없다는 거야."

"그래서?"

"거주자들 목록이랑 신상명세서까지 싹 뽑아와서, 일영 오빠가 나더러도 좀 봐달라고 내밀더라고. 너랑 관계 있어 보이는 사람이 있느냐고 말이야. 5층짜리 빌라였기에 망정이지 아파트였으면… 어휴."

몸서리를 치고 미호가 말했다.

"쭉 보는데 어디서 본 것 같은 이름이 눈에 띄잖아. 서울중앙지 방검찰청 검사 장태현. 한참 생각해보니까 기억나더라고. 왜 전에 네가 말해줬었잖아? 너희 오빠 동료 검사가 네 팬인데, 부모님이 사윗감으로 밀어서 완전 짜증 난다고."

코난이라도 된 것 같은 표정으로 미호는 자랑스럽게 말했다.

"그렇게 용의자가 특정되었지."

"그다음은?"

"일영 오빠가 동생분들이랑 교대로 뒤를 밟았대. 근데 그 변태 자식이 출퇴근하면서 아침저녁으로 도시락을 사는데 꼭 두 개씩 사 가더라나. 딱 걸렸지."

은하는 감탄했다. 아, 그렇게 된 거구나.

"그래서? 경찰에는 신고했어?"

"상대가 하필 검사잖아. 경찰에 신고하면 영장이니 뭐니 하면서 시간 걸린다고, 직접 구하러 가야 한다고 했어, 대표님이. 그 자식 이 알면 너 빼돌릴 수도 있다면서."

"맞아. 그놈은 그러고도 남을 인간이야."

116

분명 그랬을 거다. 출동한 경찰도 눈앞에서 천연덕스럽게 속여 넘기던 인간이니까.

"그래서 무작정 집으로 쳐들어온 거야?"

"원래는 계획이 있었지. 내가 초인종 누르고 이러기로 했었어."

미호가 목을 가다듬고는 간드러지게 말했다.

"안녕하세요! 밤늦게 죄송해요. 저 아랫집에 새로 이사 온 사람인데 자꾸 천장에서 물이 떨어져서요. 잠깐 들어가서 좀 봐도 될까요? 오호호."

"그걸 왜 네가?"

"멍청아, 야밤에 우락부락한 남자가 찾아와서 문 좀 열어달라고 하면 열어주겠냐?"

"그건 그러네."

"그래서 내가 그 역할을 맡은 건데, 정작 초인종 누르기도 전에 안에서 네 비명이 들리는 바람에 대표님 눈이 확 돌아가지고…. 그 뒤는 알지?"

그렇게 된 거구나. 은하는 긴 한숨을 내쉬었다.

"고마워, 미호야. 덕분에 살았다."

갇혀 있는 동안 밖에서 미호와 지환, 덩어리들, 심지어 예나까지 자신을 위해 열심히 뛰어주고 있었던 것이다.

"근데 미호 넌 왜 입원 중인 건데? 결혼도 허락받았다며 또 단식했어?"

은하와 똑같이 환자복 차림을 하고 있는 미호가 몸서리를 쳤다.

"어휴, 말도 마. 나 입덧이 너무 심해서 밥을 원체 못 먹는 바람에 일영 오빠가 수액이라도 맞으라고 입원시킨 거야. 어젯밤엔 너 구하러 가느라 잠깐 몰래 빠져나갔던 거고."

"보기엔 멀쩡한 거 같은데?"

"그거야 구토 억제 주사 맞았기 때문이지, 약발 떨어지면 바로 토 나온다. 지금도 오래 앉아 있었더니 슬슬 속이 안 좋아지는데, 대표님이 네 곁에 좀 있어달라고 부탁하고 가셔서."

아까 눈을 떴더니 병실에 누워 있고, 미호가 정신이 드느냐며 반색을 했다. 안도감에 울음을 터뜨리는 은하를 미호가 위로해줬고, 한바탕 울고 나서 지금까지 자초지종을 들은 것이다.

"오빤 어디 갔는데?"

"밤새 쭉 네 옆에 있다가, 아침에 회사에 급한 일이 있다고 가셨어."

대답하고 나서 미호는 물었다.

"근데 아까부터 계속 묻고 싶었는데, 너 대체 언제부터 대표님한테 오빠라고 불렀던 거야? 헤어질 때까지도 지환 씨라고 불렀잖아?"

은하는 한숨을 지었다. 그러고 보니 미호는 미호대로 계속 이래저래 복잡해서 여태 얘기를 하지 못했다.

"설명하자면 길고, 그냥 간단히 말하면 지환 씨가 현우 오빠야."

"뭐?"

"내가 애타게 찾던 현우 오빠가 바로 지환 씨라고. 오빠는 처음부터 날 알아보고 서현이 치료비도 도와줬던 거야."

미호의 눈이 화등잔만 해졌다.

"세상에 어떻게 그런 일이…."

한참 말을 잃고 있던 미호가 이윽고 생각이 정리되었는지 고개를 들었다.

"어쨌든 잘됐다. 너 한동안 의리냐 사랑이냐, 현우 오빠냐 지환 씨냐, 짜장이냐 짬뽕이냐, 하면서 고민 때렸었잖아. 근데 같은 사람이라니 개이득 아니냐?"

은하는 대답 대신 씁쓸하게 웃었다. 말하는 걸 보니 미호는 지환이 예나와 사귀고 있는 것도 모르는 모양이었다.

"네 부모님 생각하면 쉽지 않겠지만, 이렇게 된 거 그냥 눈 딱 감고 다시 만나."

대답이 없는 은하가 답답했는지, 미호는 눈을 둥그렇게 뜨며 재촉했다.

"뭘 더 고민해? 너 서지환 대표님 아니었으면 간밤에 쥐도 새도 모르게 죽었을 수도 있어!"

그래, 그러니까 안 되는 거다. 더는 사랑하지 않는 나라도 외면하지 않고 달려와서 목숨을 구해준 사람이니까. 고마워서라도 더는 그 사람을 괴롭히면 안 되는 거다.

그때 간호사가 들어와서 미호를 불렀다.

"구미호 님, 자꾸만 병실 비우시면 안 돼요."

야단을 맞고서야 미호는 시무룩하게 끌려 나갔다.

"그럼 푹 쉬어, 은하야. 내가 옆방에 있으니까 아무 걱정 말고, 응? 이따 또 올게!"

혼자가 되자마자 은하의 눈에 눈물이 고였다. 걱정할까 봐 미호 앞에서는 애써 밝은 척했지만, 사실은 내내 울고 싶은 걸 꾹 참고

있었다. 지금 실컷 울고 이따가 오빠한테는 웃으면서 고맙다고 해
야지. 그동안 미안했다고, 이제는 놔줄 테니까 마음 편히 행복해
지라고. 이불을 껴안고, 은하는 눈물샘이 텅 빌 때까지 마음껏 울
었다.

♤ ♥ ♧ ♧

울다 지쳐 깜빡 잠이 들었나 보다. 살며시 머리칼을 어루만지는
것 같은 느낌이 들어서 눈을 뜨자, 지환이 흠칫하며 손을 거뒀다.
벌써 해가 졌는지, 창밖으로 보이는 하늘은 이미 밤빛으로 물들
어가기 시작하고 있었다.
"오빠."
은하는 여기저기 쑤시는 몸을 힘들게 일으켜 앉았다. 미리 실컷
울어놓기를 다행이라고 생각하며 입을 열었다.
"미호한테 얘기 들었어. 구해줘서 고마워. 오빠 아니었으면 나
진짜 죽었을지도 몰라."
"…."
"늘 오빠한텐 폐만 끼치네. 옛날도 그랬고, 지금도…."
분명히 울 만큼 울었다고 생각했는데, 또다시 눈시울이 뜨거워
지는 바람에 은하는 황급히 마음을 다잡았다.
"너무 고마운데 내가 해줄 건 없고, 대신 이제 놔줄게."
차마 지환을 똑바로 쳐다볼 수가 없어서 은하는 고개를 폭 숙이
고 말했다.
"그동안 내가 막 쫓아다녀서 되게 힘들었지? 이제 안 그럴 테니

까 예나랑….”

“은하야.”

은하는 제 귀를 의심했다. 어릴 때 이후로 지환은 한 번도 은하를 이렇게 부른 적이 없었다. 그가 현우라는 걸 알게 되고 나서부터 은하는 계속 오빠라고 불렀지만, 지환은 늘 ‘은하 씨’라고 부르며 꼬박꼬박 존댓말로 대응했다.

아니, 어젯밤에 딱 한 번, 외치는 소리를 들은 것 같기는 하다.

— 은하야!

하지만 그건 환청인 줄 알았는데…. 거기까지 생각했을 때, 은하는 따뜻한 무언가가 자신을 가만히 감싸 안는 것을 느꼈다. 지환이 팔을 뻗어 껴안은 것이었다.

“은하야.”

떨리는 목소리가 들려왔다.

“나 딱 한 번만 다시 봐주면 안 될까?”

지환도 스스로가 염치없다는 건 잘 알고 있었다. 떼어놓겠답시고 여태 은하에게 얼마나 모진 말을 많이 했던가. 은하가 납치되어 가서 고초를 겪은 것도 결국 제 탓이라고 지환은 생각했다. 내가 은하 옆에 있었다면 감히 그런 일을 벌이지 못했을 것 아닌가. 머저리 같은 내가 은하를 밀어내겠답시고 헛짓하고 있는 동안 벌어진 일이니 자신 탓이었다.

그러니까 이런 말을 하는 건 뻔뻔하다고 생각하면서도, 도저히 말하지 않을 수 없었다.

“…오빠?”

품 안에서 놀란 목소리가 들렸다.

'언제는 싫다더니 왜 이래?'

은하가 금방이라도 뿌리칠 것만 같은 두려움에 지환은 그녀를 힘주어 껴안았다.

"내가 정말 잘할게, 목숨 걸고 잘할게. 네가 죽으라면 죽는 시늉도 할게. 그러니까 한 번만⋯."

눈앞이 흐려지는 바람에 말을 끝까지 맺을 수 없었다.

은하는 한참 동안 대답이 없었다. 역시나 안 되는구나, 하고 지환이 절망에 빠져들기 시작할 무렵에야 그녀는 불쑥 중얼거렸다.

"아까 나 뭐라고 불렀어?"

영문을 모르면서도 지환은 순순히 대답했다.

"은하야⋯?"

"또 불러봐."

"은하야."

"또."

그제야 지환은 은하가 원하는 것을 알았다.

"은하야, 은하야, 은하야⋯."

몇 번이나 그렇게 되풀이해서 이름을 불렀을까.

"응, 오빠."

드디어 떨리는 목소리로 대답이 돌아왔다.

"나 여기 있어."

제 몸을 힘껏 마주 안아주는 팔에 지환은 기어이 눈시울이 뜨거워지고 말았다.

♠ ♥ ♣

입덧이 심한 미호가 걱정되어 일영은 퇴근하자마자 죽을 사 들고 병원으로 향했다. 잰걸음으로 복도를 걷던 일영은 깜짝 놀라 걸음을 멈췄다. 자기 병실에 누워 있어야 할 사람이 옆 병실 문 앞에 서 있지 않은가.

"미호 씨? 여기서 뭐 하는….."

부르려는데 미호가 눈을 부라리며 입에 손가락을 갖다 댔다.

'쉿!'

헙, 하고 일영은 얼른 입에 지퍼를 채웠다.

'뭐요?'

입 모양으로 묻자 미호가 대답 대신 손짓을 했다. 뭔가 싶어 미호를 따라 문틈으로 들여다보자 병실 유리창 가득 달빛이 쏟아지고, 그 안에서 두 사람이 서로에게 입을 맞추고 있었다.

♠ ♥ ♣

지환은 은하의 침대 곁에 앉아서 손을 꼭 잡고 있었다.

"오빠."

"응?"

"오빠."

"그래, 은하야."

몇 번을 불러도 몇 번이든 다정한 대답이 돌아와서 그때마다 새로이 가슴이 벅차올랐다. 이게 혹시 꿈은 아닐까.

그렇게 한참 손을 잡고 있다가 지환이 불쑥 중얼거렸다.

"…실망하지 않았어?"

"뭘?"

"내가 검사님이 돼 있을 줄 알았잖아, 너."

은하는 손자국이 선명하게 남아 있는 제 목을 가리켰다.

"오빠는 이 꼴을 보고도 검사님 타령이 나와?"

지환이 아차, 하는 표정을 했다.

"안아줘, 빨리. 오빠가 검사님 얘기 꺼내서 나 지금 너무 무서워졌어."

지환이 얼른 은하를 안고 등을 토닥여주었다.

"미안해. 내가 멍청한 놈이야."

"그 자식 완전 변태야. 막 나더러 자기야, 자기야 하면서 신혼놀이 같은 거 하려고 들고."

은하는 지환의 품 안에서 몸서리를 쳤다.

"담에 보면 때려줘, 완전 아프게."

"그래, 내가 때려줄게."

응석을 부리느라 한 소린데 다큐로 받았나 보다. 진지한 대답이 돌아오는 바람에 은하는 흠칫 놀라서 얼른 품에서 빠져나와 손을 내저었다.

"아냐, 그냥 해본 소리야. 오빠한테 맞았다간 자칫 죽어!"

"죽어도 싸지."

순간적으로 지환의 눈초리가 날카로워지면서 인상이 매서워졌다.

"그 인간이야 죽든 말든 알 바 아니지만 그렇게 되면 오빠가 감

옥 갈 거 아냐. 날도 추워 죽겠는데 사식 넣으러 다니기 싫단 말이
야, 나."

지환은 풋, 하고 웃었다. 웃으니까 금세 딴사람처럼 부드러운
얼굴이 된다. 그야말로 어린 시절의 현우와 똑같아서 은하는 한참
넋을 잃고 지환을 바라보았다. 새삼스레 자신이 어이가 없어졌다.
세상에 물구나무를 서서 봐도 현우 오빠인데, 눈앞에 두고도 까맣
게 몰랐다니.

"근데 오빠. 왜 그렇게 나 싫다고 했던 거야?"

지환은 잠시 망설이다 대답했다.

"네가 우리 어머니처럼 될까 봐 무서웠어. 어머니는 집안에서
반대하는 결혼을 하시는 바람에 평생 친정에 못 가서 무척 힘들
어하셨거든."

지환이 손을 뻗어, 이제는 상처 흔적조차 남지 않은 은하의 매
끈한 이마를 쓰다듬었다.

"너 아버지 생신날 갔다가 이마 다쳐서 왔었잖아. 나 때문이었지?"

"아니라고는 안 할게."

은하는 한숨을 쉬었다.

"근데 오빠. 내가 부모님이랑 연 끊은 거, 꼭 오빠 때문만은 아니
야."

"그렇게 말 안 해줘도 돼."

지환은 마음 아픈 얼굴을 했지만, 은하는 진심이었다.

"아냐. 어릴 때부터도 그랬지만 어느 순간에는… 정말 이건 아
니다, 싶더라고. 아마 오빠가 아니었더라도 결국엔 이렇게 됐을

거야."

하지만 지환은 역시나 자기 마음을 편하게 해주려고 하는 소리거니 하는 모양이었다.

"내가 너희 부모님께도 잘할게. 그러면 언젠가는 허락해주실지도 모르잖아."

아니, 지구가 멸망하는 날까지 그런 일은 없을 것이다. 그렇게 생각했지만, 이렇게 행복한 순간에 부모님 얘기는 더 하고 싶지 않아서 은하는 슬쩍 화제를 돌렸다.

"참, 예나랑은 어떻게 된 거야? 진짜 사귄 거 아니지?"

"너랑 헤어질 수 있게 좀 도와달라고 부탁했어."

"대체 둘이 어떻게 아는 사이인 건데?"

"내가 옛날에 한 번 강예나 씨가 곤란할 때 도와준 적이 있거든."

"뭘?"

지환은 잠시 머뭇거리다 곤란한 듯이 말했다.

"오해하지 말고 들어줘. 난 이제 너한테 아무것도 숨기지 않을 거지만, 이건 내 일이 아니라…."

"예나 프라이버시라 이거지?"

눈치 빠른 은하는 금세 알아들었다.

"그렇다면 더 안 물을게. 나도 예나한테 빚진 게 있으니까."

지환이 안도한 얼굴을 했다.

"미호한테 얘기 들었어. 예나가 오빠를 찾아가서 내가 위험한 것 같다고 했다며."

"그래."

"그것 봐, 내가 예나 나쁜 애 아니라고 했잖아."

"그런 것 같더라."

밤늦게까지 나누는 이야기는 해도 해도 끝이 없었다.

"피곤할 텐데, 이제 그만 자."

지환이 자라고 불을 꺼주었는데도 은하는 계속 얘기하고 싶었다.

"오빠는 나 처음 봤을 때 어땠어? 바로 알아봤어?"

"그럼. 너는 하나도 안 변했는데."

지환이 쿡쿡 웃고는 되물었다.

"넌 대체 내가 현우라는 걸 어쩌다 알게 된 거야?"

어디부터 말해야 하나, 잠시 생각하다 은하는 입을 열었다.

"고양희가 나한테 그랬어. 자기가 서현우를 죽였다고."

"뭐?"

지환의 얼굴이 굳어졌다.

"고양희를 만났단 말이야? 언제? 어디서?"

"우리 아직 사귀고 있을 때, 부하들한테 납치당해서 그 문 닫은 카지노까지 끌려갔었어."

새하얗게 질린 지환의 얼굴을 보고 은하는 얼른 그를 안심시켰다.

"걱정 마, 그때도 고양희는 날 납치해놓고도 못 건드렸는걸. 내가 우리 아빠랑 오빠 얘기를 했거든. 지금쯤은 그게 사실이란 걸 알았을 테니까 더 못 건드릴 거야."

덜덜 떨리는 지환의 손을 꼭 잡고, 은하는 계속해서 말했다.

"어쨌든 난 고양희한테 깜빡 속아서 오빠가 죽은 줄만 알았지 뭐야. 이제라도 처벌받게 해서 한을 풀어주고 싶은데 증거가 있어야지. 그래서 이리저리 수소문하다가 옛날 불독파 조직원을 찾았거든. 그 사람이 그러더라고, 서지환의 어렸을 때 이름이 서현우라고."

"그랬구나."

"나 되게 바보 같았지? 바로 눈앞에 있는데도 못 알아보고."

"아냐. 이렇게 변해버렸는데 당연하지."

고개를 젓고, 지환이 쓸쓸하게 자기 몸을 내려다보았다.

"맞아. 너무 멋있어져서 몰라봤어. 그러니까 오빠 잘못이지, 내 잘못 아니야."

"그래, 내 잘못이야. 너는 아무 잘못 없어."

지환이 미소를 지었다. 참 지치지도 않고 언제나 한결같은 사람. 은하는 그의 어깨에 이마를 비비며 응석을 부렸다.

"오빠, 나 졸려."

태현의 집에 갇혀 있던 동안에는 단 한 순간도 편히 잠을 이룰 수 없었다. 그 사이코가 언제 방에 들어와서 몹쓸 짓을 할지 모르는데 발 뻗고 잠이 올 리가 있나. 그래서인지 낮에도 많이 잤는데 자꾸만 졸음이 쏟아졌다.

"마음 놓고 푹 자. 내가 옆에 꼭 붙어 있을 테니까."

다정한 목소리를 자장가 삼아서 은하는 잠이 들었다.

♤ ♥ ♧

"아!"

은하는 자면서도 자꾸만 몸서리를 치며 깼다.

"나 여기 있어."

그때마다 얼른 손을 잡아주면서 안심시키면 은하는 다시 편안한 얼굴로 돌아가 잠이 들었다. 잠든 은하를 바라보는 지환의 눈에 때때로 살기가 어렸다. 목에 선명하게 남아 있는 손자국. 발목에 있는 족쇄를 찼던 흔적. 손목에까지 수갑을 찼던 자국이 어렴풋이 남아 있어서 볼 때마다 분노가 치밀었다.

— 다, 당신들 뭐야?

태현이 겁먹은 표정으로 자신을 보는 순간, 지환은 이제껏 살면서 경험한 것 중에 가장 강렬한 증오심을 느꼈다. 고양희를 향한 것보다도 훨씬 더 강한 증오심이었다. 그 자리에서 놈을 죽여버리지 않은 것은 딱 한 가지 이유에서였다. 은하가 곤란해질까 봐. 그것만 아니었으면, 제 인생이고 뭐고 상관없이 그때 그냥 죽여버렸을 것이다.

이제는 안전해졌는데도 자다 말고 자꾸 깜짝깜짝 놀라 깨는 은하를 보니 새삼스럽게 후회스러웠다. 진짜로 죽일 수는 없다 해도, 최소한 두 번 다시 미친 짓을 할 엄두를 못 내도록 반쯤은 죽여놨어야 하는 건데. 이렇게 된 거 죗값이라도 제대로 치르게 해야 할 텐데, 문제는 놈이 현직 검사라는 점이었다. 아무리 생각해도 제대로 수사가 이루어질 것 같지 않았다.

지금껏 야옹이파를 경찰에 신고한 것만 해도 몇 번이었는데, 수사는 늘 이상할 정도로 미적지근했다. 마치 신고가 들어왔으니 어쩔 수 없이 수사한다는 듯한 느낌이랄까. 심지어 증거까지 다 잡아서 줬는데도 그냥 흐지부지 넘어간 건도 여러 개였다.

어쩌다 수사가 들어가도 매번 고양희를 비롯한 조직의 간부들은 무사하고, 기껏해야 중간급 한두 명만 잡혀들어가는 것이었다. 카지노를 신고했을 때도 마찬가지로, 카지노만 폐쇄하고 고양희는 멀쩡히 살아남아서 은하를 납치까지 했다지 않은가.

은하는 까맣게 모르는 모양이었지만, 고양희의 잔인성에 대해서 잘 아는 지환은 끌려갔었다는 얘기를 듣는 순간 의도를 알아챘다. 왜 장소가 하필 카지노였는지. 자신이 고양희의 카지노를 망가뜨렸으니까, 고양희도 제게 소중한 존재인 은하를 망가뜨리려고 했던 게 틀림없었다.

은하가 영리하게 대처하지 않았다면, 지금쯤…. 지환은 잠든 은하의 손을 꼭 잡았다. 자칫하면 이 손이 차디차게 식어 있었을지도 모른다고 생각하니 온몸에 소름이 끼쳤다.

문제는 고양희도, 장태현도 멀쩡히 거리를 활보하고 있다는 것이었다.

"아!"

또다시 깜짝 놀라며 잠에서 깨는 은하의 손을 얼른 꼭 잡아주며 지환은 굳게 다짐했다.

"괜찮아, 나 여기 있어."

은하를 위해서라도 어떻게든 놈들에게 죗값을 치르게 만들겠다고.

♠ ♥ ♣

다음 날 경찰에서 연락이 왔다. 미호가 신고한 납치 건으로, 경찰이 병원에 직접 와서 은하에게 피해자 진술을 듣겠다는 것이었다. 그래서 지환은 출근도 하지 않고 은하 곁에 있어주었다. 하지만 오겠다던 시간에 나타난 것은 경찰이 아니라 엉뚱한 사람이었다. 병실로 들어서는 우아한 차림의 여성을 보고 은하는 깜짝 놀라 몸을 일으켜 앉았다.

"엄마?"

대체 어머니가 어떻게 알고 여길?

"안녕하십니까, 서지환이라고 합니다."

지환이 정중히 인사를 했지만, 은하의 어머니는 거들떠도 보지 않은 채 싸늘하게 말했다.

"딸애랑 할 얘기가 있으니 자리 좀 비켜줘요."

지환이 병실을 나가자 어머니는 은하를 보고 한숨을 지었다.

"그래, 몸은 좀 어떠니?"

"괜찮아요. 며칠 동안 발목에 족쇄 차고 있었던 거랑 죽도록 맞은 거 빼고는요."

어머니가 태현과 사귀라고 종용했던 것이 기억나서 저도 모르게 비꼬는 것처럼 말이 나왔다. 말해놓고 은하는 금세 후회했다. 어머니도 태현이 그런 사이코였을 줄은 몰랐을 텐데. 그래도 딸이라고 걱정이 돼 오신 엄마한테 내가 너무 말이 심했구나.

"근데 엄만 어떻게 알고 오셨어요?"

대답 대신에 어머니가 두 손을 뻗어 손을 꼭 잡는 바람에 은하는 당황했다.

"엄마?"

"부탁이 있다, 은하야."

불길한 예감이 든 것과 동시에 어머니가 간절히 말했다.

"이 일, 우리 그냥 조용히 덮자. 응?"

은하는 제 귀를 의심했다.

"장 검사, 대대로 법조인 집안 사람이야. 장 검사 아버님은 차기 검찰총장 후보로 유력하게 지목되고 있는 분이시고."

"그래서요?"

잡힌 손이 부들부들 떨리기 시작했다.

"너도 물론 힘들겠지만, 오빠 생각도 해야지. 네 일로 장 검사가 잘못되면 세훈이 앞날은 어떻게 되겠니?"

은하는 손을 잡힌 채 한참 눈을 깜빡이고 있었다. 어떻게 어머니라는 사람이 딸에게 이런 말을 할 수 있을까. 혹시 내가 무슨 일을 당했는지 잘 모르고 있는 건 아닐까 싶었다.

"엄마, 그 사람이 저한테 약을 먹여서 납치했어요. 발목에 족쇄를 채워서 자기 집에 감금했고요. 저를 죽이려고 목까지 졸랐다고요."

"그래그래, 알아. 세상에 얼마나 무서웠겠니?"

잡은 손등을 다정하게 어루만지며 어머니는 달래듯 말했다.

"하지만 절대로 감정대로만 움직일 게 아니야. 생각해보렴, 이 일이 기사화라도 되면 넌 무사하겠니? 며칠 동안이나 장 검사 집에 있었는데, 사람들은 네가 이미 몸을 버렸다고 생각할 거 아니니. 그러면 앞으로 어떤 남자가 널 좋다고 받아주겠어, 응?"

가족들이 짜고서 아버지가 아프다고 자신을 속였을 때, 이미 환멸은 느낄 만큼 느꼈다고 생각했다. 그런데 바닥이라고 생각한 그 밑에 또 바닥이 있을 줄이야.

"엄마!"

은하는 도저히 참지 못하고 손을 뿌리치며 목소리를 높였다.

"이미 경찰 신고까지 다 했는데 저더러 대체 뭘 어쩌라는 거예요?"

하지만 어머니는 끈질겼다.

"은하 너만 입 다물어주면 조용히 무마할 수 있어. 세훈이가 다 맡아서 처리하기로 했다."

오빠도 한패라는 뜻이다.

"아버지도 안절부절못하고 계셔. 선거가 몇 달 남지 않았는데 괜히 이런 일로 입방아에 오르게 되면 어쩌니?"

아버지도.

"은영이도 마침 혼담이 오가고 있는데, 이런 흉한 일이 벌어졌으니 말은 안 해도 지금쯤 얼마나 불안하겠니?"

언니도.

은하가 대답하지 않자 어머니는 초조한 모양이었다.

"너도 그렇고, 네 언니 오빠도 그렇고, 우리 가족 모두를 위해서야. 엄마가 무릎이라도 꿇고 빌게. 응?"

어머니가 진짜로 병실 바닥에 무릎을 꿇는 바람에 은하는 화들짝 놀랐다.

"엄마!"

심지어 어머니는 두 손을 모아 싹싹 비는 시늉까지 했다.

"내가 이렇게 빈다, 응? 제발 오빠 앞길도 좀 생각해주렴, 은하야."

어처구니없는 광경이었다. 쳐다보고 있자니 분노는 점점 가라

않고, 오히려 마음이 잔잔해졌다. 부모가 자식의 앞날을 위해 무릎을 꿇는 건, 어쩌면 당연한 일 아닌가. 하나도 이상할 게 없다. 단지 오빠는 자식이고, 나는 아닐 뿐.

은하는 잠시나마 상처를 받을 뻔했던 자신을 꾸짖었다. 내 입으로 연을 끊겠다고 선언하고 나왔으면서, 마음 한구석에서는 어딘가 미련을 품고 있었던 거 아닌가. 기대하지 않으면 상처도 입을리 없는 것을. 그 미약한 미련마저도 이제는 깨끗하게 잘라낼 수 있을 것 같았다.

"일어나세요, 없던 일로 해드릴 테니까."

목소리는 스스로 듣기에도 얼음장처럼 차가웠다.

"정말이니?"

어머니가 반색하며 벌떡 일어났다.

"대신 두 번 다시 이런 일은 없어야 해요. 그쪽에 똑똑히 전해주세요."

"물론이지! 장 검사가 얼마나 똑똑한 사람인데 두 번씩이나 바보짓을 하겠니? 자기 인생이 걸려 있는 일인데."

그가 저지른 끔찍한 범죄를 어머니는 '바보짓'이라고 표현했다. 한술 더 떠서 궤변까지 늘어놓았다.

"장 검사가 널 너무 좋아하다 보니 그만 실수를 한 거지, 그렇게 나쁜 사람은 아냐. 진짜 나쁜 사람이면 진작 널 강제로 어떻게 하지 않았겠니? 근데 그런 일까진 없었다며?"

덕분에 은하는 아무 감정의 동요 없이 끝까지 할 말을 다 할 수 있었다.

"하나 더 있어요. 오늘로 저는 엄마랑 아빠, 물론 언니랑 오빠와도 완전히 남남이에요."

어머니가 움찔했다.

"이 자리에서 약속해주셔야겠어요. 가족 모두, 평생 무슨 일이 있어도 제게 연락하거나 찾아오지 마세요. 물론 저도 그럴 거예요."

이 말은 할까 말까 망설이다 아무래도 확실히 해두는 게 나을 것 같아서 덧붙였다.

"그러니까 오늘이 살아서 마지막으로 제 얼굴 보시는 거예요."

역시나 어머니는 불쾌한 듯이 이맛살을 찌푸렸다.

"아무리 그래도 그렇지, 낳아주고 키워준 부모한테 그게 할 말이니?"

"낳아주고 키워주신 은혜는 장태현 씨 건을 그냥 넘어가주는 걸로 갚을게요."

은하는 잘라 말했다.

"싫으시면 없던 일로 하고요. 당장 경찰서에 가서 있는 사실 그대로 진술하겠어요."

"알았다!"

어머니가 황급히 말했다.

"너 바라는 대로 다 해줄 테니까 경찰에는 가지 말거라. 앞으로도 절대 이 얘기는 어디서 꺼내지도 말고. 알겠니?"

어머니가 몇 번이나 신신당부하는 바람에 은하는 잠시 헷갈렸다. 내 어머니인가, 아니면 장태현의 어머니인가.

"약속 잘 지켜주시면 저도 그렇게 할게요."

냉정하게 말하자 어머니가 대꾸했다.

"알았다. 너 원하는 대로, 앞으로 없는 자식인 셈 칠게. 이제 됐니?"

이미 끊은 연인데, 그러니 아무렇지 않다고 생각했는데.

"…네."

그래도 마지막으로 대답할 때는 눈시울이 왈칵 뜨거워졌다.

"그럼 믿는다."

그 말만 남기고, 어머니는 몸조리 잘하라는 말 한마디 없이 병실을 나갔다.

♤ ♥ ♧ ♣

은하의 어머니가 은하와 얘기하는 동안, 지환은 병실 앞 긴 의자에 앉아 있었다.

"엄마!"

갑자기 안에서 은하가 소리치는 게 들려와 가슴이 철렁했다.

'나 때문인가.'

귀를 기울였지만, 더 이상의 대화는 들리지 않았다. 안절부절못하던 지환은, 잠시 후 병실에서 나오는 은하의 어머니를 보고 얼른 일어나서 고개를 숙였다.

은하의 어머니는 말없이 지환을 쳐다보았다. 마치 벌레라도 보는 것 같은 혐오에 찬 시선. 살면서 수없이 받아서 이미 익숙해진 눈빛이지만, 상대가 사랑하는 여자의 어머니가 되자 새삼스레 잘못 살아온 제 인생이 후회스러웠다. 미호의 부모에게 과거를 들켰을 때, 일영도 이런 기분이었을까. 그렇게 생각하며 지환은 허리를 숙였다.

"죄송합니다. 저 같은 놈이 감히 은하를 만나서….”

"우리 어디서 본 적 있지 않나?”

지환의 말이 채 끝나기도 전에 은하의 어머니가 말했다.

"얼굴이 눈에 익은데.”

지환은 내심 놀랐다. 오래된 일인데 알아보시는구나.

"어릴 때 춘천에 살았습니다. 은하하고 같은 학원을 다녀서 교수님도 그때 뵌 적이 있습니다.”

어머님이라고 했다가는 불쾌해할 것 같아서 일부러 교수님이라고 불렀다. 은하의 어머니는 놀란 얼굴을 했다.

"그럼 혹시 네가 서현우?”

"예.”

어이가 없다는 듯 은하의 어머니는 한동안 피식거렸다.

"아니, 검사로 키우겠다고 그렇게 큰소리를 치더니. 세상에 조폭이 됐단 말이야?”

혼잣말처럼 내뱉는 말에 지환은 얼굴이 확 뜨거워지는 것을 느꼈다.

"면목이 없습니다. 지금은 과오를 씻고 올바르게 살려고 노력하고 있습니다.”

"뭐, 어떻게 살든 나하고는 상관없고.”

은하의 어머니는 무안할 정도로 말을 확 잘랐다.

"앞으로 은하는 내 자식 아니니까 댁도 그리 알아요.”

"예?”

"어디 가서 우리 집 사위인 척 행세할 생각 말란 말이야, 고소할 테니까."

은하의 어머니는 냉랭하게 쏘아붙이고 뒤돌아서서 또각또각 구두 굽 소리를 울리며 멀어져갔다.

병실에 들어가자 은하는 침대에 멍하니 앉아 있었다.

"은하야."

지환은 무슨 말을 해야 좋을지 몰랐다.

"미안해. 나 때문에⋯."

"오빠 때문이 아니야."

은하는 고개를 저었다. 뻔히 내 탓인 걸, 내가 미안해할까 봐 아니라고 하는구나. 지환이 그렇게 생각하는데, 은하가 다시 말했다.

"장태현이 날 납치 감금했던 거, 없었던 일로 해달라고 온 거야."

"뭐?"

지환은 놀라서 은하의 얼굴을 쳐다보았다.

"장태현 아버지가 검찰에서 엄청 높은 사람인가 봐. 나 때문에 장태현한테 문제가 생기면, 잘나신 우리 오빠 앞날에도 자칫 누가 될 수 있다나."

은하는 피식거렸다.

"나만 입 다물면 이미 신고 들어간 건 오빠가 알아서 해결하기로 했다고, 제발 넘어가달래."

지환은 도저히 믿을 수가 없었다. 엄마라는 사람이 피해자인 딸에게 어떻게 그런 말을 할 수가.

"설마 그러겠다고 한 건 아니지?"

"했어, 그러겠다고."

"말도 안 돼!"

지환은 저도 모르게 목소리를 높였다.

"이건 범죄야. 네가 용서한다고 없어지는 일이 아니잖아. 그냥 넘어갈 일이 따로 있지, 어떻게 …!"

"용서하는 거 아냐. 나도 생각 같아서는 천년만년 감옥에 처넣어달라고 하고 싶어."

은하가 눈물을 글썽였다.

"갇혀 있는 동안, 매일 저녁 머리띠 쓰고 그 미친놈을 상대로 생글생글 웃으면서 즐겁게 놀아줘야 했어. 태현 씨, 태현 씨 해가면서 말이야. 맞은 거나 목 졸렸던 것보다 그게 훨씬 더 끔찍했어."

"은하야…."

"이 직업을 선택한 걸 진심으로 후회했어. 이제 카메라 앞에서 어떻게 웃어야 할지도 모르겠다고, 난."

은하가 입은 충격이 얼마나 큰지 새삼 느껴졌다.

"미안해. 정말 미안해…."

울음을 터뜨리는 은하를 껴안고 지환은 빌고 또 빌었다. 다른 사람도 아니고 낳아서 키워준 어머니에게 그런 말을 들었으니 은하는 지금쯤 마음이 찢어질 텐데. 위로는 못 해줄망정 어떻게 그 일을 덮을 수 있느냐고 다그친 자신이 바보 같았다.

"저러고도 나더러 뭐라는지 알아? 낳아주고 여태 키워줬으니까 부모래."

은하는 울먹이면서 피식거렸다.

"정말이지 다시는 얽히기 싫다는 생각이 들었어. 이젠 싫어, 정말 끔찍하게 싫어."

"그래."

"그냥 원하는 대로 해줘버리고 자유로워지고 싶었어."

"그래그래, 잘했어."

지환은 은하의 등을 토닥이며 열심히 달랬다.

"그러니까 오빠까지 나한테 잘못했다고 하지 마."

"그럼, 너 잘못한 거 없어. 네 잘못 하나도 없어."

은하가 무슨 잘못이 있을까. 범죄를 저지른 놈 잘못이고, 사람 같지도 않은 부모 잘못이고, 지켜주지 못한 내 잘못이지. 울고 있는 은하를 더욱더 힘주어 안으며 지환은 속으로 맹세했다. 내가 네 가족들을 다 합친 것보다도 더 많이 사랑해주겠다고.

3

서로를
원하는 밤

은하가 입원해 있는 내내 지환은 회사 일도 거의 팽개치다시피 하고 은하 곁에 붙어 있었다. 얻어맞아서 여기저기 멍이 든 것 외에는 딱히 큰 부상은 없었기 때문에, 은하는 며칠 지나자 금세 안정을 찾았다.

드디어 퇴원하는 날. 지환이 내비게이션에 집 주소를 누르자 은하가 놀라 물었다.

"오빠? 왜 우리 집으로 안 가고⋯."

은하의 말이 끝나기도 전에 지환은 잘라 말했다.

"짐은 미호 씨한테 부탁해서 챙겨올 테니까 당분간 내 집에서 지내."

다행히 이제는 자다가 깜짝깜짝 놀라서 깨는 일은 많이 줄어들었지만, 그래도 지환은 마음이 놓이지 않았다. 무엇보다 은하를 떼놓고는 당장 자신부터가 밤에 잠이 안 올 것 같았다. 어떻게든 한 지붕 아래 데려다 놓아야 안심이 될 것 같았다.

"하지만…."

반박의 여지를 주지 않기 위해 지환은 일부러 딱딱한 목소리를 냈다.

"지금 너한테 의견 물어보는 거 아니야. 그냥 오라면 와."

동생들에게 하는 것처럼 명령조로 말했는데, 역시 은하는 동생들과는 반응이 달랐다.

"오빠, 나한테 그렇게 막 명령하듯이 말하는 건 좀."

역시 내가 너무했나, 하고 간이 콩알만 해진 순간.

"완전 멋있어!"

아이돌을 만난 팬처럼 은하가 손을 모으고 꺅, 하고 소리를 지르는 바람에 지환은 움찔했다.

"나 방금 되게 설렜어! '그냥 오라면 와.' 어쩜 그렇게 멋있게 말해, 오빠는?"

지환은 기분이 알쏭달쏭했다. 그렇지 않아도 인상이 살벌한 놈이라, 은하에게는 일부러라도 더 다정하게 대하려고 노력했는데, 이 반응은 뭐지.

'혹시 강압적인 게 은하 취향인가?'

그렇게 생각하는데, 은하가 이어서 말했다.

"근데 오빠, 마음은 고맙지만 그건 아닌 거 같아."

지환은 퍼뜩 제정신으로 돌아왔다.

"대체 왜?"

"동생들 생각도 해야지. 남자 열두 명이 살던 집에 갑자기 여자가 끼면 얼마나 불편하겠어? 옷도 훌렁훌렁 못 벗고, 편하게 퍼질러 있기도 힘들고."

지환은 말문이 막혔다. 사실 그렇긴 했기 때문에.

"다들 너를 무척 좋아하잖아. 네가 오면 기뻐하면 기뻐했지, 싫어하진 않을 거야."

고집을 부려봤지만, 은하는 역시나 부드럽게 반박했다.

"그래서 더 폐 끼치기 싫어. 나도 그 사람들 좋아하니까."

"하지만…."

"걱정 마, 나 이제 많이 괜찮아졌어. 지금 사는 오피스텔도 보안되게 좋아. 오빠도 알잖아?"

은하가 지환의 커다란 손을 꼭 잡았다.

"정 걱정스러우면 미호한테 며칠 와서 같이 지내달라고 할게. 그럼 괜찮지?"

도저히 은하에게는 이길 수가 없다. 결국 지환은 땅이 꺼져라 한숨을 내쉬었다.

"…알았어."

♠ ♥ ♣

은하는 지환에게 부탁해서 먼저 회사로 향했다. 그동안의 사정을 설명할 셈이었다. 지환이 밑에서 차를 세워놓고 기다리고 있는 동안, 사무실로 올라가 실장님을 만났다. 그러나 은하를 기다리고 있던 것은 나쁜 소식이었다.

"미안해, 은하 씨. 이번 일도 있고 해서 대표님이 아무래도 재계약은…."

실장은 차마 말하기 힘들다는 듯이 말끝을 흐렸다. 2년의 계약 기간이 이제 곧 끝나는데, 회사는 은하와 재계약을 하지 않기로 결정했다는 것이었다.

"아니에요. 그동안 폐만 끼쳤는데요, 뭐. 오히려 제가 회사에 죄송하죠."

예상은 하고 있었기 때문에 은하는 놀라지 않았다. 전에 현우가 죽은 줄 알고 충격을 받아서 휴가를 요청했을 때, 선뜻 대표가 푹 쉬고 오라며 한 달이나 휴가를 주는 걸 보고 미리 짐작하고 있었다. 아, 재계약은 안 해줄 생각이구나.

"혹시 〈미니와 친구들〉 이름은 계속 제가 써도 될까요?"

"그럼. 원래 우리랑 계약하기 전부터 하던 채널이잖아. 회사에서 제작한 영상들만 내리면, 채널은 그대로 유지해도 되니까 그건 걱정 마."

실장은 위로하듯 말했다.

"마침 당분간 건강 문제로 쉰다고 공지 올려놨으니까, 재충전하고 다시 시작하면 돼. 은하 씨 잘할 수 있을 거야."

"정말 감사합니다, 실장님."

그나마 채널이라도 유지하게 돼서 다행이라고 생각하며 인사하는데, 실장이 덧붙여 말했다.

"오피스텔은 일주일 안에만 비워주면 돼."

은하는 흠칫 놀랐다. 그러고 보니 계약이 끝나면 회사에서 제공

144

하는 숙소도 당연히 비워줘야 하는 거였는데. 아마 재계약은 못하게 될 거라고 예상은 했으면서도, 미처 그 생각까지는 못 했던 것이다. 하루아침에 갈 곳이 없어진 은하는 눈앞이 캄캄해졌다. 지금 가진 얼마 안 되는 돈으로는 원룸 보증금도 안 될 텐데, 고시원에라도 들어가야 하는 걸까.

그제야 은하의 표정이 이상하다는 걸 깨달았는지 실장이 조심스럽게 물었다.

"왜 그래? 혹시 은하 씨 갈 데 없는 거야?"

얼굴이 달아올랐다. 차마 그렇다고 대답도 못 하고 우물쭈물하는데, 문득 누군가가 대신 대답했다.

"있습니다."

흠칫 놀라 돌아보자 언제 왔는지, 지환이 등 뒤에 서 있었다. 회사 안까지 어떻게 들어온 거지? 깜짝 놀라는 은하에게 지환은 딱잘라 말했다.

"이번엔 싫다고 해도 안 들을 거야."

그렇게 말하고, 지환은 은하의 손을 잡아끌었다.

"집에 가자."

♠ ♥ ♣

"오빠, 나 얼른 갔다 올게."

은하가 회사 건물로 들어가고, 차에서 기다리던 지환은 문득 생각했다.

'그러고 보니 강예나도 이 회사 크리에이터지.'

따지고 보면 예나는 은하의 목숨을 구해준 은인이나 다름없었다.

— 은하 언니는요? 아직 못 찾았나요?

마침 은하를 구출해 나오는 길에 전화가 와서 무사히 데리고 나왔다고 대답은 했지만, 워낙 경황이 없는 상황이라 제대로 고맙다는 인사조차 못 했다. 전화를 할까 하다가 지환은 차에서 내렸다. 혹시 예나가 회사에 있으면 직접 얼굴을 보고 고맙다고 말할 생각이었다.

"어떻게 오셨죠?"

은하의 회사 로고가 붙은 사무실 앞에서 서성이자 마침 복도로 나온 젊은 여성이 지환을 보고 경계의 눈빛을 했다.

"저, 〈미니와 친구들〉의 고은하 씨 남자친구입니다. 혹시 강예나 씨 안에 있습니까?"

엉겁결에 사실대로 말하고 나서야 아차 싶었다. 이게 무슨 소린가 싶겠지. 역시나 상대는 의아한 표정을 했지만, 다행히 안으로 들여보내주기는 했다.

"예나 언니 지금 아이템 회의 중이에요. 좀 있으면 끝날 테니까 들어와서 기다리세요."

지환은 안도의 한숨을 내쉬었다.

"이쪽으로 오세요."

뒤를 따라서 복도를 지나는데 어디선가 은하의 이름이 들려왔다.

"미안해, 은하 씨."

지환은 흠칫 놀라 걸음을 멈추고 목소리가 들려온 쪽을 쳐다보았다. 나이 지긋한 여성과 이야기하고 있는 은하의 뒷모습이 보였다.

"이번 일도 있고 해서 대표님이 아무래도 재계약은…."

"아니에요. 그동안 폐만 끼쳤는데요, 뭐. 오히려 제가 회사에 죄송하죠."

태연한 목소리에 오히려 지환의 가슴이 철렁했다. 비록 인기는 없었지만, 은하는 진심으로 크리에이터 일을 좋아하고 열심히 했다. 하루아침에 일자리를 잃게 됐는데 정말로 괜찮은 걸까.

몇 마디 더 오가다가 상대 여성이 말했다.

"오피스텔은 일주일 안에만 비워주면 돼."

방금까지도 씩씩했던 은하가 이번에는 아무 대답도 하지 못했다. 뒷모습만 봐도 곤란한 표정이 보이는 것 같았다. 돈도 없을 테니, 당장 오피스텔에서 쫓겨나면 어디로 가야 하나, 하고 걱정하고 있겠지. 물론 은하는 그런 걱정 따위 할 필요가 없었다. 하게 놔두지 않을 테다.

"왜 그래? 혹시 은하 씨 갈 데 없는 거야?"

지환은 즉시 성큼성큼 다가가서 끼어들었다.

"있습니다."

흠칫 놀라며 돌아보는 은하에게 딱 잘라 말했다.

"이번엔 싫다고 해도 안 들을 거야."

지환은 은하의 손을 잡아끌었다.

"…집에 가자."

"오빠?"

은하가 놀라 부르자 실장이 지환을 보고 물었다.

"어머, 은하 씨 오빠 되세요?"

"아뇨, 애인입니다."

대답하고 나서 지환은 허리를 숙였다.

"그동안 제 여자친구에게 잘해주셔서 감사합니다. 향후 거취는 제가 책임질 테니 걱정하지 않으셔도 됩니다."

♤ ♥ ♧

지환은 은하를 회사에서 데리고 나와 차에 태우자마자 일영에게 전화를 걸었다.

"오늘부터 은하, 우리 집에서 같이 지내게 됐다."

"오빠!"

놀란 은하가 옆에서 말리려 했지만, 그는 거들떠도 보지 않고 지시했다.

"짐 챙겨서 갈 테니 빈방 치워둬."

전화를 끊고 나서 그는 잘라 말했다.

"말했잖아, 싫다고 해도 안 들을 거라고. 그러니까 그냥 하자는 대로 해."

"하지만…."

"그럼, 나와서 어디 갈 데라도 있어?"

대꾸할 말이 없어서 은하는 한숨을 쉬었다.

"오늘 당장 짐 챙겨서 내 집으로 가자."

대답이 없자 납득한 거라고 생각했는지, 지환은 은하의 오피스텔로 차를 몰았다.

가진 거라곤 별로 없는 줄 알았는데, 그래도 꼬박 2년을 산 집이라 짐을 정리하는 데는 생각보다 시간이 오래 걸렸다. 지환과 같이했는데도, 짐을 다 싸고 버릴 것 버리고 방 청소까지 마쳤을 때는 벌써 밤 10시가 다 되어 있었다.

"저기, 오빠."

여행 가방을 들어다 차 트렁크에 싣는 지환에게 은하는 조심스럽게 말했다.

"나 정말 괜찮아. 일자리 구해서 보증금 좀 모일 때까지 고시원에서라도 지내면 돼."

"고시원?"

지환의 목소리가 전에 없이 험악하게 들려서 은하는 움찔했다.

"내가 그런 데 널 놔둘 것 같아?"

"거기도 다 사람 사는 데야. 전에도 잠깐 있었는데 지낼 만했어. 좀 불편해도 남의 집에 얹혀 있는 것보다는 마음이 편할….."

"어디 한마디만 더 해봐."

지환은 무서운 표정으로 말했다.

"집까지 안고 갈 테니까."

이렇게 눈 깜짝할 사이에 이사를 하게 되었다. 지환의 집으로 향하는 차 안에서 은하는 계속 안절부절못했다. 왠지 익숙한 느낌이다 했더니 어린 시절에 몇 번이나 겪어봤던 바로 그 느낌이었다. 판사인 아버지는 정기적으로 근무지를 옮겨야 했기 때문에 이사가 잦았다. 이사를 할 때마다 은하는 가족들 몰래 불안함에 떨곤 했었다. 이번에도 나를 새집에 같이 데려가 줄까. 혹시 나만 혼자 이 집에 놓고 가버리는 게 아닐까.

늘 은하네 가족은 다섯 명이 아니라 넷 더하기 하나였다. 가족 끼리 외출할 때도 툭하면 은하 혼자 두고 나가는데, 이사 갈 때라고 그러지 말라는 법이 없지 않은가. 그래도 중학생 정도 되자 자식을 유기하는 건 범죄라는 걸 알게 돼서 그런 걱정까진 하지 않았지만, 어릴 때는 진짜로 버리고 갈까 봐 이사한다는 말이 나올 때마다 가슴이 철렁하곤 했다. 지금 은하의 심정이 바로 그 시절로 돌아간 것만 같았다.

'혹시 날 받아주지 않으면 어떻게 하지.'

물론 집주인은 어디까지나 지환이고, 또 대표이자 큰형님이니까 그의 결정에 동생들이 감히 이의를 제기할 수는 없을 터였다. 하지만 속으로까지 싫어하지 말라는 법은 없었다. 그래도 과외를 받는 일영과 민규를 비롯한 네 명은 은하와 워낙 친하니 싫어하지는 않을 것 같았지만, 나머지는 역시나 불편해하지 않을까.

눈치를 보고 살 생각을 하니 벌써부터 가슴이 답답해졌다. 좁고 불편해도 차라리 고시원이 마음 편할 것 같은데, 물론 지환이 들어줄 리 만무했다. 안절부절못하고 있는 가운데 차는 기어이 지환의 집에 도착했다. 벌써 과외를 하느라 수도 없이 오갔던 집이지만, 얹혀살러 들어오는 기분은 또 달랐다.

"뭐 해, 안 들어오고?"

어깨가 축 처진 채로 마지못해 지환의 뒤를 따라 집 안으로 들어서는데.

펑! 어디선가 굉음이 들리는 바람에 은하는 기겁해서 반사적으로 지환에게 안겼다.

"꺅!"

지환이 얼른 은하의 등을 토닥여주며 중얼거렸다.

"진부한 놈들, 또냐."

그러는 그의 머리 위로 오색 리본과 함께 색종이가 나풀거리며 쏟아졌다. 올려다보니 머리 위에 터진 종이 박이 보였다. 은하가 어안이 벙벙해 있는데, 어디선가 난쟁이 복장을 한 덩어리들이 우르르 쏟아져 나오더니 일제히 외쳤다.

"환영합니다, 형수님!"

동시에 누군가가 은하의 등을 떠밀기 시작했다.

"자, 누님, 가시죠."

민규의 목소리였다.

"네? 어디를요?"

"앞으로 누님께서 쓰실 방입니다."

은하는 영문도 모른 채 등을 떠밀려 계단을 올랐다. 덩어리들이 은하를 데려간 곳은 바로 2층에 있는 지환의 옆방이었다.

"짠!"

문이 열리는 순간 은하의 눈이 커졌다.

남자들끼리 사는 집이어서 그런지, 오며 가며 들여다본 이 집의 방들은 하나같이 군대 내무반처럼 단조롭기 그지없었다. 그런데 이 방만은 마치 다른 세상 같았다. 창가에는 얇은 소재의 화이트 커튼이 살랑거리고, 밝은 색상의 가구들에서는 원목 특유의 상쾌한 향기가 은은하게 풍겼다. 바닥에는 갓 돋아난 새싹 같은 연둣빛 러그가 깔려 있고, 밝은 아이보리색 침구 위에는 개나리를 연

상시키는 노란 쿠션이 놓여 있어서 봄 분위기가 물씬 났다. 하얀 벽에 걸린 액자, 머리맡에 놓인 작은 시계. 소품 하나하나까지도 신경 써서 고른 티가 역력한, 마치 인테리어 잡지 속 화보 같은 방이었다.

"저희가 직접 꾸며봤습니다, 누님."

"마음에 드십니까?"

마치 엄마를 위해 깜짝 선물을 준비해놓은 아이들처럼 기대에 찬 눈빛들이 일제히 은하를 향했다.

"이걸 진짜로 직접 꾸몄다고요?"

서로 눈치를 보다가 결국은 일영이 실토했다.

"사실은 그냥 쇼룸에 가서 꾸며놓은 그대로 털어왔습니다. 그래도 저희가 직접 조립하고 배치하고 조명 달고 하느라 종일 뺑이 친 건 사실입니다."

결코 과장이 아닐 터였다. 지환이 전화했던 게 기껏해야 점심때의 일이니, 단 몇 시간 동안 이렇게 꾸며놓느라 얼마나 분주하게 움직였을지 충분히 짐작이 갔다. 하다못해 화장대 위에는 새 화장품들까지 예쁘게 놓여 있어서 눈물이 핑 돌고 말았다. 이 사람들이 진심으로 날 환영해주는구나, 하는 생각이 들어서.

"다들, 제가 여기서 지내도 불편하지 않으시겠어요?"

떨리는 목소리로 묻자 덩어리들은 눈을 둥그렇게 떴다.

"불편하긴 뭐가 불편합니까?"

"냄새 나는 사내새끼들끼리 따분하게 지냈는데 완전 신나죠."

"큰행님한테 혼날 일이 생겨도 행수님이 카바 좀 쳐주시지 안

하겠습니꺼?"

마지막 말을 들은 지환이 조금 못마땅한 얼굴을 했지만, 굳이 태클은 걸지 않았다. 혹 싫어할까, 불편해할까, 조마조마했던 마음이 놓이는 동시에 기어이 눈물이 왈칵 쏟아졌다.

"저 정말 열심히 할게요. 집안일도 하고, 청소도 하고, 요리도…."

"아닙니다!"

갑자기 덩어리들이 정색을 하고 펄쩍 뛰었다.

"남자가 몇인데 여자가 손에 물을 묻힙니까?"

"저희가 할 테니 누님은 그냥 가만히만 계시면 됩니다!"

덩어리들이 필사적으로 손을 내저어서 은하는 한층 더 감동했다. 누군가에게 이렇게 환영받아본 게 처음이어서. 귀한 사람으로 대접을 받아본 적이 처음이어서.

"흑!"

그만 울음을 터뜨리는 은하를 덩어리들이 둘러싸고 어쩔 줄 몰라 했다.

"미리 말해두는데."

결국은 지환이 은하를 안고 등을 토닥이며 한마디했다.

"은하 울리는 놈은 누구든지 간에 혼날 각오해라."

♤ ♥ ♧

울음을 멈추고 나자 이번에는 배가 고팠다. 온종일 짐 정리를 하느라 점심도, 저녁도 거른 탓이었다. 종일 청소하고 방을 꾸미느라 덩어리들도 여태 저녁을 굶었다고 했다.

"시간이 없어서 미처 저녁 준비를 못 했습니다. 환영 파티는 조만간 따로 준비하도록 할 테니 너무 섭섭해하지 마십쇼, 누님."

일영의 말이었다.

"그럼 우리 라면이라도 먹을까요?"

그렇게 은하가 한 식구가 되고 난 후 첫 식사는 밤 12시에 먹는 라면이 되었다. 은하도 집에서 라면을 자주 먹는 편이었지만, 혼자 먹는 라면과 열두 명이 함께 먹는 라면은 맛의 차원이 달랐다. 태어나서 이렇게 맛있는 라면은 처음이라고 생각할 정도였다.

참고로 덩어리 열한 명에 지환과 은하까지 더하면 총 열세 명인데 왜 열두 명이냐 하면, 라면을 끓이기 직전에 일영이 미호의 전화를 받고 튀어 나갔기 때문이다. 원래 오늘 미호랑 같이 아기 옷 보러 가기로 약속했는데, 갑자기 은하 방을 꾸미게 돼서 그만 약속을 취소하고 말았다나.

"아니, 아까 통화할 땐 분명히 괜찮다고 해놓고 왜 밤 12시가 돼서 화를 내는 건지…."

어쩔 줄을 몰라 하는 일영을 보고 은하는 쿡쿡 웃었다.

"얼른 가보세요. 앞으론 괜찮다고 하면 안 괜찮다는 걸로 알아들으시고요."

전에 지환이, 자기들은 라면 한번 끓이면 오십 개씩이라고 말해서 놀란 적이 있었다. 그게 결코 과장이 아니라는 걸 은하는 오늘에야 제 눈으로 확인했다. 무슨 라면을 샤브샤브처럼 먹어!

커다란 테이블에 다 같이 둘러앉는다. 테이블에 핫플레이트 세 개를 올려놓고, 그 위에 각각 커다란 들통으로 한가득 물을 끓여,

라면 수프를 넣는다. 국물에 면을 넣어서 익으면 면만 건져 먹고, 다 먹으면 또 면만 넣어서 계속 건져 먹는 식이었다.

"민규야, 누님 단무지 더 갖다 드려라."

"계란 하나 더 넣어드릴까요, 누님?"

전투적으로 먹는 가운데서도 덩어리들은 세심하게 은하를 챙겼다. 이들과 머리를 맞대고 먹는 라면이, 그동안 집에서 가족들과 먹었던 어떤 진수성찬보다도 훨씬 맛있다고 은하는 진심으로 생각했다.

그렇게 라면 두 박스, 총 육십 개를 해치우고 나서야 잠자리에 들었다. 원래 덩어리들의 방은 모두 1층에 있고, 2층에서 지내는 것은 지환 혼자뿐이었다. 오늘부터는 은하가 지환의 옆방에서 지내게 되었으니까 자연히 둘이 같이 2층으로 올라가는데, 덩어리들이 절도 있게 인사를 했다.

"큰형님, 형수님, 좋은 밤 되십시오!"

은하는 괜히 얼굴이 빨개졌다.

"같이 자는 거 아니거든요?"

덩어리들이 시치미를 뚝 뗐다.

"아니, 누가 같이 잔다고 했습니까?"

"누님 문 꼭 잠그고 주무십쇼!"

2층으로 올라가서, 방으로 들어가기 전에 은하는 지환에게 인사를 했다.

"잘 자, 오빠."

"아직 안 잘 건데."

"응? 피곤하지 않아?"

"그동안 너랑 공부를 너무 못 했으니까, 좀 하고 자려고."

지환이 너무 태연하게 말하는 바람에 은하는 순간적으로 진의를 파악하지 못했다.

"이 시간에?"

"그동안 혼자 예습만 했거든. 오늘은 진도 좀 나가야지."

그제야 무슨 뜻인지 알아들은 은하는 얼굴이 확 빨개졌다.

"씻고 올게."

은하의 이마에 살짝 키스한 지환이 자기 방으로 들어갔다.

♤ ♥ ♧

아까 오밤중에 미호가 삐졌다며 사색이 되어 튀어 나가는 일영을 보면서 새삼 지환은 내가 얼마나 운이 좋은 놈인가, 하고 생각했다. 은하를 봐라, 얼마나 마음이 넓은가. 떼어내겠답시고 별의별 모진 말을 다 했는데도 은하는 그 일로 투정 한번 부리는 법 없이 착하게 넘어가주고 있지 않은가? 새삼 은하가 가슴이 시리도록 사랑스럽게 느껴졌다.

빨리 그녀를 안고 싶어서 지환은 서둘러 샤워를 했다. 은하는 제 입으로 만질 게 없다고 했지만, 만져본 입장에서는 말도 안 되는 얘기였다. 온몸이 다 만질 것투성이던데! 부드럽고 탄력 있는 살갗의 감촉이 떠올라서 금세 온몸이 찌릿해졌다. 병원에서야 허튼짓 할 수 없으니 손만 잡고 밤을 지새웠지만, 오늘부터는 어림없었다.

밤새 좋아서 울게 해줘야지! 머릿속은 이미 온통 핑크빛이었다. 목욕재계를 마치고 나와서 은하의 방문을 살짝 두드리자 은하가 문을 열어주었다.

"오빠….."

뭐라고 말하려는 입술을 성급하게 덮쳐버렸다. 손을 뒤로 돌려 방문을 걸어 잠그고, 그대로 밀어붙이듯 키스하면서 방 안으로 데리고 들어갔다. 입을 맞추면서 슬그머니 봉긋하고 소담한 살결에 손을 뻗었다. 얇은 천 위로 느껴지는 황홀한 감촉에 숨이 가빠졌다. 직접 느끼고 싶은 욕심에 그대로 블라우스 단추를 풀려는 순간.

"잠깐만, 오빠."

은하가 입술을 떼고 그의 가슴을 밀어냈다.

"응?"

눈동자가 살짝 엄한 눈빛을 담고 있어서 지환은 조금 당황했다.

"나한테 이러면 안 되지."

"왜?"

"기억 안 나?"

갑자기 은하가 지환의 목소리를 흉내 냈다.

"'안으려고 할 때마다 아이들과 노는 모습이 자꾸 떠오르는 바람에 기분이 식더군요.'"

"…!"

"'은하 씨를 좋아했던 건 사실이지만, 지금 생각하면 여자로서는 아니었던 것 같습니다.'"

말투에 표정까지 따라 하는 바람에 지환은 식은땀이 났다. 내가 이렇게 재수 없는 표정으로 말했었나?

"'어릴 때 알던 귀여운 여동생, 그저 그뿐입니다.'"

뒤통수에 묵직한 충격이 느껴지며, 동시에 지환은 깨달았다. 아, 이 여자가 뒤끝이 없는 게 아니었구나!

♤ ♥ ♧

"억!"

골프채로 배를 가격당한 태현은 제대로 비명도 지르지 못하고 나뒹굴었다.

"일어나."

감정이라고는 느껴지지 않는 싸늘한 목소리의 주인은 바로 검사장인 그의 아버지였다. 태현의 아버지는 차기 검찰총장까지 바라보고 있는 야심가였다. 그런 아버지의 앞길에 자칫 누가 될 수 있는 짓을 아들인 태현이 저지르고 만 것이다. 죽을 정도로 아팠지만, 감히 아버지의 명령을 거역하지 못하고 태현은 간신히 몸을 일으켰다. 하필이면 그 조폭 놈에게 걷어차여 금이 간 갈비뼈가 크게 욱신거렸다.

"일을 수습하느라 내가 직접 찾아가서 그 부모한테 고개까지 숙였단 말이다."

또다시 골프채가 날아왔다.

"윽!"

"이게 다 빚이야, 빚. 알아?"

한참 성질대로 아들을 구타하고 나서야 아버지는 골프채를 내

던지고 가쁜 숨을 내쉬며 뇌까렸다.

"등신 같은 놈. 꽂혀도 좀 더 괜찮은 여자한테 꽂히든가 하지, 겨우 그런 집안을⋯."

은하네도 상당한 엘리트 집안이었지만, 권력도 재력도 역시나 아버지의 눈에는 차지 않는 모양이었다. 태현은 개처럼 바닥을 기며 무조건 빌었다.

"잘못했습니다, 아버지. 이 일은 제가 어떻게든 만회하겠습니다."

"꼴도 보기 싫으니 썩 나가."

태현은 간신히 일어나 비틀거리며 서재에서 나왔다. 복도로 나오자마자 무릎이 푹 꺾여서 도로 차디찬 바닥 위에 나뒹굴고 말았다.

어릴 때부터 장난감 한번 갖고 놀지 못하게 하며 혹독하게 공부만 시켰던 비정한 아버지. 서른이 된 아들인데도 마음에 들지 않으면 구타를 일삼는 아버지. 부친에 대한 증오는 곧 은하, 그리고 은하를 빼앗아간 지환에게로 옮겨갔다.

태현이 보기에 조폭이란 것은 사회의 오물이나 다름없었다. 그놈을 두둔하던 은하 역시 이미 오물이 묻어 더러워졌다. 그렇다면 둘 다 쓰레기통에 처박아줄 수밖에. 이왕이면 처리하는 과정에서 이익을 얻을 수 있다면 더 좋을 테고.

'당한 만큼 갚아주지.'

찢어진 입가에서 흐르는 피를 손등으로 문질러 닦으며 태현은 싸늘하게 웃었다.

♤ ♥ ♧

지환의 집에서 지내게 된 첫날 밤, 은하는 꿈도 없이 달게 잤다. 납치되었다 돌아오고 난 후 처음으로 혼자 잤는데도 하나도 무섭지 않았다. 1층에는 덩어리들이, 옆방에는 지환이 있다고 생각하니 그렇게 마음이 든든할 수가 없었다. 하다못해 좀비 떼가 쳐들어오더라도 안전할 것 같은 기분이 들었다.

마음이 놓인 나머지 너무 푹 자버린 모양이었다. 아침에 눈을 뜨니 이미 덩어리들도, 지환도 출근하고 집 안에는 은하 혼자뿐이었다. 1층으로 내려가자 커다란 유리 벽으로 따스한 햇살이 한가득 밀려들고 있었다.

아, 봄이구나. 어느덧 푸릇푸릇해지고 있는 정원을 잠시 내다보다 주방으로 갔다. 식탁 위에는 한 사람 몫의 식사가 예쁘게 차려져 있었다.

— 누님, 굶지 마시고 아침 꼭 챙겨 드십쇼.

생긴 것처럼 동글동글한 글씨는 민규의 것이었다. 왠지 가슴이 벅차올라서 은하는 크게 심호흡을 했다.

아침을 먹고 치운 다음, 은하는 지환의 집을 나와서 회사로 향했다. 어제는 지환이 반강제로 데리고 나가는 바람에 미처 사람들과 작별 인사를 하지 못해서 마음에 걸렸던 것이다.

"저 마지막으로 인사하러 왔어요."

"그동안 정말 감사했습니다. 늘 건강하세요."

마주치는 스태프 한 명 한 명에게 은하는 성의를 다해 인사했다.

"섭섭해서 어쩌지?"

"나가서도 꼭 잘됐으면 좋겠어, 은하 씨."

모두들 진심으로 서운해하며 덕담을 해주어서, 그래도 내가 그동안 일을 잘못하지는 않았구나, 하는 생각이 들었다.

잠시 후 회의실에서 나오던 예나가 은하를 보고 흠칫했다. 주위의 눈치를 살핀 예나는 빈 회의실로 은하를 데리고 들어가서 마주 앉았다.

"몸은 괜찮아? 다친 덴 없고?"

지환을 통해서 대강 얘기는 들은 모양이었다.

"덕분에. 여기저기 멍만 좀 들었어."

살짝 소매를 걷어서 아직도 멍이 남은 부분을 보여주자 예나의 눈이 커졌다.

"세상에, 미친 인간. 대체 왜 그랬대?"

"전부터 내 채널에 댓글 달던 팬인데, 알고 보니 스토커더라."

은하는 그렇게만 대답했다.

"그나저나 얘기 들었어. 언니 이번에 재계약 안 하게 됐다고."

슬쩍 은하의 눈치를 보더니, 예나는 어색하게 말했다.

"뭐라고 말을 해야 할지 모르겠네, 내가."

나름 위로라고 하는 소리로구나. 은하는 웃었다.

"혹시 네가 대표님한테 입김 넣은 거 아니고?"

"그런 거 없거든?"

예나가 펄쩍 뛰었다.

"농담이고. 네가 내 전화 받고 오빠한테 얘기해줬다며?"

"뭐, 어쩌다 보니까."

제가 한 짓이 영 마음에 안 든다는 듯이 예나는 떨떠름하게 대꾸했다.

"정말 고마워. 너 아니었으면 난 쥐도 새도 모르게 그 인간 손에 죽었을 거야."

은하는 진심으로 말했다.

"나랑 사이도 별로 안 좋았는데 늘 병원에 네 장난감 갖고 가게 해줘서 그것도 고마워."

이왕 하는 김에 밀린 말까지 다 해버리기로 했다.

"서현이 치료비 네 사비로 보태준 얘기도 들었어. 진작 고맙다고 인사하고 싶었는데 어쩌다 보니까 너무 늦어버렸네."

말하고 보니 그동안 자신도 은근히 예나에게 자존심을 세워왔다는 생각이 들었다. 마주치면 고맙다고 해야지, 꼭 말해야지, 하고 몇 번을 별렀는데도 결국은 못 하고 지금까지 오지 않았는가. 이렇게 쉬운 거였는데, 진작 말했어야 했는데.

"정말 고마워, 예나야."

"또, 또 혼자 착한 척한다."

예나가 눈을 흘겼다.

"나도 애들 덕분에 밥 먹고 사는 사람이거든? 해야 할 일 한 것뿐인데 왜 언니한테 고맙다는 소리를 들어야 해?"

"그래, 그럼, 하나도 안 고마워."

예나가 강조하듯 말했다.

"알지? 난 언니 되게 별로야. 착한 척하는 거 재수 없어서."

"응."

은하는 웃으며 고개를 끄덕였다. 면전에서 싫다는 소리를 들었는데도 상처가 되지 않는 건 왜일까.

"서지환 씨랑 사귀는 것도 재수 없고."

"미안해."

"미안하다고 말하는 게 진짜 재수 없어, 알아?"

울컥한 듯한 말투였다.

"있잖아, 예나야. 그렇게 나 싫어하면서 왜 구해준 거야?"

확실한 것도 아닌데, 그냥 모른 체할 수도 있었는데. 왜 지환을 찾아가서까지 자신의 위험을 알린 건지 그게 궁금했다. 예나는 한참 빈 테이블만 노려보다 불쑥 중얼거렸다.

"…언니가 잘못되면 서지환 씨가 힘들어할 거 아냐."

예나가 얼마나 지환을 좋아하는지, 진심이 느껴져서 은하는 숙연해졌다.

"미안해."

"글쎄, 사과하지 말라니까?"

"근데 있잖아, 내가 훨씬 더 먼저 좋아했어. 전에 말한 적 있지? 내가 어릴 때부터 오랫동안 찾고 있다던 사람. 그게 바로 지환 오빠야."

"뭐?"

놀란 얼굴을 하는 예나에게 은하는 간단히 지환과의 사연을 설명했다.

"그럼 처음부터 내가 끼어들 여지도 없었던 거네."

예나는 중얼거렸다.

"…진작 그렇다고 말을 하지."

늘 자신만만하고 도도했던 얼굴이 더없이 쓸쓸하게 보여서 은하는 내심 놀랐다. 예나도 저런 표정을 지을 수 있구나.

"그럼 나 일어나 볼게. 이제 촬영 들어가야 해."

자리에서 일어나는 예나를 따라 은하도 어색하게 일어섰다.

"어, 그래. 내가 시간을 너무 많이 빼앗았네."

앞으로 만날 일은 없을 것 같은데, 마지막 인사를 뭐라고 해야 할까. 망설이는 사이에 예나는 회의실 문을 열고 나가버렸다. 결국 마지막 인사도 못 했구나, 싶어서 한숨을 내쉬는 순간.

"일 그만두지 말고 계속해."

아직 덜 닫힌 문틈 사이로 목소리가 들려왔다.

"언니 충분히 가능성 있어. …그놈의 착한 척만 좀 빼면."

이제야 그런 생각이 들었다. 진작 서로 마음을 열었더라면, 예나와도 좋은 친구가 될 수 있지 않았을까.

"예나야."

충동적으로 말이 흘러나왔다.

"있잖아, 나 병원에서 공연은 계속할 거거든. 괜찮으면 언제 너도 같이 해보지 않을래?"

한참 아무 말도 없어서 그냥 가버렸나, 하고 생각할 무렵에야 겨우 대답이 들려왔다.

"…나중에, 시간 나면."

은하는 활짝 웃었다.

"고마워!"

♤ ♥ ♧

은하가 한 지붕 아래 살게 된 지 며칠이 지났다. 시커먼 사내놈들끼리 지내다가 은하처럼 예쁘고 발랄한 여자가 함께 지내게 되니, 그것만으로도 집안 분위기가 확 밝아져서 모두들 신이 나 있었다. 마치 인간 비타민이 집 안에 들어온 것 같은 느낌이랄까.

문제는 정작 제일 신이 나야 할 큰형님이 왠지 한숨을 푹푹 쉬고 있는 거였다. 보다 못해 일영은 조심스럽게 물었다.

"큰형님, 혹시 누님이랑 뭐 문제 있으십니까?"

한참 망설이다 지환은 길게 한숨을 내쉬고 물었다.

"혹시 그런 기분 아냐?"

"뭐 말입니까, 형님?"

"맛있는 게 눈앞에 있는데 정작 먹을 수가 없는 기분."

지환으로서는 그렇게밖에 표현할 수가 없었다. 은하의 뒤끝은 날이 갈수록 심해지고 있었다. 하다못해 키스라도 하려 치면 입술을 피하면서 이러는 거였다.

— 어린애랑 이런 거 하면 잡혀가, 오빠.

그럴 거면 진짜로 어린애처럼 순진하기라도 하든가. 일부러 그러는 건지, 아니면 모르고 그러는 건지 은하는 시도 때도 없이 지환을 도발했다. 복도에서 마주치면 오빠, 하고 생긋 웃으면서 먼저 안겨 온다. 2층 거실에서 나란히 앉아 TV라도 볼라치면 곁에 꼭 붙어 팔짱을 끼고 어깨에 머리를 기댄다. 그렇지 않아도 만지고 싶어 죽겠는데 몸이 자꾸만 닿으니 미칠 지경이었다. 그뿐인가. 어제는 저녁을 먹는데, 식탁 아래로 은하가 슬쩍 허벅지를 만지는 바람에 몸이 제대로 반응해서 한참 진땀을 뺐다.

이제는 은하의 얼굴만 봐도 몸이 뜨거워지는 기분이 들었다. 정말 미칠 지경이라 싹싹 빌어도 보았다.

— 그때 했던 말 다 취소할게. 내가 잘못했어.

하지만 은하는 좀처럼 마음을 풀지 않았다.

"하다못해 내가 이제는… 밤에 야한 꿈까지 꾼다."

답답한 마음을 털어놓고 지환은 또다시 한숨을 푹 내쉬었다.

"형님, 아무 걱정 마십쇼."

일영이 비장한 얼굴로 지환의 어깨에 손을 얹었다.

"결코 부끄러운 게 아닙니다. 형님은 누가 뭐래도 남자 중의 남자십니다."

지환은 일영을 멀뚱히 쳐다보았다. 얜 또 뭐래.

"무슨 소리야?"

하지만 일영은 쉿, 하고 지환의 입술에 손가락을 갖다 댔다.

"말씀하실 필요 없습니다, 형님. 다 알고 있습니다."

"알긴 뭘 알아?"

"아무 걱정 마십쇼. 제가 한 방에 해결해드리겠습니다."

지환은 영문을 몰라 멀거니 일영을 바라보았다.

"그러니까 대체 뭘?"

아무리 물어도 일영은 끝내 대답은 하지 않고 큰소리만 뻥뻥 쳤다.

"제가 직접 임상 시험까지 다 마쳤으니 걱정 놓으셔도 됩니다."

♤ ♥ ♧

일영은 할 일이 있다면서 평소보다 한 시간쯤 일찍 퇴근했다. 미호와 결혼 준비를 하느라 이래저래 바쁘려니, 하고 생각하고 지환은 남은 일을 마무리한 뒤 뒤늦게 퇴근길에 올랐다. 집에 가서 은하의 얼굴을 볼 생각을 하니 설레다가도 또다시 한숨이 나왔다.

'오늘도 키스도 못 하게 하려나.'

그럴 거면 하다못해 건드리지나 말지, 자꾸만 도발하면서 정작 손도 못 대게 하는 은하를 잠시 원망하다 지환은 제 입을 손으로 찰싹 때렸다. 은하가 무슨 죄인가, 이놈의 입이 문제지.

운전해서 집까지 돌아온 지환은 대문 앞에 서 있는 덩어리들을 보고 차를 세웠다.

"왜들 밖에 나와 있어?"

차창을 내리고 묻자 민규가 더듬거리며 말했다.

"혀, 형님."

왠지 덩어리들은 하나같이 얼굴이 굳어져서는 지환의 시선을 피했다.

"뭔데 그래? 왜들 나와 있냐니까?"

"아무것도 아닙니다, 형님. 저희 야근하러 가려고 그럽니다."

일영이 대신 대답했다.

"야근?"

"예. 갑자기 공장에 일이 밀리는 바람에 가서 밤새우고 와야 할 것 같습니다."

"그런 얘기 못 들었는데?"

지환이 수상하게 쳐다보는 가운데, 덩어리들은 도망치듯 통근용 미니버스에 올라탔다.

"다녀오겠습니다, 형님!"

버스가 꽁무니를 빼듯 사라져버리자, 지환은 고개를 갸웃거리며 일단 주차를 했다. 아무래도 뭔가 냄새가 나는데, 대체 무슨 일이지?

현관문을 열자마자 바로 눈앞에 은하가 서 있어서 지환은 조금 놀랐다.

"왜 나와 있어?"

대답 대신에 은하가 쓰러지듯 와락 안겨 오는 바람에, 엉겁결에 받아 안고는 가슴이 철렁했다. 또 고문 시작인가! 눈앞이 캄캄해지려는 순간.

"오빠."

은하가 뜨거운 숨결을 내뱉으며 중얼거렸다.

"나… 몸이 이상해."

♠ ♥ ♣

퇴원하기 전, 옆방에 입원해 있던 미호와 수다를 떨던 중에 그 얘기가 나왔었다.

"뭐?"

은하의 얘기를 듣고 미호가 분개했다.

"대표님이 진짜 너한테 그런 막말을 했단 말이야? 어린애 같아서 안으려다가도 확 식는다고?"

"응."

"상처받지 않았어?"

"엄청 상처받았지. 얼마나 많이 울었는데. 그래서 작정하고 섹시하게 꾸미고 찾아갔는데도 꺼지라고 그러고."

그때 속상했던 게 떠올라서 시무룩하게 말하고 은하는 덧붙였다.

"근데 뭐 오빠도 내가 싫어서 한 말은 아니니까."

"아무리 그래도 할 말 안 할 말이 따로 있지, 여자로도 안 보인다는 건 너무 심하잖아!"

"됐어. 날 생각해서 떼어놓으려고 그랬던 거라잖아."

지환을 두둔하듯 말하자 미호가 어이없다는 듯이 물었다.

"얘 좀 봐. 너 그런 소릴 듣고도 그냥 넘어가게?"

"그럼?"

"좀 굴려줘야지! 잘못한 건 알게 해줘야 할 거 아냐?"

"굴리라니?"

"너랑 자고 싶어서 미칠 거 같다고 애원할 때까진 절대 자지 마."

미호가 선고를 내리듯 말했다.

"어… 음…."

아무리 상대가 미호라도 역시 민망해서 은하는 우물쭈물하다 겨우 속삭이듯 말했다.

"…사실 난 오빠랑 빨리 자고 싶거든?"

정말이지 은하는 지환이 너무너무 좋았다. 은하에게 있어서 지환은 연인이기 이전에 오랜 세월 동안 혼자 그리워하고 좋아했던 존재였다. 말하자면 평생 좋아하던 연예인이랑 사귀는 기분 같은 거랄까? 원래 그가 현우 오빠라는 걸 몰랐을 때부터도 그에게 안기고 싶었는데, 사실을 알게 된 지금은 더 말할 것도 없었다. 그러니까 퇴원만 하면 확 그냥…!

"절대 안 돼! 넌 자존심도 없냐?"

미호가 무슨 소리냐는 듯이 펄쩍 뛰어서 은하는 눈을 흘겼다.

"내가 하고 싶다는데 네가 왜 난린데?"

"그래, 마음대로 해라. 그렇게 좋아하는 현우 오빠가 너한테 빨리 질리는 꼴 보고 싶으면."

"응?"

은하는 흠칫 놀라 미호를 쳐다보았다.

"남자는 말이야, 원래 DNA 자체에 사냥꾼의 본능이 있다고. 사냥감이 도망가면 쫓아가고 싶지만, 알아서 날 잡아먹어주세요, 하거나 심지어 먼저 다가가면 잡아먹으려다가도 관심이 뚝 떨어져요!"

미호가 한바탕 설교를 하는 바람에 그제야 정신이 번쩍 들었다. 하기야 지환과 사귀기 전까지 모태 솔로였던 나보다는, 연애 경험이 여러 번 있는 미호가 훨씬 잘 알지 않을까?

"나한테 관심이 없어질 수 있다고? 오빠가?"

"그래! 그러니까 복수는 둘째 치고 매력 유지 차원에서도 일단 좀 튕기라고, 계집애야. 사람들이 괜히 밀당을 하는 줄 알아?"

그렇다니까 그런가 보다, 하고 연애 초보는 생각했다.

'난 그것도 모르고 또 좋다고 덥석 안길 뻔했네, 매력 없이.'

미호 같은 친구가 있어서 다행이라고 생각하며, 은하는 눈을 반짝이며 물었다.

"그럼 너도 일영 씨가 자자고 막 졸라서 잤겠네?"

"어? 나? 다, 당연하지, 그럼!"

왠지 미호가 갑자기 말을 더듬었지만, 거기까지는 미처 눈치채지 못하는 은하였다.

♠ ♥ ♣

미호의 말이 옳았다.

— 나한테 이러면 안 되지, 오빠.

키스하며 안으려고 드는 지환을 밀어낸 지 며칠. 그는 어떻게든 은하에게 입 맞추고 싶어서, 닿고 싶어서 어쩔 줄을 몰라 했다.

— 어린애랑 이런 거 하면 잡혀가, 오빠.

단호하게 거절을 반복하자 이제는 얼굴만 봐도 몸이 달아오르는 모양이었다. 가까이만 다가가도 금세 숨결이 거칠어지는 게 느껴졌다. 처음에는 그냥 스킨십만 거절할 생각이었는데, 어느덧 은하 쪽에서 적극적으로 놀리고 있었다.

— 오빠, 돈 많이 벌어왔어?

퇴근해 집에 오면 일부러 목에 매달리며 안겼다. 그럴 때면 지환은 곤란한 얼굴로 은하를 내려다보았다. 사랑스러움과 얄미움이 반반씩 섞인 눈빛이 말하고 있는 것 같았다. 키스하고 싶어서 죽을 것 같다고.

사랑하는 남자가 제게 몸이 달아 하는 게 너무 좋아서 저도 모르게 자꾸 놀리게 되는 거였다. 하다 보니 점점 대담해져서 슬그머니 몸을 더듬기도 하고, 일부러 자기 가슴이 그의 팔에 닿도록 팔짱을 끼기도 했다. 그때마다 지환이 흠칫 놀라며 어쩔 줄 몰라 하는 게 설레고 기뻤다. 알고 보면 나는 좀 가학적인 기질이 있는지도 모르겠다고, 은하는 태어나서 처음으로 생각했다. 살짝 미안하기도 했지만 그럴 때마다 금세 마음을 다잡았다. 오빠는 나한테 더 심한 말도 했는걸!

회사에서 잘리고 나니 당장은 일도 없고, 집안일이라도 할까 싶어도 덩어리들이 손댈 곳 없이 미리 다 완벽하게 해놓고. 결국 남아도는 시간에 은하는 그 궁리만 했다. 오늘은 또 오빠를 어떻게 놀려줄까?

그런데 이날은 웬일로 일영이 혼자서 먼저 퇴근해 돌아왔다.

"어, 일영 씨. 오빠는요?"

"저는 할 일이 있어서 좀 일찍 퇴근했습니다, 누님."

할 일이 있다더니 일영은 옷도 안 갈아입은 채 주방으로 들어갔다. 뭘 하나, 호기심이 들어서 따라가보자 무슨 티백 같은 걸 뜨거운 물에 담가 우려내고 있었다.

"그게 뭐예요?"

은하가 불쑥 묻자 일영은 웬지 화들짝 놀랐다.

"…하, 한방차입니다. 큰형님이 감기 기운이 있다고 하셔서요, 예."

잠시 후 쌉싸름한 한약 냄새가 주방에 퍼졌다.

"근데 결혼 준비는 언제부터 해요? 미호는 배 나오기 전에 드레스 입고 싶다고 하던데."

"입덧 때문에 제대로 못 하고 있었습니다. 다행히 입원 치료 받은 덕에 상태가 많이 나아져서, 다음 주 정도부터 본격적으로 준비할까 합니다."

일영이 대답하다 문득 주머니에서 휴대폰을 꺼냈다.

"잠깐 실례하겠습니다, 누님."

입꼬리가 금세 올라가는 것이, 미호에게서 전화가 온 모양이었다.

"여보세요."

일영이 전화를 받으러 주방을 나간 사이에 은하는 일영이 끓이던 차를 슬쩍 들여다보았다. 냄새를 맡아보자 쌉쌀하면서도 은은하게 계피 향도 나는 게 나쁘지 않았다.

'환절기라 그런가, 나도 좀 으슬으슬하네.'

슬쩍 한 모금 마셔보니 역시 몸이 따뜻해지는 기분이 들었다. 그래서 홀짝홀짝 마시다 보니 어느새 한 컵을 다 마셔버렸다. 잔을 내려놓는데 일영이 통화를 마치고 돌아왔다.

"미호가 뭐래요?"

"웨딩플래너랑 계약했다고, 곧 드레스 보러 가자고 하더군요."

"좋겠다, 미호는."

은하는 부럽게 중얼거렸다.

"에이, 누님도 어차피 곧 큰형님과… 뜨아!"

말하다 말고 일영이 갑자기 비명을 지르는 바람에 은하도 화들짝 놀랐다.

"왜 그래요?"

일영은 튀어나올 것 같은 눈을 하고 손가락으로 빈 잔을 가리켰다.

"방금 여, 여기 있던 약, 아니 차, 어디 갔습니까?"

"제가 마셨는데요?"

아무렇지 않게 대답하자 일영이 식겁했다.

"예에?"

"환절기라 그런지 저도 몸이 좀 으슬으슬해서요. 한 모금 마셔보니 괜찮길래."

"그, 그걸 누님이 드시면 어떻게 합니까!"

일영이 하도 기겁을 해서 은하는 조금 머쓱해졌다.

"여기 티백 여러 개 있잖아요. 오빠는 이따 오면 다시 끓여주면 되죠."

"아니, 그, 그게 아니라, 그게 남자한테 참, 그….."

일영은 사색이 되어 말을 더듬었다. 왜 저래, 하고 생각하는데 마침 덩어리들이 공장에서 퇴근해 돌아왔다.

"다녀왔습니다, 형수님!"

"오늘은 누님 드시라고 안창살 가져왔습니다. 아주 끝내주는 고기가 들어와서요."

싱글벙글하며 은하에게 인사하던 덩어리들은 장승처럼 굳어 있는 일영을 보고 뭔가 이상한 낌새를 눈치챈 모양이었다.

"무슨 일입니까, 형님?"

일영은 대답 대신에 붕어처럼 입만 뻐끔거리며 한방차 티백이 든 상자와 은하를 번갈아 가리켰다.

"그러니까, 누님이, 형님 드실, 약을, 드셨… 뜨아아아!"

영문도 모르고 일영의 행동을 하나하나 해석하던 덩어리들이 한순간 단체로 비명을 질렀다.

"우린 이제 죽은 목숨이다."

"좆된 거 같습니다, 형님."

"아니, 혹시 여자한테는 효과가 없을 수도…."

한참 자기들끼리 머리를 맞대고 뭐라고 속닥거리는데 은하로서는 뭐가 뭔지 알 수가 없었다.

"왜들 그래요?"

아무리 물어도 덩어리들은 입을 꾹 다물고 고개만 저을 뿐이었다.

"나만 왕따시키기예요?"

눈을 흘기는 순간, 은하는 문득 어떤 생소한 느낌을 받았다. 비유하자면 몸속 깊은 곳의 심지에 불이 확 붙는 것 같은 느낌이라고 할까? 갑자기 몸이 확 뜨거워지면서 심장이 마구 두근거리기 시작했다.

"저 갑자기 열이 나는 거 같은데 이마 좀 짚어봐주실래요?"

비틀거리며 다가가자 덩어리들이 기겁하며 뒷걸음질을 쳤다.

"어어어어!"

"가, 가까이 오시면 안 됩니다, 형수님!"

몇몇은 두 팔로 제 가슴까지 단단히 끌어안고 말하는 바람에 어이가 없었다.

"대체 왜들 그래요?"

일영이 은하를 진정시키듯 손바닥을 아래로 가라앉히는 시늉을 하며 다급하게 말했다.

"누님, 조금만 참으십쇼. 큰형님이 곧 오실 겁니다."

"뭘 참으라는 거예요?"

"그게… 니미, 모르겠다. 얘들아, 일단 튀자!"

우물쭈물하다 덩어리들은 부리나케 달아나서 집을 나가버렸다. 뭐가 뭔지 모른 채 집 안에는 은하 혼자만이 남겨졌다. 갈수록 몸에 열이 오르고 자꾸만 숨이 가빠지고, 뭔지도 모르게 헛헛해져서 은하는 어쩔 줄 모르고 제 몸을 감싸 안았다.

텅 빈 것 같은 느낌이 견디기 힘들어 애타게 지환이 그리워졌다. 빨리 돌아와서 그 힘센 팔로 꼭 안아주면 좀 나아질 것 같은데. 천년 같은 기다림 끝에야 지환은 겨우 퇴근해서 돌아왔다. 현관에서 기다리다 얼굴을 보자마자 몸을 내던지듯 와락 안겼다.

"오빠."

깜짝 놀라 얼른 받아 안아주는 지환에게 은하는 중얼거렸다.

"나… 몸이 이상해."

지환은 조금 당황한 눈으로 은하를 보았다.

"어디 안 좋아?"

그는 걱정스러운 듯이 커다란 손으로 은하의 이마를 짚어보았다. 아직은 3월, 한창 꽃샘추위가 매서울 때. 밖에서 돌아온 남자의 싸늘한 손이 이마에 닿는 순간, 은하는 몸서리를 쳤다. 차가워서가 아니라, 그 순간 어떤 욕구가 불같이 치밀었기 때문이었다.

갑자기 왜 이렇게 됐는지는 모르겠지만 답은 확실히 알겠다. 문제의 답은 바로 이 남자였다.

"이런, 불덩이잖아?"

지환은 놀란 듯이 말했다.

"안 되겠다, 병원 가자."

얼른 제 몸을 일으키는 팔에 은하는 울고 싶어졌다.

"나 아픈 데 없어."

하지만 지환은 철없는 투정 정도로 여겼는지 은하를 달래려 들었다.

"이렇게 열이 심한데 병원에 가야지, 참으면 안 돼."

"가봐야 소용없단 말이야."

"고집부리지 말고. 걷기 힘들면 안고 가줄까?"

말로는 안 되겠다 싶어서, 은하는 눈을 꼭 감고 지환에게 키스했다. 갑자기 입술을 빼앗긴 남자가 놀라서 숨을 멈췄다. 깜짝 놀라 굳어진 입술을 제 입술로 열고, 그 안의 부드러운 살갗을 핥고, 달콤한 꿀을 삼키고. 제발 알아주기를 바라는 마음으로 은하는 그에게 뜨겁게 입을 맞췄다.

"제발, 오빠."

잠시 후 입술을 떼고, 은하는 울고 싶은 것을 꾹 참고 호소했다.

"나 좀 어떻게 해줘."

이쯤 되자 둔한 남자도 겨우 이 열기의 정체가 병이 아니라는 걸 깨달은 모양이었다.

"갑자기, 왜… 왜 그러는 거야?"

지환은 혼란스러운 눈으로 은하의 표정을 살폈다. 그야 어제까지만 해도 손끝 하나 못 대게 하다가 갑자기 이러니 당황할 수밖에. 하지만 은하도 이유를 알 수 없으니 대답할 말이 없었다.

"나도 모르겠어. 그냥 차 한 잔 마셨는데 갑자기….”

"무슨 차?"

"몰라. 일영 씨가 오빠 준다고.”

대답하면서도 답답해서 눈물이 날 것 같았다. 지금 당장 안고 침대로 데려가줘야지, 왜 이렇게 말이 길어.

"잠깐만.”

지환이 휴대폰을 꺼내 통화하는 동안, 은하는 금방이라도 그의 손목을 붙잡고 침실로 끌고 가고 싶은 걸 꾹 참느라 단단한 가슴에 달아오른 뺨을 기대고 있었다.

"나다.”

방금 저한테 ‘잠깐만’ 할 때와는 전혀 다른 냉정한 말투에, 또다시 심장이 불타오르는 것처럼 확 뜨거워졌다. 이 남자의 모든 것이 다 참을 수 없이 매력적으로 느껴졌다.

"대체 은하한테 무슨 일이 있었던 건지, 아는 대로 불어.”

잠시 후, 지환이 믿을 수 없다는 듯이 되물었다.

"뭐라고?"

저쪽에서 뭐라고 하는지, 한참 침묵이 이어진 끝에 지환은 중얼거렸다.

"…알았다.”

전화를 끊고, 지환이 은하를 번쩍 안아 들었다.

"가자.”

그는 은하를 가볍게 안아 들고 계단을 올랐다. 데려간 곳은 은하의 방이 아닌 그의 방이었다. 주인과 같은 냄새가 나는 침대에 조심스럽게 눕혀지자, 미칠 것같이 힘든 가운데서도 안도감이 들었다. 이제 편하게 해주겠지.

"잘 들어, 은하야."

그는 은하의 이마에 제 이마를 갖다 대고, 눈동자를 똑바로 바라보며 속삭였다.

"난 너한테 아무것도 안 할 거야."

은하는 제 귀를 의심했다. 이 괴로움에서 해방시켜줄 수 있는 유일한 사람이 무슨 말을 하는 걸까.

"지금 나한테 복수하는 거야?"

"그런 게 아니야."

지환은 타이르듯 말했다.

"지금 네가 이러는 거, 날 원해서가 아니라 단순히 약 기운 때문이야."

"…."

"나중에, 네가 진짜로 나를 원할 때, 그때 하자, 우리."

그가 뭐라고 하든 은하의 귀에는 들어오지 않았다. 죽을 것만 같은데 구해주지 않는다고 하는 것만 너무 미워서 눈물이 다 났다.

"약 기운 떨어지면 괜찮아진다고 하니까, 조금만 참자."

그는 은하를 한 팔로 단단히 껴안더니, 와이셔츠 소매를 걷어붙이고 두터운 제 팔뚝을 은하의 입가에 대주었다.

"많이 힘들면 깨물어도 돼."

얄미운 나머지 은하는 사양하지 않고 콱 깨물어버렸다. 분명히 무척 아팠을 텐데도, 지환은 눈썹을 찌푸렸을 뿐 신음 하나 내지 않았다.

"괜찮아질 거야. 우리 조금만 더 참자."

괴로워하는 은하를, 지환은 참을성 있게 안고 계속 달래주었다. 그러다 문득 은하는 깨달았다. 아, 이 사람도 괴롭겠구나. 그토록 나를 원했던 사람이, 심지어 내가 지금 안기고 싶어서 어쩔 줄 몰라 하고 있는데도 참느라 얼마나 힘들까. 그런데도 이러는 건 나를 정말 소중하게 생각하기 때문이구나. 여전히 몸은 괴로웠지만, 마음만은 따뜻해졌다.

♠ ♥ ♣

한참 안고 있자 은하는 어느 순간 까무룩 잠이 들었다. 잠든 얼굴이 편안해 보이는 게, 다행히 약 기운은 떨어진 모양이었다.

'괘씸한 놈들. 감히 은하한테 이상한 걸 먹여?'

안도의 한숨을 내쉬며 지환은 속으로 이를 갈았다. 어쩐지 이놈들이 꽁무니가 빠져라 도망을 치더라니.

아까 통화했을 때 일영은 그렇게 설명했었다. 그게 남자에게 좋은 정력제라고 해서 구해왔던 건데, 시험 삼아 먹어봤다가 아주 죽을 뻔했다고. 하필이면 그게 마침 미호가 집에 와 있던 날 벌어진 일이라, 미호를 덮치지 않기 위해서 생으로 제 팔뚝까지 물어뜯으며 버텨야 했다는 거였다.

일영은 모르는 여자인 미호를 위해서 그렇게까지 했는데, 하물며 이토록 사랑하는 은하를 약 기운을 기회 삼아 안아버릴 수는 없었다. 오랜만에 나눈 키스는 더없이 황홀했지만, 결국은 제가 좋아서가 아니라 단순히 약 때문이었다는 게 한편으로는 씁쓸했다. 진짜로 나를 원해서 매달려온 거였다면 얼마나 좋았을까. 그렇게 생각하며 가만히 잠든 은하의 머리칼을 쓰다듬는데, 그녀가 문득 눈을 떴다.

"이제 좀 괜찮아?"

"응."

다행히 목소리 역시 평소의 그녀로 돌아와 있었다.

"아직 한밤중이야. 더 자."

다정하게 말했지만, 그녀는 몸을 일으켰다.

"아니, 일어날래."

아무것도 안 해도, 그래도 내 침대에 은하랑 함께 있는 게 좋았는데. 희미하게 아쉬움을 느끼며 따라서 일어나려는데, 은하는 침대를 내려가는 대신에 지환의 몸 위에 덮치듯 올라탔다.

"은하야?"

"아까 나더러 그랬지? 내가 진짜로 오빠를 원할 때, 그때 하자고."

놀란 지환을 내려다보며 은하는 선언했다.

"지금이야."

아무리 서로 사랑하는 사이라지만, 대놓고 이런 말을 하는 건 물론 은하도 죽도록 부끄러웠다. 하지만 부끄러운 마음보다도 원하는 마음이 훨씬 더 컸다. 약 기운이 빚어낸 비정상적인 욕구 따위가 아니라, 진심으로 사랑해서 원하는 마음이었다.

"은하야."

당황한 듯한 얼굴에 대고 은하는 계속해서 말했다.

"그때 별장에서 오빠가 왜 나한테 기다려달라고 했는지 나는 몰라. 근데 이젠 나도 더는 못 기다릴 것 같아."

대답을 듣기도 전에 목덜미에 입술을 가져가는데, 지환이 가만히 손을 뻗어 어깨를 밀어내는 바람에 은하는 가슴이 철렁했다.

"오빠!"

이번엔 또 무슨 핑계를 댈 건가. 서운한 나머지 하마터면 눈물이 찔끔 날 뻔했는데, 그는 은하를 안아서 눕히며 말했다.

"가만히 있어. 내가 해줄게."

그제야 가슴이 두근거리기 시작했다. 드디어 오늘 밤, 우리는 서로의 것이 되는 것이다. 조심스럽게 제 몸을 어루만지기 시작하는 지환에게 은하는 부끄러움을 참고 말했다.

"전에도 나만 좋게 해줬잖아. 나도 오빠한테 해주고 싶어."

"마음은 고맙지만, 오늘은 안 돼."

부드럽지만 단호한 거절이 돌아왔다.

"잘못하면 너 다쳐."

지환은 은하를 어르고 달래면서 아주 오랫동안 예뻐해주었다. 어떻게 저렇게까지 참을 수 있을까 싶을 정도로 자신을 절제하던 남자도, 은하가 먼저 열락에 빠져들자 더는 참기 힘든 모양이었다. 결국 마지막 순간에는 은하를 으스러져라 껴안고 함께 흐트러졌다.

"사랑해, 은하야…!"

둘이서 함께 구름 위를 걷는 순간. 은하는 문득 아주 오래된 일을 떠올렸다.

— 나중에 어른이 되면, 진짜로 은하가 내 신부가 돼줄래?

쾌락에 전율하는 커다란 어깨에 팔을 둘러 꼭 껴안고, 은하는 눈을 감으며 살며시 중얼거렸다.

"…응!"

♤ ♥ ♧

큰형님의 분노를 피해서 공장으로 도망치긴 했지만, 언제까지 이곳에 있을 수만도 없는 노릇이었다. 결국 덩어리들은 자진 야근 후, 아침나절에야 녹초가 되어 퇴근길에 올랐다.

간밤에 어땠을지 안 봐도 짐작이 갔다. 큰형님으로 말할 것 같으면 멀쩡히 상을 다 차려서 숟가락까지 얹어주었는데도 걷어차 버린 분 아닌가. 심지어 누님이 와이셔츠 안에 손을 넣어서 몸을 더듬고 있는 걸 두 눈으로 똑똑히 봤는데, 그날 밤에도 손만 잡고 잤다니 말 다 한 거 아니겠는가?

뭔가 남자로서 문제가 있어도 단단히 있는 게 틀림없다고 생각하고 명약을 공수해다가 임상 시험까지 마쳤는데. 웬걸, 정작 중요한 순간에 효과를 봐야 할 분이 아니라 엉뚱한 분이 드시고 말 줄이야. 무늬만 남자인(?) 큰형님이 뒷감당을 제대로 해냈을 리 만무한데. 결국 그 후환이 누구에게 닥치겠는가?

돌아오는 미니버스 안에서 일영이 침통하게 말했다.

"그냥 다들 죽은 목숨이라고 생각하자."

저승 문턱을 통과하는 심정으로 집에 돌아온 덩어리들은 깜짝 놀랐다.

"어, 왔냐."

앞치마를 두른 큰형님께서 커다란 들통 가득 끓인 국을 국자로 저으며 다정하게 맞아주었던 것이다.

"아침밥 해놨다. 밤새 일해서 피곤할 텐데 오늘은 밥들 먹고 푹 자라."

쌀 한 포대는 족히 들어갈 사이즈의 대형 밥솥을 여시는 큰형님을 보면서 덩어리들은 생각했다.

'이건 새로운 종류의 살인 예고인가?'

푹 자라는 건 혹시나 영원히 잠들어라, 뭐 이런 뜻이 아닐까. 덩어리들이 공포에 떨고 있는데, 큰형님이 김이 모락모락 나는 밥을 거대한 주걱으로 뒤섞기 시작하며 다시 말했다.

"뭣들 해? 가서 은하 밥 먹으러 내려오라고 하지 않고."

그제야 덩어리들은 진짜로 큰형님이 자기들에게 벌을 줄 의사가 없다는 것을 깨달았다. 보자마자 당장 정원에 집합시켜서 데굴데굴 굴릴 줄 알았는데 이게 무슨 일인가! 어쨌든 큰형님의 마음이 변하기 전에 후다닥 은하 누님을 깨우러 몰려간 덩어리들은, 큰형님 침대에 잠들어 있는 누님을 보고 다시 놀랐다. 은하 누님이야 원래 미인이긴 하다. 그런데 오늘 아침에는 유난히도 반짝반짝 예뻐 보이는 것이다. 뭐랄까, 피부에서 광채가 나는 것 같다고 할까?

"누님."

가만히 불렀지만, 은하는 으응, 하고 잠투정 같은 소리만 낼 뿐 좀처럼 눈을 뜨지 못했다. 결국 흔들어 깨우고 나서야 누님이 겨우 눈을 떴다.

"어, 언제들 왔어요?"

"야근 마치고 방금 퇴근해서 오는 길입니다. 큰형님께서 아침 드시러 내려오시랍니다."

"네."

기지개를 켜고, 은하는 느릿하게 몸을 일으켰다. 침대에서 내려오다 갑자기 다리를 휘청거리는 바람에 덩어리들이 놀라서 얼른 붙잡았다.

"누님!"

"형수님!"

왠지 다리에 자꾸만 힘이 풀리는 은하를 덩어리들이 부축하다시피 해서 주방으로 갔다.

"잘 잤어?"

국자를 든 큰형님께서 아침 인사를 건넨 그 순간 덩어리들은 보았다. 누님이 얼굴에 홍조를 띠며 큰형님의 눈도 제대로 못 쳐다보는 것을!

"응."

큰형님은 아무렇지 않은데, 누님은 수줍어서 어쩔 줄 모르는 티가 역력한 것이다. 덩어리들의 가슴속에 의혹이 무럭무럭 자라났다. 대체 간밤에 무슨 일이 있었단 말인가?

♠ ♥ ♧

다음 날, 은하가 낮에 집에 혼자 있을 때 미호가 놀러 왔다. 입덧이 많이 나아졌다고 일영이 그러더니, 며칠 못 본 사이에 혈색이 한결 좋아져 있어서 다행이었다. 넓은 거실에 둘이 마주 앉아서 수다를 떨었다.

"내가 맨날 과외하러 오면서 생각했거든? 이 집에 시집오는 여자는 누군지 몰라도 참 좋겠다고."

미호가 새삼스럽게 집 안을 둘러보고는 말했다.

"그게 하필 너라니 배가 아파서 금방이라도 기절할 것 같다."

"내 집인가 뭐, 오빠 집이지."

"결혼하면 남편 게 내 거지 뭘."

부러운 듯이 말하는 미호에게 은하는 물었다.

"너희는 결혼하면 어디 살 건데?"

"일영 오빠가 돈 열심히 모아놨더라고. 나도 많진 않지만, 적금 든 거 있고, 엄마 아빠도 보태주신다고 했으니까 합치면 아파트 전세 정도는 들어갈 수 있을 것 같아."

"그렇구나. 미용실은?"

"입덧이 심해서 한 달만 쉬게 해달라고 했더니 그냥 그만 나오래."

은하는 한숨을 쉬었다.

"너도 잘렸구나."

"뭐, 어차피 결혼 준비하고 아기 낳고 하면 이래저래 당분간 일하기 힘들 텐데 차라리 잘됐지 뭐. 나중에 안정되면 다시 일할 거야. 설마하니 일할 데 없겠어?"

그렇지 않아도 은하 역시 앞으로 회사의 지원 없이 어떻게 채널을 운영해야 하나, 여러모로 생각이 많은 참이었는데. 씩씩한 미호의 말을 들으니 덩달아 기분이 가벼워졌다.

"아기는 어때? 막 발로 차고 그래?"

"그건 훨씬 더 나중 일이래. 잘 크고 있다고 하는데 아직은 아무것도 안 느껴져."

아직은 밋밋하기만 한 배를 어루만지더니 미호는 뭔가 생각났다는 듯이 은하를 쳐다보았다.

"근데 있잖아, 은하야."

"응?"

"그러니까 어… 이걸 내가 물어봐도 될지 잘 모르겠는데."

미호답지 않게 머뭇거려서 속이 터졌다.

"3초 안에 말 안 하면 그게 뭐든 대답 안 해준다."

"너, 대표님이랑 잤냐?"

은하는 하마터면 마시던 커피를 뿜을 뻔했다.

"아 진짜, 뭐 그런 걸 물어봐!"

목소리를 높이자 미호가 머쓱한 표정을 했다.

"아니, 내가 궁금한 게 아니고. 일영 오빠가 하도 걱정을 해서."

"무슨 걱정?"

"너 절대 대표님한텐 이 얘기 하지 마라. 그게….'

덩어리들 사이에 퍼졌다는 소문을 듣고 은하는 어이가 없었다. 아니, 이걸 뭐 어떻게 해명을 해줄 수도 없고! 은하는 한마디로 잘라 말했다.

"참 세상에 쓸데없는 걱정도 다 한다고 전해줘."

"그치? 오해한 거지?"

"당연하지."

그날 밤을 떠올리면 지금도 가슴이 두근거리는데, 이 무슨 말도 안 되는 오해를.

"하긴 나도 그럴 리가 없다 했어. 대표님 몸이 그렇게 좋은데."

어느덧 이야기는 어른의 세계로 흘러가고 있었다.

"있잖아, 일영 오빠도 몸이 진짜 좋거든?"

미호의 자랑에 은하는 속으로는 자식 귀엽군, 하면서도 그냥 웃으며 듣기만 했다. 가진 자의 여유랄까?

"특히 등이 대박이야. 진짜 뒤태가 아주 그냥."

생각만 해도 황홀하다는 듯 미호가 한숨을 내쉬었지만, 이것만은 동조할 수가 없었다. 왜냐하면 은하는 여태 지환의 등을 본 적이 없었으니까.

"넌 표정이 왜 그래? 설마 아직 못 본 거야?"

"어, 뭐 어쩌다 보니까."

"얘가, 얘가, 인생 헛살았네."

안타깝다는 듯이 미호는 혀를 찼다.

"잘 들어, 앞판은 대충 우리가 다 아는 거거든? 뭐 흉근이라든가, 복근이라든가."

"근데?"

"등은 뭐가 되게 복잡해. 모르는 게 엄청 많이 있어!"

은하는 눈살을 찌푸렸다.

"좀 알아듣게 말을 해라."

"이건 설명을 들을 게 아니라, 무조건 눈으로 봐야 해. 보는 순간 아, 할걸?"

그러고 보니 벗은 앞모습은 벌써 몇 번이나 보고 만지고 어쩌고 다 했는데, 여태 뒷모습은 보질 못했다.

— 왜 못 보게 해요? 가슴은 잘만 보여주면서.

— 저도 좀 신비감이 있어야 할 거 아닙니까.

그러면서 지환이 끝내 보여주지 않았던 것이다. 좋아, 하고 은하는 결심했다. 다음에는 내가 꼭 등을 보고 만다!

♤ ♥ ♧

등을 보려면 단둘이서 좋은 시간을 가져야겠는데, 문제는 집 안에 방해꾼들이 많았다. 물론 2층에는 지환과 은하 둘뿐이긴 하지만, 집 안에 하도 사람들이 많으니 심리적으로 좀 그렇다고 할까?

은하는 지환과 단둘이 있고 싶어서 안절부절못하기 시작했다. 꼭 등을 보겠다, 라는 목표 때문이 아니라, 그만큼 그에게 안겼던 게 좋았던 것이다. 물론 전에 별장에서도 좋았지만, 이제 와서 생각하니 그건 그냥 애들 장난에 불과했다는 걸 알겠다. 진짜 좋은 건 시작도 안 한 거였는데.

어느덧 지환을 대하는 감정마저도 미묘하게 달라져 있었다. 얼굴만 보면 뺨이 확 달아오르고, 가까이 다가서면 심장이 비명을 질렀다. 전에는 단순히 좋아하는 마음에 설렜던 거라면, 지금은 몸이 기억하고 있는 거였다. 그날 밤, 그가 주었던 기쁨을.

은하는 눈도 제대로 못 쳐다볼 지경인데, 정작 지환은 별로 달라진 게 없어 보였다. 언제나 그렇듯 침착하고 다정하기만 할 뿐.

'나만 이런 건가?'

그렇게 생각하며 은하는 회사에 있는 지환에게 전화해서 데이트 신청을 했다.

"오빠, 나 저번에 공연했던 거 공연비 나왔거든? 밖에서 데이트 하자. 내가 저녁 살게."

"그래. 그럼 이따 퇴근하고 볼까?"

지환은 순순히 은하의 데이트 신청을 받아주었다. 은하는 작정하고 한껏 꾸미고 나가서 지환을 만났다. 약속 장소에서 은하를 본 지환은 놀란 듯이 눈을 크게 떴다.

"진짜 예쁘다, 너."

"정말?"

수줍게 되묻자 지환이 고개를 끄덕였다.

"응. 꼭 천사 같다. 선녀 같기도 하고, 요정 같기도 하고, 또 음….."

칭찬해주는 건 기쁘지만 뭔가 멘트가 많이 과했다.

"갑자기 왜 그래?"

지환은 조금 머뭇거리다 말했다.

"지금 일영이가 미호 씨랑 냉전 중이래. 미호 씨가 단장하고 나왔는데 예쁘다는 말을 안 했다나."

은하는 배꼽을 잡고 웃었다.

"오빤 그렇게 말 안 해도 돼. 말 안 해도 얼굴에 쓰여 있는걸."

눈으로 늘 내가 너무 예쁘다고, 사랑스럽다고 말하고 있는데 무슨 말이 더 필요할까.

"오빠, 뭐 먹고 싶어? 내가 다 사줄게."

팔짱을 끼고 묻자 지환이 대답했다.

"너 먹고 싶은 거."

"에이, 오빠 먹고 싶은 거 말하라니까?"

"그럼 네가 사주고 싶은 거."

결국 은하는 지환을 고깃집으로 데려갔다. 어릴 때 어머니가, 몸이 크는 게 무서워 지환에게 내내 채소만 먹였다는 얘기가 자꾸 생각나서였다.

"오늘은 내가 구울 테니까 오빠는 실컷 먹기만 해. 알았지?"

"그래."

은하의 마음을 이해했는지, 육가공회사 대표님은 웃으며 고개를 끄덕였다.

"많이 먹어, 오빠. 이것도 더 먹어."

은하가 구워주는 고기를, 지환은 아기 새가 된 것처럼 착하게 받아먹었다. 식사가 끝나고 나오자 지환이 물었다.

"이제 집에 갈까?"

차마 밖에서 자고 가자는 말이 안 나와서, 은하는 애꿎은 지환의 소매만 잡아당겼다.

"저기…."

그제야 지환은 은하가 뭔가 이상하다는 걸 깨달은 모양이었다.

"왜 그래? 뭐 더 하고 싶은 거 있어?"

은하는 솔직해지기로 했다.

"있잖아, 오빠, 나 좀 이상한 것 같아."

사귀기 전에도, 그는 은하가 자기 몸에 끌리는 게 기쁘다고 말해주지 않았던가. 그러니까 솔직히 말해도 탓하지 않을 것 같았다.

"그날 이후로 오빠만 보면 자꾸… 야한 생각이 들어."

그래도 차마 눈을 똑바로 볼 수가 없어서 괜히 땅바닥을 쳐다보며 중얼거렸는데.

"아, 그랬어?"

지환이 아무렇지 않게 되묻는 바람에 얼굴이 확 달아올랐다. 역시나 나 혼자 그랬던 건가.

"그냥 그렇다고. 다들 기다리겠어, 이제 집에 가자."

억지로 웃어 보이고 얼른 돌아서서 가는데, 몇 걸음 걷기도 전에 뒤에서 끌어안겼다.

"그랬구나. 넌 나만 보면 야한 생각을 했구나."

웃음기 어린 목소리에 이어, 낮은 속삭임이 귓가에 들려왔다.

"…나는 널 안 보고 있을 때도 계속 그랬는데."

그제야 은하는 깨달았다. 방금 그가 자신을 놀린 거라는 것을. 마음이 놓이는 것과 동시에 더럭 얄미워졌다.

"나만 그런 줄 알고 깜짝 놀랐잖아!"

흘겨보자 지환이 쿡쿡 웃었다.

"미안, 그냥 네가 당황해하는 게 재밌어서."

장난기 가득한 웃는 얼굴이 영락없는 어릴 때의 현우 오빠라서 새삼 은하는 생각했다. 비록 겉으로는 많이 달라졌지만, 그 혹독한 생활이 이 사람의 속까지 바꿔놓지는 못했구나.

"가자, 호텔 예약해놨으니까."

지환이 그녀의 어깨를 안으며 하는 말에, 은하는 흠칫 놀라 그를 쳐다보았다.

"응?"

"처음부터 오늘은 밖에서 자고 들어가려고 했어."

은하가 차마 못 했던 말을 대신 한 남자가, 귓가에 나직이 속삭였다.

"각오해, 오늘 밤은 안 재울 거니까."

♤ ♥ ♧

체크인을 하고 방에 올라가서 문을 닫자마자 지환은 굶주린 듯이 키스해 왔다.

"나 하고 싶은 거 있어, 오빠."

"뭔데?"

가빠지는 숨결 사이로 그가 다정하게 되물었다.

"오빠 벗은 거 보고 싶어."

말이 떨어지자마자 지환은 냉큼 와이셔츠 단추를 풀기 시작했다. 금세 와이셔츠 앞섶이 열리며 아름다운 근육으로 꽉 짜인 몸이 드러났다.

"자, 여기."

얼마든지 마음대로 하라는 듯 은하의 손목을 잡아다가 제 가슴 위에 얹어주기까지 하는 남자에게 은하는 고개를 저었다.

"좋긴 한데, 오늘은 이거 말고."

"그럼?"

"등 볼래."

순간 은하의 귓가에 입을 맞추던 지환이 흠칫 행동을 멈췄다.

"그건 안 돼."

"왜?"

"벌써부터 다 보여줬다가 매력 없어지면 안 되잖아?"

전에 신비감 운운하면서 감췄을 때와 똑같은 핑계를 대자 가슴이 철렁했다. 그때도 혹시 다쳐서 그러는 게 아닌가, 하고 생각했는데 이제는 확신이 들었다.

"이리 와, 기분 좋게 해줄게."

얼버무리듯 안으려 드는 지환을 단호하게 뿌리치고 은하는 다그쳐 물었다.

"나무 쓰러질 때, 나 감싸주다 등 다친 거지? 그렇지?"

"아니야!"

그는 펄쩍 뛰고 부정했다.

"그럼 좀 봐."

덤벼들어 와이셔츠를 벗기려 하자 지환은 진심으로 어쩔 줄 몰라 했다.

"이러지 마, 은하야."

힘으로 떼어놓으려면 간단할 텐데도, 은하가 막무가내로 달려드니까 차마 끝까지 뿌리치지는 못하고 결국은 포기한 듯 얌전히 몸을 맡겨버리는 남자가 애틋해서 심장이 쿡쿡 쑤셔왔다. 실랑이 끝에 와이셔츠를 벗겨내는 데 성공하고 지환을 돌려세운 순간. 완전히 눈앞에 드러난 뒷모습에 은하는 눈을 크게 떴다.

"…!"

넓은 등 전체에 거대한 흑룡이 도사리고 있었다.

'이런 문신이 있었구나.'

심장이 마구 팔딱거렸다. TV나 영화에서 본 것 같은 울긋불긋한 문신이 아니라 전체가 오로지 블랙 한 가지였다. 생전 처음 보는 커다란 문신에 순간적으로 놀라긴 했지만, 결코 흉하게 느껴지지는 않았다. 근육질의 등에 새겨져 있으니 오히려 남성미가 한층 더 강조되는 것 같기도 했다. 조각 같은 등과 문신이 어우러져, 마치 하나의 예술 작품처럼 보였다.

놀란 가슴을 진정시키며 지환의 등을 찬찬히 들여다보다, 은하는 문득 가슴 한구석을 날붙이로 베어내는 것 같은 느낌을 받았다. 문신 때문에 처음에는 눈치채지 못했는데, 자세히 보니 등에 흉터가 몇 개나 있었던 것이다. 찔린 듯한, 혹은 길게 베인 듯한 자국들.

그렇지 않아도 지환의 벗은 가슴을 볼 때마다 생각했었다. 험하게 살아온 남자의 몸치고는 칼자국 하나 없이 참 매끈하다고. 그런데 앞에서 볼 때와는 전혀 다른 사람처럼 지환의 등은 눈 뜨고 보기에도 처참했다.

왜 등에만 이렇게 상처가 많은 걸까, 잠시 생각하다 은하는 깨달았다. 아무도 정면에서는 감히 그에게 덤빌 엄두를 내지 못했겠지. 그러니까 하나같이 비겁하게 뒤에서 베고, 찌른 것이다. 몇 번이나, 몇 번이나.

상처투성이 용이 슬픈 듯한 눈으로 은하를 물끄러미 쳐다보았다.

"징그럽지?"

지환은 억지로 가벼운 목소리를 내려고 애썼다. 등의 문신은 스스로도 보지 않으려고 노력하고 있고, 물론 동생들을 제외한 누구에게도 보인 적이 없었다.

은하에게는 더욱더 감추고 싶었다. 가능하다면 평생. 물론 평생이야 숨길 수 없었겠지만, 최소한 그녀가 제 아이를 셋쯤 낳기 전에는, 내가 싫어졌다고 하늘로 돌아가버릴 수 없게 되기 전에는 보이고 싶지 않았는데. 지환에게 있어서 등의 문신은 과거에 저지른 죄와 같은 것이었다. 아무리 씻어도, 씻어도 사라지지 않는.

한참을 기다려도 그녀는 대답이 없었다. 대신에 귀여운 강아지나 고양이를 쓰다듬는 것처럼 부드럽게 등줄기를 어루만지는 손길을 느끼고 지환은 몸을 굳혔다.

"무섭지 않아?"

스스로도 한심할 정도로 형편없이 목소리가 떨렸다.

"아니, 되게 예쁜데."

주책없이 눈시울이 뜨거워졌다. 세상에 이런 걸 예쁘다고 해주는 사람이 있는 것도 놀라운데, 그게 다른 누구도 아닌 사랑하는 여자라는 게 믿을 수가 없었다.

"새기느라 고생했겠다."

이어서 따뜻한 것이 등에 와 닿았다. 그게 입술이라는 것을 깨달은 순간 기어이 뜨거운 것이 목 깊은 곳에서부터 치받쳐 올랐다. 등의 흉터 하나하나에 은하는 조심스럽게 입을 맞추었다.

"많이 아팠지?"

그녀의 입술이 닿는 곳마다 오래도록 어려 있던 아픔이 사라지는 기분이었다.

지환은 소리 없이 눈물을 흘렸다.

♤ ♥ ♧

끝까지 숨기고 있던 것마저 내보이고 나자 이제 더는 거리낄 게 없는 사이처럼 느껴졌다. 은하를 품에 안고 침대에 누워서 지환은 모든 것을 털어놓았다.

"열일곱 살 때, 아버지의 명령으로 새기게 된 거야. 앞으로 깡패 두목이 될 놈이 문신 하나 없어서 되겠느냐면서."

"오빠 아버지가…."

입술을 깨물고 중얼거린 은하는, 이어서 지환의 뺨의 흉터를 만지며 물었다.

"이건?"

새삼스레 지환은 깨달았다. 은하가 그동안 궁금해도 꾹 참고 묻지 못한 게 많았다는 것을. 늘 제 얼굴을 보고 있으니까 쭉 신경이 쓰였을 텐데, 이제야 겨우 묻고 있지 않은가.

"그건 고양희 작품."

은하가 깜짝 놀란 얼굴을 했다.

"옛날에 널 닮은 강아지를 키웠었어, 흰둥이라고. 그런데 고양희가 발로 차서 죽여버렸거든."

눈이 뒤집혀서 달려들었지만, 물론 아직 어렸던 지환이 어른인 고양희를 이길 수는 없었다.

— 앞으로 거울을 볼 때마다 생각해라.

날뛰는 소년을 손쉽게 제압한 후, 고양희는 주머니칼을 꺼내서 거침없이 뺨을 내리그으며 말했다.

— 서현우는 죽었고, 이제 너는 서지환이라는 걸.

지환의 뺨을 어루만지는 은하의 눈에 새파랗게 불꽃이 일었다.

"죽여버릴 거야."

지환은 가슴이 철렁해서 얼른 은하의 손을 끌어다 꼭 잡았다. 착하기만 했던 은하의 마음이 자기 때문에 이렇게 어두운 감정에 물드는 게 싫었다.

— 꼭 천사 같다. 선녀 같기도 하고, 요정 같기도 하고.

은하는 입에 발린 말이라고 생각한 모양이지만, 지환은 어디까지나 진심이었다. 그에게 있어 은하는 말 그대로 천사고 선녀고 요정이었다. 좋은 것만 보고, 예쁜 것만 생각하게 해주고 싶었다. 티끌만큼이라도 제 더러움이 그녀에게 묻는 일은 없기를 바랐다.

"꼭 나쁘다고 할 것만도 아냐. 고양희 덕분에 강해져서 살아남은 부분도 있으니까."

어쩌다 보니 고양희를 두둔하는 것처럼 돼버렸지만, 말해놓고 보니 사실은 사실이었다. 그 사건이 없었더라면 정글 같은 조직 생활에 적응하는 데 훨씬 더 오래 걸렸을 것이다.

"무슨 소리야?"

"얼굴에 상처가 생기고 나니까 정말 내가 봐도 다른 사람 같더라고. 그래서 서현우를 버리기가 쉬웠는지도 몰라. 그때는 그래야 하는 상황이었거든."

"왜?"

"아버지한테 잡혀온 이후로, 어머니를 한 번도 못 만났어."

아버지는 어딘가에 어머니를 가둬두고 수시로 지환을 협박했다. 순순히 말을 듣지 않으면 어머니를 해치겠다고. 아버지가 임신한 채 도망친 아내를 무척 증오하는 걸 알고 있는 지환은 순순히 아버지의 명령에 따를 수밖에 없었다.

"나중에 알고 보니까 진작 돌아가셨다더라고."

어머니는 아버지에 의해 정신병원에 갇힌 지 3년도 안 되어 병을 얻어서 돌아가셨다. 지환이 그 사실을 알게 된 것은 한참 후, 이미 조직의 실세가 된 뒤였다.

돌이켜보면 결코 좋은 어머니는 아니었다. 아동학대 수준으로 혹독하게 공부를 시켰고, 아들이 쑥쑥 자라는 걸 혐오해서 밥을 굶기기도 일쑤였고, 때리기도 많이 때렸다. 하지만 어머니가 돌아가셨다는 걸 알았을 때의 충격은 아직도 생생했다. 나는 지금껏 무엇 때문에 싸워왔던 걸까.

"산소에도 못 갔어. 어디에 모셨는지 몰라서."

돌아가신 후 어머니의 친정에서 유해를 모셔갔다고 들었다. 살아생전에는 한 번도 받아주지 않던 부모가 딸이 죽고 나서야 받아준 것이다. 그저 대단한 집안이라고만 들었을 뿐, 지환은 외조부모가 어디 사는 누구인지도 모른다. 그래서 여태 어머니 무덤에 절 한 번을 하지 못했다.

"오빠."

지환의 머리를 제 팔 위에 얹고, 커다란 몸을 꼭 껴안으며 은하는 가만히 말했다.

"이젠 괜찮아. 내가 옆에 있잖아."

지나간 일이 몰고 오려던 짙은 어둠이 금세 은하의 밝은 빛에 소스라치며 물러갔다. 저보다 훨씬 작은 여자의 품 안은 놀라울 정도로 아늑했다. 둘은 서로를 꼭 부둥켜안았다. 마치 어릴 적, 서로를 꼭 껴안고 숨어서 두려움을 견디던 그때처럼. 두근, 두근, 두근. 은하의 심장 소리를 듣고 있자 더없이 마음이 편안해졌다. 태어나서 이렇게 편안한 적이 또 있었을까, 하고 생각할 정도로. 지환은 스르르 잠에 빠져들었다.

♤ ♥ ♧

지금까지는 같이 잠들고 나면 대개 은하 쪽이 늦잠을 자곤 했다. 지환에게 안겨서 밤새 사랑을 나누고 나면 얼마나 피곤한지, 아침에 좀처럼 눈이 안 떠지는 것이다. 하지만 오늘 아침에는 은하가 먼저 눈을 떴다. 왜냐하면 간밤에 아무것도 안 하고 잠만 잤으니까!

창밖이 어둑어둑해서 시계를 보니 아직 이른 아침이었다. 은하는 조용히 침대 조명을 켜고, 잠든 지환의 얼굴을 바라보았다. 그가 더없이 편안한 얼굴로 잠들어 있는 게 기뻐서 가슴이 설렜다. 어려서는 어머니에게, 좀 커서는 아버지에게 붙잡혀가서 괴로움을 당했던 사람. 평생 쫓기듯 힘들게 살아왔을 이 사람이, 지금 이 순간 내 곁에서 이렇게 마음을 푹 놓고 자고 있는 게 그렇게 뿌듯할 수가 없었다.

은하는 문득 생각했다. 이 사람의 아내가 되어서 언제까지나 쉴 곳이 되어주고 싶다고.

'오빠, 일어나 봐. 나 오빠한테 시집갈래.'

당장 잠든 남자를 흔들어 깨워서 말할까 하다가 은하는 픽 웃고 고개를 저었다. 이제 와서 청혼 따위가 왜 필요할까. 어차피 나는 오빠의 신부가 되기로 한참 전에 약속한 몸인데.

그래도 조금 빨리 데려가줬으면 하는 마음으로 은하는 살짝 한숨을 쉬었다. 이제 곧 집에 갈 생각을 하니 잠만 잤던 지난밤이 새삼 아까워서였다. 집에 가면 덩어리들이 있으니 밤에 뭘 하기도 곤란하고, 무엇보다 지환은 덩어리들 앞에서는 애정 표현도 많이 자제했다. 은하도 그의 입장을 이해했지만, 그래도 가끔은 서운할 정도였다.

그래서 단둘이 있는 시간이 무척 소중한데, 모처럼 이렇게 좋은 호텔까지 와서는 밤새 잠만 자지 않았는가?

"치, 거짓말쟁이."

지환의 잠든 얼굴을 들여다보면서 은하는 조그맣게 중얼거렸다.

"오늘 밤은 안 재운다고 해놓고 완전 숙면하는 것 좀 봐."

그 순간, 지환의 입술이 움직였다.

"아직 밤 다 안 지났는데."

동시에 벌떡 일어나서 덮쳐오는 바람에 은하는 말 그대로 까무러칠 만큼 놀랐다.

'꺅!'

비명을 지를 뻔한 순간, 다행히도 소리가 입 밖으로 나오기 전에 지환이 얼른 껴안고 입을 맞춰주었다.

"체크아웃 세 시간 전이네."

잠시 후 입술을 뗀 지환이, 시계를 힐끗 쳐다보고는 중얼거렸다.

"세어볼까?"

전직 보스의 입가에 위험한 미소가 떠올랐다.

"…세 시간 동안 네가 몇 번이나 우는지."

♠ ♥ ♣

결론부터 말하자면 몇 번 울었는지는 세지 못했다. 왜냐하면 처음부터 끝까지 계속 울어야 했으니까! 사람은 슬프고 아플 때만 우는 게 아니라는 걸 은하는 처음으로 깨달았다. 너무 좋아서, 너무 행복해서 울 수도 있는 거구나.

물론 평소에도 너무너무 좋아하지만, 이런 밤을 보내고 나니 한층 더 상대가 사랑스러워졌다. 집을 향해 운전하는 지환의 믿음직한 팔뚝을 힐끔거리며 은하는 뺨을 붉혔다. 아까까지 저 팔로 으스러져라 껴안아주던 게 떠올라서.

집에 도착하자 마침 덩어리들이 출근 준비 중이었다.

"큰형님, 형수님, 오셨습니까."

외박을 하고 온 두 사람을 놀리고 싶어 죽겠다고 하나같이 얼굴에 쓰여 있었지만, 큰형님이 워낙 무서우니 차마 그러지 못하는 기색이 역력했다. 잠시 후 옷을 갈아입고 나와 출근길에 오르는 지환을 은하는 대문 밖까지 따라와서 배웅했다.

"오빠, 잘 다녀와. 돈 많이 벌어와!"

"응."

애교 넘치는 인사에 딱 한 음절로 대답하는 큰형님을 보고, 덩어리들은 저마다 속으로 혀를 찼다. 우리 은하 누님, 큰형님을 바라보는 눈에 저렇게 꿀이 뚝뚝 떨어지는데. 어쩌자고 큰형님은 늘 저렇게 데면데면하기만 한가 말이다. 저러다가 차이면 또 엄청 속상해할 거면서!

누님과 단둘이 있을 때 큰형님이 어떻게 돌변하는지는 꿈에도 모르는 덩어리들이었다.

4

옛 가족과
새 가족

요즘 일영은 결혼 준비에 눈코 뜰 새 없이 바빴다. 오늘도 일영이 미호와 예물을 보러 간 바람에 지환 혼자 출근길에 올랐다. 회사에 도착해서 주차하고 사무실로 올라가려던 지환은 문득 걸음을 멈췄다. 검정 양복을 입은 남자 두 명이 주차장에서 엘리베이터로 이어지는 문 앞을 막고 서 있었던 것이다.

지환은 본능적으로 상대가 자신에게 용건이 있는 자들이라는 걸 눈치챘다. 순간 야옹이파 놈들인가 생각했지만, 다시 보니 깡패와는 풍기는 이미지가 전혀 달랐다. 침착하게 다가가자 둘 중 나이가 더 많아 보이는 사람이 말을 걸어왔다.

"실례지만 서현우 씨 되십니까?"

어릴 적 이름이 나와서 내심 놀랐지만, 지환은 내색하지 않고 되물었다.

"뭡니까?"

상대가 정중히 말했다.

"외조부님께서 만나고 싶어 하십니다."

외조부라니? 한참을 무슨 소린가 생각하다 지환은 겨우 깨달았다. 깡패와 결혼해서 자신을 낳았다는 이유로 딸과 의절해버린, 어머니의 아버지를 말하는 건가. 이해가 되자 일단은 놀랐고, 한편으로는 어이가 없었다. 외가라는 게 존재한다는 사실은 알고 있었지만, 그 증거를 눈으로 본 것은 처음이었다.

"사람을 잘못 찾아오신 것 같군요. 저는 서지환이라는 사람입니다."

날카로운 목소리에도 상대는 물러나지 않았다.

"잘 알고 있습니다. 원래는 서현우라는 이름이었다가 나중에 현재의 성함으로 개명하셨지요. 서현우 씨의 외조부님께서는….."

"그 입, 다물지 않으면."

중간에서 말을 끊고 노려보자 그제야 상대가 주춤했다.

"후회하게 될 겁니다."

깡패라는 것은 이미 눈빛에서 반은 먹고 들어간다. 현역 시절에는 웬만한 깡패들조차 지환의 눈을 제대로 쳐다보지 못했다. 물론 일반인 따위가 지환이 작정하고 노려보는 눈빛을 감당할 리 만무했다. 두 남자는 호랑이 앞의 토끼처럼 안절부절못하며 식은땀까지 흘리기 시작했다.

"당신들을 보낸 사람에게 가서 전하십시오."

한참 후에야 지환은 겨우 살기를 누그러뜨리고 입을 열었다.

"두 번 다시 내 앞에 나타나지 말라고."

♠ ♥ ♣

아침에 있었던 일 때문에 하루 종일 심란해서 일도 손에 잡히지 않았다. 빨리 집에 돌아가 은하를 보고 싶은 마음에 지환은 평소보다 일찍 퇴근했다. 아직 덩어리들도 퇴근하기 전이고 일영도 여태 미호와 함께 있는지 집에는 은하 혼자뿐이었다.

"어서 와, 오빠!"

생글거리며 맞이하는 은하의 얼굴을 보니 세상의 온갖 시름이 다 날아가는 기분이었다. 대답 대신에 꽉 껴안자 은하는 금세 걱정스러운 목소리를 냈다.

"왜 그래, 무슨 일 있었어?"

한참 후에야 지환은 은하를 놓아주고 거실에 마주 앉아 아침에 있었던 일을 들려주었다. 이야기가 끝나자 은하는 조심스럽게 물었다.

"어떤 분들인지 한번 만나보고 싶진 않고?"

지환은 딱 잘라 대답했다.

"전혀."

그를 낳았을 때 어머니는 겨우 스물한 살이었다. 그 대단하다는 외가에서 혼자 아이를 낳아 기르는 어린 딸을 좀 도와줬더라면, 하다못해 찾아온 딸을 내치지 않았더라면 어머니의 고생도 스트레스도 훨씬 덜했을 테다. 그러면 내 어린 시절도 조금은 덜 괴롭지 않았을까, 하고 지환은 생각해왔다.

"이제 와서 왜 찾는 건지 모르겠지만…, 아니 무슨 이유로 찾든 만나고 싶지 않아."

솔직히 당황스럽고 불쾌한 마음뿐이었다.

"그럼 만나지 마."

은하는 지환의 커다란 손을 잡고 달래듯 어루만지며 말했다.

"까짓거 연락 안 하고 살아도 전혀 큰일 안 나."

뒤늦게 은하가 제 가족과 연을 끊었다는 것을 떠올린 지환은 마음이 아팠다.

"너야말로 정말 괜찮은 거야?"

작은 손을 마주 잡자 은하가 고개를 끄덕였다.

"원래도 집에서 나와 산 지 한참 됐었지만, 함께 살 때도 진짜 가족이란 생각은 잘 안 들었는걸. 오히려 여기가 진짜 내 집 같아."

은하는 조용한 집 안을 둘러보고 미소 지었다.

"오빠랑 오빠 동생들이 내 가족 같고."

그 순간 지환은 생각했다. 은하와 진짜 가족이 되고 싶다고. 자신도 천애 고아나 다름없고, 이제는 은하도 마찬가지 아닌가. 그러면 우리 둘이 서로 가족이 되면 되지, 더 기다릴 이유가 뭐란 말인가. 한번 그렇게 생각하니까 마음이 조급해져서 지환은 저도 모르게 불쑥 말했다.

"은하야, 우리 결혼할까?"

충동적으로 말해놓고 지환은 금세 후회했다. 너무 성의가 없었나? 역시나 은하도 당황했는지, 대답 대신에 한참 눈만 깜빡이며 지환을 바라보고 있었다. 지환의 이마에 식은땀이 촉촉하게 배어났다. 취소하고 나중에 다시 정식으로 프러포즈하겠다고 할까, 속으로 후회하고 있는데 은하가 대뜸 말했다.

"그럼 결혼 안 하려고 했어?"

"응?"

"내가 크면 오빠 신부가 되겠다고 약속했잖아."

"그랬지."

"그래서 난 당연히 우리가 결혼하는 걸로 알고 있었는데, 아니었어?"

"아, 아니긴. 하는 거지. 음, 그럼."

대답하면서도 지환은 얼떨떨했다. 정말로 이렇게 결혼 승낙을 해주는 거라고? 반지도 없고, 장미꽃도 없는데?

"마침 잘됐다. 미호네 결혼 준비하는 데 우리도 묻어서 같이 하면 되겠다, 그치?"

즐거운 듯이 생글거리는 은하를 지환은 귀신에 홀린 듯한 기분으로 바라보았다.

♤ ♥ ♧

다음 날, 점심시간. 근처 식당에서 일영과 함께 식사를 하다가 지환이 물었다.

"그래, 어제 예물은 잘 보고 왔냐? 제수씨한텐 뭐 좀 사드렸고?"

일영은 씁쓸하게 대답했다.

"집 구하는 데 돈이 많이 들 것 같아서 좋은 건 못 해줬습니다."

여태 열심히 일한 덕에 회사가 많이 컸고, 그래서 월급도 많이 받고 있었다. 단체 생활을 하다 보니 별로 돈 쓸 데도 없고 취미도 없어서 받는 족족 거의 다 통장에만 넣어놨다. 때문에 모은 돈도 또래에 비해서 무척 많은 편이었지만, 역시 서울 집값은 만만한 게 아니었다.

간신히 전셋집은 마련할 수 있을 것 같지만 예물까지는 여의치 않아서 결국은 커플링만 하나씩 나눠 가졌다. 그걸로도 미호는 무척 기뻐해줬지만 일영은 영 마음이 편치 못했다. 한참이나 보석들을 구경하며 너무 예쁘다, 하고 감탄하는 여자한테 해줄 수 있는 게 겨우 작은 금반지 하나라니.

"그랬구나."

고개를 끄덕이고, 지환은 일어섰다.

"나랑 어디 좀 가자."

"예? 어디 말씀이십니까?"

대답이 돌아오지 않아서 일영은 영문도 모르고 지환을 따라나섰다. 목적지는 집에서 가까운 곳에 있는 대단지 아파트였다. 입주를 시작한 지 얼마 되지 않은 신축에 역세권이고, 어린이집은 물론 유치원이나 초등학교까지 모두 단지 안에 있는 아파트였다. 그래서 미호가 무척이나 살고 싶어 했지만, 가장 작은 평수 전세조차도 도저히 예산이 맞지 않아서 포기한 곳이었다.

"여기 누구 아는 분이라도 사십니까?"

지환은 엘리베이터에서 내리며 대꾸했다.

"네 집이다."

"예?"

무슨 소린가, 하는데 지환은 비밀번호를 누르고 현관문을 열었다. 널찍한 집은 누군가가 살았던 흔적도 없이 반짝거리는 새집이었다.

"몇 년 전에 네 이름으로 분양권을 사둔 건데 그게 마침 입주할 때가 됐구나."

지환은 집 안을 둘러보며 말했다.

"제수씨 보여드리고 마음에 든다고 하거든 여기서 살고, 마음에 안 든다 하거든 팔아서 다른 데로 가도 좋다. 아무튼 네 집이니 마음대로 해라."

일영은 얼떨떨했다.

"형님…."

"언젠가는 독립하겠지 싶어서 마련해둔 거야. 다른 녀석들 몫도 다 있으니 부담 가질 필요 없다."

"이건 너무 과분합니다, 형님. 저는 그냥 미호 씨랑 둘이서 작은 집이라도…."

"네가 아니라 내 조카한테 해주는 거야."

지환이 꾸짖듯 말했다.

"아이는 우리처럼 키우지 말아야 할 것 아니냐?"

문득 일영은 지환을 처음 만났을 때를 떠올렸다. 아버지는 어릴 때 돌아가셨고, 도박 중독이었던 어머니는 일영이 중학교 2학년 때 어디론가 잠적했다. 불독파에게 진 도박 빚을 그대로 남긴 채. 그날로 일영은 불독파 조직원들에게 끌려가는 꼴이 되었다.

— 젠장, 하필이면 딸도 아니고 아들놈이야.

— 그래도 계집애 뺨치게 예쁘장한데, 어떻게 잘 꾸미면 쓸데가 있지 않을까?

그들은 일영에게 긴 머리 가발을 씌우고, 립스틱까지 발라놓고 낄낄거렸다.

— 이 정도면 팔리겠는데?

그때 나타난 게 바로 두 살 위의 지환이었다.

— 저한테 주십시오.

지환도 당시 겨우 열일곱 살에 불과했지만, 이미 뛰어난 무력으로 조직 내에서 인정받기 시작하고 있는 상황이었다.

— 왜, 네 취향이냐?

낄낄대며 놀려대는 어른들에게 지환은 무뚝뚝하게 대답했다.

— 저도 슬슬 제 밑에 동생이 필요해서요.

결국 보스인 불독 형님의 허락을 받아서 일영은 정식으로 지환의 부하가 되었다.

— 생긴 게 예쁘장하다고 마음까지 약해빠진 건 아닐 거라 믿는다.

눈물을 뚝뚝 흘리는 일영의 가발을 손수 벗겨주며 지환은 조용히 말했다.

— 힘들겠지만 앞으로 우리 같이 버텨보자.

일영이 평생 지환을 따르겠다고 결심한 게 바로 그때였다.

"큰형님…!"

기어이 눈물을 흘리고 마는 일영의 어깨를 지환이 부드럽게 두드렸다.

"결혼 축하한다."

♠ ♥ ♣

미호는 입이 이만큼 찢어져서는 놀러 왔다. 무슨 일인가 했더니 지환이 마련해준 신혼집을 보고 오는 길이라는 거였다.

"평수도 엄청 넓고, 새 아파트라 가전제품까지 다 빌트인으로 돼 있어. 시스템 에어컨에 김치냉장고에 광파오븐에 인덕션에 스타일러에, 엄청 좋아!"

미호가 뛸 듯이 기뻐하는 걸 보니 은하도 기뻤다.

"은하야, 나 진짜 사심 일도 없이 너희 오빠한테 뽀뽀 딱 한 번만 해도 될까?"

"어 그래, 해. 대신 그날이 네 제삿날인 건 알아두고."

으르렁거린 후에야 은하는 보고했다.

"우리도 결혼하기로 했어."

"어머, 정말? 완전 잘됐다!"

미호가 손뼉을 쳤다.

"근데 프러포즈 받은 거야? 어떻게 받았어?"

기대에 찬 눈빛이 날아와서 은하는 조금 당황했다.

"그냥 같이 얘기하다가 결혼할래, 하길래 그러자고 했지."

"뭐? 세상에 그런 법이 어딨어. 프러포즈는 받아야지!"

미호가 펄쩍 뛰어서 은하는 물었다.

"그럼 넌 일영 오빠한테 프러포즈 어떻게 받았는데?"

미호는 잠시 움찔했다. 왜냐하면 사실 프러포즈는 자기가 일영에게 했으니까!

생각해보면 좋아한다고 고백도 제가 먼저 했고, 자자는 소리도 먼저 했고, 심지어 프러포즈도 제 손으로 반지 사다가 일영에게 끼워주면서 했다. 하지만 이미 은하에게 밀당 좀 하라는 둥 잔뜩 잘난 척 설교를 해놓고 사실대로 말할 수는 없었다. 그나마 다행인 것은 어제 일영이 주얼리 숍으로 데려가더니 멋진 다이아몬드 반지를 선물해준 거였다. 이제 집 문제가 해결됐기 때문에.

"당연히 받았지, 그럼. 이거 봐!"

미호는 냉큼 반지 낀 제 손을 내밀며 사기를 쳤다.

"이게 프러포즈 반지야?"

"응, 다이아몬드야."

은하네 집도 잘사는 축에 속했지만, 교수인 어머니는 보석 따위에 관심이 없어서 은하도 진짜 보석은 별로 본 적이 없었다. 다이아몬드라고 얘기를 들어서 그런가, 평소 알던 큐빅 따위와는 비교도 안 되게 반짝이고 예뻐 보였다.

"와, 진짜 예쁘다."

미호의 반지를 들여다보며 은하는 부럽게 중얼거렸다.

"역시 나도 프러포즈 정도는 제대로 받았어야 했나?"

뒤늦게 아쉬움이 남았지만, 이미 지나가버린 버스였다.

♠ ♥ ♣

둥근 테 안경을 뒤집어쓴 민규가 화이트보드 한복판에 커다랗게 '프러포즈'라고 썼다.

지환을 비롯한 덩어리들이 화이트보드 앞에 옹기종기 모여앉아 초롱초롱한 눈으로 민규를 바라보았다.

"프러포즈란 무엇이냐!"

막대기로 화이트보드를 탕, 하고 치고 나서 민규가 말하기 시작했다.

"남자들이야 그냥 좋으면 냅다 '확 마, 우리 같이 살자!' 하고 대충 질러버리고 마는 경우가 많습니다마는."

바로 며칠 전에 같이 살자고 대충 질러버린 남자는 괜히 먼 산을 바라보며 흠흠, 하고 헛기침을 했다.

"여자들의 입장에서는 어릴 때부터 수많은 동화를 보고 자랐기 때문에 각자 꿈꿔왔던 프러포즈가 있기 마련입니다."

민규는 침까지 튀겨가며 열심히 말했다.

"즉 여자들에게 있어서는 일생에 단 한 번 있는 빅 이벤트이자, 동시에 남자들에게는 일생일대의 함정이 될 수 있는 것이라고 하겠습니다."

"함정이라면?"

민규가 눈짓을 하자 덩어리들 두 명이 등장해서 연기를 시작했다.

"자기야, 나 이번 주 일요일에 김 대리 결혼식에 가."

"그래? 김 대리는 프러포즈 받았으려나?"

"여보 기사 봤어? 연예인 김땡땡 커플이 이혼한대."

"그렇구나. 그래도 김땡땡이는 프러포즈는 받았겠지."

"할멈, 우리 다음 생에도 꼭 다시 만나서 백년해로합시다."

"아이구, 그래요. 그땐 프러포즈는 꼭 하슈."

상황극이 끝나자 민규가 덧붙였다.

"제대로 안 하고 대충 넘어갔다가는 평생 이렇게 될 수 있다는 뜻입니다."

그래도 지환은 반신반의했다.

'에이, 설마하니 우리 은하가 저렇게까지 할까?'

지환의 반응이 미적지근하자 일영이 답답한 듯이 거들고 나섰다.

"민규 말이 맞습니다, 형님. 괜찮다고 해서 진짜 괜찮은 게 아니란 말입니다."

그제야 가슴이 철렁했다. 잠깐만, 그러고 보니까 은하도 뒤끝이 장난 아니지 않았던가? 함정에 빠질 뻔했구나. 뒤늦게 등골에 식은땀이 흘렀다.

"그럼 어떻게 해야겠냐?"

"이왕 하는 거, 화끈하게 하시는 게 좋겠습니다, 형님."

"화끈하게?"

민규가 안경을 치켜올리며 씨익 웃었다.

"저세상 스케일로 가시죠."

♤ ♥ ♧

며칠 후, 병원에서 공연하는 날. 은하는 난쟁이 분장을 한 덩어리들과 함께 병원으로 향했다. 오늘의 공연은 〈백설공주와 열한 명의 난쟁이들〉. 전에 은하가 공연 직전에 펑크를 내고 지환과 강원도에 있는 별장으로 사랑의 도피를 하는 바람에, 일영이 대신 백설공주 역할을 맡게 됐던 바로 그 공연이었다.

미니 언니와 난쟁이들의 첫 완전체 공연에 아이들은 무척이나 신이 났다. 열렬한 반응 속에서 공연이 거의 끝나가는데, 갑자기 어디선가 외침 소리가 들렸다.

"공주님, 이웃 나라 왕자님이 오셨습니다!"

은하는 당황했다. 뭐지, 이 대본에도 없는 대사는?

잠시 후 아이들 사이로 성큼성큼 걸어들어오는 남자를 보고 은하는 제 눈을 의심했다. 바로 지환이 아닌가! 황금빛 어깨 장식이 달린 새하얀 실크 슈트가 당당한 체격에 얼마나 잘 어울리는지, 사방이 다 환해지는 것 같았다.

"우와, 왕자님이다!"

아이들도 눈이 휘둥그레졌다. 지환이 다가와 놀란 은하 앞에 한쪽 무릎을 꿇었다.

"저와 결혼해주십시오, 공주님."

그새 왕자의 시종 역할이 된 난쟁이들이 뒤에서 커다란 상자를 끌고 왔다.

"결혼 선물입니다!"

그 안에서 나온 것을 보고 은하는 입을 딱 벌렸다. 커다란 상자에 금괴가 꽉 들어차 있었다. 싯누런 빛이 나는 게 소품치고는 제법 그럴듯해서, 여기저기서 감탄사가 터져 나왔다.

"엄마, 엄마, 금이야!"

곧이어 왕자는 품에서 뭔가를 꺼냈다. 반지 상자가 아니라 검은 벨벳 주머니였다. 아무 생각 없이 받아 들었다가 의외로 묵직해서 하마터면 떨어뜨릴 뻔했다. 천 너머로 뭔가 알갱이 같은 것들의 감촉이 나서 은하는 손바닥을 펴 주머니 안에 든 것을 쏟아보았다.

차르르르. 하얗고 투명한 보석들이 맑은 소리를 내며 손바닥 위에 쏟아졌다. 오, 이거 영화에서 무기상들이 핵무기 거래할 때나 보던 건데.

"어머나, 굉장한 보물이네요!"

은하는 손뼉을 치며 기뻐하고 나서 짐짓 서운한 얼굴을 했다.

"그런데 어쩌죠? 제일 중요한 게 빠졌는데."

"뭡니까?"

"당신의 마음이요."

왕자님은 공주의 손목을 잡아서 제 가슴에 가져다 대고 진지한 얼굴을 했다.

"그건 벌써 당신에게 드렸습니다."

엄마들은 얼굴이 발그레해져서 소녀처럼 수줍어했다.

"꺄아아!"

이어서 지환이 잡았던 손목을 이끌어 허리를 꽉 껴안고 얼굴을 가까이하는 바람에 은하는 당황했다. 잠깐만, 애들 보는 앞에서 키스는 좀! 하지만 이미 때는 늦어서 입술이 바로 눈앞까지 다가와 있었다. 은하가 눈을 질끈 감은 다음 순간, 이마에 부드러운 감촉이 느껴졌다.

"와아아아!"

아이들도 어른들도 난쟁이들도 모두 열렬히 박수를 쳤다.

♤ ♥ ♧

아이들에게 둘러싸여 있는 지환을 보며 은하는 새삼 옷이 날개구나, 하고 생각했다. 그냥 옷만 검정 슈트에서 새하얀 왕자님 옷으로 바꿔 입었을 뿐인데, 저번에 악당이라고 하던 아이들이 언제 그랬느냐는 듯이 왕자님, 왕자님 하면서 따르지 않는가.

"그런데 왕자님, 얼굴은 왜 다쳤어요?"

여자아이의 물음에 지환은 시치미를 뚝 떼고 대답했다.

"이건 이웃 나라와의 전쟁에 나갔다가 다친 거야. 영광의 훈장 같은 거지."

은하는 터져 나오려는 웃음을 겨우 참았다. 혹시 그 이웃 나라 왕 이름이 고양희 아닌가요?

워낙 아이들을 좋아하는 지환은 놀아주기도 무척 잘했다. 한 팔에 몇 명씩 주렁주렁 매달고 그네 노릇을 해주기도 하고, 하나하나 어깨 위에 올려서 목말을 태워주기도 했다. 키가 워낙 크다 보니 어찌나 높이 올라가는지, 아이들은 롤러코스터라도 타는 것처럼 비명을 지르며 좋아했다.

"나도, 나도 탈래!"

앞다투어 줄을 서는 아이들을 보고 있자니 그런 생각이 들었다. 저런 사람이 진짜 자기 아이가 생기면 얼마나 예뻐할까.

'그래도 명색이 미니 언니인데 속도위반은 좀 그렇고, 결혼하자마자 한번 노력해봐?'

그렇게 생각하고 있는데 문득 지환 앞에 줄을 선 아이들 중에 일고여덟 살쯤 되어 보이는 남자아이 하나가 눈에 띄었다. 장난기 어린 얼굴이 왠지 눈에 익다 했더니, 전에 지환을 악당 취급하면서 주먹과 발길질 세례를 했던 아이 중 하나였다.

— 당장 사라져라, 악당아!

밖에 나와서 노는 아이들은 대부분 입원 환자가 아니라 통원치료를 하는 아이들이다. 이 아이 역시 환자복을 입지 않은 걸 보니 아마도 오늘은 공연을 보기 위해 병원에 온 것 같았다. 일부러 자신을 보러 와준 고마운 친구지만, 지환에게 했던 걸 생각하니 살짝 얄미워졌다. 참교육을 해줘야겠다고 결심하고, 은하는 줄을 서 있는 아이의 팔을 살짝 잡아당겨서 얼굴을 마주 보았다.

"미니 누나!"

좋아서 어쩔 줄을 모르는 아이에게 은하는 짐짓 엄한 표정을 했다.

"우리 친구, 저번에 이 아저씨한테 악당이라고 하지 않았나?"

"그랬는데요, 이제 보니까 착한 사람 같아요."

"왜 그럴까?"

겉모습만 보고 사람을 판단하면 안 되는 거라고, 외모지상주의에 대해 한바탕 훈계를 해줘야겠다고 벼르고 물은 말에 아이는 눈을 반짝이며 대답했다.

"그때 미니 누나가 그랬잖아요? 세상에서 제일 착한 사람이니까 때리지 말라고요."

"응?"

생각과는 전혀 다른 대답에 은하는 당황했다. 옷차림 때문이 아니라고?

아이는 자신 있게 말했다.

"미니 누나가 착한 사람이라고 했으니까 당연히 착한 사람이죠."

문득 코끝이 찡하니 아파왔다. 왕자님 옷을 입어서가 아니라, 그저 내가 착한 사람이라고 말했기 때문에…. 은하는 새삼 자신이 아이들에게 얼마나 큰 사랑을 받고 있는지를 깨달았다.

사실은 회사와 재계약에 실패한 이후로 이런저런 고민이 많았다. 다행히 채널은 그대로 유지할 수 있게 됐지만, 그동안 회사에서 제작했던 영상들은 모두 내려야 했다. 남아 있는 건 채널 개설 초기에 혼자서 만들었던 조잡한 퀄리티의 영상들 몇 개뿐. 앞으로는 기획은 물론 영상 촬영, 편집까지 다 혼자 해야 하는데, 그동안 회사에서 제작했던 높은 퀄리티의 영상에 익숙한 구독자들이 과연 실망하지 않을 수 있을까. 회사와 함께할 때도 인기가 없었는데, 혼자 하면 더 답이 없어지는 거 아닐까. 겁이 나서 섣불리 손대지 못하고 그저 이것저것 궁리만 하며 시간을 보내고 있는 중이었다.

하지만 지금 이 순간, 가슴이 뜨거워지며 용기가 솟아났다. 좀 질이 낮은 영상이면 어떤가, 내가 신나게 놀면 아이들은 함께 즐거워해줄 텐데. 구독자가 늘지 않으면 어떤가, 어차피 인기 따위 바라고 시작한 일이 아닌데.

눈앞을 가리고 있던 안개가 비로소 걷힌 느낌이었다. 좋아하는 일, 사랑하는 아이들. 비로소 제대로 보이기 시작한 것들에 심장이 두근거리기 시작했다.

"나도 탈래!"

"저도요!"

지환을 둘러싸고 좋아서 팔짝팔짝 뛰는 아이들을 은하는 반짝이는 눈으로 바라보았다. 저 아이들과 빨리 놀아주고 싶어서 견딜 수가 없었다.

♤ ♥ ♧

지환은 계속해서 매달리는 아이들과 장장 두 시간 가까이 몸으로 놀아주었다.

"이제 아저씨 그만 힘들게 하자."

보다 못해 엄마들이 말릴 정도였다. 난쟁이들이 병실에 올라가 선물을 나눠주는 사이에, 은하는 잠시 한숨 돌릴 수 있게 지환을 아이들 틈에서 데리고 나왔다.

"힘들지 않아?"

자판기에서 음료수를 뽑아 건네자 지환이 웃었다.

"힘들긴. 난 늘 애들이랑 놀고 싶었는데."

그는 진심으로 즐거워 보였다. 가까이 다가가면 무서워할까 봐 아이들이 노는 모습을 멀리서 지켜보기만 하던 지환의 모습이 떠올라서 은하는 가슴이 뭉클해졌다.

"이제 내가 평생 오빠랑 놀아줄게."

나름 프러포즈에 대한 진지한 대답이었는데, 지환은 무슨 생각을 했는지 귓가에 속삭였다.

"침대 위에서?"

은하는 새빨개져서 그의 등을 찰싹 때렸다.

"무슨 생각을 하는 거야?"

"아야!"

지환이 펄쩍 뛰었다.

"너 이러기야? 언제는 등 많이 아팠지, 하면서 뽀뽀해주더니."

"한 대 더 맞을래?"

또 때리려고 드는 은하의 두 손목을 잡은 지환이 제 품 안에 넣고 꽉 껴안아버렸다.

"그래서, 프러포즈는 마음에 들었어?"

새삼스럽게 어색한 목소리가 물어왔다. 지환의 넓은 가슴에 안겨서 은하는 미소 지었다.

"응!"

♤ ♥ ♧

다음 날, 아침 밥상에 미역국이 나왔다 했더니 일영의 생일이라고 했다.

"이따 저녁에 우리 일영 씨 생일파티 할까요?"

"와, 파티다!"

은하의 제안에 덩어리들이 금세 건수를 잡았다는 듯이 좋아하는데, 일영이 미안한 얼굴을 했다.

"죄송합니다, 누님. 오늘은 미호 씨 집에서 저녁을 먹기로 해서요."

어쩐지 오늘은 평소보다 단정하게 차려입었다 했더니.

"어머, 미호네 초대받은 거예요?"

"예. 아버님 어머님이 저녁 먹으러 오라고 하셨답니다."

그토록 반대하시더니 이제는 사위 대접을 받는구나 싶어서 은하는 무척 기뻤다.

"너무 잘됐네요!"

하지만 덩어리들은 서운한 눈치가 역력했다.

"형님, 저 나가서 차 좀 빼오겠습니다."

역시나 일영이 밥을 다 먹고 나서 먼저 일어나자마자 덩어리들이 한마디씩 중얼거렸다.

"일영이 형님 장가가시면 서운해서 어쩝니까."

"나가 살면 지금처럼 자주 보지도 못하겠죠?"

지환이 핀잔을 주듯 말했다.

"아이도 있는데 당연히 따로 나가 살아야지. 이제 일영이도 진짜 가족이 생기는 건데 무슨 소리들 하는 거야? 축하해주지는 못할망정."

하지만 덩어리들의 시무룩한 얼굴은 좀처럼 펴지지 않았다. 괜히 덩달아 서운해졌다가 은하는 문득 이게 남의 일이 아니라는 걸 깨달았다.

'잠깐만, 우리도 곧 결혼하잖아?'

덩어리들에게 있어서 지환은 친형 혹은 아버지나 다름없는 존재였다. 지환이 결혼해서 따로 살게 되면, 일영의 경우보다 훨씬 더 서운해할 게 틀림없었다. 그렇다고 지금처럼 다 같이 살자니 신혼인데 그건 좀…. 지환과 덩어리들이 출근하고 나서도 계속 고민에 빠져 있는데, 마침 미호에게서 전화가 왔다.

"여보세요, 미호야?"

전화를 받은 은하는 미호의 말에 깜짝 놀랐다.

"뭐?"

♠ ♥ ♣

퇴근 후 미호의 집으로 향하는 일영은 꽤 긴장하고 있었다. 미호가 단식투쟁을 한 끝에 겨우 결혼을 허락받기는 했지만, 아직도 그녀의 부모님은 어렵기만 했다.

'하기야 내가 부모라도 나 같은 사위는 싫을 텐데.'

한숨이 절로 나왔다. 앞으로 치를 결혼식도 걱정이었다. 혹시 처가에서 남들 보기 부끄럽다고 큰형님이나 동생들을 부르지 말라고 하는 건 아닐까. 내 혈육이나 다름없는 이들에게, 내 결혼식에 오지 말라는 말을 어떻게 한단 말인가. 복잡한 마음을 감추고 일영은 미호의 집에 도착했다.

"오빠!"

초인종을 누르자 미호가 반갑게 부르며 문을 열어주었다.

"아버님, 어머님, 저 왔습….""

집 안으로 들어서다 일영은 심장이 멈출 정도로 놀랐다. 거실에 음식이 가득 차려진 커다란 잔칫상이 놓여 있고, 그 주위에 어디서 많이 본 사람들이 둘러앉아 있지 않은가. 바로 지환과 덩어리들이었다.

"큰형님?"

미호의 부모님과 함께 상석에 앉아 있던 지환이 심상하게 대꾸했다.

"네 생일이라고, 와서 밥 먹으라고 초대해주셨다."

놀라서 입을 다물지 못하고 있자 이번에는 미호의 어머님이 말

씁하셨다.

"딸 시집보내면서 시댁에 아무것도 안 할 수는 없어서, 자네 형님하고 동생 되시는 분들한테 약소하게 예단을 준비했어. 그거 드릴 겸 오시라고 했네."

아침에만 해도 시무룩했던 덩어리들이 언제 그랬느냐는 듯이 싱글벙글하며 거실 한구석에 쌓여 있는 새 이불 더미를 가리켰다.

"저희 이불 선물 받았습니다, 형님."

"결혼식 때 새 옷 해 입고 오라고 옷값도 주셨습니다."

지환의 옆에 앉아 있던 은하가 중얼거렸다.

"치, 내 것만 없어."

"넌 아직 시댁 식구도 아닌데 예단을 왜 주냐?"

미호가 타박했다. 그제야 상황을 파악한 일영은 그만 눈시울이 뜨거워졌다.

"얼른 이리 앉아서 먹게. 다 식겠네."

아직도 김이 모락모락 나고 있는 미역국을 보자 한층 더 눈물이 났다. 친어머니에게조차 받아본 적이 없는 생일상. 겨우 미역국을 한 술 뜨자 미호의 어머니가 물었다.

"그래, 맛이 어떤가?"

일영은 목이 메어 겨우 대답했다.

"무척 맛있습니다, 어머님."

어머니가 팔꿈치로 곁에 있던 아버지의 옆구리를 쿡 찔렀다.

"사실은 이 양반이 직접 끓인 거야."

"예?"

미호의 아버지가 헛기침을 하고 어색한 듯이 말했다.

"상호 녀석이 안 왔다고 너무 서운하게 생각하지 말게. 녀석도 시간이 필요하겠지."

도저히 더는 참을 수가 없어서 일영은 황급히 숟가락을 놓고 돌아앉았다.

"어, 형님, 설마 우십니까?"

민규가 들으라는 듯이 목소리를 높였다.

"에이, 일영이 형님이 우실 리가."

"그러게, 우리 형님이 얼마나 상남자신데."

놀려대던 덩어리들도 들썩이기 시작하는 어깨를 보고는 입을 다물었다. 돌아앉아서 눈물을 흘리는 일영의 등을 미호가 다정하게 토닥였다.

"생일 축하해요, 오빠."

♤ ♥ ♧

다음 날. 덩어리들은 일영의 결혼식에 입을 옷을 산다고 우르르 나가버리고, 집에는 은하와 지환 둘만 남았다.

"나 운동하러 내려갔다 올게."

은하는 거실 러그 위에 앉아 공기놀이를 하며 물었다.

"근데 오빠, 이거 내가 가져도 되는 거지?"

은하의 손 안에서는 지환이 프러포즈할 때 줬던 보석들이 춤을 추고 있었다. 스와로브스키 스톤인지 지르코니아인지 큐빅인지 하여튼 뭔지는 정확히 모르겠지만, 알 크기에 비해서 꽤 묵직한 게 공기놀이하기 딱 좋았다.

"너 가지라고 준 건데."

지환이 웃었다.

"고마워. 평생 잘 간직할게."

비록 미호가 일영에게 받은 것처럼 진짜 다이아몬드는 아니지만, 은하에게는 다이아몬드보다도 더 소중했다. 지환이 프러포즈하면서 준 거니까. 보기에도 무척 예쁘고, 손바닥 안에서 부딪치는 소리도 좋다.

금괴도 묵직한 것이 소품치고는 꽤 잘 만들어져 있어서 은근히 이래저래 유용했다. 로봇청소기가 자꾸만 소파 밑의 좁은 부분에 들어가서는 못 나오기에, 거기다 금괴를 갖다 막아놓았더니 무거워서 못 밀고 들어간다. 문 열어놓을 때도 받침돌로 잘 쓰고 있었다. 무엇보다 라면 먹을 때 냄비 받침으로 쓰면 럭셔리한 게 기분이 아주 그만이었다.

생각난 김에 라면 끓여 먹어야지, 하고 은하는 냉큼 일어나서 라면을 끓였다. 오빠는 세 개, 나는 한 개! 맛있게 끓여서 냄비를 금괴 위에 척 올려놓고 지환을 부르러 가려는데, 마침 그때 전화가 울렸다. 미호였다.

"뭔지 몰라도 용건만 빠르게 말해라. 나 지금 라면 끓였다."

"나 진짜로 너희 오빠한테 뽀뽀 한 번만 하면 안 되냐?"

은하는 휴대폰에 대고 눈을 흘겼다.

"이번엔 또 뭔데?"

"어제 우리 집에서 예단 했잖아? 오늘 너희 오빠가 신부 예물이라고 뭘 보냈어."

"대체 뭘 보냈길래 그래?"

"놀라지 마라."

잠시 뜸을 들인 끝에 미호는 외쳤다.

"세상에, 1킬로그램짜리 금괴랑 다이아몬드야!"

은하는 고개를 갸웃거렸다. 어디서 많이 들은 품목인데?

"다이아는 엄마랑 나랑 반지 하나씩 하라고 두 알이나 보냈어. 일영 오빠가 사준 반지에 있는 다이아몬드보다 훨씬 커! 금은방에 가져가서 물어보니까 등급도 엄청 좋은 거래."

은하는 고개를 돌려 러그 위에 아무렇게나 흩어져 있는 공깃돌(?)을 바라보았다. 왠지 아까보다 반짝임이 한층 더해 보이는 건 기분 탓일까.

미호는 들떠서 계속 지껄였다.

"요즘 금값이 엄청 올라서 금괴는 1억도 훌쩍 넘는대. 잘 보관해뒀다가 나중에 우리 아기 대학 갈 때 쓰려고."

…잠깐만. 은하는 라면 냄비를 들어 올리고, 그 아래 깔려 있던 금괴를 처음으로 자세히 들여다보았다. 이제야 알아봐주었냐는 듯 금괴가 은하를 향해 수줍게 속삭였다.

한국금거래소 FINE GOLD 999.9 1000g

♠ ♥ ♣

지환은 지하에 있는 헬스장 거울 앞에 서서 요리조리 제 몸을 비춰보았다. 흉근이고 이두근이고 간에 전체적으로 볼륨이 성에 차지 않는 것이 요즘 운동을 게을리한 티가 났다. 한동안 은하와 연애하는 데만 정신을 팔고 있었던 결과였다.

'은하가 내 몸을 얼마나 좋아하는데.'

게으른 자신을 반성하며 덤벨 컬을 실시하고 있는데, 문득 뒤에서 부르는 소리가 들렸다.

"오빠."

"응?"

가쁜 숨을 내쉬며 덤벨을 내려놓자 은하가 물었다.

"이거 뭐야?"

그녀가 내민 것을 보고 지환은 곧이곧대로 대답했다.

"금괴."

"그러니까, 녹여서 금반지나 금목걸이 같은 거 만들 수 있는, 그 금괴 말이지?"

반지나 목걸이가 갖고 싶어서 그런가 싶어서 지환은 얼른 말했다.

"녹이지 않아도 돼. 갖고 싶으면 새로 사줄게."

왠지 은하의 하얀 얼굴이 더욱더 하얘져서, 그 와중에도 지환은 팔불출처럼 예쁘다고 생각했다.

"그럼 이건?"

은하가 다른 손을 내밀었다. 그녀의 손바닥 위에서 빛나고 있는 보석을 보고 지환은 또다시 대답했다.

"다이아몬드."

이쯤 되자 지환도 질문의 의도를 파악하고 놀랐다. 은하가 다이아몬드로 공기놀이를 하고, 금괴로 냄비 받침을 하길래 속으로 역시 우리 은하는 스케일이 다르다고 흐뭇하게 생각했는데, 설마 몰라서 그랬던 거였단 말이야?

은하는 할 말을 잃어버렸다. 하필이면 그때 상황이 공연 중이어서 연극용 소품이라고만 생각했지, 진짜일 거라고는 조금도 생각하지 못했던 것이다. 아니, 공연 중이 아니었더라도 상식적으로 이걸 누가 진짜라고 생각하겠냐고. 금괴는 커다란 가방에 꽉 차 있었고, 다이아몬드는 백 개는 족히 되겠는데!

"설마 은행 턴 건 아니지?"

은하는 두려움에 떨며 물었다.

"집 안 금고에 있던 거야."

지금이야 합법적으로 사업하고 있으니 사업이익은 모두 은행에 예금했다가 공장을 짓는 데 재투자하거나 하지만, 조직 시절에는 그렇지 못했다. 은행에 돈을 맡겨뒀다가는 언제 경찰에 몰수당할지 알 수 없었다. 그래서 불법적인 사업을 하는 사람들은 돈이 생기면 무조건 금이나 보석 혹은 달러 등으로 바꿔서 보관하는 걸 선호했고, 지환의 아버지도 예외는 아니었다.

충격을 받은 듯 또다시 금붕어처럼 입만 뻐끔거리는 은하를 보며 지환은 생각했다. 아직도 금고에 한참 더 있다는 말은 하지 말아야겠다.

"대체 이걸 나한테 어쩌라고 준 거야?"

"너 쓰고 싶은 데 쓰면 돼. 건물을 사든지 땅을 사든지."

정말이지 마음대로 하라고 준 거였다. 그러니까 공기놀이를 하든 냄비 받침으로 쓰든 그냥 놔뒀지.

"일영이 결혼 준비 하는 거 보니까 예단이니 예물이니 뭐가 복잡하더라고. 그런데 너는 뭘 사줄 시댁이 없으니까 내가 대신 준 거야."

문득 은하가 안타까운 얼굴을 했다.

"그게 뭐 어쨌다고. 오빠도 우리 집에서 아무것도 못 받잖아."

"난 너만 있으면 돼."

"나도 오빠만 있으면 돼!"

그 말 한마디만으로도 지환은 세상의 금을 다 선물 받은 것처럼 기뻤다. 왜 그렇지 않을까, 세상의 모든 보물을 다 모아다 줘도 바꾸지 않을 여자가 나를 이렇게 좋아한다는데. 먼저 운동부터 해서, 근육 펌핑 좀 시켜서 은하한테 예쁘게 보이려고 했는데 못 참겠다.

"이리 와."

지환은 성큼성큼 다가가서 은하를 번쩍 안아 들었다.

"가서 공부하자, 우리."

♠ ♥ ♣

평소에는 집 안에 사람이 많으니 서로 원하는 마음만 간절할 뿐, 생각처럼 마음껏 사랑을 나눌 수가 없었다. 모처럼 단둘이 있는 틈을 타서 서로를 탐하는 순간은 달콤한 꿈과도 같았다. 은하는 눈조차 제대로 뜨지 못한 채 그의 어깨에 매달려 울먹였다.

"오빠… 오빠."

"나 여기 있어."

가쁜 숨결 사이로 들려오는 부드러운 목소리에 한층 더 눈앞이 아찔해졌다. 대체 이 사람은 어디까지 나를 설레게 만들 셈인 거야.

함께 황홀한 순간을 보내고 난 후, 은하는 가쁜 숨이 채 가라앉기도 전에 몸을 일으켰다. 언제 덩어리들이 돌아올지 모르니 제 방으로 돌아가려는 거였는데, 그런 그녀를 지환이 얼른 끌어당겨 품에 가두고 속삭였다.

"좀 더 있어."

마음 같아서야 하루 종일이라도 이러고 있고 싶지만, 하고 생각하며 은하는 바르작거렸다.

"이러다가 동생분들 돌아오면 민망해서 어떡해."

지환이 쿡 웃었다.

"걱정 마, 일찍 안 들어올 테니까."

"그걸 어떻게 알아?"

"녀석들이 일부러 자리 피해 준 거잖아, 우리 둘이 시간 보내라고."

은하는 놀랐다.

"미호네 결혼식에 입을 옷 사러 간 거 아니고?"

"그건 핑계고. 밖에서 놀다가 늦게 돌아올 테니 누님하고 편하게 시간 보내라고 하고 나갔어."

배려가 고마우면서도 한편으로는 민망해서 얼굴이 달아올랐다. 틈만 나면 단둘이 있지 못해 안달하는 걸 덩어리들도 다 알고 있다는 소리 아닌가. 하기야 멀쩡한 집 놔두고 둘이 호텔에서 자고 오기도 하는데 눈치 못 챘을 리가.

"빨리 결혼해야겠다, 우리."

땀이 촉촉이 배어난 이마에 사랑스럽게 입을 맞추는 지환에게 은하는 전부터 마음에 걸렸던 것을 물었다.

"오빠, 우리 결혼하면 어디서 살 거야?"

"글쎄, 집을 구해서 나가야겠지."

이 집은 어디까지나 엄연히 지환의 소유였다. 하지만 차마 동생들더러 내가 결혼하게 됐으니 집에서 나가라고 할 순 없으니까 슬슬 은하와 둘이 살 집을 알아볼까, 하는 중이었다.

"그냥 계속 같이 살 생각은 없고?"

"서로 불편하잖아."

지환도 동생들과 헤어지는 건 서운했지만 같이 사는 건 현실적으로 무리였다. 지금도 매일 밤, 매일 낮 애타게 서로를 원하는데, 이렇게 동생들이 집을 비웠을 때나 겨우 사랑하고 있지 않은가. 이런 식으로 눈치를 보며 신혼을 보낼 수는 없었다. 이미 동생들도 일부러 집을 비워줄 정도로 눈치를 보고 있는데, 서로 불편할 뿐이었다.

은하가 한참 아무 말도 하지 않아서 지환은 그녀를 안으며 위로하듯 속삭였다.

"서운해할 거 없어. 자주 놀러 오면 되지."

하지만 은하는 생각에 잠긴 듯 대답이 없었다.

♤ ♥ ♧

어느덧 4월이 되었다. 꽃샘추위도 물러가서 날씨는 연일 화창하고, 정원에도 한창 봄꽃이 피어나기 시작했지만, 지환의 집에는 때아닌 전쟁 분위기가 감돌고 있었다. 왜냐하면 4월 중순에 검정 고시가 있기 때문에!

마침 같이 살고 있겠다, 은하는 정말 목숨 걸고 가르쳤다. 물론 덩어리들도 열심히 공부했고, 넷 중에서도 5월에 결혼식을 앞둔 일영이 가장 열심이었다. 어찌나 열심히들 하는지 큰형님이 은근히 질투할 정도였다.

"주말인데 우리 영화 보러 갈까?"

슬며시 다가온 지환의 손을 뿌리치고 은하는 교재를 집어 들었다.

"미안, 오빠. 시험이 며칠 안 남아서 오늘은 하루 종일 공부하기로 했어."

결국 지환은 토라지고 말았다.

"그까짓 거 떨어지면 하반기에 다시 보면 되지, 뭘 그렇게 목숨 걸고 해?"

"당연히 목숨 걸어야지, 내긴데."

"내기?"

지환이 되묻자 은하가 움찔했다.

"아냐, 아무것도. 기억 안 나면 됐어."

무슨 소린가, 하고 생각하다 지환은 오래전에 은하와 했던 약속을 떠올렸다. 맞다, 그런 내기를 했었지! 지환은 무릎을 쳤다.

"기억났어. 한 명이라도 시험에서 떨어지면 네가 내 소원 하나 들어주는 거였지?"

떨떠름한 얼굴을 하는 은하에게 지환은 다짐하듯 물었다.

"정말 뭐든지 다 들어주는 거다?"

234

"뭐, 약속한 거니까."

은하는 마지못해 고개를 끄덕였다.

"좋아. 나중에 딴소리하기 없기다."

몇 번씩이나 다짐을 두니 은하도 은근히 불안해졌다.

"무슨 소원 말하려고 그래?"

"그건 그때 가서 얘기하자."

그새 기분이 좋아진 듯 휘파람까지 불며 제 방으로 돌아가는 지환의 뒷모습을 은하는 불안한 눈으로 바라보았다. 뭔지는 모르겠지만 아무래도 19금일 것 같은 촉이 오는데. 불길한 느낌에 은하는 새삼 결심을 다졌다. 무조건 전원 합격시키지 않으면 안 되겠어.

♤ ♥ ♧

드디어 시험이 사흘 앞으로 다가왔다. 지환은 은하가 잠시 자리를 비운 틈을 타서 덩어리들이 공부하고 있는 방으로 향했다. 아무리 생각해도 녀석들이 이렇게 열심히 하는 걸 보면 자칫 전원 합격할 것만 같았다.

하지만 지환은 꼭 은하에게 부탁하고 싶은 게 있었다. 그래서 미안하지만 한 녀석만 좀 희생해달라고 부탁할 셈이었다. 은하와의 내기는 '4월의 시험에 전원 합격'이었다. 즉 딱 한 명만 떨어져주면 되는 거다. 영영 붙지 말라는 것도 아니고, 어차피 8월이면 또 시험이 있으니 그때 붙으면 되는 거 아닌가. 동생들과는 지금껏 함께 생사를 넘나들던 사이이니, 이 정도 부탁은 당연히 들어주리라 생각했다. 지환이 공부방 문을 열려는데, 민규가 놀리듯 묻는 소리가 들려왔다.

"근데 일영이 형님, 너무 열심히 하시는 거 아닙니까?"

일영이 대답했다.

"아비가 돼서 가오가 있지, 자식새끼 태어나기 전에 고졸은 돼야 할 거 아니냐. 일단 이것부터 붙여놓고 또 빡세게 공부해서 8월에 고등학교 검정고시 볼 거다."

일영이 그런 생각을 하고 있는 줄은 미처 몰랐던 지환은 내심 놀랐다.

"그럼 저희도 열심히 해서 형님이랑 8월에 같이 또 시험 보겠습니다."

"너희들은 애도 없으면서 뭐가 그렇게 급해?"

일영의 물음에 나머지가 한마디씩 했다.

"저희는 나중에 수능까지 볼 겁니다. 은하 누님이 사회인 전형인가 뭔가 있다고 하셨습니다."

"전 대학 가서 요리 배울까 합니다."

"저는 영어 배우러 미국에 어학연수 가고 싶습니다."

"새꺄, 미국은 자칫하면 거기 갱들한테 총 맞아, 안 돼. 호주나 오스트레일리아 같은 데 가."

"형님 호주가 오스트레일리아 아닙니까?"

"그건 인마, 오스트리아지. 이런 놈들이 꼭 오스트레일리아 가서 캥거루 찾아요."

"아, 맞다. 오스트레일리아는 그거 아닙니까? 베토벤."

"모차르트, 무식한 놈아."

덩어리들은 한참 서로의 꿈을 이야기하며 낄낄거렸다. 은하가 이들에게 단순히 공부만 가르친 게 아니라는 걸 지환은 새삼 깨달았다. 겨우 초등학교밖에 못 나온 전직 깡패들에게 미래에 대한 꿈과 희망이라는 걸 갖게 만든 것이다.

"그래, 우리도 열심히 공부해서 한번 사람답게 살아보자."

우리도 남들처럼, 사람 사는 것처럼 살 수 있다는 희망을.

열려던 문에서 손을 떼고 지환은 조용히 돌아섰다.

♠ ♥ ♧

드디어 시험 당일.

"별거 아니에요. 그냥 평소에 문제 풀던 것처럼 생각하고 하면 돼요."

파이팅을 외치며 씩씩하게 덩어리들을 들여보내고 나서 정작 은하가 더 긴장해 어쩔 줄을 몰랐다.

"왜 이렇게 겁을 먹어."

부들부들 떨기까지 하는 은하를 지환이 꼭 안아주었다.

"내가 엉뚱한 소원 얘기할까 봐 그래? 그런 거면 그냥 말 안 할게."

"그런 거 아니야."

어릴 때부터 은하는 늘 시험이 두려웠다. 그야 아무리 시험을 잘 봐도 부모님 눈에 차는 결과가 나온 적은 한 번도 없었으니까.

"혹시 떨어지기라도 하면 상처받을까 봐 그래."

모두들 그렇게 열심히 공부했는데 혹시나 결과가 뜻대로 나오지 않으면 어떡하지. 옛날에 시험을 망칠 때마다 스스로 자책했던 게 떠올라서 은하는 덩어리들이 상처받을 게 두려웠다.

"걱정 마. 녀석들 모두 붙을 테니까."

지환은 은하의 등을 토닥이며 장담했다.

"내 동생들은 내가 잘 알아."

다행히도 시험을 마치고 나온 덩어리들은 하나같이 표정이 밝았다.

"저희 시험 완전 잘 본 것 같습니다."

"이러다 전 과목 백 점 맞는 거 아닙니까?"

결과는 5월 초나 되어야 나오겠지만, 뻐기기까지 하는 것을 보고 은하는 그제야 가슴을 쓸어내렸다.

그날 저녁, 그동안 고생한 덩어리들과 은하를 위해서 지환이 크게 한턱을 쏘았다. 철저히 예약제로 운영되는 유명한 고깃집인데, 기본 3개월 전 예약은 물론이고 그나마도 삼대가 덕을 쌓아야 예약이 가능하다고 할 정도로 경쟁이 치열한 곳이라고 했다. 다행히 목마른 사슴에서 납품하는 집이라 예약 없이 자리를 내줬다는 것이다.

"정말 고생들 많았어요."

"에이, 누님이 고생하셨죠. 과외비도 안 받으시고."

"저 부자예요, 요즘 금값 많이 올라서."

식당에 도착해 웃고 떠들면서 안으로 들어가려는데, 문득 지환이 우뚝 걸음을 멈췄다.

"오빠?"

왜 그러나 싶어 쳐다보자, 지환이 굳은 얼굴로 어딘가를 바라보고 있었다. 그의 시선의 끝에 있는 사람들을 보고 은하는 심장이 내려앉는 것을 느꼈다. 엄마, 그리고 그 옆에 서 있는 아버지. 바로 은하의 부모였다. 모임을 마치고 나오는 길인 듯 주위에는 다른 사람들도 여럿 있었다.

"여보."

어머니가 먼저 은하를 보고 놀란 얼굴로 아버지의 옆구리를 쿡 찔렀다. 아버지도 은하를 보자마자 얼굴이 굳어졌다. 날뛰기 시작하는 심장을 은하는 애써 진정시켰다. 동요할 필요가 없다, 모르는 사람들일 뿐이다.

"들어가요, 우리."

지환을 재촉해서 돌아서려고 했을 때, 누군가가 은하를 불렀다.

"어머나, 은하 아니니?"

맙소사. 은하는 눈을 감고 속으로 탄식했다. 고상하게 차려입은 부인이 반가운 표정으로 다가왔다. 어린 시절부터 자주 보던 부모님의 지인이었다.

"세상에, 부모님 약주 드셨다고 네가 모시러 온 거야? 착하기도 해라."

은하가 가족과 의절한 것을 모르는 모양이었다.

"이왕 올 거, 좀 더 일찍 와서 같이 밥 먹지 않고. 여기 한우 오마카세 무척 맛있었는데."

어른이 말씀하시는데 무시할 수도 없어서, 어쩔 수 없이 은하는 마주 인사를 했다.

"안녕하셨어요."

부모님의 다른 지인들도 은하를 보고 한마디씩 건넸다.

"아유, 은하 오랜만이구나."

"그래, 잘 지냈고?"

"은하도 시집갈 때가 됐나 봐. 어쩜 못 본 사이 더 예뻐졌구나."

몇 마디 덕담을 건네던 사람들이 문득 당황한 얼굴로 어딘가를 쳐다보았다. 돌아보자 언제 멀어졌는지 덩어리들이 저만치 멀찍이 서 있었다.

"아니, 뭐 이렇게 살벌한 사람들이 얼씬대고 그래?"

방금 은하에게 예뻐졌다고 칭찬하던 부인이 혼잣말을 하며 이맛살을 찌푸렸다. 격이 맞지 않는 사람들이 자신들과 한 공간에 있는 게 무척 불쾌하다는 듯한 얼굴이었다.

그때 일영이 저만치서 부르는 소리가 들렸다.

"형님, 거기서 뭐 하십니까? 얼른 들어가시죠!"

갑자기 웬 엉뚱한 소린가 하다가 은하는 가슴이 철렁했다. 나와 모르는 사이인 척하려는 것이다.

"어, 그래."

어물어물 가려는 지환의 팔을 딱 붙잡고 은하는 잘라 말했다.

"저 곧 결혼해요."

"응?"

놀란 듯이 쳐다보는 부모님의 지인들을 향해 은하는 지환을 힐끗 눈짓으로 가리켰다.

"저하고 결혼할 사람이에요."

삽시간에 주위가 찬물을 끼얹은 듯이 조용해졌다. 은하는 이어서 저만치 뒤에 서 있는 덩어리들을 가리켰다.

"저쪽은 제 시동생 될 사람들이고요. 제 남편 될 사람한테 동생이 좀 많아서요."

부모님의 지인들은 그야말로 눈알이 튀어나올 것 같은 표정으로 은하와 지환, 그리고 그 뒤에 서 있는 덩어리들을 번갈아 쳐다보았다.

'깡패하고 결혼한단 말이야?'

무슨 생각을 하는지 얼굴에 쓰여 있었지만 차마 화를 낼 수는 없었다. 처음에 자신도 그렇게 생각했었으니까.

지환이 부모님의 지인들을 향해 허리를 숙였다.

"안녕하십니까, 서지환이라고 합니다."

목소리가 미세하게 떨리고 있었다. 은하는 지환이 이토록 긴장한 것을 처음 보았다. 마음이 아파서 그의 손을 힘주어 꼭 잡는데, 다른 쪽 손목을 거칠게 잡아채였다.

"나 좀 보자."

이를 악문 어머니가 은하를 식당 뒤의 정원으로 끌고 갔다.

"너 지금 일부러 이러는 거니?"

은하의 손을 내동댕이치자마자 어머니가 노려보았다.

"일부러라뇨? 저도 여기 밥 먹으러 왔어요. 그냥 가려고 했는데 엄마 친구분이 먼저 알아보시는 바람에 인사드린 것뿐이에요."

"곧 선거야. 이 멍청한 것아!"

어머니가 화를 터뜨리며 한쪽 발을 쿵 굴렀다.

"네 아빠 조폭 사위 얻는다고 동네방네 광고할 셈이야? 응?"

"걱정 마세요. 사위라고 생각하지 않으니까요."

은하는 어머니의 눈을 쳐다보며 딱 잘라 말했다.

"제가 딸이 아닌데 어떻게 제 남편이 사위가 되겠어요?"

기어이 어머니가 분노를 폭발시켰다.

"이 건방진 계집애가!"

어머니가 손을 치켜드는 것을 은하는 눈도 깜짝하지 않고 바라
보았다. 겁을 먹고 움츠리거나 피하는 것조차 자존심이 상하는 일
같았다. 그러니 어디까지나 당당하게 어깨를 펴고 똑바로 마주 볼
셈이었다. 하지만 지환이 잽싸게 끼어드는 바람에 손은 결국 은하
의 뺨이 아닌 지환의 팔에 가서 맞았다.

"은하는 아무 잘못이 없습니다."

지환은 어머니와 은하 사이를 막아서서 고개를 숙였다.

"다 제 잘못이니 부디 저를 때려주십시오, 어머님."

지환의 태도에 어머니는 더 화가 난 것 같았다.

"깡패 새끼 주제에 감히 누구더러 어머니래? 응?"

어머니는 씨근거리며 주먹으로 사정없이 지환을 때리고 걷어
차기 시작했다.

"그래, 어디 맞아봐!"

지환은 고개를 숙인 채 묵묵히 은하 어머니의 폭행을 받아냈다.
오히려 자기가 용서를 빌면서.

"죄송합니다."

이미 노년에 접어든 여자의 주먹 따위가 지환에게 아플 리 없었지
만, 은하에게 있어서는 제가 맞는 것보다 훨씬 더 고통스러웠다.

"때리지 마!"

은하는 어머니의 팔을 붙잡고 늘어졌다.

"엄마가 왜 이 사람을 때려? 대체 무슨 자격으로!"

겨우 지환에게서 떼어놓자, 분이 덜 풀렸는지 어머니는 이번엔 은하의 머리채를 잡았다.

"미친년이 아주 집안을 망하게 하려고!"

딸의 머리채를 단단히 휘어잡고 욕설을 내뱉는 그 모습에서 법조인의 아내이자 교수다운 품위는 손톱만큼도 찾아볼 수 없었다.

"사모님, 그만하십쇼!"

"은하 누님!"

결국은 덩어리들이 달려들어 붙잡고 겨우 떼어냈다.

"이거 놓지 못해?"

팔을 뿌리치자마자 어머니는 방금 자신을 은하에게서 떼어낸 민규에게 사정없이 따귀를 날렸다.

"더러운 것들이 감히 어디다 손을 대!"

어머니는 부들부들 떨며 폭언을 퍼부었다.

"너희 같은 새끼들은 죄다 감방에 집어 처넣어야 하는데!"

어머니뻘 되는 어른의 폭언에 덩어리들은 모두 고개를 숙이고 입술을 깨물었다.

"사회의 암 덩어리 같은 것들! 너희 같은 범죄자들은 이렇게 뻔뻔하게 햇빛 보고 살면 안 되는 거야! 알아들었어, 이 더러운 새끼들아!"

눈에 핏발을 세우고 고래고래 외치는 어머니의 모습이 마치 악귀와도 같아서, 은하는 차라리 희극의 한 장면 같다고 생각했다.
도대체 누가 사회의 암 덩어리고 누가 선량한 시민인가.

"그만해!"

아버지가 와서 어머니를 진정시켰다.

"사람들 보는데 이게 무슨 망신이야?"

어머니를 책망하는 듯하면서도 아버지의 싸늘한 시선은 은하를 향해 있었다. 이어서 지환과 덩어리들을 마치 벌레 보듯 한 번 훑어보고, 어머니의 팔을 잡아끌었다.

"이러지 말고 가자고."

머리채를 잡힌 것보다도, 오히려 그 눈빛이 오래도록 뒤에 남았다.

♤ ♥ ♧

결국 식사는 취소되었고, 은하는 집에 돌아오자마자 방에 틀어박혔다.

"혼자 있고 싶어, 오빠."

고맙게도 지환은 순순히 은하를 내버려두었다. 이불을 뒤집어쓰고 은하는 입술을 깨물었다. 어머니가 저렇게까지 교양을 완전히 내던지고 날뛰는 건 처음 봤기 때문에 놀라기는 했지만, 새삼 상처받을 것은 없었다. 태현의 일을 없던 걸로 해달라고 했을 때, 기대는 이미 모두 접었으니까. 단지 덩어리들에게 부끄럽고 미안해서 죽을 것만 같았다.

은하는 덩어리들의 어린 시절에 대해서 이미 들은 적이 있었다. 자신이 여태 빨간불에 길 한 번 건너지 않고 살아올 수 있었던 것

244

은, 부유하고 많이 배운 부모 아래 태어나 자랐기 때문이다. 자신도 그들처럼 불우한 환경에서 태어났다면, 지금과 같이 멀쩡하게 자랐을 거라고 장담할 수 없었다.

이미 저지른 죄에 대해선 변명의 여지가 없다 해도, 그래도 지금은 참회하고 열심히 살려고 노력하는 사람들인데. 사람답게 살아보고 싶어서, 낮에 일하고 밤에 공부해 검정고시까지 보고 온 사람들인데.

— 너희 같은 범죄자들은 이렇게 뻔뻔하게 햇빛 보고 살면 안 되는 거야! 알아들었어, 이 더러운 새끼들아!

덩어리들의 상처받은 표정을 떠올리고, 은하는 입술을 깨물었다. 지환은 이제 자신과 한 몸이나 마찬가지니까 당해도 어쩔 수 없다고 치지만, 아무 상관도 없이 따귀를 얻어맞은 민규 얼굴은 또 어떻게 본단 말인가. 너무 미안해서, 사과조차 할 엄두가 나지 않아서, 차라리 이대로 눈을 감아버렸으면, 하는 생각도 들었다. 하지만 미안하다고 죽을 수도 없는 노릇이니 할 수 있는 건 한 가지뿐이었다. 진심으로 사과하고 용서를 비는 수밖에.

한참 후에야 은하는 용기를 쥐어짜내서 방을 나왔다. 만약 사과해도 풀리는 기색이 없으면 이 집에서 나갈 각오까지 했다. 무슨 얘기를 하고 있었는지, 지환과 덩어리들은 거실에 모여 앉아 있다가 2층에서 내려오는 은하를 보고 흠칫 놀라며 일어섰다.

"누님."

일영이 눈짓을 하자 민규가 다가와서 등 뒤에 감추었던 뭔가를 내밀었다.

"이거, 아까 식사하면서 드리려고 했던 건데요."

커다란 꽃다발이었다.

"그동안 저희를 가르쳐주셔서 감사합니다, 누님."

오늘 낮에 시험을 본 네 명의 덩어리들이 일제히 고개를 숙였다.

'화난 게 아니었어.'

안도의 한숨을 내쉬는데, 덩어리들 중 하나가 불쑥 말했다.

"죄송합니다, 형수님."

갑자기 사과를 받아서 놀란 은하에게 덩어리들이 한마디씩 했다.

"저희 때문에 어머님한테 그런 말씀까지 듣게 만들어서 정말 죄송합니다."

몇은 울먹이고 있었다.

"그래도 누님, 나가지 말고 그냥 여기 있어주시면 안 됩니까?"

민규가 주먹으로 눈물을 훔치며 말했다.

"저희가 누님 부끄럽지 않게 더 열심히 공부하겠습니다."

"앞으로 정말 착하게 살겠습니다."

그제야 은하는 이들이 왜 이러는지를 알았다. 지환이나 자신들과 어울렸기 때문에 은하가 부모에게 의절당한 거라고 생각하는 것이다.

"여러분 때문이 아니에요."

울지 않으려고 했는데, 그만 눈물이 나고 말았다.

"저는 살면서 제 가족에게 한 번도 가족다운 대접을 받아본 적이 없었어요. 늘 못난 자식, 부끄러운 동생일 뿐이었어요."

부끄럽고 비참한 마음에 은하는 고개를 푹 숙이고 울먹였다.

"더는 견디기 힘들어서 연을 끊은 거예요. 여러분과는 상관없어요."

거실 바닥에 굵은 눈물방울이 뚝뚝 떨어졌다. 누구도 차마 할 말을 찾지 못하고 한참 침묵만 흘렀다.

"이렇게 된 거, 그냥 저희가 누님의 가족이 되면 안 되겠습니까?"

이윽고 입을 연 것은 일영이었다.

"저희 열두 명은 모두 피 한 방울 안 섞인 남남이지만, 여태 한 가족이라고 생각하지 않은 적이 없습니다. 그렇게 서로 의지하면서 살아왔습니다."

"…."

"니미 그까짓 핏줄, 그딴 게 뭐 그리 중요합니까? 서로 뭣 같은 일 있으면 위로해주고, 좋은 일 있으면 같이 기뻐해주고. 그러면 그게 가족이죠."

"정말 그래도 돼요?"

되묻는 은하의 목소리가 떨려 나왔다. 지금껏 이 집에서 지내면서도 늘 얹혀 있는 기분이었는데, 이제 진짜 가족이 되자는 말을 듣자 가슴속에서 무언가가 울컥하고 치밀었다.

"정말 제가 여러분의 가족이 되어도 될까요?"

덩어리들이 합창을 했다.

"예!"

새롭게 눈물이 솟아난 것은 슬퍼서가 아니라 기뻐서였다. 나한테도 진짜 가족이 생겼다는 게.

"흑…!"

소리 내어 울음을 터뜨리는 은하를 덩어리들이 둘러싸고 어쩔
줄을 몰라 하다가 결국 한 명씩 돌아가며 안아주었다.

"형수님, 울지 마십쇼."

"뚝 하십쇼, 누님. 예?"

못마땅한 듯이 쳐다보고 있던 지환이 결국은 은하를 빼앗아다
가 제 품에 가두고 으르렁댔다.

"보자 보자 하니까 이놈들이."

지환의 가슴에 기대서 은하는 울며 웃었다.

♤ ♥ ♧

"큰형님, 웬 검사가 와서 형님을 좀 뵙고 싶다고 하는데요."

부하가 곤란한 표정으로 고양희에게 불청객의 방문을 알렸다.

"검사?"

부하가 공손히 건네는 명함에는 '서울중앙지방검찰청 검사 장
태현'이라고 쓰여 있었다. 검찰에 불려가 조사를 받은 적이야 여
러 번 있지만, 검사가 직접 찾아와서 만나자는 건 또 처음이다. 대
체 무슨 일일까. 고양희는 조금 긴장해서 나갔다. 응접실 소파에
서른이나 될까 말까 한 젊은 남자가 앉아 있다가, 고양희가 들어
오는 걸 보더니 맞은편 자리를 턱짓으로 가리켰다.

"어, 그래, 이리 와서 앉아봐."

새파랗게 어린놈이 보자마자 반말지거리를 하는 바람에 고양
희는 어이가 없었다. 아무리 제가 현직 검사고 이쪽은 깡패라지만
이렇게 천지 분간 못하는 놈이 있나? 세상에 돈이면 안 될 일이 없

었다. 판사 출신 변호사들도 꽤 여럿 고용하고 있는데, 나이도 어린 평검사 나부랭이가 하늘 높은 줄 모르고 날뛰는 게 그렇게 같잖을 수 없었다.

"고양희입니다."

고양희는 맞은편에 털썩 앉으며 대놓고 비꼬았다.

"영감님께서 어떻게 이 누추한 곳까지 몸소 행차를 하셨습니까? 그저 불러만 주시면 제가 어디든 냉큼 달려갈 것을."

자기소개도 생략하고 상대는 다짜고짜 물었다.

"혹시 서지환이라고 아나?"

이 검사란 작자는 왜 날 찾아와서 그놈 얘기를 꺼내는 거지.

"글쎄요, 잘 모르겠습니다만?"

별로 협조할 마음이 없어서 고양희는 퉁명스럽게 대꾸했다. 상대가 픽 웃고 질문을 바꿨다.

"그럼 서울지검 장재석 검사장은 알지?"

물론 알고 있다. 고양희를 처음으로 감옥에 보낸 게 바로 그 검사였으니까. 얼마나 독한 인간인지, 당시 깡패들 사이에서는 담당 검사로 장재석이 걸리면 그냥 인생 종 쳤다고 봐야 한다는 얘기가 돌 정도였다. 역시나 그 독기로 검찰 내에서도 승승장구하고 있어서, 결국은 검찰총장까지 갈 거라는 소문까지 익히 들어 알고 있었다.

"예, 물론."

소파 등받이에 깊숙이 등을 기대며 태현은 간단히 말했다.

"우리 아버지야."

젠장, 그러면 그렇다고 미리 말할 것이지. 속으로 욕설을 내뱉으며 고양희는 얼른 자세를 고쳐 앉았다.

"아이고, 진작 말씀을 하시지 그러셨습니까. 제가 옛날부터 춘부장께 신세 많이 졌습니다."

말투도 더없이 공손해졌다.

"그런데 그 아드님 되시는 분께서 저한테 무슨 용건이신지요?"

태현은 가방에서 두꺼운 서류 봉투를 꺼내 테이블 위에 턱 하고 내던졌다.

"일단 이것 좀 보고 얘기합시다."

서류 봉투에서 나온 것들을 본 고양희의 얼굴이 싸늘하게 굳었다. 장기 매매, 인신매매, 불법 사채, 인터넷 도박. 모두 야옹이파가 했던, 혹은 현재까지 하고 있는 사업에 대한 자료였다. 이걸 검찰이 다 갖고 있었을 줄이야.

"여태 예뻐서 봐준 줄 아는 모양인데."

소파에 등을 비스듬히 기대고 다리를 꼬고 앉은 태현이 느긋하게 말했다.

"나중에 다 쓸데가 있어서 모아둔 것뿐이야."

지금까지 카지노 건을 포함해서 벌써 여러 번 걸렸는데도 검찰의 수사는 늘 형식적이었다. 비싼 변호사를 고용해서 잘 대처했기 때문에 그 정도로 넘어간 줄 알고 있었는데, 그게 아니라 다 계획이 있었다는 건가. 고양희는 이마에 식은땀이 배어나는 것을 느꼈다.

"사회악을 일망타진한 정의로운 검사가 검찰총장이 된다, 멋지지 않나?"

들으라는 듯이 중얼거리고 나서 태현은 갑자기 화제를 바꿨다.

"그럼 다시 묻지. 서지환이라고, 알지?"

이번에는 고양희도 순순히 고개를 끄덕였다.

"예, 물론입니다. 원래 저와 같이 불독파라는 조직에 있었습니다."

당시 부두목은 저였고, 서열상으로도 나이상으로도 분명 불독 형님 다음 보스는 자신이어야 했다. 지환에게 보스 자리를 빼앗긴 걸 생각하면 지금도 이가 갈리는 고양희였다.

"놈이 불독파 보스였습니다."

마치 떠보는 것처럼 태현은 고양희를 바라보았다.

"그래? 지금은 뭐 사회적 기업이니 뭐니, 겉으로 보기엔 갱생해서 아주 열심히 사는 것 같던데."

저도 모르게 목소리에 진심 어린 증오가 담겼다.

"쇼하는 거죠. 제가 이 바닥 인생들을 수도 없이 봐왔지만, 한번 깡패 새끼는 그냥 뒈질 때까지 깡패 새끼일 뿐입니다."

그 순간 태현의 얼굴에 처음으로 흡족한 미소가 떠올랐다.

"거 고양희 씨, 말이 좀 통하는 양반이네."

한바탕 크게 웃고 나서 태현이 바싹 다가앉으며 목소리를 낮췄다.

"그래서 말인데."

고양희는 침을 꿀꺽 삼켰다.

♠ ♥ ♣

아침에 지환과 덩어리들이 출근하고 나서 은하는 컴퓨터 앞에 앉았다. 그동안 덩어리들의 시험 준비 때문에 미뤄왔던 일을, 이제는 진짜로 다시 시작할 때였다. 태현에게 납치되었을 때부터니까 이래저래 한 달이 넘게 쉰 셈이었다. 얼마 전 병원에 가서 공연하고 온 후, 빨리 다시 채널을 운영해 많은 아이들을 만나고 싶은 의욕은 충만했지만 당장은 무엇부터 해야 할지 막막했다. 촬영과 편집도 물론이지만, 이제는 아이템 회의를 함께할 스태프조차 없이 모두 혼자서 해내야 하는 것이다.

그동안 떨어진 감을 보충할 겸 은하는 우선 예나의 채널에 들어가서 가장 최근 영상을 보았다.

– 여러분 안녕! 오늘은 예나가 로빈이랑 같이 플레이월드에 왔어요!

놀이공원 입구에 선 예나가 활짝 웃으며, 같은 회사의 남자 크리에이터와 나란히 카메라를 향해 손을 흔들었다.

– 로빈, 유령의 집에 들어가기 전에 우리 내기 하나 할까요?

콘텐츠 자체는 특별할 게 별로 없는데도, 말솜씨로 시종일관 재미있게 이끌어가는 예나를 보고 은하는 감탄했다. 역시 골드버튼을 거저 딴 건 아니로구나. 은하가 이런저런 일로 두 번이나 길게 쉬는 동안, 예나는 구독자 수 이백만을 향해 거침없이 달려가고 있었다.

영상을 보면서 은하는 아쉽게 생각했다.

'우리가 가면 훨씬 더 재밌을 텐데.'

아마 지환도 그렇고, 덩어리들 대부분이 놀이공원 같은 곳은 한 번도 못 가봤을 것 같았다. 요즘 세상에 어른이 돼서 생전 처음으로 놀이공원을 가보는 사람들이 어디 흔하겠는가. 일부러 구하려고 해도 힘들겠다.

'엄청 재밌는 리액션이 나올 것 같은데….'

그렇게 생각하다 은하는 문득 벼락을 맞은 것 같은 느낌을 받았다.

'잠깐! 하면 되잖아?'

그래, 덩어리들과 함께 영상을 제작하면 되는 거였다.

'왜 진작 이 생각을 못 했을까?'

― 큰형님 침대에 장난감 뱀을 넣어보았어요. (걸리면 사망!)

― 고기 먹방, 먼저 소부터 잡아봐요!

― 극한체험, 큰형님이 누님의 경차를 운전해요!

벌써부터 재미있는 아이디어가 퐁퐁 샘솟아서 심장이 마구 두근거리기 시작했다.

'이거라면 분명 잘될 거야.'

대박의 예감에 은하는 주먹을 불끈 쥐었다.

♤ ♥ ♧

퇴근해서 돌아온 덩어리들은 저녁이 차려져 있는 테이블을 보고 깜짝 놀랐다. 평소 집안일은 당번을 정해서 순번대로 돌아가며 하고 있고, 거기에 은하는 끼어 있지 않았다. 특히나 요리는 절대로 은하가 손대지 못하도록 신신당부를 해두었는데 이게 무슨 일인가.

"이젠 저도 가족이잖아요? 그러니까 앞으론 저도 당번시켜주세요."

일터에서 돌아온 커다란 난쟁이들을 위해 식사를 준비한 백설공주가 앞치마를 두르고 방긋 웃었다.

"얼른 손들 씻고 와요, 배고플 텐데."

잠시 후 지환까지 퇴근해서 총 열세 명이 커다란 테이블에 둘러앉았다.

"맛이 어떨지 모르겠어요. 한꺼번에 이렇게 많은 양을 해보기는 처음이어서요."

점심나절부터 준비했다며 은하는 수줍어했다.

"잘 먹겠습니다, 누님!"

숟가락을 들고 밥을 먹기 시작한 덩어리들의 얼굴이 차례로 굳어갔다. 떡볶이 때와 마찬가지였다. 보기에는 그럴듯한데 정말 지독하게 맛이 없었다. 사실 은하는 어릴 적부터 조미료를 독약 취급하는 어머니 밑에서 자라서, 늘 간이 심심하고 밍밍한 음식에 길들어져 있었다. 그러니 '조미료=맛'이라는 공식에 따라 뭐든 듬뿍듬뿍 퍼 넣고 음식을 만드는 덩어리들의 입맛에는 안 맞을 수밖에. 덩어리들은 자기들끼리 눈빛을 교환했다.

'미각에 좀 문제가 있으신 거 같지 않냐.'

'가방끈이 길어지면 혀에 문제가 생기는 걸까요?'

콩나물무침이든 된장찌개든 심지어 고등어구이든 맛이 다 똑

같았다. 하나같이 그저 밍밍하기만 한 것이, 소금조차도 극도로 자제한 자연 그대로의 맛이었다. 덩어리들은 당장이라도 소금 통을 가져와서 팍팍 치고 싶은 것을 꾹 참고 수저를 움직였다.

그 와중에 표정 하나 변하지 않고 묵묵히 드시는 큰형님이 감탄스러울 뿐이었다. 역시 사랑의 힘은 위대하구나!

"근데 웬일로 누님께서 요리를 다 하셨습니까?"

일영의 말에 은하가 숟가락을 놓고 눈을 반짝였다.

"사실은 여러분한테 부탁이 있어서요."

"부탁이요?"

"저하고 유튜브 안 해보실래요?"

엉뚱한 말에 덩어리들이 의아하게 바라보았다.

"키즈 채널이라고 꼭 테이블 놓고 앉아서 장난감 갖고 놀기만 하는 건 아니거든요. 여기저기 밖으로 돌아다니면서 노는 것도 보여주고, 일상의 소소한 에피소드를 미니드라마처럼 보여주는 채널도 있는데, 우리도 그런 걸 해보는 거예요."

은하는 열심히 설명했다.

"콘텐츠는 아이템 회의를 해서 제작하고, 촬영이랑 편집은 당분간 제가 맡을게요. 물론 수익이 생기면 공평하게 나눌 거고요."

덩어리들은 서로 얼굴을 쳐다보며 머뭇거렸다.

"저희같이 살벌한 놈들이 나오는 걸 애들이 보겠습니까?"

그들이 생각하기에는 키즈 유튜버란 은하 누님처럼 발랄하고 상냥하고 예쁜 사람들이나 하는 거지, 아무래도 자기들이 할 수 있는 일이 아닌 것 같았다. 하지만 은하는 자신 있게 말했다.

"걱정 마세요. 병원에 봉사 갔을 때, 아이들이 여러분을 무섭다고 피하던가요?"

그래도 덩어리들은 쉬이 대답하지 못했다. 카메라 앞에 설 자신도 없고, 뭘 어떻게 해야 할지도 모르겠고. 차마 누님이 말씀하시는데 딱 잘라 거절할 수도 없어서 어쩔 줄 몰라 하고 있는데, 지환이 입을 열었다.

"나는 할게."

모두들 놀라서 큰형님을 쳐다보았다. 제일 꺼려 할 것처럼 생긴 분이?

"은하 넌 이걸 꼭 해보고 싶은 거잖아?"

"응!"

은하가 열렬히 고개를 끄덕이자 지환은 엷게 미소를 지었다.

"그럼 협조해야지."

큰형님이 먼저 나서니 덩어리들도 끝내 마다할 수는 없게 되었다. 눈짓으로 서로 의견이 일치했다는 걸 확인하고, 일영이 총대를 멨다.

"대신에 조건이 하나 있습니다, 누님."

"뭔데요?"

긴장한 은하에게 일영은 진지하게 말했다.

"두 번 다시 요리는 하지 마십쇼."

"네?"

크게 당황한 은하에게 민규가 허둥지둥 덧붙였다.

"저희는 누님 손에 물 한 방울 묻히고 싶지 않습니다. 안 그렇습니까, 형님들?"

"그렇지!"

덩어리들이 한목소리로 대답했다.

"형수님 혼자 이 많은 걸 준비하시느라 얼마나 고생하셨겠습니까?"

"마음이 아파서 도저히 밥이 안 넘어갑니다."

"그러니까 다시는 주방에 들어가지 마십쇼. 제발 부탁입니다."

이 얼마나 나를 소중하게 여겨주는 사람들인가! 은하는 영문도 모르고 감동에 젖었다.

♤ ♥ ♧

그로부터 일주일 후, 〈미니와 친구들〉의 구독자들은 오랜만에 새 영상이 올라왔다는 반가운 알림을 받게 되었다.

— 미니에게 덩치 큰 친구들이 생겼어요!

원래 〈미니와 친구들〉이었던 채널 이름도 이렇게 바뀌어 있었다. 〈미니와 커다란 친구들〉.

첫 영상의 내용은 주로 등장인물들의 소개였다.

— 걱정해서요. 미니 언니 아파써요. 이제아프지마요.

— 커다란 아저씨들 귀여워요.

— 재미있게 봤어요. 그런데 미니 언니하고 커다란 친구들은 실제로

무슨 사이인가요?

반가운 구독자들의 댓글에 은하는 생긋 웃고 대답을 달았다.

– 저희는 가족입니다!^^

5

미니와
커다란 친구들

야심 차게 방송을 시작한 지 2주가 지나 3주차가 되었지만 별로
반응은 없었다. 미니 언니가 장난감을 가지고 놀아주는 것에 익숙
했던 기존의 구독자들은 예전보다도 반응이 더 시들했다.

   − 전에가더재미잇엇어요다시돌아가면않되요.
   − 만들기 놀이는 언제 해요?
   − 재미는 있는데 콘셉트가 바뀐 후로 뭔가 눈높이가 좀 높아진 느낌
     이라 유아를 둔 부모로서는 아쉽네요.

이런 댓글이 자꾸만 달려서 덩어리들은 그때마다 낙담했다.
"역시 우리 같은 놈들이 언감생심 유튜브 같은 걸 하는 게 아니
었나 봅니다."

누님께 도움이 되고 싶은 마음에 하기로 한 건데, 도움은커녕 오히려 발목을 잡는 것 같은 느낌이 들지 않는가.

"지금이라도 그냥 저희는 빠지는 게 좋지 않겠습니까?"

"시작한 지 얼마 되지도 않았는데 벌써 포기하면 안 되죠. 채널 이름도 바꿨는데."

하지만 은하는 완강했다.

"인기는 원래 없었어요. 그래도 제가 혼자 할 때보다는 나은데 요? 어제도 구독자 열 명이나 늘었고."

오히려 은하가 덩어리들을 격려했다.

"부담 갖지 말고, 그냥 우리끼리 재미 삼아 하는 거라고 생각하 고 편하게 해요."

♤ ♥ ♧

그날 밤. 큰형님 몰래 모여서 야밤에 술 파티를 하기로 한 덩어 리들은 은하에게 생각이 미쳤다. 큰형님이야 혹시 저희들이 사고 칠까 봐 술 먹는 걸 펄쩍 뛰고 싫어하시지만, 은하 누님이라면 비 밀을 지켜주지 않을까?

"우리 누님도 모셔올까?"

"좋지!"

몇몇이 살금살금 발소리를 죽여 은하의 방으로 향했다. 노크를 했는데도 대답은 없고, 뭔가 남자가 떠드는 소리 같은 것이 들려 왔다. 무슨 일인가 싶어서 살짝 문을 열어보자 노트북이 놓인 책 상 앞에 쓰러지듯 웅크려 잠이 든 은하가 보였다.

노트북 화면 속에서는 '독학! 유튜브 편집의 모든 것'이라는 제목의 동영상이 혼자 열심히 떠들고 있었다.

— 부담 갖지 말고, 우리끼리 재미 삼아 하는 거라고 생각하고 편하게 해요.

말은 그렇게 해놓고, 은하는 밤늦게까지 혼자 영상 편집에 대한 공부를 하고 있었던 것이다. 밤새 혼자서 편집하고, 자막을 붙이고…. 덩어리들은 서로 눈빛을 교환한 뒤 은하가 깨지 않도록 조심조심 방문을 닫았다.

♤ ♥ ♧ ♣

은하는 허리가 뻐근하게 아픈 걸 느끼며 눈을 떴다. 밤늦게까지 영상 편집 공부를 하다가 그만 책상에 엎드려 그대로 잠들고 말았던 것이다. 좀처럼 구독자도 조회수도 늘지 않으니 덩어리들은 무척 낙담한 모양이었다.

'역시 우리는 안 되는가 보다.'

이제 갓 사회에 나온 병아리와도 같은 이들에게 벌써부터 좌절을 맛보게 하기는 싫었다. 처음부터 내켜 하지 않는 걸 같이하자고 졸라서 하게 됐으니, 어떻게든 최소한의 결과라도 얻어내고 싶었다. 하지만 현실적으로 은하가 할 수 있는 거라고는 그저 더 열심히 하는 것뿐이었다. 열심히 한다고 해서 반드시 결과가 따라오는 게 아니라는 점이 답답하고 슬펐다.

'또 그만두자고 하면 어떡하지….'

한숨을 쉬며 방에서 나온 은하는 깜짝 놀랐다. 거실에 카메라가 설치되어 있고, 그 앞에 덩어리들이 모여 있는 것이었다.

"친구들! 오늘은 우리가 하루 종일 나쁜 말 하지 않기에 도전해 보겠습니다."

민규의 말에 덩어리들이 주먹을 쥐고 입을 모아 외쳤다.

"도저언!"

♤ ♥ ♧

하루 종일 나쁜 말 하지 않기.

이 도전의 벌칙은 밥을 굶는 거였다. 물론 가장 불리한 사람은 평소에 욕을 입에 달고 사는 일영이었다. 도전을 시작한 지 10분 만에 이미 점심을 잃었고, 그러고도 오후에 또 욕을 하는 바람에 저녁마저 굶게 되었다. 저녁식사 때 일영이 모른 척 슬그머니 식탁에 와서 앉자 덩어리들이 눈치를 주었다.

"형님, 저녁도 굶으셔야죠."

"이거 지금 다 찍고 있습니다."

하지만 이미 점심도 거른 일영은 얼굴에 철판을 깔고 뭉갰다.

"아이 씨, 거 나중에 편집으로 좀 자르면 되지."

평소 같으면 '새끼들아'가 뒤에 붙었겠지만, 일영으로서는 나름 예쁘게 말한다고 한 게 이거였다. 하지만 덩어리들은 인정사정 봐 주지 않았다.

"아이 씨도 나쁜 말입니다, 형님."

"구독자들하고 약속한 거 아닙니까?"

결국 일영이 분통을 터뜨리며 자리를 박차고 일어났다.

"니미, 의리라고는 좆도 없는 새끼들아! 내가 더럽고 치사해서 안 먹고 만다!"

덩어리들이 벌떡 일어나서 신난다고 춤을 추었다.

"오예!"

"내일 아침도 당첨되셨습니다, 형님!"

♠ ♥ ♣

결국 일영은 전날 하루 종일에 이어 다음 날 아침까지 쫄쫄 굶게 되었다. 이렇게 되니 앞으로 욕을 하지 말아야겠다, 라고 조심하는 게 아니라 오히려 한층 더 오기가 났다.

'니미, 이런다고 내가 욕을 끊을 거 같으냐?'

원래 성격 자체가 상남자인 일영은 부러질지언정 굽히는 타입이 아니었던 것이다. 다행히 다음 날은 월요일이어서 일영은 오전 근무 시간 내내 고픈 배를 움켜쥐고 점심만 생각했다.

'큰형님더러 근처에 있는 한식 뷔페집으로 가자고 해야지.'

대망의 점심시간.

"난 나가서 점심 먹고 오겠다."

큰형님이 마치 혼자 나갔다 오겠다는 것처럼 말씀하셔서 일영은 놀랐다.

"예? 뭐 식사 약속이라도 있으십니까?"

"아까 아침에 출근할 때, 너 운전하다가 불법 유턴하는 차한테 '니미 개새끼야, 뒈지고 싶으면 혼자 뒈져'라고 하지 않았나? 그러니까 점심도 굶어야지."

얼굴색 하나 변하지 않고 아침에 일영이 했던 욕설을 그대로 읊고 나서 큰형님은 몸을 일으켰다.

"그럼 난 밥 먹으러 간다."

사무실을 나가시던 큰형님이 문득 아, 하고는 뒤돌아서 덧붙였다.

"짜장면 시켜 먹지 마라."

♠ ♥ ♣

일영은 정말로 비뚤어지고 말았다. 큰형님이고 뭐고 세상에 믿을 놈 하나 없다!

어제 하루 종일 굶고, 오늘도 점심까지 굶었으니 이제 꼬박 이틀째 굶는 거였다. 배가 고프다 못해 창자가 뒤틀리는 것 같았지만 그럴수록 더 오기가 났다. 퇴근하자마자 뒤도 안 돌아보고 제 방으로 향하는 일영에게 동생들 중 하나가 물었다.

"어 형님, 저녁 안 드십니까?"

일영은 험악하게 대꾸했다.

"니들끼리나 많이 처먹어, 새끼들아."

깔끔하게 저녁을 날려버리고 돌아서서 제 방으로 가는데 은하 누님이 말하는 소리가 들렸다.

"오늘도 일영 씨가 아무것도 못 먹었다면서요. 그래도 저녁은 먹어야죠. 누가 빨리 가서 데리고 와요, 네?"

역시 은하 누님밖에 없구나, 하고 눈물이 찔끔 나려는 순간.

"놔둬. 곧 애아빠가 될 텐데, 녀석도 이참에 말버릇 좀 고쳐야지."

큰형님의 목소리에 눈물이 도로 쏙 들어갔다.

일영은 이를 갈며 제 방에 틀어박혔다. 큰형님 말씀이 옳다는 건 알고 있지만, 그래서 더 오기가 났다. 뭐든 강제로 할수록 엇나가는 것이 바로 일영의 성격이었다.

'내가 굶어 죽으면 죽었지, 욕을 끊나 봐라!'

그러고 있는데 밖에서 반가워하는 목소리가 들렸다.

"작은 형수님!"

미호가 놀러 온 모양이었다. 은하와 지환이 헤어져 있는 동안 미호가 대신 과외를 해줘서 덩어리들은 미호와도 무척 사이가 좋았다. 하필 이럴 때, 하고 일영은 입술을 깨물었다. 애도 아니고, 고집을 부리며 밥도 굶고 방에 틀어박혀 있는 제 모습이 스스로도 한심했다.

나가보지도 못하고 있는데, 설상가상으로 미호는 뭘 하는지 한참 들어오지 않았다. 이 와중에 녀석들과 즐겁게 놀고 있는 걸까. 왕따가 된 것 같은 심정에 한심하게도 눈물이 핑 돌아서 일영은 입술을 깨물었다.

한참 만에야 겨우 문밖에서 미호의 목소리가 들렸다.

"오빠, 나 왔어요. 문 좀 열어줄래요?"

일영은 얼른 일어나서 문을 열었다.

"왔으면 빨리 들어오지…."

여태 뭐 하고 있었느냐고 투정을 부리려 했는데, 미호가 들고 있는 쟁반이 눈에 띄었다. 쟁반 위에는 커다란 양은 냄비가 놓여 있었다.

"무거워요, 좀 들어줘요."

맞다. 임신부가 무거운 거 들면 안 되는데! 화들짝 놀라 얼른 받아 들어 테이블에 옮겨놓으며 일영이 물었다.

"이게 뭐요?"

"갑자기 라면이 당겨서요. 우리 애기가 먹고 싶은가 봐요."

미호가 냄비 뚜껑을 여는 순간, 맛있는 냄새가 방 안에 확 퍼졌다. 꼬박 이틀을 굶은 가운데 맡는 라면 냄새라 순간적으로 눈이 확 돌아갈 뻔했지만, 일영은 고개를 저었다.

"난 지금 내기에 져서 굶는 중이라 못 먹어요."

"들었어요. 그래서 이건 내가 먹을 거라고 말하고 끓여 왔으니까 괜찮아요."

냄비 안의 라면은 얼핏 봐도 서너 개 분량은 되어 보였다. 퍽이나 녀석들이 그 말에 속았겠다, 알면서도 속아준 거지. 녀석들도 뻔히 알 텐데 비굴하게 먹고 싶지 않았다.

"난 됐으니까 미호 씨나 많이 먹어요."

퉁명스럽게 말하자 미호가 달래듯 말했다.

"그러지 말고 같이 먹어요. 우리 아기가 아빠 굶으면 속상하대요."

"아기는 그런 거 모르니까 괜찮아요."

"내가 속상하단 말이에요. 엄마가 속상하면 아기한테 좋은 영향이 가겠어요?"

미호가 울먹이기까지 하는 바람에 결국 일영은 마지못해 젓가락을 들고 말았다. 양은 냄비 뚜껑에 라면을 덜어서 한 젓가락 먹자 황홀한 나머지 눈앞이 아찔했다. 같이 먹자더니 정작 미호는 먹을 생각도 않고 일영을 먹이기에만 급급했다.

"많이 먹어요, 오빠."

일영이 굶었다는 걸 알고 있는 것이다. 왠지 북받쳐 올라서 일영은 불쑥 말했다.

"한심하지도 않아요?"

"뭐가요?"

"들었을 거 아뇨. 뭔 내기를 하다가 밥을 굶게 됐는지."

냄비 뚜껑 위에 김치를 얹어주다가 미호가 방긋 웃었다.

"그게 오빠 매력인데요?"

대놓고 편을 들어주니까 괜히 더 울컥하게 된다.

"곧 애아빠가 될 놈이 주둥이가 걸렌데도 괜찮다는 거요?"

"아기 태어나면 오빠가 다 알아서 조심할 텐데, 뭐하러 이래라저래라 하겠어요."

냄비 뚜껑 위에 라면을 더 덜어주며 미호는 말했다.

"오빠는 좋은 아빠가 될 건데요."

방금 덜어준 라면을 한 입 먹는데, 방금까지도 그토록 황홀하게 맛있었던 라면이 왠지 더 이상 아무 맛도 느껴지지 않았다. 자꾸만 눈시울이 뜨거워지는 바람에. 결국 일영은 젓가락을 내려놓고 미호를 꼭 껴안았다.

"앞으로 내가 욕을 하면 천하의 개새끼요."

맹세하자마자 헉, 하고 입술을 깨물었지만 착한 예비 신부는 탓하지 않고, 대신에 일영을 마주 안고 등을 토닥여주었다.

"믿어요, 오빠."

♠ ♥ ♣

'나쁜 말 하지 않기'는 처음으로 덩어리들이 직접 아이디어를 내고 스스로 찍은 영상이었다. 이 영상이 올라간 이후로 일영에게는 새 별명이 생겼다. 삑삑이 오빠. 입만 열면 삑— 삑— 하고 효과음 처리가 된다 하여 구독자들이 붙여준 별명이었다.

이때부터 덩어리들은 점점 영상 제작에 재미를 붙이기 시작했다. 아이디어도 적극적으로 냈고, 어딜 가나 카메라를 가지고 다니면서 찍어댔다. 그러다 보니 기술도 점차 늘어서 언젠가부터 촬영은 거의 민규가 도맡게 되었다. 은하로서는 한결 짐을 던 느낌이었다. 비록 구독자도 조회수도 지지부진했지만, 그것 외에는 무척 바쁘고 즐거운 봄을 보내는 가운데, 드디어 5월 초가 되어 4월에 보았던 검정고시 결과가 나왔다. 결과는 전원 합격.

"모두들 축하해요!"

덩어리들은 물론, 가르친 은하도 뛸 듯이 기뻤다.

"한 녀석만 좀 떨어지지, 뭘 다 붙고 그랬냐."

말은 그렇게 하면서도 지환은 내심 기특한 마음을 감추지 못했다. 그날 전국 세 곳의 공장 전체에 합격 축하 떡을 돌릴 정도였니까.

"내기는 내가 이겼네?"

은하가 생글거리며 하는 말에 지환은 떨떠름하게 대답했다.

"그래."

동생들이 합격한 건 기쁘지만, 소원 빌 기회가 물 건너간 것만은 못내 아쉬웠다. 사실 지환은 은하에게 꼭 부탁하고 싶은 게 있었던 것이다.

"그럼 오빠, 내가 이겼으니까 내 소원 하나만 들어주면 안 돼?"

"뭔데?"

지환은 조금 의아하게 생각했다. 은하의 부탁이라면 그냥 말해도 들어줄 텐데, 뭔데 이럴까.

"우리 결혼하면 나가서 살자고 했잖아, 오빠가."

"그랬지."

"난 이 집이 좋아. 여기서 계속 살고 싶어."

덩어리들과 계속 같이 살자는 말인 줄 알고 지환은 조금 놀랐다. 사실 지환도 이제껏 함께 살아온 동생들과 헤어지는 게 서운하지 않을 리 없었다. 자기 없이 녀석들끼리 잘해나갈 수 있을지 걱정도 되었다. 그렇다고 신부에게 시동생 열 명과 한 지붕 아래서 신혼을 시작하자고 할 순 없으니 당연히 나가서 살자고 한 것인데, 뜻밖에도 은하가 이렇게 말해주니 일단은 고마운 마음이 들었다.

"나야 고맙지만… 네가 불편하지 않겠어?"

하지만 은하는 딱 잘라 말했다.

"그러니까 따로 살아야지."

지환은 가슴이 철렁했다. 그럼 동생들을 내보내자는 얘기 아닌가.

"은하야. 여긴 물론 내 집이지만, 아무리 그래도…."

머뭇거리며 말하는데 은하가 지환의 등 뒤를 가리켰다.

"우리 저기서 살자."

돌아보고 지환은 흠칫 놀랐다. 은하의 손가락은 정원 저편에 있는 별채 건물을 가리키고 있었다. 원래 아버지 때는 워낙 조직원들이 집에 자주 들락날락하다 보니 게스트하우스로 쓰던 곳이었다. 하지만 지환이 동생들과 들어와서 살게 된 이후로는 계속 창고로 썼고, 들어가볼 일도 거의 없었다. 그래서 매일 보면서도 저런 건물이 있다는 사실조차 깜빡 잊고 있었던 것이다.

애기를 듣고 보니 왜 진작 그 생각을 못 했는지 신기할 지경이었다. 엎어지면 코 닿을 곳에 신혼집으로 딱 적합한 집이 있었는데!

"내가 들어가봤는데, 안에 잡동사니는 좀 치워야겠지만 조금만 수리하면 신혼집으론 차고 넘칠 것 같아. 방도 네 개나 되고, 거실도 넓고."

은하가 눈을 반짝였다.

"저기 살면 지금처럼 다 같이 즐겁게 지내면서도 프라이버시는 지킬 수 있을 거 아냐?"

지환은 고개를 크게 끄덕였다.

"그렇지. 밤에는 우리 둘이 마음껏 놀고."

"아무튼!"

은하가 눈을 흘기며 팔을 꼬집었지만 하나도 아프지 않았다. 지환은 은하를 품에 꼭 껴안고 중얼거렸다.

"대체 너는 어디서 왔을까?"

아직도 지환은 가끔 믿을 수가 없었다. 이렇게 똑똑하고 착하고 예쁘고 사랑스러운 여자가 세상에 또 있을까. 심지어 그 여자가 자신을 사랑해준다는 게 기적 같았다.

"…엄마 배 속에서 왔지 뭐."

약간 시무룩한 대답이 돌아와서 가슴이 철렁했다. 부모님 얘기를 꺼내려고 한 말은 아니었는데.

은하의 아버지는 지난 4월에 있었던 국회의원 선거에 당선되어 초선 의원이 되었다. 지환은 사무실에서 개표 방송을 지켜보았는데, 당선이 확정되는 순간 은하의 가족들이 얼싸안고 기뻐하는 장면이 나와 생각했었다. 부디 집에 있는 은하가 이 장면을 보지 않았기를.

아버지의 당선을 아는지 모르는지, 은하는 그 일에 대해서는 일언반구도 없었다. 그래서 지환도 입 다물고 있었는데 그만 본의 아니게 이런 식으로 부모님 얘기가 나와버린 것이다.

은하는 한참 말이 없다가, 지환이 당황해서 어쩔 줄 몰라 할 때쯤에야 불쑥 말했다.

"오빠 서운하지 않아? 미호네는 사위 생일상도 차려주는데."

지환은 안도의 한숨을 내쉬고 말했다.

"있잖아, 은하야. 널 낳아주신 것만으로도 나는 네 부모님께 감사해."

대놓고 쓰레기 취급을 받았지만, 지환은 은하의 부모가 원망스럽지 않았다. 그녀를 세상에 태어나게 해준 것만으로도 평생 감사드려도 모자랄 판이었다. 지금은 은하가 단호하게 가족과의 연을 끊고 있지만, 혹 나중에 제 어머니처럼 마음이 바뀌어 친정이 그리워지기라도 한다면 지환은 가서 무릎이라도 꿇을 각오가 되어 있었다.

하지만 은하는 아무 말도 하지 않았다.

♤ ♥ ♧

"그럼 다녀올게."

"누님, 다녀오겠습니다!"

"잘 다녀와요!"

아침에 출근하는 지환과 덩어리들을 배웅하고 집 안으로 들어오던 은하는, 마침 거실에 켜져 있던 TV에 낯익은 얼굴이 비치는 것을 보고 걸음을 멈췄다.

- 여당 대표는, 어제 초선 의원들과 오찬을 함께하며 당선 축하와 더불어 격려의 자리를 가졌습니다.

뉴스 화면에 아버지의 얼굴이 나왔다. 얼마 전 선거에서 아버지가 국회의원이 되었다는 건 이미 알고 있었다.

'소원 성취하셨으니 잘된 일인가.'

잠시 TV 화면을 쳐다보다 작게 한숨을 쉬며 돌아서려던 은하는, 순간 멈칫해서 다시 TV를 쳐다보았다.

- "아무쪼록 당과 국민을 위해 헌신한다는 자세로 임해주시기를…."

초선 의원들을 향해 격려의 말을 하고 있는 여당 대표의 얼굴이 어딘가 낯익어 보였던 것이다. 혹시 아버지나 어머니의 지인인가 생각해봤지만, 여당 대표를 지낼 만한 거물은 없었던 것 같은데.

"어디서 봤더라…."

한참을 생각해도 기억나지 않아서, 은하는 결국 돌아서고 말았다.

♤ ♥ ♧

은하와 지환이 별채에 신접살림을 차리겠다고 하자 누구보다 기뻐한 것은 덩어리들이었다. 몇몇은 눈물까지 글썽였다.

"일영이 형님이 나가시고, 이제 큰형님까지 안 계시면 어쩌나 했는데…."

말을 안 해서 그렇지 자기들끼리 지낼 생각에 걱정이 많았던 모양이었다. 사정을 모르는 사람이 보면 다 큰 어른들이 왜 저러나 하고 생각하겠지만, 이들을 계속 곁에서 지켜봐온 은하는 충분히 이해할 수 있었다.

이 사람들은 실제 나이에 비해 사회적 나이는 터무니없이 어렸다. 청소년 시절부터 소년원이니 교도소니 들락날락하다 보니 사회 경험 자체가 현저히 적었고, 손을 씻고 나서도 자기들끼리 단체 생활을 하면서 회사에도 단체로 다니고 있으니 외부 세계와 접할 일이 거의 없는 것이다.

사회 경험은 적고 성질은 불같은 녀석들이 혹시나 일반인들과 엮이게 되면 문제가 생길까 봐 일부러 지환이 제한된 환경에서 생활하게 한 것도 있었다. 그러니 아직도 바깥세상을 무서워하고, 큰형님을 아버지처럼 여기면서 그의 보호 아래 있고 싶어 하는 것이다.

하지만 은하의 생각은 좀 달랐다. 모두가 사이좋게 한집에 사는 건 좋지만, 정신적으로 차차 독립은 시키고 싶었다. 이들도 언제 사랑하는 사람이 생길지, 혹은 지금 하는 일 외에 다른 꿈이 생길지 모르지 않는가. 그러니 최소한 고등학교 졸업장 이상은 다 따게 하고, 사회 경험도 많이 쌓게 해주고 싶었다. 그렇게 하나하나 '진짜 어른'으로 만들어 세상에 내보내는 게 은하의 목표였다.

"사실은 그래서 유튜브를 같이하자고 한 것도 있어. 유튜버로 활동하다 보면 이런저런 사회 경험도 늘지 않을까 싶어서."

이런 생각을 얘기하자 지환은 존경스러운 눈으로 은하를 바라보았다.

"은하 넌 다 계획이 있구나."

지금껏 지환은 녀석들이 일반인들과 엮였다가 사고를 칠까 봐, 혹은 반대로 상처받을까 봐 사회와 격리할 생각만 했지, 은하처럼 내보낼 생각은 해본 적이 없었던 것이다.

"당연하지. 우리 인생 계획도 벌써 다 세웠는데?"

"뭔데?"

성급하게 묻는 지환의 입술에 손가락을 갖다 대고 은하가 앙큼하게 속삭였다.

"그건 결혼해서 첫날밤에 얘기해줄게."

지환은 한숨을 지었다.

"내가 재촉 안 하려고 했는데."

요즘 은하가 영상 제작에만 매달려 있는 바람에 정작 결혼 준비는 전혀 못 하고 있었다. 그녀가 이 일에 얼마나 진지하게 임하고 있는지 아니까 아무 말 안 하고 있었지만, 속으로는 애가 달았다.

"…제발 부탁이니까 나 좀 빨리 데려가줘."

♤ ♥ ♧

일영과 미호의 결혼식이 열흘 앞으로 다가왔다. 덩어리들은 축하 공연을 준비한다면서 매일 퇴근 후에 자기들끼리 지하에 틀어박혀 뭘 하느라 여념이 없었다. 대체 뭐냐고 지환이나 은하가 아무리 물어도 당일까지는 비밀이라며 모두 입에 지퍼를 채웠다.

"나도 좀 끼워주면 안 돼요?"

"누님은 저희 공연 콘셉트에 안 맞아서 안 됩니다."

부탁해도 딱 잘라 거절당했다. 호기심에 지하 헬스장 문에 귀를 대고 몰래 엿들어도 봤지만, 방음이 잘되어 있어서 결국 아무것도 건지지 못했다.

집에 놀러 온 미호가 옷을 걷어서 살짝 배를 보여주며 자랑스레 말했다.

"나 이제 조금씩 배가 불러오기 시작해."

자세히 보니까 날씬했던 아랫배가 조금 볼록해져 있었다.

"신기하다. 배 속에서 사람이 자라다니."

"그러게. 나 얼마 전부터 아기가 움직이는 것도 가끔 느껴진다?"

"정말? 무슨 느낌이야?"

"배 속에서 작은 금붕어가 헤엄치는 느낌이야."

말로 설명을 들어도 잘 이해가 가지 않아서 은하는 고개를 갸웃거렸다.

"나도 느껴보고 싶다."

"왜, 너도 아기 갖고 싶어?"

"응. 결혼하자마자 가질 거야."

생각 같아서는 속도위반이라도 하고 싶은 심정이었다.

"몇 명이나 낳고 싶은데?"

"음, 열 명…은 좀 심했고, 한 다섯 명 정도?"

미호가 질린 눈으로 쳐다보았다.

"뭐 농구팀 만들 일 있냐?"

"지환 오빠가 애들을 엄청 좋아하거든. 병원에 공연 가면 몇 시간씩 놀아줘. 남의 아이들도 그렇게 예뻐하는데, 자기 자식이 생기면 얼마나 예뻐하겠어?"

아이들에 둘러싸인 지환이 그 어느 때보다 행복해 보여서 그 순간 결심한 거였다. 물론 지환도 원한다면 말이지만.

"하긴 봐줄 삼촌들도 많으니까 애를 몇을 낳든 힘들 것도 없겠다. 에이, 나는 왜 진작 별채에 들어가서 살 생각을 못 했지?"

미호가 질투 난다는 듯이 한숨을 내쉬었다.

"너희 집도 가까운데 뭐. 자주 놀러 오면 되지."

"그래서 말인데, 은하야."

갑자기 미호가 진지한 표정을 했다.

"그 〈미니와 커다란 친구들〉 말이야. 그거 편집 누가 해?"

"내가 직접 하고 있는데, 아무래도 속도가 잘 안 나서 자주는 못 올리고 있어."

사실 주 5회 이상은 올려야 구독자가 늘어나기 좋은데, 아직 편집 실력이 서툴다 보니 일주일에 두 번 업로드가 고작이었다. 오히려 요즘은 덩어리들이 무척 열심이라 편집 속도가 못 따라가는 중이었다.

"그거 내가 하면 안 될까?"

"네가?"

"응. 나 대학교 때 동아리에서 영상 편집 좀 해본 적 있거든. 학원 다니면서 열심히 배울 테니까 나 시켜주라."

은하는 고개를 갸웃거렸다.

"하던 일은 어쩌고? 너 미용 하고 싶다고 부모님이랑 엄청 싸워서 겨우 시작한 거잖아."

"그건 아이 낳고 나면 한참은 못 할 텐데, 편집 일은 집에서도 할 수 있잖아."

나름 현실적인 이유에 은하는 납득했다.

"네가 한다면 당연히 좋지만, 지금은 수익이 거의 없는데 괜찮아?"

"상관없어. 나중에 대박 날 거니까 그때 몰아서 주면 돼."

미호가 너무 자신 있게 말해서 은하는 오히려 놀랐다.

"그래? 잘될 것 같아?"

"네가 보면 모르겠냐? 완전 재밌잖아!"

"하지만 구독자가 안 느는걸."

"원래 네 채널 구독자들이랑 눈높이가 안 맞아서 그래. 전에는 유아 대상이었다면 지금은 최소 초딩 이상이랄까? 어른이 봐도 재밌고. 그러니까 일단 잘되면 어마어마하게 터질 거야."

미호가 장담했다.

"그래서 그 대박은 언제쯤 나는 건데?"

"글쎄, 뭔가 반전의 계기 같은 게 필요하겠지?"

"무슨 계기?"

침을 꿀꺽 삼키고 묻자 미호가 어깨를 으쓱했다.

"내가 그걸 알면 이러고 있겠냐? 당장 채널부터 개설해서 건물 올렸지."

은하는 입맛을 다셨다.

"하긴 너한테 기대를 한 내가 바보지."

♤ ♥ ♧

일요일, 덩어리들은 모처럼 다 함께 외출했다. 목적은 최신 인테리어 트렌드를 조사하기 위해서. 큰형님의 결혼 선물로 뭘 해드리면 좋을까 고민하는 덩어리들에게 은하 누님이 웃으며 말했다.

― 그럼 우리 신혼집 인테리어 해주시는 건 어때요? 전에 여러분이 제 방 꾸며주신 거 되게 마음에 들었는데.

그래서 인테리어는 물론, 작업까지 모두 덩어리들이 직접 하기로 했다. 일단 해보니 이게 생각 외로 재미있었다. 서투르지만 도배와 페인트부터 하나하나 직접 하면서 집이 조금씩 변해가는 걸 보는 것도 재미있었고, 은하 누님과 이것저것 의논하는 것도 즐거웠다. 작업하는 과정에서 채널에 올릴 만한 재미있는 영상도 많이 나왔다.

큰형님 결혼 선물로 인테리어하랴, 작은 형님 결혼 선물로 공연 준비하랴, 그 와중에 틈틈이 영상도 찍으랴, 요즘 덩어리들은 몸이 열 개라도 모자랄 지경이었다. 오늘은 모처럼 쉬는 날이라 야심차게 대형 가구 매장에 갔는데, 문제는 주말이라 가족 단위로 구경 나온 사람들이 너무 많다는 점이었다. 아이들 손을 잡고 쇼핑하던 사람들이 덩어리들을 보고 기겁을 해서 슬슬 피했다.

"엄마, 저기 나쁜 아저씨들 있어!"

"쉿, 그렇게 말하는 거 아냐!"

그야 험악한 인상을 한 덩치들이 십여 명씩 몰려다니니 무리도 아니었다.

'역시 우리들끼리 사람 많은 데 오는 게 아니었나.'

결국 제대로 구경도 못 하고 카탈로그나 챙겨서 어물어물 나오고 말았다.

"밥이나 먹고 들어가자."

시무룩해진 덩어리들은 식당에 가서 밥을 먹기로 했다. 모처럼 밖에 나왔으니 우리도 좀 남들처럼 좋은 거 먹어보자고 패밀리 레스토랑엘 갔는데, 문제는 거기서도 벌어졌다. 하필 바로 옆 테이블에 아이가 둘 있는 가족이 앉아 있었는데, 역시나 덩어리들이 거슬리는지 자꾸만 힐끔거리며 쳐다보는 거였다.

괜히 이런 데 와서 주말에 나들이 나온 가족들에게 민폐를 끼치는구나. 덩어리들은 그냥 원래 하던 대로 국밥집이나 갈걸, 하고 후회했다. 은하 누님의 어머니가 했던 말이 떠오르기도 했다.

— 너희 같은 범죄자들은 이렇게 뻔뻔하게 햇빛 보고 살면 안되는 거야! 알아들었어, 이 더러운 새끼들아!

씁쓸하긴 하지만 아주 틀린 말도 아니라고 덩어리들은 생각했다. 그냥 우리끼리 집에서 놀고, 다니던 데나 다녔어야 하는데.

"얼른 먹고 나가자."

일영의 말에 말없이 포크를 바삐 움직이는데, 기어이 아이들 어머니가 다가와서 말을 걸었다.

"저, 실례합니다."

덩어리들은 지레 겁을 먹었다. 애들이 무서워서 밥을 못 먹으니까 자리 좀 옮겨달라는 건가?

"어유, 죄송합니다. 그렇지 않아도 얼른 먹고 일어나려던 참입니다."

그나마 붙임성 좋은 민규가 대답하는데, 상대의 입에서 생각지도 못한 말이 나왔다.

"혹시 〈미니와 커다란 친구들〉에 나오는 분들 아닌가요?"

덩어리들은 깜짝 놀랐다.

"예, 맞습니다만."

"세상에, 너무 반갑습니다. 사실은 저희 아이들이 무척 좋아해서요. 사진 좀 같이 찍어주실 수 있을까요?"

초등학생으로 보이는 남매가 제 엄마 등 뒤에서 눈을 반짝이며 덩어리들을 바라보았다.

덩어리들은 어안이 벙벙했다. 구독자 이만 명도 안 되는 채널인데 알아보는 사람이 있을 줄이야. 영상을 올리고는 있지만, 실제로 그걸 보는 사람이 있다고 느껴본 적은 지금껏 한 번도 없었다.

"삑삑이 오빠 잘생겼다, 그치?"

"우와 민규 형 진짜 크다."

어린 남매는 무척 수줍어하면서도 연예인을 본 듯 기뻐했다. 덩어리들은 뭐가 뭔지 모른 채로 아이들과 사진을 찍었다.

"요즘 저희 애들이 〈미니와 커다란 친구들〉 보면서 좋은 영향을 많이 받고 있어요. 공부도 열심히 하고, 나쁜 말도 안 하게 됐고요."

어머니는 몇 번이나 감사 인사를 했다.

"앞으로도 재미있는 영상 많이 올려주세요."

가족이 테이블로 돌아가고 나자 덩어리들도 다시 식사를 시작했다. 하지만 아무도 제대로 맛을 느끼지 못했다. 자꾸만 눈앞이 흐려지는 바람에. 우리도 누군가에게 만나서 반갑다는 말을 들을 수 있구나. 난쟁이 복장을 하고 있지 않아도, 선물을 나눠주지 않아도 환영받을 수 있구나.

한참 만에야 일영이 겨우 한마디했다.

"…열심히 하자."

그 짧은 말에 얼마나 많은 감정이 실려 있는지, 굳이 말하지 않아도 다 전해졌다. 모두들 같은 심정이었기 때문에.

"예, 형님!"

♤ ♥ ♧

5월의 화창한 토요일, 드디어 미호와 일영의 결혼식 날이었다. 아침나절 덩어리들이 결혼식을 위해 준비한 새 옷으로 갈아입고 나오는 것을 보고 은하는 배꼽을 잡았다. 빨주노초파남보 혹은 전신 스팽글이나 반짝이로 도배된 요란한 정장이었던 것이다. 트로트 가수 같기도, 혹은 영화에 나오는 조커 같기도 했다.

"아니, 결혼식에 그러고 가려고요?"

"저희가 검정 양복으로 쫙 맞춰 입었다간 하객들이 자칫 겁먹을 거 아닙니까."

덩어리들이 겸연쩍어하며 하는 말에 은하는 웃음을 거뒀다. 장난이 아니라, 사실은 깊은 배려 끝에 나온 결정이었던 것이다.

결혼식장으로 향하기 전, 덩어리들은 카메라를 향해 구독자들에게 약속했다.

"오늘 우는 사람은! 일주일 동안 모두의 하인이 되기로 했습니다."

"지켜봐주세요, 친구들!"

그렇다, 오늘의 미션은 바로 울지 않는 것이었다. 울지 않는 놈만이 살아남는다!

덩어리들은 비장한 표정으로 미니버스에 올랐다. 오늘 부케를 받기로 한 은하도 예쁘게 차려입고 지환과 함께 결혼식장으로 향했다. 결혼식장에 도착하자마자 제일 먼저 마주친 것은 바로 은하의 고등학교 친구들이었다. 그야 미호와 은하는 같은 고등학교 출신이니까.

"꺄아, 은하야! 완전 오랜만이다!"

"세상에, 왜 이렇게 예쁘게 하고 왔어. 너무 예쁘다!"

오랜만에 만나서 반가워 어쩔 줄 모르는 친구들에게 은하는 웃으며 대답했다.

"오늘 내가 미호 부케 받거든. 나도 곧 결혼하게 돼서."

"어머, 정말? 축하해! 어떤 사람인데?"

은하가 목소리를 낮춰 소곤거렸다.

"현우 오빠."

"진짜?"

친구들은 대번에 눈이 둥그레졌다. 이 친구들도 미호처럼 고등학교 시절 내내 은하의 '현우 오빠' 타령을 들었던 것이다.

— 얼굴도 잘생겼고, 공부도 잘하고, 키도 크고, 다정하고….

엄청 완벽한 사람처럼 묘사하면서 정작 사진 한 번 보여준 적이 없었기에 그냥 기린이나 해태 혹은 유니콘 같은 상상 속의 존재로 생각하고 있었는데. 그 현우 오빠가 실존 인물이었단 말인가!

친구들의 호기심이 폭발했다.

"언제 얼굴 보여줄 건데? 청첩장 줄 때?"

"뭐, 지금 당장이라도."

그러더니 은하는 등을 돌려 어딘가를 향해 외쳤다.

"오빠!"

세상에 둘도 없이 다정한 미소년이라던 서현우 씨를 드디어 내 눈으로 보게 되는구나! 두근거리는 마음으로 시선을 집중하던 친구들의 눈이, 다가오는 남자를 본 순간 일제히 커다래졌다.

거대한 체격, 날카로운 눈매, 뺨에 선명히 그어진 한 줄기 칼자국.

'저 살벌한 남자가 현우 오빠라고?'

겁을 먹고 황급히 눈을 내리까는 친구들의 표정이 보이지도 않는지, 은하는 생글거리며 남자의 팔짱을 꼈다.

"인사해. 나랑 고등학교 때 같은 반이었던 친구들이야."

남자가 정중하게 허리를 숙였다.

"반갑습니다. 서지환이라고 합니다."

"개명한 거야. 내가 옛날부터 말했던 그 현우 오빠 맞아."

설명하고 나서 은하는 남자를 꿀이 뚝뚝 떨어지는 눈으로 쳐다보았다.

"아, 안녕하세요."

친구들은 더없이 공손하게 인사했다.

"나중에 내가 청첩장 돌릴 때 되면 모여서 밥 한번 살게. 시간되면 꼭 와주라."

"어, 그, 그래. 축하해."

신랑인 일영은 결혼식장 로비에서 하객을 맞아 인사하고 있었다.

"와주셔서 감사합니다."

신랑 측 하객은 거의가 대절한 관광버스를 타고 와준 목마른 사슴 공장 직원들이었다. 그중에는 아빠 손을 잡고 온 예인이도 있어서 은하는 무척 반가웠다.

"세상에, 우리 예인이, 어쩜 몇 달 만에 이렇게 많이 컸어?"

"미니 언니, 안녕하세요!"

아이도 표정이 밝았고, 아버지도 언제 사경을 헤맸었느냐는 듯이 건강해 보여서 그것도 무척 기뻤다. 미호의 아버지는 축하하러 온 친지와 친구들에게 일일이 일영을 소개했다.

"우리 사위입니다."

일영에게 감정이 좋지 않았던 상호도 다행히 결혼식에 참석해 주었다.

"내 동생한테 잘해요."

퉁명스럽게 말하는 상호에게 일영은 진심으로 고개를 숙였다.

"감사합니다, 형님. 정말 잘 살겠습니다."

은하가 그 광경을 조금 떨어진 곳에서 흐뭇한 눈으로 보고 있는데, 어디선가 20대 중후반 정도 되어 보이는 젊은 여자 너덧 명이 나타나서 반갑게 일영을 부르며 다가갔다.

"일영 오빠!"

차림새는 수수하기도 하고 화사하기도 해서 모두 제각각이었지만, 하나같이 날씬하고 예쁜 아가씨들이었다.

"어, 왔어?"

일영이 반갑게 손님들을 맞았다.

"뭐야, 오빠, 갑자기 결혼한다고 해서 깜짝 놀랐네."

"아기도 생겼다며? 축하해!"

공장 직원들 같지는 않은데 대체 저 사람들은 뭘까. 결국 은하는 호기심을 이기지 못하고 민규에게 물었다.

"저분들은 누구예요?"

민규가 머뭇거리며 대답했다.

"저… 예전 불독파 시절에 업소에서 일하던 아가씨들입니다."

조직을 해산시키면서 당시 운영하던 술집도 모두 폐업했는데, 그때 일하던 아가씨들이라는 거였다.

"그래요?"

비록 집에서 구박을 받고 자라긴 했지만, 어쨌든 모범생으로 곱게 큰 은하다. 물론 화류계와는 연이 없었고, '술집 여자'라는 사람들을 가까이서 본 적도 없었다. 다시 보아도 겉으로 보기에는 그냥 평범한 제 또래 여자들일 뿐이었다.

"지금은 무슨 일 하는데요?"

"대학교에 간 사람도 있고, 회사를 다니는 사람도 있고요. 지금은 다들 평범하게 살고 있습니다."

그런가 보다, 하고 생각하는데 또다시 반가운 환성이 터졌다.

"지환 오빠!"

돌아보니 이번에는 지환이 여자들에게 둘러싸여 있었다. 난처한 얼굴로 어물거리는 지환을 여자들은 반가워서 어쩔 줄 몰랐다.

"오랜만에 보니까 더 멋있어졌다, 오빠."

"왜 이렇게 연락이 안 됐어? 죽은 줄 알았잖아."

일영을 상대할 때와는 확연히 다른 것이, 지환을 대하는 여자들의 태도에는 확실히 애교가 섞여 있었다. 예쁜 여자들에게 둘러싸인 지환을 보고 은하의 기분이 살짝 알쏭달쏭해지려고 하는데, 마침 지환이 말했다.

"나 곧 결혼한다."

"뭐? 오빠가? 누구랑?"

놀라는 여자들에게 지환이 저만치 서 있는 은하를 가리켰다.

"처음 뵙겠습니다. 고은하라고 합니다."

은하는 다가가서 예의 바르게 인사했다. 그러나 돌아온 것은 떨떠름한 대답이었다.

"아, 네."

마지못해 대꾸하는 얼굴에 무척이나 못마땅하다고 쓰여 있었다.

왜 저러지, 하고 생각하며 은하는 화장실로 향했다. 거울을 보며 화장을 고치는데 잠시 후 누가 옆에 와서 섰다. 곁눈질로 힐끗 쳐다보니 아까 그 여자들 중 한 명이었다. 얼른 시선을 돌리는데 상대가 말했다.

"뭘 꼬나봐?"

"네?"

"왜 꼬나보냐고, 기분 나쁘게. 사람 처음 봐?"

은하는 어이가 없었다. 아니, 고등학교 때도 이렇게 유치한 짓은 안 했는데, 멀쩡한 어른이 이게 무슨 일이지.

"저는 그냥 본 건데, 불쾌하셨다면 죄송합니다."

얽히지 말아야겠다 싶어서 은하는 얼른 정중하게 대답하고 나가려 했다. 그러나 다른 여자들이 앞을 가로막았다.

"'불쾌하셨다면 죄송합니다.' 와, 어쩜 이렇게 말을 밥맛없게 하지?"

"민규가 그러는데 얘 좀 배운 애래. 가방끈 긴 티 내는 거지, 뭐."

순식간에 둘러싸인 은하는 당황했다.

"왜 이러세요?"

"'왜 이러세요?'"

비꼬듯 은하의 말투를 따라 한 여자가 주먹을 들어 올러멨다.

"아휴, 이걸 확 그냥."

"지환 오빠가 좀 예뻐해준다고 되게 나대네."

그제야 은하는 이들이 이렇게 유치하게 구는 이유를 깨달았다. 아, 이 여자들이 지환을 좋아하는구나. 갑자기 상대가 귀여워 보여서 저도 모르게 풋, 하고 웃음이 나왔다. 같은 남자를 좋아하는 여자로서 동질감이랄까, 친근감 같은 게 느껴져서였다. 그러나 결과는 그만 불 끄려다 기름을 부은 꼴이 되고 말았다.

"웃었어?"

여자들이 일제히 도끼눈을 했다.

"죄송합니다."

황급히 웃음기를 거두고 사과했지만 때는 이미 늦은 뒤였다.

"이게 어디서 실실 쪼개고…. 오늘 너 죽고 나 죽자."

개중 제일 나이가 많아 보이는 여자가 씨근거리며 소매를 걷어

붙이자, 다른 여자들이 팔을 붙들고 말리는 척을 했다.

"미미 언니, 안 돼!"

"야, 말리지 마. 나 오늘 저거 패고 들어간다. 사식이랑 영치금

넣어줘라!"

"언니, 참아, 응?"

"아이 씨, 이거 놓으라고!"

자기들끼리 실랑이하는 틈을 타서 은하는 잽싸게 화장실에서

도망쳐 나왔다.

"왜 그래?"

가쁜 숨을 몰아쉬는 은하를 보고, 지환이 이상하다는 듯이 물었다.

"아무것도 아니야. 속이 좀 불편해서 그래."

둘러대자 지환이 은하의 손을 잡아다가 주무르기 시작했다.

"음료수 가져다줄까?"

"아냐, 괜찮아."

그러는 두 사람을 저 멀리서 여자들이 충격을 받은 눈으로 보고

있었다.

당시 불독파가 운영하던 업소만 몇 군데인가. 그 수많은 여자들이 다 좋아했는데도 지환은 누구에게도, 단 한 번도 눈길을 준 적이 없었다. 그 냉정하고 엄격한 보스 서지환이 제 약혼녀가 뭐라고 했는지 손을 주무르고 등을 문질러주고 하느라 여념이 없었다.

"식은 봐서 뭐 하냐."

미미 언니가 침울하게 말했다.

"내려가서 소주나 까자."

♤ ♥ ♧

결혼식이 시작되었다. 넓은 예식장 안이 하객들로 꽉 들어찬 가운데 신부 측 혼주석에는 미호의 부모님이, 그리고 신랑 측 혼주석에는 지환이 앉았다. 지환이 극구 사양했지만, 일영이 끝까지 고집을 부렸던 것이다.

— 큰형님은 제 부모님보다 더한 분입니다. 큰형님이 아니면 누가 그 자리에 앉겠습니까?

원래부터 아이돌 뺨치는 미모의 소유자인 일영이다. 5월의 신부가 된 미호 역시 눈부시게 아름다웠다. 볼록해진 아랫배를 잘 가려주면서, 위쪽으로 시선이 가도록 살짝 가슴선이 드러나는 디자인의 드레스가 미호에게 딱 어울렸다. 한 폭의 그림 같은 두 사람의 모습에, 덩어리들은 시도 때도 없이 눈시울이 붉어져서 자꾸만 하늘을 쳐다보았다. 우는 놈은 살아남을 수 없기 때문에!

주례가 끝나고 신랑 신부가 양가 부모님께 인사할 차례가 되었다. 먼저 미호의 아버지와 어머니가 자리에서 일어나 일영을 꼭 안아주셨다. 이어서 두 사람은 혼주석에 앉은 큰형님께 인사를 드렸다.

"형님, 잘 살겠습니다."

여기가 제일 힘든 고비였다. 덩어리들은 얼굴이 시뻘게져서 필사적으로 눈물을 참았다. 여기서 우는 자는 앞으로 일주일 동안 머슴살이를 해야 한다!

지환이 일어나서 일영을 마주 안았다.

"결혼 축하한다, 일영아."

잘 버텼다, 하고 안도의 한숨을 내쉬는 순간 덩어리들은 보았다. 큰형님께서 작은형님을 안고 뜨거운 눈물을 터뜨리시는 것을.

이어서 드디어 대망의 축가 시간. 빨주노초파남보, 스팽글에 반짝이 슈트를 차려입은 덩어리들이 무대에 오르자 하객들의 관심이 폭발했다.

"목마른 사슴 임직원 여러분이 신랑 신부를 축하하는 마음으로 준비했습니다."

금방이라도 신나는 트로트가 흘러나올 것 같은 분위기에서, 뜬금없이도 설레는 느낌의 전주가 시작되었다. 동시에 사회자가 곡목을 소개했다.

"프리티즈, 〈재채기〉!"

덩어리들이 걸그룹 대형으로 도열해서 더없이 청순한 표정을 지었다. 첫 소절에서 센터로 나선 것은 바로 막내 민규였다.

"너만 보면 난 코끝이 간질거려." ♩

아랫입술에 엄지손가락을 얹고 손가락을 까딱까딱하는 것이 수줍은 소녀 그 자체였다. 춤추는 사람이 키 188센티미터에 몸무게 130킬로그램의 덩치라는 걸 빼면!

"하하하하!"

하객들이 배꼽을 쥐고 뒹구는데 본인들은 어디까지나 걸 그룹에게 빙의한 듯 진지했다.

"숨겨왔던 내 마음이 터져 나올 것만 같아, 에취!" ♪♪

얼마나 연습을 했는지, 칼 군무는 물론이고 표정 연기도 대박이었다. 하나하나 자기 파트가 될 때마다 센터 자리로 나와서 관객들을 향해 윙크와 손 키스, 미니 하트를 날리며 어필했다. 은하도 웃음을 멈출 수가 없었다. 어쩐지, 자기들끼리 숨어서 열심히 연습하더라니 저거였구나.

하객들이 여기저기서 휴대폰을 꺼내 동영상을 찍어댔다.

"이런 내 마음 알아줄래?" ♬

개중 한 명이 수줍게 사랑을 고백하듯 다가가자 큰형님이 식겁해서 벌떡 일어나 뒷걸음을 쳤다.

"저리 꺼지지 못해?"

폭소 속에서 축가가 끝나고, 클라이맥스에 신랑 신부의 행진이 있었다. 이후 사진 촬영 타임. 맨 마지막으로 신랑 가족들이 모여서 사진을 찍었다. 덩어리들과 신랑 신부, 그리고 신랑 신부의 양쪽에 은하와 지환이 각각 섰다.

"하나, 둘, 셋!"

행복한 가족의 모습이 사진 속에 영원히 남았다.

♠ ♥ ♣

본식이 끝나고 하객들이 피로연장에서 식사를 하는 동안 새로 탄생한 부부는 폐백을 드렸다.

"아들딸 많이 낳고 행복하게 잘 살거라."

친정 부모님께도, 부모님 대신인 큰형님께도 각각 절을 드렸다. 폐백을 마친 후 은하는 신부 한복으로 갈아입는 미호를 도왔다.

"비행기 시간은 괜찮아?"

"30분 정도밖에 없어. 빨리 하객들한테 인사하고 공항에 가야 해."

미호가 서둘렀다. 두 사람의 신혼여행지는 몰디브였다. 신혼여행은 어디로 가고 싶냐고 일영이 물었을 때, 미호는 우스갯소리로 대답했었다.

— 모히또 가서 몰디브 한잔 어때요?

그다음 날 일영은 진짜로 몰디브행 비행기 티켓을 사 와서 내밀었다.

— 갑시다, 모히또.

재미있는 건 멀쩡히 티켓을 사고 숙소까지 다 잡아놓고도 일영은 행선지가 모히또라고 굳게 믿고 있었다. 얘기를 들어보니 여행사에 가서 '거 모히또 가는 신혼여행 좀 알아봐주쇼'라고 했고, 직원은 그저 농담이려니 생각하고 알아서 찰떡같이 몰디브로 수속해준 모양이었다.

"뭐가 영어로 쓰여 있는데, M으로 시작하니까 대충 몰디브려니 했나 봐."

미호의 말에 은하는 쿡쿡 웃었다.

"하긴 일영 씨는 워낙 영어랑 안 친하더라. 검정고시 때도 영어 시간엔 애초에 다 찍고 잤대."

그런데도 합격했던 것은 검정고시에 과락 제도가 없어진 덕분이었다.

"어쨌든 참 좋겠다, 몰디브라니."

은하가 부럽게 중얼거리자 미호가 대답했다.

"넌 너희 오빠랑 더 좋은 데 가면 되잖아."

옷을 갈아입고 나오자 지환과 일영, 부모님이 기다리고 계셨다.

"어쩜 예쁘기도 하지!"

폐백 옷을 벗고 단아한 한복으로 갈아입은 일영과 미호를 보며 미호의 어머니가 새삼 손수건으로 눈물을 찍어냈다.

"가시죠, 어머님."

화기애애한 분위기에서 피로연장에 있는 하객들에게 인사를 드리러 가는데, 갑자기 어디선가 왁자지껄한 소리가 들려왔다. 곧이어 누군가 신랑을 불렀다.

"여어, 일영아!"

돌아본 일영은 제 눈을 의심했다. 검정 양복 차림의 덩치들 수십 명이 로비에 줄지어 서 있지 않은가. 맨 앞에 서 있는 것은 바로 고양희였다.

"여긴 어떻게…."

늘 대담했던 일영도 이 순간만은 당황해서 목소리가 떨렸다. 그나마 하객들은 모두 아래층 피로연장에 있는 게 다행이었다.

"서운하다, 녀석아. 그래도 한때는 한솥밥 먹던 사이에 청첩장도 안 보내고."

다가온 고양희가 느물거리며 흰 봉투를 내밀었다.

"그래도 우리 사이에 경조사는 챙기고 살아야지, 응?"

이러는 이유는 불 보듯 뻔했다. 일부러 잔칫집에 훼방을 놓으러 온 것이다. 하객들을 겁주고, 신랑이 조직폭력배 출신이라고 소문내기 위해서. 일영은 눈앞이 캄캄했다. 자칫 그렇게 될까 봐 동생들도 일부러 알록달록한 옷을 입고 와줬는데 다 소용없어지게 되지 않았는가.

미호는 물론이고, 함께 있던 장인 장모도 당황해서 어쩔 줄 모르는 그때. 지환이 고양희 앞으로 나서서 허리를 깊이 숙였다.

"돌아가주십시오, 형님."

일영은 놀라서 황급히 지환을 말렸다.

"큰형님!"

지환이 고양희를 얼마나 증오하고 있는지 누구보다 잘 아는 일영이었다. 그런데 큰형님께서 놈에게 허리를 굽히다니.

"저 때문에 이러실 필요 없습니다, 저는…."

하지만 지환은 아랑곳하지 않고 그대로 허리를 굽힌 채 말했다.

"오늘은 일영이 평생에 단 하루 있는 날입니다. 나중에 따로 찾아뵙고 인사드릴 테니 부디 오늘은 그냥 돌아가주십쇼."

그러나 고양희는 물러나기는커녕 한층 더 기세등등해졌다.

"아니, 뭐 우리가 깽판 치러 왔어? 축하해주러 왔다는데 왜들 이래, 엉? 축의금 내고 조용히 밥 한 끼 먹고 가겠다는데."

그러면서 들고 있는 봉투를 일영의 눈앞에 들이밀었다.

"어서 받으라니까? 부담 갖지 말고."

그때 누군가가 손을 내밀어 봉투를 받아 들었다.

"이렇게 와주셔서 고맙습니다."

한복을 곱게 차려입은 미호의 어머니였다. 새하얗게 질린 미호가 얼른 제 엄마를 말리듯 치맛자락을 잡아당겼다.

"엄마!"

미호의 어머니는 딸을 쳐다보지도 않고 은하에게 말했다.

"은하야, 식권 갖고 있지? 어서 손님들 챙겨드리렴."

아까 친구들에게 나눠주느라 은하가 가방에 식권을 갖고 있었다. 은하는 떨리는 손으로 식권 뭉치를 꺼내서 고양희의 옆에 있는 부하에게 내밀었다.

"어서 내려가서 식사들 하세요. 우리 아들 옛 친구분들이신데 당연히 저희가 대접해야지요."

미호의 어머니는 '우리 사위'가 아니라 정확히 '우리 아들'이라고 말했다. 이건 뭐야, 하듯 고양희가 미호의 어머니를 쳐다보았다.

비록 체격은 보통 사람보다도 왜소했지만 눈빛만은 한 조직의 두목다웠다. 지환과는 또 다른 종류의 살기가 번뜩이는 눈. 보통 사람들 같으면 제대로 마주 보지도 못하고 얼른 눈을 깔았겠지만, 놀랍게도 미호의 어머니는 고양희를 똑바로 마주 보았다. 한복을 입은 어깨가 미세하게 떨리고 있었지만, 끝내 시선을 피하지 않는 미호의 어머니를 보고 은하는 생각했다. 어머니는 강하다는 게 저런 것일까.

침묵이 흐른 끝에 먼저 시선을 돌린 것은 고양희였다.

"뭐, 지환이도 그렇게까지 말하는데 오늘은 이만 가주지."

고양희는 어깨를 으쓱하고 돌아섰다.

"얘들아, 가자!"

♤ ♥ ♧

다행히도 피로연장에 있던 손님들은 위에서 벌어진 소동은 까맣게 모른 채 즐겁게 식사 중이었다. 한복을 곱게 차려입은 일영과 미호가 인사를 하러 피로연장 여기저기를 돌아다녔다. 미호와 은하의 고등학교 친구들은 차려진 음식은 먹는 둥 마는 둥, 은하의 약혼자에 대해 수다를 떠느라 바빴다.

"분명히 은하가 뭔가 속고 있는 거야."

"맞아. 딱 봐도 그거잖아, 조폭!"

"그러게. 아까 보니까 큰형님, 큰형님, 하더라. 세상에 은하네 아빠는 국회의원까지 되셨던데 이게 무슨 날벼락이니?"

곱게만 자란 부잣집 따님인 은하가 깜빡 속고 있는 거라고 친구들은 생각했다.

"영화에서 보면 조폭들은 여자관계도 엄청 복잡하고 그렇던데."

"맞아. 막 술집 여자들이랑 놀고."

"은하 불쌍해서 어떡하냐."

문제는 은하가 이 얘기를 등 뒤에서 다 듣고 있었다는 것이다. 참다못해 한마디 해주려고 다가가는데, 갑자기 옆 테이블에서 큰소리가 났다. 쾅! 소주병을 테이블에 소리 나게 내려놓은 여자가 화난 얼굴로 내뱉었다.

"진짜 듣자 듣자 하니까."

바로 아까 화장실에서 은하에게 시비를 걸었던 미미 언니였다.

"야, 너희가 뭘 안다고 함부로 떠들어?"

벌써 얼큰하게 취했는지, 미미 언니는 얼굴이 빨개져서 은하의 친구들에게 삿대질을 했다.

"서지환 그런 사람 아니야!"

같은 테이블에 있던 여자들도 한마디씩 거들었다.

"오빠 헤픈 사람 아니에요. 말씀 함부로 하지 마세요."

"우리가 다 좋아했지만 눈길 한번 준 적 없거든요?"

어떤 아가씨는 억울한 나머지 울먹이기까지 했다.

"지환 오빠가 가게 빚 다 없애주고, 공부하라고 도와준 덕분에 우리도 하고 싶은 일 하면서 살고 있어요. 뭘 안다고 그렇게 말해요?"

친구들은 얼굴이 시뻘게져서 사과했다.

"죄송합니다. 들으시는 줄 모르고 그만…."

갑자기 은하가 테이블에 와서 끼어 앉는 바람에 여자들은 깜짝 놀랐다.

"뭐예요?"

"저도 소주 한 잔 주세요."

물론 여자들이 호락호락 은하를 환영해줄 리가 없었다.

"좋은 말로 할 때 가세요. 지금 우리 기분 별로니까."

"입장 바꿔놓고 생각을 해봐요. 그쪽이 우리 같으면 그쪽이랑 말 섞고 싶겠어요?"

미미 언니가 자기 손으로 소주를 따르며 중얼거렸다.

"…내가 오빠 좋아한 게 벌써 몇 년인데, 어디서 엉뚱한 게 굴러 들어와서는."

그 술잔을 빼앗아서 제 입안에 톡 털어 넣고, 은하는 입술을 쓱 훔치고 말했다.

"저는 초등학교 3학년 때부터 좋아했어요."

여자들이 놀란 얼굴을 했다.

♠ ♥ ♣

역시 어떤 분야든 전문가란 무시할 수가 없다. 지금은 각자 평범한 일을 하면서 살고 있다고 해도 언니들의 폭탄주 마는 솜씨는 보통이 아니었다. 술이 술술 잘 넘어간다 했더니, 어느덧 취해 있었다. 술기운을 빌려 은하는 지환과의 지난 이야기를 털어놓았다.

"그렇게 현우 오빠를 찾게 된 거예요."

기나긴 얘기가 끝날 때쯤에는 모두 눈물범벅이 되어 있었다.

"너는 미니, 나는 미미. 우리 언니 동생 하자!"

팔을 벌리는 미미 언니를 와락 껴안고, 은하는 엉엉 울었다.

"언니들 고마워요! 제가 오빠한테 정말 잘할게요."

"결혼 축하해, 미니야!"

"지환 오빠 행복하게 해줘야 해!"

거기까지만 했으면 나름 훈훈하고 좋았을 텐데, 덩어리들이 취한 언니들을 챙겨서 부랴부랴 택시 태워 보내고 난 후에도 은하는 정신을 차리지 못하고 다양하게 주사를 부렸다.

"아니, 왜 구독자가 안 느냐고. 진짜 재밌는데 도대체 왜! 왜들 안 보냐고오오오!"

갑자기 성질을 버럭버럭 내기도 하고.

"아줌마 여기 콜라 한 병 주세요!"

뜬금없이 음료수를 주문하기도 하고.

"싸코코싸 코코싸싸 일마탄탄분의 탄뿔탄."

뜬금없이 외계어 같은 말을 중얼거려서 모르는 사람들은 귀신 들린 줄 알 지경이었다.

은하의 친구들이 놀란 것은 이 부분이었다. 약혼자가 은하 옆에 줄곧 붙어 앉아서 그 다양한 주사를 다 받아주는 게 아닌가?

"점점 늘어나고 있잖아. 잘될 테니까 걱정 마."

위로하고 맞장구쳐주고.

"내가 가져다줄게."

얼른 음료수 갖다가 대령하고.

"신푸신 두신코 신마신 두코신 코푸코 두코코 코마코 마두신신."

심지어 외계어에는 외계어로 대답해주는 게 아닌가.

"야, 저게 뭐냐?"

"으휴, 이래서 문과는 안 된다니까. 삼각함수잖아, 멍청아."

은하가 뭘 하든 다 받아주는 남자를 보고 친구들은 깨달았다. 아, 진짜 엄청 다정하구나! 주사를 부리다 부리다 지쳤는지, 은하는 결국 테이블에 이마를 박고 잠들어버렸다. 이미 신혼부부도 한참 전에 공항으로 떠난 후였다. 은하의 약혼자는 잠든 은하를 가볍게 안고 일어섰다.

"먼저 집에 갈 테니 정리하고 와라."

"예, 형님."

은하의 친구들은 서로 눈짓을 하고 일어나서 은하를 안고 나가는 지환의 뒤를 따랐다. 아까는 얼굴만 보고 오해해서 미안하다고 사과할 셈이었다.

지환은 엘리베이터 앞에 서 있었다.

"우리 은하, 이렇게 가벼워서 어떡하지."

주위에 아무도 없는 줄 알았는지, 지환이 잠든 은하에게 다정하게 속삭였다.

"살 좀 찌워야겠다."

방금까지 더없이 다정했던 목소리가 순간적으로 확 낮게 가라앉으면서 야수의 음성으로 변했다.

"…확 잡아먹게."

은하의 친구들은 달아오른 얼굴을 감싸며 일제히 생각했다.

아, 이래서 현우 오빠, 현우 오빠, 하는구나!

♠ ♥ ♣

몰디브의 숙소는 투명한 하늘빛 바닷물이 바로 내다보이는 오션 풀빌라였다. 둘이서 나란히 선베드에 앉아 차가운 모히또가 담긴 잔을 들고, 오렌지빛으로 물들어가는 저녁 하늘을 바라보았다.

"참 좋네요. 내 팔자에 모히또도 다 와보고."

일영의 말에 미호는 쿡쿡 웃었다. 몰디브면 어떻고 모히또면 어떤가. 둘이 함께 있을 수 있으면 되는 거지.

"우리 건배할까요?"

마침 그때 한국의 어머니에게서 전화가 왔다.

"어, 엄마. 우리 잘 도착했어."

몇 마디 나누고 나서 전화를 끊은 미호가 피식피식 웃었다.

"그 고양흰지 야옹인지가 준 봉투에 얼마 들어 있었게요?"

"얼마요?"

"5만 원 들어 있었대요."

듣는 일영이 다 부끄러웠다. 아무리 시비 걸러 왔기로서니 세상에 5만 원 내고 서른 명 분의 식권을 달라고 했다니.

"니미, 명색이 야옹이파 대가린데 가오가 있지…."

미호가 웃음기 어린 눈으로 조용히 바라보자 그는 허겁지겁 입을 다물고 고쳐 말했다.

"거참, 명색이 야옹이파 두목인데 체면도 없군요."

두 사람은 아름다운 몰디브의 일몰을 보며 이야기를 나눴다.

"고양희가 원래 그 조직 두목이었던 건 아니죠?"

"큰형님께 밀리기 전까지는 조직에서 이인자였어요. 나는 고양희 그놈한테 직접 잡혀왔고요. 중학교 2학년 때, 어머니가 도박 빚을 지고 잠수를 타는 바람에."

일영은 처음으로 미호에게 자신이 조직 생활을 시작한 이유를 털어놓았다. 어머니가 진 빚 대신에 불독파에 끌려왔던 것. 당시 불독파 조직원들이 어린 그에게 여자 가발을 씌워서 희롱했던 일도. 평생 가슴에 남은 상처여서 지환 외에는 동생들조차도 모르는 일이었다.

미호는 왜 일영이 예쁘다는 말을 그토록 펄쩍 뛰고 싫어하는지 이제야 이해했다. 일영의 팔뚝에 남아 있는 잇자국을 어루만지며, 미호는 조심스레 물었다.

"내가 예쁘다고 하는 것도 싫어요?"

"그럴 리가."

일영은 고개를 저었다. 미호는 하물며 그가 백설공주 드레스를 입고 있을 때조차도 그렇게 말해주지 않았던가.

― 일영 씨는 제가 지금껏 본 남자 중에 제일 남자답고 멋진 분인걸요.

안심이 된다는 듯 방긋 웃고, 미호는 일영의 눈을 바라보며 말했다.

"오빠는 세상에서 제일 예쁜 사람이에요."

그토록 싫어했던 말이, 사랑하는 여자에게서 들으니 그렇게 행복하고 달콤할 수가 없었다. 미호는 일영의 뺨을 두 손으로 감싸고 살짝 입을 맞추었다.

"여기도 예쁘고."

이마에.

"여기도 예쁘고."

코끝에.

"여기도 예쁘고."

입술에.

"그리고 제일 예쁜 건 여기예요."

마지막으로 제 손가락에 입 맞추고, 미호는 그 손가락을 일영의 심장 위에 갖다 댔다. 미호의 손가락이 닿은 부분부터 시작해서 온몸에 짜릿한 열기가 퍼졌다.

"이리 와요."

조심스럽게 팔을 끌어당기자 미호가 기다렸다는 듯이 안겨왔다. 이제 미호는 그에게 있어 세상에서 가장 소중한 사람이 아니라, 세상 그 자체였다. 온 세상을 품 안에 벅차게 안으며 일영은 다짐했다. 앞으로의 인생은 예쁜 말만 하고, 예쁜 것만 생각하고, 예쁜 일만 하면서 예쁘게 살겠다고.

모히또의 아름다운 밤이 깊어가고 있었다.

♤ ♥ ♧

일영 없이 처음으로 맞이하는 아침. 뿌듯하면서도 왠지 가슴 한 구석이 텅 빈 것 같아서 정원에 나온 지환은 긴 한숨을 내뱉으며 먼 하늘을 바라보았다.

'지금쯤 녀석은 몰디브 하늘 아래서 사랑하는 사람과 함께 단꿈을 꾸고 있겠지.'

모처럼 감상에 젖어 있는데, 덩어리 한 녀석이 머뭇거리며 다가왔다.

"큰형님, 잠깐 괜찮으십니까?"

"뭐냐."

"죄송하지만 나가서 빵 좀 사다 주십쇼."

지환은 제 귀를 의심했다.

"지금 뭐라고 했냐?"

녀석이 몸 둘 바를 몰라 하며 말했다.

"일영이 형님 결혼식 날, 우는 사람이 일주일간 모두의 하인이 되기로 하지 않았습니까?"

그러고 보니 그랬던 것 같다. 도전! 하고 카메라를 향해 같이 외쳤던 것도 같은데….

"어제 큰형님 혼자 우셨습니다."

지환은 덩어리들을 빤히 쳐다보았다. 이놈들이 설마 진심인가?

"안타깝지만 구독자들과의 약속입니다, 형님."

진심이구나. 어이가 없었지만, 카메라가 앞에 있으니 어쩔 수 없다. 지환이 빵을 사러 나가려는데, 민규가 갑자기 끼어들었다.

"형님들, 아무리 그래도 큰형님께 너무하시는 거 아닙니까?"

역시 우리 막내밖에 없구나! 하마터면 지환이 감동을 받을 뻔한 순간.

"돈은 드리고 심부름을 시켜야 할 것 아닙니까!"

민규가 천 원짜리 한 장을 꺼내서 두 손으로 공손히 건넸다.

"오실 때 메로나도 한 개 부탁드립니다, 큰형님."

큰형님이 씩씩거리며 빵 사러 나가고, 남은 덩어리들은 머리를 맞댔다.

"정말 이래도 되는 거냐."

방금 지환에게 빵 사다 달라고 말했던 덩어리가 부들부들 떨며 말했다.

"그러게 말입니다. 저승 문턱까지 갔다 온 기분입니다."

가위바위보에 져서 말을 꺼내긴 했지만, 내심 무척 떨었던 것이다.

"우리가 이렇게 목숨 걸고 유튜브를 하는데, 왜 구독자는 죽어라고 안 늘어나는… 뜨아!"

한숨을 폭 쉬며 휴대폰을 꺼내서 들여다보던 민규가 갑자기 비명을 질렀다.

"형님들!"

♠ ♥ ♣

얼마나 마셨는지, 오후 늦게 집에 돌아온 은하는 다음 날 아침까지 죽은 듯이 잤다. 은하를 깨운 것은 어디선가 들려온 벼락같은 고함 소리였다.

"누님!"

놀라서 눈을 뜨자 민규가 호떡집에 불난 듯이 호들갑을 떨며 달려왔다.

"왜 그래요? 네? 뭔데요?"

"이것 좀 보십쇼!"

민규가 눈앞에 내미는 휴대폰 화면은 〈미니와 커다란 친구들〉 채널이었다. 구독자 숫자를 보고 은하는 눈을 비볐다.

분명히 어제까지도 앞자리 일만이었던 숫자가 이만이 되어 있지 않은가. 심지어 뒷자리는 어제보다 더 컸다. 하루에 많이 늘어야 열 명 단위였던 구독자가 갑자기 하룻밤 사이 만 명 넘게 늘 리가 없는데.

"이거 왜 이래요?"

유튜브 오류 났나, 하고 있는데 민규가 휴대폰을 도로 가져가더니 뭔가를 누르고 다시 은하의 눈앞에 들이밀었다. 화면에 뜬 것은 어제 결혼식에서 덩어리들이 했던 공연 장면이었다.

— 프리티즈를 위협하는 덩어리즈, 〈재채기〉!

잠이 확 달아났다.

♠ ♥ ♣

부하가 눈치를 보며 고양희에게 물었다.
"형님, 왜 결혼식장엔 갔다가 그냥 오신 겁니까?"
원래는 제대로 깽판을 쳐주려고 갔었다. 폭력까지 휘두르진 않아도, 조폭 서른 명이 몰려가 앉아서 밥만 먹어도 하객들이 겁을 먹고 잔치 분위기가 깨질 테니까. 그러지 않고 잠자코 물러난 것은 결코 신사적인 이유가 아니었다. 상대가 대놓고 맘대로 해봐라, 하고 나오니 재미가 없어졌던 것뿐.
조직 생활을 오래해온 고양희에게는 강한 상대와 약한 상대를 본능적으로 파악하는 능력이 있었다. 강하다는 것은 이쪽을 두려워하지 않는 것이고, 그 반대가 약한 것이었다.
— 나중에 따로 찾아뵙고 인사드릴 테니 부디 오늘은 그냥 조용히 돌아가주십쇼.
서지환은 그 순간 확실히 약자였다. 녀석은 그토록 미워하는 자신에게 허리를 굽힐 정도로 일영의 결혼식이 망쳐질까 두려워하고 있었다. 그러니 오히려 더 즐거운 마음으로 깽판을 놓아줄 참이었는데, 김이 팍 샌 것은 일영의 장모 때문이었다.

— 어서 내려가서 식사들 하세요. 우리 아들 옛 친구분들이신데 당연히 저희가 대접해야지요.

일영의 장모는 이미 일영의 과거를 다 알고 있는 모양이었다. 잔치 분위기를 망치는 것도, 하객들에게 소문이 나는 것도 두려워하지 않았다. 상대의 약점을 잡아서 괴롭히는 게 재미있지, 어디할 테면 해봐라, 하는 식으로 나오는 상대를 괴롭혀봤자 무슨 의미가 있겠는가. 괜히 꼴만 초라해지지. 그러니 못이긴 척 물러나오는 게 체면이라도 건지는 길이었던 것이다.

제 어미의 도박 빚 때문에 끌려와서 계집애처럼 눈물 글썽이던 게 엊그제 같은데, 어느새 그런 가족을 갖게 된 일영이 못내 얄밉고 배알이 뒤틀렸다. 물론 지환도, 그를 따라 나간 다른 놈들도 같은 이유로 얄미웠다. 여태 시궁창에 뒹굴며 살아온 것은 서로 마찬가지 아닌가. 왜 이제 와서 자기들만 갱생한 척, 새사람이 된 척을 한단 말인가. 어울리지도 않게.

고양희는 절대 사람은 변할 수 없다고 믿고 있었다. 그러니까 딱히 해코지하려는 것도 아니었다. 어차피 저렇게 위선을 떨고 사는 것도 얼마 못 갈 테니, 일찌감치 분수를 깨닫고 주제에 맞게 살게 해주려는 것뿐이다. 녀석들이 송충이는 솔잎을 먹어야 한다는 사실을 깨닫게 되면 도로 받아줄 생각도 있었다. 즉 곧 벌어질 일은 어찌 보면 녀석들을 위한 사랑의 매 같은 거였다. 고양희는 혀를 차며 혼잣말처럼 중얼거렸다.

"그러게 어쩌다 검사 양반을 건드려서…. 멍청한 놈."

"예?"

부하의 물음에 고양희는 픽 웃고 고개를 저었다.

"곧 알게 될 거야."

♤ ♥ ♧

일영의 결혼식에 왔던 은하의 친구가 찍어서 유튜브에 올린
'덩어리즈'의 공연은 하루 만에 각종 인터넷 커뮤니티로 퍼져 나
가며 큰 화제가 되었다. 원곡자인 걸그룹 측에서 함께 영상을 촬
영하자고 제의해올 정도였다. 물론 〈미니와 커다란 친구들〉 채널
도 유입이 엄청나게 늘어났다. 하루에도 만 명씩 늘어나는 구독자
를 보며 은하는 이게 꿈인가, 생시인가 싶어 몇 번이나 볼을 꼬집
어보았다. 특히 젊은 여성층에게 인기 폭발이었다.

― 이 좋은 걸 이제껏 애들끼리만 보고 있었네.
― 아니, 왜 씨름을 팔로 하고 그래요, 몸 놔두고?
― 내가 봐도 어이가 없다. 입 다물고 문제만 푸는데 재밌어.

여기저기서 몰려와 댓글창에서 천하제일 주접대회를 벌였다.
가장 인기가 많은 것은 비주얼이 뛰어난 지환과 일영이었다. 실제
로 보면 압도적인 덩치와 매서운 인상 때문에 얼굴 마주 보기도
힘든 지환이지만, 화면 너머로 보면 그저 위험한 매력 정도로 느
껴지는 모양이었다. 일영은 일영대로 왜 저런 인재가 아이돌로 데
뷔하지 않았느냐는 평을 듣고 있었다. 문제의 '덩어리즈 재채기'

영상이 다름 아닌 일영의 결혼식 공연이라는 사실에 뒤늦게 슬퍼
하는 사람도 여럿이었다.

  − 이것은 마치 고백하기도 전에 실연당한 느낌ㅠㅠ
  − 삑삑이 오빠 데려가신 분 세금 2배 내세요.
  − 이렇게 된 거 2세 기대합니다.

'덩어리즈'로 유입된 사람들 중 대부분이 〈미니와 커다란 친구
들〉의 고정 구독자가 되었다. 그동안 열심히 쌓아온 콘텐츠 덕분
이었다.

이제 와서 은하는 새삼 깨닫고 있었다. 매일매일 답도 없는 나
날 같았는데. 아무도 안 봐주는 춤을 나 혼자 끝없이 추고 있는 기
분이었는데. 그게 사실은 다 하나하나 의미가 있었던, 꼭 거쳐야
했던 과정이었구나.

〈미니와 친구들〉이 없었다면 〈미니와 커다란 친구들〉도 없었을
거였다. 아무리 '덩어리즈'가 히트를 쳤어도 그동안 차곡차곡 만
들어서 올려둔 영상들이 없었다면, 그냥 일회성 반짝 인기로 끝나
고 말았을 것이다.

구독자 수고 수입이고 다 떠나서, 뭘 하면 반응이 돌아온다는
게 꿈만 같았다. 그동안은 인기도 없었지만, 구독자들이 대부분
어린이나 유아들이다 보니 댓글도 몇 개 되지 않았다. 그런데 이
제는 새 영상을 올리자마자 기다렸다는 듯이 댓글이 수십, 수백
개씩 달리지 않는가.

일영의 결혼식 이후로 올린 '큰형님 머슴살이 시리즈'도 반응이 폭발적이었다.

— 1가정 1큰형님 보급이 시급함.
— 큰형님 아무것도 안 시킬게요. 제발 그냥 우리 집 와서 가만히만 있어줘….

이런 식으로 가면 백만 구독자도 금세 찍겠다, 하고 생각했지만 물론 현실이 그리 녹록지는 않았다. '덩어리즈'의 파급력도 천년만년 갈 수는 없어서, 열흘 만에 구독자 십만을 달성하고 나서는 눈에 띄게 유입이 줄어들었다. 구독자 일만 남짓에서 오랫동안 고생해본 은하는 이 정도로도 충분히 감지덕지했지만, 덩어리들 몇몇은 조바심을 내기도 했다.

"큰형님께서 눈 딱 감고 웃통 한 번만 까시면 어떨까요?"

"우리 씨름대회 한번 갈까요?"

하지만 은하가 반대했다.

"우리는 어디까지나 어린이들 대상의 채널이에요. 어른들이 봐주는 건 고맙지만, 그걸 노리고 하면 결국은 독이 될 거예요."

유튜버로서 차곡차곡 경험을 쌓아온 은하는 알 수 있었다. 〈미니와 커다란 친구들〉은 조폭처럼 험상궂은 덩치들이 아이들 눈높이에 맞춰 귀엽게 노는 게 매력 포인트다. 굳이 성인 입맛에 맞추려고 드는 순간, 오히려 매력을 잃게 되는 것이다.

"우리 너무 서두르지 말고 원래 페이스대로 가요. 벌써 실버 버튼은 땄잖아요?"

은하는 그렇게 덩어리들을 다독였다. 물론 은근슬쩍 팬 서비스하는 정도는 나쁘지 않겠지. 새로 유입된 〈미니와 커다란 친구들〉의 여성 팬들은 주로 몸 쓰는 일에 열광했고, 그래서 나온 기획이 바로 이것이었다.

— 커다란 친구들이 동네 꼬마들과 태권도 대결을 해요!

그렇게 전직 깡패들 VS 태권도장 유아반의 운명의 결투가 결정되었다.

♤ ♥ ♧

촬영 당일은 다 함께 미니버스를 타고 미리 약속해둔 태권도장으로 향했다. 은하와 덩어리들은 물론, 아이들을 좋아하는 지환도 빠지지 않았다.

"애들이 우리 보고 울면 어쩌죠?"

"겁먹지 않을까요?"

걱정하는 덩어리들을 은하가 안심시켰다.

"그럴까 봐 미리 관장님한테 부탁드렸어요. 촬영하기 전에 아이들한테 우리 채널 좀 살짝 보여주십사 하고요. 다행히 이미 알고 있는 친구들도 여럿 있다고 하던데요?"

두근대는 가슴으로 근처 주차장에 차를 세우고 태권도장으로 향하는데, 갑자기 덩어리 하나가 걸음을 멈추더니 놀란 소리를 냈다.

"어?"

쳐다보자 어디선가 검은 연기가 뭉게뭉게 피어오르고 있었다. 바로 오늘 촬영 약속을 해둔 태권도장 건물이었다. 건물 앞에는 사람들이 모여들어 발을 동동 구르고 있었다.

"아유, 저걸 어쩌면 좋아?"

건물 뒤쪽에서 불이 나 엄청난 연기가 하늘로 솟아오르고 있었다. 게다가 닫혀 있는 태권도장 문틈으로도 연기가 새어 나오고 있었다. 동네 아저씨들 몇 명이 달라붙어 태권도장 문을 열려고 안간힘을 쓰고 있었지만, 꽉 닫힌 문은 꿈쩍도 하지 않았다.

"무슨 일이에요?"

은하가 황급히 묻자 옆에서 휴대폰으로 영상을 촬영하고 있던 청년이 대답했다.

"안에 아이들이 있는데, 문이 잠겼대요."

"네? 신고는요?"

"방금 했으니까 오겠죠."

문을 열려고 애쓰던 아저씨들이 고개를 절레절레 저으며 물러섰다.

"소방서에서 와서 문을 뜯어내야지, 안 되겠어. 안에서 잠긴 것 같아."

그러는 사이에도 문틈에서 나오는 연기는 점점 더 심해지고 있었다. 구조대가 도착하기를 기다릴 시간이 없어 보였다.

그때 지환이 불쑥 말했다.

"은하 넌 오지 마."

뜬금없이 무슨 소린가, 하는데 지환이 주위를 둘러보더니 길에 주차된 차 바퀴 밑에 받쳐둔 커다란 돌덩이를 들고 왔다.

"오빠!"

그제야 뭘 하려는 건지 깨닫고 놀라서 불렀지만, 지환은 돌아보지 않았다.

♤ ♥ ♧

사실 불이 난 건 몇 분 되지도 않는 일이었지만, 화재가 워낙 빠르게 번지는 바람에 사람들은 애가 탔다. 저 닫힌 문 안에 아이들이 있는데 할 수 있는 일이 없는 것이다.

"아니, 소방차는 왜 이렇게 안 와?"

"어쩌면 좋아요!"

아이 엄마들이 울음을 터뜨리며 달려가서 열리지 않는 문을 어떻게든 해보려고 안간힘을 썼다. 물론 굳게 닫힌 철문은 요지부동이었다. 그때 웬 거대한 체격의 남자 하나가 사람 머리통 크기만 한 돌덩이를 들고 나타났다.

"물러나 계십시오."

아이 엄마들을 비키게 한 남자가 이어서 돌로 철문 손잡이를 내려치기 시작했다. 처음에는 저게 무슨 소용이 있나, 하고 쳐다보던 사람들도 곧 남자의 무시무시한 힘에 눈을 커다랗게 떴다. 돌덩어리를 스티로폼이라도 되듯 가볍게 쥐고 힘껏 내려칠 때마다 철제 손잡이가 견디지 못하고 둔탁한 비명을 질렀다. 깡! 깡! 깡!

몇 번이나 같은 일을 되풀이했을까. 결국 문 손잡이가 견디지 못하고 부서졌다. 문이 열리는 것과 동시에 안에서 시커먼 연기가 기다렸다는 듯이 확 쏟아져 나왔다. 그러나 남자는 단 한 순간도 주저하지 않고 그 안으로 뛰어들어갔다.

"큰형님!"

그 뒤를 웬 험상궂은 덩치들이 줄줄이 따랐다. 들어간 지 한참이 지나도록 남자들은 나올 기미가 없었다. 아니, 실제로는 한참이 아니라 30초 정도밖에 걸리지 않았는지도 모른다. 하지만 밖에서 기다리는 사람들에게는 1초가 마치 1분처럼 느껴졌다.

"큰일 났네."

"저러다 다 죽는 거 아냐?"

사람들이 발을 동동 구르다 못해 숨이 넘어갈 지경이 되었을 때, 드디어 안에서 누군가가 뛰어나왔다. 시커멓게 그을음투성이가 된 남자는 양팔에 아이를 하나씩 안고 있었다. 그 뒤로도 아이들을 안은 남자들이 계속 뛰어나왔다. 그중에는 도복을 입은 태권도 사범도 끼어 있었다.

아이들이 나올 때마다 어머니들이 울며 달려갔다.

"하준아!"

"지우야!"

아이들이 울면서 엄마 품에 안겼다.

"엄마아아!"

맨 마지막에 나온 것은 맨 처음에 들어갔던 그 거대한 체격의 남자였다. 양팔에 아이를 둘씩, 자그마치 네 명이나 안고 나온 남자가 아이들을 땅에 조심스럽게 내려놓았다. 다음 순간, 그의 무륜이 푹 꺾였다.

"오빠!"

커다란 고목이 넘어가듯 천천히 쓰러지는 남자에게 젊은 여자가 비명을 지르며 뛰어갔다.

♤ ♥ ♧

병실 TV에서 뉴스가 흘러나왔다.

— 태권도장과 벽 하나를 사이에 두고 붙어 있는 창고에서 발생한 화재는, 눈 깜짝할 사이에 태권도장 내부로 번졌습니다.

검은 연기가 솟아오르는 하늘에 이어, 새카맣게 타버린 태권도장 내부가 화면에 나타났다.

— 태권도장 바닥재를 타고 불이 순식간에 번져서, 탈출할 수 없게 된 아이들은 사범의 지도하에 일단 안쪽에 있는 사무실로 숨었습니다.

개인 휴대폰으로 촬영한 자료 화면이 나오기 시작했다. 동네 주민들이 닫힌 태권도장 문을 열려고 애쓰는 장면이었다.

— 시민들이 태권도장 문을 열고 구조하려 했지만, 안에서 문이 잠겨있어 역부족이었습니다. 아직 소방차 사이렌조차 들려오지 않는 막막한 상황. 이때 생각지도 못했던 의인들이 나타났습니다.

지환이 돌로 철문을 부수고 안으로 뛰어들어가고, 그 뒤를 따라 들어가는 덩어리들이 화면에 비쳤다. 이어서 하나씩 아이들을 구조해 나오는 장면까지 보여지고 나서, 〈미니와 커다란 친구들〉 채널이 그대로 방송을 탔다.

— 이들은 어린이 대상 채널을 운영하는 유튜버들로서, 오늘은 마침 이 태권도장에서 영상 촬영을 할 예정이었습니다. 어린이들은 전원 무사히 구조되었고, 유튜버들은 병원에 입원해서 치료를 받고 있습니다. 소방서 측은 이들에 대한 표창을 검토하고 있으며….

다행히 아이들이 피해 있던 사무실까지는 아직 연기가 스며들지 않았었다고 한다. 덕분에 아이들은 나올 때만 연기를 마셔서 가벼운 산소 치료를 받는 정도로 그쳤지만, 들어갈 때와 나올 때 모두 연기를 마신 덩어리들은 단체로 입원하는 신세가 되었다. 특히 맨 처음 들어가서 맨 마지막에 나온 지환의 상태가 좋지 않았다. 기관 화상까지는 입지 않았지만, 유독성 연기를 너무 많이 마셨다는 것이다.

꼬박 하루 동안 치료를 받고도 좀처럼 깨어나지 못하고 있는 그의 곁에서, 은하는 한 발짝도 움직이지 않고 내내 손을 꼭 잡고 있었다.

"큰형님!"

침대를 둘러싸고 눈물을 흘리는 환자복 차림의 덩어리들을 오히려 은하가 달랬다.

"오빤 아무 일 없을 테니까 다들 가서 쉬세요."

정작 그녀는 의연했다. 불안해하는 덩어리들에게 은하가 잘라 말했다.

"오빠가 나를 두고 먼저 갈 리가 없잖아요?"

지환이 겨우 눈을 뜬 것은 그날 밤이었다.

"아이들은?"

그는 정신이 들자마자 그것부터 물었다.

"모두 무사해."

"녀석들은 어떻게 됐어?"

이래서 큰형님인 거구나. 정작 자기가 제일 크게 다쳐놓고, 눈을 뜨자마자 다른 사람들 걱정부터 줄줄이 하는 남자가 안타깝기도, 사랑스럽기도 해서 눈물이 핑 돌았다. 은하는 눈물 어린 눈으로 빙긋 웃고 대답했다.

"…스타가 됐지!"

6

한여름 밤의
꿈

입원한 지 사흘 만에 지환과 덩어리들까지 모두 퇴원했다. 그 사흘 동안, 세상은 완전히 뒤집혀 있었다. '덩어리즈'로 얻은 인기는 단순히 인터넷 커뮤니티 중심이었지만, 메이저 언론들에서 보도한 것은 파급력 자체가 전혀 달랐다. 덩어리들은 하루아침에 전국구 스타가 되었다.

화재로 죽을 뻔한 수십 명의 아이들을 구해낸 전직 깡패들. 게다가 그 전직 깡패들은 현재 유튜브에서 키즈 채널 운영 중! 이 맛있는 재료에 군침을 흘리지 않는 언론은 대한민국에 존재하지 않았다. 신문이고 방송이고 가리지 않고 후속 보도가 물밀듯 쏟아졌다.

— 본업은 육가공회사 '목마른 사슴'의 임직원.
— 유튜브 〈미니와 커다란 친구들〉 채널 인기 폭발.

– 전과자 갱생에 힘쓰는 사회적 기업 '목마른 사슴'.

자고 일어나니 스타가 됐다는 게 바로 이런 것일까. 집 밖에만
나가면 남녀노소 몰라보는 사람이 없었다.
"세상에, 어쩌면 그렇게 착한 일을 했어, 응?"
다가와서 손을 덥석 잡고 눈물을 글썽이는 할머니가 있는가 하
면, 식당 주인은 돈을 받지 않았다.
"아유, 이렇게 와주신 것만도 영광인데!"
아이들은 아이들대로 알아보고 좋아서 날뛰었다.
"와, 커다란 친구들이다!"
"사인해주세요!"
무엇보다 뭉클한 것은, 예전 같으면 얼른 제 아이 손을 잡고 피
해 갔을 엄마들이 이제는 먼저 다가와서 부탁하는 것이었다.
"죄송하지만, 저희 애들이랑 같이 사진 좀 찍어주실 수 있을까요?"
밖에선 늘 사람들이 겁을 먹고 피해 다녀 외출하기조차 꺼렸던
덩어리들은 이제 집 밖에 나가는 게 즐거웠다. 목마른 사슴에 다
니는 직원들도 덩달아 어깨가 으쓱해졌다. 기사에는 이들이 전직
조직폭력배였다는 사실도 가감 없이 보도되었지만, 과거에 대해
손가락질하는 사람은 놀랄 정도로 드물었다.

– 요즘 조폭 유튜버들이 문제라더니ㅋ 조폭 미화 오졌다.

가끔씩 좋지 않은 댓글이 달려도, 오히려 다른 사람들이 대신

나서서 화를 냈다.

- 이제라도 착하게 살겠다는 사람들한테 악플이나 다는 인생보다 나을 듯 ㅋ
- 또 또 보지도 않고 악플 단다. 이 사람들이 싸웠던 썰을 풀길 했나, 조직 생활 썰을 풀길 했나? 조폭의 조 자도 안 꺼내고 그냥 애들 보라고 재미있게 노는 건데 왜 조폭 유튜버고 조폭 미화임?

이런 식으로 대부분의 사람들이 응원과 격려를 아끼지 않았다. 〈미니와 커다란 친구들〉의 주역인 '미니 언니' 은하에게도 관심이 쏟아졌다. 어떻게 연락처를 알았는지, 여기저기서 기자들이 전화를 해댔다. 전화로 뭔가 기삿거리가 없겠느냐, 뭐든 기사화해주겠다고 부탁하는 기자에게 은하는 정중하게 말했다.
"죄송하지만 저는 그냥 평범한 유튜버일 뿐이에요. 이번 일에도 저는 전혀 한 게 없고요. 취재를 하시려면 제가 아니라 '커다란 친구들'한테 하시는 게…."
거기까지 말하는데 미호가 휴대폰을 빼앗더니 눈을 부라렸다.
"뭐 하는 짓이야? 물 들어올 때 노 저어야지!"
"아니, 뭐, 나는 한 일이 없는걸."
"왜 한 일이 없어, 네가! 여태 병원에 공연 다니고, 아픈 애 치료비 구하려고 조폭 보스랑 세 번이나 데이트도 하고, 응? 그런 건 다 누가 했던 건데?"
은하는 머쓱하게 대답했다.

"뭘 그런 것까지 말을 해. 왼손이 하는 일을 오른손이 모르게 하라는 말도 있는데."

"그걸 왜 모르게 해? 남의 손들도 다 알게 만들어야지!"

눈을 부라리고 미호는 대신 전화를 받았다.

"안녕하세요, 기자님? 호호호. 제가 〈미니와 커다란 친구들〉 편집자 겸 매니저인데요. 네네."

편집자는 알겠는데 언제부터 매니저냐. 은하가 어이없는 눈으로 쳐다보는 가운데, 미호는 그간의 은하의 선행에 대해서 MSG까지 팍팍 쳐가며 신나게 떠들어댔다.

"세상에, 그래서 우리 미니 언니가 도운 그 아이가 지금 해외에 나가서 중입자 치료인지 하는 암 치료를 받고 있다지 뭐예요. 아주 경과가 양호하다네요, 호호호."

듣고 있자니 내가 노벨 평화상을 받아야 하나, 싶었다.

"네, 기자님. 기사 예쁘게 잘 써주시고요. 메일 주소 불러주시면 제가 공연 영상 보내드리겠습니다."

이리하여 은하가 덩어리들과 함께 병원에서 공연하는 영상이 뉴스를 타고 보도되었다. 기자들은 병원까지 찾아가 인터뷰를 했다.

— '미니 언니' 고은하 씨는 벌써 2년 넘게 봉사를 와주고 계십니다. 그 난쟁이들은 작년 가을쯤부터 같이 와주셨고요. 아이들이 무척 좋아해서 늘 공연 날을 손꼽아 기다리곤 합니다.

— 미니 언니는 늘 선물을 갖고 와줘요. 난쟁이 아저씨들도요.

파도 파도 기삿거리가 계속 나오는데, 심지어 모두 흥미롭고 훈훈한 것들뿐이었다. 이러니 모든 언론들이 〈미니와 커다란 친구들〉과 인터뷰를 하고 싶어 했다.

은하와 일영 등 몇몇에게는 연예인으로 데뷔해보지 않겠느냐는 제의도 있었다. 매니지먼트 회사에서도 계약 문의가 쏟아졌다. 그중에는 은하의 성적 부진을 이유로 계약 연장을 거절했던 전 회사도 있었다. 워낙 대중 호감도가 높다 보니 방송 출연 제의는 물론 광고 제의도 여러 건 들어왔고, 심지어 이들의 이야기를 영화화하자는 제안도 들어왔다.

덩어리들은 완전히 구름 위에 뜬 것 같은 나날을 보내고 있었다.

"우리 이러다 진짜 스타 되는 거 아닙니까?"

"벌써 됐어, 인마."

그러던 어느 날, 지환이 덩어리들을 모두 불러 모았다.

"우리는 죄인이다."

지환의 첫마디였다.

"자칫 죽을 뻔한 아이들을 구했다고 해도 예전에 했던 행동이 없어지는 게 아니야."

덩어리들은 찬물을 끼얹은 듯 조용해졌다.

"기억해봐라. 우리가 조직에 몸담고 있었을 때 얼마나 많은 사람을 다치게 하고, 가정을 망가뜨리고, 인생을 망쳤는지."

애써 떠올리지 않으려고 했던 기억을 지환은 하나하나 들추었다. 잊을 수 있으면 잊고 싶었던 사실을 떠올리자 덩어리들은 입술을 깨물었다.

"우리 때문에 고통을 당했던 사람들이 지금도 어딘가에서 살아가고 있다. 그러니 우리 같은 사람들이 너무 주목받아서는 안 돼. 자칫하면 그 사람들에게 상처가 될 수 있다."

큰형님의 말씀이 옳다는 건 알고 있다. 하지만….

"언제까지나 주눅 들어서 지내자는 게 아니야. 이제 사람들도 우리가 새사람이 되었다는 걸 믿고 응원해주니 얼마나 다행스러운 일이냐?"

시무룩한 동생들을 달래듯 지환은 말을 이었다.

"단지 빛이 너무 강하면 그림자도 짙은 법이야. 너무 떠들썩해지면, 그만큼 부작용도 생길 수가 있어."

타이르는 듯한 목소리였다.

"이렇게 주목받고 저 하늘 위까지 올라갔다가 자칫 역효과가 나는 것보다는, 그냥 앞으로도 지금처럼 즐겁게, 열심히 사는 게 좋지 않겠냐?"

그제야 덩어리들은 큰형님의 진심을 이해했다. 무엇보다도 자기들을 걱정해서 하는 말씀이라는 것을.

"저희는 그저 큰형님의 뜻을 따를 뿐입니다."

일영이 제일 먼저 대답하고, 다른 덩어리들도 이어서 합창을 했다.

"저희도 따르겠습니다, 큰형님!"

♤ ♥ ♧

〈미니와 커다란 친구들〉은 인터뷰를 포함한 모든 제안을 정중히 거절했다. 대신에 유튜브 채널에 전체 자막으로 된 영상 하나를 올렸다. 누구도 연예계에 진출할 의사가 없으며, 앞으로도 본업인 육가공 일을 열심히 하면서 유튜브 채널로만 사람들을 만나겠다는 내용이었다. 이 일로 대중의 호감은 한층 더 높아졌다. 사람들은 어떻게든 덩어리들을 격려하고 응원하고 싶어 했다. 지환의 회사에서 원육을 공급받는 기업의 제품과 식당 리스트까지 돌면서 소비 촉진 운동이 벌어지는 가운데, 〈미니와 커다란 친구들〉은 드디어 구독자 백만을 돌파했다.

♤ ♥ ♧

구독자 백만을 돌파한 지 2주 후, 드디어 유튜브 본사에서 보내준 골드 버튼이 도착했다. 이날 저녁, 골드 버튼 기념 영상을 촬영할 겸 지환의 집 정원에서 축하 파티를 열었다. 은은한 조명이 밝혀진 정원에는 경쾌한 재즈 음악이 울려 퍼지고, 지환과 덩어리들은 턱시도 차림을 했다. 은하와 미호도 예쁜 이브닝드레스를 입었다.

오늘의 파티에는 특별 게스트로 예나도 초대했다. 잠시 후 발랄한 미니드레스 차림으로 정원에 들어서는 예나를 은하가 반갑게 맞이했다.

"친구들! 오늘은 예나가 미니 언니 집에 놀러 와줬어요!"

"안녕, 〈미니와 커다란 친구들〉 구독자 여러분! 예나예요!"

잠시 후 카메라가 꺼지자, 예나가 언제 그랬느냐는 듯이 웃음을 싹 거두고 주위를 둘러보며 혀를 찼다.

"쯧쯧, 촌스럽게 골드 버튼 받았다고 무슨 파티까지 해? 남들은 다이아 버튼이니 루비 버튼이니 하는 마당에."

예나는 벌써 한참 전에 백만 구독자를 돌파하여 이제는 이백만을 바라보고 있었다.

"나는 너처럼 회사랑 안 나눠 먹거든?"

"언니는 열 몇 명이 나눠 먹잖아!"

옥신각신하고 있는데, 민규가 다시 카메라를 들이밀었다.

"친구들, 안녕!"

또다시 방긋 웃으며 카메라를 향해 사이좋게 손을 흔드는 두 여자를 보고 덩어리들은 뒤에서 혀를 내둘렀다.

"프로다, 프로."

잠시 후, 예나는 슬쩍 민규에게 다가가서 말을 걸었다.

"지난번엔 고마웠어요."

전에 은하가 납치당한 건으로 지환을 만나러 이 집에 왔을 때, 예나는 하마터면 정원에 생긴 진창에 빠질 뻔했다. 그때 이 남자가 구해줬던 기억이 있었다.

"이름이 민규 씨, 맞죠?"

그런데 이게 웬일인가. 저번에 만났을 때 무척 친절했던 남자는 예나를 힐끗 쳐다보고 어깨를 으쓱하더니 그냥 가버리는 거였다.

"뭐야, 저 뚱땡이는?"

예나는 어이가 없어서 어쩔 줄을 몰랐다. 지금 날 무시한 거야?

잠시 후 드디어 오늘의 메인인 언박싱을 할 차례가 되었다. 은하가 대표로 검은 상자를 열자 황금빛으로 빛나는 골드 버튼이 나타났다.

"세상에, 친구들, 보여요? 〈미니와 커다란 친구들〉이 정말로 골드 버튼을 받았어요."

은하가 골드 버튼을 안고 카메라를 향해 감개무량하게 중얼거렸다.

"친구들, 정말 고마워요! 앞으로도 더 열심히 해서 친구들에게 재미있는 영상 많이 많이 보여줄게요."

다 같이 카메라를 향해 손을 흔들었다.

"사랑해요, 친구들!"

카메라가 꺼지고 난 후 본격적으로 파티가 시작되었다. 뷔페로 차려진 맛있는 음식을 먹으며 덩어리들과 즐겁게 얘기를 나누다 문득 둘러보니 예나가 보이지 않았다. 두리번거리며 찾아보자 예나는 정원 구석에서 혼자 샴페인을 마시고 있었다. 은하는 다가가서 머뭇거리며 물었다.

"저기, 오늘은 웬일로 같이하자고 한 거야?"

사실 오늘은 예나를 초대한 게 아니라, 예나 쪽에서 먼저 출연하고 싶다고 연락해와서 함께하게 된 것이었다. 유명 유튜버끼리 함께 영상을 찍는 거야 업계에선 무척 흔한 일이지만, 먼저 예나에게 연락할 생각은 하지도 못하고 있었다. 예나가 지환을 좋아했다는 걸 알고 있으니까.

"회사에서 가보라고 해서 온 거야. 언니 다시 잡고 싶어 하거든, 대표님이."

아, 그런 거였구나. 은하는 마음 한구석이 무거워졌다. 어쩐지 지환을 보는 게 불편할 텐데 왔다 했더니, 오고 싶어서 온 게 아니었구나.

"되게 좋아 보여, 얼굴이."

잠시 후, 예나가 중얼거렸다.

"전엔 겉으론 무서워 보여도 어딘가 늘 텅 비어 있는 사람 같았는데."

주어는 없었지만, 은하는 금세 알아들었다. 아무래도 말을 해야 할 것 같아서 조심스럽게 말을 꺼냈다.

"있잖아, 우리 곧 결혼해."

예나는 한참 말이 없었다. 돌아서서 하늘을 쳐다보는 예나의 어깨에 은하는 살며시 손을 얹었다. 연인이 되기 전부터 오랫동안 혼자 좋아했던 사람이어서 그럴까. 일영의 결혼식 날 만났던 미미 언니 일행도 그랬지만, 은하는 지환을 좋아하는 여자들이 조금도 밉지 않았다. 오히려 과거의 제 모습을 보는 것 같아서 남의 일처럼 생각되지 않았다.

"내가 꼭 오빠 행복하게 해줄게."

잠시 후, 예나가 제 어깨에 얹힌 은하의 손을 살짝 쳐냈다.

"…청첩장 보내면 죽여버릴 거야."

어느덧 평소의 재수 없는 말투로 돌아온 것을 보고 은하는 웃었다.

"김칫국 마시지 마. 누가 너한테 보내기나 한대?"

"땡큐. 5만 원 굳었네."

"얘가 시세를 모르네. 요즘 10만 원이 기본이야."

겉으론 티격태격하면서도 은근히 기뻤다. 예나와 한결 편한 사이가 된 것 같아서.

"근데 진짜 지환 오빠랑은 어떻게 만난 사인지 얘기 안 해줄 거야?"

지환에게 물어도 그건 예나의 프라이버시라며 대답해주지 않았던 것이다.

"죽어도 안 해줄 거거든?"

예나가 대꾸한 그때, 계속 흘러나오고 있던 경쾌한 재즈 음악이 갑자기 뚝 끊겼다.

"뭐야, 분위기 좋았는데."

예나가 투덜거리는데, 이어서 동요 같은 것이 흘러나오기 시작했다. 이 전주는! 은하가 놀라서 쳐다보니 아까까지 턱시도 차림이었던 덩어리들이 어느 틈엔가 알록달록한 난쟁이 옷으로 갈아입고 있었다.

"딩동댕 초인종 소리에 얼른 문을 열어보니." 🎵

역시나 그거였다. 전에 덩어리들이 은하를 위해 준비했던 화끈한 쇼!

"뭐야, 갑자기?"

"너 오늘 계 탔다고 생각해라."

영문을 몰라 하는 예나에게 중얼거리고, 은하는 얼른 예나의 손목을 잡고 달려갔다.

♤ ♥ ♧

선선한 바람이 부는 7월의 여름밤. 덩어리들의 축하 공연도 보고, 맛있는 음식도 먹고, 샴페인도 마시고. 사랑하는 사람들과 함께 웃고 떠들고 즐기는 이 순간이 너무나 행복하고 완벽해서 은하는 몇 번이나 생각했다. 이게 혹시 한여름 밤의 덧없는 꿈은 아닐까. 정말 내가 백만 구독자를 가진 유튜버가 되고, 나를 사랑해 주는 가족이 생기고, 사랑하는 남자와 결혼을 앞두고 있는 게 맞을까. 잠시 눈을 감고 은하는 기도했다. 꿈이라면 부디 언제까지나 깨지 않기를.

다시 눈을 떴을 때도 눈앞의 풍경이 여전히 그대로여서 안도의 미소를 짓는 순간, 초인종 소리가 들렸다.

"내가 나가볼게."

동생들은 모두 저희끼리 웃고 떠드느라 정신이 없어서, 결국 지환이 달려가 문을 열었다.

"어디서 오셨습니까?"

대문 앞에 서 있던 남자가 눈앞에 신분증을 내밀었다.

"경찰입니다. 서지환 씨 되십니까?"

순간적으로 지환은 생각했다. 얼마 전에 소방서에서 표창을 받았는데, 이번에는 경찰서에서 주려는 건가.

"그렇습니다만."

대답하는 것과 동시에 지환은 남자의 등 뒤에 경찰 수십 명이 더 서 있는 것을 발견했다. 뭔가 잘못됐다고 생각하는 순간, 상대가 지환의 손목을 잡아 수갑을 채웠다.

"당신을 범죄단체 가입 활동 등의 혐의로 체포합니다."

♤ ♥ ♧

지환과 덩어리들이 덮어쓴 혐의는 수십 가지에 달했다. 범죄단체 가입 활동, 사기, 전자금융거래법 위반, 성매매 알선, 마약 거래, 폭력 행위, 도박 공간 개설, 공갈, 대부업 등의 등록 및 금융이용자보호에 관한 법률 위반⋯. 심지어 이 모든 혐의에 대한 증거가 완벽하게 갖춰져 있었다.

수사관이 제시하는 엄청난 양의 증거를 보고 지환은 한동안 넋을 잃었다. 야옹이파가 한 짓이 감쪽같이 자신들이 한 일로 돌변해 있었다. 심지어 지환이 익명으로 제보해서 문을 닫게 만든 카지노 건까지 포함되어 있으니 기가 막힐 노릇이었다.

"저희가 한 일이 아닙니다. 야옹이파라는 조직이 있는데, 그 두목인 고양희가 모함한 것 같습니다."

그러나 담당 수사관은 코웃음을 쳤다.

"증거가 여기 이렇게 다 있는데 자꾸 이럴 겁니까?"

아무리 말해도 들으려고 하지 않아서 결국 지환은 진술을 거부하기로 했다.

"변호사와 얘기하게 해주십시오."

수사관이 한숨을 내쉬었다.

"폭력행위 등 처벌에 관한 법률 제4조 1항. '수괴는 사형, 무기 또는 10년 이상의 징역에 처한다' 모릅니까? 변호사가 아니라 변호사 할아비가 와도 당신은 최소한 징역 10년이란 말입니다."

물론 지환도 알고 있었다. 조직에 몸담았던 사람치고 그 법을 모르는 자는 없으니까.

"정상참작이라도 받고 싶으면 수사에 최대한 협조하는 게 좋을 텐데요."

지환은 치미는 분노를 다스리려 애를 썼다. 어차피 우리는 지킬 명예 따위도 없는 놈들 아닌가. 지금 날조된 이 죄들, 사실 옛날에 조직 생활 할 시절에는 우리도 직접 했거나 혹은 관여되어 있던 것들 아닌가. 그러니 억울할 것 없다. 이제라도 죗값을 치르는 것뿐이다.

아무리 그렇게 생각하려 해도 은하가 자꾸 마음에 걸렸다. 최소한 징역 10년. 어떻게 은하와 10년 이상을 떨어져 살 수가 있을까. 단 하루를 떨어져 있는 지금도 죽을 것만 같은데. 도저히 이 죄를 뒤집어쓸 수는 없다고 지환은 결심했다.

"변호사 선임 후에 이야기하겠습니다."

♤ ♥ ♧

지환과 덩어리들은 구속 수감되었지만, 은하는 가벼운 조사만 받은 후 바로 귀가 조치되었다. 애초에 살아온 이력부터가 다르기는 했지만, 지금은 한집에 살면서 유튜브도 같이하고 있는데. 구속 수사까지는 아니더라도 충분히 강도 높은 조사를 받을 줄 알았는데 뜻밖이었다.

"고은하 씨 같은 분이 어쩌다 저런 흉악범들하고 엮이셨는지."

수사관은 안됐다는 듯이 혀를 차고 직접 은하를 배웅해주기까지 했다.

"조심해서 들어가십시오."

하지만 풀려나도 은하는 조금도 기쁘지 않았다. 안심은커녕 오히려 그들과 함께하지 못하는 게 가슴이 미어졌다. 집으로 돌아가는 길에 전자제품 대리점을 지나게 되었다. 마침 쇼윈도 안에 전시된 TV에서 뉴스가 방송되고 있었다.

– 씁쓸한 소식 전해드려야겠습니다. 얼마 전 태권도장 화재 때 유치원생들을 구해내서 전국을 흔들어놓았던 의인들의 놀라운 실체가 드러났습니다. 자세한 보도, 홍길동 기자가 전해드립니다.

은하는 텅 빈 눈동자로 화면 속의 아나운서를 바라보았다.

– 최근 유치원생들을 불길 속에서 구해내 갱생의 아이콘이라 불리며 전 국민의 주목을 받았던 의인들이 임직원으로 있는 사회적 기업, 목마른 사슴입니다.

경기도에 있는 목마른 사슴 공장 앞에서 기자가 보도하고 있었다.

– 이 회사 임직원들은 불독파라는 조직폭력집단의 조직원 출신으로, 조직 해산 후 회사를 설립하여 전과자들에게 양질의 일자리를 제공하는 역할로 정부에서 정식으로 사회적 기업 인증을 받아 회사를 운영해온 것으로 알려졌습니다. 그런데 사실은, 사회적 기업이라는 가면 뒤에 숨어서 버젓이 각종 불법 사업을 하고 있었던 것으로 드러났습니다. 이들은 불법 사채를 운영하며 빚을 갚지 못한 채무자들을 유흥업소에 팔아넘기고, 한편으로는 불법 도박장을….

짓지도 않은 죄들을 줄줄이 읊어대는 걸 보고 있으니 헛웃음이 나왔다. 사채? 생판 알지도 못하는 철없는 대학생을 구하기 위해, 첫 데이트도 망쳤던 그 사람이? 도박장 운영? 지환이 신고해서 폐허가 된 그 불법 카지노를 내 눈으로 직접 봤는데?

"아하하하!"

은하는 큰 소리로 웃음을 터뜨렸다. 세상이 우습고, 사람들이 우스워서 견딜 수가 없었다. 눈물을 주룩주룩 흘리며 웃는 여자를, 지나가던 사람들이 미친 여자 보듯 쳐다보았다.

♤ ♥ ♧

화목한 가족, 사랑하는 사람, 대중의 관심과 인기. 모든 것이 한여름 밤의 꿈처럼 느껴졌다.

─ 이래서 사람 고쳐 쓰는 거 아니라고 했던 거임.

대중은 배신감에 치를 떨었다. 채널 구독자 수는 뚝 떨어졌고, 덩어리들은 물론 은하에 대한 비난 여론도 높았다.

─ 〈미니와 친구들〉 시절부터 열심히 봤는데 이게 무슨 일인지 모르겠네요. 내 아이들한테 이런 흉악범죄자를 보여줬다는 생각에 자책감이 심하게 듭니다. 미니 언니도 고의는 아니었겠지만, 어쩌다 이런 사람들하고 함께하게 됐는지, 사과와 해명이 필요합니다.
─ 정말 화가 나네요. 애들은 영문도 모르고 자꾸 보여달라고 조르는

데 보여주지도 못하겠고, 동심 파괴될 것 같아서 차마 이유도 말을 못 해주겠고.

댓글 하나하나가 아팠지만, 특히 무명 시절부터 함께해주었던 오랜 구독자들의 항의는 그야말로 칼날로 심장을 후벼 파는 것만 같았다. 그렇게 당찼던 미호도 전화로 하염없이 울기만 했다.

"우리 아기, 아빠한테 한번 안겨보지도 못하면 어떡해?"

자기도 죽을 것 같았지만, 일단 임신 중인 미호가 너무 스트레스를 받으면 안 될 것 같아서 은하는 열심히 달랬다.

"너무 걱정 마. 최고의 변호사를 동원해서 할 수 있는 건 다 해볼 테니까."

대한민국 최고라는 법무법인에 이미 상담 신청을 해둔 터였다. 지환이 프러포즈할 때 선물해준 금과 다이아몬드를 다 팔아서라도 무죄를 증명해낼 생각이었다. 시간이 얼마나 걸리든 반드시 누명을 벗을 수 있을 거라고 은하는 믿었다. 이 나라에 법과 정의가 살아 있다면!

"미호야, 울지 말고 친정에 가 있어. 내가 변호사 만나고 와서 또 전화할게."

바삐 나가던 은하는 대문 앞에 서 있는 사람을 보고 흠칫해서 걸음을 멈췄다. 바로 오빠인 세훈이었다.

"오빠가 여긴 어떻게 알고 왔어?"

경계하듯 묻자 세훈이 한숨을 쉬었다.

"네 조서에 집 주소가 여기로 돼 있던데."

그제야 은하는 깨달았다. 자신이 가벼운 조사만 받고 금세 풀려났던 게 오빠의 영향이었다는 걸. 물론 손톱만큼도 고맙지 않았다. 현직 국회의원인 아버지와 검사인 오빠에게 자칫 누가 될 테니까 그랬던 거겠지, 나 때문이 아니라.

"용건만 얘기해, 바빠."

은하는 차갑게 말했다. 오빠에게 지환의 일에 대해 조언을 구한다든가, 선처를 호소할 생각은 없었다. 그래 봤자 들어줄 리 없을 테니까.

역시나 오빠는 다짜고짜 이렇게 말했다.

"일이 이렇게 됐는데, 너 설마 아직도 그놈하고 결혼할 생각은 아니겠지?"

은하는 만면에 웃음을 띠고 대꾸해주었다.

"할 건데."

지환이 무기징역, 아니 사형선고를 받는다 해도 은하는 그와 결혼할 생각이었다.

세훈이 한숨을 쉬었다.

"이거 수사 총지휘를 누가 하고 있는지나 알아?"

"몰라."

죄목이 많아서인지, 아니면 사회적으로 크게 이슈가 되고 있는 건이라서인지 검사가 한두 명 붙어 있는 게 아니었다.

"장재석 검사장이야."

들어도 모르겠어서 의아해하고 있었더니 세훈이 고쳐 말했다.

"장태현 검사 아버지란 말이야."

은하는 귀가 번쩍 뜨여 세훈을 바라보았다. 지금껏 단순히 야옹이파의 모함으로 누명을 쓴 건 줄만 알았는데, 설마 태현이 꾸민 일이란 말인가?

'설마 검사가 그런 짓을 할 리가.'

순간적으로 생각했다가 은하는 금세 고개를 저었다. 장태현은 이미 자신을 납치, 감금까지 했던 인간 아닌가. 하고도 남는다, 그 자라면.

"절대로 못 빠져나올 거야. 그러니까 너도 일찌감치 정신 차리고…."

"알려줘서 고마워."

은하는 대꾸하자마자 세훈을 거들떠보지도 않고 돌아섰다. 지금 변호사를 만나는 게 문제가 아니다. 일단 약속부터 미루고 나서….

"네가 걱정돼서 온 거야!"

오빠가 소리치는 바람에 은하는 걸음을 멈췄다.

등 뒤에서 세훈이 말했다.

"아무리 그래도 넌 내 친동생이야. 범죄자하고 결혼을 한다는데 오빠로서 걱정을 안 할 수가 있어?"

제법 호소력 짙은 목소리에 은하는 픽 웃었다. 이런 말에 넘어가서 '그래도 오빠구나' 하고 가슴 뭉클해하기에는 이미 너무 많은 일을 겪었다. 나도 이제 많이 무뎌졌구나, 하고 스스로 느끼며 은하는 돌아섰다.

"걱정 마, 그 사람이 처남 덕 보려고 들 일은 없을 테니까."

은하는 픽 웃고 잘라 말했다.

"물론 오빠도 매제 덕 볼 일은 없을 거고."

여기서 그냥 가만히 있었으면 속내를 들키지나 않았을 것을, 역시나 자존심 강한 검사님은 참지 못하고 울컥했다.

"내가 범죄자 덕을 볼 일이 뭐가 있다는 거지?"

"사람 일은 모르는 거니까."

은하는 내뱉듯 대꾸하고 돌아섰다.

♤ ♥ ♧

은하는 태현의 연락처를 몰랐지만, 다행히 미호가 그의 집 주소를 가지고 있었다.

"이제 와서 그 자식 집 주소는 왜 물어봐? 설마 찾아갈 것도 아니고."

차마 찾아갈 거라고 대답은 못 하고, 은하는 이렇게만 말했다.

"그냥 좀 쓸데가 있어서 그래."

한때 자기가 납치되어 감금당해 있던 집 앞에서 은하는 끈질기게 태현을 기다렸다. 밤이 늦어서야 겨우 태현이 귀가했다. 얼굴을 보는 순간 반사적으로 몸이 덜덜 떨려오기 시작했지만, 은하는 이를 악물고 견뎠다. 지금은 무서워할 겨를도 없다.

"오랜만이에요."

태현은 은하를 보고 잠시 놀란 듯했지만 금세 냉정한 표정으로 돌아갔다.

"용건이 뭐지?"

"당신 짓인가요?"

"무슨 소린지 모르겠는데."

시치미를 떼는 태현을 보고 은하는 오히려 확신을 얻었다. 아, 이자의 짓이 맞구나.

태현은 분명 지환에 대해서 적개심을 불태우고 있었다. 이렇게 온 나라가 떠들썩한데, 심지어 본인이 검사이니 모를 리가 없는데 시치미를 떼는 걸 보면 관련이 있는 것이다.

"나 때문에 이러는 거예요?"

"그러니까 뭘?"

"모르는 척하지 말아요. 그 사람들이 한 짓 아니라는 거 알잖아요!"

"글쎄, 아니라기엔 증거가 너무 많아서."

좋게 말해서는 안 통하겠다 싶어서 은하는 표정을 굳혔다.

"이러면 나도 생각이 있어요."

"무슨 생각?"

"당신이 나한테 한 짓을 세상에 알리고 정식으로 신고하겠어요."

은하는 싸늘하게 말했다.

"현직 검사가 여자를 납치, 감금하고 폭행했다고 하면 당신은 무사할까요?"

하지만 태현은 픽 웃었다.

"무슨 잠꼬대인지 모르겠지만, 그래, 내가 뭔가 했다 치고. 증거는 있나?"

은하는 잠시 말문이 막혔다.

그날 지환이 태현의 집에 쳐들어와 자신을 데리고 나왔을 뿐, 딱히 증거는 없었다. 당장 눈앞에 은하가 기절해 있는데 증거를 남기겠다고 사진을 찍는다거나 할 정신도 없었을 테니까.

"꼭 직접 증거가 없더라도 피해자 진술이 명확하다면 증거가 될 수 있겠죠."

태현은 더더욱 재미있다는 표정을 하고 되물었다.

"그래, 신고를 한다 치고. 그럼 그 수사는 누가 하지?"

은하는 또다시 입을 다물었다. 그야 물론 검찰이 하겠지. 태현은 검사고, 더욱이 그의 아버지는 검찰 고위직에 있고.

"증인은 있나? 설마 지금 수사를 받고 있는 그 조폭이 증인은 아니겠지?"

은하가 대답하지 못하자 태현은 더욱더 신랄하게 질문을 퍼부었다.

"정말로 그런 일이 있었다면 왜 진작 신고하지 않았지?"

"그건 우리 엄마가 못 하게 해서…. 당신이 더 잘 알잖아요!"

"그래? 그럼 네 어머니가 증인이 되어주겠군?"

물론 엄마가 은하 편을 들어주는 일은 없을 것이다. 오히려 딸이 조폭에게 눈이 멀어서 거짓말을 한다고 하겠지! 은하는 협박해봐야 통하지 않는다는 것을 알았다. 그렇다면 빌 수밖에.

"제발 이러지 말아요."

은하는 애원하듯 말했다.

"대체 내가 어떻게 하면 그만둘 거예요?"

"글쎄."

태현이 손을 뻗어 은하의 머리카락을 살짝 어루만졌다. 피부 위에 벌레가 기어 다니는 듯한 느낌과 동시에 온몸에 소름이 끼쳤다. 이윽고 귓가에 더운 숨결이 와 닿아서 은하는 눈을 질끈 감았다. 설마 지환을 놔주는 대신 나를. 징그러운 예감에 몸서리를 치는 순간, 들려온 것은 음산한 속삭임이었다.

"…평생 조폭 새끼 옥바라지할 생각이나 해, 더러운 년아."

얼어붙은 은하에게 욕설을 내뱉고, 태현은 웃으며 돌아섰다.

♤ ♥ ♧

텅 빈 집에 들어서며 은하는 새삼스럽게 집 안을 휘 둘러보았다. 이 집이 이렇게까지 넓었던가. 늘 떠들썩했던 덩어리들이 없는 집은 그저 황량하게만 느껴졌다. 넓은 집 안을 꽉 메운 침묵이 견디기 힘들어 TV를 켰다. 마침 '불독파 사건 검찰 언론 브리핑'이라고 쓰인 자막과 함께 뉴스가 나왔다.

– 2000년대 중반, 조직폭력에 대한 대대적인 단속을 벌여 대다수의 폭력 조직을 와해시키는 성과를 거두었으나, 최근 일부 범죄조직이 다시 고개를 들기 시작하여 선량한 국민들을 위협하고 있습니다.

50대 중후반으로 보이는 은테 안경을 쓴 남자가 카메라를 똑바로 쳐다보며 말하고 있었다. 누구와 닮았다 했더니 하단에 자막으로 이름이 나왔다. '서울중앙지방검찰청 장재석 검사장'이라고.

‒ 이미 파악한 혐의에 대해서는 충분한 증거를 확보한 상황입니다. 그러나 국민적 관심이 뜨거운 만큼, 검찰은 검·경 합동수사본부를 구성하여 철저히 여죄를 밝힐 계획입니다.

그러니 선량한 국민들은 우리를 믿고 발 뻗고 잠들어도 됩니다, 하고 말하는 것 같은 자신감. 정의감으로 가득 찬 검사의 얼굴에서 굳건한 믿음이 엿보였다. 누가 알까, 저게 다 새빨간 거짓말이라는 것을.

이윽고 뉴스가 다음 꼭지로 넘어가고, 앵커가 서두를 꺼냈다.

‒ 오늘 저희 〈뉴스 토크〉에서는 특별한 손님을 모셨습니다.

정신 나간 사람처럼 멍하니 TV를 보고 있던 은하는, 문득 화면에 비친 여자의 얼굴에 흠칫 놀라 제정신으로 돌아왔다. 앵커가 마주 앉은 여자를 소개했다.

‒ 어린 자녀를 둔 시청자께서는 낯이 익은 얼굴일 텐데요. 바로 '초통령'이라 불리는 유명 키즈 크리에이터, 〈예나랑 놀아요〉의 강예나 씨입니다.

단정한 검은 옷을 입고 수수하게 꾸민 여자는 바로 예나였다.

‒ 저희 제작진에게 먼저 출연 의사를 밝혀오셨는데요. 최근 국민적

으로 화제가 된 사건에 대해서 꼭 하실 말씀이 있으시다고요.

예나가 심호흡을 하고, 떨리는 목소리로 말했다.

– 제가 4년 전에… 잠시 술집에서 접대부로 일했던 적이 있습니다.

예나의 첫마디에 은하는 제 귀를 의심했다. 쟤가 지금 뭐라고 한 거야?

– 방금 한 여성으로서, 또 키즈 크리에이터라는 직업을 가진 사람으로서도 굉장히 하기 힘든 고백을 해주셨는데요. 왜 그런 일을 하셨는지 이유를 여쭤봐도 좋을까요?
– 당시 제가 삼수를 하게 되니까 부모님이 화가 나서 용돈을 끊으셨어요. 철없는 마음에 여성 전용 대출이라는 광고를 보고 '야옹머니'라는 곳을 찾아가서 200만 원을 빌렸는데, 그게 이자가 무섭게 붙더니 나중에는 2천만 원까지 되었습니다.
– 200만 원이 2천만 원이 되었다고요?
– 예. 알고 보니 '야옹이파'라는 조직에서 운영하는 사채였어요.

예나는 긴장한 표정으로 고백을 이어갔다. 결국 야옹이파에 의해서 빚 대신 술집에 접대부로 넘겨졌던 일까지.

– 일한 지 일주일 됐을 때 웬 무섭게 생긴 사람이 와서 빚을 대신 갚

아주고, 가게 뒤를 봐주는 조폭들과 싸워 저를 빼내줬습니다. 그들이 저에게 보복하지 못하게 손써주었고요.

이제야 은하는 모든 것을 이해했다. 예나가 지환과 어떻게 아는 사이였는지, 왜 지환도, 예나도 끝내 얘기해주지 않았는지. 자신에게조차 숨겼던 얘기를 예나는 지금 전 국민 앞에서 하고 있었다.

- 천만다행이었군요. 강예나 씨에겐 은인인 셈인데, 어떤 사람이었습니까?
- 서지환이라는 젊은 남자였습니다.
- 서지환 씨라면, 최근에 큰 이슈가 되고 있는 그 목마른 사슴 대표이자 불독파 두목 말씀입니까?
- 네, 바로 그 사람입니다.

예나가 고개를 끄덕였다.

- 빚은 갚아도, 갚아도 계속 늘어나는 구조였어요. 서지환 씨가 일부러 와서 저를 구해주지 않았으면 저는 지금도 거기 억지로 붙들려 웃음을 팔고 있을 겁니다. 그때 그 사람이 저를 보내주면서 했던 말이 지금도 생생하게 기억납니다. 다시는 사채 같은 거 쓰지 말고, 살면서 자기 같은 사람들하고 절대 엮이지 말라고요.
- 이상하군요. 지금 그 불독파는 불법 사채와 인신매매 혐의로도 수사를 받고 있는 중이라고 알려져 있는데요?

– 그래서 제가 이 자리에 나오게 된 겁니다.

예나는 심호흡을 하고 카메라를 똑바로 쳐다보았다.

– 지금 서지환 씨가 여러 가지 혐의를 받고 있는 걸로 알고 있습니다. 저도 그 사람에 대해서 알려진 것 이상으로는 잘 모르기 때문에 무슨 죄를 지었는지 아닌지도 알지 못합니다. 하지만 최소한 사채와 인신매매는 아니라고 자신 있게 말할 수 있습니다.

떨리는 목소리로 예나는 말했다.

– 부디 그 사람이, 자기가 짓지 않은 죄까지 짊어지지 않기를 바랍니다.

♠ ♥ ♣

초인종이 울린 것은 뉴스가 나온 지 한 시간쯤 후의 일이었다. 은하가 문을 열자 지친 얼굴의 예나가 서 있었다.

"방송국에서 오는 길이야. 집으로 갔다간 대표님이 날 죽이려고 들 것 같아서 이리로 왔어."

이제 보니 회사와 상의도 없이 방송에 나간 것이었다. 하기야 회사가 알았으면 어떻게든 막았겠지.

"왜 그런 짓을 했어?"

"죄 없는 사람이 누명을 쓰게 생겼는데, 그럼 보고만 있어? 아닌 거 뻔히 알면서."

의연한 예나의 태도에 은하가 오히려 가슴이 미어졌다. 이제 자신도 골드 버튼까지 받고 나니 더 잘 알겠다. 이미 얻은 인기를 내려놓기가 얼마나 어려운 건지, 얼마나 잃기 싫은 것인지. 그런데 예나는 제 손으로 그걸 내려놓고 있었다.

"고마워, 예나야. 정말 뭐라고 해야 할지…."

"언니한테 인사받을 일 아니야. 언니를 위해서 한 일도 아니니까."

하지만 예나는 딱 잘라 말했다.

"사실 엄밀히 말해서 그 사람을 위해서 한 일도 아니야. 이건 그냥…."

목소리가 크게 떨렸다.

"…3년간의 내 마음에 대한 예의야."

은하는 말없이 예나를 껴안았다. 뿌리치는 대신 예나는 은하의 어깨에 얼굴을 묻었다. 조용히 젖어드는 어깨를 느끼며 은하는 다시 한번 결심했다. 어떻게든 지환의 결백을 증명해내고야 말겠다고.

♠ ♥ ♣

예나는 '초통령'이라고 불릴 정도의 영향력을 가진 키즈 크리에이터였다. 그런 사람이 자기에게 큰 타격이 될 만한 이야기까지 털어놓으며 결백을 주장할 정도라면 신빙성이 있지 않을까. 예나의 고백에 여론은 새로운 방향으로 흐르기 시작했다.

– 이거 진짜로 뭐 누명 쓴 거 아냐?

– 이래서 난 처음부터 이상하다고 생각했음. 병원에 봉사 다니는 거
  야 조폭 짓 하는 걸 속이기 위해서 그랬다 쳐도, 애들 구하려고 화
  재 현장에 뛰어드는 건 아무나 할 수 있는 게 아님.

이런 가운데 예나의 주장을 뒷받침하는 사람들이 여기저기서
나타났다. 가장 먼저 나선 것은 일영의 결혼식에서 만났던 미미
언니 일행을 포함한 아가씨들이었다.

– 불독파는 이미 수년 전에 해산했습니다. 그때 조직에서 운영하던
  술집들도 모두 문을 닫아서 저희가 누구보다 잘 알고 있습니다. 아
  가씨들의 빚도 다 탕감해준 게 지금 흉악범으로 몰리고 있는 서지
  환 대표입니다. 그 후로도 공부하고 싶다는 사람은 공부시켜주고,
  기술 배우고 싶다는 사람은 기술을 배우게 도와줬습니다.

미미 언니는 아예 자기 얼굴과 실명까지 밝히며 적극적으로 인
터뷰에 응했다.

– 불독파에서 정신 차린 사람들은 그때 지환 오빠, 아니 서지환 씨 따
  라서 다 나갔어요. 그게 '덩어리즈'고요. 남아서 계속 조폭 짓을 하
  고 있는 게 강예나 씨가 뉴스에 나와서 말한 야옹이파예요. 틀림없
  이 이건 야옹이파가 뒤집어씌운 겁니다.

목마른 사슴의 직원 일동도 탄원서를 제출하고, 버스를 대절해

서 단체로 올라와 검찰청 앞에서 시위를 했다. '진범 야옹이파를 수사해주십시오', '공정한 수사를 촉구합니다'라고 적힌 피켓을 들고서.

- 서지환 대표님은 회사를 운영하면서 직원들에게 단 한 번도 나쁜 일을 시키거나 부당하게 대하신 적이 없습니다. 그러면서도 늘 지난 죄는 묻지 않겠지만, 새로 짓는 죄는 절대 용서하지 않겠다며 엄격하셨습니다. 그런 분이 대체 뭘 했다는 겁니까?

예인이의 아버지도 눈물을 흘리며 말했다.

- 저는 전직 카드 기술자입니다. 야옹이파가 운영하는 불법 카지노에서 일해달라는 제의를 거절했다가 잡혀가서 갖은 고초를 당했습니다. 뉴스를 보니까 그 카지노까지도 서지환 대표님이 한 일이 돼있던데 말도 안 되는 소립니다. 왜 직접 피해를 당한 제 이야기는 들어주지 않는 겁니까?

지환과 덩어리들이 화재에서 구출해낸 아이들의 부모도 가만히 있지 않았다. 이들 역시 단체로 탄원서를 제출하고 서명운동을 벌이고 언론과의 인터뷰를 자청했다.

- 저희가 감히 누구를 죄가 있다, 없다 얘기하는 게 아니에요. 단지 이만큼 의혹이 있으니까 아무쪼록 그 야옹이파라는 자들도 함께

수사를 해달라는 거 아니겠습니까?

야옹이파라는 새로운 존재에 의혹이 집중되자 여론은 더욱더 지환과 덩어리들에게 유리한 쪽으로 흘러갔다.

– 야옹이파에 대한 수사를 촉구합니다.

청와대 국민청원까지 등장했다. 급격히 바뀌는 여론에 초조해진 태현은 아버지에게 불안감을 호소했다.

"갈수록 여론이 거세지는데 어떡합니까?"

"자기들이 검사야?"

아버지는 대수롭지 않다는 듯이 대꾸했다.

"수사는 검찰이 필요하다고 판단할 때 하는 거지, 감히 누가 수사를 하라 마라야?"

"하지만 여론이…."

"대중들이야 원래 변덕이 죽 끓듯 하기 마련이지."

아버지가 느긋하게 대답했다.

"깡패 놈들을 한순간에 우우우 하고 의인으로 만들어놨다가, 또 천하에 죽일 놈처럼 욕했다가, 이젠 또 언제 그랬느냐는 듯이 억울한 희생자 취급을 하고 있는데 검사가 거기 휘둘려서 쓰겠나?"

"…"

"우리는 누가 뭐라고 해도 나쁜 놈만 잡으면 되는 거야."

확신에 찬 말투에 태현마저도 은근히 소름이 끼쳤다. 원래는 야옹이파가 저지른 짓 아닌가. 그걸 감쪽같이 서지환 일당에게 덮어씌웠을 뿐이지. 제 입장에서는 서지환에 대한 복수였다. 아버지 입장에서는 어차피 범죄는 존재하는 것, 주인공 자리에 고양희보다는 서지환 일당을 갖다 놓는 편이 훨씬 좋은 그림이 되기 때문에 벌인 일이었다. 그냥 조폭을 검거한 것보다, 의인으로 전 국민의 사랑을 받던 자들의 추악한 실체를 밝혀냈다는 쪽이 천배는 더 큰 이슈가 될 테니까. 그런데 아버지는 어느덧 서지환 일당이 진범인 것처럼 스스로도 믿고 있는 것 같았다.

"쓸데없는 데 신경 끄고, 너는 네 일이나 똑바로 해."

♠ ♥ ♣

검찰은 기어이 지환과 덩어리들을 수십 가지 혐의로 기소했다. 또한 '일부 언론의 잘못된 보도로 검찰 수사에 혼선이 빚어지고 있다. 야옹이파에 대해서는 이미 검찰이 내사 중이므로 국민들께서는 부디 믿고 기다려달라'라고 언론을 통해 발표했다. 여론이 뭐라고 하든 신경 쓰지 않는다는 뜻이었다.

그래서인지 국선 변호사는 아예 싸울 의지가 없어 보였다.

"증거가 이렇게까지 확실한데 어쩌겠습니까. 제 생각에는 그냥 순순히 죄를 인정하는 것이 최선일 것 같습니다."

지환이 점점 희망을 잃어가는 가운데 은하는 거의 매일같이 접견을 왔다. 주어지는 시간은 단 10분. 바로 눈앞에 있는데 손조차 잡아보지 못하고 마이크를 통해 이야기해야 하는 현실에 가슴이 무너졌다.

아크릴 칸막이 너머로 은하의 얼굴이 보였다.

"오빠!"

하루가 다르게 점점 야위어가는데도, 은하는 그 얼굴로 지환을 보며 밝게 웃었다. 어제도, 그제도 그랬듯이.

"어젯밤엔 좀 잤어? 힘들겠지만 푹 자고 잘 먹어야 해."

지환은 힘겹게 입을 뗐다.

"은하야, 내 말 잘 들어."

"뭔데?"

"우리 결혼, 없었던 걸로 하자."

몇 날 며칠 잠을 설치며 고민한 끝에 결심한 거였다. 은하는 이제 겨우 스물여덟 살이다. 기약도 없이 기다리게 만들 수는 없지 않은가. 한참을 기다려도 대답이 돌아오지 않아서 지환은 계속해서 말했다.

"난 여기서 최소 10년은 썩어야 해. 20년이 될지 30년이 될지 알수 없어. 제수씨는 결혼도 했고, 이미 아이까지 있으니 어쩔 수 없다지만 너는 아니잖아. 너한텐 미래가 있어."

긴 침묵 끝에 겨우 은하가 입을 열었다.

"있잖아, 얼마 전에 오빠가 병원에서 깨어나지 못하고 있었을 때 말이야."

화를 내거나 울 줄 알았는데, 의외로 담담한 목소리였다.

"난 그때 하나도 무섭지 않았어."

그러고 보니 동생들이 감탄하던 게 기억이 났다. 역시 형수님은 배짱이 장난 아니라면서.

— 저희는 이러다 큰형님이 못 깨어나시는 거 아닌가 싶어 울고 불고 난리를 쳤는데, 누님은 눈 하나 깜짝 않고 오히려 저희를 위로하시는 겁니다.

— 역시 형수님은 여장부이십니다.

지환이 외강내유라면 은하는 외유내강이었다. 귀엽고 예쁜 외모와 달리 속으로는 강인한 면이 있어서, 그때도 그래서였겠거니 생각했는데 알고 보니 이유는 전혀 다른 곳에 있었다.

"혹시 오빠가 깨어나지 못하면 나도 따라갈 생각이었거든."

은하는 눈 하나 깜짝하지 않고 죽음을 입에 담았다.

"은하야."

"난 17년 동안 오빠를 찾았어. 이제 겨우 만났는데 그렇게 쉽게 떨어질 것 같아?"

목소리에서 잔잔한 웃음기까지 느껴져 지환은 가슴이 콱 막히는 것만 같았다.

"오빠가 감옥 아니라 지옥에 가더라도 난 쫓아갈 거야."

"은하야, 그러지 말고 내 말 좀…."

"쓸데없는 생각 말고 조금만 기다리고 있어줘. 곧 좋은 변호사 모셔 올 테니까."

지환의 말 따위는 들은 척도 않고, 은하는 마이크를 껐다.

♤ ♥ ♧

은하는 힘겹게 걸음을 옮겨 구치소를 나왔다. 지환을 안심시키기 위해서 곧 변호사를 데려오겠다고 말했지만, 사실은 이미 찾아가는 곳마다 거절을 당하고 있었다.

— 이름을 알리고 싶어 하는 초짜 변호사면 모를까, 아마 웬만한 데서는 안 받아줄 겁니다.

어제는 보기가 딱했는지 사무장 한 사람이 슬쩍 귀띔해주었다. 검찰의 실세인 장재석이 지금 이 사건에 목을 매달고 있다고. 이 사건으로 유명세를 얻어 장차 검찰총장까지 노린다는 소문이 파다하다는 것이었다.

— 검찰이 그토록 사활을 거는 사안에 누가 변호를 맡고 싶어 하겠습니까?

유명한 법무법인은 모두 손사래를 치고, 그렇다고 경력도 없는 변호사에게 맡길 수도 없고. 가뜩이나 막막한 와중에 지환은 방금 기름까지 들이부었다.

— 너한텐 미래가 있어.

나한테 무슨 미래가 있는데. 당신 없는 미래가 대체 무슨 소용이 있다는 건데. 아이라도 있는 미호가 이제 와서는 그렇게 부러울 수 없었다. 미호는 아이를 키우면서 일영을 기다릴 수 있지만, 나한테는 아무것도 없지 않은가.

후들거리는 다리로 겨우 걷다가, 기어이 무릎이 푹 꺾였다. 은하는 땅바닥에 털썩 주저앉아버렸다. 며칠 동안 거의 자지도, 먹지도 못한 데다 정신적 고통까지 겹쳐 제정신이 아니었다.

'제발, 제발 좀 도와주세요.'

하늘을 향해 간절히 기도했지만 아무 응답이 없었다. 대신에 잔인한 한여름의 뙤약볕이 은하의 몸 위로 사정없이 쏟아져 내렸다.

점점 희미해지는 시야 속에서 밝은 불빛이 보였다. 머리칼을 간질이는 한 줄기의 시원한 바람. 아련하게 들려오는 즐거운 웃음소리와 음악에 은하는 생각했다. 아, 그 행복했던 밤이구나.

정신이 가물가물해져가는데 누군가가 은하의 손을 잡았다. 겨우 고개를 들어 쳐다보았지만, 햇살이 눈이 부셔서 상대의 얼굴은 보이지 않았다. 단 하나 눈에 들어온 것은 제 손을 꼭 잡고 있는 주름진 노인의 손.

은하는 그대로 정신을 잃었다.

♤ ♥ ♧

눈을 뜨자 처음 보는 방에 누워 있었다. 가정집인 것 같은데 제 방은 물론 아니고, 부모님 집도 아니고, 그렇다고 미호네 집도 아니었다.

은하는 몸을 일으켰다. 문을 열고 나가자 긴 복도가 나타났다. 지환의 집과 비슷한 느낌의 저택이었다. 복도를 따라 나가자 넓은 응접실이 나타나고, 가벼운 골프 셔츠 차림의 노인이 신문을 보고 있다가 은하를 보고는 반갑게 말을 걸었다.

"그래, 정신이 들었나?"

분명 처음 보는 사람인데, 이상하게도 낯이 익었다. 은하가 대답하지 않고 있자 곁에 서 있던 비서처럼 보이는 젊은 남자가 말했다.

"황찬규 의원님이십니다."

그제야 은하는 전에 보았던 뉴스를 떠올렸다. 분명 여당 대표라고 했던 것 같은데. 단지 뉴스에서 봤을 때는 지극히 정치인다운 느낌이었다고 한다면, 실제로 보니 그냥 점잖고 친절한 동네 할아버지 같았다. 뉴스에서 봤을 때도 낯이 익다고 생각했는데 끝내 기억나지 않았었다. 다시 봐도 마찬가지 느낌이었다. 온화한 눈빛과는 반대로 매서운 눈초리가 특히 눈에 익었다. 누구더라, 누구더라. 좀처럼 떠오르지 않아서 애가 타는데 노인이 다시 말했다.

"내가 지환이 외할아비일세."

"아…!"

그제야 머릿속이 확 밝아졌다. 눈앞의 얼굴은 바로 지환을 닮아 있었다.

'어머니가 대단한 집안 따님이었다더니 정말이었구나.'

지환의 외할아버지가 여당에서 당 대표까지 맡고 있는 거물이라니, 이거야말로 하늘에서 동아줄이 내려온 것 같은 느낌이었다.

"살려주세요."

은하는 죽을힘을 다해 그 동아줄에 매달렸다.

"힘 있으시잖아요, 네? 제발 지환 오빠 좀 살려주세요."

다짜고짜 소매를 붙들고 늘어지는 은하를 보좌관이 부축해서 소파에 앉혔다.

"자, 자. 일단 진정하고 찬찬히 얘기를 해보게."

가정부가 내온 차를 마시며 은하는 애써 마음을 가라앉히고 모든 것을 이야기했다. 지환과 야옹이파가 대립해왔던 일과 태현이 자신을 납치, 감금했던 일, 그리고 그 후에 벌어진 일들까지.

말하면서도 은하는 불안했다. 자기 딸도 끝까지 문전박대했다는 분이 손주라고 도와주려고 할까. 자칫 본인에게 누가 될지도 모르는데. 어차피 입 다물고 있으면 아무도 손자인지 모를 텐데. 지환 자신조차도 자기 외할아버지가 누구인지 여태 모르고 있지 않은가.

한참 고개를 끄덕이며 듣던 황 의원이 드디어 입을 열었다.

"그러니까 그 야옹이파하고 장재석 검사가 결탁해서 꾸며낸 일 이란 말인가?"

"틀림없습니다."

"증거는?"

"…없습니다."

"그러면 증인은 있나? 지환이나 그 동료들은 빼고 말일세."

역시나 대답할 말이 없었다. 지환과 덩어리들을 빼면 미호뿐인데, 하필 미호는 일영의 아내가 되지 않았는가. 황 의원은 계속해서 물었다.

"자네가 내 손주 녀석하고 한집에 살면서 유튜브 활동도 같이 하는 걸로 알고 있는데. 정확히 무슨 관계인가?"

"결혼할 사이입니다."

"일이 이렇게 됐는데도 말인가?"

얘기를 다 듣고도 도와주겠다는 말은커녕 자꾸 꼬치꼬치 물어대니 은하도 점점 부아가 났다.

"그럼 제가 어떻게 해야 한다고 생각하시는 건가요?"

"글쎄. 녀석은 언제 나오게 될지 모르는데, 지금이라도 발을 빼는 게 현명한 일 아니겠나? 부모님을 생각해서라도 말이야."

태연하게 하는 말에 분노가 치밀었다. 결국은 도와줄 생각이 없는 거구나. 지금까지 구구절절 말했던 자신이 한심스러웠다. 하기야 당신 딸도 나 몰라라 했던 분인데 그까짓 외손자가 뭐라고.

"저는 무슨 일이 있어도 꼭 지환 씨와 결혼할 거고요. 유사시에는 평생 옥바라지도 할 겁니다."

잘라 말하고 은하는 일어섰다.

"쉽게 해주셔서 감사합니다. 이만 실례하겠습니다."

말할까 말까 하다가 마지막으로 덧붙였다.

"…돌아가신 따님께서 아시면 아버지께 무척 고마워하시겠어요."

상대는 지환의 외할아버지이고 어르신이다. 비꼬면 안 된다고 생각은 했지만, 화가 나서 도저히 참을 수가 없었다. 도와줄 것도 아니면서 왜 여기까지 데려와 이것저것 캐묻는단 말인가. 그냥 길바닥에서 죽든 말든 놔둘 것이지.

"잠깐만."

역시나 등 뒤에서 부르는 목소리에 은하는 걸음을 멈췄다. 내가 누구인 줄 알고 감히 그런 말을 지껄이느냐고 역정을 낼 줄 알았는데, 놀랍게도 노인은 허허거리며 웃고 있었다.

"자네 성질이 아주 대단하군그래."

마치 칭찬하는 듯한 말투였다.

"자네한테서 태어날 증손자가 얼마나 대단한 놈인지, 내 꼭 봐야겠네."

웃음을 멈춘 황 의원이 문득 진지한 얼굴을 했다.

"그놈 얼굴을 보고 싶으면, 먼저 그 아비 될 녀석부터 감옥에서 빼내야겠지."

뉴스에서 보았던 정치가의 얼굴이었다.

♤ ♥ ♧

미결수 신분으로 하루하루 재판을 기다리고 있던 지환은 어느 날 수갑을 찬 채로 불려갔다. 수사실에 앉아 있는 것은 바로 태현 이었다. 지환을 데려온 수사관이 방을 나가자 태현이 물었다.

"그래, 지내기는 좀 어때?"

입가에 어린 득의양양한 미소를 본 순간 지환은 진상을 깨달았 다. 왜 여태 눈치를 못 챘을까.

"당신 짓이었군."

태현은 경제범죄 담당 검사로, 주로 만나는 범죄자들은 흉악범 과는 거리가 멀었다. 서지환은 태현이 그동안 상대해왔던 범죄자 들과는 전혀 달랐다. 눈빛을 마주 보는 것만으로도 심장이 오그라 드는 것 같았지만 태현은 애써 아무렇지 않은 척했다.

"당신이 어떻게 지금껏 살아서 그 자리에 앉아 있는지, 혹시 아 나?"

지환은 어렴풋이 미소까지 띠고 물었다.

"은하 덕분이야."

협박하는 것도 아닌, 어디까지나 담담한 말투에 더욱더 소름이 끼쳤다.

"내가 그때 당신을 죽였다면 기사가 크게 나서 은하 입장이 무 척 곤란해졌겠지."

"….""

"그래서 살려준 거야."

수갑을 찬 손을 얌전히 모은 채 하는 말이, 어디까지나 진심이라는 게 느껴졌다. 태현은 숨 막히는 공포와 싸웠다.

"그래서? 검사인 나를, 그것도 검찰청 안에서 어쩌기라도 하겠다는 거야?"

지환은 픽 웃었다.

"글쎄. 지금 받는 혐의들만으로도 어차피 무기징역은 받을 텐데. 거기에 살인 하나 더해봐야 달라질 게 있을까?"

너무 무서운 나머지 소리도 나오지 않았다. 수갑 찬 손으로도 얼마든지 목은 조를 수 있다. 비공식 면담이라 누가 보고 있지도 않은데, 이자가 지금이라도 자리에서 일어나 달려들기라도 하면 자신은 끝장이었다. 태현이 비명을 지르며 뛰쳐나가려던 순간, 지환은 빙그레 웃었다.

"걱정 마. 그렇지 않아도 불쌍한 인간을 굳이 짓밟기까지 하는 취미는 없으니까."

지환의 불쌍하다는 말에 태현은 기가 찼다. 나는 검사이고 저는 한낱 범죄자인데! 분노가 치밀어 공포도 잠시 잊었다.

"감히 누구더러 불쌍하다는 거야, 깡패 새끼 주제에."

태현은 으르렁거리듯 말했다.

"좋아하는 여자 마음 하나 얻지 못해서 납치, 감금 따윌 하는 놈보다는, 그 여자한테 사랑받는 깡패가 그래도 처지가 나아 보여서 말이야."

태현보다 훨씬 큰 제 두 손을 내려다보며 지환은 뇌까렸다.

"…사내자식도 못 되는 놈을 때려봤자 내 손이 부끄럽지."

이 공격은 정확하게 태현의 가장 약한 곳에 명중했다. 그는 은하를 오랫동안 동경하며 사랑을 키워왔다. 한때는 순백의 천사라 믿었을 정도로. 그런 여자가 자기 대신 선택한 사람이 바로 이 깡패 놈이라는 사실이 태현에게는 가장 견디기 힘든 수치이자 모욕이었다. 태현은 자리를 박차고 일어나서 지환의 가슴을 힘껏 걷어차버렸다.

"윽!"

명치를 정통으로 얻어맞은 지환이 의자째로 넘어졌다. 고통에 일그러진 얼굴로 바닥에 뒹구는 지환을 내려다보며, 그제야 태현은 공포가 사라지는 것을 느꼈다. 그래, 애초에 마주 앉아 있었던 것부터가 잘못된 거다. 이 정도가 딱 알맞은 눈높이였는데.

한참 신음하던 지환이 바닥에 나동그라진 채로 태현을 노려보았다.

"당신은 나 따위하고는 전혀 다른 인간이라고 생각하는군. 그렇지?"

정답이었다. 애초에 같은 인간이라고 생각해본 적도 없다. 그토록 사랑하던 은하조차 저놈의 때가 묻은 이상 똑같이 더러운 여자일 뿐이었다.

"그쪽은 검사 아버지에게서 태어나 검사가 됐고, 나는 깡패에게서 태어나 깡패가 됐지. 단순히 그 차이뿐 아닌가?"

정말 몰라서 하는 소린가, 싶었다. 그 차이가 가장 중요하다는 걸, 그 한 가지가 결국 모든 것을 영원히 바꿔버린다는 걸 왜 모를까, 이 깡패 놈은.

"내가 나쁜 놈이란 건 부정하지 않겠지만, 당신도 똑같이 나쁜 놈 아닌가 말이야."

바닥을 뒹굴면서도 지환의 눈빛에서는 마땅히 느껴져야 할 굴욕이 느껴지지 않았다. 그 눈빛이 마음에 들지 않아서 이번에는 어깨를 호되게 걷어차주었다.

"억!"

고통의 신음을 흘리는 지환을 내려다보며 태현은 소리 내어 웃었다.

"그러게 억울하면 탯줄을 잘 잡고 태어났어야지."

♤ ♥ ♧

태현의 아버지 장재석 서울지검장은 검찰총장에게서 직접 전화를 받았다.

"황찬규 대표가 곧 그쪽으로 간다고 하네."

여당 대표의 이름에 재석은 놀랐다.

"예? 무슨 일로 말입니까?"

"글쎄, 확실히는 모르겠지만 불독파 수사 관련이라고 하니까 단단히 준비하라고."

황찬규 대표는 지난 총선에서 여당을 압승으로 이끌었다. 대통령 선거 출마를 염두에 두고 곧 당 대표직을 사임할 거라는 소문이 파다했다. 현 대통령의 지지율이 워낙 높아서 다음번에도 정권

360

유지가 확실시되는 바, 즉 가장 유력한 대선주자인 셈이었다.

그런 거물이 직접 검찰청을 방문한다니 무슨 일일까. 재석은 가슴이 마구 두근거렸다. 혹시 이번 사건에서 자신이 세운 공 때문에, 훗날 여권으로 데려갈 생각인 건 아닐까? 그의 야망은 검찰총장이었지만, 든든한 줄만 잡는다면 정치권으로 빠지는 것도 나쁘지 않았다.

로비 입구에는 이미 기자들이 구름 떼처럼 몰려와 있었다. 검찰청 안으로 들어서는 황찬규 대표의 손에 누런 서류봉투가 들려 있었다. 봉투에 쓰인 글자를 보고 재석은 제 눈을 의심했다. 바로 '야옹이파 수사의뢰서'라고 적혀 있었던 것이다.

카메라 수십 대가 둘러싼 가운데 황찬규 의원은 정중히 말했다.

"국민의 뜻을 받들고 왔습니다. 아무쪼록 검찰이 철저한 수사를 통해 국민의 걱정과 불안을 해소해주시기 바랍니다."

"그렇지 않아도 총력을 기울여 수사 중입니다. 반드시 한 점 의혹 없이 밝혀내도록 하겠습니다."

천연덕스럽게 대답하면서도 재석은 이마에 식은땀이 배어나는 것을 느꼈다. '수사 결과 혐의 없음'으로 대충 눙치고 넘어가려 했는데 집권 여당 대표가 직접 방문해 이 수많은 기자 앞에서 수사의뢰서를 제출했으니 이제는 그럴 수가 없게 되었다.

황 의원은 이어서 말했다.

"불독파 사건 수사를 직접 지휘해주신 공로에 국민의 한 사람으로서 감사를 드립니다. 부디 야옹이파 수사에도 마찬가지로 애써주셔서, 조직범죄를 철저히 뿌리 뽑아주십시오."

"최선을 다하겠습니다."

할 수 있는 것은 오로지 그 말뿐이었다. 엘리베이터를 타고 지하 주차장까지 배웅하면서도 재석은 도저히 알 수가 없었다. 대체 집권 여당이 이 건과 무슨 상관이길래 당 대표가 언론까지 대동하고 직접 수사를 의뢰하러 온단 말인가.

혹시 대통령의 뜻인가? 참을 수가 없어서 재석은 결국 물었다.

"의원님, 외람되지만 한 가지만 여쭙겠습니다."

마침 차에 타려던 황 대표가 뒤를 돌아보았다.

"대체 이 건에 왜 관심을 가지시는 겁니까?"

황 대표가 대수롭지 않게 되물었다.

"그 불독파 두목이라는 놈 있지 않습니까?"

"예."

"그놈이 내 외손자입니다."

잠시 재석은 내가 잘못 들었나, 하고 생각했다.

"하필이면 내 손자가 이런 흉악범이라니, 부끄러워서 어디 고개를 들고 다닐 수가 있어야지요."

말은 부끄럽다고 하면서도 표정은 더할 나위 없이 당당했다. 마음속까지 꿰뚫어보는 것 같은 눈빛이 날아와서, 재석은 시선을 황급히 내리깔았다. 심장이 튀어나올 것처럼 뛰었다.

'혹시 뭘 알고 이러는 건가?'

재석을 뚫어져라 쳐다보던 황 대표가 한참 만에야 허허거리며 말했다.

"그러니 부디 검찰에서 불독파의 죗값을 철저히 물어주시고, 야옹이파까지 일망타진해주십시오."

♠ ♥ ♣

매일매일 보도되는 뉴스를 볼 때마다 고양희는 어깨춤이 절로 나올 지경이었다. 그동안 해왔던 짓을 죄다 다른 놈이 뒤집어쓰게 생겼는데, 심지어 그게 눈엣가시 같은 놈이라면 기분이 어떻겠는가? 그동안 놈들이 갱생의 아이콘으로, 의인으로 미화되는 걸 볼 때마다 배알이 뒤틀려 죽을 뻔했던 참에 사이다도 이런 사이다가 없었다.

어느덧 뉴스 채널을 보는 게 고양희의 취미가 되었다. 마약 거래니 장기 밀매니, 새로운 혐의가 추가될 때마다 보란 듯이 욕을 퍼붓기도 했다.

"저런 죽일 놈들이 있나?"

여론이 야옹이파를 수사하라는 쪽으로 흘러도 하나도 무섭지 않았다. 검찰 실세인 장재석이가 바로 내 뒷배인데 뭐가 무서운가?

지금까지 지은 죄는 모두 지환이 뒤집어썼으니 없는 것이 되었다. 게다가 검사의 약점을 쥐게 됐으니 앞으로 지을 죄 역시 면죄부가 주어진 거나 다름없었다. 부디 훨훨 날아 높이높이 올라가소서. 검찰총장까지, 아니 대통령까지라도 가소서! 정화수 떠놓고 장재석의 관운을 빌기라도 하고 싶은 심정이었다.

신이 난 나머지 고양희는 운영하는 술집에 부하들을 잔뜩 모아놓고 잔치까지 벌였다. 부어라, 마셔라. 예쁜 여자들을 곁에 앉혀두고 고급 위스키 바다에 빠져 허우적거리고 있는데, 사색이 된

부하 하나가 황급히 뛰어들어왔다.

"큰형님, 큰일 났습니다."

"뭔데 그래?"

불쾌한 눈으로 쳐다보자 부하가 식은땀을 흘리며 휴대폰을 눈앞에 내밀었다.

"이것 좀 보십시오."

－ 연일 화제가 되고 있는 '불독파 사건'과 관련해서 드디어 집권 여당이 움직였습니다.

뉴스 화면이었다.

－ 황찬규 대표는 오늘 서울중앙지방검찰청을 직접 방문하여 '불독파' 사건과 밀접한 관계가 있다고 알려진 '야옹이파'에 대한 수사 의뢰서를 제출했습니다.

기자의 말과 함께 눈에 익은 정치인이 화면에 나왔다.

－ 야옹이파 수사에도 마찬가지로 애써주셔서, 조직범죄를 철저히 뿌리 뽑아주십시오.

이게 무슨 소리야. 왜 이제 와서 우리를 엮고 그래, 안 그러기로 해놓고? 불안하게 뛰기 시작하는 심장을 고양희는 애써 진정시켰다. 무슨 단체 대표인지 모르겠지만 수사의뢰서고 나발이고 소용 있나? 그야말로 검찰 실세인 장재석이가 내 뒤를 봐주고 있는데.

그러나 다음 순간 화면에 비친 것은 바로 그 장재석 검사의 공손하기 그지없는 얼굴이었다.

- 반드시 한 점 의혹 없이 밝혀내도록 하겠습니다.

고양희의 손에서 술잔이 굴러떨어진 바로 그 순간. 문이 벌컥 열리고 누군가가 외쳤다.

"모두 검거해!"

♤ ♥ ♧

야옹이파에 대한 수사는 초고속으로 이루어졌다. 워낙 여론이 거셌던 데다, 집권 여당 대표가 직접 수사를 의뢰한 건이다. 사안이 중대한 만큼 지검장이 직접 수사를 지휘했고, 바로 그날로 야옹이파 전원이 검거되었다. 중간 수사 결과가 발표된 것은 단 일주일 만의 일이었다.

- '목마른 사슴' 임직원, 통칭 구 불독파에 대한 혐의는 모두 야옹이
  파가 정교하게 증거를 조작하여 무고한 사건으로 드러났습니다.

서울지검장이 아닌 검찰총장이 나와서 직접 고개를 숙인다 했더니 이유가 있었다.

- 야옹이파 두목 고양희는 '불독파' 사건 수사 지휘를 담당했던 서울지검 장재석 검사장과의 결탁을 주장하고 있으며, 현재 대검찰청 감찰본부에서 사건을 맡아 감찰 중입니다.
- 잘못된 수사로 인해 국민 여러분께 심려를 끼치게 되어 깊은 사죄의 말씀을 드립니다. 내일 중으로 구 불독파 조직원들에 대한 공소를 취소할 예정이며….

그 와중에도 무고를 당한 당사자인 구 불독파에 대한 사과는 한마디도 없었다. 대신 분노한 것은 대중이었다.

- 전직 깡패들한테 검사님들이 사과씩이나 할 리가 있나.
- 한참 전에 손 씻은 사람들인데 말끝마다 구 불독파 조직원, 조직원 하면서 계속 조폭 취급 하는 거 보소.

〈미니와 커다란 친구들〉 채널에도 진심 어린 격려와 사과의 글이 쏟아졌다.

- 믿지 못하고 의심해서 정말 미안해요.
- 큰형님이랑 삑삑이 오빠랑 덩어리즈랑 다 너무 보고 싶어요. 모두들 빨리 돌아와줬으면 좋겠어요.

♤ ♥ ♧

공소 취소 후 기각 처리까지 되면 지환과 덩어리들은 곧바로 구치소에서 나올 수 있다. 수사의 중간 결과 발표를 듣고 나서야 은하는 겨우 숨이 쉬어지는 기분이었다.

그들이 골드 버튼 기념 파티 중에 붙잡혀간 지 벌써 한 달하고도 보름 가까이가 지났다. 그동안 은하는 제대로 먹지도, 자지도 못해서 몰라보게 야위어 있었다. 그런 은하를 황 의원은 친할아버지처럼 살뜰하게 보살폈다. 가정부를 매일 집에 보내서 식사를 챙기게 했고, 지환이 나오기 전날에는 직접 고깃집에 데려가기까지 했다. "여기가 우리 의원들끼리도 벼르다 한 번씩 겨우 찾는 맛집이란다."

새하얀 지방이 군데군데 섞인 선홍색 고기가 숯불 위에서 맛있는 냄새를 피우며 익어갔다. 바로 어제까지만 해도 천하 진미를 가져다줘도 거들떠도 안 봤겠지만, 내일 지환이 나온다고 생각하자 겨우 입맛이 돌았다. 황 의원은 식당 직원이 해주겠다는 것도 마다하고 손수 고기를 구워서 은하의 밥그릇에 계속 얹어주었다. "저 많이 먹었어요, 할아버님. 이제 제가 구울게요."

"넌 잠자코 먹기만 하거라. 지환이가 안에 있는 동안, 이 할아비가 손자며느리 밥도 안 챙겨 먹였다고 원망할 것 아니냐?"

잘 먹고 있는데도 계속 더 먹어라, 더 먹어라, 하고 권하는 게 꼭 지환 같아서 웃음이 났다.

상대적으로 공부를 못한다는 이유로 어릴 때부터 부모는 물론 친척들 사이에서도 늘 미운 오리 새끼 취급을 받았던 은하. 웃어른에게 이렇게 귀여움을 받아보기는 생전 처음이었다. 그것도 세상이 다 아는 대단한 어른께서 예뻐해주시니 솔직히 기분이 좋지 않다고 하면 거짓말이었다. 속물이라고 해도 어쩔 수 없지만, 그동안 집에서 구박받은 설움마저 다 씻겨나가는 기분이었다. 하지만 한편으로는 뭔가 석연치 않은 것도 사실이었다.

"할아버님은 왜 저한테 이렇게 잘해주시는 거예요?"

황 의원은 고기를 뒤집으며 대꾸했다.

"너한테 잘해야 지환이 녀석한테 점수를 좀 딸 것 아니냐."

대답을 들어도 여전히 미심쩍었다. 본인의 딸은 생전에 돌아보지도 않고서는, 이제 와서 외손자에게 왜 이러는 걸까. 무슨 의도냐고 묻고 싶은 것을, 은하는 꿀꺽 삼켰다. 할아버지가 나서주지 않았다면 지환은 영영 결백을 밝히지 못한 채 평생을 감옥에서 썩었을지도 몰랐다. 그런 분께 무슨 의도냐고 묻는 건 큰 실례 아닌가. 게다가 묻더라도 지환이 직접 물어야지 자신의 몫은 아닌 것 같았다.

지금은 그냥 순수하게 감사드리자고 은하는 생각했다. 혹 다른 의도가 있다 해도, 어쨌든 지환과 덩어리들의 결백을 밝히고 풀려나게 해준 것만으로도 평생을 감사해도 모자랄 일이었다.

식사를 마치고 나와 운전기사가 가지러 간 차를 기다리는데, 마침 곁에서 발레파킹을 맡긴 남녀가 나누는 대화가 들려왔다.

"하필 손 씻고 나서 한 일도 육가공이라잖아."

남자의 말에 은하는 멈칫했다. 주어는 미처 듣지 못했지만, 누구 얘긴지는 뻔했다. 은하가 듣고 있는 줄도 모르고, 남자는 침을 튀겨가며 말했다.

"개과천선을 했느니 어쨌느니 해도 잔인한 본성은 어쩔 수가 없는 거야. 배운 게 도둑질인 거지. 봐, 보통 사람이 어디 뼈 자르고 살 베어내는 일을 할 생각이나 하겠어?"

"그건 그러네. 난 피만 봐도 손이 벌벌 떨리는데, 어휴."

"이번 일은 누명을 쓴 거라고 하지만, 언제든지 저지를 수 있는 놈들이라니까."

예전 같으면 화가 나서 곧바로 달려들어 따졌을 터였다. 하지만 지금은 화가 나는 게 아니라 슬프고 막막했다. 오늘 나온 검찰의 발표로 누명은 벗었다고 생각했는데, 여전히 색안경을 쓰고 보는 사람들도 있구나. 앞으로도 마찬가지겠지.

마침 운전기사가 가지고 나온 차가 도착했다.

"가요, 할아버님."

은하가 애써 밝게 말했지만, 황 의원은 보좌관이 문을 열어준 차에 타는 대신, 남녀에게 다가가서 말을 걸었다.

"실례지만 방금 식사로 뭘 드셨습니까?"

"부챗살하고 갈빗살 먹었는데요. 꽃등심하고요."

정중하게 말을 거는 노인에게 남자는 영문을 모르겠다는 얼굴을 하면서도 대답했다.

"아, 그렇습니까. 저는 또 채식주의자이신 줄 알고, 허허."

"예? 고깃집에서 채식이라뇨?"

남자는 노망이 났나, 하는 눈으로 황 의원을 쳐다보았다. 아마 상대가 누군지는 알아보지 못한 모양이었다.

"그럼 하나 여쭙겠습니다. 방금 선생님께서 드신 고기는 처음부터 부챗살이니 갈빗살이니 꽃등심으로 태어났을까요?"

"예?"

"원래는 소였습니다. 한때는 목장에서 풀 뜯으며 음메, 하고 있었단 말입니다."

느긋하고 부드러운 표정으로 황 의원은 점잖게 말했다.

"도살장에서, 육가공 공장에서 다른 사람들이 대신 잔인한 일을 도맡아주고 예쁘게 부위별로 손질까지 해주니까 우리는 아무 짓도 안 한 척, 피 한 방울 못 보는 척 우아하게 먹을 수 있는 겁니다. 그런 일 한다고 손가락질할 게 아니라 고맙게 생각해야 하지 않겠습니까?"

얼굴이 확 붉어진 남자를 두고, 황 의원은 돌아섰다.

"가자꾸나."

♠ ♥ ♣

지환과 덩어리들은 다음 날 자정에 석방되어 나왔다.

원래 시련이 있으면 팬층은 더 결집하는 법. 늦은 밤 시간이었는데도 불구하고 구치소 앞에는 수백 명의 팬들이 몰려와서 플래카드와 피켓을 들고 축하해주었다. 언론사에서 몰려온 기자들도 진을 치고 있었다. 일부 인터넷 언론과 케이블에서는 생중계까지 하고 있어서 얼마나 큰 이슈였던 사건인지 실감할 수 있었다.

"고생 많았어요!"

"앞으로는 모두들 꽃길만 걸어요!"

팬들이 다가와서 앞다투어 꽃다발과 편지, 선물 등을 건네는 바람에 덩어리들은 금세 두 팔도 부족할 지경이 되었다. 하지만 팬들도 큰형님과 삑삑이 오빠만은 센스 있게 내버려두었다. 먼저 안 아야 할 사람들이 있다는 걸 잘 알고 있었으니까.

지환은 사람들 맨 앞에 선 은하를 보자마자 달려와서 꼭 껴안았다. 거의 매일 접견으로 보던 얼굴인데도 이렇게 직접 품에 안으니 꿈만 같았다. 기억하는 것보다 훨씬 작아진 몸집에, 그간 은하가 얼마나 마음고생이 심했는지 알 수 있었다. 야윈 등을 쓰다듬으며 지환은 속으로 몇 번이나 되뇌었다. 두 번 다시 놓지 않겠다고.

옆에서 일영도 한참 미호를 꼭 껴안고 있다가 잠시 후 불룩한 배를 조심스레 어루만지며 말을 걸었다.

"튼튼아, 잘 있었니?"

울먹임이 섞인 목소리에, 여기저기서 참지 못하고 훌쩍이는 소리가 들려왔다. 감격의 재회를 마치고 모두 함께 통근용 노란 미니버스에 올라탔다.

"안녕!"

"우리 채널에서 만나요!"

팬들이 차창 밖에서 손을 흔들어주었다.

♤ ♥ ♧

밝은 곳에서 보니 새삼 안쓰러웠던 것일까. 집에 돌아오자마자 은하는 지환의 뺨을 감싸고 안타까운 듯이 어루만졌다.

"세상에, 그 안에 얼마나 무서운 사람이 많았을까. 고생 많았지, 오빠?"

누님이 농담을 하시나, 했던 덩어리들은 은하가 눈물까지 글썽이는 걸 보고 어이가 없었다. 진심이시구나! 말이야 바른 말이지 진짜 무서운 사람은 누구란 말인가?

원래 구치소든 어디든 방마다 건달들이 방장을 맡고 있기 마련이다.

— 형님 오셨습니까.

큰형님이 들어가시는 순간 방장이 벌떡 일어나서 구십 도로 인사하며 자리를 내줬는데 뭐라는 건가. 그뿐인가, 서지환이 왔다는 소문이 구치소 내에 쫙 퍼져서 여기저기서 어깨들이 앞다투어 인사를 오는 바람에 교도관들이 안절부절못했을 정도였다.

그래 놓고 아기 양처럼 순하게 고개를 끄덕이는 큰형님이 더 어이가 없었다.

"무섭지만 견딜 만했어."

그중에서 큰형님이 제일 무서웠는데요! 같은 방 사람들이 숨도 제대로 못 쉬었는데요! 덩어리들은 금방이라도 일러바치고 싶은 걸 참느라 주먹을 깨물어야 했다.

"배고프지? 내가 오늘 낮부터 하루 종일 만들었어."

은하가 자랑스럽게 테이블을 가리켰다. 두부김치, 두부조림, 두부전골, 두부완자, 순두부찌개. 온통 두부로 칠갑이 된 상차림이었다.

의도는 충분히 알겠으나 결과가 영 좋지 못했다. 가뜩이나 음식만 했다 하면 네 맛도 내 맛도 없게 만드시는 분이 심지어 주재료를 두부로 썼으니 결과가 어떻겠는가? 그럼에도 싱겁다는 말 한마디 없이 묵묵히 잘 드시고 계신 큰형님이 정말 위대해 보였다.

큰형님 아무나 하는 거 아니구나.

누님이 힘들게 차린 건데 차마 더럽게 맛없다고 말도 못 하고 꾸역꾸역 먹으며 덩어리들은 새삼스럽게 적개심을 불태웠다. 이게 다 검사 놈들 탓이다! 나오자마자 치킨이니 피자니 시켜 먹어야지, 하고 수백 번도 더 생각했는데 두부 테러가 웬 말인가. 억울하게 옥살이를 한 것보다도 이 원한이 가장 사무쳤다.

"장재석 죽일 놈."

"장태현 개새끼."

끊었던 욕이 절로 튀어나올 지경이었다. 영문도 모르고 은하는 맞장구를 쳤다.

"걱정 말아요. 고양희가 알아서 끌고 들어가줄 테니까."

지환과 덩어리들이 무사히 나온 것만큼이나 진짜 나쁜 사람들이 벌을 받게 된 것도 다행한 일이었다.

"우리 결혼식도 와줬는데, 나중에 영치금이나 한 5만 원 넣어주러 가야지."

일영이 씩 웃으며 말했다.

식사를 마치고 나서 미호와 일영은 집에 돌아가고 나머지도 잠자리에 들었다. 덩어리들이 각자 제 방으로 돌아가고 나자 지환이 손을 잡으며 말했다.

"오늘은 같이 자자."

원래는 동생들 보는 눈도 있고 하니까 결혼 전까지는 방을 따로 쓰고 있었지만, 오늘 밤만은 그러고 싶지 않았다. 물론 은하도 오늘은 지환과 떨어질 생각이 없었다.

아득한 기다림 끝에 함께 보내는 밤. 은하는 지환이 즐겨 쓰는 로션을 가져와서 그의 와이셔츠에 손을 댔다.

"많이 속상했지?"

위로이자 두 사람 사이의 은밀한 유희였다. 하지만 지환은 태현에게 얻어맞은 것을 떠올리고 흠칫해서 뒤로 물러섰다.

"왜 그래?"

"아무것도 아니야."

하지만 숨겨봐야 금세 들킬 일이었다. 역시나 지환의 가슴에 든 멍을 보고 은하는 눈이 튀어나올 듯이 놀랐다.

"누가 이랬어?"

"너무 속상해하지 마."

지환은 먼저 다짐을 두고 나서 대답했다.

"장태현이야."

은하는 한참 동안 말을 잃고 말았다. 이게 다 자기 때문이라고 생각하고 있는 게 뻔해서, 지환은 얼른 그녀를 끌어안았다.

"녀석이 왜 나를 때렸는지 알아? 네가 나를 사랑해서, 그래서 자기가 깡패만도 못한 놈이 된 것 같아서 그게 분했기 때문이야."

놈의 표정만 봐도 알 수 있었다. 단순히 좋아하는 여자를 빼앗긴 게 아니라, 인생을 송두리째 부정당한 기분이라는 걸.

"맞으면서도 기분이 나쁘진 않더라. 너 아니면 내가 언제 검사님을 이겨봤겠어?"

은하가 발끈해서 말했다.

"오빠는 나 아니라도 그놈한테 지지 않아! 그놈은 인성도 썩어

빠졌고, 얼굴도, 키도….'

화가 나서 마구 내뱉는 은하의 입술을, 지환이 가만히 제 입술로 막았다.

"그만하자, 다른 사람 얘긴."

잠시 후 그는 입술을 떼고 조금 엄하게 속삭였다.

"지금은 나만 봐야지."

지환의 키스에, 금세 그 이외의 다른 것은 생각조차 할 수 없게 되었다. 일부러 천천히, 부드럽게 하려고 애쓰는 몸짓에서 그가 얼마나 자신을 애타게 그리워했는지가 그대로 전해졌다.

그런 그를 은하가 오히려 부추겼다. 다 해도 돼, 더 해도 돼.

이윽고 사랑을 나누고 난 후, 지쳐서 꼼짝도 할 수 없게 된 은하의 얼굴을 쓰다듬으며 지환이 중얼거렸다.

"…만나 뵈어야겠지?"

지환도 자기가 어떻게 나오게 됐는지는 안에 있을 때 들어서 이미 알고 있었다.

"그럼. 내일 나랑 같이 찾아뵈러 가자. 할아버님이 오빠 많이 기다리셔."

지환은 어지러운 자신의 마음을 은하에게 고백했다.

"어머니 돌아가실 때까지도 모른 척하셨던 분이 이제 와서 나한테 왜 이러는 건지 모르겠어."

그래서 전에 사람을 보내 만나자고 했을 때도 딱 잘라 거절했던 건데, 이제는 도움을 받았으니 그럴 수도 없게 되었다. 감사한 것은 감사한 것이지만 기분이 석연치 않았다.

"아무래도 느낌이 좋지 않아."

은하는 지환의 입술에 살짝 키스하고 웃었다.

"그런 분 아니야. 오빠도 만나 뵈면 알 거야."

7

두 건의
결혼식

은하의 부모는 고급 한정식 집에 앉아 있었다. 당 대표인 황찬규 의원을 비롯한 여당 소속 의원들 몇이 부부 동반으로 식사를 함께하는 자리였다. 같은 국회의원이라 해도 이제 갓 정계에 입문한 초선 의원과 당 대표는 엄연히 격이 다르다. 역시나 자리는 맨 말석이었지만, 초대받은 것 자체만으로도 감지덕지했다. 이렇게 비공식적으로 모여서 친목을 도모하는 자리에 불러줬다는 거 자체가 자기 라인으로 받아들인다는 소리 아닌가. 그것도 황 대표는 가장 유력한 차기 대선주자로 꼽히고 있는 사람인데.

— 드디어 운이 트이나 봐.

초대를 받았을 때 은하의 부모는 기뻐서 어쩔 줄을 몰랐다. 은하와 엮인 그 깡패 녀석 때문에 얼마나 마음을 졸였던가? 다행히 결론은 무고였다고 하지만, 현역 국회의원의 예비 사위가 어쩌고 저쩌고 하면서 기사가 날까 봐 한동안은 밤에 잠도 설쳤었다. 알고 보니 장재석 검사가 누명을 씌운 거였지만, 솔직히 장 검사가 별로 원망스럽지 않았다. 처음부터 사위라고는 생각하지도 않았으니까.

— 어쩌다 그런 바보 같은 짓을, 쯧쯧.

오히려 부자가 함께 창창한 앞날을 망치게 된 게 안타까울 뿐이었다.

부인까지 동반한 의원들이 모두 모여 기다린 끝에 드디어 황찬규 대표가 나타났다.

"내가 제일 늦었군요. 모두들 미안합니다, 허허."

모두 자리에서 일어나 대표를 맞이했다.

"대표님, 오셨습니까."

허리를 숙여 인사하다가, 황 대표의 뒤를 따라들어온 젊은 여자를 보고 은하의 부모는 소스라치게 놀랐다.

'이게 어떻게 된 거지?'

두 사람이 당황해서 어쩔 줄 모르고 있는데, 다소곳이 서 있는 여자의 어깨에 황 대표가 자상하게 손을 얹었다.

"식사에 앞서서, 내 여러분께 소개할 사람이 있습니다."

호기심에 찬 시선이 여자를 향했다.

"새 보좌관입니까?"

황 대표가 웃으며 대답했다.

"내 손자며느리 될 아입니다."

모두들 놀란 눈으로 은하를 바라보았다.

"내 외손자가 곧 혼사를 치르게 됐다오. 아직 언론에는 공개하기 전인데, 여러분에게 자랑하고 싶어서 내 이렇게 데리고 나왔습니다."

황 대표는 입에 침이 마르도록 은하를 자랑했다.

"한국대학교에서 수학과 석사학위까지 받은 재원인데, 지금은 유튜버로 활동을 하고 있습니다. 인사드리려무나, 아가. 우리 당 의원님들이시다."

은하는 예의 바르게 고개를 숙였다.

"안녕하세요, 고은하라고 합니다."

고개를 들었다가 은하는 깜짝 놀랐다. 저만치 맨 끝자리에 앉아서 뚫어져라 이쪽을 보고 계신 부모님과 시선이 마주쳤기 때문에. 가슴이 마구 뛰었다. 아버지가 여당 소속 의원이라는 거야 알고 있었지만, 지환의 할아버지가 지인들과 만나는 자리라고만 들어서 여기 계실 줄은 꿈에도 생각하지 못했다. 심지어 어머니도 함께 계시지 않은가.

은하는 아직 황 대표에게도 부모에 대한 얘기를 하지 않은 터였다. 절연한 마당에 말해봐야 무슨 의미가 있겠나 싶어서였는데, 이런 자리에서 마주치다니. 은하가 어쩔 줄 모르고 있는데 의원 중 몇몇이 은하를 알아보고 놀란 얼굴을 했다.

"아니, 그 유명한 〈미니와 커다란 친구들〉의 미니 언니 아닙니까?"

황 대표는 허허거리며 말했다.

"허허, 알아보시는군요. 실은 요즘 떠들썩한 그 목마른 사슴 대표가 바로 내 외손자 녀석이라오."

사람들은 입을 딱 벌린 채 아무 말도 못 했다. 황찬규 대표는 무려 여섯 번이나 국회의원에 당선된 정계의 거물이자 가장 유력한 차기 대선주자다. 그런 사람의 손자가 어떻게 조폭이 되었다는 건가? 차마 누구도 의문을 입 밖으로 꺼내지 못하고 있는 가운데, 황대표가 한숨을 내쉬었다.

"참 자식 일이라는 게 맘대로 안 되는 겝디다. 사연을 설명하자면 길고, 다 딸도 손자도 제대로 돌보지 못한 이 늙은이 탓이지요."

잠시 비탄에 젖어들었던 눈빛이 금세 의연해졌다.

"혹시나 해서 하는 말씀입니다마는, 나는 추호도 녀석이 부끄럽지 않습니다. 물론 조직폭력배 대장 노릇을 한 건 잘못된 일이지만 당시 녀석에겐 선택의 여지가 없었어요. 선택할 권한이 생기자마자 곧바로 손을 씻었고, 그 후로는 어떻게든 똑바로 살아보려고 발버둥을 쳐온 놈이란 말입니다."

황 대표는 당당하기 그지없는 표정으로 주위를 둘러보았다.

"나는 내 손자가 무척 자랑스럽소."

곁에서 듣고 있던 은하는 울컥 눈시울이 뜨거워졌다.

할아버님은 대권을 목표로 하고 계신 분이다. 아무리 그래도 손자가 전직 조폭 보스였다는 사실을 사람들 앞에서 밝히는 게 쉬운 일은 아닐 텐데, 숨기기는커녕 오히려 자랑스럽다고까지 말씀해주시는 게 너무나 감사하고 기뻤다. 특히 이 자리에 부모님이 계셔서 더욱더.

― 다 제 잘못이니 부디 저를 때려주십시오, 어머님.

얻어맞으면서도 죄인처럼 고개만 숙이던 지환에게, 어머니는 뭐라고 고함을 쳤던가.

— 감히 깡패 새끼 주제에 누구더러 어머니래? 응?

그랬던 분이 지금 얼굴이 붉으락푸르락하면서 어쩔 줄 모르고 있는 모습을 보니 속이 시원하다 못해 눈물까지 핑 돌았다.

"아이고, 여부가 있겠습니까."

"손자 되시는 분께서 얼마나 선행을 많이 했는지도 기사로 다 나지 않았습니까?"

의원들은 얼른 황 대표의 비위를 맞췄다.

"손자며느님 되시는 분도 무명 시절부터 병원에 봉사하러 다녔 다고 하던데 대단합니다."

"명문대 석사 출신 유튜버라니, 요즘 시대에 딱 어울리는 인재 로군요."

"총선 전에만 알았더라면 우리 당 비례대표로 밀어봤어도 좋았 을 텐데요."

여기저기서 다분히 황 대표를 의식한 칭찬이 쏟아지는 와중에 은하의 부모님은 시종일관 어쩔 줄 몰라 하고 계셨다.

"그래, 고은하 양 부모님께서는 어떤 분들이신가요?"

결국 의원 중 한 사람에게서 질문이 나오고야 말았다. 차마 부 모님을 눈앞에 두고 없다고 대답할 수도 없고. 은하가 망설이고 있는데 저만치 구석에서 대답이 들려왔다.

"실은 제 딸입니다."

아버지였다.

"아니, 고 의원 따님이시란 말이오?"

모두가 놀라워했지만, 누구보다 가장 놀란 것은 은하였다. 아무리 욕심이 앞서기로서니 평생을 미운 오리 새끼 취급하다 이제 연까지 끊은 자식을 내 딸이라고 말하고 나설 줄은 미처 몰랐다. 심지어 지환에게도 그리 폭언을 해놓고, 그 외조부 되시는 분 앞에서 어떻게. 은하는 다시 한번 제 부모라는 사람들에게 환멸을 느꼈지만 다른 사람들이야 이런 속사정을 알 리 없었다.

"그럼 대표님하고 사돈이 되시겠군요."

"축하드립니다, 고 의원. 아주 딸 농사 하나는 제대로 지으셨구려, 허허."

여태 꿔다 놓은 보릿자루처럼 말석에 앉아 있던 초선 의원 부부에게, 한순간에 부러움과 질투가 섞인 시선이 쏟아졌다.

"아니, 아가. 고 의원이 정말로 네 아버님이시란 말이냐?"

황 대표가 놀란 듯이 물었다. 은하는 부모님을 힐끗 쳐다보았다. 두 분은 은하가 지금껏 단 한 번도 본 적이 없는 표정을 하고 있었다. 어디서 많이 봤다 했더니 그거였다. 예전에 취미 삼아서 법원에 재판 방청을 다닐 때, 판사 앞에 선 피고인들의 표정이 바로 저랬었다.

'제발, 은하야.'

매달리듯 바라보는 시선에 쓴웃음이 절로 나왔다. 저런 표정도 할 수 있는 분들이셨던가, 내 부모님들이.

"예, 저희 부모님이세요."

순간 두 분의 얼굴이 확 밝아졌다. 은하가 인정하자 부모님은 마음껏 딸 자랑을 시작했다.

"저희 은하가 어릴 때부터 아주 똑똑했습니다. 유치원 때부터 《수학의 정석》을 풀기 시작했지, 아마?"

"그랬죠. 쟤가 커서 수학자가 되려나 했는데, 갑자기 유튜버가 되겠다기에 얼마나 놀랐는지요, 호호."

쏟아지는 딸 자랑을, 다른 의원들은 부러움 가득한 표정으로 들었다. 물론 그들이 부러워하는 이유는 수학 실력이나 유튜버 어쩌고 하는 것들과는 하등 관계가 없었다. 당 대표이자 차기 대통령에 가장 가까운 사람과 사돈을 맺게 된 것이 부러울 뿐. 심지어 아직 식도 올리기 전인데 벌써부터 이렇게 직접 사석에 데리고 나와 소개할 정도로 귀여움을 받고 있으니, 그 아버지의 앞길이야 탄탄대로 아니겠는가? 누구보다 당사자인 은하의 부모가 그 점을 가장 잘 알고 있었다.

"사실 우리 은하 짝으로는 영 성에 차지 않았지만 제가 하도 좋다니까 그저 눈감기로 했었던 건데, 대표님 외손자인 줄은 꿈에도 몰랐네요."

"이 사람도 참. 너무 탓하지 마십시오, 대표님. 딸자식 가진 부모 마음이 다 마찬가지 아니겠습니까?"

점점 하늘 높은 줄 모르고 콧대가 올라가고 있는 게 그 증거였다.

"허허, 알고 보니 사돈이 이렇게 가까이에 계셨구려."

황 대표는 소매를 걷어붙이고 술병을 들었다.

"이렇게 훌륭하게 키우신 따님을 한참 부족한 내 손자 녀석에게 보내주셔서 고맙습니다. 자, 내 잔 한 잔씩들 받으시지요."

언감생심 당 대표가 직접 따라주는 잔을 받게 되다니. 술잔을 드는 은하 아버지와 어머니의 손이 감출 수 없는 환희에 떨렸다.

"아가, 너도 같이 한잔하자꾸나."

황 대표의 권유에, 은하는 술잔을 드는 대신에 조용히 입을 열었다.

"엄마, 아빠, 혹시 기억하세요?"

그녀의 시선은 상 위에 얹힌 갈비 접시에 머물러 있었다.

"왜 저 어려서 춘천에 살 때, 반에서 1등 하면 가족끼리 소양호 근처에 갈비 먹으러 가고 그랬잖아요."

"아, 그랬었지."

"그 집이 아직도 장사를 하려나 모르겠네. 참 맛있었는데, 그렇지?"

부모님이 너무 태연하게 대답해서 쓴웃음이 났다. 이분들은 매번 나를 빼놓고 갔던 것조차도 기억을 못 하시는구나. 내게는 여태 상처로 남아 있는 일이, 부모님에게는 아무것도 아닌 일이었구나.

"맛있는지 어땠는지 저야 모르죠. …한 번도 먹어본 적이 없으니까요."

주변이 찬물을 끼얹은 듯 싹 조용해졌다.

"늘 저한테는 집에서 공부하라고 하고 언니 오빠만 데리고 가곤 하셨었는데, 잊으셨나 봐요."

부모님의 얼굴에 당황한 기색이 떠올랐다.

"얘도 참, 그럴 리가 있니?"

"그러셨어요."

은하는 부드럽게, 하지만 단호하게 말했다.

"그 갈비가 꼭 한번 먹어보고 싶어서 열심히 공부했는데, 결국은 먹어보질 못했네요. 저는 언니 오빠처럼 1등을 하지 못했으니까요."

"아니, 얘가 갑자기 무슨 말도 안 되는 소릴…."

"괜찮아요. 이제는 집에서 자주 먹고 있거든요."

어쩔 줄을 몰라 하는 부모님을 바라보며 은하가 웃었다.

"제 시동생들이 퇴근해서 올 때마다 저 먹으라고 이것저것 챙겨다 줘요. 오늘은 아주 좋은 고기가 들어왔다면서 말이에요."

"…."

"아, 엄마도 보셔서 아시겠다. 왜 그때 엄마가 사회의 암 덩어리라고 욕했던 사람들 말이에요."

한껏 우아하게 차려입은 어머니가 목덜미까지 시뻘겋게 달아오르는 게 눈에 보였다.

"그 암 덩어리들이 지금은 덩어리즈라고 불리면서 사람들에게 사랑받고 있으니, 인생 참 재미있지요?"

소리 내어 웃고 나서 은하는 황 대표를 바라보았다.

"할아버님."

사람들이 숨죽여 바라보고 있는 가운데 은하는 또박또박 말했다.

"이분들이 저를 낳아주신 아버지 어머니가 맞아요. 그것까지 부정할 순 없지요."

목소리는 제 귀에도 섬뜩할 정도로 차갑게 들렸다.

"…하지만 제 결혼식에 이분들의 자리는 없을 거예요."

♠ ♥ ♣

"정말 미안하구나, 아가야."

차 뒷좌석에 은하와 나란히 앉자마자 황 대표는 제일 먼저 사과부터 했다.

"네 부모님이신 줄은 미처 몰랐다. 그것도 절연한 부모인 줄이야…. 내 미리 알았더라면 절대 이런 자리를 만들지 않았을 텐데 말이다."

은하는 내심 놀랐다. 아무리 그래도 부모인데 어떻게 사람들 앞에서 그토록 망신을 주느냐고 하실 줄 알았는데.

"할아버님께선 제가 너무했다고 생각하지 않으시는 거예요?"

"너같이 착하고 영민한 아이가 오죽하면 그랬겠느냐? 분명 네 부모가 뭔가 크게 잘못을 했겠지. 낳아줬다고 다 부모는 아닌 게야."

일흔이 넘는 연세를 생각하면 놀랍도록 유연한 사고방식이었다.

"이해해주셔서 고맙습니다, 할아버님."

"고 의원도 그렇게 안 봤는데 참, 자식한테 어떻게 그리 모질게 굴었는지."

혀를 차며 혼잣말을 하던 황 대표가 문득 픽 웃었다.

"하기야 내가 할 말은 아니로구나."

자조적인 웃음에 은하는 어찌할 바를 몰랐다.

"할아버님…."

"네 결혼식에 네 부모 자리가 없듯, 지환이 결혼식에도 내 자리는 없지 않겠느냐?"

은하는 대답할 말을 찾지 못했다. 구치소를 나온 지 며칠이 지났지만, 지환은 아직 할아버지를 만날 결심이 서지 않았다면서 차일피일 미루고 있었다. 그러니 황 대표가 외할아버지로서 결혼식에 참석할 수 있을지도 미지수였다. 씁쓸한 표정을 하고 있던 황 대표가 이윽고 말했다.

"너희 둘의 결혼식이다. 둘이 행복해야 하는 날이야. 나든, 네 부모든 당사자들이 불편하다면 굳이 가서 앉아 있을 이유가 없으니 다른 것들은 일절 신경 쓰지 말거라."

은하를 안심시키듯 웃어 보이고, 황 의원은 운전기사에게 일렀다.

"출발하세."

잠시 후 차가 도착한 곳은 집이 아니라 커다란 보석상이었다. 황 대표는 은하를 데리고 들어가서 휘황찬란한 진열장 안을 가리켰다.

"어디 마음껏 골라보거라."

은하는 놀라서 손사래를 쳤다.

"아니에요. 저 벌써 오빠한테 이것저것 많이 받았어요."

어떻게든 사양하려 했지만, 황 대표는 완강했다.

"그건 지환이가 해준 거고. 이건 시할아비가 손자며느리한테 해주는 게야."

결국은 어른의 호의를 거절할 수가 없어서 적당히 한복에 어울릴 만한 순금 가락지를 골랐지만, 황 대표는 만족하지 않았다.

"겨우 그거 가지고 되겠느냐?"

한참의 실랑이 끝에 황 대표는 기어이 칠보로 세공해서 진주와

보석으로 장식한 순금 비녀를 골라주었다. 잠시 후 가락지와 비녀가 든 상자가 예쁜 보자기에 곱게 싸여 은하에게 전해졌다.

"감사합니다, 할아버님. 소중하게 간직할게요."

"사실은 뇌물이란다."

황 대표는 웃지도 않고 말했다.

"부디 지환이 녀석에게 내 얘기 좀 잘해주거라."

♤ ♥ ♧

출소한 후 덩어리들은 유튜브 채널은 잠시 쉬면서 은하와 지환의 신혼집 인테리어에 열성을 기울였다. 주말이 되니 하루 종일 별채에서 뚝딱 소리가 들려왔다. 뭘 하고 있는지 지환이 가서 들여다보려고 해도 녀석들은 그때마다 등을 떠밀어 내보냈다.

은하도 외출하고 덩어리들도 상대해주지 않는 심심한 주말. 오후 늦게 돌아온 은하를, 지환은 글자 그대로 맨발로 뛰어나가 맞이했다.

"잘 다녀왔어?"

은하의 손에 황금빛 보자기로 싸인 꾸러미가 들려 있었다.

"이게 뭐야?"

"할아버님이 패물을 사주셨어. 오빠한테 말 좀 잘해달라고 뇌물로 주시는 거래."

대답하자마자 은하는 허리에 손을 얹고 다그치듯 말했다.

"자, 할아버님 만나 뵙는 거, 언제가 좋겠어?"

"뭐야, 지금 뇌물 받고 이러는 거야?"

웃음을 물고 묻자 은하가 한숨을 지었다.

"알잖아, 그거 받았다고 이러는 게 아니라는 거."

그러더니 지환의 손을 잡아끌고 가서 소파에 앉히고, 자기도 옆에 앉더니 이야기를 시작했다.

"할아버님은 오빠가 부끄럽지 않다고, 자랑스럽다고 하셨어. 같은 당 의원님들, 그것도 우리 부모님까지 보고 있는 앞에서 말이야."

"뭐? 네 부모님이 거기 계셨다고?"

놀라서 되묻자 은하는 오늘 있었던 일을 자세하게 말해주었다. 얘기를 듣고 지환이 제일 먼저 한 생각은 다행이라는 거였다. 최소한 이제 은하의 부모님이 자신을 수치스럽게 여길 일은 없게 되지 않았는가. 그 점에서는 외할아버지한테 조금 감사한 마음이 느껴졌다.

"알잖아. 할아버님이 아니었으면 우리가 지금 이렇게 손잡고 있지도 못했을 거라는 거."

지환의 손을 꼭 잡고 은하는 열심히 말했다.

"그러니까 오빠, 우리 같이 할아버님 찾아뵙자. 오빠도 뵈면 알게 될 거야."

다른 때였다면 은하가 이렇게까지 말하는데 진작 따랐을 것이다. 하지만 이 문제만은 쉬이 대답할 수가 없었다. 외할아버지고 뭐고 다 떠나서, 결백을 밝히는 데 힘써주신 고마운 분이니까 찾아뵙고 인사를 드리는 게 도리라는 생각은 드는데도 이상할 정도로 영 내키지가 않는 것이다.

"조금만 더 생각해볼게."

결국 지환은 이번에도 고개를 끄덕이지 못했다.

♤ ♥ ♧

다음 날, 지환이 사무실에 출근해서 일하고 있을 때였다.

"큰형님, 손님이 오셨습니다."

보고하는 일영의 표정이 굳어져 있어서 지환은 자연스럽게 생각했다. 야옹이파 놈들인가? 그러나 곧이어 야옹이파는 전원 검거되어 구속 수사 중이라는 사실을 떠올렸다.

"뭔데 그래?"

그때 일영의 등 뒤로 언뜻 보인 사람의 얼굴에, 지환은 자리에서 튕기듯 일어났다. 바로 은하의 부모님이었다.

"어서 오십시오."

손님 접대용 방으로 모시면서도 지환은 당황해서 어찌할 바를 몰랐다.

"우리가 자네한테 차마 못 할 짓을 했네."

소파에 나란히 앉은 장인 장모가 지환을 향해 고개를 숙였다.

"제발 용서해주게나. 자네가 누명을 쓴 거라는 보도를 뉴스에서 보고 그렇지 않아도 줄곧 마음이 편치 않았네."

"좋은 일도 많이 했는데, 그것도 모르고 내가 너무 모질게 굴었구나 싶고…."

은하의 어머니가 눈물을 글썽였다. 한때 사회의 암 덩어리라느니, 우리 사위인 척 행세할 생각 말라느니 하며 그렇게 기세등등했던 분이라고는 생각하기 힘들 정도였다.

"자네도 이제 은하랑 결혼해서 자식을 낳아보면 그땐 우리 마음을 이해할 걸세. 애지중지 키운 자식이 좀 더 좋은 짝을 만났으면 하는 게 인지상정 아니겠나?"

"부디 부모 욕심에 그랬거니 생각하고 용서하게나."

사위도 자식이다. 부모가 자식을 향해 연방 고개를 숙이며 비는데 마음이 편할 수는 없었다.

"그런 말씀 마십시오. 제가 감히 아버님, 어머님을 용서할 일 같은 건 있지도 않습니다."

지환은 어쩔 줄 몰라 하며 말했다.

"두 분이 아니셨다면 은하는 세상에 존재하지도 않을 겁니다. 저는 그것만으로도 어떻게 은혜를 갚아야 할지 알 수 없을 지경인데 용서라니, 당치도 않습니다."

진심이었다. 물론 사람인 이상 여태 당한 푸대접에 서운하기도 하고 서럽기도 했지만, 그쯤이야 은하를 세상에 있게 해주신 은혜에 비하면 말할 거리조차 못 되었다. 은하가 부모와 연을 끊은 후로도 그는 늘 생각하고 있었다. 언젠가 은하의 마음이 변해서 혹 친정을 그리워하게 되면, 부모님을 찾아뵙고 사위로 받아주십사 무릎이라도 꿇겠다고.

지환의 진심을 느끼고 은하의 부모님은 내심 안도의 한숨을 내쉬었다.

"고맙네. 자네가 그렇게까지 생각해줄 줄이야…."

딱 봐도 은하는 도저히 바늘 꽂을 틈조차 찾기 힘들어 보였다.

— 제 결혼식에 이분들의 자리는 없을 거예요.

딸보다는 차라리 사위 쪽을 공략하는 게 낫겠다 싶어 회사를 수소문해서 찾아온 건데, 역시나 통하는 기미가 보이지 않는가. 그토록 사람 취급을 안 했는데도 원망하기는커녕 도리어 은혜라 생각한다니. 이 녀석, 알고 보니 진국이었구나, 싶어서 그간 푸대접했던 게 은근히 미안해질 지경이었다.

"자네가 부디 우리 은하한테 말 좀 잘해주게."

"그래도 친부모가 결혼식에는 참석해야 할 것 아닌가, 응?"

이제껏 고분고분 예의 발랐던 지환이 그 표정 그대로 대답했다.

"그건 안 되겠습니다."

너무 단칼에 거절당하는 바람에 은하의 부모님은 순간적으로 잘못 들었나 싶었다.

"응?"

"두 분께서 저희 결혼식에 참석하고 말고는 은하가 결정할 일이지, 제가 참견할 부분이 아니라는 말씀입니다."

담담하면서도 더없이 단호한 말투였다.

"아니, 그러니까 은하한테 말 좀 잘해달라는 거 아닌가."

"부모가 자식 결혼식에도 참석을 못 한다면 다른 사람들이 어떻게 보겠나?"

두 사람이 번갈아 통사정을 했지만 지환은 같은 말만 반복했다.

"죄송합니다."

결국 먼저 벌컥 역정을 낸 건 은하의 아버지였다.

"이 사람, 아무리 배운 데가 없어도 그렇지, 장인 장모한테 어떻게 이럴 수 있나?"

이래 봬도 전직 판사인데, 한낱 전직 조직폭력배 따위에게 아쉬운 소리를 하자니 내심 자존심이 죽도록 상했던 것이다.

"두 분의 은혜에는 깊이 감사드립니다. 하지만."

지환은 어디까지나 정중하게 대답했다.

"은하가 없으면 장인어른, 장모님도 결국 남일 뿐입니다. 그러니 두 분을 위한다고 은하를 속상하게 만들 수는 없습니다."

그는 자리에서 일어나 얼이 빠진 장인 장모를 향해 깊이 허리를 숙였다.

"부디 용서해주십시오."

♤ ♥ ♧

이런저런 소동을 겪는 사이에 숨 막히게 뜨거웠던 여름도 훌쩍 지나고, 9월 말로 접어들면서 슬슬 가을다운 날씨가 이어졌다. 지환이 그동안 밀린 회사 일을 처리하느라 바쁜 사이에, 은하는 하나둘씩 결혼 준비를 하는 재미에 시간 가는 줄을 몰랐다.

"이거 어때? 신혼여행 가서 입을까 하는데."

새로 산 수영복을 입고 나오는 은하를 보고, 미호가 감탄한 표정으로 박수를 쳤다.

"와, 고은하, 진짜 대박이다. 역시 다이어트는 하고 볼 노릇이라니까."

원래도 통통한 편은 아니었지만, 그간 하도 마음고생을 하는 바람에 더욱더 날씬한 몸매가 되어 있었던 것이다. 은하의 완벽한 몸매를 부럽게 쳐다보다, 미호는 만삭이 다 된 배를 내려다보며 한숨을 내쉬었다.

"나도 애기 낳고 나면 몸매가 예전으로 돌아오려나?"

출산 예정일이 이제 채 한 달도 남지 않은 미호는 몸무게가 20킬로그램 가까이 불어 있었다.

"그나저나 유튜브는 언제부터 다시 할 생각인데?"

"글쎄."

이번에는 은하가 한숨을 내쉴 차례였다. 비록 누명을 벗었다고 해도 한때 전 국민에게서 손가락질을 받았던 충격은 쉬이 가시지 않았다. 채널에도 악플이 얼마나 많이 달렸던가.

'근데 우리 유튜브는 언제부터 다시 하는 거지?'

출소한 지 열흘이 훌쩍 지났는데도 아무도 그런 말을 입 밖으로 꺼내지 않는 걸 보면, 모두들 마음에 안고 있는 상처가 그만큼 크다는 이야기였다. 물론 은하도 마찬가지였다.

─ 새 영상은 언제쯤 올라올까요? 계속 기다리고 있어요.

─ 다들 너무 보고 싶으니까 푹 쉬었으면 빨리 돌아와요. ㅠㅠ

지금도 채널에는 계속해서 구독자들이 응원의 댓글을 달아주고 있었다. 그걸 볼 때마다 어서 다시 시작해야겠다는 생각은 하면서도 왠지 자꾸만 머뭇거리게 되었다.

"일단 결혼식부터 올리고 나서 생각하려고."

"그래."

고개를 끄덕인 미호가 문득 생각났다는 듯이 물었다.

"참, 〈예나랑 놀아요〉 채널에 공지 올라온 거 봤어?"

TV 뉴스에 출연해서 과거를 고백한 후, 예나에 대한 여론은 대체로 호의적이었다. 접대부로 일하고 싶어 한 것도 아니고, 강제로 팔려가서 겨우 일주일 일한 게 무슨 죄가 되느냐. 이걸 가지고 문제 삼는 건 피해자에 대한 2차 가해나 다름없지 않느냐는 것이었다.

하지만 다른 직업도 아니고 키즈 크리에이터인 이상 부담이 없을 수는 없었는지, 한동안 채널에 새 영상이 올라오지 않다가 바로 어제, 당분간 건강 문제로 쉬겠다는 공지가 올라왔다.

"공지 보고 예나랑 직접 통화했어. 아무래도 당장 아무 일 없었던 것처럼 활동하면 반감을 살 수도 있으니까, 몇 달 정도 쉬다가 분위기 살펴보고 다시 하기로 결정했대."

예나를 생각하면 은하는 한없이 고맙고 미안하기만 했다.

"지환 오빠가 한번 만나서 인사하고 싶어 한다고 했더니, 됐다고 마음만 받겠대. 얼굴 봐서 좋을 거 없을 것 같다고."

"그야 그렇겠지. 곧 남의 남자 될 사람인데 봐야 마음만 아프지."

미호가 안됐다는 듯이 중얼거렸다.

"걔도 얼른 좋은 남자 만났으면 좋겠다."

은하는 진심으로 대답했다.

"나도 그랬으면 좋겠어."

♤ ♥ ♧

그날 저녁, 퇴근해서 돌아온 지환은 왠지 평소보다 지쳐 보였다.

"무슨 일 있었어?"

"일은 무슨."

지환이 아무렇지 않게 웃어 보여서, 은하는 요즘 밀린 일이 많아서 그러려니, 하고 생각했다.

"오빠, 이거."

은하는 지환에게 쪽지를 건넸다.

"오빠 어머니 산소가 있는 주소야. 집안 선산이래."

쪽지를 받아 든 지환의 얼굴에서 웃음기가 가셨다. 지환은 아직도 외할아버지를 만나겠다고 나서지 못하고 있었다.

— 죄송해요. 제가 오빠를 더 설득해볼게요.

— 괜찮다. 다 이 늙은이 잘못이지, 지환이나 네가 무슨 잘못이 있겠느냐.

고개를 저으면서도 황 의원은 쓸쓸해 보였다.

— 내 얼굴이야 끝내 보지 않겠다 해도 어쩔 수 없다마는, 그래도 제 어미 산소에는 한번 가봐야 하지 않겠느냐?

그렇게 해서 받아온 주소였다.

"시간 나면 나랑 같이 가. 나도 이제 어머님 며느리 될 건데 인사는 드려야지."

"고마워."

고개를 끄덕여놓고, 정작 다음 날 지환은 혼자서 어머니의 산소로 향하고 있었다. 혼자 생각할 시간을 가지면 이 복잡한 머릿속이 좀 정리가 될까 싶어서였다. 은하는 어떻게든 자신을 할아버지와 만나게 하려고 애쓰고 있었다. 그녀 입장에서는 당연한 일이라 생각했지만, 지환은 좀처럼 내키지 않았다.

— 너 때문이야! 너 때문이라고!

할아버지 생신이라면서 들뜬 얼굴로 차려입고 친정에 갔다가, 문전박대당하고 돌아와 울며 자신을 때리던 어머니의 얼굴이 자꾸만 떠올랐다. 그토록 냉혹했던 할아버지가 이제 와서 왜…. 지환은 골똘히 생각에 잠긴 채 어머니의 산소가 있는 산을 올랐다.

"진희야."

문득 어디선가 들려오는 목소리에 지환은 걸음을 멈췄다. 한 무덤 앞에 반백의 노인이 덩그러니 앉아 있었다. 보는 순간 단번에 알 수 있었다.

'할아버지구나.'

무덤에 난 풀을 쓰다듬듯 어루만지며 노인이 목멘 소리로 중얼거렸다.

"…이 아비가 다 잘못했다."

어떻게 할까. 지환은 잠시 망설이다 조심스럽게 다가갔다.

"실례하겠습니다."

선뜻 할아버지라는 말이 나오지 않아서 어색하게 말을 걸자 노인이 흠칫 놀라며 뒤를 돌아보았다.

"…지환아."

뉴스에서는 몇 번 봤지만 실제로 만나기는 이번이 처음이었다. 황 의원은 올해 일흔이라고 들었는데, 겉으로는 기껏해야 60대 중반 정도로밖에 보이지 않았다. 생각보다 훨씬 젊어 보이는 할아버지의 모습에, 지환은 새삼스레 어머니가 자신을 낳았던 게 겨우 스물한 살 때의 일이라는 사실을 떠올렸다. 올해 서른하나인 지환이 봤을 때, 스물한 살은 젊은 것도 아니고 그냥 어린애였다. 그 어린 딸을, 어떻게 이분은 죽을 때까지도 모른 체할 수 있었을까.

"처음 뵙겠습니다. 일전에 제가 곤란할 때 도와주셔서 감사합니다."

고개를 숙여 인사하면서도 지환의 목소리는 차가웠다.

"어머니, 현우 왔습니다. 이제야 찾아뵙게 되어서 죄송해요."

지환이 무덤에 절을 올리자 황 의원이 소주병을 건넸다.

"네가 한 잔 따라 드리거라."

작은 종이컵에 술을 부어 무덤에 뿌리고, 지환은 한참 동안 그 자리에 말없이 앉아 있었다.

"…내 나이가 어느덧 고희란다."

곁에 있던 보좌관들이 멀찍이 물러나고, 황 의원은 한참 만에야 입을 열었다.

"70년을 살아오면서 물론 잘못한 일도, 후회스러운 일도 많지만, 내 돌아보면 가슴에 박힌 제일 큰 못처럼 느껴지는 게 바로 네 어미 일이구나."

회한이 가득한 목소리에 지환은 오히려 울컥했다.

"대체 왜 그러셨던 겁니까?"

저도 모르게 따지다시피 묻자 황 의원은 쓸쓸하게 뇌까렸다.

"그땐 무서웠단다. 한창 정치가로서 승승장구하고 있는 나한테, 혹시 조폭 사위가 흠이나 되지 않을까. 남들이 알면 자칫 나까지 발목을 붙들리지나 않을까."

푸른 하늘에 한가로이 떠가는 뭉게구름을 바라보며 황 의원은 고개를 저었다.

"그깟 벼슬이 뭐라고 자식도 몰라봤는지….."

지환으로서는 이제 와서 이러는 게 더 화가 날 뿐이었다. 차라리 끝까지 모른 척 서로 남남으로 살 것이지, 왜 이제야 나타나서 후회한다고 하는 것인가, 괜히 마음만 불편하게.

"그러게 후회하실 일을 왜 하셨습니까?"

그 순간, 황 의원이 처음으로 눈을 들어 지환을 똑바로 바라보았다.

"너는 인생에 후회하는 일이 없느냐?"

지환은 움찔했다. 물론 후회한다. 지금도 매일, 매 순간 후회한다. 그때는 선택의 여지가 없었다고 생각했지만, 정말로 그 길밖에 없었던 것일까. 어머니를 지키면서도, 나쁜 짓 하지 않고 살 수 있는 길을 더 찾아봤어야 했던 게 아닐까.

가까이서 마주 본 할아버지의 얼굴은 어머니를 많이 닮아 있었다. 그렇다는 것은 제 얼굴과도 닮았다는 뜻일 터였다. 체격이나 신체 조건은 아버지를 빼닮았지만, 얼굴만은 어머니를 닮은 지환이었으니까. 마치 자신의 몇십 년 후 모습 같은 얼굴을 물끄러미 바라보며 지환은 처음으로 생각했다. 이분도 나처럼 돌이킬 수 없는 과거에 괴로워하는 한 인간일 뿐인 것일까.

"네가 새 삶을 살 기회를 얻었듯, 내게도 한 번쯤은 만회할 기회를 주었으면 좋겠구나."

주름진 손이 머뭇거리며 지환의 손을 잡으려다, 결국은 힘없이 뚝 떨어져 무덤가에 난 풀을 쓸쓸히 어루만졌다.

♤ ♥ ♧

한편 집에 있던 은하는 불청객을 맞이하고 있었다. 바로 의사인 친언니, 은영이었다.

"언닌 또 어떻게 알고 왔어?"

집 안으로 맞아들이고 싶지도 않아서 은하는 대문 앞까지 나가 언니를 마주했다.

"세훈이한테 들었어."

전에 어머니가 '은영이도 혼담이 오가고 있다'고 말했던 기억이 나서, 혹시 결혼식에 와달라는 얘기를 하러 온 게 아닐까 싶었다. 어떻게든 시댁 앞에서는 화목하고 완벽한 가족인 척하고 싶을 테니까. 물론 거절할 생각이었다. 부모님도 부모님이지만, 의사씩이나 돼서 아버지가 중병에 걸렸다고 거짓말을 한 언니에게도 감정이 좋을 리 없었다.

"용건이 뭔데?"

하지만 언니의 입에서는 은하가 예상한 것과는 전혀 다른 말이 튀어나왔다.

"너 대체 무슨 짓을 한 거야?"

"내가 뭘?"

"같은 당 의원님들 다 보시는 앞에서 엄마 아빠 망신당하게 했다며. 그게 자식으로서 할 일이니?"

따지려고 작정하고 왔는지, 언니는 숨도 안 쉬고 마구 쏘아붙이기 시작했다.

"엄마 아빠, 그 바쁘신 와중에도 우리 세 남매 키우면서 최선을 다하셨어. 밤에 학원이 늦게 끝나면 학원 앞에서 기다리셨고, 학교 행사에도 단 한 번을 안 빠지셨어. 그런 분들한테 어떻게 그럴 수가…!"

부모님 은혜가 새삼 사무치는지 언니는 말하다 말고 눈물까지 글썽였다. 하지만 은하로서는 전혀 공감이 가지 않는 이야기였다.

"그 '우리'에서 나는 좀 빼주지?"

비아냥거리지 않으려 해도 도저히 안 할 수가 없었다.

"언니랑 오빠 학원 앞에서는 기다리셨는지 몰라도 내가 다닌 학원 앞에 계셨던 적은 한 번도 없거든. 학교 행사? 오빠 입학식이랑 겹치면 내 졸업식에도 안 오셨던 분들인데 무슨 말을 더 하겠어?"

순간 언니가 움찔하는 게 보여서 우스웠다. 부모님도 그러더니 언니도 전혀 기억을 못 하는구나. 같은 집안, 같은 자식 입장인데도 얼마나 다른 환경에서 자랐는지 새삼 느껴져 쓸쓸했다.

"언니는 내 입장이 돼본 적이 없으니까 이해 못 하는 게 당연하겠지."

은하는 목소리를 애써 누그러뜨렸다.

"굳이 이해해달라고는 안 할 테니까 그쯤 하고 가줘."

차별을 받았다고 해도 그건 부모님이 한 일이지 언니 탓이 아닌데, 언니를 붙들고 화를 내고 싶지는 않았다. 하지만 언니는 막무가내였다.

"아무리 그래도 부모는 부모야. 자식 된 도리로 부모님한테 이러는 거, 언니로서 절대 용납 못 해."

무슨 말을 해도 귀 틀어막고 도리 운운하는 데는 은하도 슬슬 화가 나기 시작했다.

"부모 된 도리를 먼저 다했어야 자식 된 도리도 바랄 수 있는 거 아냐?"

"뭐?"

"키울 때 차별한 거야 내가 언니 오빠보다 못나서 그랬다 쳐. 근데 내가 장태현 검사한테 납치당했다가 겨우 구출됐을 때, 엄마가 찾아와서 뭐라고 했는지 알아? 제발 그냥 덮고 넘어가자고 했다고! 그게 부모로서 할 수 있는 말이라고 생각해?"

얘기를 듣고도 언니는 조금도 놀라는 기색이 없었다. 이미 알고 있다는 뜻이다.

"당연하지 그럼. 그게 뭐 자랑이라고 동네방네 떠들게 놔둬?"

언니는 당당하게 대꾸했다.

"엄마도 다 널 위해서 그러신 거야. 현직 검사를 신고했다간 일이 걷잡을 수 없이 커질 텐데, 딸자식 신세 망쳤다고 온 세상에 광고라도 하란 말이니? 그럼 네가 제대로 얼굴이나 들고 다닐 수 있었겠어?"

어쩌면 그때 엄마가 했던 것과 똑같은 말을 할 수 있을까. 차라리 장태현 검사 아버지가 검찰 고위직이라 그랬다고, 혹은 자기들에게 피해가 오는 게 싫어서 그랬다고 사실대로 말하면 그나마 최소한 인간답기라도 할 것을. 끝내 저를 위해서 그랬다고 핑계를 대는 것을 은하는 견딜 수가 없었다. 그게 어떻게 날 위한 일인데!

"당장 돌아가."

몸이 부들부들 떨리는 것을 겨우 참으며 은하는 이를 악물었다.

"아직 얘기 안 끝났어. 너 진짜로 결혼식에 엄마 아빠 못 오시게 할 셈이야?"

"꼴도 보기 싫으니까 당장 꺼지라고 했어."

"뭐? 너 지금 언니한테 그게 할 말이야?"

서로 점점 언성이 높아지고 있는데, 어디선가 새된 목소리가 들려왔다.

"은영아!"

커다란 보따리를 손에 든 어머니가 저만치서 놀란 얼굴로 이쪽을 쳐다보고 서 있었다. 뛰다시피 다가온 어머니에게, 언니는 기다렸다는 듯이 반색을 했다.

"엄마, 마침 잘 오셨어요. 은하 얘가 아주 미쳐서…."

하지만 언니는 말을 끝까지 맺지 못했다. 짝! 보따리를 땅바닥에 내려놓자마자 어머니가 손을 휘두른 것이었다.

"못돼 처먹은 것."

얻어맞은 뺨을 감싼 채 어안이 벙벙한 표정을 하고 있는 언니에게 어머니는 호통을 쳤다.

"경사 앞둔 동생을 찾아와서 축하는 못 할망정 이게 무슨 행패야?"

은하는 방금 눈앞에서 벌어진 광경을 믿을 수가 없었다. 나도 크면서 맞아본 적이 없는데, 하물며 언니를 때리다니. 평생 전교 1등을 놓쳐본 적이 없는 언니다. 오빠보다도 더 애지중지 키운, 부모님의 가장 큰 자랑거리가 바로 언니 아니었던가. 언니 역시 자기가 맞았다는 사실이 믿어지지 않는 모양이었다.

"엄마, 뭘 오해하신 거 같은데, 전 은하가 엄마 아빠를 결혼식에도 못 오시게 했다고 해서, 그건 아니라고 말하러 온 거예요."

하지만 어머니는 조금도 태도를 누그러뜨리지 않았다.

"네가 뭔데 참견을 해? 은하가 알아서 할 일이지!"

"엄마!"

"아유, 시끄럽고. 엄만 은하랑 할 얘기가 있으니까 넌 얼른 집에나 가."

퉁명스럽게 쏘아붙이자마자 어머니는 은하를 향해 언제 호통을 쳤느냐는 듯 다정한 목소리로 물었다.

"은하야, 괜찮니?"

결국 언니는 부어오른 뺨을 감싸 쥐고 힘없이 돌아섰다. 어지간히 충격을 받은 듯 비틀거리는 걸음걸이를 보니 처음으로 언니가 불쌍하다는 생각이 들었다. 내가 못나서 사랑받지 못했듯, 언니나 오빠가 사랑받았던 건 단순히 잘나서였구나. 부모가 자식을 사랑하는 데 있어서 잘나고 못난 것이 기준이 된다면, 그게 과연 진짜 사랑일까. 그 사랑을 받으면서 언니 오빠인들 행복했을까.

언니의 뒷모습을 멍하니 바라보고 있는 은하에게 어머니는 아랑곳하지 않고 말했다.

"서 서방 보약이야. 용하다는 한약방에 직접 가서 지어왔으니 아침저녁으로 챙겨 먹이렴."

방금 들고 온 보따리였다.

"하필이면 한창 더울 때 옥살이를 해서 그런가, 얼굴이 어찌나 안됐는지 내 마음이 다 아프더라."

서 서방이라는 호칭에 기가 찼다. 깡패 새끼 주제에, 하고 욕설을 퍼부으며 두들겨 팼던 게 얼마나 됐다고 이제 와서 사위 대접을 하려고 들다니. 당장 가져가시라고 쏘아붙이려다 말고 은하는 문득 가슴이 철렁했다.

"오빠 또 언제 보셨어요?"

오히려 어머니가 놀란 얼굴을 했다.

"서 서방이 얘기 안 했니?"

"무슨 얘기요?"

"아무리 생각해도 우리가 그간 너무 홀대한 게 마음에 걸려서, 아빠랑 둘이 서 서방 회사로 사과하러 갔었단다."

은하는 놀랐다. 지환은 부모님이 찾아왔었다고는 한마디도 하지 않았으니까.

"우리가 잘못했다, 부디 용서하라고 했더니 제가 감히 용서하고 말고 할 것도 없다고, 그저 널 낳아준 은혜에 감사할 뿐이라고 하더라. 세상에 어쩜 그렇게 속이 깊으니?"

어머니는 후회 가득한 얼굴로 중얼거렸다.

"현우가 어릴 때만 해도 공부 잘하고 예의 바른 애였는데, 얼마나 고생을 했으면 그렇게 험한 일을 하게 됐을까. 내가 미처 그 생각은 못 하고…."

더 듣기도 싫어서 은하는 대뜸 말허리를 잘랐다.

"이만 가세요. 이거 가져가시고요."

보약이 든 보따리를 가리키며 은하는 차갑게 말했다.

"무슨 짓을 하셔도 제 결혼식에 두 분이 참석하실 일은 없을 테니 앞으론 이런 헛수고 마세요."

"아니, 누가 결혼식의 결 자라도 꺼냈니? 엄만 그저 서 서방 얼굴이 안됐기에 걱정이 돼서…."

하지만 은하는 말이 끝나기도 전에 대문 안으로 들어가서 문을 쾅 닫아버렸다.

♠ ♥ ♣

저녁 무렵, 집에 돌아온 지환에게 은하는 사과부터 했다.

"미안해, 오빠."

"갑자기 뭐가?"

"오빠가 내키지 않는다는데 자꾸 할아버님 언제 만나 뵐 거냐고 졸라서."

부모님이 사무실까지 오셨었다는 얘기를 지환이 왜 하지 않은 건지 은하는 짐작할 수 있었다. 괜히 부담을 주기 싫었던 거겠지. 지환이 계속 내키지 않아 하는데도 막무가내로 할아버지를 만나보라고 졸랐던 자신이 부끄럽고 또 미안했다.

"오빠가 만나기 싫으면 할아버님 안 만나도 돼. 나 이제 아무 말도 안 할게."

지환은 웃었다.

"그럴 거 없어. 벌써 만나 뵈었는걸."

"언제?"

"오늘 어머니 산소에 갔더니 마침 거기 와 계시더라고."

"왜 혼자 갔어, 같이 가기로 해놓고."

"미안, 혼자서 생각을 좀 정리하고 싶었어."

"그래서? 할아버님하고 얘기 좀 했어?"

"응."

고개를 끄덕이고 지환은 말했다.

"우리 결혼식, 할아버지 모시고 할까 해."

은하는 뛸 듯이 기뻤다. 드디어 지환이 할아버지와 화해하는구나. 은하가 본 황 의원은 과거를 후회하고 손자를 그리워하는, 어디까지나 자상한 할아버지였다. 여태 천애 고아나 다름없이 살아온 지환에게 그런 할아버지가 생긴다는 게 얼마나 든든하고 또 기쁜 일인가. 그분이 대단한 이력의 정치가라는 걸 차치하고서라도 말이다.

웃어른으로부터 귀여움을 받는다는 느낌을, 은하는 황 의원에게서 난생처음 받아보았다. 부디 지환도 그게 어떤 건지 느꼈으면 했다.

"넌 그러기를 바라는 거 맞지?"

"당연하지. 너무 잘 생각했어, 오빠!"

기뻐서 그의 가슴에 와락 뛰어들려는데, 지환은 왠지 은하의 어깨를 붙잡았다.

"그럼 대신 나도 너한테 부탁 하나만 할게."

"뭔데?"

"장인어른하고 장모님도 우리 결혼식에 같이 모시자."

은하는 제 귀를 의심했다.

"진심으로 하는 말이야?"

도저히 지환의 입에서 나올 수 있는 말이라곤 생각되지 않았지만, 놀랍게도 그는 고개를 끄덕였다.

"네가 그랬었지? 사람은 얼마든지 변할 수 있다고."

분명 제 입으로 그렇게 말했다. 말하긴 했지만….

"오빠, 하지만 이건…."

더듬거리는 은하의 귓가에 지환이 입술을 가져가서 뭐라고 속삭였다.

말을 들은 은하가 숨을 멈췄다.

♤ ♥ ♧

"의원님."

수석 보좌관이 걱정스러운 얼굴로 조심스레 말을 꺼냈다.

"털어서 먼지 안 나는 사람이 없는 법입니다. 하물며 막내 손자분은 과거가 남다른데, 괜히 야당에 물어뜯을 빌미를 제공하는 게 아닐까요?"

하지만 황 의원은 대수롭지 않게 대꾸했다.

"그래서 이미 한 번 감방살이를 하고 나오지 않았나?"

"그거야 누명을 썼던 거지만, 진짜로 저지른 범죄가 있을 거 아닙니까."

"대한민국에 서지환이가 전직 조폭인 거 모르는 사람도 있다던가? 조폭이 그럼, 뭐 사회봉사라도 하고 다녔겠나?"

"하지만…."

"이젠 뭐가 나온다 한들 사람들이 눈도 까딱 안 할 테니 걱정 붙들어 매게. 오히려 건드렸다간 건드린 놈이 역풍을 맞을 게야."

그래도 영 불안해하는 보좌관을 보고, 황 의원은 고개를 저으며 혀를 찼다.

"자네는 내 보좌관 노릇을 10년 넘게 하고도 아직 멀었구먼. 우리가 왜 덥고 추운 날 다리가 끊어져라 지하철역이니 시장이니 돌아다니면서, 손이 퉁퉁 부어오르도록 사람들하고 일일이 악수를 하나?"

"그야 좀 더 가까이서 지지를 호소하기 위해…."

"마음의 빚 때문이야."

황 의원이 말을 가로챘다.

"악수 한 번 하면서 한 표 부탁드립니다, 하는 순간 사람들 마음속에는 저도 모르게 나에 대한 마음의 빚이 생긴단 말일세."

황 의원은 손을 들어 검지와 엄지 사이를 아주 조금 벌렸다.

"많이도 아니고, 딱 요만큼."

"…."

"딱 요만큼의 빚이, 투표소에 들어갔을 때 내 이름 옆에다 도장을 찍게 만드는 거야."

보좌관의 입에서 아, 하는 탄성이 흘러나왔다.

"국민들은 이것과는 비교도 안 되는 커다란 마음의 빚을 녀석에게 지고 있어. 착하게 살려고 노력하는 무고한 사람을 우리가 범죄자로 몰았구나, 하고 미안해 어쩔 줄 모르고 있단 말일세."

실제로 그랬다. 정작 본인들은 출소 이후 모든 언론과의 접촉을 사절하고, 그나마 운영하던 채널에 영상조차 올리지 않고 있는데도 매일같이 그들에 대한 기사가 날 정도로 대중의 관심은 컸다.

"적당한 기회에 녀석이 내 손자라는 걸 흘리고, 그 후에 내가 대선에 나가게 되면 드디어 국민들은 그 마음의 빚을 갚을 기회가 생기는 것이지."

사실 처음에 지환에게 만나자고 사람을 보냈을 때만 해도 전혀 생각이 달랐다. 선거라는 것은, 특히 대선이라는 것은 그 과정에서 한 인간의 밑바닥까지 다 까발려지고 마는 일이다. 본격적으로 대선 레이스에 뛰어들게 되면 어떻게든 외손자가 전직 조폭 두목이라는 사실이 드러나고 말 텐데, 그러기 전에 리스크가 어느 정도인지 확인할 필요가 있었다.

미리 알아야 막을 것은 막고, 묻을 것은 묻지 않겠는가. 그래서 만나자고 사람을 보냈던 건데 단칼에 거절당하고 말았었다.

일이 생각 외의 방향으로 흘러가기 시작한 것은 거기서부터였다. 갑자기 녀석이 유튜브니 뭐니 하고 인기를 얻기 시작하더니, 이어서 아이들을 화재에서 구해낸 일로 국민 영웅 대접을 받게 되었던 것이다. 황 의원으로서는 마치 청와대로 가는 직행 티켓을 발견한 기분이었다. 그 귀한 티켓이 한순간에 쓰레기통에 처박히게 됐으니, 당연히 손을 내밀어 건져 올릴 수밖에.

즉 딸을 외면했던 것과 손자에게 손을 내민 것은 정확히 같은 이유였다. 내 앞날에 필요한가, 필요하지 않은가. 그때는 필요하지 않았으니 외면했고, 지금은 필요하니 손을 내밀 뿐.

"어디 두고 보게."

확신에 찬 목소리로 황 의원은 껄껄 웃었다.

"어떻게든 녀석을 대통령 손자로 만들어주고 싶어서 온 국민이 안달할 테니까."

♤ ♥ ♧

은하의 부모는 며칠째 마주 앉으면 한숨뿐이었다. 인생지사 새 옹지마라더니, 연을 끊을 정도로 속을 썩이던 막내딸이 이렇게 될 줄이야. 원래 목표는 은하를 교수로 만드는 것이었지만, 지금 이 상황은 그까짓 교수 따위에 비할 게 아니었다.

게다가 은하를 바라보는 황 대표의 눈에서 얼마나 총애가 뚝뚝 떨어지던가. 여태 그토록 자랑스러워했던 의사인 큰딸과 검사인 아들도 은하 앞에서는 빛을 잃었다. 여당 대표와 사돈, 잘하면 장차 대통령과 사돈! 상상만 해도 희열에 몸이 떨릴 지경이었다. 그런데 정작 은하가 부모 취급조차 안 하니 이를 어쩐단 말인가?

두 사람은 미치고 환장할 지경이 되어 체면 구기는 것도 불사해가며 딸과 사위에게 번갈아 매달리고 있는 중이었다. 큰딸에게 따귀를 날렸을 때도 진심이었다. 어떻게든 막내의 비위를 맞추려고 보약까지 싸짊어지고 갔는데 돕지는 못할망정 거기서 재를 뿌리고 앉았으니 울화통이 터질 수밖에.

충격을 단단히 받은 은영이 며칠째 말 한마디 없는데도 부부는 온통 막내딸 생각뿐이었다.

"은하 그것이 얼마나 상처가 컸으면 저럴까요?"

어머니가 눈물을 글썽이자 아버지가 한숨을 지었다.

"다 우리가 잘못한 탓이지, 어쩌겠어."

놀랍게도 이들은 나름대로 진심이었다. 그토록 찬밥 취급하던 막내딸을 한순간에 세상에 둘도 없는 애틋한 딸인 양 대하면서도, 그 진짜 이유는 깨닫지 못하고 있었다. 스스로도 자신을 속이고 있다고 할까.

"다 저 잘되라고 그런 거지, 어디 미워서 그랬겠어요?"

"그러게 말이야. 은하 녀석도 자식을 낳아보면 부모 심정을 알 텐데."

서로 맞장구를 쳐가며 열심히 자기 합리화 중이었다. 어디까지나 자식을 향한 부모의 애틋한 마음일 뿐, 결코 사심 따위는 없는 것처럼.

"안 되겠어요. 대표님께 찾아가서 어떻게 중재를 좀 해주십사 부탁을…."

어머니가 거기까지 말했을 때, 마침 전화가 울렸다.

"여보세요, 은하니?"

전화를 받는 어머니의 목소리가 떨렸다.

"바쁘실 테니 용건만 말씀드릴게요."

"아유, 바쁘긴 뭘. 하나도 안 바빠. 그래, 무슨 일이니?"

"저희 다음 달 안에 결혼식을 올릴 예정이에요."

영 내키지 않는 듯 은하는 빠르게 말했다.

"괜찮으시면 엄마랑 아빠도 참석해주세요."

♠ ♥ ♣

유명 한정식집의 별채. 정갈하게 차려진 상을 가운데 두고 황찬규 대표와 은하의 부모가 마주하고, 그 옆에는 단정하게 차려입은 지환과 은하가 각각 앉아 있었다. 바로 상견례 자리였다.

"서 서방, 그새 얼굴이 많이 좋아졌네. 보약은 잘 챙겨 먹고 있나?"

은하의 어머니가 묻자 지환이 공손하게 대답했다.

"예, 어머님. 감사합니다."

은하의 부모님은 입꼬리가 귀에 걸려 있었다. 은하에게 결혼식 참석을 허락받고 나자 이번에는 황 대표가 직접 정식으로 제안해 온 것이었다. 이미 잘 아는 사이지만, 그래도 사돈끼리 따로 식사 한 번은 해야 하지 않겠느냐고. 그렇게 마련된 상견례 자리였다.

모임 때마다 기껏해야 말석에나 겨우 앉던 초선 의원이 당 대표와 당당히 마주 앉게 되다니. 이 영광된 자리에 참석할 기회를 놓칠 수 없었다. 저쪽 집안에서는 달랑 황 대표 혼자 나왔지만, 이쪽은 은하의 부모뿐 아니라 언니 오빠까지 온 가족이 총출동했다.

"이 애는 저희 큰딸입니다. 한국대 의대를 졸업하고, 지금은 한국대병원에서 소아과 펠로우로 있습니다."

"대학 동기하고 곧 결혼 예정이랍니다."

"처음 뵙겠습니다, 대표님. 고은영입니다."

황 대표가 웃으며 대답했다.

"어이쿠, 축하드립니다. 결혼식 때는 꼭 저도 초대해주십시오."

은하의 부모는 황송해서 어쩔 줄 모르고, 언니도 기쁨을 감추지 못했다. 여당 대표가 결혼식에 참석한다면 시부모님에게도 얼마나 면이 서겠는가?

"이쪽은 저희 둘째 아들놈입니다. 중앙지검에 있습니다."

"안녕하십니까. 고세훈입니다."

"장래가 촉망되는 인재라고 내 익히 들었습니다. 자제분들을 하나같이 훌륭하게 키워내셔서 부럽기 그지없습니다, 허허."

덕담을 하던 황 의원이 문득 웃음을 거뒀다.

"그런데 한 해에 경사를 두 번 치르면 한쪽은 흉하다고 하는 말이 있지 않습니까. 설마하니 사돈처녀도 올해 안에 출가를 시키실 생각은 아니겠지요?"

은하의 부모는 얼굴이 굳어졌다. 은영은 12월에 결혼 예정이었으니까. 순서로 따지면 오히려 은하보다도 은영이 먼저 결혼 날짜를 잡은 거였다. 잠시 침묵이 흐른 끝에 아버지가 입을 열었다.

"여부가 있겠습니까. 은영이 혼사야 당연히 내년에 치러야지요. 그렇지, 여보?"

"아유, 그럼요. 당연히 그래야지요."

어머니도 금세 장단을 맞췄지만 정작 당사자는 금시초문인 모양이었다. 은영은 하얗게 질린 얼굴로 더듬거리며 입을 열었다.

"엄마, 무슨 말씀을 하시는 거예요. 저희 벌써 결혼식장 계약까지 다…."

즉시 부모가 쌍으로 눈을 부라렸다. 그야말로 죽일 듯이 살벌한 눈빛에, 은영은 더 말하지 못하고 입술을 깨물었다.

"허허, 그러면 아무 문제 없겠군요. 내가 괜한 걱정을 했습니다."

방금 눈앞에서 벌어진 촌극을 아는지 모르는지 황 대표는 또다시 허허거렸다.

"자, 그럼, 날짜는 언제쯤이 좋겠습니까?"

은하의 부모가 기다렸다는 듯이 한마디씩 했다.

"저희야 빠를수록 좋지요. 하루라도 빨리 사위로 맞아서 내 아들이다, 생각하고 챙겨주고 싶네요."

"이왕이면 날 추워지기 전에 말입니다."

황 대표가 고개를 끄덕였다.

"그러면 지금이 10월 중순이니, 11월 중순쯤 하는 걸로 합시다."

그렇게 말하고, 황 대표는 지환과 은하를 번갈아 보았다.

"너희들은 어떠냐?"

은하가 대답했다.

"저희도 원래 그때쯤 하려고 했었어요, 할아버님."

지환도 말했다.

"정해주시는 대로 따르겠습니다."

"좋다, 좋아!"

황 대표가 흡족하게 웃으며 술잔을 들었다.

"우리 손자 녀석과 따님의 미래를 위해서 다 같이 건배 한번 하시지요."

"건배!"

각자의 욕망을 실은 술잔이 허공에서 부딪치며 넘실거렸다.

♤ ♥ ♧

결혼식 날짜를 잡고 나자 일은 급속도로 진행되었다. 황 대표와 은하의 부모는 마치 경쟁이라도 하듯 일을 키웠다.

— 저희는 최대한 하객분들 적게 모시고, 조용히 치르고 싶어요.

은하와 지환이 몇 번이나 말했지만, 전혀 통하지 않았다. 황 대표는 조금이라도 더 결혼식을 시끌벅적하게, 호화롭게 하지 못해 안달이었다.

— 내 딸 결혼식도 못 해줬는데, 손자라도 제대로 해줘야 할 것 아니냐?

그렇게 결정된 결혼식장은 서울 시내에서도 가장 고급이라는 호텔. 꽃값만도 억대에 달하는 무시무시한 비용은 둘째 치고, 경쟁이 워낙 치열해서 1년 전부터 예약을 해도 될까 말까 한다는 곳이었다.

여기서 은하와 지환은 권력의 힘이라는 것을 느꼈다. 세상에 돈으로 안 되는 일이 거의 없지만, 그 돈으로도 안 되는 일을 되게 만드는 것이 바로 권력이었다. 분명 1년 전에 미리 예약해도 힘들다던 곳이 여당 대표의 손자 결혼식이라니까 바로 한 달 전에도 떡하니 잡히지 않는가.

은하의 부모는 또 그들대로 여기저기 청첩을 흩날리느라 바빴다. 웨딩홀 규모는 고려하지 않고, 조금이라도 아는 사람이라면 모두 불렀다. 마음 같아서는 온 국민을 다 부르고 싶은 심정이었다. 자, 두 눈 뜨고 똑똑히 봐라. 우리가 어떤 집안이랑 사돈을 맺는지!

한편 덩어리들은 조금씩 외로움을 느끼고 있었다. 은하는 부모님과 화해하고, 지환도 진짜 가족을 찾았으니까 이제 저희는 뒷전이 되겠거니 싶었던 것이다. 실제로도 그런 기미가 슬슬 보이고 있었다.

　덩어리들은 결혼 선물로 한참 공을 들여서 드디어 신혼집 인테리어를 완성했다. 원래는 은하와 지환이 무척 궁금해했지만, 첫날밤까지는 절대 비밀이라며 안 보여주고 있었는데, 이제는 두 사람쪽에서도 별로 관심이 없어 보였다. 결혼 준비를 위해 툭하면 양가에 불려 다니느라 바빠서 신경도 못 쓰고 있는 눈치였다.

　은하야 원래 부잣집 따님이었고, 큰형님은 더 대단한 집안 손자가 되었으니…. 한 지붕 아래 살면서 함께 웃고 울었던 두 사람이 새삼 그렇게 멀게 느껴질 수가 없었다.

　"잘된 거지, 뭘. 언제까지 우리 같은 놈들하고만 엮여야겠냐?"

　동생들을 다독이면서도 일영 역시 쓸쓸한 표정을 감추지 못했다.

　"어쨌든 그날은 정말 울지 말자."

　이런 동생들을 지환이 오랜만에 불러 모은 것은, 결혼식 사흘 전의 일이었다. 덩어리들은 침울한 마음을 감추고, 큰형님 앞에서는 애써 밝은 척 떠들었다.

　"큰형님, 저희 일영이 형님 결혼식 때 입었던 옷 말입니다. 이번에도 그거 입어도 괜찮을까요?"

　"그때처럼 축하 공연도 할까 하는데 어떻게 생각하십니까, 형님?"

　지환이 왠지 어두운 표정으로 입을 다물고 있어서 덩어리들은 슬슬 눈치를 보았다.

"높은 분들도 많이 오실 텐데 아무래도 너무 튀는 건 좀 그렇죠?"

"그럼 평범한 검정 양복으로 입겠습니다, 형님."

"축하 공연도 그냥 하지 말까요?"

그래도 역시 지환은 한참 침묵을 지키고 있었다.

"우리 결혼식 말이다."

덩어리들이 조마조마해하는 가운데 겨우 지환이 힘들게 입을 열었다.

"…너희들은 거기 오지 말아줬으면 좋겠다."

♤ ♥ ♧

결혼식 전날, 은하는 마지막으로 폐백과 이바지 준비를 체크하기 위해 친정에 들렀다. 떡과 고기, 해산물과 생선 등 어마어마한 양의 음식들이 이미 정갈하게 대바구니에 담겨 주방 가득 준비되어 있었다.

"이바지 명인까지 모셔다가 만든 거란다. 어때, 마음에 드니?"

"준비하느라 네 엄마가 고생을 많이 했다."

부모님의 생색에 은하는 떨떠름하게 말했다.

"이러실 필요까진 없었는데요."

"무슨 소리니? 우리 딸 시댁에서 귀여움 받으라고 친정엄마가 이 정돈 할 수 있는 거지."

그래도 여전히 밝지 못한 딸의 표정에 은하의 부모님은 생각했다.

'우리를 결혼식에 오게는 했지만, 아직도 앙금이 다 사라진 것은 아니로구나.'

먼저 아버지가 입을 뗐다.

"너 키우면서 우리가 나름대로는 최선을 다한다고 했다마는, 한편으로 서운케 한 일도 많았으리라 생각한다. 미안하다."

"차라리 처음부터 싹이 안 보이는 애였으면 모를까, 네가 어릴 때부터 너무 똑똑했잖니. 그러다 보니 욕심이 너무 커서 그만 널 힘들게 했던 것 같아."

지금껏 부모님은 은하에게 단 한 번도 미안하다고 말한 적이 없었다. 찾아가서 빌었던 것도 지환에게 했던 것이지, 은하에게가 아니었다. 한마디로, 지금의 이 말들이 은하가 태어나서 처음으로 부모에게 듣는 사과였다.

"용서해주겠니?"

그제야 은하는 조금 웃었다.

"이미 용서해드렸어요, 저는."

목소리는 어딘가 홀가분하게 느껴졌다.

"저를 낳아주시고 키워주신 분들인데, 언제까지 지난 일만 곱씹으면서 살 순 없잖아요."

은하의 부모님은 가슴 깊이 안도하고 또 감동했다.

"너 서운하게 한 거, 앞으로 살면서 다 갚도록 하마."

"서 서방한테도 우리가 잘할게."

이렇게 착한 막내딸을 어떻게 구박할 수가 있었을까. 그들은 진심으로 과거가 후회스러웠다.

"엄마, 아빠. 여태껏 키워주셔서 고맙습니다."

다행히도 착한 딸은 순순히 고개를 끄덕이고, 심지어 고맙다는 말까지 했다.

"그저 늘 건강하게, 오래오래 사셔야 해요."

♠ ♥ ♣

은하가 친정에 가 있는 동안, 지환은 할아버지를 찾아뵙고 다음 날의 예정에 대해 말씀드리고 있었다.

"내일은 아침 10시까지 메이크업을 마치고 숍에서 결혼식장으로 이동할 겁니다. 결혼식 시작 한 시간 전까지 도착할 수 있을 것 같습니다."

"오, 그래. 내가 그쪽으로 보좌관 한 명을 보낼 테니 필요한 게 있으면 시키도록 해라."

"아닙니다. 저도 비서가 있으니 괜찮습니다."

지환은 극구 사양했다.

"그럼 내일 뵙겠습니다, 할아버지."

인사를 하고 소파에서 일어나는 순간 뭔가가 바닥에 툭 떨어졌다. 지환이 당황해서 얼른 주워 도로 주머니에 넣었지만, 이미 할아버지의 날카로운 눈에 들키고 난 후였다.

"잠깐만."

황급히 나가려는 손자를, 황 의원이 굳은 얼굴로 불러 세웠다.

♠ ♥ ♣

화창한 어느 가을날의 주말. 식을 한 시간여 앞두고 결혼식장은 벌써부터 하객들로 붐비고 있었다. 여당 대표 집안의 혼사가 아닌

가. 명색은 남의 눈이 저어된다면서 극히 소수에게만 청첩장을 돌렸지만, 실제로는 청와대 고위 인사들은 물론이고 여당 소속 국회의원들, 심지어 각부 장관까지 총출동해 있었다. 이 자리에서 곧바로 당·정·청 협의회를 열어도 되겠다는 농담이 나올 정도였다.

넓은 홀 한쪽에는 셀 수 없이 많은 화환들이 줄지어 놓이고, 그 가운데에서도 현 대통령의 이름이 박힌 화환이 시선을 모았다. 초대받지 못한 손님들에 기자들까지 오는 바람에 넓디넓은 홀이 미어터질 정도로 북적였다.

어디서나 그렇듯 이 결혼식장에서도 계급이 나뉘었다. 결혼식이 진행되는 메인 홀에는 가족들을 비롯해 엄선된 고관대작들만 앉을 예정. 그 외의 먼 친척들이나 당직자들, 혹은 상대적으로 지위가 떨어지는 하객들은 그 바깥에 있는 홀에 앉아 대형 스크린으로 결혼식 생중계를 보게 되어 있었다.

축의금 부스 앞에 기나긴 줄이 생기는 사이, 양가 혼주들은 각자 밀려드는 손님을 맞이하느라 여념이 없었다.

"허허, 김 장관, 오랜만입니다. 와주셔서 고맙습니다."

"이 수석님께서 제 딸 결혼식까지 와주시다니, 대단히 영광입니다."

"아이고, 박 회장님 오셨습니까!"

얼마나 정신이 없는지, 정작 결혼식 시작 30분 전이 되도록 신랑과 신부가 도착하지 않는데도 미처 깨닫지 못할 정도였다. 결국은 호텔 측에서 먼저 신랑 신부가 아직 오지 않았다고 귀띔을 했고, 지환에게 연락을 취해본 보좌관이 와서 보고했다.

"이쪽으로 향하고 있는 중이랍니다. 차가 너무 막혀서 시작 시간에야 아슬아슬하게 도착할 것 같다고 합니다."

그러려니, 하고 생각하고 혼주들은 또다시 손님맞이에 열중했다. 그 손님들 중에 정작 신랑과 신부의 친구들은 단 한 명도 보이지 않는데도 불구하고 아랑곳하지 않았다. 그도 그럴 것이, 사실 오늘 중요한 건 인맥 관리와 세 과시이지, 신랑 신부 따위가 아닌 것이다.

황 대표와 은하의 부모님이 겨우 이상한 낌새를 알아챈 것은, 결혼식 시작 5분 전의 일이었다.

"아직도 도착하지 않았습니다."

보좌관이 초조한 얼굴로 말했다. 아니, 5분 후면 결혼식이 시작하는데, 여태 신랑 신부가 도착하지 않았다니 이게 무슨 일인가. 당황해서 어쩔 줄 모르고 있는 그때, 어디선가 은하의 목소리가 들려왔다.

– 안녕하세요, 하객 여러분.

놀라서 돌아보니, 홀 외부에 결혼식 생중계를 위해 설치된 대형 스크린에 두 사람의 얼굴이 나란히 비치고 있었다. 새하얀 웨딩드레스를 입은 은하와 검은 양복 차림의 지환이었다. 삽시간에 북적이던 주위가 조용해지고, 시선이 스크린으로 집중되었다.

– 저는 오늘의 신부 고은하입니다.

‒ 신랑 서지환입니다.

하객들 대부분이 두 사람을 알아보았다. 특히 지환은 남다른 체격 탓도 있어서 거의 모든 사람들이 한눈에 알아보았다. 그야 온 나라를 뒤집어놓다시피 한 사건의 주인공이니까. 동료 의원들이나 고위직들은 미리 소문을 들어 대강 알고 있었지만, 신랑이 바로 그 서지환이라는 걸 그제야 알고 놀라는 사람들 쪽이 훨씬 많았다.

"아니, 그럼, 황찬규 대표의 손자 서지환이란 게 저 서지환이었단 말이야?"

그 와중에 계산 빠른 사람들은 멀리 앞일까지 생각해냈다. 될 놈은 된다더니, 가장 유력한 대선주자에게 이런 대형 호재까지 더해질 줄이야.

'청와대의 다음 주인이 정해졌군.'

스크린 속에서 은하가 이어 말했다.

‒ 저희는 지금 결혼식장 앞에 도착해 있습니다.

한복을 차려입은 은하의 어머니가 그제야 안도의 한숨을 내쉬었다.

"깜짝 이벤트인가 봐요."

"그러게 말이야. 거 누가 유튜버 아니랄까 봐 이런 날까지."

황 대표도 주위 손님들을 돌아보며 껄껄 웃었다.

"보셨소? 요즘 젊은이들이 이렇게 재기발랄합니다, 허허."

그러나 이어서 들려온 말에, 황 대표는 웃던 표정 그대로 굳어 버렸다.

— 하객 여러분께 정말 죄송한 말씀을 드리려 합니다.
— 저희는 오늘 결혼하지만, 결혼식장은 여러분이 계시는 그곳이 아 닙니다.

방금까지 와자지껄했던 주위가 삽시간에 찬물을 끼얹은 듯 조용해졌다. 아니, 결혼식장에 신랑 신부가 안 온다니 이게 무슨 소리야?

— 하객 여러분께는 대단히 죄송합니다. 하지만 많은 분들께서 지켜 보시는 가운데 꼭 드려야 할 말씀이 있어 이런 식으로 인사드리게 되었습니다.

지환이 심호흡을 하고 말했다.

— 저희는 오늘 이 시각 이후로, 각자 가족과의 인연을 완전히 끊습니다.

은하의 어머니가 바닥에 털썩 주저앉고, 그 옆에서 은하의 아버 지가 허탈한 얼굴로 스크린을 바라보았다. 황 의원이 핏발 선 눈 으로 화면 속의 두 사람을 노려보며 이를 악물었다.

"이놈들이…!"

♤ ♥ ♧

"장인어른하고 장모님도 우리 결혼식에 같이 모시자."

지환의 말에 은하는 제 귀를 의심했다.

"네가 그랬었지? 사람은 얼마든지 변할 수 있다고."

"오빠, 하지만 이건…."

더듬거리는 은하의 귓가에, 지환이 입술을 가져가서 속삭였다.

"…그런데 역시 변하지 않는 것도 있더라."

씁쓸한 웃음과 함께 그는 중얼거렸다.

"할아버지, 역시 순수한 의도는 아니신 것 같아."

"뭐?"

은하는 놀라서 그의 얼굴을 쳐다보았다. 지환은 그날 낮에 있었던 일의 뒷이야기를 해주었다.

"할아버지는 진심으로 후회한다, 미안하다고 하시는데 나는 아무래도 이상하더라고. 하필 내가 어머니 산소에 간 그 시각에 마침 할아버지도 와 계셨던 게 과연 우연일까, 하는 생각이 자꾸 드는 거야."

"우연이 아니면 뭔데?"

"아무래도 찜찜해서 서울로 올라오는 길에 흥신소에 들렀어."

전직이 전직이니만큼 지환은 그런 일을 하는 사람들도 많이 알고 있었다. 은하가 태현에게 납치됐을 때도 추적하는 데 흥신소가 큰 역할을 했었다.

"체크해봤더니 내 차에 위치추적기가 달려 있었더라고."

"위치추적기?"

"그래. 그걸로 내가 어머니 산소에 가는 걸 미리 알고 앞질러 와 계셨던 거야."

은하는 한참 입을 다물지 못했다.

"말도 안 돼…!"

설마 할아버님이 그러셨을 리가. 부정하고 싶었지만, 문득 생각나는 게 있었다.

— 내 얼굴이야 끝내 보지 않겠다 해도 어쩔 수 없다마는, 그래도 제 어미 산소에는 한번 가봐야 하지 않겠느냐?

황 의원은 은하에게 지환의 어머니 산소가 위치한 주소를 건네주며 신신당부했었다.

— 지환이가 정 싫다고 하거든 네가 억지로라도 꼭 데리고 가야 한다.

어른으로서는 당연한 말씀이다 싶으면서도, 한편으로 위화감을 느꼈었다. 낳아줬다고 다 부모는 아니라면서, 은하의 부모님에 대해서는 그토록 유연한 사고를 보여주셨던 분이 왜 이 문제에만큼은 이처럼 완고하게 나오시는 걸까.

그 위치추적기가 황 의원의 지시로 설치된 거라면 모든 것이 이해가 갔다. 황 의원은 처음부터 우연을 가장해 산소에서 지환과 마주칠 생각이었던 것이다.

"그만큼 오빠랑 화해하고 싶으셨던 거 아니야?"

말하면서도 은하의 목소리에는 자신이 없었다. 세상에 어떤 할아버지가 단순히 손자와 화해하고 싶어서 위치추적기까지 설치해가며 계략을 꾸밀까. 뭔가 다른 이유가 있을 거라고밖에 생각할 수가 없었다. 반드시 지환과 화해를 해야만 하는, 절실한 이유가…!

은하가 문득 오싹한 것을 느끼고 몸서리를 치는 순간.

"차기 대선주자라고 했지, 할아버지가."

방금 은하가 떠올린 그것이 지환의 입에서 정확히 흘러나왔다.

"내가 손자라는 게 알려지면 선거에 도움이 되지 않을까?"

"아니야."

은하는 고개를 저으며 중얼거렸다.

"그럴 리가 없어. 어떻게 사람이 그럴 수가…."

세상에 어떻게 그런 잔인한 일이 있을 수가 있을까. 부모 양쪽에게 다 학대를 당했던 사람이다. 겨우 찾은 외할아버지마저 이러면 안 되는 것 아닌가. 적어도 사람이라면!

"…용서 못 해."

이를 악무는 은하의 어깨에 지환이 손을 얹었다.

"난 괜찮아, 은하야."

오히려 위로하려 드는 지환의 손을 뿌리치며 은하는 외쳤다.

"제발 그 괜찮다는 말 좀 안 하면 안 돼?"

이 사람은 어릴 때부터 늘 이랬다. 아파도, 힘들어도 자기는 괜찮다면서…!

"괜찮을 리가 없잖아."

눈물이 왈칵 쏟아졌다.

"나는 그것도 모르고 오빠한테 빨리 할아버님 만나라고, 만나서 화해하라고…!"

할아버지란 사람은 손자를 이용할 생각뿐이었는데. 감쪽같이 속아 넘어가서 황 의원의 편을 들어 지환을 졸랐던 자신이 한없이 바보같이 느껴졌다. 분하고 미안해서 어쩔 줄 모르는 은하를 지환이 진정시키듯 가만히 끌어안았다.

"진짜 괜찮은데, 나는."

놀랍게도 그의 목소리에는 잔잔한 웃음기까지 배어 있었다.

"말했잖아, 나는 너만 있으면 된다고."

은하의 등을 토닥거리며 지환은 다정하게 말했다.

"게다가 난 처음부터 기대도 안 했거든."

이건 위로하려고 하는 말이 아니라 사실이었다.

기본적으로 은하는 사람을 믿고 세상을 고운 눈으로 바라본다. 그게 그녀의 장점이자 가장 큰 힘이기도 하지만, 지환은 아무래도 은하처럼은 되지 않았다. 상류층 가정에서 나쁜 것이라고는 하나도 모르고 자라온 은하와, 사회의 가장 밑바닥을 전전하며 별의별 악한 것들을 다 보아온 자신은 다를 수밖에 없었다.

어머니 생전에 돌아보지도 않았던 분이 갑자기 나타나서 간이든 쓸개든 다 빼줄 듯이 하는데, 당연히 뭔가 있겠구나 싶었다. 그래서 차에서 위치추적기가 나왔을 때도 별로 충격받지 않았다.

"그럼 그렇지, 하고 생각했을 뿐이야."

지환의 넓은 품에 기대서 한참 울고 나서야 은하는 겨우 마음을 진정시켰다.

"이제 어떻게 할 거야?"

지환은 아까 처음에 했던 말을 똑같이 되풀이했다.

"결혼식에 모셔야지. 할아버지도, 장인어른하고 장모님도."

이번에는 은하도 말뜻을 제대로 알아들었다.

"좋아."

울어서 빨갛게 된 은하의 눈에 한순간 차가운 것이 어렸다.

"그날, 그 자리에서 모든 걸 끝내버리자."

♤ ♥ ♧

"우리 결혼식 말이다."

덩어리들이 조마조마해하는 가운데, 겨우 지환이 힘들게 입을 열었다.

"…너희들은 거기 오지 말아줬으면 좋겠다."

덩어리들은 순간적으로 표정 관리를 할 수가 없었다. 높으신 분들이 수두룩하게 오실 테니 우리 같은 놈들이 어울릴 만한 자리가 아니긴 하다. 하지만 설마하니 큰형님께서 대놓고 오지 말라고 하실 줄은 몰랐다. 모두들 시뻘게진 얼굴로 한참 바닥만 쳐다보다가, 일영이 힘겹게 입을 열었다.

"큰형님께서 정 곤란하시다면…."

그러나 일영이 채 말을 끝맺기도 전에 지환이 말을 가로챘다.

"나도 안 갈 생각이거든. 물론 은하도."

"예?"

덩어리들은 잠시 무슨 얘긴지 알 수가 없었다. 신랑 신부가 자기들 결혼식에 안 간다니?

"그날, 결혼식 두 건이 동시에 진행될 거다."

지환은 침착하게 설명했다. 설명을 다 듣고 난 덩어리들은 안도한 나머지 울먹였다.

"저희는 또, 저희가 창피해서 오지 말라고 하시는 줄 알고…."

"이제 큰형님께서도 진짜 가족을 찾으셨으니까 저희는 필요 없으신가 싶어서…."

그동안 몰래 마음고생을 했던 서러움이 한꺼번에 터지고 말았다. 눈물을 글썽이는 덩어리들을, 큰형님께서는 나직이 꾸짖으셨다.

"멍청한 놈들. 내 진짜 가족은 은하하고 너희들인데 무슨 헛소리냐?"

그러는 큰형님께서는 왜 갑자기 멀쩡한 천장은 올려다보시는지 모를 일이었다.

"하여튼 바쁘겠지만 결혼식 준비를 좀 부탁한다."

한참 후에야 지환은 지시했다. 결혼식은 사흘 후. 일영이 주먹으로 눈물을 훔치며 대표로 대답했다.

"맡겨만 주십쇼, 형님!"

♤ ♥ ♧

결혼식 전날. 지환의 주머니에서 떨어진 것은 흰 가루가 든 작은 비닐봉지였다. 당황하는 지환을, 황 의원이 굳은 얼굴로 다그쳤다.

"대체 어떻게 된 거냐?"

"죄송합니다. 억울하게 감옥살이를 하고 나니 마음이 너무 괴로워서 그만….”

보좌관이라도 볼세라 황 의원은 한껏 목소리를 낮추어 꾸짖었다.

“누가 알기 전에 당장 끊도록 해!”

“죄송합니다.”

“혹시 수사라도 들어올 낌새가 보이거든 제일 먼저 내게 말하고. 그래야 수습을 할 시간이 생긴다. 알겠느냐?”

“예, 할아버지.”

몇 번이나 다짐한 끝에 지환은 겨우 황 의원의 저택을 나올 수 있었다. 집에 도착하자 친정에 갔던 은하가 먼저 돌아와 있었다.

“부모님은? 뵙고 왔어?”

“응. 태어나서 엄마 아빠한테 처음으로 들었네, 미안하다는 말.”

은하는 쓸쓸히 웃었다.

“이미 다 용서했다고 말씀드렸어. 이젠 정말 지난 일은 생각하지 않으려고.”

그런다고 변하는 건 없지만, 사과를 받고 용서한다고 말하고 나니 한층 마음이 홀가분해졌다. 빚진 것도, 미워할 것도 없이 깔끔하게 정리가 된 것 같은 느낌이었다.

“오빠는 어떻게 됐어?”

지환은 주머니에서 설탕이 든 봉지를 꺼내 테이블에 툭 던지며 쓸쓸하게 대꾸했다.

“생각했던 대로야.”

할아버지가 자신을 선거에 이용할 작정이라는 걸 다시 한번 확인해야 했다. 위치추적기 말고 다른 방법으로 말이다. 아까 있었던 일은 정말로 마지막 시험이었다. 은하는 이미 제 부모의 밑바닥까지 보았기 때문에 더 확인할 것도 없었지만 지환은 달랐다. 선거에 이용하려는 의도는 확실히 알았지만, 그와는 별개로 조금이라도 자신에게 할아버지로서 애정을 품고 있는지 확인하고 싶었다. 조금이라도, 아주 조금이라도 자신을 손자로서 아끼는 마음이 있다면, 최소한 내일 당할 망신은 피하게 해드리고 싶었다.

결과는 씁쓸했다. 보통 할아버지라면 손자가 마약을 한다는 걸 알게 됐을 때 어떻게 할까. 가장 먼저 몸과 정신 상태를 살피고, 강제로라도 병원에 입원시켜 끊게 만드는 게 정상일 터다. 하지만 황 의원은 손자의 건강이나 정신 상태 따위는 안중에도 없었고, 어떤 조치도 하려 들지 않았다. 관심사는 오로지 누가 알면 어쩌나 하는 것과 알려진 후의 수습 문제뿐.

"그러니까 죄송할 것도 없어."

마지막 한 점 망설임마저 떨쳐버리고, 지환은 후련한 마음으로 웃었다. 하객들에게도 별로 미안한 마음은 들지 않았다. 어차피 목적은 우리를 보러 오는 게 아니지 않은가. 부모님과 할아버지 때문에 온 사람들은 그분들에게 눈도장 찍으면 되는 거고, 우리는 우리의 결혼식을 하는 것이다. 진심으로 축하해줄 사람들이 보는 앞에서.

내일이면 부부가 될 두 사람은 손을 꼭 맞잡고 아침을 기다렸다.

♤ ♥ ♧

— 저희는 오늘 이 시각 이후로, 각자 가족과의 인연을 완전히 끊습니다.

지환의 말에 이어, 은하도 말했다.

– 앞으로 저희는 황찬규 의원의 손자도, 고민석 의원의 딸도 아니라
는 것을 여러분 앞에서 확실히 하고자 합니다.

황 의원은 이를 갈았다. 수백, 아니 수천에 달하는 하객들 앞에
서 이런 짓을 벌이다니.
"평생 감옥에서 썩을 놈을 건져냈더니…!"
이 자리에 모인 하객들 가운데는 겉으론 웃으며 악수하지만, 속
으론 상대가 고꾸라지기만 빌고 있는 정적도 수두룩했다. 등 뒤에
서 그들이 비웃는 소리가 들려오는 것 같았다.
'닭 쫓던 개 지붕 쳐다보는 꼴이군!'
황 의원은 분노에 몸이 부들부들 떨리는 것을 주체할 수 없었
다. 그에게 지환은 손자가 아니라 단순한 도구일 뿐이었다. 애초
쓰레기통에서 건져낸 것이었는데, 쓸모가 없어졌다면 도로 쓰레
기통에 처박아줄 수밖에. 이 배은망덕한 놈을 어떻게 도로 쓰레기
통으로 보내줄까. 황 의원은 이를 갈았다. 제일 먼저 떠오른 것은
어제 녀석이 가지고 있던 마약이었다.
'좋아. 당장 경찰을 불러, 놈을 결혼식장에서 체포하게 만들어
야…!'
거기까지 생각했을 때 보좌관이 헐레벌떡 달려와서 상자를 내
밀었다.
"의원님, 방금 퀵으로 도착한 겁니다."

보자기에 싸인 상자가 눈에 익었다. 바로 자신이 은하에게 사준 패물 상자였다. 열어보자 역시나 금비녀와 금가락지가 들어 있었지만, 내용물은 그것뿐만이 아니었다. 어제 보았던 흰 가루가 든 비닐봉투, 그리고 소형 녹음기와 함께 메모가 들어 있었다.

— 설탕입니다. 차에 넣어 드십시오.

설탕? 뭔가 잘못됐다는 것을 느끼며 황 의원은 계속해서 메모를 읽었다.

— 제 누명을 벗겨주신 보답으로 드리는 것이니 마음의 빚은 갖지 않
으셔도 좋습니다.

마음의 빚. 어디서 많이 들었던 말이라 생각하며 황 의원은 떨리는 손끝으로 녹음기의 재생 버튼을 눌렀다. 흘러나온 것은 다름 아닌 자신의 목소리였다.
— 적당한 기회에 녀석이 내 손자라는 걸 흘리고, 그 후에 내가 대선에 나가게 되면 드디어 국민들은 그 마음의 빚을 갚을 기회가 생기는 것이지.
황 의원의 얼굴이 흙빛으로 변했다.
— 어디 두고 보게.
녹음기에서 자신의 웃음소리가 흘러나왔다.
— 어떻게든 녀석을 대통령 손자로 만들어주고 싶어서 온 국민

이 안달할 테니까.

누가 들을세라 황급히 정지 버튼을 누르며 황 의원은 깨달았다. 이게 밖으로 새어 나가면 자신의 정치생명도 끝날 것임을. 지환이 이 녹음 파일을 쥐고 있는 이상 그가 할 수 있는 것은 아무것도 없었다. 남은 것은 이 많은 사람들 앞에서의 망신을 오롯이 감당하는 것뿐.

'대체 무슨 짓을 했길래 손자가 저렇게 공개적으로 절연을 해?'

넓은 로비가 좁게 느껴질 정도로 가득 들어찬 하객들의 시선이 일제히 쏠렸다. 동료 의원들과 고위 인사들과 수많은 기자들과⋯! 정계에 입문한 지 30여 년. 평생토록 승승장구만 거듭해왔던 정치가의 얼굴이 처음으로 패배감에 처참하게 일그러졌다.

8

큰형님의
신혼 생활

지환과 덩어리들은 골드 버튼 기념 파티를 하던 날 그 자리에서 검거되었다. 즉 구독자 백만을 찍었을 무렵부터 지금까지 쭉 쉬고 있었다는 뜻. 몇 달 동안이나 업데이트가 전혀 없었는데도 구독자는 줄기는커녕 오히려 빠른 속도로 늘어서, 어느덧 백오십만을 돌파해 있었다. 그만큼 많은 사람들이 〈미니와 커다란 친구들〉을 기다리고 있었다. 이제나 돌아올까, 저제나 돌아올까. 오매불망 업데이트를 기다리던 구독자들에게 별안간 라이브 방송 알림이 도착한 것은, 단풍이 절정에 달한 어느 화창한 일요일 점심나절의 일이었다.

– Live: 큰형님과 미니 언니의 결혼식에 여러분을 초대합니다!

놀란 구독자들이 속속 라이브 채널에 접속했다. 웨딩드레스를 입은 미니 언니가 테이블 앞에 앉아서 방긋 웃으며 두 손을 흔들었다.

– 안녕 친구들! 미니 언니예요.

마치 예전 〈미니와 친구들〉 시절로 돌아간 것 같은 콘셉트였다.

– 오늘은 미니 언니가 우리 친구들에게 재미있는 이야기를 해주려고 해요.

미니 언니의 양손에는 귀여운 소녀와 소년 인형이 들려 있었다.

– 옛날 어느 곳에, 열 살짜리 여자아이와, 그보다 세 살 위의 남자아이가 살고 있었답니다.

시청자들은 금세 눈치를 챘다. 그간 〈미니와 커다란 친구들〉을 보면서 큰형님과 미니 언니가 연인 사이라는 건 알고 있었지만, 언제 어디서 어떻게 만나 사귀게 된 건지에 대해서는 알 길이 없었는데. 바로 그 얘기를 지금 하는 것이다.

– 운동도 잘하고, 공부도 잘하고, 피아노도 잘 치고. 여자아이의 눈에 오빠는 꼭 왕자님 같았어요.

여름에도 가끔 긴팔옷을 입었던 오빠, 그 소맷자락 안으로 들여다보이던 매 자국. 자기가 맞을 걸 뻔히 알면서도 여자아이를 감싸주었던 다정한 오빠. 어느덧 시청자들은 이야기에 푹 빠져들었다.

- 그러던 어느 날, 둘은 숨바꼭질을 하다가 나쁜 아저씨들을 만나고 말았답니다.

오빠가 여자아이를 지켜주려다 그만 잡혀가버렸다. 마치 영화 같은 얘기였지만, 미니 언니의 떨리는 목소리가 실제로 있었던 일이라는 것을 말해주고 있었다.

- 그날 이후로 오빠는 거짓말처럼 사라져버렸어요. 여자아이는 오빠를 찾고, 찾고, 또 찾아 헤맸지만, 어디에서도 찾을 수가 없었어요.

카메라를 바라보는 미니 언니의 눈에 눈물이 어렸다.

- 꼭 살아 있을 거라고, 어디선가 잘 살고 있을 거라고, 그렇게 믿으면서 여자아이는 계속 오빠를 기다렸어요. 그러다 초등학교를 졸업하고, 중학교를 졸업하고, 또 고등학교, 대학교, 대학원까지….

짧은 몇 마디에 함축된 기나긴 그리움과 막막함이 생생하게 전해져서 시청자들도 어느덧 눈물을 글썽였다. 하지만 금세 미니 언니는 눈물 어린 눈으로 방긋 웃어 보이고, 테이블 밑으로 손을 넣어 다른 인형 두 개를 꺼내 들었다. 이번에는 각각 양복과 원피스를 입은 어른 인형이었다.

— 여자아이가 오빠를 다시 만난 건 17년 만인 지난해 가을이었어요.

양복을 입은 남자 인형의 뺨에는 살짝 금이 그어져 있었다.

— 이제 어느덧 아이에서 여자가 된 그녀는, 마찬가지로 남자가 된 오빠를 눈앞에 두고도 한참 동안 몰라봤답니다. 너무 많이 달라져 있었거든요. 없었던 흉터가 생기고, 체격이 커지고…. 하지만 그 바보 같은 여자를, 오빠는 그래도 좋아해줬답니다.

얘기가 끝날 때쯤에는 수십만에 달하는 라이브 시청자들이 한마음으로 간절히 바라고 있었다. 부디 두 사람이 영원히 행복하기를. 제발 두 번 다시는 헤어지지 않기를.
다행히도 이야기의 끝은 해피엔딩이었다.

— 그렇게 두 사람은 결혼을 하게 되었답니다.

인형을 테이블 위에 나란히 내려놓고, 미니 언니는 새삼 카메라를 바라보았다.

— 어릴 때 나한테 우리 크면 결혼하자고 했던 거, 오빤 그냥 한 소리

일 거야, 그치? 그때도 그렇게 다정한 사람이었으니까. 하지만 난 그때부터 쭉, 언젠가 오빠의 신부가 될 거라고 믿었어.

시청자들이 아닌, 사랑하는 사람에게 하는 말이었다.

— 오래 기다렸어, 오빠.

자리에서 몸을 일으키는 신부의 손을 신랑이 다가가서 살며시 잡았다. 결혼식의 시작이었다.

♠ ♥ ♣

파랗게 맑은 하늘 아래 선선한 바람이 부는 화창한 날. 단풍이 흐드러진 정원에 잘 차려입은 사람들이 모여 있었다. 하얀 패브릭과 꽃으로 소박하게 장식한 결혼식장은 단풍과 하객들의 즐거운 웃음소리로 넘쳐나서 충분히 아름다웠다.

전국 각지에 있는 공장에서 올라온 직원들. 이제는 오늘내일할 정도로 만삭이 된 미호와 일영, 그리고 덩어리들. 은하의 고등학교와 대학교 친구들. 미미 언니 일행들. 예나. 거기에 유튜브 라이브로 결혼식을 지켜보고 있는 수십만 구독자들까지. 온통 좋아하는 사람들, 사랑하는 사람들에 둘러싸여 결혼식이 시작되었다. 주례사 대신에 편안하고 즐거운 분위기에서 한 사람씩 축하의 말과 함께 신랑 신부에 대한 이야기를 풀어놓았다.

"사모님을 처음 뵌 날부터 이렇게 될 줄 알았지 뭐예요. 어쩌다 그랬는지 두 분이 냉동 창고에 나란히 갇혀 계셨는데, 글쎄 대표님이 자기 옷까지 벗어서 사모님을 꼭 껴안고 있더라니까요?"

이건 경기도 공장에서 일하시는 여사님의 증언.

"그 냉동 창고에 누가 가뒀느냐! 바로 저희 아니겠습니까?"

덩어리들이 마이크를 이어받았다.

"이제 와서 말이지만 저희가 두 분을 연결시키느라 중간에서 얼마나 개고생을 했는지!"

"목숨을 건 프로젝트였습니다."

한마디씩 생색을 내는 가운데 민규 혼자만 다른 주장을 펼쳤다.

"근데 형님들이 둔해서 그렇지, 저는 처음부터 이렇게 될 줄 알고 있었습니다. 왜냐하면 큰형님께서 누님이랑 약속만 있다 하면 옷을 30분씩 고르셨거든요."

덩어리들 중 마지막으로 마이크를 든 것은 일영이었다.

"저는…."

겨우 한 마디하고 일영은 그만 고개를 푹 숙여버렸다.

"우우!"

위로와 격려의 박수가 터져 나오고, 옆에 앉아 있던 미호가 대신 마이크를 들었다.

"저는 그게 기억이 나네요. 원래 저희보다 은하네가 먼저 만났는데, 처음에 은하가 대표님 보고 하는 말이, '완전 조폭이야!' 이러더라고요."

은하는 빨개지고, 사람들은 여기저기서 배꼽을 잡았다.

"근데 말로는 조폭이다, 관심 없다, 이러면서도 연락을 기다리느라 휴대폰을 10초에 한 번씩 쳐다보는 거예요. 그래서 저도 결국은 이렇게 될 거라고 생각했었죠."

말은 조금씩 달랐지만 결국 지인들의 증언은 하나같이 일치했다.

'이렇게 될 줄 알았다!'

마이크는 돌고 돌아서 초등학교 2학년인 예인이에게까지 갔다.

"저도 이렇게 될 줄 알았어요."

아이의 깜찍한 말에 웃음이 터졌다.

"작년에 저희 아빠한테 일이 생겨서, 저희 집에 대표님 삼촌이랑 언니가 같이 왔었거든요. 언니가 먼저 신발을 벗고 마루로 올라오는데, 삼촌이 뒤따라 올라오면서 언니의 신발에 묻은 흙을 자기 옷자락으로 살짝 닦아내는 걸 봤어요."

수줍어하면서도 또박또박 말하는 딸을, 곁에서 아버지가 눈을 가늘게 뜨고 쳐다보았다.

"그래서 삼촌이랑 언니랑 결혼할 거 같았어요."

신기한 일이었다. 그들이 채 시작도 하기 전부터 다른 사람들은 다 알고 있었던 거였다. 서로 마음이 엇갈리는 일도, 우여곡절도, 마음고생도 많았지만.

'결국은 이렇게 될 수밖에 없는 거였구나.'

신랑 신부는 새삼 서로 마주 보며 웃었다.

할 말 있는 사람은 거의 한마디씩 다 한 것 같은 분위기가 되자, 마지막으로 예나에게 시선이 쏠렸다. 원래 은하에게 농담 삼아 '청첩장 보내면 죽여버리겠다'던 예나는, 무슨 생각이었는지 결혼식 이틀 전에 참석하고 싶다고 먼저 연락을 해왔다. 하지만 축하 스피치까지 하게 될 줄은 미처 몰랐던 모양이다.

이 자리에서는 〈미니와 커다란 친구들〉 멤버들을 제외하면 예나가 제일 유명인이었다. 그러니 모두가 예나도 으레 한마디하려니, 하고 기대하고 있었다. 다른 사람들이야 예나가 지환을 좋아했다는 사실을 알 리 없으니까.

"저어…."

갑자기 마이크를 쥐게 되자 베테랑인 예나도 당황한 듯 잠시 아무 말도 하지 못했다.

"예나 씨가 아니었으면 저희는 이렇게 행복한 날을 맞이하지 못했을지도 모릅니다."

그때 지환이 대신 마이크를 받아 들고 조용히 말했다.

"예나 씨에게 많이 고맙고 또 미안합니다."

신랑 신부가 이야기하는 자리가 아닌데도 굳이 한마디하는 지환의 마음을 은하는 이해했다. 예나가 생방송인 뉴스에 나와서 증언한 것 때문에 계속 쉬고 있으니, 조금이라도 복귀에 도움이 되고 싶은 것이다. 즉 지금 고맙다는 말은 예나에게라기보다, 이 결혼식을 보고 있을 수십만 시청자들에게 하는 말이었다.

은하도 질세라 마이크를 이어받았다.

"사실은 미니하고 예나하고 누가 먼저 구독자 이백만 찍나 내기를 했거든요. 친구들, 아무래도 미니 언니가 이길 것 같지 않나요?"

그제야 예나가 발끈해서 마이크를 빼앗았다.

"누구 맘대로?"

금세 프로의 모습으로 돌아간 예나가 카메라를 보며 자신 있게 말했다.

"친구들, 조금만 기다려요. 예나도 곧 새 영상으로 찾아갈게요!"

"와아아!"

예나를 향해 따뜻한 환호와 박수가 쏟아지는 가운데 어디선가 음악이 들려오기 시작했다. 돌아보니 어느새 덩어리들이 한가운데에 걸그룹 대형으로 서 있었다.

덩어리즈!

덩어리들은 지난번 일영의 결혼식 때 입었던 컬러풀한 양복이 아닌 멋진 검은 양복을 제대로 차려입고 있었다. 대신에 이번에는 빨주노초파남보, 각자 다른 색깔의 나비넥타이로 멋을 냈다.

"큰형님과 형수님의 행복을 빌며 열심히 준비했습니다."

전주에 실어서 민규가 마이크에 대고 말했다.

"프리티즈의 〈우리는 지금〉."

"혹시 지금 이 순간이 꿈은 아닐까." ♬

말이 끝나자마자 더없이 청순한 표정이 되어 첫 소절을 소화해 내는 민규를 보고, 금세 하객들은 배꼽을 잡았다.

"푸하하하!"

포복절도하는 사람들 가운데서 은하는 언젠가 여름밤에 했던 것과 같은 생각을 했다.

그래, 오늘만은 부디 꿈이 아니기를.

"꿈이라면 부디 깨지 않기를, 네 손을 잡고 난 기도해." ♪ ♬

이토록 행복한 순간이, 한순간에 꿈처럼 사라지지 않기를. 그런 은하의 마음을 알고 있는 것처럼, 지환은 내내 곁에서 손을 꼭 잡아주었다.

♠ ♥ ♣

결혼식 뒤에는 피로연이 이어졌다. 정원 한쪽 구석에서 셰프들이 맛있는 냄새를 풍기며 요리를 하고, 양복 위 허리에 새하얀 앞치마를 멋들어지게 두른 덩어리들이 직접 테이블 사이를 누비며 서빙을 했다.

"근데 은하야, 신혼여행은 어디로 가?"

"미호네가 몰디브에 갔다 왔는데, 엄청 좋았다고 해서 우리도 거기 가려고. 오늘은 집에서 자고 내일 출발할 거야."

오가는 대화를 건성으로 들으며 예나는 와인 잔을 기울였다. 사실 예나는 오늘 결혼식에 참석할 생각 따위 손톱만큼도 없었다. 별로 두 사람을 미워하거나 질투하는 건 아니지만, 도저히 웃으며 축하까지 할 자신은 없었다.

갑자기 참석하게 된 것은 마음이 바뀌어서가 아니라 회사가 떠밀었기 때문이었다. 은하와 친하게 지냈던 회사 실장님이 결혼식에 초대를 받으면서, 실시간으로 결혼식 중계가 진행될 거라는 얘기를 듣고 대표에게 전달한 게 사달이었다.

— 지금 〈미니와 커다란 친구들〉이 얼마나 대세인지 알잖아, 응? 예나 씨도 가서 얼굴을 비춰야 복귀하는 데 도움이 될 거 아냐!

대표가 들볶는 바람에 울며 겨자 먹기로 오게 된 거였다. 회사와 상의도 없이 멋대로 뉴스에 나가서 사고를 친 죄가 있으니 싫다고도 할 수 없었다.

그런데 정작 와보니 오기를 잘했다는 생각이 들었다. 마지막까지 예나의 마음속에는 희미하게 한 가닥 미련 같은 것이 남아 있었다. 어쩌면 지환의 옆에 서는 게 나일 수도 있지 않았을까, 하는 생각. 하지만 오늘 행복한 두 사람의 모습을 제 눈으로 보고 있자니 그 한 가닥 미련조차도 깨끗이 사라지는 느낌이었다. 아, 진짜 만나야 할 사람들이 만난 거로구나. 심지어 두 사람이 이루어져서 다행이라는 생각까지 들었다.

아까 스피치 때, 은하와 지환이 도와준 것도 물론 눈치채고 있었다. 라이브를 보는 수십만의 사람들 앞에서 자신이 빨리 복귀할 수 있게 편들어줬다는 걸. 이래저래 고맙고 한편으론 후련하기도 했지만, 그렇다고 쓰라린 마음까지 아무렇지 않은 건 아니었다. 사실은 결혼식 내내 몇 번이나 눈물이 나려는 걸, 예나는 꾹 참고 있었다.

집에 가고 싶은데 하필이면 피로연 때 신랑 신부와 같은 테이블이 되어버렸다. 대화가 끊기지를 않으니 일어날 타이밍을 좀처럼 잡을 수가 없었다. 섣불리 일어나서 가겠다고 말했다간 자칫 분위기를 망칠 것 같아서 애꿎은 와인만 홀짝거리고 있는데, 누군가가 다가와서 말을 걸었다.

"죄송하지만 예나 씨, 잠깐 저 좀 도와주시겠습니까?"

바로 민규였다.

"아, 네."

예나는 얼른 자리에서 일어나 민규를 따라갔다. 뭔지는 모르겠지만 뭐든지 간에 여기 앉아 있는 것보다는 나을 것 같다. 정원 구석까지 예나를 데려와서야 민규는 걸음을 멈췄다.

"이제 울어도 괜찮아요."

"네?"

민규는 돌아보지도 않고 대꾸했다.

"울고 싶은데 계속 참고 있는 것 같아서."

놀라는 동시에 눈시울이 확 뜨거워졌다. 그걸 눈치챈 사람이 있었을 줄이야.

"흑…!"

예나가 참았던 눈물을 쏟아내는 동안, 민규는 등을 돌린 채 그 커다란 덩치로 내내 그녀를 가려주고 있었다.

♤ ♥ ♧

손님들이 다 돌아간 후에도 피로연은 밤늦게까지 계속되었다. 작은형님에 이어 큰형님까지 장가를 보내게 된 덩어리들은, 기쁜 마음과 서운함이 섞여서 좀처럼 신랑 신부를 놓아주지 않았다.

은하는 지난 일영의 결혼식 때 이미 한번 취해서 주사를 부린 전적이 있기 때문에 오늘은 최대한 음주를 자제했다. 문제는 이번엔 그만 지환이 취해버린 거였다. 가뜩이나 술도 약한데, 동생들이 자꾸만 권하는 바람에 결국은 버티지 못했다. 지환은 테이블에 이마를 박고 쓰러져버리고, 덩어리들은 자기들끼리 시끌벅적한 동안, 은하와 미호 사이에는 은밀한 이야기가 오갔다.

"있잖아, 미호야, 너희 부부는 첫날밤을 어떻게 보냈어?"

"우린 뭐, 첫날밤이 첫날밤이 아니었으니까. 근데 그건 너희도 마찬가지 아냐?"

"아이, 그러니까 묻는 거지."

은하는 눈을 흘겼다. 사실 이미 할 거 다 한 사이인데도, 아무래
도 첫날밤이라는 이름 때문인지 괜히 긴장이 되어서 참고삼아 묻
는 거였다.

"어땠어? 그냥 평소랑 똑같이 보냈어?"

"음, 굳이 말하자면… 그날은 내가 일영 오빠한테 좋은 거 해줬지."

"좋은 거?"

"너도 해주면 대표님이 엄청 좋아하실걸."

미호가 씩 웃고는 은하의 귓가에 속삭였다.

"어머!"

듣자마자 은하는 금세 목덜미까지 새빨개져버렸다. 소곤거리고
난 미호가 죽은 듯이 쓰러져 있는 지환을 보고 킥킥거렸다.

"근데 대표님 상태 보니까 너희는 좋은 거고 뭐고 그냥 얌전히
잠만 자야겠다."

결국 지환은 덩어리들의 등에 업혀서 신혼집인 별채로 옮겨졌
다. 그동안 덩어리들이 철저히 보안을 지켰기 때문에 인테리어가
마무리된 별채를 보는 것은 오늘이 처음이었지만, 지환이 인사불
성이 되어 있으니 찬찬히 구경할 새도 없었다.

"죄송합니다, 형수님. 저희가 술을 너무 권했나 봅니다."

"첫날밤인데 저희가 생각이 짧았습니다."

큰형님을 침대에 눕혀놓고 덩어리들은 뒤늦게 미안해서 어쩔
줄 몰랐다.

"괜찮아요. 오늘만 날도 아닌데요, 뭐. 다들 피곤할 텐데 어서 가서 자요."

덩어리들을 내보내고 나서, 은하는 지환의 옆에 앉아 가벼운 한숨을 내쉬었다. 사실 살짝 긴장했는데 잘됐다 싶기도 했다.

오늘은 드레스만 갈아입고 나도 푹 자야지. 그렇게 생각하고 몸을 일으키려는 순간.

"어디 가?"

갑자기 등 뒤에서 지환이 끌어안았다. 은하의 허리를 꼭 껴안은 지환이 귓가에 속삭였다.

"…좋은 거 해줘야지."

♤ ♥ ♧

양가 부모에 일가친척, 상류층 인사들까지 모셔놓고 거창하게 치르는 결혼식이 아닌, 그냥 내 집 정원에서 친한 사람들과 함께하는 결혼식. 은하와 지환의 결혼식은 그만큼 즐겁고 편안한 분위기였다. 덥지도 춥지도 않게 딱 알맞은 날씨까지 도와서, 결혼식이 끝나고 나서도 좀처럼 자리를 떠나지 않는 사람이 많았다. 신랑 신부도 무척 고맙게 생각했지만, 역시나 피로연이 너무 길어지자 신랑 쪽은 슬슬 딴생각이 나기 시작했다.

'빨리 단둘이 있고 싶은데.'

해 질 무렵이 되어 마지막 손님들까지 돌아가고 나자 지환은 가슴이 서서히 빠르게 뛰기 시작했다. 드디어 첫날밤인가!

모르는 사람이 보면 할 거 다 한 사이에 새삼 첫날밤이 뭐, 라고 생각할 수 있겠지만 실상은 그렇지 않았다. 이미 몇 번이나 사랑을 나눈 사이지만 절대 할 거 다 하진 못했다 이 말이다. 무엇보다 가장 큰 문제는 둘 사이에 공공연히 이루어지고 있는 불평등이었다.

사실 지환은 아직도 은하의 벗은 몸을 제대로 본 적이 없었다. 은하는 사귀기도 전부터 지환의 몸을 무척 좋아해서, 보는 건 물론이고 틈만 나면 여기저기 만지고 더듬었다. 그러면서 자기 몸은 절대로 안 보여주는 것이다. 꼭 불을 끄거나, 이불 속에 숨어야만 겨우겨우 만지는 것을 허락해주곤 했다. 부끄럽다는 둥 자긴 볼 것도 없다는 둥 이 핑계 저 핑계로 피해 온 것이 결국 첫날밤을 맞이하는 오늘에까지 이르렀다.

더 좋아하는 쪽이 약자일 수밖에 없으니까 지금까지는 꾹 참아 왔지만, 이제 정식으로 부부가 되었으니 앞으로는 어림없다. 지환은 속으로 결심을 다졌다. 오늘 밤이야말로 이 기울어진 운동장을 바로잡고 말겠다고.

문제는 손님들이 다 돌아간 후에도 동생 녀석들이 좀처럼 놓아주지 않는 거였다.

"에, 형님, 아직 초저녁인데요."

어느덧 해가 지고 완전히 밤이 되었는데도 정원에 조명을 켜놓고 끝없이 놀자고 들었다.

'눈치라곤 먹고 죽으려 해도 없는 놈들.'

생각다 못해 지환은 테이블에 이마를 박고 술에 취해 쓰러진 척을 했다. 이러면 그만 정리하겠지 싶어서 그랬던 건데, 웬걸. 쓰러진 지환에게는 아무도 관심을 주지 않고 자기들끼리 부어라 마셔라 해가며 노는 데 정신이 없는 게 아닌가.

녀석들은 그렇다 치고 은하마저도 아랑곳없이 미호와 계속 수다만 떨어댔다.

'아니, 나만 단둘이 있고 싶어 하는 건가?'

하마터면 지환이 비뚤어질 뻔했을 때, 문득 은하가 속닥거리는 소리가 들려왔다.

"있잖아, 미호야, 너희 부부는 첫날밤을 어떻게 보냈어?"

지환은 더욱더 적극적으로 기절한 척을 하며 귀를 쫑긋 세웠다.

"음, 굳이 말하자면… 그날은 내가 일영 오빠한테 좋은 거 해줬지."

"좋은 거?"

"너도 해주면 대표님이 엄청 좋아하실걸."

안타깝게도 그 뒤는 속삭이는 바람에 잘 들리지 않았지만, 슬쩍 실눈을 뜨고 보니 은하의 얼굴이 빨개져 있는 게 예사롭지 않았다. 지환의 심장이 마구 두방망이질 치기 시작했다. 그 좋은 게 뭔지는 모르겠지만, 반드시 나한테 하게 만들고 말겠다!

다행히도 잠시 후 드디어 술자리는 정리되었고, 지환은 죽은 척 덩어리들에게 업혀서 침실까지 옮겨졌다. 지환이 완전히 곯아떨어졌다고 생각했는지, 은하는 일어나서 방을 나가려 했다.

"어디 가?"

그런 은하를 등 뒤에서 잽싸게 껴안고, 지환은 그녀의 귓가에 속삭였다.

"…좋은 거 해줘야지."

"오빠 안 자고 있었어?"

깜짝 놀란 은하에게 지환은 말도 안 된다는 듯이 대꾸했다.

"첫날밤에 취해서 자는 놈이 어디 있어?"

그가 얼마나 오늘 밤을 기다렸는지는 아마도 하늘만 아실 것이다.

"아까 제수씨랑 하는 얘기 다 들었어. 나도 그 좋은 거 해줘."

은하는 곤란해서 어쩔 줄 몰랐다.

"저기 오빠. 그건 미호네 얘기고, 나는 미호랑은 또 다르잖아. 그건 좀….."

은하의 태도를 보고 지환은 확신했다. 아, 그 좋은 게 이만저만 좋은 게 아니로구나!

"그렇구나."

지환은 쓸쓸한 표정으로 애써 웃어 보였다.

"어쩔 수 없지 뭐. 사람 마음이 다 같을 순 없는 거니까."

일생일대의 연기였다.

"제수씨가 일영이를 사랑하는 마음이랑 네가 나를 사랑하는 마음의 무게가 또 다를 수도 있는 거지."

결국 은하가 지고 말았다.

"알았어."

그녀는 결심한 듯 발그레해진 얼굴로 고개를 끄덕였다.

"미리 말해두지만 나는 미호만큼 잘하지 못할 거야. 하지만 한 번 열심히는 해볼게."

대체 뭘까! 핑크빛 상상으로 그만 심장이 폭발할 것 같은 지환에게 은하는 시선을 떨어뜨리고 수줍게 중얼거렸다.

"욕실로 와줘. 먼저 가서 준비하고 있을게."

♠ ♥ ♣

신혼집 인테리어는 덩어리들이 결혼 선물로 한참 전부터 하나하나 직접 준비한 것이었다. 물론 무엇보다 직접 살게 될 부부의 의견이 중요했기에, 인테리어 콘셉트를 비롯하여 가구 종류와 배치, 색감에 이르기까지 사전에 다 의논을 마쳤다.

실제로 보니까 역시 거실과 침실, 주방에 이르기까지 미리 상의한 것과 크게 다르지 않았다. 그러면 대체 왜 그렇게 목숨 걸고 보여주지 않았던 걸까. 욕실에 들어가보고서야 지환은 그 이유를 알았다.

아, 이거였구나!

별채에 있는 욕실 두 개 중에 하나를 그 옆방과 합쳐서, 커다란 욕조를 설치하고 목욕탕으로 꾸며놓은 것이었다. 넓은 욕실 전체가 온통 편백나무였다. 열 명은 충분히 들어갈 수 있을 것 같은 크기의 욕조 역시 편백나무로 만들어져서, 안에 스파까지 설치되어 있었다.

욕조의 넓은 테두리 위에는 장미꽃과 샴페인이 준비되어 있었다.

– 큰형님, 누님, 부디 언제까지나 행복하십시오.

동생들의 선물이었다.

나무 향기와 뜨거운 물이 담긴 욕탕에서 모락모락 피어나는 수증기. 너무나도 19금의 분위기 속에서 은하가 지환의 몸을 보고 새삼 부끄러운 듯이 얼굴을 붉혔다.

지환은 옷을 모두 벗고 허리에 타월만 걸친 상태였다.

"와서 앉아, 오빠."

그러는 그녀 역시 커다란 타월 한 장으로 몸을 감싸고 있었다. 새하얀 천 위로 아슬아슬하게 드러난 봉긋한 가슴. 그 아래로 쭉 뻗은 날씬한 다리에 지환은 벌써부터 가벼운 현기증을 느꼈다.

"내가 하는 대로 가만히 있어야 해."

"알았어."

지환은 두근거리는 가슴으로 은하에게 몸을 맡겼다. 잠시 후, 은하가 결심한 듯 심호흡을 하고 지환을 향해 손을 뻗었다. 그녀가 상상조차 못 했던 곳을 만져오는 바람에 지환은 움찔했다.

"…!"

잠시 후, 은하가 열심히 손을 움직이며 말했다.

"어때, 기분 좋지?"

지환은 허탈하게 대꾸했다.

"응."

김이 팍 새버린 지환의 마음을 아는지 모르는지, 은하는 서투른 손길로 열심히 지환의 머리를 감겨주었다. 단순히 감기기만 하는 게 아니라, 손가락에 힘을 주어 두피를 꾹꾹 지압하고, 구석구석 시원하게 문질러도 주었다. 아닌 게 아니라 머릿속까지 맑아지는 기분이 드는 것이 좋기는 무척 좋다. 지환은 어느덧 기분 좋은 고양이처럼 스르르 눈을 감았다.

"지금까지 살면서 있었던 기억들은 깨끗하게 다 잊으라는 뜻으로 해준 거래, 미호는."

샴푸 거품을 내서 두피를 꼼꼼하게 문지르며 은하는 속삭였다.

"오빠도 그랬으면 좋겠어."

아, 그런 뜻이었구나. 지환은 눈을 감은 채 미소를 지었다.

"글쎄, 다 잊기는 싫은데."

지금까지 살면서 나쁜 기억들이 많았던 건 사실이지만 그 안에
는 분명 좋은 것도 있었으니까. 예를 들면 지금 내 머리를 감겨주
고 있는, 이 여자처럼.

"다 잊어버려도 돼. 앞으로 진짜 좋은 것들로만 채워질 테니까."

눈을 감은 지환의 귓가에 은하가 속삭였다. 한참 시간을 들여
지환의 머리를 다 감겨주고 난 은하는, 마지막으로 젖은 머리를
수건으로 말려주기까지 하고 나서 긴 한숨을 내쉬었다.

"아무래도 미호만은 못하겠지만 열심히는 해봤는데, 어땠어?"

"너무 좋았어. 이젠 내가 너 좋게 해줄게."

이어서 지환이 은하를 번쩍 안아들고 침실로 향했다. 침대에 조
심스럽게 내려놓자마자 은하는 급하게 말했다.

"불 먼저 꺼줘, 오빠."

이럴 줄 예상하고 있던 지환은 딱 잘라 거절했다.

"오늘은 안 돼."

조명을 그대로 놔둔 채 키스하려 하자 은하가 펄쩍 뛰었다.

"창피하단 말이야!"

기어이 이불 속으로 쏙 숨어버리고 마는 은하를 보며 지환은 한
숨을 쉬었다.

"이제 우린 부부잖아. 아직도 내가 보는 게 그렇게 부끄러워?"

"그게 아니라….”

"그럼 뭐?"

한참 만에야 은하는 슬쩍 지환의 눈치를 보았다.

"저기 오빠, 웃으면 안 돼?"

손가락까지 걸고 나서야 은하는 겨우 중얼거렸다.

"오빠도 알다시피 그 왜… 내가 별로 만질 게 없잖아.”

지환은 어이가 없었다. 그러고 보면 은하는 전부터 꾸준히 자기는 만질 게 없다고 주장하는데, 만져본 입장에서는 말도 안 되는 소리였다.

"은하야.”

절대 그렇지 않다고 말해주려는데, 은하는 듣지 않았다.

"근데 요즘 살이 많이 빠지는 바람에 가뜩이나 없는 게 더 작아져서….”

지환과 덩어리들이 구치소에 들어가 있는 동안 은하는 마음고생으로 살이 많이 빠진 상태였다. 덕분에 모두가 감탄할 정도로 웨딩드레스가 잘 어울렸지만, 사실 입는 쪽은 남몰래 고민이 이만저만이 아니었다.

"아까 드레스도 영혼까지 다 끌어모아서 겨우 입은 거란 말이야.”

은하는 고개를 숙이고 시무룩하게 중얼거렸다.

"오빠 실망시키고 싶지 않아서 그래.”

진심이었다. 지금 이 순간도 눈앞에 훤히 드러나 있는 지환의 당당하고 우람한 상체를 보니 한층 더 제 몸을 내보일 엄두가 나지 않았다. 이 사람은 이렇게 멋진데, 나는 볼품없이 말라빠져서 이게 뭐란 말인가. 맨살을 보이는 것이 부끄러운 게 아니라, 예쁘지 않은 제 몸이 부끄러웠다.

"그러니까 한 달 정도만 기다려줘. 살이라도 좀 도로 찌우고 나서…."

갑자기 지환이 정색을 하고 그녀의 눈을 들여다보았다.

"솔직히 말해봐. 너 나 몸 때문에 좋아했었지?"

책망하는 듯한 말투에 은하는 펄쩍 뛰었다.

"아니거든?"

"아니긴 뭐가 아니야. 처음부터 좋아하는 건 현우 오빠고 나더러는 몸만 좋다고 해놓고선."

그걸 여태 마음에 두고 있었단 말이야? 은하는 어쩔 줄을 몰랐다. 그야 처음엔 몸에 끌렸던 게 사실이지만, 결국 사랑하게 된 건 서지환이라는 사람 자체란 말이다.

"절대 그런 거 아니야. 오빠가 볼품없이 삐쩍 말랐어도, 아니 설사 키가 나보다 작았더라도 결국은 좋아하게 됐을 거야. 오빠도 알잖아?"

열심히 말하자 그제야 지환이 조금 웃었다.

"나도 마찬가지야. 살 좀 빠진 게 뭐가 어떻다고 나한테 보여주길 싫어해?"

"하지만…."

변명하려는 은하의 입술을, 지환이 가만히 제 입술로 막았다. 그토록 은하의 말이라면 뭐든 오냐오냐 다 들어줬던 남자가, 오늘 밤만은 절대 물러날 기세가 아니었다. 그것을 깨달은 은하는 포기하고 순순히 그에게 몸을 맡겼다.

지환은 조명을 낮추고 천천히 시간을 들여 은하에게 입을 맞추었다. 작은 입술에, 보드라운 귓불에, 한층 더 도드라져 보이는 쇄골에, 동그란 어깨에.

한참 후, 드디어 신부의 몸이 눈부시게 드러나는 순간, 지환이 중얼거렸다.

"…너무 예뻐."

꿈꾸는 듯 황홀한 목소리에 은하는 그제야 몸에서 긴장이 스르르 풀리는 것을 느꼈다. 아, 이 사람은 진심으로 나를 예쁘다고 생각하는구나.

"네가 어떤 모습이든 나는 똑같이 사랑했을 거야."

부끄러워서 보이고 싶지 않았던 곳들 하나하나에 일부러 공들여 입 맞추고 어루만지며, 지환은 속삭였다.

"그리고 앞으로 어떤 모습이 되든지 사랑할 거야."

지금 그를 매혹시키는 이 매끄러운 피부도, 탄력 있는 살갗도 결코 영원하지 않을 터였다. 하지만 마음만은 오늘 밤, 이 마음 그대로 남을 거라고, 한없는 맹세를 담아서 지환은 아내를 사랑했다.

사실 겉으로는 무척 정중하게 천천히 대하고 있지만, 마음은 그와 정반대였다. 꿈에도 그렸던 아름다운 몸을 욕심껏 보고 만지고 있는데도 사람의 욕심은 끝이 없었다. 아니, 그럴수록 오히려 하고 싶은 것들이 더욱더 끝도 없이 생겨나고 있었다. 더 야한 모습을 보고 싶고, 더 격렬하게 하고 싶고, 목이 쉴 때까지 울리고도 싶고.

자꾸만 성급하게 치달리는 마음을 지환은 필사적으로 꾸짖으며 부드럽게 움직였다. 앞으로도 수많은 밤이 기다리고 있을 테니까. 사랑하고 또 사랑받을 아름다운 밤들이.

　사랑해, 사랑해, 정말 사랑해.

　가쁜 숨결 사이로 오가던 수많은 고백은 새벽 별이 뜰 때쯤에야 겨우 잦아들었다.

♤ ♥ ♧

　일영과 미호의 신혼집. 결혼식 때문에 피곤에 지쳐 푹 잠들어 있던 일영을 새벽녘에 누군가가 가만히 흔들어 깨웠다.

　"오빠, 너무 곤히 자서 안 깨우고 싶었는데….'

　이마에 식은땀을 흘리며 미호가 고통스러운 듯이 말했다.

　"아기, 나오려는 것 같아요."

　일영은 잠이 확 달아나는 것을 느꼈다.

♤ ♥ ♧

　아침에 눈을 뜨자 지환은 곁에 없었다. 몸을 일으키는데 허리께에 아련한 통증이 느껴져서 자동으로 어젯밤의 일이 떠올랐다. 은하는 저도 모르게 뺨을 붉혔다.

　나가보니 주방에 서 있는 커다란 뒷모습이 보였다.

　"일어났어?"

　인기척이 들렸는지 앞치마를 한 지환이 뒤도 돌아보지 않고 다정하게 말을 걸었다. 은하는 대답 대신에 다가가서 허리를 꼭 껴안고 넓은 등에 뺨을 기댔다. 이제 진짜로 내 거. 온 세상이 다 아는, 모두가 인정하는 내 거. 그렇게 생각하니 어제까지와는 또 다른 느낌이었다.

벌써 테이블 위에는 식사 준비가 거의 다 되어 있었다.

"일어났으면 깨우지 그랬어. 나랑 같이하면 좋았을 텐데."

미안한 마음에 말하자 지환이 국그릇을 테이블에 놓으며 대꾸했다.

"앞으로도 아침은 내가 할 거야."

"어떻게 그래. 오빠는 아침에 출근도 하는데."

"괜찮으니까 넌 그냥 늦게까지 푹 자."

지환이 아무렇지 않게 말했다.

"…넌 밤마다 피곤할 예정이니까."

테이블 앞에 앉아서, 은하는 정작 밥은 먹는 둥 마는 둥 하고 기사 검색에 열을 올렸다. 어제는 하루 종일 결혼식과 피로연에 정신이 없어서 다른 데는 신경 쓸 겨를도 없었다.

"이것 봐, 오빠. 우리 결혼식 기사 완전 많이 떴어!"

— 유튜브 채널 〈미니와 커다란 친구들〉에 큰 경사가 났다. 바로 출연자인 '미니 언니'와 '큰형님'이 어제 실제로 결혼식을 올린 것. 두 사람의 결혼식은 유튜브 라이브로 중계되어 무려 삼십만 명 가까이 시청….

"오빠, 삼십 만 명이래!"

소리 내어 기사를 읽다 말고 그만 눈이 커지는 은하의 입에, 지환이 김에 싼 밥을 넣어주었다.

"먹으면서 봐."

지환이 밥을 먹여주는 사이에도 은하는 휴대폰에서 눈을 떼지 못했다. 결혼식 기사는 무려 수백 건에 달했지만, 원래 호텔에서 하려던 결혼식에 불참했다는 내용의 기사는 하나도 보이지 않았다. 아마도 양가에서 손을 쓴 결과겠지만, SNS를 타고 퍼지는 소문까지 막을 수는 없었던 모양이다. 조금 더 검색해보니 트위터고 인스타고 다 그 이야기로 난리였다.

 - 우리 언니의 남친의 회사 선배의 절친이 모 호텔 웨딩홀에서 일하는데, 어제 사실 미니 언니랑 큰형님 결혼식이 거기서 열릴 예정이었다고 함. 그런데 펑크 내고 자기들끼리 따로 한 거임.
 - 신랑 신부가 양쪽 집안이랑 아예 연 끊겠다고 공식적으로 선언했다는데?
 - 둘 다 국회의원 집안 자제라고 함. 양쪽 다 집안 어른들 상태가 완전 메롱이라 둘이 도망쳐서 따로 식 올렸다는 게 학계의 정설임.

소문치고는 제법 정확한 내용이라서 은하는 감탄했다. 이 정도로 소문이 퍼졌으니 부모님도 할아버님도 앞으론 귀찮게 할 엄두를 못 내겠다, 싶으면서 한편으론 실감이 났다. 이젠 정말 가족과의 연은 영영 끝이로구나. 어제 결혼식장이 발칵 뒤집혔을 게 분명한데, 하루가 지나도록 양가에서 전화 한 통 없는 게 그 증거였다.

은하는 시선을 돌려 새삼스럽게 지환을 바라보았다. 제 밥은 먹는 둥 마는 둥, 자칫 은하 먹일 생선에 잔가시 하나 들어갈까 꼼꼼하게 살을 바르느라 정신이 팔려 있는 남자를 보자 더 이상 아무것도 필요 없다는 생각이 들었다. …내 남편 하나만 있으면.

하얀 쌀밥 위에 구운 굴비를 얹어서, 지환은 조심조심 은하의 입가에 숟가락을 갖다 대주었다.

"자."

입을 벌려 받아먹는 대신에 은하는 살며시 눈을 감고 지환의 입술을 훔쳤다. 갑자기 입술을 도둑맞은 남자는 한참 정지 화면 상태가 되어 있다가 불쑥 중얼거렸다.

"…밥은 좀 먹이고 나서 잡아먹으려고 했는데."

"응?"

"네 책임이야."

숟가락을 내려놓자마자 지환은 몸을 일으켜 대뜸 은하를 번쩍 안아 올렸다.

"꺅!"

놀라서 다리를 버둥거리는 은하를 가볍게 안아들고, 지환은 침실로 향했다.

♠ ♥ ♣

다정한 신랑은 부끄러움을 타는 새색시를 위해 커튼을 꼭꼭 닫아주었지만, 그래도 스며들어오는 햇살을 다 막을 수는 없었다. 하얀 커튼을 통해 들어오는 부드러운 햇살 아래 드러난 몸은, 어

462

젯밤 희미한 조명 아래서 본 것보다 한층 더 환하고 아름다웠다.

실컷 사랑을 나눈 끝에 지쳐서 껴안고 잠이 들었다가 점심나절이 훌쩍 지나서야 눈을 떴다.

"이제 슬슬 공항 갈 준비해야지?"

드러난 은하의 어깨에 살짝 입 맞추며 지환이 속삭였다. 저녁 비행기로 신혼여행을 떠나기로 되어 있었다. 목적지는 바로 일영과 미호가 다녀왔던 몰디브. 거기가 그렇게 좋더라고 미호가 자랑을 늘어놓는 바람에 결정하게 된 거였다.

은하도 집 나온 후로는 좀처럼 여유가 없다 보니 꽤 오랜만에 하는 여행이지만, 지환은 태어나서 해외에 나가보는 게 처음이라고 했다. 이래저래 설레는 마음으로 미리 꾸려두었던 짐을 다시 한번 체크하는데, 마침 일영에게서 전화가 왔다.

"어, 일영아. 어젠 잘 들어갔….''

말이 채 끝나기도 전에 울먹이는 목소리가 들려왔다.

"형님, 방금 미호가 아기를 낳았습니다!"

목소리에서 전해져오는 감격에 지환도 덩달아 울컥했다.

"예쁜 딸입니다. 제일 먼저 형님께 알려드리고 싶었습니다."

"그래, 아기는 어떠냐? 제수씨는 건강하시고?"

지환이 통화하는 걸 듣고 달려온 은하도 곁에서 기뻐서 어쩔 줄 몰랐다.

"뭐래 오빠? 미호 아기 낳았대?"

은하에게 고개를 끄덕여 보이고, 지환은 다시 전화에 귀를 기울였다.

"아이는 건강합니다. 미호는 아직 안에 있습니다. 곧 나오겠죠."

"그래, 정말 축하한다."

대꾸하며 지환은 흘깃 시계부터 보았다. 지환에게 있어서는 첫 조카나 다름없는 아이였다. 몰랐으면 모를까, 태어났다는 말까지 들었는데 얼굴은 보고 가고 싶었다. 저녁 늦게 출발하는 비행기니까, 병원에 잠깐 들렀다가 공항으로 향해도 시간은 충분할 것 같은데…. 거기까지 생각하는데 은하가 재촉했다.

"뭐 해, 오빠? 빨리 아기 보러 가야지!"

둘은 부랴부랴 여행 가방을 챙겨 집에서 나왔다. 공장에서 일하고 있는 덩어리들에게도 연락하여 오늘은 일찍 퇴근해서 병원으로 오라고 지시하고, 지환은 일영과 미호가 있는 병원으로 차를 몰았다.

"오셨습니까, 형님."

장인 장모와 함께 여태 분만실 앞을 지키고 앉아 있던 일영이 둘을 보고 일어나서 인사했다. 아까 감격에 떨리던 목소리와는 달리 표정이 어딘가 불안해 보였다.

"제수씨는?"

"아직 안에 있습니다."

전화 받은 지 한 시간은 된 것 같은데 아직도 분만실에 있다니. 은하는 놀라서 물었다.

"제왕절개였어요?"

"아닙니다, 자연분만입니다. 나올 때가 지난 것 같은데…."

그때 분만실 안에서 뭔가 다급한 고함 같은 것이 들려왔다. 밖에서 기다리고 있던 사람들 모두가 대번에 얼굴이 굳어졌다. 잠시 후 드디어 의사가 안에서 나왔다.

"방금 심정지가 왔었습니다."

의사는 가쁜 숨을 몰아쉬며 말했다.

"다행히 심폐소생술을 시행하여 다시 돌아오기는 했는데, 출혈이 무척 심각합니다. 바로 응급수술에 들어가야 하니 보호자께서는 동의해주십시오."

♤ ♥ ♧

양수색전증*이 의심된다고 했다. 혈액을 퍼붓다시피 하는데, 수혈된 양만큼 그대로 다시 쏟아져 나오는 형국이었다. 천만다행으로 응급수술이 성공한 덕분에 위험한 고비는 넘겼고 호흡도 돌아왔지만, 미호는 좀처럼 의식을 되찾지 못했다.

일영은 내내 미호의 곁을 지켰다. 은하와 지환 역시 신혼여행까지 취소하고 번갈아가며 일영과 함께 있어주었다.

"아무 걱정 말아요. 미호는 절대로 일영 씨랑 아기 두고 아무 데도 안 갈 거예요."

그렇게 일영을 위로하면서도 은하의 눈 역시 새빨갛게 부어 있었다.

며칠째 미호가 깨어나지 못하자 일영은 이게 다 저 때문인 것만 같았다. 미호처럼 착한 여자가 살면서 뭘 그리 잘못했겠는가. 나

• 분만 도중, 혹은 분만 직후에 양수가 산모의 순환계로 들어가는 병. 호흡곤란과 함께 경련, 심폐 정지, 손상 부위의 대량 출혈 등을 일으키며 급격히 사망에 이르기도 한다.

처럼 죄 많은 놈이랑 결혼해서, 내 아이까지 낳았기 때문에 이리 된 것이다.

그 와중에 갓 태어난 아기는 예쁘기 그지없었다. 벌써부터 아빠를 알아보는 것처럼 까맣고 또렷한 눈동자로 바라보면서 방긋방긋 배냇짓을 하는 걸 볼 때마다 일영은 미칠 것만 같았다. 어려서 아버지를 잃고 온갖 고생을 하면서 큰 일영이었다. 이제 제 아이가 엄마 없이 자라게 될지 모른다고 생각하니 눈앞이 캄캄했다.

"아이고, 부처님. 앞길이 창창한 저희 딸 좀 살려주십시오. 저를 대신 데려가시고…."

곁에서 눈물을 펑펑 쏟으며 비는 미호 어머니의 기도가 가슴에 사무쳤다. 일영도 흉내를 내어 손을 모았지만, 그에게는 종교가 없었다. 기도라곤 해본 적도 없었다. 대체 누구에게 빌어야 할지 알 수 없어서 그는 무작정 하늘에 매달려 떼를 썼다. 예수님이든 부처님이든 어떤 신이라도 상관없었다.

"제발 제 아내를 좀 살려주십시오. 살려만 주시면 제가 대신 죽겠습니다."

그냥 입에 발린 말이 아니라 진심이었다. 지금이라도 미호가 눈을 떠주기만 한다면, 그 길로 한강에 가서 몸을 던져도 아무 여한이 없을 것만 같았다. 부디 내 아이에게 엄마만 되찾아줄 수 있다면!

"나라도 그런 기도 안 들어주겠네."

날카로운 목소리에 흠칫 눈을 뜨자 은하가 눈물 어린 눈으로 쏘아보고 있었다.

"깨어나면 같이 잘 살 생각을 해야지, 대신 죽긴 뭘 대신 죽어요?

일영 씨가 죽어봐야 뭐 하느님한테 이득되는 거라도 있어요?"

역시 똑똑한 분은 다르다고 일영은 생각했다. 형수님 말씀이 옳다. 그렇다면…. 그 순간, 놀랍게도 머리로 생각하기 전에 입술이 먼저 움직였다. 마치 저 높이 있는 누군가가 대신 제 입술을 움직여 말한 것처럼.

"그럼, 사람을 살리는 일을 하겠습니다."

제 입으로 한 말이 귀에 들리는 순간, 한 박자 늦게 깊은 확신이 찾아왔다. 일영은 두 손을 모아 간절히 기도했다.

"저는 지금껏 사람을 해치는 일을 해왔습니다. 그러니 앞으로는 평생 사람을 살리는 일을 하며 살겠습니다. 그러니 부디…."

제 아내를 살려주십시오.

♠ ♥ ♣

미호가 의식을 잃은 지 일주일째 되는 날이었다. 일영이 기절하듯 미호의 침대에 머리를 기대고 잠들어 있는데, 어디선가 자신을 부르는 목소리가 들렸다.

"…오빠."

꿈속이라 생각했는데, 뒤이어 머리칼을 살며시 쓰다듬는 손길이 느껴져서 잠이 확 달아났다. 튕기듯 벌떡 일어나자 미호가 거짓말처럼 눈을 뜨고 어리둥절한 얼굴로 그를 바라보고 있었다.

"나 얼마나 잤어요?"

메마른 입술이 움직였다.

"우리 아기는요? 아까 우는 소리 들었는데…."

주위를 두리번거리는 미호를 일영이 와락 껴안았다.

"고맙습니다. 고맙습니다. 정말 고맙습니다…!"

뜨거운 눈물을 흘리며 정신없이 되풀이하는 일영의 등을 미호가 놀라서 토닥였다.

"갑자기 왜 울어요. 오빠, 울지 마요, 네?"

♤ ♥ ♧

워낙 상태가 심각했던 것에 비해서 미호는 회복이 무척 빨랐다. 눈을 뜬 지 이틀째부터는 직접 아기에게 젖을 먹일 수 있을 정도였다. 심정지가 5분 가까이 왔었기 때문에 뇌 손상 가능성도 크다고 했지만, 그 부분도 거짓말처럼 멀쩡했다. 결국 미호는 의식을 찾은 지 일주일 만에 무사히 아기와 함께 퇴원할 수 있었다.

퇴원하는 날 저녁에는 모두 모여서 조촐하게 축하 파티를 열었다. 덩어리들은 번갈아 아기를 안아보며 예뻐서 어쩔 줄 몰랐다.

"난 그냥 애 낳고 회복실에서 눈 뜬 건 줄 알았거든? 근데 갑자기 일영 오빠가 대성통곡을 하는 바람에 깜짝 놀랐네."

끝이 좋으면 힘들었던 지난 일도 모두 안줏거리가 된다. 언제 죽다 살아났느냐는 듯이 미호가 깔깔거렸다.

"우리 때문에 너희 신혼여행도 못 가고, 미안해서 어떡하니?"

덩어리들과 반쯤 싸우다시피 해서 아기를 빼앗아 안은 은하가, 품 안의 아기에게서 눈을 떼지 못한 채 대꾸했다.

"괜찮아. 까짓거 여행이야 언제든 또 가면 되지, 뭐."

즐거운 분위기에서, 왠지 아기 아빠인 일영만은 내내 아무 말도 하지 않았다. 침울하다기보다는 뭔가 깊이 생각에 빠져 있는 것 같았다.

"일영이 너도 한마디해야지, 오늘같이 기쁜 날."

지환이 재촉하자 그제야 일영은 불쑥 말했다.

"죄송합니다, 형님. 제가 이만 형님 비서 일을 그만둘까 합니다."

지환은 물론 덩어리들도 모두 깜짝 놀랐다. 열다섯 살 때 지환의 부하가 되어 여태껏 그의 곁에서 수족처럼 모셔왔던 일영이 왜 하루아침에.

"앞으로는 공장 일도 하기 힘들 것 같습니다. 부디 용서해주십시오, 형님."

"아니, 갑자기 왜?"

"하고 싶은 일이 따로 생겨서입니다."

일영이 대답했다.

"의사가 되고 싶습니다."

덩어리들 중 누군가가 푸웃, 하고 입안의 술을 뿜는 소리가 들렸다. 모두들 놀랐지만, 일영은 어디까지나 진지한 표정이었다.

"미호가 병원에 누워 있을 때, 제가 그렇게 기도를 했습니다. 지금까지 사람을 해치는 일을 해왔으니까, 미호만 무사히 살아나면 앞으론 사람을 살리는 일을 하며 살겠다고 말입니다."

일영은 이제 겨우 중학교 졸업장을 땄다. 아기 태어나기 전에 고등학교 검정고시까지는 패스하겠다고 열심히 공부하긴 했지만, 그나마도 하필 여름 내내 구치소에 들어가 있는 바람에 시험조차 못 치고 지나가버렸다. 즉 여태 고등학교 졸업 자격도 없는 처지에, 하물며 의사라니.

누구도 할 말을 찾지 못하고 있는 가운데 불쑥 입을 연 것은 바로 미호였다.

"그럼 나 의사 사모님 되는 거네요?"

미호는 진심으로 기쁜 듯이 남편을 바라보았다.

"오빠 칼질 엄청 잘하니까 외과 의사 하면 딱 좋겠다, 그쵸?"

♤ ♥ ♧

퇴원 기념 축하 파티가 끝나고, 미호네를 배웅하고 난 후 은하와 지환도 신혼집으로 돌아왔다.

"미호는 정말 일영 씨를 엄청 좋아하나 봐."

은하가 새삼 감탄하듯 말했다.

― 오빠 칼질 엄청 잘하니까 외과 의사 하면 딱 좋겠다, 그쵸?

그렇게 말할 때, 미호의 얼굴에는 한 점 의심조차 없었다. 일영이 반드시 의사가 될 수 있을 거라고 생각하는 게 눈에 보였다.

― 내가 벌어서 오빠 먹여 살릴 테니까, 오빠는 아무 걱정 말고 공부만 해요.

미호는 그렇게도 말했다. 사실 일영이 일을 그만두고 공부에만 전념한다 해서 생계에 곤란을 겪을 리는 없었다. 유튜브 수입만 해도 상당하고, 무엇보다 지환이 가만히 두고 보지 않을 테니까. 하지만 아내가 그렇게까지 말해주니 일영이 얼마나 힘을 얻었는지, 옆에서 봐도 알 수 있었다.

"일영이가 참 복이 많은 놈이야. 제수씨 같은 여자랑 결혼해서 예쁜 아이까지 얻고."

지환도 고개를 끄덕였다. 제 어머니의 빚 때문에 끌려와서는 여자 가발을 쓰고 눈물을 뚝뚝 흘렸던 게 어제 같은데, 이제는 어엿하게 가정을 꾸리고, 게다가 삶의 목표까지 새로이 세웠다니 형으로서 뿌듯하기 그지없었다.

"오빠는?"

은하가 불쑥 묻는 바람에 지환은 허둥지둥 대답했다.

"나야 말할 것도 없지."

일영만 복 많은 놈인 거냐고 묻는 줄 알고 대답한 건데, 은하는 고개를 저었다.

"그게 아니라, 오빠도 아빠가 돼야 하지 않겠느냐고."

은하가 유혹하듯 지환의 가슴에 손을 얹었다.

"우리 아기도 참 예쁠 거야. 그치?"

당장이라도 침대로 데려가고 싶을 만큼 사랑스러웠지만, 지환은 애써 마음을 다잡았다. 그는 은하의 손목을 잡아서 놀라지 않도록 살짝 떼어내고 눈을 마주 보았다.

"은하야, 난 지금 이대로도 좋아."

영문을 모르겠다는 듯이 바라보는 은하에게, 지환은 작게 한숨을 내쉬고 말했다.

"앞으로도 쭉 지금처럼 너하고 둘이서 살고 싶어."

그제야 뜻을 알아들은 은하는 당황하고 말았다.

"갑자기 왜 그래?"

원래 아이를 싫어하는 남자라면 이해하겠다. 하지만 지환은 아이들을 너무 좋아한 나머지, 애들 노는 게 보고 싶어서 멀리서 몰래 훔쳐보기까지 하던 사람 아닌가. 병원에서도 아이들과 얼마나 잘 놀아주는지, 저런 사람이 자기 아이가 태어나면 얼마나 기뻐할까 싶어서 없던 출산 욕구도 불끈 샘솟을 정도였는데, 갑자기 왜 이런 말을.

"제수씨 병원에 누워 있는 동안 생각했던 거야."

확 서운해지려는 순간, 지환이 은하의 손을 꼭 잡았다.

"아이를 낳는다는 게 그렇게 목숨 걸고 하는 일인 줄은 미처 몰랐어. 나는 너를 걸고 그런 도박을 할 자신이 없어."

은하는 어이가 없어서 하마터면 픽 웃어버릴 뻔했다.

"뭐야, 이유가 겨우 그거야?"

구더기 무서워 장 못 담근다더니, 바로 이런 건가 싶었다.

"그래, 뭐 위험한 일이지. 그런데 요즘은 의학이 얼마나 발달했는데 설마 죽기까지 하겠어?"

하지만 지환은 진지했다.

"제수씨는 진짜로 죽을 뻔했어."

"에이, 미호는 특이 케이스고. 그 양수색전증이란 게 산모 만 명인가 이만 명에 한 명꼴로 일어나는 일이라잖아."

"그게 실제로 일어났잖아, 제수씨한텐."

무슨 말을 해도 지환은 완강했다.

"양수색전증 말고도 산모가 목숨을 잃을 수 있는 상황이 한두 가지가 아니야. 그중 한 가지라도 너한테 일어난다면 나는 견딜 수 없을 거야."

이제 보니까 별의별 걸 다 검색해본 모양이었다.

"난 너만 있어도 충분히 행복해, 은하야."

지환은 은하를 끌어당겨 품에 안고 호소하듯 말했다.

"그러니까 그냥 우리 둘이 이렇게 살면 안 될까?"

그리고 왜 아이를 갖고 싶은 마음이 없겠는가. 은하를 닮은 아이를 상상만 해도 온몸에 전율이 흘렀다. 단지 미호가 의식 없이 누워 있을 때, 반쯤 정신이 나가 있는 일영을 곁에서 지켜보는 동안 느낀 바가 너무 컸던 것이다. 지금도 충분히 행복한데, 더 큰 행복을 얻겠답시고 지금의 행복을 거는 도박을 하고 싶지 않았다.

은하는 지환이 하는 대로 얌전히 안겨 있다가 한참 만에야 불쑥 말했다.

"내가 어릴 때부터 오빠의 신부가 되는 게 꿈이었던 거, 알지?"

응, 하고 대답하자 은하가 살짝 지환의 품에서 빠져나왔다.

"그때 내가 무슨 생각을 했는지 알아?"

그녀는 지환의 눈을 들여다보며 앞머리를 부드럽게 쓰다듬었다.

"커서 오빠랑 결혼하면 아이를 많이 많이 낳아야지. 많이 낳아서 똑같이 사랑해줘야지. 공부 잘하는 애는 잘해서 칭찬해주고, 못하는 아이는 못해서 예뻐해줘야지. 나 닮은 아이거든 나 닮아서, 오빠 닮은 아이면 오빠 닮아서, 둘 다 닮았으면 둘 다 닮아서 사랑해줘야지."

지환은 가슴이 철렁했다. 자칫 은하가 위험할 수 있다는 생각에만 빠져서, 정작 그녀가 아이를 가지고 싶어 할 거라는 생각은 미처 못 했던 것이다.

"약속할게."

그래도 선뜻 대답하지 못하는 지환의 이마에, 은하가 입술을 가져다 댔다.

"난 절대 오빠를 두고 떠나지 않을 거야. 봐, 미호도 결국은 가다가 돌아왔잖아?"

가까이서 남편의 눈을 바라보면서 은하는 속삭였다.

"그러니까 내 꿈, 이뤄주지 않을래?"

♤ ♥ ♧

결혼식장을 예쁘게 장식했던 단풍도 다 떨어지고 겨울이 찾아왔다. 유독 추웠던 겨울도 다 지나고 봄에 들어설 때쯤부터 은하는 춘곤증에 시달리기 시작했다. 겨울잠을 자는 곰처럼 자고 또 자는 것이다.

그러면서 먹고 싶은 것도 부쩍 많아졌다. 덕분에 한때 비쩍 말라서 걱정했던 게 언제 적 일인가 싶을 정도로 통통하게 살이 올랐다. 지환은 그런 은하가 예쁘고 기특해서 퇴근길마다 이것저것 군것질거리를 사다 나르느라 여념이 없었다.

오늘도 은하가 좋아하는 군밤을 사서, 자칫 식을까 봐 코트 안자락에 소중히 품고 운전해 돌아오던 지환의 눈에 뭔가가 띄었다. 대문 앞에 웬 여자가 서 있었다. …예나였다.

상대를 알아본 순간 가슴이 철렁했다. 비록 정식으로 연애를 한건 은하가 처음이자 마지막이지만, 이래 봬도 한때는 자기 좋다는 여자들이 십 리 밖까지 줄을 섰던 지환이었다. 추워서 발을 동동 구르며 누군가를 애타게 기다리는 듯한 모습에 촉이 확 왔다.

'혹시 아직도 나를?'

예나에게는 이래저래 고맙고 미안한 마음은 있지만, 여자로서 호감을 느낀 적은 없었다. 심지어 지금은 유부남 아닌가. 이걸 어떻게 잘 타일러서 돌려보내나, 한참 고민하다 지환은 한숨을 내쉬고 차에서 내렸다.

"서지환 씨!"

지환을 본 예나는 역시나 반색을 했다.

"저 부탁이 있어서 왔어요."

"예나 씨, 죄송하지만 저는…."

마음을 독하게 먹고 말을 꺼내는데, 예나는 듣지도 않고 말했다.

"혹시 집에 민규 씨 있나 좀 봐주시겠어요?"

지환은 허를 찔렸다.

"저희 막내 민규 말입니까?"

"네. 민규 씨가 무슨 일인지 계속 연락을 안 받아서요."

지환은 얼떨떨했다. 아니, 예나가 언제부터 민규하고 따로 연락하는 사이가 됐단 말인가.

"그러면 추운데 안에 들어가 계시지, 왜 여기서…."

예나가 시무룩하게 대답했다.

"민규 씨는 집착하는 여자는 딱 질색이래요. 연락이 안 된다고 집까지 찾아온 거 알면 싫어할까 봐 그래요."

지환은 입을 다물 수가 없었다. 세상에, 이게 무슨 일이야? 얼마나 오래 이러고 있었는지, 꽃샘추위 때문에 예나는 귀 끝까지 새

빨개져 있었다.

"추우니까 잠깐 타시죠."

지환은 일단 예나를 차에 태우고 얘기를 들었다. 얘기인즉슨 지환과 은하의 결혼식 때부터 민규와 연락하는 사이가 돼서 지금까지 이어오고 있단다.

"그럼 사귀는 겁니까?"

"잘 모르겠어요."

예나가 기어이 눈물을 글썽였다.

"민규 씨는 처음부터 그랬어요. 잘해줬다가, 그다음에 만났을 땐 모른 척했다가…. 지금도 이게 무슨 사이인지 모르겠어요. 사귀는 것 같기도 하고, 아닌 것 같기도 하고…."

지환은 예나를 위로해서 돌려보냈다.

"어쨌든 추운데 이만 들어가십시오. 민규한테는 제가 잘 말해보겠습니다."

안됐다 싶으면서도 한편으론 민규가 부럽기도 했다. 사실 은하가 먼저 자신을 좋아했다고 하지만 그거야 어디까지나 어릴 때 얘기다. 성인이 돼서 재회한 후로는 제가 먼저 반해서 목숨 걸고 쫓아다녔고, 사귀기 시작한 이후부터 결혼한 지금까지도 단 한 번도 자기가 주도권을 가져본 적이 없었다.

주도권을 가지고 싶다고 생각해본 적도 별로 없지만, 지금 눈앞에서 울먹이고 있는 예나를 보자 그런 생각도 슬그머니 드는 거였다. 나도 한 번쯤은 은하가 나 때문에 저렇게 죽고 못 사는 걸 봤으면 좋겠다. 그렇게 생각하며 지환은 민규를 방으로 불러서 타일렀다.

"강예나 씨는 나한테도 고마운 사람이야. 내가 네 연애에까지 이러쿵저러쿵할 건 아니지만, 일부러 연락을 안 받다니 그게 뭐 하는 짓이냐?"

"예, 큰형님. 시정하겠습니다."

역시 큰형님 말씀이고 보니 민규도 고분고분 고개를 끄덕였다.

"그나저나 비결이 뭐냐?"

방을 나가려는 민규에게 지환은 슬쩍 물었다.

"보니까 강예나 씨가 아주 애가 타서 어쩔 줄을 몰라 하던데."

사실 객관적으로 봤을 때는 뭘로 따져도 민규가 한참 처지는 쪽이었다. 예나는 날씬하고 예쁜 데다 얼마 전에는 정식으로 채널에 복귀해서 인기리에 유튜버 활동을 이어나가고 있었다. 그런 예나를 저렇게까지 안달하게 만드는 비결이 궁금했다.

"나도 좀 가르쳐줘라. 대체 어떻게 하면 여자가 예나 씨처럼 목을 매는 건데?"

민규는 순순히 대답했다.

"형님이 누님께 하시는 것처럼만 안 하면 됩니다."

"뭐?"

"형님은 누님한테 한결같이 잘해주시지 않습니까. 그러면 안 된단 말입니다. 최소 두 번 잘해주면 한 번은 차갑게 대해야죠."

지환은 진심으로 궁금해서 물었다.

"왜 그러는 건데?"

"그 '왜 그럴까?' 하고 궁금하게 만드는 게 목적입니다. 그래야

한 번이라도 더 제 생각을 하게 될 거 아닙니까?"

민규는 기다렸다는 듯이 열변을 토했다.

"형님처럼 매일매일, 열 번이면 열 번 다 잘해주는 남자가 무슨 재미가 있겠습니까? 그냥 저 사람은 으레 그러려니 하죠. 익숙해지는 겁니다."

"호오."

"여자들이 나쁜 남자를 좋아하는 게 왜인 줄 아십니까? 매일매일 새롭거든요."

듣고 보니 제법 그럴듯했다. 어느덧 지환은 민규의 말에 폭 빠져들었다.

"그래서, 그 나쁜 남자라는 건 어떻게 되는 건데?"

민규가 픽 웃었다.

"큰형님은 안 됩니다. 누님이라면 껌뻑 죽으시면서 무슨."

이 녀석이? 지환은 슬그머니 자존심이 상했다. 그래도 내가 명색이 큰형님인데, 막내 녀석 따위에게 이런 말을 듣다니.

"두고 봐라."

지환은 큰소리를 쳤다. 내가 보란 듯이 나쁜 남자가 돼주겠다!

♠ ♥ ♣

은하는 봄날의 곰처럼 나날이 게을러지고 있었다. 먹고 자고, 일어나서 또 먹고, 배가 부르면 또 잠들고. 오늘은 낮부터 지환의 회사 근처에서 파는 떡볶이가 자꾸 생각나길래 퇴근길에 사다 달라고 부탁해놓고 종일 그가 돌아오기만을 기다렸다. 드디어 저녁이 되어 퇴근한 지환의 손에는 어김없이 비닐봉지가 들려 있었다.

"오빠 왔어?"

반색하며 쪼르르 달려간 은하는 얼른 비닐봉지를 받아서 열어 보고는 실망했다. 떡볶이만 있고 튀김이 없었다. 이 집은 떡볶이도 떡볶이지만, 튀김이 진짜 맛있는데.

"튀김은 왜 없어?"

"떡볶이 사다 달라고만 했잖아?"

그렇게 대꾸하고는 방으로 휙 들어가버리는 지환의 뒷모습을 은하가 어리둥절한 눈으로 쳐다보았다.

"왜 저래?"

방에 들어간 지환은 씨익, 하고 회심의 미소를 지었다. 봤나? 내가 그렇게 해달라는 대로 다 해주는 쉬운 남자가 아니라는 걸!

♤ ♥ ♧

일주일 후, 지환은 민규에게 진행 상황을 보고했다.

"떡볶이 사다 줄 때 튀김은 빼고 사다 줬다."

"그리고요?"

"밥 차릴 때 수저는 안 놔줘서 은하가 스스로 놓게 만들었지. 그리고….'"

어이없어하던 민규는, 큰형님이 문득 위험한 눈빛을 하며 목소리를 낮추는 바람에 침을 꿀꺽 삼켰다.

"그리고 뭡니까?"

마치 살인 고백이라도 하는 것 같은 표정으로 지환은 말했다.

"…양말 뒤집어서 벗어놨다."

듣다 못한 민규가 펄쩍 뛰었다.

"아, 큰형님! 지금 장난하십니까?"

하지만 큰형님은 진심이셨다.

"네가 몰라서 그래. 은하가 양말 뒤집어서 벗어놓는 걸 얼마나 싫어하는데."

지환이 의기양양하게 물었다.

"어때, 이 정도면 나쁜 남자 아니냐?"

잠시 머리를 감싸고 있던 민규가 불쑥 고개를 들었다.

"좋습니다, 형님. 눈 한번 딱 감고 제 말대로 한번 가시죠. 여자들이 아주 미치고 팔짝 뛰는 거 있습니다."

"뭔데?"

민규가 지환의 귀에 속삭였다.

"…연락 두절입니다."

♠ ♥ ♣

— 일이 많아서 오늘 늦을 거야.

은하에게 달랑 문자 한 통 보내놓고 나서 휴대폰을 꺼놓은 지환은 사무실에 우두커니 앉아 안절부절못했다. 나쁜 남자 되는 게 참 쉽지 않은 길이었다. 생각 같아서는 6시 땡 하자마자 은하에게 달려가고 싶은데, 그걸 억지로 참아야 한다니. 민규는 최소 밤 12시는 넘겨야 한다고 했는데, 결국 지환이 자리를 박차고 일어선 것은 겨우 밤 10시 조금 넘어서였다.

"큰형님, 왜 이제 오십니까?"

집에 돌아오자마자 덩어리 중 하나가 숨 가쁘게 달려와서 외쳤다.

"누님이 아까 병원에 실려 가셨습니다!"

"뭐? 은하가? 왜!"

지환은 가슴이 철렁해서 물었다.

"모르겠습니다. 그냥 저녁 무렵부터 갑자기 계속 토하신다고….
몇 시간을 토해도 멈추질 않아서 결국 구급차를 불러 가셨습니다."

지환은 눈앞이 캄캄해졌다. 곧바로 차를 몰아 은하가 갔다는 병
원으로 향하는데, 가는 길에 별의별 생각이 다 들었다. 만약에 은
하에게 무슨 일이라도 생긴다면…!

다행히 은하는 미호처럼 중환자실에 있거나 하지 않았다.

"오빠 왔어?"

덩어리들에게 둘러싸여 침대에 누워 있던 은하가 뛰쳐들어오
는 지환을 보고는 반갑게 몸을 일으켰다. 미소 짓는 얼굴이 하도
새하얘서 마치 심장을 날카로운 것으로 베어내는 듯한 느낌이 들
었다. 지환은 숨이 넘어가게 물었다.

"무슨 일이야, 응?"

"자꾸 토하는 바람에 실려 왔어. 지금은 링거 맞고 좀 가라앉아
서 괜찮아."

"어디가 문제래? 검사는 받아봤고?"

곁에 있던 다른 덩어리가 대신 대답했다.

"입덧이랍니다."

지환은 안도의 한숨을 내쉬었다.

"다행이다. 난 또 무슨 큰 병이라도 걸린 줄…."

잠깐만, 입덧? 지환은 한 박자 늦게 얼어붙었다.

"이제 7주 넘어간대. 난 자꾸만 잠이 쏟아지길래 춘곤증인 줄만 알았네, 바보같이."

은하가 헤헤 웃고는 물었다.

"근데 오빠는 많이 바빴나 봐. 전화도 계속 안 받고. 저녁은 먹었어?"

하필이면 제일 급할 때 곁에 없었는데도 원망하는 기색이라고는 없는 아내를 보고, 지환은 눈시울이 왈칵 뜨거워졌다. 나란 놈은…! 지환은 은하를 세차게 끌어안았다.

"다신 안 그럴게. 나 나쁜 남자 안 될게."

"응? 나쁜 남자?"

영문을 몰라 묻는 은하를 꼭 껴안고, 지환은 눈물을 흘리며 되풀이했다.

"좋은 남편, 좋은 아빠가 될 거야."

덩어리들이 하나둘씩 돌아서며 덩달아 눈물을 훔쳤다.

9

용서한다는 것

🎺

아기가 찾아온 기쁨도 잠시. 지독한 입덧 때문에 은하는 그야말로 지옥을 맛보고 있었다.

"은하 네가 나보다 훨씬 심한 것 같아."

임신 초기에 입덧이 심해서 한동안 고생했던 미호가 그렇게 말할 정도였다.

사실 미호 때는 옆에서 보며 대체 입덧이 뭐길래 저렇게 힘들어하나, 싶었는데 직접 겪어보니 상상을 초월할 정도였다. 모든 음식에서 심한 냄새가 나고, 하루 종일 속이 울렁거리고, 잠깐 괜찮다 싶어서 뭐라도 조금 먹으면 어김없이 게워내는 바람에 결국은 굶는 꼴이 될 때가 많았다. 그뿐인가. 먹은 게 없어 속은 비었는데도 울렁거림은 계속 이어져서, 노란 물까지 토해내는 게 하루에도 몇 번이었다. 밤에도 몇 번은 일어나서 화장실로 달려가야 하니 잠도 깊이 들지 못했다.

제대로 먹지도 자지도 못하는 나날. 그 바람에 은하는 겨우 올랐던 살이 도로 다 내려서 뺨이 홀쭉해지고 말았다. 그런 아내를 보면서 지환은 안타까워 어쩔 줄을 몰랐다. 은하가 저토록 힘들어하는데 해줄 수 있는 게 없다는 것이 너무나 괴로웠다.

은하는 하루 종일 시체처럼 거실 소파에 누워 있는 게 고작이었다. 그동안 유튜브 채널은 덩어리들끼리 알아서 운영했고, 지환은 식사도 덩어리들과 함께하고 있었다. 은하가 밥 냄새만 맡아도 구역질을 하는 바람에 어쩔 수 없었다.

"그래도 난 누워 있기만 하면 되니까 얼마나 행운이야? 아파도 다른 사람들이 대신 일해주고, 남편 밥도 대신 챙겨주고."

헬쑥해진 얼굴로 웃는 은하를 볼 때마다 지환은 미칠 것만 같았다. 당장은 아이를 가진 기쁨보다 고생하는 은하를 보는 고통이 훨씬 더 커서, 역시 아이를 갖지 말았어야 했나, 하는 생각까지 들 정도였다.

출근도 줄이고 은하를 시중드는 데 최선을 다했지만 그렇다고 나아지는 건 없었다. 수액도 맞혀보고, 항구토제도 처방받아 먹여보고, 입덧에 좋다는 한약도 지어다 먹여보고, 매일같이 토란즙도 손수 내서 먹이고. 갖은 방법을 다 써봐도 효과는 미미했다. 엄마는 거의 굶다시피 하는 와중에도 아기는 쑥쑥 자라는 게 신기할 뿐이었다.

결국 은하가 임신 4개월에 접어들 무렵, 지환은 선언했다.

"나도 너하고 같이 굶겠어."

은하가 굶고 있는데 더 이상 자기만 먹고 있을 수 없다는 거였다. 처음엔 저러다 말겠지, 했는데 지환은 그때부터 정말로 은하와 함께가 아니면 식사를 하지 않았다. 그러다 보니 하루에 기껏해야 한 끼, 심할 때면 하루 이틀씩도 예사로 굶었다. 곧 지환도 살이 쭉쭉 내리기 시작했다. 탐스러웠던 근육질의 몸도 하루하루 몰라보게 슬림해져갔다.

"오빠, 이게 정말 날 위한 거라고 생각해?"

보다 못한 은하가 호소했지만 지환은 꿈쩍도 하지 않았다.

"너 나 몸 보고 좋아한 거 아니라면서?"

이러다 사람 잡겠다, 하는 생각이 들어서 은하는 억지로라도 음식을 먹기 시작했다. 먹고 나서 그대로 토해내는 게 대부분이었지만, 죽을힘을 다해서 세끼를 꼬박꼬박 챙겨 먹었다. 그렇지 않으면 지환이 생으로 굶게 되니까.

억지로라도 먹었던 게 효과가 있었던 걸까, 아니면 괜찮아질 때가 돼서 그랬던 걸까. 임신 6개월에 접어들면서 드디어 입덧이 나아지기 시작했다. 가끔은 속이 울렁거리기도 하고, 심하면 역시 토하기도 했지만, 빈도가 훨씬 줄어들고 냄새도 점점 역하게 느껴지지 않았다.

그리하여 한숨 돌리게 되었을 때쯤, 뉴스에서 야옹이파의 소식이 보도되었다. 작년부터 시작된 야옹이파에 대한 재판 결과가 드디어 나온 것이었다. 두목인 고양희는 징역 20년. 나머지 조직원들도 죄의 경중에 따라 전원 실형을 살게 되었다. 야옹이파를 사주해서 지환과 덩어리들에게 죄를 뒤집어씌웠던 장재석 검사장에 대한 1심 판결도 거의 비슷한 시기에 나왔다. 징역 2년 6개월.

- 자칫 죄 없는 사람들이 수십 년씩 징역 살 뻔했는데 겨우 2년 6개월?
- 야옹이파도 나쁜 놈들이지만 걔네는 20년씩 사는데 왜 공범인 검사는 2년 6개월임?
- 자기네 식구라고 검찰이 봐주기 수사한 거지, 뭐.

솜방망이 처벌이라고 여론이 들끓는 가운데, 사실 가장 큰 문제는 따로 있었다. 정작 장재석의 아들인 장태현 검사는 아무 처벌도 받지 않은 것이었다. 야옹이파 쪽에서는 장태현 검사도 연루되어 있다, 애초에 그가 제 아버지인 장재석과 연결시켜준 거라고 주장했지만, 장재석은 완강히 부인했다. 아들은 상관없다, 모두 자신이 혼자 한 짓이라고 진술했다. 결국은 증거 불충분으로 태현은 무죄가 되어 멀쩡히 검사직을 유지하게 됐다.

진상을 아는 지환과 은하로서는 어이가 없는 일이었다.

"아니, 무죄라니? 이게 다 누구 때문에 벌어진 일인데!"

뉴스를 보다 흥분하는 은하를, 지환이 얼른 토닥여 달랬다.

"가만히 있어, 아기 놀라."

♤ ♥ ♧

20년 형을 받은 고양희는 항소를 포기하고 구치소에서 교도소로 이감되었다. 형이 확정되고 나니 그동안의 인생이 허무해졌다. 조직폭력 범죄자는 설사 모범수가 되어도 가석방되는 건 거의 불

가능하다. 출소하면 60대 초반. 즉 남은 인생의 거의 대부분을 감옥에서 보내야 한다는 뜻이다. 그 와중에 알고 싶지도 않은 서지환에 대한 소식은 감옥 안에서도 꾸준히 들려왔다. 워낙 건달들 세계에서는 존경받던 놈 아닌가. 게다가 사회적으로 하도 큰 화제이니, 싫어도 알게 될 수밖에 없었다. 결국은 그 미니 언니인가 뭔가 하는 계집애와 결혼을 했다는 소식까지 뉴스로 알게 되었다.

이상한 것은 전처럼 부아가 나지 않는다는 거였다. 전에는 서지환과 녀석이 데리고 나간 부하들이 잘 지내고 있는 것만 보면 배알이 뒤틀리다 못해 울화통이 터질 지경이었는데, 지금은 왠지 생각이 많아졌다.

여태 고양희는 나름의 신념을 가지고 있었다. 나쁜 놈은 나쁜 놈들대로의 삶의 방식이 있다. 다르게 살려고 발버둥 쳐봐야 결국은 상처나 입고 돌아올 뿐이다. 손 씻은 녀석들을 못마땅하게 여겼던 것도, 어차피 되지도 않을 일에 쓸데없이 애쓴다고 생각했기 때문이다. 그러니 부하들까지 데리고 나간 지환이 곱게 보일 리 없었다.

'헛짓을 하려거든 혼자서 할 일이지, 다른 녀석들한테까지 헛바람을 넣어?'

그럴수록 고양희는 하던 일에 더욱더 심혈을 기울였다. 기왕에 악이라면, 악의 정점에 서는 것이 데리고 있는 부하들을 위한 일이라고도 생각했다. 그런데 여기까지 오게 되니 처음으로 그런 생각이 들었다.

'어쩌면 지환이 녀석이 옳았던 게 아닐까.'

하지만 무슨 생각을 해도 어차피 늦은 일이었다. 현실은 이미 고양희 자신은 물론 부하들까지 죄다 감방에서 썩게 되었다. 한때 서울 최대 조직으로서 전국을 제패하겠다던 꿈도 물거품처럼 사라져버렸다.

검찰 고위 간부가 연루된 사건인 데다, 거물 정치인이 직접 수사를 당부한 건이라 검찰도 이를 악물고 수사했다. 결과는 말 그대로 일망타진. 지금은 영치금 한 푼 넣어줄 사람조차 남지 않았고, 나중에 출소한 후 어떻게 살아가야 할지도 알 수 없는 마당이었다.

착잡한 마음으로 하루하루를 보내고 있던 고양희에게 어느 날 생각지도 못했던 손님이 찾아왔다. 다름 아닌 서지환이었다.

왜 찾아왔는지는 뻔했다. 수용복을 입은 자신을 보고 꼴좋다고 말하러 왔겠지. 접견을 거절하면 그만이었지만, 고양희는 왠지 딴 생각이 들었다. 녀석이 어릴 적에 싸우기 싫다, 공부하고 싶다고 울었던 기억이 떠올라서였다. 그런 놈을 데려다가 깡패로 만들어 놓은 건 바로 내가 아닌가. 그러니 비웃음 정도는 한 번쯤 들어줘야 하지 않을까.

"오랜만입니다, 야옹이 형님."

맞은편에 앉아 있는 서지환의 얼굴을 보고, 고양희는 내심 놀랐다. 원래 인상 자체가 무척 살벌한 놈이다. 손을 씻은 후에도 누가 봐도 조폭이었다. 그런데 지금 보니 인상이 확 바뀌어 있지 않은가. 물론 생김새는 그대로지만 특유의 날카로움이 사라지고 어딘가 온화하고 느긋한 느낌이 들었다.

"놀리러 왔냐?"

비꼬듯이 툭 내뱉자, 지환이 조용히 대답했다.

"아닙니다. 드릴 말씀이 있어서 왔습니다."

"뭔데?"

지환의 입에서 기대했던 것과는 정반대의 말이 흘러나왔다.

"저는 앞으로 형님을 미워하지 않기로 했습니다."

고양희는 순간 멍해졌다. 서지환이 제게 품고 있는 증오를, 누구보다 고양희 자신이 잘 알고 있었다. 무엇보다 저 얼굴의 흉터도 제 손으로 그었던 것인데, 갑자기 무슨 엉뚱한 소리일까. 고양희가 어안이 벙벙해 있는데, 지환이 계속해서 말했다.

"동생들이 출소하면 생계가 막막할 겁니다. 원하는 사람은 저한테 보내시면, 제 공장에서 일할 수 있게 하겠습니다."

갈수록 놀라운 이야기였다.

"형님도 출소 후에 원하시면 제가 일자리를 드릴 수 있습니다. 그때까지는 영치금도 제가 넣어드리겠습니다."

잠시 후 고양희의 입에서 픽 하고 비웃음이 새어 나왔다.

"뭐야, 이 새낀. 너 뭐, 갑자기 할렐루야라도 됐냐?"

하지만 지환은 화내지 않고 계속 말했다.

"제가 결혼해서 아이까지 갖게 됐습니다. 저한테는 기적 같은 일입니다."

"그래서?"

"이제 누군가를 원망하고 미워하는 데 지쳤습니다. 모든 미움도 원망도 다 털어버리고, 앞으로는 아내와 아이를 사랑하는 마음만 갖고 살아가자는 생각이 들었습니다."

지환은 가슴을 펴고 고양희를 똑바로 바라보았다.

"제 부모님은 용서하려 해도 벌써 돌아가셨습니다. 그래서 생각해보니 남은 게 형님뿐이었습니다."

고양희는 아무 말도 하지 못했다. 뭐라고 말해야 좋을지 알 수가 없었다. 다만 알 수 있는 것은, 자신이 완전히 틀렸다는 사실이었다. 여태 사람은 변할 수 없다고 생각했다. 한 번 깡패는 영원한 깡패라고, 송충이는 솔잎을 먹고 살아야 하는 법이라고.

아니, 사람은 얼마든지 변할 수 있었다. …눈앞에 있는, 이 남자처럼.

날카로운 눈매에 온화한 빛을 담고, 지환은 고양희를 바라보았다.

"부디 건강하고 평안하십시오."

♠ ♥ ♣

고양희를 만나고 왔다는 지환의 말에 은하는 깜짝 놀라 자세를 고쳐 앉았다.

"왜 그랬어?"

"아기 생긴 거 처음 알았을 때부터 생각했던 거야."

이제 조금씩 볼록하게 나오기 시작하는 은하의 배를 가만히 쓰다듬으며 지환은 말했다.

"그냥, 내가 너무 행복해서. 이젠 우리 아기만 사랑하기도 바쁜데, 누굴 미워하는 데 1초라도 시간을 허비하고 싶지 않았어. 그래서 내가 누굴 제일 미워하나, 생각해봤더니 결국 야옹이 형님이더라고."

고양희가 그동안 그에게 어떤 짓을 저질러왔는지 은하는 잘 알고 있었다. 자기도 거울을 볼 때마다 떠올리지 않을 수 없을 텐데, 그런 사람을 용서하겠다니. 그만큼 아기에 대한 사랑이 크다는 게 느껴져서 가슴이 뭉클했다.

"좋아, 엄마도 질 수 없지. 가만있자, 난 누가 있지?"

자신도 누군가에 대한 미움을 접어야겠다고 생각했지만, 정작 잘 떠오르지 않았다. 부모님이야 굳이 만나지 않을 뿐, 진작 용서했다. 원래 그런 분들이었던 거고, 자신이 가족과 맞지 않았을 뿐이라고 정리한 일이니 미움 따위도 없었다.

"음…."

인상을 쓰고 고민하는 은하를 지환이 웃으며 달랬다.

"살면서 미운 사람 생기면 그때 생각하자."

♤ ♥ ♧

입덧이 잦아들자 은하는 몇 달 만에 처음으로 외출을 했다. 미호랑 둘이 백화점에 가서 아기 옷 구경도 하고, 아기용 가구도 보고. 그것만으로도 숨통이 트이는 것 같았다.

"와, 이거 너무 예쁘다, 그치?"

"예쁜데 신생아 우주복은 많이 사지 마. 얼마 못 입혀."

오랜만에 아기를 일영에게 맡기고 외출한 미호도 신이 났다. 생후 6개월이 된 미호네 아기인 유리는 무럭무럭 잘 자라고 있었다.

쇼핑을 끝내고 둘은 백화점 안에 있는 이탈리안 레스토랑에서 식사를 했다. 크림 파스타를 주문하는 은하를 보고 미호가 걱정했다.

"괜찮겠어? 너 아직 입덧 완전히 끝난 거 아니라며."

"그래도 요즘은 많이 나아졌어. 이번 주에는 아직 한 번도 안 토했다?"

"어때, 입덧 좋아지니까 기분 째지지?"

"어, 세상이 온통 다 핑크빛이다."

정작 시켜놓은 파스타는 먹는 둥 마는 둥 두 여자는 수다에 열중했다.

"유리 아버님은 어때? 공부 열심히 하고 있어?"

유리가 태어난 무렵에 선언한 대로, 일영은 회사를 그만두고 공부에만 전념하고 있었다. 요즘은 촬영 때도 얼굴을 잘 비추지 않아서 '삑삑이 오빠' 팬들이 서운해할 정도였다.

"장난 아니야. 어찌나 무섭게 공부를 하는지, 저러다 쓰러질까 봐 겁날 정도야."

"그래? 내가 빨리 좋아져야겠다. 일영 씨 공부 좀 봐주게."

"아직은 모르는 거 있으면 내가 가르쳐줄 수 있는 수준이라 괜찮아."

대답하던 미호가 무슨 생각을 했는지 갑자기 눈을 빛냈다.

"참, 우리 엄마가 그러더라. 나 결혼하기 전에 엄마가 용하다는 무당한테 점을 본 적 있는데, 사 자 붙은 사위를 얻을 거라고 장담을 하더라. 근데 정작 일영 오빠랑 결혼하는 바람에 용한 무당은 무슨, 사기꾼이구나 했었대."

"헐!"

오랜만의 외출, 친구와의 수다. 너무 즐거운 나머지 식사는 장 장 한 시간 반이나 걸려서 끝났다.

"우리 커피 마시러 가자, 미호야. 옆에 예쁜 카페 있더라."

하지만 미호는 고개를 저었다.

"집을 너무 오래 비웠어. 이제 들어가서 아기 봐야지."

"에이, 오늘은 일영 씨더러 좀 보라고 해. 평소엔 네가 훨씬 더 많이 보잖아?"

"됐어. 오빠 공부해야지."

결국 미호는 아쉬워하는 은하를 뿌리치고 일어섰다.

"먼저 들어가, 그럼. 난 좀 더 둘러보다 들어갈 테니까."

모처럼의 외출인데 벌써 집에 들어가기 싫어서, 은하는 미호를 보내고 백화점에 남았다. 혼자서 계속 아기 물건들을 구경했지만, 미호가 없으니 아까만큼 재미가 없었다. 좀 더 시간을 보내다가 지환이 퇴근할 때쯤 같이 밖에서 저녁 먹고 들어갈까 했는데, 역 시나 몸도 무겁고 저녁까지 혼자 버틸 자신이 없어졌다.

결국 미호가 간 지 30분도 안 되어서 은하도 백화점을 나왔다. 지하 주차장에 들어서서 차가 있는 쪽으로 향하는데, 갑자기 뒤에 서 누군가가 은하를 확 끌어안았다. 찰나의 순간 생각한 것은 지 환인가, 하는 거였다. 내가 여기 있는 건 어떻게 알고 왔지?

"오빠…."

그러나 다음 순간, 코와 입을 뭔가로 틀어막히는 바람에 은하는 더 말을 잇지 못했다. 독한 약품 냄새가 확 끼쳐오는 동시에 의식 이 가물가물해졌다.

♤ ♥ ♧

은하의 입덧이 나아지고 나서부터 지환은 또다시 이것저것 사다 나르기 바빴다. 한참 동안 음식만 가져가면 기겁하며 제발 치우라고 손을 내젓는 것만 봤더니 이제는 은하가 뭘 먹기만 해도 감동의 눈물이 나올 지경이었다.

— 입덧 끝났다고 너무 많이 먹으면 안 된대. 미호가 그랬다가 살찐 거 아직 다 못 빼서 속상해하잖아.

은하는 그렇게 말했지만 지환은 귓등으로도 듣지 않았다. 못 먹어서 비쩍 말라가는 걸 보느니 차라리 토실토실 찌는 게 천배는 나을 것 같았다. 그래서 요즘은 퇴근길에 빈손으로 들어가는 법이 없었다. 오늘은 근처의 유명한 맛집에 들러서 주꾸미볶음을 포장해왔다. 특별히 동생 녀석들 몫까지, 아예 커다란 보따리처럼 된 비닐봉지를 두 손에 들고 귀가했는데 정작 신혼집은 텅 비어 있었다. 녀석들하고 같이 있나, 하고 가봐도 마찬가지였다.

"형수님 안 오셨는데요?"

덩어리들도 모른다는 것이었다. 그제야 지환은 뒤늦게 떠올렸다.

'아, 그러고 보니 오늘 낮에 제수씨랑 밖에서 만난다고 했었지.'

오랜만의 외출이니 늦어지는 것도 당연하다고 생각하며 지환은 은하에게 전화를 걸었다. 밖에서 저녁 먹고 들어올 거냐, 언제까지 데리러 가면 되느냐고 묻기 위해서였다. 그런데 왠지 은하는 몇 번을 걸어도 전화를 받지 않았다. 어쩔 수 없이 미호에게 전화를 걸자 이번에는 금세 연결되었다.

"아, 네, 대표님!"

"안녕하십니까, 제수씨. 은하가 전화를 안 받아서요. 좀 바꿔주시겠습니까?"

"네? 저는 한참 전에 집에 들어왔는데요."

"같이 안 있단 말입니까?"

"은하요, 저랑 점심 먹고 2시쯤 헤어졌어요. 혼자 백화점 좀 더 구경하다 들어간다고 했는데, 설마 아직도 안 왔다고요?"

지환보다 미호가 더 당황해했다. 흘깃 시계를 보자 벌써 7시가 넘어 있었다. 그렇다면 미호와 헤어진 지 다섯 시간이나 됐다는 건데. 지환은 본능적으로 이상함을 느꼈다. 은하는 벌써 임신 6개월이 거의 지나 조금 있으면 7개월 차에 접어든다. 하루가 다르게 배가 불러오고, 조금 무리하면 배가 딱딱하게 뭉치고, 무엇보다 오래 걸으면 허리가 아파오고 숨이 차오르는데. 그런 여자가 밖에서 다섯 시간이나 혼자 쇼핑을 하고 있다고?

혹시 모처럼 외출한 김에 또 누구를 만나고 있나, 생각해봤지만 짚이는 사람이 없었다. 미호 외에 친하게 지내는 사람이라고는 동생 녀석들뿐이고, 예나만 해도 따로 은하와 만나는 사이는 아니었다.

"이상하네요, 얘가 저 말고 만날 사람도 없을 텐데."

역시나 미호도 같은 소리를 했다.

"전화도 안 받는다고요? 혹시 무슨 일이라도 생긴 거 아닐까요?"

"제가 더 연락해볼 테니 일단 너무 걱정 말고 계십시오. 어느 백화점이었습니까?"

백화점까지 확인하고 나서 지환은 전화를 끊었다. 그 길로 다시 은하에게 전화를 걸어봤지만 역시나 그녀는 받지 않았다. 혹시나 다른 약속이 있다고 해도, 저녁 시간에 늦을 정도면 미리 전화해서 얘기해줬을 텐데. 분명 무슨 일이 생긴 거라고 지환은 판단했다.

"혹시 은하 들어오거든 나한테 바로 연락해. 난 좀 나갔다 오겠다."

지환은 그대로 몸을 돌려 뛰어나갔다.

♤ ♥ ♧

은하가 눈을 뜬 곳은 낯선 방이었다.

'여기가 어디지?'

지끈거리는 머리로 생각하며 몸을 일으키려는데, 발목에서 뭔가가 철컹, 하는 소리가 나며 묵직한 느낌이 들었다. 익숙하고도 끔찍한 느낌, 바로 족쇄였다. 심장이 내려앉는 것과 동시에 은하는 이게 어떻게 된 일인지 깨달았다. 또 그놈 짓이구나.

죽도록 무서웠지만, 은하는 애써 마음을 단단히 먹었다. 이제 자신에게는 은우가 있지 않은가. 얼마 전 검진에서 배 속 아기가 아들이라는 것을 알고, 제 이름 '은하'에서 한 글자, 그리고 지환의 원래 이름인 '현우'에서 한 글자를 따서 지은 이름이었다. 이름 한 번 불러보지 못하고 모자가 나란히 죽을 수는 없는 노릇이었다.

'반드시 살아서 여길 나가야 해.'

지난번에 납치당했을 때보다도 훨씬 더 강한 의지였다. 은하는 일단 몸을 일으켜 앉아서 주위를 둘러보았다. 커튼이 쳐져 있지만 창문 위치가 다른 것이, 전에 납치되었던 그 방은 아니었다. 방문 색깔 자체가 다른 걸 봐서는 아예 태현의 집이 아닌 것 같았다.

하기야 그 집은 이미 지환이 알고 있는데 장태현처럼 머리 좋은 인간이 또 같은 곳으로 납치를 할 리 없을 테다. 방은 꽤 넓은데 가구라고는 침대와 그 옆의 작은 협탁 말고는 하나도 없이 횅한 것이, 마치 대학 시절에 MT로 갔던 숙박업소를 떠올리게 했다.

방을 둘러보다 문득 은하는 숨을 삼켰다. 텅 비다시피 한 방 한 구석을 온갖 장난감들이 채우고 있었다. 레고, 인형, 소꿉놀이 세트, 장난감 기차, 비행기 만들기 세트…. 살풍경한 방에 어울리지 않는 장난감들이 오히려 한층 섬뜩한 분위기를 자아냈다.

잠시 후 방문이 열리고 사람이 들어왔다. 전에 만났을 때보다 많이 초췌해 있고, 옷차림도 양복이 아닌 편안한 차림이었지만 역시 상대는 태현이었다.

"아, 정신이 들었어?"

히죽거리는 태현에게 은하는 애써 침착하게 대꾸했다.

"나랑 놀고 싶었으면 그냥 부탁을 하지 그랬어요. 이렇게 납치까지 하지 않아도 됐을 텐데."

물론 머릿속은 바빴다.

'지금 몇 시쯤 됐지? 내가 납치당한 걸 오빠가 알아챘을까?'

마치 은하의 생각을 꿰뚫어본 것처럼 태현이 말했다.

"포기해. 이번엔 아무도 구하러 오지 못할 테니까."

자신 있는 목소리에 은하는 한숨을 내쉬었다.

"그때랑 지금은 상황이 달라요. 지금 나는 전 국민이 아는 유명인이라고요."

결코 과장이 아니었다. 〈미니와 커다란 친구들〉이 워낙 여러 사건으로 유명해진 덕분에, 유튜브라고는 안 보는 사람들도 최소한 은하의 얼굴과 이름 정도는 알고 있었다.

"대체 언제까지 날 숨겨둘 수 있을 거라고 생각해요?"

하지만 태현은 계속해서 히죽거렸다.

"오래 숨겨둘 생각은 나도 없어."

숨겨진 뒷말에서 불길한 느낌이 전해져와 소름이 끼쳤다.

"이러지 말아요. 지금 날 무사히 돌려보내주면 그냥 없던 일로 할게요. 힘들게 검사씩이나 돼놓고 왜 자기 인생을 자기 손으로 망치려고 해요?"

달래듯 말하자 태현은 픽 웃었다. 자포자기한 자의 그것이었다.

"어차피 내 인생은 끝났어. 동료 검사들이 날 어떤 눈으로 보는지나 알아?"

법적으로는 검사직을 유지할 수 있게 됐다 해도, 본인에게 씌워졌던 혐의는 물론이고 아버지까지 실형을 살게 되었으니 더는 버티기 힘든 모양이었다.

입술이 하얘지도록 깨물고, 태현은 중얼거렸다.

"너하고 질리도록 놀고 나서 모든 걸 끝내버릴 거야."

죽겠다는 뜻인 건 확실히 알겠다. 그게 혼자 죽겠다는 건지, 아니면 은하도 함께 길동무로 데려가겠다는 뜻인지는 모르겠지만. 어느 쪽이든 지금은 물어봐서 좋을 게 없다고 은하는 판단했다.

"좋아요. 그럼 우리 뭐부터 하고 놀까요?"

은하는 장난감들을 눈짓으로 가리키며 말했다.

"나하고 놀고 싶어서 데려왔다면서요?"

은하가 순순히 협조하고 나서자 태현이 오히려 움찔했다. 당황한 눈으로 은하를 쳐다보던 그는, 다음 순간 무슨 생각을 했는지 싸늘하게 내뱉었다.

"또 잔머리 굴릴 생각 마. 그따위 허튼수작이 통할 것 같아?"

은하는 웃었다.

"알아요, 저번에 실패해봐서."

태현을 꼬셔서 겨우 장난감 매장으로 나가는 건 성공했지만, 그곳에서 탈출하려다 실패했던 일을 말하는 것이었다.

"내가 잔머리 굴려봐야 어떻게 검사님 머리를 이기겠어요. 그럴 생각 없으니까 걱정 말고 장난감이나 가져와요."

그래도 태현이 머뭇거리고 있자 은하는 영차, 하고 일어나 쇠사슬을 끌면서 직접 다가가 장난감을 살펴보았다.

"어떤 걸로 할까…. 아, 이거 좋다."

산더미같이 쌓인 장난감 중에서 하나를 골라 들고, 은하는 뒤돌아섰다.

"자, 우리 재미있게 놀아볼까요?"

미니 언니의 얼굴이었다.

♤ ♥ ♧

며칠이 지났을까. 방 안에는 시계도, TV도 없어서 오로지 낮밤이 바뀌는 걸로밖에 날짜를 가늠할 수가 없었다. 방 안에 갇혀서 가끔씩 태현이 가져다주는 삼각김밥이나 도시락, 컵라면 따위로 끼니를 때우며 은하는 종일 그와 놀아줘야 했다.

"자, 이번엔 액체 괴물을 만들어볼까요?"

은하는 진심으로 성의를 다해서 태현과 놀아주었다. 상대는 어른도, 검사도, 납치범도 아니라고 생각하려 노력했다. 그냥 몸만 커다랗게 자란 어린애다. 엄마 아빠가 놀아주지 않아서 심사가 많이 비뚤어진 어린애일 뿐이다, 하고.

전에 납치당했을 때 얼핏 태현의 어린 시절에 대해 들은 적이 있었다. 은하와 별로 다르지 않은 어린 시절이었다. 부모에게 진심으로 사랑받지 못하고, 공부하는 기계 취급을 당했던 어린 시절. 다행히 자신은 잘 극복하고 어른이 되었지만, 이 사람은 여태 몸만 어른이 됐을 뿐 여전히 마음은 불행한 어린 시절에 묶여 있었다. 그렇다는 건, 어쩌면 마음이 무척 약한 사람이라는 뜻 아닐까.

임신한 여자 특유의 모성애까지 더해져서일까. 은하는 조금씩 태현을 무섭기보다는 측은하게 생각하기 시작했다. 전에 납치당했을 때는 어떻게든 비위를 맞춰서 탈출할 기회를 노리려고 놀아준 거라면, 지금은 진심으로 측은한 마음에서 놀아주고 있었다.

이 사람은 죽을 생각이다. 오죽 한이 맺혔으면 죽기 전에 제일 하고 싶은 일이 나와 노는 거였을까. 처음에는 이 여자가 무슨 속셈인가, 하는 것 같던 태현도 조금씩 경계를 푸는 것이 보였다.

— 잠깐 쉴까?

어느덧 은하가 놀다가 힘들어하면 먼저 이렇게 말해주기까지 했다.

납치된 지 아마도 나흘째. 아침부터 기차놀이 세트로 한바탕 놀고 나서, 지쳐 침대에 등을 기대고 쉬는 은하를 향해 태현이 불쑥 말했다.

"…그거 말이야."

무슨 소린가 싶어서 고개를 들어보니 태현의 시선이 은하의 부른 배에 꽂혀 있었다.

"은우라고 해요."

은하는 일부러 고쳐 말해주었다.

"입덧이 너무 심해서 태명이고 뭐고 지을 겨를도 없었거든요. 입덧이 나아졌을 무렵엔 성별을 알게 됐고, 그래서 태명 없이 바로 이름을 지어줬어요. 남자아이예요."

무슨 생각을 하는지 태현은 입속으로 은하가 들려준 이름을 되뇌었다.

"은우…."

"그래요. 이제 석 달 정도 있으면 세상에 나올 거예요."

속으로는 무척 불안해하면서 말했는데, 다행히도 태현은 '누가 태어나게 놔둔대?' 따위의 살벌한 말을 지껄이지는 않았다.

"은우가 태어나면 많이 사랑해줄 거예요. 내가 부모님한테 받지 못한 만큼."

은하는 부른 배를 살며시 쓰다듬으며 중얼거렸다.

"전에 말한 적 있죠? 내 어린 시절도 당신이랑 다를 바 없었다고요. 심지어 나는 언니랑 오빠가 공부를 너무 잘하는 바람에 더 많이 혼났어요."

"…"

"나는 절대 내 부모 같은 엄마가 되지 않을 거예요. 공부 못해도 예뻐해줄 거고, 많이 놀아도 줄 거예요."

"은우는 좋겠군. 좋은 엄마를 만나서."

진심으로 아기가 부럽다는 듯한 말투에 은하는 고개를 번쩍 들고 태현을 바라보았다.

"당신도 그럴 수 있어요."

태현이 조금 당황한 듯한 얼굴을 했다.

"당신 아이를 낳아서 마음껏 사랑해주고 놀아주면 돼요. 비록 지나온 시간은 되돌릴 수 없지만, 내가 누리지 못한 걸 내 아이에겐 해줄 수 있잖아요, 얼마든지."

은하는 진심으로 호소했다.

"난 입덧이 너무 심해서 석 달을 꼬박 누워만 있었어요. 너무 괴로워서 죽고 싶다는 생각까지 했지만, 그 생각을 하면 얼마든지 버틸 힘이 났어요. 이 아이는 절대 나처럼 만들지 말아야지, 꼭 행복한 아이로 만들어줘야지."

"……"

"생각해봐요. 태현 씨는 장난감 가지고 노는 거 무척 좋아하잖아요. 당신 아이한테 얼마나 좋은 아빠가 될 수 있겠어요?"

짧은 순간, 태현의 눈에 생기가 어렸다. 그가 방금 자기 아이와 즐겁게 노는 장면을 상상했다는 걸 은하는 알았다. 가슴이 마구 뛰었다.

'어쩌면 마음을 돌릴 수 있을지도 몰라.'

하지만 태현은 금세 딱딱한 표정으로 돌아가서 말했다.

"쓸데없는 소리 하지 마. 말했잖아, 내 인생은 끝났다고."

고집스러운 목소리였다.

"아직 끝나지 않았어요. 얼마든지…."

"죽고 싶거든 계속 지껄여."

은하는 더 이상 아무 말도 할 수가 없었다.

♤ ♥ ♧

처음으로 태현의 입에서 죽이겠다는 말을 들은 충격 때문일까. 그날 밤, 은하는 배가 뭉치는 바람에 잠들지 못했다. 편한 자세로 누워서 안정을 취하려 했지만 점점 심해지고 통증까지 시작되었다.

"뭐야?"

은하가 신음하는 걸 거실에서 들었는지, 결국은 태현이 달려왔다.

"배가 아파요."

식은땀까지 흘리는 걸 보고 쇼가 아니라는 걸 알아챈 모양이었다.

"설마 애가 나오는 거야? 지금?"

더럭 겁이 난 얼굴을 하는 태현에게 은하는 아픔을 참고 설명했다.

"아직 멀었어요. 그냥 배가 뭉치는 거예요. 무리하거나 스트레스를 받으면 가끔 이래요."

"그래서 뭘 어떻게 해야 하는 건데?"

"따뜻한 물수건 좀 가져다주세요."

"조금만 기다려."

태현이 황급히 나가더니 잠시 후 물수건을 만들어 왔다. 은하는 가장 편한 자세로 누워 물수건을 배에 얹고 눈을 감은 채 진정하려 노력했다.

'은우야, 괜찮아. 엄마가 꼭 지켜줄게.'

아기가 알아들은 것일까. 잠시 후 뭉쳤던 배가 스르르 풀리며 조금씩 통증이 가라앉기 시작했다. 은하가 긴 한숨을 내쉬며 바로 돌아눕자 태현이 안절부절못하고 물었다.

"어때? 이제 좀 괜찮아?"

"네. 덕분에 한결 낫네요. 고마워요."

태현도 덩달아 안도의 한숨을 내쉬었다.

"다행이야. 난 또 아이가 어떻게 되는 줄 알고 깜짝 놀랐네."

진심으로 걱정했다는 게 느껴져서 은하는 울컥했다. 역시 나를 죽일 생각까지는 없었던 거구나.

"조금씩 놀기 시작하네요."

태현이 신기한 눈으로 옷에 가려진 은하의 배를 바라보았다. 혹시 아이의 움직임을 직접 느끼면 마음이 약해지지 않을까, 하는 생각에 은하는 용기를 냈다.

"한번 만져볼래요?"

태현이 침을 꿀꺽 삼키고 조심스럽게 손을 뻗었다. 손끝이 은하의 배에 닿는 순간, 마침 안에서 아이가 꿀렁, 크게 뛰놀았다. 기겁을 해서 얼른 손을 거두는 태현을 보고 은하는 쿡쿡 웃었다. 얼굴이 빨개진 다음 순간, 왠지 태현은 얼굴을 확 굳혔다.

"장태현 씨?"

불렀지만 태현은 대꾸하지 않고 이를 악문 채 방을 나가버렸다.

♤ ♥ ♧

간밤에 배 뭉침이 심해서 잠을 설친 탓에 늦잠을 자던 은하는 뭔가 이상한 느낌에 눈을 떴다. 뭔가가 허전한 느낌. 주위를 둘러보다 은하는 그 느낌의 정체를 깨달았다. 발목에 묶여 있던 족쇄가 어느샌가 풀려서 침대 기둥에 매달려 있었다. 은하는 가슴이 철렁해서 몸을 일으켜 밖으로 나가보았다. 허름한 부엌과 넓지만 황량한 거실. 역시나 예상대로 가정집이 아닌 숙박업소인 것 같았다.

"장태현 씨?"

하지만 태현은 집 안에 없는 듯 대답은 들려오지 않았다.

족쇄는 풀려 있고, 납치범은 사라졌다. 순간 은하는 스스로도 어이없는 생각을 했다. 여기서 도망쳐야 한다는 생각보다도, 혹시 태현이 잘못된 게 아닐까 하는 걱정이 먼저 든 것이었다.

"장태현 씨? 어디 있어요?"

은하는 급히 현관에 있던 슬리퍼를 신고 밖으로 나가서 태현을 불렀다. 작은 마당에는 아무도 없었다.

"장태현 씨…."

태현을 찾아 뒷마당까지 들어갔던 은하는 그대로 얼어붙었다. 자신의 관자놀이에 총구를 갖다 댄 채 서 있는 태현의 뒷모습이 눈에 들어왔다.

"상관 말고 가."

태현은 뒤도 돌아보지 않고 말했다.

"제발 그러지 말아요."

아무리 나쁜 놈이라 해도 눈앞에서 죽는 꼴을 볼 수는 없다. 은하는 어떻게든 그를 설득하려 노력했다.

"잘못 생각하는 거예요. 당신 인생은 끝나지 않았어요."

하지만 태현은 코웃음을 쳤다.

"뉴스 못 봤지? 지금 전국에 경찰이 쫙 깔려서 눈에 불을 켜고 날 찾고 있다고. 다 끝났어."

"아니에요. 지금이라도 늦지 않았으니까…."

"한마디만 더 지껄이면 너까지 데려갈 거야."

은하는 어쩔 줄을 몰랐다. 잠시 침묵이 흐른 후, 태현이 결심한 듯이 빠르게 뇌까렸다.

"…나랑 놀아줘서 고마워."

이어서 총소리가 온 천지를 뒤흔들었다. 탕! 은하는 비명을 지르며 눈을 가렸다.

"악!"

온몸이 부들부들 떨려서 눈조차 뜨지 못하고 있는데, 문득 누군가의 목소리가 들려왔다.

"그렇게 멋대로 죽어버리면 안 되지."

꿈에도 그렸던 목소리. 눈을 뜨자 태현은 멀쩡한 상태로 땅바닥에 나동그라져 있고, 그의 손에 들려 있던 권총은 어느샌가 저만치 날아가 있었다. 겁에 질린 태현을 내려다보며 지환이 살벌하게 내뱉었다.

"…넌 내 손으로 죽여버릴 건데."

지환을 보자 은하는 다리에 힘이 풀리는 것을 느꼈다.

'와줬어.'

비틀비틀 주저앉고 마는 은하를, 지환이 달려와서 얼른 받아 안았다.

"오빠…!"

지환의 힘센 팔을 느끼자 그제야 실감이 나며 눈물이 왈칵 쏟아졌다. 빨리 넓은 품에 꼭 안겨서 위로받고 싶은데, 지환은 은하의 어깨를 붙들고 얼굴과 몸을 들여다보며 여기저기를 살폈다.

"괜찮아? 다친 데는?"

"없어. 은우도 잘 있어."

은하가 멀쩡하다는 걸 확인하고 나서야 지환은 떨리는 한숨을 내쉬며 은하를 와락 껴안았다.

걱정했다. 보고 싶었다. 미치는 줄 알았다. 그런 말은 한마디도 없었지만, 안고 있는 팔이 벌벌 떨리는 것으로 충분히 남편의 심정을 느꼈다. 은하의 머리칼에 수없이 입을 맞추며 그는 하늘에 대고 감사의 말을 되풀이했다.

"고맙습니다, 정말 고맙습니다."

서로 부둥켜안고 기쁨의 눈물을 흘리는 두 사람을 땅바닥에 나뒹군 태현이 허망한 눈으로 바라보다 입술을 꾹 깨물었다. 무슨 저렇게 인간 탱크 같은 놈이 다 있는지. 맞은 것도 아니고, 단순히 몸으로 부딪쳐오는 바람에 넘어진 것뿐인데도 온몸이 다 부서지듯 아팠다. 태현은 이를 악물고 겨우 몸을 일으켰다. 마음먹었을 때 끝내버리고 싶었다.

떨어진 권총을 도로 주워 들려는데, 손이 닿기 직전에 권총은 누군가의 발에 차여 또다시 저만치로 날아갔다. 이번에도 지환이었다.

"그렇게 죽고 싶거든 내가 직접 죽여주지."

살벌한 표정으로 주먹을 치켜드는 지환의 팔에 은하가 얼른 매달렸다.

"잠깐만, 오빠!"

평소 은하의 말이라면 닥치고 따르는 지환이었지만 이번만은 달랐다. 이 망할 자식은 한 번도 아니고 두 번이나 은하를 납치했다. 심지어 아이까지 가진 여자를! 며칠 동안 피가 바짝바짝 말랐던 걸 생각하면 지금 당장 죽여도 시원치 않았다. 방금 자살하려는 걸 말린 것도 딱히 이놈을 위해서가 아니었다. 살아서 감방 맛도 좀 보고, 세상 손가락질도 받고, 아예 바닥으로 떨어지는 꼴을 봐도 모자랄 판에, 그렇게 쉽게 죽도록 놔둘 수 있나.

"은하 너는 눈 감고 있어. 목숨은 붙여둘 테니까."

그러니까 일단은 다 죽이진 않고 반쯤만 죽일 생각이었다.

"하지 말라니까."

하지만 은하는 끝까지 지환을 말렸다.

"은하야, 도대체 넌 착해도 정도가 있지…."

결국 지환이 울화통을 터뜨리려는 순간, 갑자기 은하가 주먹을 날렸다. 픽! 지환은 물론이고, 맞은 태현도 놀라서 어안이 벙벙한 눈으로 은하를 바라보았다.

"방금은 지난번의 복수. 그리고 이건."

그렇게 중얼거린 은하가 다시 한번 주먹을 휘둘렀다. 픽!

"이번 거."

원한을 실어서 얼마나 세게 쳤는지, 태현은 맞자마자 뺨이 퉁퉁 부어오르기 시작했다.

"이걸로 그동안의 일은 잊어줄게요."

은하가 아픈 손을 식히며 말했다.

"그러니까 죗값 치르고 나와서 새 인생을 살아요."

태현이 이를 악물고 눈물 어린 눈으로 은하를 노려보았다.

"헛소리 마. 전과자 쓰레기 따위한테 무슨 놈의 새 인생이 있다는 거야?"

자신은 검사다. 감옥에 간다는 건 그 자체로 사형선고와 다름없는 일이라고 생각했다. 감옥살이도 괴롭겠지만, 그 후의 삶을 생각하면 그야말로 암흑과 같았다. 그 끔찍한 삶을 견디느니 차라리 지금 깨끗이 죽어버리는 게 낫다고 생각했는데.

"말 함부로 하지 마."

은하가 얼굴을 싸늘하게 굳혔다.

"당신 한 번이라도 목마른 사슴에서 일하는 사람들을 봤어? 자기 잘못을 씻기 위해서, 올바르게 살기 위해서 누구보다 열심히 일하는 사람들이야. 그런 사람들한테 넌 전과자니까 인생 끝났다고 할 수 있어? 쓰레기라고 말할 수 있어?"

움찔하는 태현에게 은하는 계속해서 가차 없이 쏘아붙였다.

"부모님이 어릴 때 못 놀게 하고 공부만 시켰다. 그래, 힘들었겠지. 근데 당신보다 힘들게 자란 사람이 내 주위엔 셀 수도 없이 많아. 어떤 사람은 어려서 부모를 잃고 친척집을 전전하다 중학교 때

거리로 내몰렸고, 또 다른 사람은 보육원에서 자랐고, 누군가는 새엄마한테 맞다 못해 집을 뛰쳐나왔어. 그리고 또 어떤 사람은….”

그녀는 입술을 깨물고 말했다.

“다른 사람도 아닌 자기 친아버지가 강제로 두들겨 패고 협박해서 깡패로 만들었어. 그래도 최소한 당신은 멀쩡한 부모 밑에서 잘 배워 검사까지 됐잖아.”

“….”

“내 부모만 해도 그래. 내가 납치당했는데도 오히려 납치범인 당신 편을 들었던 분들이야. 그런 부모 밑에서 나라고 뭐 얼마나 사랑받고 행복하게 자랐을 거라고 생각해?”

오래된 설움이 북받치는 바람에 목소리가 크게 떨렸다. 깊게 숨을 내쉬고 나서 은하는 잘라 말했다.

“당신 아버지는 좋은 부모는 아니었겠지만, 최소한 당신을 사랑했어.”

태현은 가슴이 철렁했다. 아버지가 날 사랑했다고? 항상 날 때리고, 윽박지르고, 못마땅해하기만 했던 아버지가…?

“당신 죄까지도 혼자 다 뒤집어쓰고 감옥에 갔잖아. 대체 왜 그랬다고 생각하는 거야?”

그래도 태현은 좀처럼 믿을 수가 없었다.

‘그럴 리가 없어.’

필사적으로 부정하던 태현은, 문득 무언가를 떠올렸다. 아버지인 장재석 검사장을 마지막으로 만났던 것은 수사가 시작되기 직전. 아버지는 딱 한 마디, 그렇게만 말했다.

— 넌 아무 걱정 말고 네 할 일이나 열심히 해.

그때는 잘 해결할 테니 걱정하지 말라는 뜻이라고 생각했는데, 그게 아니었다는 건가. 설마 처음부터 아버지는 당신이 다 뒤집어 쓸 각오를 하고….

"그러니까 이제 그만 징징거리고 어른이 되라고, 좀."

무섭게 야단치는 듯한 은하의 목소리는 한편으로 따뜻하게도 느껴졌다. 그 순간, 태현이 무너지듯 주저앉으며 울음을 터뜨렸다.

"…크흑!"

통곡하는 태현을 내려다보며 은하는 조용히 말했다.

"사람은 누구나 잘못을 해요. 당신 같은 인간이라도 아직은 끝나지 않았어."

"…."

"그러니까 살아요."

멀리서 경찰차의 사이렌 소리가 들려오기 시작했다.

♤ ♥ ♧

태현은 현장에서 검거되고, 지환과 은하는 일단 몇 가지 간단한 조사만 받은 후 귀가할 수 있었다. 아기를 가진 은하의 몸을 배려한 조치였다.

지환은 그동안의 일을 이야기해주었다.

"네가 없어진 걸 알고, 곧바로 경찰에 신고하고 나서 CCTV를 확인했어."

백화점 주차장 CCTV에 은하가 납치당하는 장면이 고스란히 찍

혀 있었다. 범인의 얼굴은 틀림없는 장태현. CCTV가 설치돼 있을
게 뻔한 곳에서 얼굴조차 가리지 않고 대낮에 납치했다는 것은
이미 뒷일을 생각하지 않는다는 뜻이었다. 은하의 목숨이 위험하
다고 판단한 경찰은 곧바로 공개수사로 전환했다. 즉시 태현을 전
국에 수배하고 보도자료를 배포했다.

– 〈미니와 커다란 친구들〉의 미니 언니, 고은하 씨 납치당해… 용의
　자는 현직 검사

금세 전국이 들끓었다. 여기저기서 제보가 빗발쳤지만 쓸 만한
것은 거의 없었다. 하기야 장태현의 직업이 검사 아닌가. 수사에
대해서 누구보다 잘 알고 있을 테니 피하는 방법도 잘 알 터였다.
휴대폰은 당연히 사용하지 않았고, 납치할 때도 대포차를 몇 대나
이용해서 갈아타는 바람에 추적하기가 쉽지가 않았다.
　그러던 중에 드디어 도움이 될 만한 제보가 하나 들어왔다. 용
의자와 꼭 닮은 젊은 남자가 현금을 내고 김밥 2인분을 사갔다는
거였다. 장소는 강릉. 태현의 대포차가 마지막으로 포착된 위치에
서 멀지 않은 곳이었다. 경찰은 물론, 지환과 덩어리들까지 부랴
부랴 달려가서 강릉 시내를 이 잡듯이 뒤졌지만 거기까지였을 뿐,
역시나 은하는 쉽게 발견되지 않았다. 그 와중에 지환을 찾아온
사람이 있었으니, 바로 옛날 불독파 시절의 부하였다.
　— 큰형님께서 강릉까지 내려오셨는데 어떻게 찾아뵙지 않을
수가 있겠습니까?

512

인사 따위 받을 정신이 아니라서 돌려보내려는데, 옛 부하는 엉뚱한 말을 꺼냈다.

— 저기 외진 곳에 몇 달 전 망해서 버려진 펜션이 있는데요, 형님. 무슨 영문인지 몰라도 여태 전기가 들어오고 있습니다.

절대 나쁜 짓은 안 했다고 녀석은 손을 내저었다.

— 그 펜션에서 뚝 떨어져 있는 독채가 널찍하니 모이기 좋아서, 가끔씩 마누라들 몰래 모여 고스톱 치고 소주나 먹었습니다.

그런데 며칠 전에 가보니 불이 켜져 있고 인기척이 나더라는 것이다. 동네 양아치들이 허튼짓이라도 하나 싶어 창문으로 슬쩍 들여다보니 커튼 사이로 웬 배부른 여자가 보이더라나.

— 무슨 사연이기에 애 가진 여자가 버려진 집에서 저러고 있나 했는데, 이제 와서 생각하니 혹시나 싶어서요.

그러면서 녀석은 몇 번이나 부탁했다.

— 경찰에는 절대 제가 말했다고는 하지 말아주십쇼, 형님.

눈치를 보니 고스톱 판을 벌인 게 도박으로 엮일까 봐 걱정인 모양이었다. 제보를 했다가는 자칫 자기도 곤란해질 것 같고, 그렇다고 모른 척 입을 다물고 있자니 의리가 울고. 생각다 못해 직접 지환을 찾아와서 얘기한 것이었다.

"그 길로 경찰에 신고하고 나서 곧바로 너한테 간 거야."

"그래서 경찰보다 오빠가 더 먼저 온 거였구나."

자초지종을 들은 은하가 참았던 숨을 길게 내쉬었다.

"고마운 사람이네."

지환이 와주지 않았다면 분명 지금쯤 태현은 죽었을 거고, 그걸 곁에서 목격한 자신도 제정신이 아니었을 것이다.

"그렇지."

지환은 고개를 끄덕였다.

"이번 일 때문에라도 난 아버지를 더 이상 원망하지 않기로 했어."

깡패 시절의 인맥 덕분에 은하를 구해낼 수 있었던 것 아닌가. 그렇게 생각하니 자신을 깡패로 만든 아버지조차도 더는 밉지 않았다.

"근데 너는 대체 그놈한테 왜 그렇게 잘 대해주는 거야?"

그 부분이 지환은 계속 못마땅했다. 기분 같아서는 산 채로 묻어버려도 모자랄 판에, 은하는 죗값 치르고 새 삶을 살라는 둥 격려까지 해주지 않던가.

은하는 웃었다.

"오빠가 고양희 씨를 찾아가서 용서하고 왔다고 했을 때부터 나도 계속 생각했거든. 나는 누굴 용서해야 잘했다고 소문이 날까, 하고 말이야."

"이건 용서할 수 있는 일이 아니야. 너도, 우리 아이도 하마터면 죽을 뻔했다고."

정색하는 지환의 손을 은하가 진정시키듯 꼭 잡았다.

"처음부터 날 죽일 생각은 없었어, 그 사람. 그냥 죽을 결심을 하고, 죽기 전에 나하고 놀고 싶었을 뿐이야."

지환이 울화통을 터뜨렸다.

"놀고 싶긴 얼어 죽을, 자기가 애야?"

"애였어, 속은."

은하는 나머지 한 손으로 자신의 배를 살짝 어루만지며 대답했다.

"지난번에 납치당했을 땐 그게 안 보였거든. 근데 이번에는 보였어. 우리 은우 덕분인가 봐."

"…."

"그냥 불쌍한 어린애더라고. 제대로 자라지 못한."

질린 듯이 은하를 바라보던 지환이 결국은 크게 한숨을 내쉬었다.

"…그래. 죗값 치르고 나오면 좀 어른이 되겠지."

이제는 더 이상 미운 사람도, 두려워할 사람도 없었다. 씻고 또 씻어 말갛게 된 조약돌 같은 마음으로 두 사람은 아이를 기다렸다.

10

그 후
그들은

    은하의 출산이 임박해올수록 지환의 불안도 커져갔다. 정작 은하는 세상 사람 다 그렇게 태어났는데 뭐, 하는 정도로 태연한데 지환은 걱정이 된 나머지 밤에도 잠을 못 이룰 지경이었다. 견디다 못해 지환은 일영이네 집을 찾아가 미호에게 슬쩍 물었다.
    "대체 어느 정도로 아픈 겁니까?"
    아이를 낳고 난 직후에 죽을 뻔했던 건 알지만, 정작 출산까지의 과정에 대해서는 들은 바가 없었다.
    "음⋯."
    미호가 고민하다 입을 열었다.
    "거기로 수박을 낳는 느낌이라고 생각하시면 될 것 같아요."
    찰떡같이 알아들은 지환의 얼굴이 하얗게 질렸다.
    "진짜 칼로 막 배를 갈기갈기 찢는 것같이 아파서, 차라리 죽여

달라는 소리가 절로 나오더라고요."

지환은 공포에 떨며 물었다.

"그 상태가 얼마나 갑니까?"

"나 진통 얼마나 했죠, 오빠?"

미호가 돌아보며 묻자 아기를 안고 있던 일영이 냉큼 대답했다.

"열여덟 시간 27분."

뭐라고! 지환은 심장이 금세 멎을 것만 같았다.

"뭐 사람마다 다르긴 해요. 두세 시간 만에 쑥 낳는 사람도 있고요."

배를 칼로 갈기갈기 찢는 고통인데 두세 시간도 긴 거 아닌가! 그걸 어떻게 쉽다고 할 수 있단 말인가!

"근데 초산이면 열두 시간은 기본으로 한다고 하더라고요."

아무렇지도 않은 표정으로 끔찍한 말을 뱉은 미호가 뒤늦게 걱정스러운 얼굴을 했다.

"유리는 3.1킬로그램이었거든요. 근데 은우는 예정일 2주나 남았는데 벌써 4.3킬로그램이라면서요?"

배 속에서부터 벌써 아빠를 닮는 것일까. 아기는 유난히 키도 크고 무거웠다.

'하필 날 닮을 건 뭐야.'

커다란 아기를 낳느라 은하가 얼마나 고생할까 생각하면 아기가 저를 닮은 것마저도 안타까웠다. 그렇다고 제왕절개를 하자니 은하의 생살이 찢겨나갈 게 아닌가. 이러나저러나 고생은 모두 은하의 몫이라는 게 견딜 수가 없었다. 천하에 쓸모도 없지, 왜 남자는 아이를 낳지 못하게 만들어져 있을까. 그럴 거면 입덧이라도 내가 하게 해주든가! 속으로 조물주를 원망하며 지환은 일영을 쳐다보았다.

"넌 제수씨 아기 낳는 동안 밖에서 뭐 하고 있었냐?"

그 지옥 같은 시간을 어떻게 버텼나, 궁금해서 묻자 미호가 깔깔거렸다.

"저희 엄마가 그러는데, 내내 훌쩍훌쩍 울고 있었대요."

하지만 지환은 조금도 우습지 않았다. 나라도 울겠다! 그렇게 생각하고 있는데, 문득 전화가 울렸다.

"어, 은하야. 지금 가려고 했는데."

전화 너머로 은하의 긴장된 목소리가 들려왔다.

"오빠, 나 시작된 것 같아."

"뭐?"

지환은 가슴이 철렁해서 되물었다.

"지금 민규랑 먼저 병원으로 가고 있어. 다른 사람들은 통근버스 타고 따라온다니까 오빠도 병원으로 와. 나 괜찮으니까 걱정 말고, 알았지?"

전화를 끊자마자 지환은 벌떡 일어섰다.

"차 키, 차 키."

주머니를 뒤져 차 열쇠를 꺼내는 지환의 손이 벌벌 떨리고 있는 걸 보자 일영은 얼른 키를 빼앗았다.

"제가 운전하겠습니다, 형님."

"유리 줘요, 오빠. 내가 안을게요."

미호도 얼른 일영에게서 아기를 받아 안고 따라 나왔다. 병원으로 향하는 내내 지환은 긴장되고 불안해서 어쩔 줄 몰랐다.

"불안해하실 거 하나도 없어요. 은하 걔가 날씬해서 비리비리해 보여도, 어찌나 건강한지 고등학교 때 잔병치레 한 번 안 했던 애예요."

"맞습니다, 형님. 형수님이 얼마나 여장부인지 잊으셨습니까?"

미호와 일영이 번갈아가며 안심시켰지만 그다지 위로가 되지 않았다. 칼로 배를 갈기갈기 찢는 것 같은 고통이라는데, 지금 이 순간 은하가 그걸 겪고 있을 것 아닌가.

'하필이면 왜 내가 곁에 없을 때⋯!'

아직 출산 예정일이 2주나 남았으니 괜찮겠지, 생각하고 집을 비웠던 자신이 원망스러웠다. 하다못해 곁에서 손이라도 잡아줘야 하는데. 엎친 데 덮친 격으로 하필이면 금요일 저녁시간이라 차가 꽉꽉 막혔다. 은하가 있는 병원까지는 보통 차로 15분 정도밖에 안 되는 거리인데, 그 멀지도 않은 곳을 한 시간이나 걸려 도착했다.

차가 멈추자 뛰어내려 달리면서 지환은 애써 마음을 다잡으려 노력했다. 자, 이제 장기전이다. 초산인 경우 까딱하면 하루, 이틀씩도 진통할 수 있다고 했다. 그 지옥 같은 시간을 은하가 잘 버텨 낼 수 있게 나도 힘을 내야지.

엘리베이터에서 내리자마자 복도에서 마주친 간호사가 반갑게 알은체를 했다.

"어머나, 서지환 씨 맞으시죠?"

워낙 유명인이라 금세 알아본 모양이었다.

"고은하, 제 아내는 어떻게 되었습니까?"

인사도 생략하고 숨넘어갈 듯 묻자 간호사가 대답했다.

"방금 회복실로 옮기셨어요."

"예?"

"낳으셨다고요, 아기."

뒤통수를 얻어맞은 기분이었다. 지환이 눈만 깜빡이고 있자 간호사가 덧붙였다.

"엄마와 아기 둘 다 아주 건강해요. 4.3킬로그램의 크고 튼튼한 왕자님이랍니다."

지환은 제 귀를 의심했다. 아니, 전화 받은 지 아직 한 시간밖에 안 됐는데?

"네? 낳았다고요? 벌써요?"

헐레벌떡 지환의 뒤를 따라온 미호도 놀라서 물었다.

"병원에 도착하셨을 때는 이미 진행이 많이 되어 있어서요. 바로 분만실 들어가셔서 10분 만에 낳으셨어요."

간호사가 웃으며 설명했다.

"너무 진행이 빨라서 다들 놀랐답니다. 초산부로는 아마 저희 병원 기록이지 싶어요."

그렇다면 이미 내 아이가 세상에 나와 있다는 말이 아닌가. 지환의 심장이 터질 것처럼 뛰었다.

"감사합니다. 정말 감사합니다."

지환은 고개를 숙여 인사하고 나서 간호사가 가리킨 병실로 들어갔다. 조용한 병실 안에 은하가 누워 있었다. 아침에 출근하면서 봤을 때와는 확연히 다르게 부어 있는 얼굴에 가슴이 내려앉았다. 지환은 한달음에 다가가서 은하를 껴안았다.

"…미안해. 하필 이럴 때 곁에 없어서 정말 미안해."

"괜찮아, 오빠. 나 고생 하나도 안 했어. 힘주라고 해서 시키는 대로 했더니 쑥 나오던데?"

말은 씩씩하게 하면서도 은하 역시 목소리가 떨리고 있었다. 잠시 후, 은하가 지환을 살짝 밀어냈다.

"우리 은우 봐야지."

그제야 지환은 은하의 침대 곁에 놓인 작은 아기 침대로 시선을 옮겼다. 그 안에 하얀 천으로 꽁꽁 싸여 얼굴만 겨우 보이는 아기가 눈을 감고 색색 잠들어 있었다. TV 드라마에서 봤던 것처럼 뽀얀 아기가 아니라, 얼굴이 새빨갛고 부어 있는 것이 어딘가 외계인 같이 생긴 아기. 그 아기가 지환의 눈에는 마치 천사처럼 보였다.

"아빠가 한번 안아봐."

아까 간호사는 크고 튼튼한 아기라고 했다. 신생아들을 수도 없이 보는 간호사의 눈에야 그렇겠지만, 지환이 보기에는 너무 작았다. 작아도 너무 작아서, 자칫 몸도 손도 커다란 자신이 잘못 안았다가는 부서질까 봐 두려울 정도였다.

지환은 할 수 있는 한 가장 주의 깊게 아기를 안아 올렸다. 아직은 한없이 가볍기만 한 아이의 무게가 둘도 없이 무겁게 느껴졌다. 그 무게가 버겁기는커녕 오히려 가슴이 벅차올랐다.

…내가, 아빠가 되었구나.

"은우야."

서투르게 안고 이름을 부르자 아기는 마치 알아들은 것처럼 반짝 하고 눈을 떴다. 그리고 지환과 시선이 마주친 순간, 놀랍게도 방긋 웃었다. 마치 아빠를 알아보기라도 한 것처럼. 나중에 얘기를 들은 다른 사람들이 그건 웃은 게 아니라 그냥 갓난아기의 배냇짓이라면서 놀렸지만, 지환은 그렇게 생각하지 않았다. 아들이 처음으로 자신을 향해 웃어준 순간, 지환은 느꼈다. 지금껏 비어 있던 가슴속의 어딘가가 비로소 완벽히 채워지는 것을.

♤ ♥ ♧

수유를 위해 신생아실에 내려가 아기를 데려오던 지환은 문득 은하의 병실 안에서 들려오는 말소리에 저도 모르게 걸음을 멈췄다.

"진짜 대단하다 못해 얄밉다. 나는 애 낳다 죽을 뻔했는데 누구는 달랑 진통 한 시간 하고 애를 쑥 낳다니, 세상이 이렇게 불공평해요."

미호의 말에 뒤이어 은하가 반박했다.

"한 시간이라니, 나도 진통 꽤 오래 했거든?"

"뭐래, 우리가 네 전화 받고 병원까지 오는 데 딱 한 시간 걸렸는데."

은하가 목소리를 낮췄다.

"너 이거 지환 오빠한테는 비밀로 한다고 약속해."

"뭔데?"

"사실은 나, 어제 아침에 오빠 출근하고 나자마자 진통이 오기 시작했어."

"뭐?"

미호는 물론, 밖에서 듣고 있던 지환도 놀랐다. 일영의 집에 들렀던 것은 어제 퇴근 후의 일이다. 은하에게서 병원으로 간다는 전화를 받은 게 저녁 7시쯤이고 병원에 도착한 게 8시니까, 자그마치 열 시간 넘게 혼자 진통을 했다는 거 아닌가.

"가진통일까 봐 기다린 거야?"

"아냐. 첨에만 가진통이었다가 점심때부터는 간격도 그렇고, 진짜 진통이더라고. 그래서 2~3분 간격이 될 때까지 집에서 버텼지. 첨엔 운동도 하고 그랬는데 나중엔 너무 아파서 못 하겠더라."

"세상에, 난 배 아프자마자 일영 오빠 깨워서 병원부터 갔는데. 대체 왜 그랬어?"

"…지환 오빠가 너무 걱정해서."

지환은 깜짝 놀랐다.

"미호 네 일도 있고 해서 오빠가 정말 걱정 많이 했거든. 나 고생할까 봐 아이 가지기 싫다고 할 정도였어. 그러니 내가 진통을 길게 하면 그 시간을 어떻게 견뎠겠어?"

은하가 중얼거렸다.

"차라리 내가 아픈 게 낫지, 오빠 속상해하는 건 못 보겠더라. 그래서 참다가 참다가 더 이상은 못 참겠다 싶을 때 간 거야."

"어휴, 진짜, 미련하긴! 혼자 진통하면서 하루 종일 무섭지도 않았어?"

자기도 겪어본 일이라 그런지, 미호는 안타까워 어쩔 줄을 몰랐다.

"무섭지 왜 안 무서워. 낳기 전에도 겁났는데, 진통 오니까 아픈 것도 아픈 거지만 진짜 무섭더라."

은하는 여태껏 한 번도 출산이 두렵다고 한 적이 없었다. 오히려 '세상 사람 다 그렇게 태어났는데 뭐가 무서워?' 하면서 지환을 안심시키곤 했다. 하지만 은하라고 진짜로 무섭지 않을 리 없었다. 지환이 하도 걱정하니까 씩씩한 모습만 보이느라 그랬을 뿐.

'내가 남자답지 못했구나.'

지환은 뒤늦게 후회했다.

잠시 후, 아기를 안고 병실 안으로 들어가자 미호가 얼른 일어섰다.

"나 이만 가볼게, 은하야. 일영 오빠 유리 보느라 공부 못 하겠다. 대표님, 저 가볼게요."

지환에게서 아기를 받아 안으며 은하는 활짝 웃었다.

"우리 은우 왔어?"

서투르게 아기한테 젖을 먹이기 시작하는 은하를 바라보다 지환은 불쑥 말했다.

"내가 키울게."

"응?"

무슨 소린가, 하고 은하는 지환의 얼굴을 바라보았다.

"너는 낳느라 고생했으니까 네 할 일 다 했어. 이제 키우는 건 내가 할게."

"무슨 소리야, 내가 엄만데 같이 키워야지."

별생각 없이 웃으며 대꾸했지만, 얼마 지나지 않아서 은하는 알게 되었다. 이게 그냥 하는 말이 아니었다는 것을.

♤ ♥ ♧

은하는 퇴원 후 산후조리원에 들어가는 대신 집으로 돌아왔다. 덩어리들이 돌아가면서 휴가를 내 아기를 돌봤다. 처음에는 안으면 자칫 부서질 것 같다며 두려워하던 덩어리들도 조금 익숙해지자 서로 안겠다고 난리를 칠 정도로 아기를 예뻐했다.

밤에는 아예 지환이 데리고 자면서 아기가 깰 때마다 달래고 분유나 미리 유축해놓은 모유를 먹였다. 덕분에 은하는 낮에도 원하는 만큼 쉬고, 밤에도 푹 잘 수 있었다.

산후조리는 지환이 회사를 쉬면서 직접 해주었다. 미역국을 끓이고, 아기 목욕을 시키고, 아기 빨래는 직접 손빨래로 다 하고. 혼자서 아빠 노릇에 산후조리까지 다 해주면서도 그는 갑자기 엉뚱한 소리를 했다.

"서운하지 않아?"

"뭐가?"

"아무래도 내가 친정어머니만은 못할 거 아냐."

지환은 직접 은하를 돌봐주고 싶어서 아기 낳기 전에 별의별 걸 다 검색하고 찾아보면서 공부했다. 그러다 알게 된 것은 아이를 낳고 나면 친정엄마의 도움이 절실하다는 거였다. 엄마가 일찍 돌아가셨거나 외국에 사는 산모들의 경우, 무척 서럽다는 글들을 여러 개나 보았다. 딴에는 열심히 몸조리를 돕고 있지만 그래도 투박한 남자 손이 친정엄마 손길만 못할 터였다.

은하는 고개를 갸웃하고는 되물었다.

"있잖아, 오빠. 내가 설령 엄마 아빠하고 연 끊지 않고 잘 지내고 있다고 쳐. 근데 우리 엄마가 내 산후조리 같은 거 해주실 분 같아?"

지환은 움찔해서 장모에 대해 생각했다. 제일 먼저 떠오르는 장면은 아무래도 은하를 때리려 들며 고래고래 고함을 지르던 모습이었다.

— 사회의 암 덩어리 같은 것들!

지환의 표정을 보고 은하가 쿡쿡 웃었다.

"그것 봐. 오빠가 생각해도 아니지?"

"…그래도."

"걱정 마. 알잖아, 나 미련 다 끊은 거."

은하는 진심이었다. 대단한 집안과 사돈을 맺는다고, 일가친척에 온갖 지인을 다 초대한 결혼식에서 부모님은 바람을 맞았다. 그런 부모님이 자신을 딸이라 여길 리 없었다. 그러니 출산은 고사하고, 납치됐다고 전국이 다 뒤집어졌을 때조차도 연락이 없으셨겠지.

하지만 은하는 한 번도 서글프게 생각하지 않았다. 실망도 원망도 모두 기대에서 나오는 것. 기대를 모두 버린 지 오래이니 마음을 다칠 일도 없었다.

"친정엄마 없으면 어때. 나는 아기 봐주는 시동생이 열 명이나 되는데."

하도 아기를 안는 바람에 손목에 무리가 와서 테이핑을 한 남편의 손을 어루만지며 은하는 웃었다.

"게다가 이렇게 좋은 남편도 있고 말이야."

아이를 낳기 전에도 지환과는 늘 사이가 좋았다. 정열적인 연인, 다정한 남편. 하지만 아이를 낳고 나니 이제는 진짜로 한 팀이라는 느낌이 들었다. 평생 손잡고, 무슨 일이든 함께할 내 편.

"어, 은우 깼나 보다!"

얼른 일어나서 달려가는 지환의 뒷모습을 보는 은하의 얼굴에 환한 웃음이 어렸다.

♤ ♥ ♧

워낙 순산이어서 은하는 회복도 무척 빨랐다. 아기 은우는 하루하루 재롱이 늘어갔다. 가끔 놀러 오는 일영의 딸 유리와 함께 시청자들의 사랑을 한 몸에 받은 덕분에 어느덧 〈미니와 커다란 친구들〉은 반쯤 육아 유튜브처럼 되어가고 있었다.

지환과 은하는 은우의 돌 기념으로 소아암 재단에 큰돈을 기부해서 한동안 화제가 되었다. 친한 사람들끼리 모여 집에서 조촐하게 연 돌잔치는, 민규와 사귀고 있는 예나가 사회를 맡아주었다. 이날 은하와 지환도 몰랐던 깜짝 손님이 은우의 돌을 축하하러 와주었다.

"자, 여러분. 모두 박수로 맞이해주세요!"

쏟아지는 박수 속에 예나의 손을 잡고 등장하는 여자아이를 보고 은하는 깜짝 놀랐다. 바로 암 투병을 하던 아이, 서현이였다.

"서현아!"

은하는 얼른 달려가서 서현이를 꼭 껴안았다. 꼬박 3년 만에 보는 서현이는 몰라보게 달라져 있었다. 늘 기운 없어 보였던 환자복 입은 여섯 살짜리 아이는 이제 예쁜 원피스를 입은 뺨이 통통한 아홉 살 소녀가 되어 있었다.

"미니 언니!"

이제야 그 나이 또래의 아이다운 모습에 은하는 눈물부터 왈칵 솟았다.

"이제 괜찮아? 다 나은 거야? 응?"

옆에 서 있던 서현이 엄마가 대신 대답했다.

"네. 2년째 재발 소견 없이 잘 지내고 있어요."

늘 울어서 눈이 빨갛게 부어 있던 서현이 엄마도 표정에 생기가 돌아서, 이제야 은하와 같은 연배로 보였다.

"다 미니 언니 덕분이에요. 이 은혜를 어떻게 갚아야 할지…."

"아니에요. 서현이가 이렇게 건강해진 것만 해도 저는…!"

눈물 때문에 말을 잇지 못하는 은하의 어깨에 손을 얹고 지환이 말했다.

"그런 말씀 마십시오. 오히려 저희가 서현이에게 감사해야 할 지경입니다."

"네? 무슨 말씀이신지…."

영문을 몰라 하는 서현이 엄마에게 지환은 더없이 진지한 얼굴로 대답했다.

"서현이 수술비가 필요하지 않았으면 이 사람이 저를 거들떠나 봤겠습니까?"

은하는 눈물을 닦으며 웃었다.

서현이까지 와주어서 돌잔치 자리는 더욱더 떠들썩하고 즐거워졌다. 그 와중에 생각지도 못한 사람에게서 택배가 도착했다. 도착한 상자에 쓰여 있는 사람의 이름에 지환은 숨을 삼켰다.

'고양희'

은하가 임신하고 난 후, 지환은 2년 가까이 고양희에게 영치금을 넣어주고 있었다. 가끔은 안부를 묻는 짧은 엽서도 보내곤 했지만, 지금껏 답장 한 번 온 적이 없었는데. 대체 뭘까, 긴장하며 열어본 상자 안에서 나온 것은 아기 내복이었다. 축하한다는 쪽지 한 장 없이 그냥 내복 한 벌만 달랑 들어 있었지만, 그것만으로도 지환은 충분히 알 수 있었다. 고양희도 조금씩 변해가고 있다는 것을. 은하가 옳았다. 사람은 정말로 변할 수 있는 존재였다.

아기 옷을 들여다보는 지환의 눈에 엷은 안개가 감돌았다.

♤ ♥ ♧

돌잔치가 끝나고, 덩어리들은 오랜만에 지환과 일영까지 열두 명이 모두 모여서 술판을 벌였다. 일영은 공부하느라 거의 집에 오지 않고, 한집에 사는 지환도 아기를 보느라 바쁘다 보니 요즘은 좀처럼 이런 기회가 없었던 것이다.

남자들끼리 노는 동안, 여자들은 여자들끼리 아기를 안고 모여서 수다를 떨었다. 미호에 예나까지 셋이서 이야기를 하다가 목마름을 느낀 은하가 물을 가지러 주방으로 가는데.

"예? 큰형님도 누님한테 거짓말하신 적이 있단 말입니까?"

문득 방에서 흘러나온 민규의 목소리가 발목을 잡았다.

"뭡니까?"

"저희한테만 살짝 말해주시면 안 됩니까?"

덩어리들이 졸랐지만, 그는 끝내 함구했다.

"안 돼. 애 셋 되기 전에는 은하한테도 절대 말 안 할 거다."

나한테 거짓말을 했다니, 대체 뭘까. 당장이라도 들어가서 캐묻고 싶었지만, 모처럼 남자들끼리 뭉친 자리인데 방해할 수도 없어서 은하는 일단 돌아나섰다. 방으로 돌아오자 미호와 예나가 기다리고 있었다.

"언니, 은우 그새 잠들었어."

잠든 은우를 안아서 역시 잠든 유리 곁에 눕히며 예나가 목소리를 한껏 낮춰 말했다. 예나는 은하가 임신했을 무렵부터 민규와 사귀고 있었다. 한때 지환을 좋아했던 예나다. 한동안은 그래서 서로 껄끄러운 면이 있었지만, 민규와 사귀게 된 후부터는 예나가 은하에게 연애 상담도 해오는 등 한결 편한 사이가 되었다. 지금은 미호까지 셋이서 언니 동생 하며 친하게 지내고 있었다.

"근데 넌 물 가지러 갔던 애가 왜 이리 오래 걸렸어?"

"그게…."

방금 있었던 일을 이야기하자 미호와 예나도 놀란 얼굴을 했다.

"오빠가 나한테 숨기는 게 있었을 줄이야."

은하는 얼떨떨한 얼굴로 중얼거렸다. 지금껏 지환과는 서로의 모든 것을 알고 공유하고 있다고 생각했는데, 그게 아니었단 말인가.

"근데 난 왜 그 거짓말이 뭔지 알 것 같냐."

"언니도요?"

두 사람의 말에 은하는 귀가 번쩍 뜨였다.

"알겠다고? 뭔데?"

미호와 예나가 동시에 입을 모아 대답했다.

"첫사랑!"

은하는 멍해졌다. 첫사랑?

"뻔하지 뭐, 애 셋 낳기 전엔 말 안 해주겠다고까지 했으면 여자 문제밖에 더 있어?"

미호가 자신 있게 말했다.

"연애할 때 대표님이 그랬다며. 평생 좋아한 여자라고는 은하 너 하나밖에 없다고."

"그랬지."

"넌 그게 말이나 된다고 생각하니? 키 크지 몸 좋지 얼굴 잘생 겼지 능력 있지, 어디를 어떻게 봐도 여자가 줄을 서게 생겼구만. …여기도 하나 있고,"

"언니!"

"쉿, 애들 깨겠다. 조용히 못 해?"

예나가 얼굴을 붉히며 목소리를 높이자 미호가 눈을 흘겼다.

"뭐 대표님 성격에 좋다는 여자 다 만나줬을 리는 없겠지만, 어 쨌든지 간에 그 나이까지 여자가 없었을 리가 있느냐 이거야."

"하지만 나도 오빠 만나기 전까지 모태솔로였는걸."

자신도 지환이 처음이자 마지막이었기 때문에 여태껏 지환을 의심조차 안 해본 은하였다.

"그거야 은하 넌 평생 현우 오빠 타령만 하다 그랬던 거고. 근데 대표님은 그게 아니잖아?"

들고 보니 일리가 있는 말이었다. 자신은 어릴 때부터 쭉 지환을 이상형으로 생각하고 좋아해왔지만, 지환은 자신을 그냥 어릴 때 같은 동네 살았던 귀여운 여동생 정도로 생각하지 않았는가.

"그럼… 나 말고 진짜 첫사랑이 따로 있단 말이야?"

은하가 혼란스러운 표정을 하자, 그제야 미호와 예나는 아차 싶었는지 수습하기 시작했다.

"됐어. 거짓말이라도 그런 건 하얀 거짓말이니까 그냥 모른 척 넘어가."

"맞아 언니. 과거 없는 사람이 어딨어?"

"그럼. 일영 오빠만 해도 옛날에 좋아했던 여자가 있었다잖아. 물론 나도 구 남친이 있었고."

하지만 둘이 하는 소리가 은하의 귀에는 하나도 들어오지 않았다.

밤이 깊어 미호네 가족과 예나도 각각 집으로 돌아가고, 은하와 지환도 잠든 은우를 데리고 신혼집인 별채로 돌아왔다. 아빠가 데리고 자면서 밤중 수유를 도맡아 한 것도 그리 길지 않았다. 은우는 순한 것도 제 아빠를 닮았는지, 백일 무렵부터는 저녁에 잠들면 다음 날 아침까지 깨지 않고 통잠을 자곤 했다. 덕분에 부부는 아기 침대를 옆에 두고 함께 푹 잘 수 있었다.

워낙 술이 약한 편인 지환은 오랜만에 동생들과 술자리를 같이 하느라 그랬는지 거나하게 취해 있었다. 침실에 들어오자마자 침대에 픽 쓰러지는 지환을 은하는 굳이 붙들고 물었다.

"오빠, 오빤 첫사랑이 누구야?"

취중진담이라고 하지 않는가. 술김에 물으면 진실이 나오지 않을까 싶어서였다.

"으응?"

지환이 잠에 취한 목소리로 되물었다.

"나지? 그치?"

"그러엄."

대답이 돌아오긴 했지만 아마도 질문이 뭔지도 잘 모르고 잠결에 대충 대답하는 것 같았다.

"아무렇게나 대답하지 말고, 좀. 오빠 첫사랑 말이야…."

"자자."

지환이 꼭 껴안는 바람에 은하는 더 이상 물을 수가 없었다. 내일 얘기해야겠다, 생각하고 잠을 청하려 했지만 역시 잠이 잘 오지 않았다.

'설마 진짜 첫사랑이 따로 있는 건가?'

이 생각, 저 생각 하고 있는데 지환이 불쑥 말했다.

"…지애야."

은하가 제 귀를 의심한 순간, 지환은 눈을 감은 채 미소를 머금고 다시 한번 중얼거렸다.

"우리 예쁜 지애."

♤ ♥ ♧

다음 날 아침, 은하는 출근 준비를 하는 지환에게 물었다.

"오빠, 지애가 누구야?"

"웅? 지애?"

지환이 움찔하는 기색이 역력해서 은하는 가슴이 철렁했지만 애써 내색하지 않았다.

"어젯밤에 오빠가 잠결에 지애라고 하는 거 같길래."

"글쎄, 모르겠네. 잘못 들었겠지. …어, 나 회사 늦었다."

지환이 갑자기 출근을 서둘렀다.

결혼 후에 은하가 지환에 대해 새롭게 알게 된 사실이 있다면, 저 덩치를 해가지고는 은근히 응석이 많다는 거였다. 평소에는 아침이면 넥타이 매어달라는 둥, 뽀뽀해달라는 둥 귀찮게 구는 주제에 오늘 아침만은 깔끔하기 그지없었다.

"나오지 말고 더 자. 은우야, 아빠 회사 간다."

잠든 은우의 볼에 뽀뽀하자마자 지환은 부리나케 방을 나갔다. 누가 봐도 허둥거리는 모습.

"뭐야, 저러니까 진짜 수상하잖아?"

은하는 그만 심란해지고 말았다. 남편이 잠결에 다른 여자 이름을 부르다니. 말로만 들었던 이 상황을 제가 직접 겪게 될 줄은 꿈에도 몰랐다. 그것도 결혼한 지 이제 겨우 2년 좀 넘는 이 시점에서!

은하는 불안하게 뛰는 심장을 애써 진정시키며 생각했다. 아마도 어제 자신이 첫사랑이 누구냐고 묻는 바람에, 꿈결에 첫사랑이 나온 게 아닐까. 아무래도 그럴 가능성이 커 보였다.

'그럼 첫사랑 이름이 지애인 거야?'

일영이나 덩어리들에게 확인해볼까, 하다가 은하는 고개를 저었다.

— 저희한테만 살짝 말해주시면 안 됩니까?

— 안 돼. 애 셋 되기 전에는 은하한테도 절대 말 안 할 거다.

만약 그들이 알고 있다면 어제 그런 대화가 오가지는 않았을 것 아닌가? 즉 동생들조차도 모른다는 건데, 대체 이걸 알 만한 사람이 누가 있을까. 고민하다 못해 은하는 미미 언니에게 전화를 걸었다.

일영과 미호의 결혼식 때 만나서 친해진 미미 언니는, 지환이 억울하게 누명을 썼을 때 그의 결백을 증명하기 위해 애써줬었다. 한때 화류계 생활을 했다는 사실이 밝혀지는 것도 아랑곳하지 않고 언론에 얼굴까지 드러내며 증언해준 고마운 사람. 둘의 결혼식은 물론, 어제 은우 돌잔치에도 참석해준 의리파였다.

"미미 언니, 저예요. 어젠 잘 들어가셨어요?"

"그래 미니야! 초대해줘서 고마웠어. 어쩜 은우는 돌쟁이가 그렇게 똑똑하니? 엄마 닮아서 그런가 봐."

덕담을 건네는 미미 언니에게 은하는 조심스럽게 물었다.

"저기 언니, 혹시 지애가 누군지 아세요?"

"지애? 지애…?"

이름을 되뇌던 미미 언니가 잠시 후 뭔가를 기억해낸 듯 말했다.

"옛날에 지환 오빠가 관리하던 우리 가게 에이스 이름이 지애였긴 한데."

은하는 심장이 멎는 것만 같았다. 역시 지애는 실존 인물이었던 것이다.

"근데 갑자기 지애는 왜?"

차마 지환이 자다가 그 여자 이름을 불렀다고는 말을 못 하고, 은하는 대충 얼버무렸다.

"그냥 어디서 들었는데 엄청 예뻤다고 해서, 얼마나 예쁘길래 그러나 궁금해서요."

"예쁘긴 엄청 예쁘지. 사진 있는데 볼래?"

"볼 수 있어요?"

"응, 걔 인스타 하거든. 잠깐만 기다려봐, 내가 전화 끊고 바로 보내줄게."

잠시 후 메신저로 도착한 사진들을 보고 은하는 깜짝 놀랐다. 눈이 부시다는 표현이 딱 알맞을 정도로 예쁜 여자였다. 엷은 화장을 한 청순한 이미지의 미모인 데 반해 몸매는 의외로 글래머였다. 남자들이 딱 좋아할 만한 타입의 미인. 이렇게 예쁜데 왜 연예인이 되지 않았는지 궁금할 정도였다.

'이 여자가 오빠 첫사랑이라고…?'

휴대폰을 든 은하의 손이 미세하게 떨렸다.

♤ ♥ ♧

사진은 금세 지워버렸지만, 하루에도 열두 번씩 지애라는 여자의 얼굴이 떠올랐다. 그때마다 어쩔 수 없이 자신과 비교를 하게 되었다. 은하는 올해 서른이 되었다. 아직 한창 예쁠 나이지만 처녀 시절과는 확실히 달랐다. 임신 초기에 입덧이 너무 심해서 굶다시피 한 걸 보충하느라 그랬는지, 막판에 열심히 먹어댄 바람에 몸무게가 꽤 많이 늘었다. 모유 수유를 하면서 저절로 빠졌지만 그래도 아직 임신 전에 비해서 5킬로그램은 더 나갔다. 몸무게를 떠나서 아무래도 출산 후의 몸은 예전 같을 수가 없었다. 지환이 임신 기간 내내 열심히 크림을 발라주긴 했지만, 그래도 여기저기 튼살 자국이 남아버렸다.

그뿐인가. 지환이 밤중 수유를 도맡아줘서 밤에 편하게 잘 수는 있었지만, 대신 낮 동안 유축을 많이 해줘야 해서 가슴 모양도 예쁘지 않게 변했다. 가뜩이나 작은 가슴이 콤플렉스였던 은하로서는 엎친 데 덮친 격이었다.

하루에도 수십 번씩 아기를 안고 얼굴을 비비게 되는 바람에 화장한 지도 꽤 오래되었다. 심지어 요즘은 유튜브에 올릴 영상을 촬영할 때도 맨얼굴로 할 때가 많았다. 구독자들이 리얼 육아 일기라고 좋아해줘서 지금까지는 별로 신경 쓰지 않았지만, 지애라는 여자의 미모를 보고 나니 자꾸만 자신이 초라해졌다.

은하는 뒤늦게 후회했다. 그냥 그런가 보다 하고 넘어갈 걸 괜히 물어보고 사진까지 봐가지고 이게 뭐야.

'뭐 어때. 바람을 피우는 것도 아니고 그냥 첫사랑인데. 과거 없는 사람 있어?'

애써 그렇게 생각하려 노력했지만, 자꾸만 우울해지는 건 어쩔 수가 없었다. 은하가 기운이 없고 말수가 적어지자 영문을 모르는 지환은 걱정되는 눈치였다.

"오늘 우리 밖에서 데이트할까? 녀석들한테 은우 맡겨놓고 말이야."

며칠 동안 눈치를 보다가 데이트 신청까지 하는 거였다. 생각해보면 은우가 태어나고 지난 1년간은 거의 지환과 둘만의 시간을 보내지 못했다. 덩어리들이 아빠만큼이나 은우를 예뻐하고 은우도 삼촌들을 잘 따랐지만, 그래도 돌도 안 된 아기를 두고 외출하는 게 마음이 편치 않아서였다. 평소 같으면 반색했겠지만, 왠지 지금은 별로 내키지 않았다.

"애 두고 어딜 가. 그냥 집에 있을래."

그런데 오늘은 왠지 지환도 물러서지 않았다.

"은우도 돌 지났잖아. 이제 슬슬 좀 떨어지는 연습도 해야지. 오늘은 녀석들이 데리고 자기로 했으니까 나가자. 근처에 있다가 혹시 무슨 일 있으면 바로 집으로 달려오면 되지."

이제 보니 미리 덩어리들과 다 얘기가 된 모양이었다. 결국 은하는 은우를 맡기고 지환과 둘이 외출했다. 모처럼의 외출이라 옷도 신경 써서 입고 오랜만에 화장도 했지만, 거울 속의 제 모습은 썩 만족스럽지 못했다. 아무리 꾸며봤자 그 여자에 비하면 초라할 뿐.

호텔에 있는 멋진 레스토랑에 마주 앉아 식사를 하면서도 기분은 계속 가라앉은 채였다.

"자, 이거."

식사가 끝나갈 때쯤, 지환이 작은 상자를 건넸다. 안에서 나온 것은 예쁜 목걸이였다.

"이게 뭐야?"

"은우 생일 축하 선물. 오늘이 은우 진짜 생일이잖아."

오늘은 목요일. 돌잔치는 휴일에 맞추느라 지난 주말에 미리 당겨서 했지만, 원래 생일은 오늘이었다.

"은우가 이걸 어떻게 하고 다녀?"

"네 거야."

지환이 웃었다.

"은우 생일은 엄마가 은우 낳느라 고생한 날이잖아. 그러니까 네가 선물 받아야지."

"아…."

그제야 은하는 지환이 굳이 고집을 부려 데리고 나온 이유를 깨달았다.

"요즘 은우 걷기 시작하니까 많이 힘들지?"

지환이 은하의 손을 잡고 부드럽게 어루만졌다.

"내가 키운다고 해놓고 회사 다닌다는 핑계로 너만 힘들게 하네. 앞으로 내가 더 잘할게."

다정한 목소리, 따뜻한 손길. 웅어리졌던 마음이 그만 여름 햇빛 아래 얼음처럼 사르르 녹아내렸다. 이런 사람을 두고 나는 대체 무슨 못난 생각을 하고 있었던 걸까.

"…미안해 오빠."

은하는 목걸이를 들여다보며 울먹였다.

"나 다시는 안 그럴게. 오빠 첫사랑한테 질투 같은 거 안 할게."

"음? 첫사랑이라니?"

"지애 씨 말이야."

"지애 씨?"

지환은 알쏭달쏭한 표정을 했다.

"미미 언니가 사진 보여줬는데 너무 예쁘더라고. 애엄마까지 되

고도 아직 내가 철이 없나 봐. 한심하지? 다 지난 일이라고 머리로
는 생각하면서도, 자꾸만 속상하고 또 우울하고….”

　한동안 복잡한 눈빛으로 은하를 바라보던 지환이 갑자기 휴대
폰을 꺼내서 뭔가를 찾더니 은하에게 내밀었다.

“자.”

“오빠?”

　설마 지애랑 통화라도 하라는 건가, 싶어서 기겁을 하는데 화면
속에서 예닐곱 살쯤 되어 보이는 여자아이가 생글거리며 말했다.

　– 오늘은 지애가 핼러윈 용품을 구경하러 장난감 가게에 왔어요!

　화면 위에 채널명이 쓰여 있었다. ‘지애튜브’라고.

“얘가 지애야.”

　영문을 몰라 눈만 깜빡이는 은하에게 지환이 설명했다.

“유튜브 알고리즘으로 뜨길래 어쩌다 봤는데 너무 귀여워서. 요
즘 자주 보다 보니까 그만 잠결에 불렀나 봐.”

“아…!”

　― 우리 예쁜 지애.

　그게 그런 뜻이었나.

“그럼 왜 내가 지애가 누구냐고 물었을 때 모른 척했어?”

“미안해서.”

　지환이 한숨을 내쉬었다.

“은우가 이제 겨우 돌인데, 나도 참 양심 없는 놈이지. 네가 입덧

때문에 그렇게 죽을 고생을 하는 걸 보고도….”

그제야 은하는 지환의 마음을 알아차렸다. 워낙 아이를 좋아하는 사람이니, 귀여운 여자아이를 보고 당연히 딸이 갖고 싶어졌겠지. 그런데 미안해서 차마 딸을 낳고 싶어 잠꼬대까지 했다는 말을 할 수가 없었던 모양이다.

“가자, 오빠.”

자리에서 일어서는 은하를 지환이 의아하게 쳐다보았다.

“벌써 집에 가자고?”

“아니.”

은하는 다가가서 지환의 손목을 잡아 일으키며 대답했다.

“딸 만들러 가자고.”

♤ ♥ ♧

그대로 호텔 룸에 체크인했다. 손목을 잡아끈 건 은하였지만, 방에 들어서는 순간부터는 지환이 훨씬 더 적극적이었다. 집에서와는 전혀 다른 정열적인 입맞춤과 거칠다시피 한 성급한 손길에, 오히려 은하는 평소보다 훨씬 더 달아올랐다. 평소에 그가 아기 때문에 얼마나 자제하고 있었는지 알 것 같았다. 무엇보다 내가 이 사람에게 여전히 매력적인 여자구나, 하는 걸 몸으로 느낄 수 있어서 그간의 고민들이 바보같이 느껴졌다.

오랜만에 거리낄 것 없이 마음껏 서로를 탐하는 달콤한 시간.

“오빠.”

몇 차례의 폭풍이 지나간 후, 은하는 지환의 팔을 베고 누워서 물었다.

"응?"

"지애 일은 오해인 거 알겠는데, 그럼 나한테 거짓말했다는 건 뭐야?"

지환이 흠칫 놀라며 은하의 얼굴을 쳐다보았다.

"동생들이랑 얘기하는 거 우연히 들었어. 애 셋 낳기 전까지는 얘기 안 해줄 거라며?"

"…미안."

"괜찮으니까 뭔지 말해줘. 나 절대로 화 안 낼게. 약속, 응?"

은하가 살살 꼬드겼지만, 지환은 끝내 입에 지퍼를 채웠다.

"애 셋 되거든 그때 가서 얘기하자."

♤ ♥ ♧

시간은 흘러 어느덧 8년이 지났다.

사무실에서 일하는 은하에게 비서가 들어와 고개를 숙였다.

"대표님."

지환과 결혼한 지 어언 10년. 은하는 MCN 기업 '미니 앤드 프렌즈'의 대표이사가 되어 있었다. 5년 전에 원래 회사와 계약이 끝난 예나를 영입하면서 차린 회사는, 지금은 수십 명에 달하는 인기 유튜버와 게이머들이 소속된 큰 회사로 성장했다. 한국 MCN으로서는 가장 큰 매출 규모를 자랑하는 회사였다.

"미니미니 돈가스 지면광고 촬영 건입니다만, 강예나 씨가 입덧이 많이 심한가 봅니다. 담당 매니저 말로는 당분간은 촬영이 어렵겠다고 합니다."

예나는 3년 전 막내 덩어리 민규와 결혼해서 이듬해에 곧장 쌍둥이를 낳고, 올해 또 아이를 가졌다. 즉 벌써 셋째 아이였다.

"그래요? 큰일이네."

자신도 입덧으로 고생했던 일이 떠올라 몸서리를 치고 나서 은하는 말했다.

"일단 목마른 사슴 쪽에 연락해서 촬영 일정을 얼마나 조절할 수 있는지 상의해보세요. 오래 미룰 수 없으면, 그냥 나 혼자 촬영하는 걸로 콘셉트를 수정해서 진행하죠."

"예, 대표님. 그렇게 처리하겠습니다."

지환의 회사인 목마른 사슴 역시 지금은 단순한 육가공 회사가 아닌, 자체 브랜드를 가지고 제품을 생산하는 큰 기업이 되어 있었다. 은우가 세 살 때 처음으로 출시한 자체 제품인 '덩어리 치킨너겟'이 빅히트를 치면서, 주로 아이들을 위한 제품들을 만들고 있다. 예나와 함께 광고를 찍기로 한 '미니미니 돈가스'도 그중 하나였다.

회사가 이렇게 성장한 데는 〈미니와 커다란 친구들〉의 캐릭터가 큰 역할을 했지만, 정작 유튜브 채널은 예전처럼 활발하게 운영되고 있지 않았다. 주축인 은하와 지환이 각자 사업 때문에 바쁘기도 했지만, 덩어리들도 세월이 지나면서 하나둘씩 각자의 길을 찾아갔기 때문이다.

얼마 전 의사고시에 합격하고 의대 졸업을 앞둔 일영처럼 자기 꿈을 찾은 사람도 있고, 민규처럼 사랑하는 사람을 만나서 가정을 꾸린 사람도 있고. 마지막까지 남았던 덩어리마저 작년에 자기 식당을 차리면서 집을 떠났다.

비록 〈미니와 커다란 친구들〉에서 '커다란 친구들'이 떠났지만, 은하는 바쁜 와중에도 여전히 채널에 이따금씩 동영상을 업로드하며 활동을 이어가고 있었다. 오랫동안 함께해준 구독자들이 이제는 가족 같은 느낌이었다.

사업가로서도, 크리에이터로서도, 한 남자의 아내이자 엄마로서도, 모든 것이 순조로운 나날. 단 한 가지 아쉬운 점이 있다면, 여태 아이가 둘뿐이라는 점이었다. 올해 열 살이 된 첫째 은우, 그리고 일곱 살짜리 둘째 민우.

결혼 전에 은하가 품었던 포부는 이러했다.

'최소한 다섯 명은 낳아야지!'

지환이 워낙 아이들을 좋아하기도 했고, 은하 자신도 덩어리들과 함께 한집에서 북적북적 사는 게 좋았다. 무엇보다 많이 많이 낳아서 고루고루 사랑해줘야지, 하고 생각했다. 하지만 현실은 둘째 낳고 끝. 몇 번이나 병원에 가서 검사를 받아봐도 부부 양쪽 다 문제가 없다고 하는데, 이상하게 둘째가 일곱 살이 되도록 셋째 소식이 없는 것이었다.

시험관 시술을 해볼까도 생각했지만 일이 워낙 많다 보니 차일피일 미루다 세월이 훌쩍 지나버려, 지금은 두 아이가 있는 것만으로 감사하자고 서로를 위로하고 있는 상태였다.

은우와 민우는 제 아빠가 하는 걸 그대로 보고 배워서 엄마를 무척 아꼈다. 이제 겨우 일곱 살인 민우조차도 유치원에서 맛있는 간식이 나오면 안 먹고 주머니에 넣어뒀다가 엄마에게 가져다줄 정도였다. 두 아들만으로도 무척 행복했지만, 그래도 딸 하나만 더 갖고 싶다는 욕심은 좀처럼 떨치기 힘들었다.

올해 은하의 나이 서른여덟 살. 한 살 한 살 나이가 먹어갈수록 이젠 정말 멀어지는구나 싶어 조금은 우울하기도 했다. 무엇보다도 남편이 지금껏 자신에게 했다는 단 하나의 거짓말이 대체 뭔지, 궁금해서 견딜 수가 없었다.

— 애 셋 되거든 그때 가서 얘기하자.

그때 했던 말대로 지환은 아직도 입을 꾹 다물고 있었다.

"나가보세요."

비서가 나가고 나자 은하는 짧게 한숨을 쉬었다.

"…예나는 좋겠다."

하다못해 그 힘들었던 입덧마저도 부러워질 지경이었다. 기분이 별로라 그런가, 몸도 유난히 찌뿌드드한 것이 자꾸만 축축 늘어졌다. 애써 기운을 내서 다시 업무에 집중하려는 은하에게 개인용 휴대폰으로 전화가 왔다. 바로 은우의 학교 담임 선생님이었다.

"예, 선생님. 은우 엄마입니다."

반갑게 전화를 받은 은하의 표정이 금세 놀라움으로 물들었다.

"네? 저희 은우가 친구를 때렸다고요?"

♤ ♥ ♧

외모와 성격 모두 아빠를 쏙 빼닮은 은우였다. 또래보다 키도 훌쩍 크고 골격 자체부터 남달랐지만, 성격 또한 아빠를 닮아 순해서 여태 친구들과 다툼 한 번 없었던 아이인데. 같은 반 친구를 주먹으로 때렸다는 말을 도대체 믿을 수가 없었다.

그날 저녁, 퇴근해서 돌아온 은하는 당장 은우를 데려다 앉혀 놓았다.

"왜 그랬니?"

은우는 입을 꾹 다물고 좀처럼 말하려 하지 않았다.

"너도 친구를 때린 이유가 있을 거 아니야. 엄마한테 말해봐, 응?"

야단도 쳐보고 살살 달래도 봤지만, 끝내 은우는 아무 말도 하지 않았다. 지쳐버린 은하는 한숨을 내쉬었다.

"어쨌든 내일 찾아가서 친구한테 진심으로 사과하자. 엄마가 같이 가줄게."

그제야 은우는 처음으로 입을 열었다.

"싫어요."

"뭐?"

"전 사과하기 싫다고요."

"그게 무슨 말이야? 잘못을 했으면 사과를 해야지."

은우는 고집을 부렸다.

"아빠가 그랬어요. 말로 해결할 수 있으면 좋지만, 세상엔 말로 해서 통하지 않는 상대도 가끔 있다고요."

"뭐, 아빠가?"

은하는 그만 할 말을 잃고 말았다.

"여보, 나 왔어요. 얘들아, 아빠 왔다."

마침 퇴근해서 돌아오는 지환의 손목을 은하가 잡아끌었다.

"당신 잠깐 나 좀 봐요."

"뭐죠?"

"와봐요. 은우는 민우 데리고 잠깐 TV 보고 있어."

그렇게 말하고, 은하는 지환을 데리고 안방으로 들어갔다. 서로 존대를 쓰기 시작한 것은 은우가 말을 배울 무렵부터였다. 아이에게는 서로 존중하는 모습을 보여주고 싶어서였지만, 단둘이 있을 때면 여전히 예전 버릇이 나오곤 했다.

"왜 그래?"

영문을 몰라 묻는 지환에게, 은하는 낮에 선생님과 통화한 얘기를 들려주었다.

"멍은 안 들었지만 꽤 아프게 때렸다나 봐. 당장 와서 사과하지 않으면 학폭위 열겠대."

놀랍게도 얘기를 들은 지환은 어깨를 으쓱하더니 말했다.

"맞을 만한 짓을 했으니까 때렸겠지."

은하는 제 귀를 의심했다.

"무슨 소리야, 오빠. 세상에 맞을 만한 짓이 어디 있어?"

은하의 말이라면 팥으로 메주를 쑨대도 고개를 끄덕일 사람이 오늘만은 이상할 정도로 고집스러웠다.

"난 은우가 그럴 만해서 때렸다고 믿어. 내 자식 내가 안 믿으면 누가 믿겠어?"

"그럼 나는 내 자식을 못 믿어서 이런단 말이야?"

"그런 뜻이 아니잖아."

지환이 달래듯 말했지만 은하는 이미 화가 난 후였다.

"진짜로 오빠가 은우한테 세상엔 말로 안 통하는 상대도 있다고 했어?"

지환이 부정하지 않는 바람에 더욱더 화가 치밀었다.

"부모가 아이한테 좋은 걸 가르치지는 못할망정 그런 소릴 하면 어떡해? 폭력은 어떤 이유로도 정당화될 수 없는 거야."

"꼭 교과서에 나오는 말 같네."

지환이 쓴웃음을 지었다.

"은하야, 물론 네 말이 옳지만, 세상엔 그런 말이 통하는 모범생들만 있는 게 아니야."

"그렇다고 때려도 된다는 식으로 말하면 어떡해. 애를 깡패로 만들 셈이야?"

말을 내뱉자마자 은하는 흠칫 놀라 제 입을 막았다. 세상에, 말실수를 해도 어떻게 이런 실수를 할 수가 있을까.

"미안해, 오빠. 난 그런 뜻이 아니라⋯."

"알아."

허둥거리며 사과하는 은하에게 지환이 부드럽게 말했다.

"이만 나가서 저녁 먹자. 애들 배고프겠어."

조용히 방을 나가는 지환의 뒷모습을 보며 은하는 입술을 깨물었다.

♤ ♥ ♧

다음 날, 은하는 일찍 회사에서 나왔다. 싫다고 버티는 은우를 반강제로 데리고 가서 학교 근처의 카페에 앉아 한참 기다렸다.

마침내 상대 아이와 어머니가 나란히 나타났다.

"정말 죄송합니다. 제가 아이를 잘못 가르쳤습니다."

엄마가 허리까지 숙이는 걸 보자 은우도 결국은 고집을 꺾었다.

"미안해. 다시는 그러지 않을게."

모자가 몇 번이나 사과를 되풀이한 끝에야 상대 아이의 어머니가 영 못마땅하다는 듯이 말했다.

"뭐 애들끼리의 일이니까 이쯤 하고 넘어가겠지만, 두 번 다시 이런 일이 없도록 단단히 주의시켜주세요."

"예, 당연히 그래야지요. 정말 감사합니다. 그리고 다시 한번 죄송합니다."

연신 고개를 숙여 보이고 나서 돌아서려는 은하의 귓가에, 아이가 조그맣게 중얼거리는 소리가 들렸다.

"…조폭 아들."

조롱이 어린 목소리였다. 그 소리에 은하가 돌아보자 아이가 얼른 시선을 돌리며 딴청을 피웠다.

"지금 뭐라고 했니?"

아이는 딱 잡아뗐다.

"아무 말도 안 했는데요?"

"방금 뭐라고 했잖아. 아줌마가 분명히 들었는데?"

"아닌데? 안 했는데?"

눈알을 데굴데굴 굴리며 혀를 쪽 내미는 아이의 태도에 은하는 가슴이 선뜩해졌다. 힐끗 쳐다보자 은우는 이를 악문 채 고개를 푹 숙이고 있었다.

"은우야."

은하는 서늘하게 물었다.

"이 친구가 학교에서도 너한테 같은 말을 했니?"

그제야 은우가 실토했다.

"아빠한테 계속 조폭이라고 했어요. 저한텐 조폭 아들이라고 놀렸고요. 하지 말라고 계속 말했는데, 엄마한테까지 조폭 마누라라고 놀리고…."

말하다 말고 은우가 주먹으로 눈물을 훔쳤다. 그제야 은하는 지환이 어제 무리한 소리까지 하면서 은우를 감쌌던 이유를 알았다. 지환은 이미 알고 있었던 것이다. 은하가 사실을 알면 속상할까 봐 알고도 은우랑 둘이서 입을 다물었던 거다. 나는 그것도 모르고…. 은하는 화를 가라앉히기 위해 심호흡을 하고 상대 아이의 어머니를 바라보았다.

"사과해주셔야겠습니다."

"뭐라고요?"

"저희 아이가 잘못한 부분은 아까 사과를 드렸습니다. 그러니 이제 아이한테도 사과를 받아야겠네요. 저도, 저희 은우도요."

"아니, 우리 애가 뭘 잘못했다고요?"

아이 어머니가 눈을 둥그렇게 뜨고 대들었다.

"말이야 바른말이지 없는 말을 한 것도 아니잖아요?"

"뭐라고요?"

"우리 애가 무슨 욕을 한 것도 아니고, 그냥 사실을 사실대로 말한 것뿐이잖아요. 애가 순수해서 거짓말을 못 하는 걸 어쩌라고요?"

미안하거나 민망한 기색이라고는 전혀 없이 쏘아붙인 아이의 어머니는 들으라는 듯 뇌까렸다.

"조폭을 조폭이라고 했기로서니 그게 무슨 죄라고."

은하는 속에서 울컥 치밀어 오르는 것을 꾹 참고 침착하게 말했다.

"아까 드린 사과, 취소하겠습니다."

"뭐라고요?"

"댁의 아드님이 한 짓이 죄가 안 된다면 제 아들도 잘못한 게 없겠지요."

싸늘하게 대꾸하고, 은하는 은우의 손을 잡았다.

"가자, 은우야."

하지만 아이 어머니가 어딜 가느냐는 듯이 눈을 부라렸다.

"이것 봐요! 그냥 좋게 좋게 넘어가주려고 했더니, 진짜로 학폭위 열어야지 안 되겠네, 이거."

"얼마든지 열어보세요."

눈을 똑바로 쳐다보자 상대가 그제야 찔끔하며 시선을 피했다.

"저희도 가만히만 있지는 않겠습니다. 언어폭력도 폭력에 해당한다는 사실, 아시겠지요?"

어디까지나 침착한 말투로 은하는 상대를 몰아붙였다.

"어느 쪽이 원인 제공자인지, 제 아이에 대한 정신적 괴롭힘은 언제부터 얼마나 지속됐는지. 철저히 따져서 함께 징계해달라고 할 겁니다."

한 회사의 대표다운 당당함과 자신감에 가득 찬 태도가 상대를 절로 주눅 들게 만들었다.

"아니, 뭐 애들끼리 장난치다 그런 걸 가지고… 됐으니까 서로 없었던 걸로 하죠."

결국 상대는 꼬리를 내리고 아이 손을 붙잡고 도망치다시피 카페를 나갔다.

은하는 은우를 꼭 껴안았다.

"은우야, 미안해. 엄마가 아무것도 모르고 그만."

"…엄마."

울먹이는 은우의 등을 토닥이며 은하는 다정하게 말했다.

"하지만 아무리 화가 나도 다시는 누굴 때리고 그러진 말자. 잘못한 건 저쪽인데, 때리는 순간 내가 더 잘못한 사람이 되어버리잖아. 그치?"

"네, 엄마. 잘못했어요."

잠시 후, 은하는 은우의 손을 잡고 카페를 나왔다.

"우리 햄버거 먹으러 갈까? 감자튀김이랑 콜라도 같이."

"진짜요?"

평소에는 잘 안 사주는 음식에 아이는 언제 울었느냐는 듯이 금세 신이 났다.

"있잖아, 은우야. 사실은 어제 엄마가 아빠를 속상하게 했거든. 어떻게 사과해야 할까?"

"에이, 아빠는 엄마가 뽀뽀 한 번만 해드려도 금세 풀리잖아요."

"아냐. 이건 좀 사안이 커. 뽀뽀로 넘어갈 건 아닌 것 같아."

손을 꼭 잡고 흔들며 햄버거 가게에 들어서는 순간, 감자를 튀기는 기름 냄새가 확 풍겨왔다. 평소 같으면 황홀하게 느껴졌을 그 냄새에 순간적으로 속이 확 뒤집히면서 구역질이 올라왔다. 비틀거리며 주저앉는 은하에게 은우가 놀라서 물었다.

"엄마, 왜 그러세요? 어디 아파요?"

"괜찮아. 갑자기 속이 좀 안 좋아서…."

메슥거리는 가운데서도 한편으로는 심상치 않은 예감에 심장이 두근거리기 시작했다. 아주 예전에 겪어본 적이 있는 이 느낌. 이 느낌은 마치…!

"은우야."

잠시 후 메스꺼움이 조금 가라앉고 나서 은하는 물었다.

"미안하지만 우리 먼저 병원부터 가도 될까?"

♠ ♥ ♣

그날 저녁, 퇴근해서 돌아온 지환에게 은하는 머뭇거리며 말을 건넸다.

"있잖아, 오빠. 어젠 내가 미안했어."

"이런. 별것도 아닌 걸 아직도 신경 쓰고 있었어?"

늘 그렇듯 너그럽게 웃어 보이는 지환에게 은하는 사진 한 장을 건넸다.

"이거, 사과의 선물."

"뭔데?"

사진을 받아 들여다본 지환은 고개를 갸웃거렸다.

"초음파 사진이잖아. 은우 거야? 아니, 민우인가?"

"셋째 거야."

"셋째…?"

어리둥절해서 바라보자 은하가 생긋 웃으며 다시 한번 말했다.

"우리 셋째."

한동안 멍했던 지환의 얼굴에 잠시 후 벅찬 환희가 번졌다.

"은하야…!"

너무 기쁜 나머지 번쩍 안아 들고 빙글빙글 도는 지환에게 은하가 소리쳤다.

"살려줘, 오빠! 나 그렇지 않아도 속이 안 좋아!"

♤ ♥ ♧ ♧

이듬해에 은하는 아기를 낳았다. 두 사람이 그토록 바라고 기다리던 예쁜 딸이었다.

"때가 됐어, 오빠."

아기를 안고 좋아서 어쩔 줄 모르는 지환에게 침대에 누운 은하가 파리한 얼굴로 눈을 반짝였다.

"이제 애 셋이니까 말해줄 수 있지?"

"좋아. 약속은 약속이니까."

지환이 못 이긴 척 은하의 귓가에 입술을 가져가 속삭였다.

"사실은…."

드디어 오랜 비밀이 밝혀지는 순간. 은하의 눈이 둥그레졌다.

"뭐야?"

♤ ♥ ♧

　일영과 미호는 모처럼 유리를 외가에 놀러 보내고 둘만의 시간을 갖고 있었다. 며칠 전 의사고시 합격 후 곧바로 대학병원 전공의 모집에도 선발되어, 정식으로 근무를 시작할 때까지 짧은 휴식을 즐기는 중이었다.

　유리를 낳을 때 죽을 고비를 넘기는 바람에 아쉽게도 미호는 더 이상 아기를 가질 수 없었다. 하지만 유리는 예쁘고 건강하게 잘 크고 있었고, 부부 사이도 여전히 연인처럼 다정했다.

　"당신 이제 인턴 시작하면 엄청 힘들겠죠?"

　"그야 뭐, 죽을 맛이겠지요."

　"힘들어서 어떡해요. 지금까지도 공부하느라 그렇게 힘들었는데."

　"남자가 힘든 것쯤 뭐 대수라고. 당신이 나 공부하는 동안 유리 키우느라 힘들었죠."

　말버릇은 고쳤어도 남자병만은 그대로인 일영이었다.

　"난 괜찮아요. 오빠 하얀 가운 입은 모습만 보면 막 가슴이 설레서, 내 남편 의사 만들기 너무 잘했다 싶은걸요?"

　"아, 그래요."

　일영이 짐짓 서운한 듯이 물었다.

　"그러니까 당신은, 이젠 나 가운 입은 거 볼 때만 설렌다?"

　"아뇨, 그런 뜻이 아니라…!"

　어쩔 줄 모르고 허둥거리며 말하는 미호를, 다음 순간 일영이 씩 웃으며 허리를 안아 끌어당겼다.

"…그럼 집에서도 계속 입고 있어야겠네."

말하자마자 그는 아내에게 입을 맞췄다. 뜨겁게 키스하면서 침대로 데려가려는데, 하필이면 그 타이밍에 전화가 울렸다.

"여보세요, 은하야?"

전화를 받은 미호가 흥분해서 외쳤다.

"방금? 수고했어, 정말 축하해!"

옆에서 듣기만 해도 무슨 내용인지 일영은 금세 눈치챘다. 형수님이 셋째를 낳은 모양이다.

"그래서? 은우 아빠한테 물어는 봤어?"

은하가 뭐라고 했는지 미호가 웃음을 터뜨렸다.

"그래, 우리도 이따가 병원으로 갈게. 잘 쉬고 있어."

전화를 끊고도 계속해서 웃음을 참지 못하는 미호에게 일영이 물었다.

"뭐가 그렇게 재미있어요?"

"왜 그거 있잖아요. 은우 아빠가 애 셋 될 때까지 말 안 해준다고 해서, 은하가 궁금해 죽으려고 했던 거."

"아, 그거."

일영도 기억해냈다. 큰형님이 누님에게 하셨다던 평생 단 하나의 거짓말.

"대체 그게 뭐랍니까?"

한참 혼자 쿡쿡 웃던 미호가 겨우 웃음을 멈추고 말했다.

"원래 키가 193인데, 은하한테는 189라고 했대요!"

(끝)

작가의 말

안녕하세요, 독자 여러분. 박수정입니다.

정말 오랜만에 종이책 단행본으로 찾아뵙는 것 같습니다. 2018년에 출간했던 《돌아봐줘》 이후 처음이니 어언 6년 만이네요. 그동안에도 꾸준히 작품 활동을 해왔지만, 계속 인터넷 연재나 전자책 단행본으로만 독자분들을 뵙다가 오랜만에 종이책 단행본으로 만나 뵈니 또 새로운 느낌입니다.

《놀아주는 여자》는 원래 2017년부터 쓰기 시작했던 작품입니다. 그런데 그다음 해에 뒤집어엎어서 다시 썼다가, A4 100장 정도 되는 분량을 통째로 다 버리고 오로지 캐릭터 설정(키즈 크리에이터, 손 씻은 조직의 보스)만 남겨서 처음부터 다시 쓴 것이 2019년의 일입니다.

이야기를 떠올렸다고 해서 주인공에 대해서도 잘 아는 것은 아님니다. 제 경우, 스토리와 캐릭터가 따로따로 올 때가 많습니다.

처음 지환이라는 인물이 제게 왔던 날이 지금도 생생합니다. 이미 글을 한창 쓰고 있었지만, 그때까지 지환은 그저 '전직 조폭 보스'라는 설정을 가진 종이 속의 인물에 불과했습니다. 이 사람이 어떤 사연을 갖고 있는지, 어떤 마음으로 세상을 살아가고 있는지 진짜로 알게 된 것은 한참 후의 일이지요. 그날 지환의 인생이 너무 안타깝고 불쌍해서 집 근처 카페에서 두 시간 정도 눈이 붓도록 펑펑 울었던 기억이 납니다.

그때부터는 내가 이 친구의 이야기를 꼭 해야겠다, 그리고 반드시 행복하게 해주겠다는 일념으로 글을 썼습니다.

사실 장르 소설은 오로지 재미만 추구한다는 오해를 받는 경우가 많은데, 꼭 그렇지는 않습니다. 물론 로맨스 소설의 가장 큰 주제는 언제나 사랑입니다만, 그 외에도 작품을 통해 전하고 싶은 메시지가 있습니다. 예를 들면 저의 전작 《신사의 은밀한 취향》에서는 외모지상주의에 대한 비판을, 《나의 검은 공주님》은 다문화에 대한 편견을 이야기했지요.

이 작품에서는 '사람은 변할 수 있다'는 이야기를 하고 싶었습니다. 회개한다고 해서 이미 지은 죄가 사라지지는 않지만, '사람 고쳐 쓰는 법 아니다' 하고 무조건 도끼눈으로만 보는 대신에 조금은 덜 차가운 눈으로 지켜봐줄 수 있지 않을까. 진심으로 다르게 살아가기로 결심한 사람들이 있다면, 작은 응원이라도 보내줄 수 있지 않을까.

두 사람의 직업적 신념에도 많은 신경을 기울였습니다. 지환은 손을 씻었지만 결코 과거에 저지른 죄를 잊지 않고, 은하는 비록 인기 없는 키즈 크리에이터이지만 본인의 일에 대해 확고히 자기만의 신념을 가지고 일하지요. 읽으면서 이 두 사람의 신념에 조금이라도 공감하는 부분이 있으셨다면 다행이라 생각합니다.

물론 로맨스 소설인 만큼 두 사람의 로맨스와 케미도 중요하지만, 그런 메시지에도 한 번쯤 주목해서 읽어주시면 좋을 것 같습니다.

작품 전체를 통틀어서 가장 좋아하는 부분은 소양호에서 지환이 은하를 끌어안고 "당신을 사랑합니다" 하고 고백하는 부분입니다. 참 지환다운 고백이었던 것 같습니다.

지환이 '남자답게' 은하와 헤어지는 장면은 처음 쓰면서도 많이 울었고, 그 후에도 읽을 때마다 울었는데 이번에 책을 내기 위해 작업하면서도 또 울었습니다. 읽을 때마다 눈물이 나곤 합니다.

'어깨 깡패' 부분은 제가 생각해놓고도 스스로 '천재 아니야?' 하고 뿌듯해했던 장면입니다. 지금 생각해도 꽤 신박한 드립인 것 같습니다. 지환의 반응이 너무 귀여워서 쓰면서도 혼자 많이 웃었습니다.

'목마른 사슴'이라는 회사 이름의 유래는 이렇습니다. 제가 어릴 적, 시외버스에 타면 본인이 갓 출소한 전과자인데 생계가 막막하니 좀 도와달라는 분들이 계셨습니다. 그분들은 "목마른 사슴이 우물을 찾듯이~" 하고 노래하듯 성경 구절을 외면서 물건을 파셨지요. 그때의 기억이 떠올라 붙이게 된 이름입니다.

'목마른 사슴'의 사훈인 "뼈에서 살을"은 사실 제 인생 중 무려 10년 가까이를 바쳤던 게임 〈월드 오브 워크래프트〉에 나오는 보스 중 하나인 '군주 자락서스'의 전투 가운데 일갈입니다. 어쩌다 보니 육가공회사와 어울려서 써먹게 되었습니다.

은하의 유튜브 활동명이 '미니 언니'인 이유는 사실 원래 처음 쓰기 시작했을 때 은하의 이름이 '지민'이었기 때문입니다. 그런데 쓰다 보니 조금 더 발랄한 이름이 어울릴 것 같았고, 그렇게 이름을 바꿨지만 '미니 언니'라는 활동명만 살아남았습니다.

캐릭터 이야기를 좀 해볼까요.

주인공들은 이야기의 제일 처음부터 떠올린 캐릭터들인 데다 가장 혼신의 힘을 쏟게 되니 지환과 은하를 사랑하는 것은 당연한 일이고요. 주인공 외에 가장 사랑했던 캐릭터를 말하자면 남자는 일영, 여자는 예나입니다.

예나는 정말 지환을 진심으로 좋아했기 때문에 예나의 사랑이 이루어지지 않은 것이 마음이 아파서 끝부분에 민규와 이어주었습니다. 은하가 제 여주인공답게 고구마를 먹인다면 우리 예나는 참 시원시원하고 의리가 있지요. 예나를 너무 좋아해서 연재 초반에 욕을 먹을 때 많이 속상했습니다. 우리 예나 나쁜 애 아닌데.

일영은 나름대로 서사에 공을 들인 캐릭터입니다. 아이돌 뺨치게 생긴 일영이 왜 그리 예쁘다는 말을 싫어하는지, 그리고 미호를 만나 어떻게 극복해가는지. 평생 외로웠던 일영에게 좋은 가족을 만들어줄 수 있어서 저도 무척 행복했습니다. 또한 보통 로맨스에서 서브 커플 이야기는 자칫 아무도 관심이 없어 독자들로부터 "너희 또 나왔냐" 소리를 듣기 십상인데, 일영과 미호 커플은 사랑해주시는 분들이 많아서 기뻤습니다. 앞뒤 재지 않고 무작정 일영을 좋아하고, 또 그걸 숨기려고 하지 않는 미호가 저는 참 좋습니다.

원래 이 작품의 연재 플랫폼은 네이버 웹소설이었어요. 주인공들을 비롯한 여러 인물의 이야기에 함께해주시는 독자들이 있어 연재 당시에도 무척 행복했는데, 후일 웹툰과 드라마로도 제작되어 비단 한국뿐 아니라 전 세계 시청자들에게 사랑받는 모습까지 보게 되니 작가로서 너무나 기쁩니다.

드라마 방영 전에 제작자 김정미 대표님께서 "작품의 성적은 아직 알 수 없지만, 다른 건 몰라도 원작의 메시지만큼은 드라마에 제대로 살렸다고 자부한다"고 말씀하셨을 때 무척 감동했습니다. 깊이 감사드립니다.

책으로 나올 수 있게 함께해주신 도서출판 폭스코너 윤혜준 대표님께도 감사의 말씀을 전합니다. 웹소설 작법서에 이어 두 번째 인연인데, 앞으로도 또 함께할 기회가 있었으면 좋겠습니다.

혹시 이 작품으로 박수정이라는 작가를 처음 알게 된 분이 계신다면, 아무쪼록 다른 작품들에도 관심 가져주시면 감사하겠습니다. 오래 활동하다 보니 작품 수도 상당히 많은 편인데, 대표작으로는 〈미로〉, 〈젖과 꿀과 아가씨〉(제목이 이래서 그렇지 의외로 내용은 멀쩡합니다), 〈어린 상사〉 등이 있습니다. 가장 최근에 쓴 〈사내연하〉도 많은 사랑을 받은 작품입니다.

　제가 데뷔한 지 올해로 18년이 되었습니다. 아직도 그리 대단한 작가는 되지 못했습니다만, 돌아보면 시장의 흐름에 너무 뒤처지지 않도록 노력하면서도 휩쓸리지 않고 나 자신의 색깔을 꿋꿋이 잘 지켜왔다는 생각이 듭니다. 시장에 저보다 잘 쓰는 작가님들이 너무나 많지만, 박수정은 저 하나이니까요.
　《놀아주는 여자》는 가장 박수정다운 색깔을 가진 작품 중 하나라고 자신 있게 말씀드릴 수 있을 것 같습니다. 앞으로 데뷔 20주년, 30주년까지도 묵묵히 같은 자리에서 저다운 글을 써서 보여드리고 싶습니다.
　읽어주신 여러분께 감사드리며, 그럼 저는 다음 작품에서 뵙겠습니다.

2024년 8월
박수정